HEYNE<

Das Buch

Als der Zulukönig Cetshwayo im Winter 1878 an einem geheimen Ort seinen inneren Rat zusammenruft, ist der unheilvolle Wind, den der weiße Mann gesät hat, längst zu einem Sturm geworden. Die Schwarzen fühlen sich bedroht von weißen Siedlern, die wie Heuschrecken über das Land herfallen. Noch steht Inqaba, die Farm von Catherine und Johann, unter dem Schutz des Königs, doch als ein geheimer Unbekannter mit Intrigen und Waffen die Zulus aufhetzt, scheint das Paradies der Steinachs bedroht. Und weil Catherines Sohn Stefan gegen alle Widerstände sein geliebtes Zulumädchen Lulamani geheiratet hat, steht die Familie bald zwischen allen Fronten. Zudem macht Catherine sich größte Sorgen um ihre unbeugsame Tochter Maria, die gegen den Willen der Eltern nach Deutschland gegangen ist, um dort Medizin zu studieren. Briefe kommen erst nach Wochen an, und so ahnt Maria im kalten fernen Hamburg nicht, dass schon ein Funke genügt, um ihre Heimat in Brand zu stecken.

Die Autorin

Stefanie Gercke wurde auf einer Insel des Bissagos-Archipels vor Guinea-Bissau, Westafrika, als erste Weiße geboren und wanderte mit 20 Jahren nach Südafrika aus. Politische Gründe zwangen sie Ende der Siebzigerjahre zur Ausreise und erst unter der neuen Regierung Nelson Mandelas konnte sie zurückkehren. Sie liebt ihre regelmäßigen kleinen Fluchten in die südafrikanische Provinz Natal und lebt ansonsten mit ihrer großen Familie bei Hamburg.

Im Heyne Verlag ist auch der erste Teil dieses Afrika-Zyklus erschienen: *Schatten im Wasser*

Stefanie Gercke

FEUERWIND

Roman

WILHELM HEYNE VERLAG
MÜNCHEN

FSC
Mix
Produktgruppe aus vorbildlich
bewirtschafteten Wäldern und
anderen kontrollierten Herkünften

Zert.-Nr. SGS-COC-1940
www.fsc.org
© 1996 Forest Stewardship Council

Verlagsgruppe Random House
FSC-DEU-0100
Das für dieses Buch verwendete FSC-zertifizierte Papier *München Super*
liefert Mochenwangen Papier.

2. Auflage
Vollständige deutsche Ausgabe 08/2007
Copyright © by Stefanie Gercke
Copyright © 2007 dieser Ausgabe
by Wilhelm Heyne Verlag, München,
in der Verlagsgruppe Random House GmbH
Printed in Germany 2007
Umschlaggestaltung: Eisele Grafik Design, München, unter Verwendung
Eines Fotos von © Renee Lynn/ getty images
Satz: Leingärtner, Nabburg
Druck und Bindung: GGP Media GmbH, Pößneck
ISBN: 978-3-453-40050-4

www.heyne.de

Für H. H., meinen Mann und besten Freund

1

Es war der Flügelschlag eines Schmetterlings der Familie Papilionidae, der noch auf seine wissenschaftliche Entdeckung und einen Namen wartete, der die Katastrophe auslöste. Der Falter war zitronengelb und schwarz gemustert und leichter als eine Feder. Sein Leben, das bei Sonnenaufgang dieses Tages begann, sollte kaum länger währen als das einer Sternschnuppe.

Er erwachte aus seinem Schöpfungsschlaf unter den schützenden Blättern der Weinenden Burenbohne, einem prächtigen Baum mit filigranen roten Blüten, entschlüpfte der Puppenhülle, schüttelte sich, und während die Sonne aus dem Morgendunst stieg, wartete er, bis sich seine eleganten Flügel entfaltet hatten. Der tiefblaue Himmel schillerte tausendfach in den Facetten seiner Netzaugen, der berauschende Blütenduft seines Schlafbaums kitzelte seine Sinnensorgane. Behutsam breitete er seine Schwingen aus, öffnete sie und schloss sie mehrmals, drehte sich ein wenig wie ein eitles Mädchen, und dann, zum ersten Mal in seinem Leben, erhob er sich in die Luft und tanzte so leicht wie ein Hauch hinüber zur purpurroten Blüte am Ende des Zweigs.

Es wäre auch gar nichts passiert, der Schmetterling hätte sich am Nektar gelabt und wäre davongegaukelt, hätte der Windstoß, der an den warmen Hängen der Drakensberge als schwacher Luftzug geboren worden war und auf seinem Weg in die Täler an Kraft gewonnen hatte, nicht den Baum geschüttelt. Er tat es durchaus nicht so stark, dass es rauschte, nur ganz sanft, wie ein Streicheln, aber die rote Blüte wippte, als der Schwalbenschwanz sie erreichte, und er musste heftig mit den Flügeln schlagen, um nicht abzurutschen.

Das verdorrte Blatt, das unterhalb der Blüte saß, löste sich, trudelte zu Boden und landete auf der letzten Glut eines schlecht gelöschten Lagerfeuers. Ein Funke, ein einziger Funke, glühte auf, das Blatt entflammte, der Wind hob es auf, spielte ein wenig damit und trug es hinüber zu dem goldgelben, zundertrockenen Gras, wo er es sanft hernniederschweben ließ, bis es auf dem Gefieder eines Vogels landete, der zwischen den Halmen Körner pickte.

Das hätte das Ende der Geschichte sein können. Die Vogelfedern waren glatt und geschlossen, hätten sich nicht entzündet, aber der Vogel erschrak und flatterte zornig, das brennende Blättchen zerstob in einen Funkenregen, entzündete ein Grasbüschel, der Wind blies mit einem Luftwirbel hinein, eine Flamme flackerte auf, und das Feuer war geboren.

Es kroch den kurzen Weg zur Weinenden Burenbohne, versengte die Flügel des Schmetterlings, er stob hoch, und im letzten Augenblick seines kurzen Lebens verwandelte er sich in einen leuchtenden Stern, ehe er als Sternschnuppe verglühte.

Das Feuer verbreitete sich gierig, fraß das Gras, verschlang kleinere Büsche, übersprang einen Pfad, züngelte an dem großen Kaffirbaum hoch, der mit einem lauten Knall explodierte. Es wuchs, wurde hungriger, Funken sprühende Feuerteufel tanzten über das Grasmeer, vereinigten sich zu flammenden Säulen, und der Brand geriet außer Kontrolle.

Lulamani hörte das Knallen, mit dem der Baum starb, und zuckte hoch. Sie war so vertieft darin gewesen, mit einem Stein die Hornhaut an ihrer Ferse wegzupolieren – etwas, was sie jeden Tag tat, weil sie immer barfuß lief, sich einfach nicht an europäische Schuhe gewöhnen konnte, wie ihr Mann es wünschte –, dass sie den flüchtigen Rauchgeruch vorher nicht wahrgenommen hatte. Unruhig schnuppernd hob sie die Nase, ahnte nicht, dass gerade zu diesem Zeitpunkt die Feuersbrunst die alte Schirmakazie erreichte, deren tief herunterhängende Krone hunderte von Blutwebervögel mit ihrem gewaltigen Nestgebilde wie mit einem Teppich überzogen hatten.

In der Zeitspanne eines Lidschlag brannte das ausgetrocknete Nistmaterial lichterloh. Die in den Nestern gefangenen Jungvögel kreischten, die Alten flatterten hoch und fielen mit loderndem Gefieder vom Himmel, die Grüne Mamba, die sich eben ein Küken geholt hatte, verbrannte mit dem Vogel im Rachen. Die ungeborenen Jungen in den Eiern kochten in ihren Dottern und zerplatzten schließlich. Das Kreischen wurde schnell leiser, dann verstummte es ganz, und nur das Röhren des Feuers war zu vernehmen. Es hatte nur wenige Minuten gedauert, und die riesige Vogelkolonie hatte sich in Rauch aufgelöst.

Der Wind ernährte sich von der Hitze des Feuers, wurde zum Sturm, wirbelte Klumpen von brennendem Nestgeflecht und glühende Äste meilenweit, und bald brannte der ganze Hügelzug.

Lulamani sah die schwarze Wolke, glaubte im ersten Augenblick an ein Gewitter, erkannte aber schnell den gelbroten Widerschein eines Feuers auf der Unterseite der Wolke. Angst schoss ihr in die Glieder, sie zog die Kinnschleife ihres Sonnenhuts fest, schürzte ihren weiten Rock und kletterte flink wie ein Affe in den Wipfel des nächsten Baums. Oben angekommen, reckte sie den Hals. Als ihr bewusst wurde, was um sie herum geschah, geriet sie in Panik. Feuer, nichts als Feuer, so weit sie sehen konnte. In einem immer engeren Halbkreis raste es auf sie zu, fauchend, spuckend, knurrend, schwarzen Rauch ausstoßend wie ein riesiges, gefräßiges Tier. Ihr Blick flog über die brennende Landschaft, sprang von Brandherd zu Brandherd, stieß immer wieder an Flammenwände, die kein Durchkommen erlaubten, fand nur einen Ausweg. Den Fluss, dessen gegenüberliegendes Ufer keine hundert Yards entfernt war. Gelänge es ihr nicht, über den Fluss zu fliehen, würde sie in Kürze vom Feuer eingeschlossen sein.

Von Furcht gepackt, kletterte sie von ihrem luftigen Ausguck nach unten, griff öfter daneben und lief Gefahr, auf dem steinigen

Grund aufzuschlagen, konnte sich aber jedes Mal gerade noch abfangen. Endlich war sie auf dem untersten Ast angelangt, wollte eben den Baumstamm hinunterrutschten, um zum rettenden Wassersaum zu laufen, als eine Herde von Elefanten aus dem Dickicht brach.

Unter ohrenbetäubendem Trompeten preschten die grauen Riesen in einer Staubwolke den Pfad entlang zum Flussufer. Lulamani fand in letzter Sekunde Halt an einem Ast, umklammerte ihn mit Armen und Beinen, hing aber nur wenige Zoll über den wogenden grauen Rücken. Die Erde bebte unter ihren Tritten, der Baum schwankte. Sie presste ihr Gesicht an die raue Borke. Ihr weiter Rock bauschte sich im Feuerwind, einer der Dickhäuter verfing sich mit dem Rüssel im Stoff und riss ihn ihr bis zur Taille auf. Lulamani schrie, es gelang ihr aber, sich weiter hochzuziehen, bis sie schwer atmend der Länge nach auf dem Ast lag.

Kreischend den Rockfetzen schwingend, stürmte der Elefant der Herde nach, die bereits die Flussmitte mit einer Bugwelle wie von einem Geschwader Schiffe durchpflügte. Dutzende von Hyänen rannten in ihrer merkwürdig geduckten Haltung aus dem rauchenden Busch, gerieten immer wieder in die Bahn kopflos dahingaloppierender Büffel, wurden zur Seite ins flammende Gras geschleudert oder starben unter den trommelnden Hufen. Die Luft erzitterte von den Todesschreien, das Gebrüll der Büffel brandete gegen den Baum. Lulamani schrie, bis ihre Lungen brannten, als hätte sie Feuer geschluckt.

Die Hitze wurde stärker. Ihre Haut kribbelte, schon spürte sie, wie sie Blasen zog. Wimmernd schaute sie zum Fluss. Eine alte Landschildkröte stapfte mit rauchendem Schild schwerfällig über die abschüssige Böschung, ließ sich von den Huftritten der fliehenden Tiere nicht beirren, erreichte lebend das Ufer, zog Beine und Kopf ein und rollte einfach hinunter ins Wasser. Lulamani glaubte eine Dampfwolke zu sehen, als der rauchende Panzer der Schildkröte gelöscht wurde.

Staunend beobachtete sie dann, wie die Schildkröte mit ihren krallenbewehrten Füßen den Rücken eines Flusspferds bestieg und so in gemächlichem Tempo sicher über den Fluss getragen wurde. Dabei kam Lulamani die rettende Idee. Vorsichtig ließ sie sich vom Ast hinunterrutschen, bis sie nur an ihren Händen direkt über der brüllenden Büffelherde baumelte. Sie schloss die Augen und begann mit ihrer Großmutter Mandisa zu sprechen, wie sie es immer tat, wenn sie Sorgen hatte oder Hilfe brauchte.

Vor einem Jahr hatte Mandisa mit großer Freude gespürt, dass ihre Zeit gekommen war heimzugehen. Sie sehnte sich nach ihrem Mann, den Verwandten und vielen Freunden, die vor ihr gegangen waren und schon so lange auf sie warteten. Sie rief ihre Familie und legte sich nieder, um zu sterben. Freudig und leichten Herzens machte sie sich auf den Weg ins Reich der Schatten.

Kurz nachdem Mandisas Schatten ihren Körper verlassen und sich zu ihren Ahnen gesellt hatte, erschien Lulamani eine besonders schöne Felsenpython, die sich am Ende der Veranda ihres Hauses sonnte. Sie war wohlgenährt und hatte glänzende, herrlich gezeichnete Schuppen, und die junge Zulu war sich absolut sicher, dass sie die Seele ihrer Großmutter verkörperte, die gekommen war, um über sie zu wachen. Sie bot der Schlange ein Schälchen Milch an, am nächsten Tag dann die Augen eines schwarzen Lamms, die als besondere Köstlichkeit galten, und machte es sich zur Gewohnheit, jeden Morgen, gleich nachdem sie Haus und Hof gefegt hatte, hinüber zum Hühnerstall zu laufen, das schönste Ei auszusuchen und ihrer Großmutter hinzustellen.

Dann hockte sie sich nur wenige Fuß von der Python entfernt nieder, nannte sie Umakhulu, erzählte ihr von ihrem Tag, ihrem Mann, der so anders war als ein Zulu, von seinen merkwürdigen Angewohnheiten, dass er sich jeden Morgen die Haare aus dem Gesicht schabte und eine kleine Hose unter seiner langen trug. Eines Tages sprach sie auch von der Hoffnung, bald ein Kind zu bekommen. Die Schlange zeigte nie Scheu, sondern blieb ruhig liegen, wiegte sachte ihren Kopf und blickte sie aus ihren wissenden dunklen Augen an.

»Hilf mir, Umakhulu, besänftige Inyati, den mächtigen Büffel, verwandle seine Wut in Kraft«, rief Lulamani jetzt, und dann ließ sie sich fallen. Sie landete auf dem Nacken eines Büffelbullen, bekam tatsächlich die Hörner zu fassen, schlang ihre Beine um den mächtigen Hals und presste sich mit Oberkörper und Gesicht in das fettige, stinkende Fell.

Es war ein Höllenritt durch ohrenbetäubenden Lärm, beißenden Rauch und wirbelnde Asche. Sie fühlte die Hitze des Feuers auf ihrem Rücken, atmete die Angst der Tiere ein, konnte ihre eigene kaum bezähmen. Mit einem gewaltigen Sprung warf sich ihr Büffel mitten ins brodelnde Getümmel im Fluss, wurde prompt unter Wasser gedrückt, tauchte blökend wieder auf, und Lulamani musste schreien, um wieder atmen zu können.

Irgendwie entgingen ihre bloßen Beine den Zähnen der zuschnappenden Krokodile, irgendwie gelang es ihr, in dem mörderischen Gedränge nicht herunterzufallen, nicht zu ertrinken, nicht erdrückt zu werden. Nach einer Ewigkeit, wie es ihr schien, während die Wellen über ihr zusammenschlugen, erreichte ihr Büffel das gegenüberliegende Ufer. Spuckend und hustend hing sie an seinem Hals. Das Tier versuchte, sich die steile Böschung hinaufzukämpfen, wurde aber von dem Strom seiner um sich tretenden Artgenossen mitgerissen und seitwärts gedrückt, genau in die zähnestarrenden Kiefer mehrerer Krokodile.

Lulamani, die von ihrem Mann gelernt hatte, auf einem Pferd zu reiten, nicht wie eine weiße Dame, sondern rittlings wie ein Mann, wie es auch Katheni, seine Mutter, tat, brachte es fertig, den blindlings rennenden Büffel durch festen Druck ihrer Knie und energischem Reißen an seinen Hörnern die Böschung hinauf und an den Rand dieses tierischen Mahlstroms zu lenken. Sie passte den Moment ab, in dem sich vor ihr eine Lücke auftat, rief ihre Großmutter an und sprang. Der Aufschlag auf dem harten

Boden raubte ihr fast die Sinne, aber ihr Überlebenswille war stark, sie schaffte es, auf die Füße zu kommen, und stürzte auf den nächsten Baum zu. Sie wurde gestoßen und getreten, stolperte, fiel hin, krabbelte auf allen vieren weiter, aber sie schaffte es.

Schreiend rannte sie förmlich den Stamm hoch, hing schließlich hilflos keuchend an einem Ast, riss den Hut vom Kopf und warf ihn weg. Er schwebte hinunter, landete auf dem braunen Meer der Büffelrücken und verschwand unter den dröhnenden Hufen. Ausgelaugt, durstig und noch immer voller Angst, beschloss sie, so lange auf dem Baum abzuwarten, bis klar wurde, wohin das Feuer trieb. Erschöpft schloss sie die Augen.

Feurige Ascheflocken wirbelten durch die Luft wie Schwärme von Glühwürmchen, verfingen sich in ihren Kraushaaren, schwelten dort weiter, bis die Glut ihre Kopfhaut erreichte und sie versengte. Sie schüttelte den Kopf, fuhr sich mit beiden Händen ins Haar. Auch das Fell eines Warzenschweins fing Feuer. Schrill quiekend rannte es mit rauchendem Rücken ins Wasser, geradewegs in die aufgesperrten Kiefer einer der großen Panzerechsen. Das Wasser kochte, der Schaum färbte sich rot, Lulamani erschauerte und verbarg ihr Gesicht.

Den Büffeln folgte die Elefantenherde, die in kopfloser Panik umgedreht und mit erderschütterndem Getöse wieder aufs Feuer zugerannt war, nun abdrehte und an ihr vorbeigaloppierte. Mit ohrenzerreißenden Trompetenstößen schrien die Kühe nach ihren Kälbern, drängten schwächere Tiere wie die zierlichen Impalas beiseite oder trampelten sie einfach nieder. Die Elefanten walzten in ihrem Wahnsinnsgalopp Büsche und kleinere Bäume einfach um, rammten immer wieder den Stamm ihres Baumes. Mit jedem Stoß schwankte sie in der luftigen Höhe, und mehr als einmal fehlte nicht viel, und sie wäre wie eine überreife Frucht heruntergeschüttelt worden.

Das Mädchen drückte ihren Rücken fest gegen den Baumstamm, verankerte ihre Füße in einer breiten Astgabel, hakte ihre

Arme um die kräftigsten Äste neben ihr und versuchte, durch den Rauch das andere Ufer auszumachen. Ihre Augen tränten, und sie musste wieder husten. Für einen Moment war der Rauch so dicht, dass sie nichts sehen konnte, dann riss der Wind ein Loch in den Vorhang, und was sie sah, erfüllte sie mit Grauen: Bäume loderten wie Fackeln, es regnete brennendes Gras, ein Feuerteppich bedeckte das Land, so weit sie blicken konnte.

Mitten in diesem Inferno knallte ein Schuss.

Für ein paar kurze Sekunden wurde das Brausen des Feuers zu einem Flüstern, schienen alle Lebewesen die Luft anzuhalten, auch Lulamani. Ihr Puls ging schneller. Wieder krachten Schüsse. Menschen waren in der Nähe, vielleicht sogar ihr Mann oder ihr Vater, vielleicht auch beide, denn sie wollten gemeinsam auf die Jagd gehen. Aufgeregt reckte sie den Hals.

Die Jäger befanden sich offenbar nordöstlich, aber der einzige Weg zu ihnen war durch die Tiermassen blockiert, und keine dreißig Schritt entfernt kauerte ein Leopard. Sein Schwanz schlug aufgeregt hin und her. Sie musterte ihn flüchtig. Von der großen Raubkatze ging kaum Gefahr aus. Sie war auf der Flucht wie sie, und außerdem gab es genug Beute direkt vor ihrer Nase, das Tier musste sich nicht erst die Mühe machen, hinter seinem Mittagessen herzulaufen. Eine in Panik geratene Büffelherde schätzte sie allemal als größere Bedrohung ein als einen hungrigen Leoparden.

Sich festklammernd, zerrte sie ihr zerrissenes Kleid über den Kopf und ließ es achtlos fallen. Es landete auf den Hörnern eines Büffels und fiel ihm über die Augen. Vergeblich versuchte er, es mit wütendem Schwenken seines mächtigen Kopfes wegzuschleudern. Blind preschte er davon, das Kleid wehte wie ein Banner zwischen seinen Hörnern. Trotz ihrer verzweifelten Lage musste Lulamani kichern, schluckte dabei Rauch und bekam prompt wieder einen Hustenanfall. Noch immer hustend, band sie ihr über dem Knie mit Schleifen zusammengehaltenes Beinkleid in der Taille fest. Erleichtert reckte sie die Arme. Jetzt hatte sie die

Bewegungsfreiheit, die sie brauchte. Sie wischte sich über den Mund und kletterte höher, um sich einen besseren Überblick über ihre Lage zu verschaffen. Vier Paviane, die sich gegenseitig umklammernd in der Baumkrone hockten, schnatterten aufgeregt, rührten sich aber nicht vom Fleck.

Von ihrem neuen Ausguck sah sie deutliche Anzeichen, dass der Strom der fliehenden Tiere allmählich versiegte. Die, die den rettenden Fluss noch nicht erreicht hatten, würden es nicht schaffen. Die Feuerwalze, die alles Lebende vor sich hertrieb, war schneller.

Die Zunge klebte ihr am Gaumen, beide Mundwinkel waren aufgerissen. Sie leckte sich über die spröden Lippen, was diese seltsamerweise nur noch trockener zu machen schien. Wenn sie nicht bald etwas zu trinken bekam, würde sie zu schwach für die Flucht werden, aber noch konnte sie es nicht wagen, die Sicherheit des Baums zu verlassen. Der Leopard hatte Gesellschaft von zwei Artgenossen bekommen. Eine der Großkatzen hatte bereits ein Springbockjunges gerissen, die zwei anderen duckten sich schwanzpeitschend zum Sprung. Trocken schluckend suchte Lulamani ihre unmittelbare Umgebung nach etwas Grünem, Saftigem ab, das sie kauen konnte, um ihren Durst zu lindern. Aber es gab nur Verdorrtes und Verbranntes. Sie schluckte wieder und blinzelte zum Himmel.

Nur ab und zu schimmerte gespenstisch die blasse Sonnenscheibe durch die Rauchschwaden, zeigte ihr, dass über dem Inferno ein knisternd trockener, sonniger Tag strahlte. Bald würde der Mittag überschritten sein, und schneller als ihr lieb war, würde Elezimpisi anbrechen, die Hyänenzeit. Es war die Zeit zwischen Hell und Dunkel, zwischen Tag und Nacht, wenn die sterbende Sonne rote Schatten auf die Hügelhänge warf und die Hyänen sich zusammenrotteten, um auf Jagd zu gehen.

Sie hoffte auf eine klare Nacht mit hellem Mondschein. Er würde es ihr leicht machen, ihren Weg zu finden. Sollten die Wolken aber den Mond verschlucken, die Nacht undurchdringlich schwarz werden, wagte sie nicht, sich auszumalen, was geschehen konnte. Furchtsam schaute sie sich um.

So weit sie blicken konnte, lagen tote oder sterbende Tiere im Busch herum. Gelegentlich blökte eins oder schrie, wenn es versuchte, seinen zerschmetterten Körper aufzurichten. Über ihr huschten die Schatten der Geier, die sich auf den Bäumen sammelten, und das hohe, aufgeregte Lachen jagender Hyänen kam bedrohlich näher. Jedes Raubtier in mehreren Meilen Umkreis hatte gerochen, dass hier ein reich gedeckter Tisch wartete. Schon hörte sie das tiefe Gebrüll des Königs der Steppe, dieses urweltliche Röhren, das einem die Haare zu Berge stehen ließ und das einem nicht verriet, ob der Löwe in unmittelbarer Nähe oder eine Meile entfernt war. Angst lief ihr wie tausend Ameisen über den Rücken. Sie wartete.

Die Hyänen waren die Ersten, und sie kamen in einem großen Rudel. Unter Lulamani begann ein grausiges Schauspiel.

Jaulend stritten sich die Tiere um die fettesten Brocken, bissen sich gegenseitig weg, heulten, lachten ihr irres Lachen, während Knochen krachten und Blut ihr getüpfeltes Fell rot färbte. Es dauerte nicht lange, und mehrere Löwen tauchten auf. Lulamani zählte neun Weibchen, zwei halbwüchsige Männchen und den Rudelführer, ein sehr großes Tier mit prachtvoller, schwarzer Mähne. Alle waren erbärmlich dünn, ihre Flanken eingefallen, das gelbe Fell hing in großen Falten von ihren Körpern. In der herrschenden Dürre war ihre Beute in den vergangenen Monaten mager gewesen.

Fauchend fuhren die ausgehungerten Löwenweibchen zwischen die Hyänen und fletschten ihre Furcht erregenden Zähne. Die gefleckten Aasfresser sprangen winselnd zurück, strichen mit eingezogenem Schwanz in sicherer Entferung um die zunehmend in Raserei geratenden Löwen. Die großen Katzen rissen die Bäuche ihrer Beute auf, schlangen die Innereien herunter, kauten auf den Läufen noch lebender Büffel, knurrten, fauchten, brüllten, bissen um sich, schlugen sich gegenseitig mit Prankenhieben aus dem Weg. Rudel von Schakalen näherten sich in geduckter Haltung, schrien in markerschütternd schrillen Tönen, die in langgezogenem Heulen endeten und die Lulamani die Haare zu Berge stehen ließen. Sie flog am ganzen Leib, musste ihren Unterkiefer festhalten, um sich nicht durch ihr Zähneklappern zu verraten.

Am späten Nachmittag hatten sich die Löwen voll gefressen. Bluttriefend tauchten sie aus den ausgeweideten Kadavern auf, leckten halbherzig über ihr bis zur Schwanzspitze rot gefärbtes Fell, taten steifbeinig ein paar Schritte und fielen dann einfach um. Der große Pascha mit der prächtigen, schwarzen Mähne rollte auf den Rücken, riss sein Maul auf, gähnte, dass Lulamani jeden seiner beeindruckenden Reißzähne sehen konnte, und schlief ein. Nicht lange danach waren auch die Hyänen satt und trabten mit seltsamen Knurrlauten davon. Nun kamen die Schakale und stritten sich kreischend um die Reste, schleppten sie stückweise weg, bis nur noch Knochen übrig waren.

Fliegen setzten sich in Schwärmen auf die Kadaver, fielen über die Löwen her, labten sich an dem Blut, das deren Fell durchtränkte, krochen ihnen in die Augenwinkel, in die Nasenlöcher und ins geöffnete Maul. Die großen Katzen regten sich nicht, nur das sanfte Heben und Senken der prallen Bäuche zeugte davon, dass sie lebten.

Irgendwann trat endlich Stille ein. Lulamani wagte es, tief durchzuatmen, wartete aber noch. Als erneut eine Gewehrsalve in der Ferne krachte und die Löwen sich nicht einmal rührten, kehrte ihr Mut zurück. Sie brach einen kräftigen Ast ab und schleuderte ihn hinunter auf die wie tot daliegenden Raubkatzen. Der Ast prallte am Bauch des prächtigen Männchens ab. Das Tier zuckte nur kurz mit der Pranke. Noch einmal rollte ein Schuss durch die Hügel, und Lulamanis Augen flogen zu dem riesigen Löwen. Er zeigte nicht die geringste Reaktion.

»Hilf mir, Umakhulu«, wisperte sie, rutschte auf der rauen Borke des Baumstamms hinunter und huschte schnell wie ein Schatten an den schlafenden Raubkatzen vorbei ins Dickicht. Als sie sich in sicherer Entfernung befand, blieb sie stehen, orientierte sich kurz am Nachhall der Schüsse und machte sich schleunigst auf den Weg.

Ein zartblauer Schleier legte sich über ganz Zululand, erreichte bald Inqaba. Sihayo, der vor seiner Hütte saß, das von Nomiti gebraute Bier trank, dabei seinen Kampfstock liebevoll mit Hippopotamusfett einrieb und nachrechnete, ob er genug Rinder sein Eigen nannte, um sich eine weitere Frau kaufen zu können, roch den Rauch, legte den Kampfstock beiseite und stieg schnurstracks auf den nächsten Baum, um zu erkunden, was da hinter den Hügeln los war. Der Anblick, der sich ihm bot, alarmierte ihn aufs Höchste.

Schwarze Rauchwolken, vom Widerschein des Feuers auf der Unterseite rot angeleuchtet, wälzten sich aus Südwesten heran. Nach seiner Einschätzung würden sie in Kürze auch Inqaba erreichen.

Eilig rutschte er vom Baum, lief zur Hütte, holte die große Feuertrommel heraus, klemmte sie sich zwischen die Knie, rieb seine Handflächen aneinander, und dann schlug er den ersten Trommelwirbel, der alle, die ihn vernahmen, zu höchster Aufmerksamkeit mahnte.

Kurze, harte Schläge waren es, und die bauchige Trommel dröhnte und schickte ihre dringende Warnung in alle Himmelsrichtungen. Bald kam die Antwort aus dem nächstgelegenen Umuzi, nacheinander fielen immer mehr Trommeln ein, bis sich ihre Stimmen vereinigten, übers Land rollten und die Menschen in Alarm versetzten.

Die Häuptlinge ließen als Erstes ihre Rinder aus der Gefahrenzone treiben und befahlen ihren Frauen, breite Feuerschneisen um die Umuzis zu roden. Alle Bemühungen der Stammesregenmacher hatten bisher kein Wasser vom Himmel locken können, und die Indunas flehten König Cetshwayo an, die königliche Regenmacherzeremonie zu veranlassen. Zum zweiten Mal war schon die Regenzeit ausgefallen, und statt des Regenwinds wehte der Inyakatho, der die Wolken verjagte, Hitze brachte und klaren Himmel.

Doch der König, von Natur aus geizig, schwankte noch, mehrere seiner edlen Rinder zu opfern, wie es die Ahnen verlangen würden. Selbst als der Wind drehte, und trockene, heiße Luft aus der Kalahari sich wie ein Leichentuch über das Land legte, zögerte er. Zululand und seine Menschen stöhnten. Ein Sturm war geboren.

Vier Monate zuvor war dieser Sturm noch ein Wind gewesen. Sein unheilvolles Brausen hatte nur einer vernommen. Cetshwayo, König der Zulus.

Ende Juli 1878, an einem sonnigen Wintertag, der so klar war, dass man in die Zukunft sehen konnte, rief der König die sechs mächtigsten Mitglieder seines innersten Rats zu sich. Die Wände des Schwarzen Hauses im Zentrum seiner Residenz, in dem er seine Indunas und die Häuptlinge der großen Clans empfing, hatten Ohren, das wusste er schon seit langem, und da seine Worte nur diese sechs Männern erreichen sollten, versammelte er sie an einem geheimen Ort tief im Herzen Zululands im Schatten eines ausladenden Mahagonibaums. Der Busch knisterte, Zikaden sirrten.

Kein Lüftchen regte sich.

»Setzt euch. Es geht um den Wind«, verkündete der König und ließ sich auf seinem geschnitzten Stuhl nieder, zog das prächtige Leopardenfell, das seinen hoch gewachsenen Körper bedeckte, über der Brust zurecht. »Hört ihr den Wind? Er spricht mit Jakots Stimme.«

Er hob die Hand, und die Menschen hörten auf zu atmen, Insekten verstummten, sogar die Zikaden schwiegen. Eine schwarze Stille senkte sich über Zululand.

Erst hörten die Männer nur ein Zischen, das ihr Schweigen erfüllte, ein hohes, schneidendes Pfeifen. Allmählich aber wurde es zu einem wilden Heulen, das aus der Tiefe des blauen Himmels zu kommen schien und in ihren Ohren schmerzte wie ein Stich mit dem Assegai. Das Heulen schwoll an zu einem Orkan, der knatternd durch die Palmen fuhr, in den Kronen der Bäume rasselte und so viel Staub aufwirbelte, dass das Licht für einen langen Augenblick nicht mehr zu sehen war. Es wurde dunkel über dem Land, und seine Zukunft versank in dieser Dunkelheit.

»Es sind Jakot Hlambamanzis Worte, die ihr vernehmt. Er ist schon mehr als ein volles Menschenalter im Reich der Schatten, aber das Echo seiner Prophezeiung hallt noch heute über die Hügel Zululands«, rief ihr König durch das Brausen des Orkans.

Als der Augenblick vorbei war, und das Licht wieder zurückkehrte, wagten die Räte zu antworten. »Wir hören ihn«, flüsterten sie furchtsam.

Der König senkte seine Hand. »Als mein Onkel, König Dingane, sein Zeichen unter den Vertrag gesetzt hatte, der den Umlungus Port Natal zusammen mit allem Land vom Tugela bis zum Umzimvubu-Fluss im Westen und bis zum Meer im Norden zu ihrer immer währenden Verfügung zusprach, ging Jakot durch das Tor der Ferne und sah, was kommen würde, und das ist es, was er Dingane, meinem Ahnen, voraussagte.«

Wieder machte er eine Pause und ließ die Worte einsinken. Als er fortfuhr, war seine Stimme das Grollen eines Löwen. »Erst werden die Umlungus die Zulus höflich um Land bitten, um sich niederzulassen, so weissagte Jakot, sie werden Häuser bauen und ihre Kühe auf unserem Land weiden lassen, ihre Zauberer, die sie

Missionare nennen, werden die Zulus durch Hexerei unterwerfen. Schließlich werden ihre Soldaten mit Feuerstöcken kommen und unsere Krieger töten, und bald wird sich das stolze Volk der Zulus in ein Volk von Amakafulas, landlosen Dienern, verwandeln, und du wirst ihr König sein. Das sage ich, Hlambamanzi, und so wird es kommen.«

König Cetshwayo schwieg, versuchte mit seinem Blick die staubverhangene Ferne zu durchdringen, suchte die sanften Konturen der grünen Hügel seines Landes, das Himmel hieß, aber der Horizont war verschwunden. Als er endlich wieder sprach, war seine Stimme ein scharfes Flüstern.

»Nun höre ich den Donner, ich sehe die schwarzen Wolken. Es sind Jakots Worte, die dichter werden und lauter. Sie ballen sich zusammen und sammeln noch Kraft, doch bald wird ihr Donner alles übertönen, und Blitze werden unsere Welt in Brand setzen.« Mit brennendem Blick sah er seine Räte an, einen nach dem anderen, und jeder von ihnen senkte den Kopf.

»Und es war Shaka Zulu«, hub der König wieder an, »mein Großvater, der mächtigste König aller Menschen schwarzer Haut, der die Umlungus mit den Schwalben verglich, denn wie diese Vögel bauen sie Häuser aus Schlamm dort, wo sie ihre Jungen groß ziehen. Im Mond der Schaumzikaden, wenn die Sonne hoch steht und die Schatten kurz werden, ziehen sie fort, und die Schwalben fallen über Zululand her. Aber sobald der Umsinsibaum seine blutroten Kronen trägt, die kühlen Morgennebel unsere Täler füllen, sammeln sich die Schwalben und verschwinden im Himmel. Dann kehren die Umlungus zurück.«

Das Kinn auf seine Brust gedrückt, schaute er mit gerunzelten Brauen auf seine Ratsmitglieder. »Ihr wisst, dass es schon einige Weiße gibt, die hier ihre Steinhäuser errichtet haben. Jantoni Simdoni, den die Umlungus John Dunn nennen, der mein Berater ist und den ich in unser Land eingeladen habe, und Jontani von Inqaba, der großen Mut zeigte, als er den Sohn meines Vaters vor einem Leoparden rettete. Aber es gibt auch Missionare, die mit Erlaubnis meines Vaters ihre Häuser hier gebaut haben. Sie kaufen unsere Töchter, machen Kinder mit ihnen, um Sklaven zu haben, und stehlen ihre Seelen. Die Haut dieser Kinder hat die Farbe von Exkrementen einer kranken Kuh, und das Reich unserer Schatten ist ihnen bis zum Ende der Zeit verschlossen.«

Er machte eine Pause, seine Augen glühten vor Hass. »Diese Männer führen Krieg gegen uns, auch wenn ihre Hände keine Waffen tragen. Wir werden die Häuser dieser Umlungus zerstören und ihre Bewohner über die Grenze jagen. Wir werden verhindern, dass die Schwalben über Zululand herrschen.«

»Yebo«, stimmten die Häuptlinge ihm frohgemut zu und stellten sich die reiche Beute vor, die ihnen winkte.

In diesem Augenblick glitt der Schatten eines riesigen Adlers über Ondini. König Cetshwayo hob seinen Blick und folgte dem Flug des majestätischen Vogels. Hoffnung leuchtete auf seinen Zügen. Er reckte sich zu seiner vollen, beeindruckenden Größe. »Ngqungqulu, König der Vögel, Verkünder des Krieges«, röhrte er und streckte seine geballte Faust zum Firmament, »du bist der Herrscher des Himmels, und ich bin der König des Volkes, das Himmel heißt. Bayete! Ich grüße dich!«

»Bayete!«, riefen seine Männer mit wilder Freude.

Auch Andrew Sinclair sah den Adler. Auf der Suche nach guten Jagdgründen hatte er sich auf seinem Erkundungsritt drei Stunden von seinem Lager entfernt und hörte aus reinem Zufall das Bayete-Gebrüll im Busch. Er glitt aus dem Sattel, legte seinem Pferd beruhigend die Hand über die Nüstern, damit es nichts Fremdes wittern und ihn verraten konnte, und schlich sich neugierig heran. Als er erkannte, dass er den König der Zulus vor sich hatte und dass dieser offenbar ein Geheimtreffen abhielt, lauschte er mit wachsendem Interesse seinen Worten.

Der König richtete sich jetzt zu seiner vollen imposanten Größe auf. »Es wird Krieg geben«, donnerte er und stieß seine

Faust in den Himmel. »Der Ngqungqulu verkündet unseren Sieg, und die großen Könige unseres Volkes, Shaka Zulu und Dingane, haben im Traum zu mir gesprochen. Lasst die Armee marschieren, war ihre Botschaft. Die Weißen werden sterben. Ich werde also die Sangomas aus meinem Reich zusammenrufen, damit sie unsere Krieger unverwundbar gegen die Kugeln der Umlungus machen, und die Mädchen meines Isigodlos, meine Leibwache, werden ihre Schießübungen wieder aufnehmen!«

Andrew Sinclair schmunzelte, als er das hörte. Offenbar ahnte der König nicht, dass jetzt, in diesem Augenblick, die einflussreichsten Männer Natals seinen Sturz planten und einige Regimenter, die an der Grenze zu Transvaal die Buren in Schach hielten, bereits ihren Marschbefehl erhalten hatten. Es würde Krieg geben, darüber bestand auch für ihn kein Zweifel. Ein Krieg verhieß gute Geschäfte, und er hatte vor, davon zu profitieren. Blitzschnell stellte er eine Kalkulation an und lächelte höchst zufrieden in sich hinein, hörte er doch schon das Klingeln der Münzen, mit denen er sich die Taschen zu füllen gedachte.

Die Räte jedoch antworteten ihrem König nicht. Mit ängstlichen Mienen hielten sie ihre Augen weiter himmelwärts gerichtet. Befremdet folgte Cetshwayo ihren Blicken, und dann sah auch er es, und als er begriff, was er sah, senkte er den Kopf und wandte seinen Blick nach innen.

Vier Falken waren aus dem Nichts herabgestoßen, vier kleine Falken, und hatten den mächtigen Adler angegriffen. Immer wieder schossen sie heran, immer wieder hackten sie mit ihren scharfen Schnäbeln nach dem riesigen Vogel, und es kam der Moment, da der Adler so schwer verletzt war, dass er sich geschlagen gab und im Blau des unendlichen Himmels verschwand.

Andrew Sinclair sah ihm nach, konnte sich die plötzliche, deutliche Niedergeschlagenheit Cetshwayos aber nicht erklären. Er zuckte die Schultern. Vermutlich war das wieder so ein lächerlicher Zuluaberglaube. Nun, ihm sollte es recht sein. Je geschwächter der König in den Krieg zog, desto schneller war es vorbei, und desto reicher würde seine Beute sein.

Am Abend dieses Tages erschien eine schwarze Wolke am Himmel über Zululand, von Horizont zu Horizont reichte sie, und wer genau hinsah, entdeckte, dass es Schwalben waren. Tausende und abertausende von Schwalben, ein schier endloser Schwarm. Der Himmel über den grünen Hügeln war schwarz vor Schwalben, obwohl es noch mitten im Winter war.

Andrew Sinclair, zurückgekehrt in sein Lager, bemerkte die Vögel natürlich auch, aber er, der Europäer, erkannte es nicht als ungewöhnlich, geschweige denn als himmlischen Fingerzeig.

Das war es, was an diesem kalten Julitag geschah. Dieses geheimnisvolle Zeichen eines drohenden Unheils wurde in den Himmel geschrieben. Cetshwayo kaMpande hatte noch nie von Belsazar gehört, dem letzten König der Babylonier, und dem Menetekel an der Wand, doch die Zeichen füllten seine Seele mit Düsternis, und er wusste, dass die Tage seines Reichs, und so auch seine, gezählt waren.

So sandte er, der König der Zulus, der sein Land gemäß der Gesetze seiner Vorfahren regierte, der einen tief sitzenden Sinn für Gerechtigkeit und Ausgleich besaß, der nichts weiter wünschte, als die Bahn, die ihm das Schicksal vorgeschrieben hatte, in Frieden zu vollenden, seine Boten ins ganze Land und rief seine Krieger nach Ondini. Die Kriegstrommeln begannen zu sprechen.

Noch herrschte gespannte Ruhe wie die, kurz bevor ein Sturm losbricht, aber König Cetshwayo hörte ihn deutlich, den Donner, der hinter dem Horizont grollte, und Furcht überfiel ihn.

2

Vier Wochen zuvor und über einhundertfünfzig Meilen weiter südlich, an der grünen Küste Natals, folgte Johann Steinach einer einsamen Fußspur im Sand hinunter zum Saum der auslaufenden Wellen. Die Sonne war ein rosa Hauch über dem Horizont, das Meer schlief noch im Morgendunst. Das Wasser lief ab, und wie eine Herde urweltlicher Fabelwesen tauchte das steinerne Riff langsam aus dem Indischen Ozean. In den schattigen Teichen drifteten die Fische noch träumend dahin. Johanns Blick folgte der Spur, und er entdeckte sie, wo er es erwartet hatte. Eingehüllt in den silbrigen Gischtschleier auf ihrem Felsen, der weit draußen der Brandung trotzte. Dorthin flüchtete sie sich, wenn sie sich verloren hatte. Hier fand sie sich wieder, konnte ihre Gedanken ordnen, fand Lösungen, die ihr vorher nicht in den Sinn gekommen waren. Das tat sie schon seit zwanzig Jahren, und so lange trug der mächtige, seepockenverkrustete Sandstein ihren Namen. Catherines Felsen.

Johann krempelte seine Hosen bis zum Knie hoch, stieg über den kühlen Dünensand hinunter auf den Strand und folgte ihren Schritten. Wie sie hatte auch er nicht schlafen können, aus dem gleichen Grund, schon seit langem nicht, obwohl er tagsüber mit der beinharten Arbeit beschäftigt war, Rohre zu verlegen, um das Wasser aus dem nahen Fluss zu seiner Ananas- und Papayaplantage zu leiten. Die unbarmherzige, seit einem Jahr herrschende Trockenheit hatte selbst das grüne Natal zu einem staubigen Braun gebrannt. Ursprünglich hatte er den Fehler begangen, das Wasser durch halbierte, ausgehöhlte Baumstämme zu leiten, über die jedoch Termiten mit großem Appetit hergefallen waren und sie in kürzester Zeit in Siebe verwandelt hatten. Jetzt benutzte er Tonrohre, die eine Ziegelei bei Durban brannte. Der Eigentümer kam aus Österreich und verstand sein Handwerk. Das Problem war das Gewicht. Zwei seiner Männer waren ausgefallen. Einer hustete Blut, der andere hatte ein Rohr fallen lassen, das ihm den Fuß zerquetschte. Da es eilte, weil die Ananas von einem Händler am Kap vorbestellt waren, hatte er selbst mit angefasst.

Catherine musste das Knirschen seiner Schritte im Sand gehört haben, denn sie drehte sich zu ihm, streckte ihre Hand aus und zog ihn wortlos neben sich, dann richtete sie ihren Blick wieder auf den Horizont, wo ein tiefes Glühen den Aufgang der Sonne ankündigte.

Mit gekreuzten Beinen setzte er sich.

»Wenn Maria etwas zugestoßen ist, würde man uns das doch wissen lassen.« Es war keine Frage.

Er nickte, aber erwiderte nichts.

Sie schleuderte einen Stein, der die Wasseroberfläche wie Glas splittern ließ. »Egal, ich habe es satt, nur herumzusitzen und zu warten. Heute reite ich nach Durban, nehme morgen die Postkutsche nach Pietermaritzburg und gebe ein Telegramm auf. Das hatte ich mir schon vor ein paar Tagen vorgenommen. Eigentlich wollte ich reiten, aber in der Dunkelheit bin ich nicht gern allein unterwegs, ich müsste auf der Strecke übernachten. So geht es am schnellsten.« Johann hatte das Problem mit den Bewässerungsrohren, das verstand sie, auch dass bei dem Unternehmen jeder Tag zählte.

Er sah sie überrascht an. »Postkutsche? Soll außerordentlich unbequem sein …«

»Bin ich aus Zucker?«

»Nein, das wahrlich nicht.« Ein Lächeln huschte über seine Züge. »Aber diese Möglichkeit hatte ich gar nicht in Betracht gezogen. Bisher hatte ich noch nie jemandem etwas so dringend mitzuteilen. Die Schiffspost hat allemal genügt. Hast du durchgerechnet, wie lange es dauern wird, ehe wir Antwort bekommen?«

Mit einer Hand ihr Haar zurückhaltend, das ihr im Winterwind immer wieder in die Augen wehte, sah sie ihn an.

»Natürlich. Jede Art von Rechenspielchen habe ich betrieben, aber es kam immer dasselbe heraus. Es dauert rund eineinhalb Monate. Den ersten Tag reite ich nach Durban, am zweiten nehme ich die Postkutsche nach Pietermaritzburg, den nächsten Tag gebe ich das Telegramm auf.« Sie zählte die Tage an den Fingern ab. »Am vierten Abend sollte es dann Kapstadt erreichen und daraufhin in Papierform an Bord eines Dampfschiffs nach Madeira gebracht werden, wo das transatlantische Kabel liegt, das Afrika mit Europa verbindet. Die Reise nach Madeira dauert knapp zweieinhalb Wochen, wenn das Wetter gut ist, unbestimmte Zeit länger, wenn Stürme, Hafenstreiks oder ähnliche Schicksalsschläge dazwischenkommen. Als ehemaliger Seemann weißt du besser als ich, was die Stürme vor der Skelettküste anrichten können.« Sie streckte drei Finger hoch. »Das sind also schon mindestens drei Wochen, vorausgesetzt das Schiff hat Kapstadt sofort verlassen, und alles ist glatt gegangen, was ich, ehrlich gesagt, nicht für wahrscheinlich halte. Trotzdem, lass es uns so annehmen. Dann sollte es höchstens, alle Eventualitäten eingerechnet, noch wenige Tage dauern, bis Herr Puttfarcken in Hamburg das Telegramm in der Hand hält.«

Sie zog eine Grimasse. »Im besten Fall dauert es sechs Wochen, ehe wir überhaupt hoffen können zu erfahren, wie es unserer Kleinen geht.«

Johann konnte nicht mehr still sitzen. Er kletterte vom Felsen herunter, fischte einen seidig glatten, schwarz glänzenden Stein aus dem Teich zu seinen Füßen und warf ihn weit hinter der Brandung ins Meer. »Das ist Basaltgestein, wusstest du das? Es muss hier vor Millionen von Jahren in Form flüssiger Lava aus der Erde gequollen sein.«

Er hatte ihr das schon oft erklärt, aber sie schüttelte den Kopf. Sie wusste, dass es eine automatische Bemerkung war, die ihm half, seine Gedanken zu entwirren.

»Es gibt in Übersee eine Vorrichtung, die Telefon heißt«, sagte er endlich. »Man steht zu Hause, spricht in eine Art Trichter hinein, und zig Meilen entfernt kommt die Stimme dann wieder aus einem solchen Ding heraus.«

Auch sie hatte davon gehört. »Ich kann das zwar kaum glauben, verstehe partout nicht, wie die Stimme in den Apparat hineinkommt, durch die Luft fliegt und am anderen Ende aus einem Trichter tönt, aber Francis Court hat mir versichert, dass es funktioniert. Er hat es bereits selbst in London benutzt.« Sie ballte die Fäuste. »Und wir müssen sechs geschlagene Wochen warten! Eine Brieftaube wäre schneller. Mein Gott, ich wünschte, ich hätte Flügel, um mal eben nach Deutschland fliegen zu können!« Ihre Füße sicher in die Nischen und Mulden setzend, die Jahrtausende von Wind und Wasser in den Felsen gekerbt hatten, stieg auch sie herunter.

Wieder schleuderte er einen Stein ins Wasser. »Nimm die Gig, Cleopatra hat ein Natalgeschwür am Bein.«

So geschah es. Ziko begleitete sie. Sofort nach ihrer Ankunft reservierte Catherine für den nächsten Morgen einen Sitz in der Postkutsche, denn die hatte nur Platz für vier Passagiere und war schnell ausgebucht. Danach lenkte sie ihren Einspänner auf die Berea, den lang gezogenen Hügel, der ersten Stufe zum Hochplateau der Drakensberge, die das am Meer liegende Durban vor kalten Westwinden schützten und im Sommer für fast tropisches Klima sorgten. Hier hatten Cilla und Per Jorgensen erst vor kurzem ihr Haus gebaut. Sie würde bei ihnen übernachten, und Ziko würde mit Pferd und Wagen dort ihre Rückkehr erwarten.

Cilla Jorgensen war hocherfreut, sie zu sehen, sorgte für gutes Essen, ein frisch bezogenes Bett, munteres Geplauder, das Catherine tatsächlich für ein paar Stunden von ihren Sorgen ablenkte.

Nach einem reichlichen Frühstück brachte Per Jorgensen, ein blonder, stark ergrauter Hüne mit Pranken, die aussahen, als könnten sie Baumstämme aus dem Boden reißen, sie noch vor Sonnenaufgang in seinem Zweispänner zum Abfahrtspunkt der Postkutsche. Der Morgen war frisch, die Nächte oft noch winterkalt, obwohl tagsüber die Sonne täglich höher stieg und ihre Strahlen schon von der kommenden Sommerhitze kündeten.

Die Postkutsche war ein zweirädriges Gefährt, das von sechs Pferden gezogen wurde. Nervöse Pferde, wie Catherine mit Missbehagen feststellte, während sie ihre Reisetasche einem der drei Schwarzen übergab, die die Fahrt begleiten würden. Er warf sie aufs Verdeck, kletterte auf der schmalen Leiter hinterher und zurrte sie wie das übrige Gepäck mit den Postsäcken fest. Behände hangelte er sich dann auf das Brett, das ihm und seinem Kumpanen an der Rückwand der Passagierkabine als Sitz diente. Catherine fühlte flüchtiges Mitleid mit diesen Männern. Die Bank war schmal, die Fahrt würde sehr unbequem für sie werden. Genauer gesagt, sie würden jeden Stein, jede Holprigkeit aufs Schmerzhafteste spüren. In Pietermaritzburg würden sie grün und blau am ganzen Körper sein. Der dritte Schwarze, ein muskelbepackter Zulu, stieg zum Kutscher auf den Bock.

Per half ihr über das Treppchen in den engen Innenraum der Kutsche. Die Sitzbank für die Fahrgäste stellte sich als kaum breiter heraus und war ebenfalls ungepolstert. Ihr Mitleid mit den schwarzen Beifahrern verschwand. Ein Blick zeigte ihr, dass die Fensterlöcher nicht verglast waren. Entweder war das Glas herausgefallen, oder der Postmeister erachtete das als überflüssigen Luxus. Sie war froh, dass sie über ihr wärmstes Wollkleid eine dicke, gewalkte Jacke gezogen hatte und vorsichtshalber alle Unterröcke trug, die sie besaß. Drei Stück. Ihre Mitpassagiere, zwei Männer und eine jüngere Frau, die in guter Hoffnung war, grüßten mit einem stummen Nicken. Die Männer hatten verbrannte, wettergegerbte Haut, die Frau war blass, was wohl an ihrem Zustand lag. Von der Art, wie sie den abgewetzten Beutel in ihrem Schoß umklammerte, schloss Catherine, dass er ihre gesamte Habe enthielt. Sie trug ihr braunes Haar in einem windzerzausten Zopf um den Kopf gewunden und war, wie ihre Begleiter auch, ärmlich gekleidet. Der Jüngere, der recht groß war, trug eine grüne Jacke, die offensichtlich nicht für ihn gemacht war. Sie war viel zu eng und unter dem Arm aufgerissen, seine klobigen Stiefel waren dilettantisch geflickt, die Hosen fadenscheinig.

Einwanderer, die in Pietermaritzburg Arbeit suchten, nahm Catherine an. Entweder frisch aus Übersee oder schon in Durban gescheitert. Mit einer Entschuldigung und kurzem Gruß drängte sie sich hindurch und ließ sich auf den letzten Platz fallen.

»Morgen, die Damen, Morgen, die Herren, nun woll'n wir mal …« Der blau uniformierte Kutscher stank, hatte eine dröhnende Stimme und Hände voller Schwielen. Ehe es sich Catherine versah, holte er einen zollbreiten Lederriemen hervor, führte ihn hinter der Rückenlehne durch und machte sich daran, ihn unter ihrer Brust festzuschnallen.

»Der sitzt zu fest, ich kann nicht atmen«, protestierte sie und hakte ihre Finger dahinter, versuchte vergeblich, ihn zu lockern.

Der Mann, der eben ihre Sitznachbarin auf die gleiche Weise festband, drehte sich um. »Nicht doch, Gnädigste, sonst verliere ich Sie wohlmöglich unterwegs, und das woll'n wir doch nicht, was?« Er grinste höchst belustigt, als wisse er etwas, das sie nicht wusste.

Catherine schwieg. Es war ihre erste Fahrt in einer Postkutsche, und dass sie festgebunden werden musste, konnte nichts Gutes bedeuten. Sie lehnte sich aus der Fensteröffnung und winkte Per zum Abschied zu. Er hob die Hand, wortkarg wie immer, wendete den Zweispänner auf der breiten West Street, streifte dabei um ein Haar das Postgespann. Das vorderste Pferd wieherte, tänzelte und keilte aus. Die Kutsche schwankte heftig.

»Jessasmariaundjosef!«, schrie die schwangere Frau, bäumte sich in ihrem Riemen auf und gab ein würgendes Geräusch von sich.

Der jüngere der beiden Männer langte herüber und tätschelte ihr den Arm, brummte dabei ein paar Worte, die Catherine eindeutig als einen deutschen Dialekt identifizierte. Sie war froh, dass sie der Frau nicht gegenübersaß. Sollte die sich übergeben müssen, würde das im Schoß eines der Männer landen.

Der Postillion schnallte seinen Hut unterm Kinn fest, knöpfte seine Uniformjacke bis zum Hals zu, klappte den Kragen hoch und stieg auf den Bock. »Holla, holla!«, brüllte er, ließ seine Peitsche über die Rücken der Pferde tanzen. Die machten einen Satz und jagten in einem Höllentempo die West Street hinunter. Hühner stoben gackernd beiseite, die Händler, die eben ihre Stände für den Markt aufbauten, beeilten sich, dem heranrasenden Fahrzeug Platz zu machen.

Am Rand von Durban, wo Hütten die festen Gebäude ablösten, Rudel von ausgemergelten, herrenlosen Hunden neben Schweinen und Ratten in Abfällen wühlten, kam es fast zu einem schlimmen Unfall. In halsbrecherischem Bravado lenkte der Kutscher sein Gefährt um die Kurve und sah sich unvermittelt einem Rindvieh gegenüber, das dösend in der Straße stand und ihnen blöde entgegenglotzte. Widerwillig musste Catherine anerkennen, dass der Mann ein Virtuose war, was das Handhaben von Pferden betraf. Geistesgegenwärtig gelang es ihm, durch ein geschicktes Manöver rechts an dem Tier vorbeizusteuern, die Kutsche holperte zwar mit Wucht über eine Bodenwelle, dass ihr die Zähne zusammenschlugen, schrammte aber an der Kuh vorbei. Der Kutscher schrie »He!« und »Hoho!«, und die sechs Grauen galoppierten den Hügel hinan auf die Berea.

Catherine presste ihren Rücken fest an die harte Rückenlehne, hielt sich mit einer Hand am Fensterrahmen fest, mit der anderen am Sitz. Trotz des Brustriemens wurde sie herumgeworfen wie ein

31

Sack Kartoffeln. Sie fragte sich, wie sich die beiden bedauernswerten Zulus auf ihrem prekären Sitz halten konnten. Der Postillion brüllte, einer der Männer fluchte, die junge Frau neben ihr wimmerte und presste mit aufgerissenen Augen die Hand auf ihren geschwollenen Bauch. Ganz offensichtlich war es ihr erstes Kind.

Sie tat Catherine Leid, denn sie erinnerte sich noch daran, wie ängstlich sie selbst bei ihrer ersten Schwangerschaft gewesen war. Sie schloss die Augen und dachte an ihre Kinder. Vor Jahren hatte Mr Wickers, der Fotograf aus Durban, eine Serie von Fotos von Inqaba und seinen Bewohnern gemacht. Eins liebte sie besonders. Es zeigte die ganze Familie und hing in ihrem Schlafzimmer im Lobster Pott. In der Mitte standen Johann und sie, er hatte seinen Arm um sie gelegt, der andere umfasste seine Töchter, und ihr Arm lag um Stefans Schulter. Die Kinder waren noch klein, Viktoria vielleicht vierzehn, Stefan zwölf und Maria zehn Jahre alt. Doch es existierten zwei Fotografien dieser Szene. Die erste Aufnahme wurde nach Meinung von Mr Wickers von der kleinen Lulamani verdorben, die unverhofft durchs Bild gehuscht war. Der Fotograf hatte reflexartig den Auslöser gedrückt, Lulamani hatte sich erschrocken umgedreht, und so war sie auf dem Familienfoto verewigt worden. Etwas verwischt, ein Bein graziös vors andere gekreuzt, aus seelevollen, schwarzen Augen über ihre Schulter schauend. Eine weiße Perlenschnur lag um ihre kindlichen Hüften. Sonst trug sie nichts.

Catherines Gedanken begannen zu verschwimmen. Zwölf Jahre lag das etwa zurück. Da war unsere Welt noch in Ordnung, dachte sie. Stefan war ein unbekümmerter Junge, Viktoria und Maria fröhlich wie zwitschernde Vögelchen, und Lulamani ein süßes, zutrauliches Mädchen, das oft auf Inqaba erschien, um mit Maria zu spielen. Später, als sie immer mehr Pflichten im Umuzi ihrer Eltern übernehmen musste, waren ihre Besuche selten geworden, ihre Zutraulichkeit hatte sich in eine gewisse Zurückhaltung verwandelt.

Lulamani. Unwillkürlich seufzte sie, fing dabei den neugierigen Blick des älteren Mannes ihr gegenüber auf, der sie schon seit Fahrtbeginn auf ungezogene Art angestarrt hatte. Sie senkte den Kopf, sodass die Krempe ihres Huts ihr Gesicht verbarg, und schloss die Augen, schloss die Welt aus, verkroch sich in ihr Innerstes.

Lulamani war Nomitis und Sihayos Tochter und wie viele Kinder der Farmarbeiter mit den Steinach-Kindern aufgewachsen. Der Name Nomiti war untrennbar mit Erinnerungen an Sicelo verbunden, und die würden unweigerlich den Giftschlamm hochspülen. Mit zusammengebissenen Zähnen wollte sie sich den Bildern widersetzen, die jetzt aus dem schwarzen Nebel des Vergessens auftauchten. Doch ihre Kraft reichte nicht. Sicelo stand vor ihr und neben ihm eine hübsche, junge Zulu, die europäische Kleidung trug, komplett mit Hut und weißen Handschuhen.

»Sie wird meine neue Frau«, hatte der lange Sicelo sie mit unverhohlenem Stolz vorgestellt. »Ich nehme sie mit nach Inqaba.«

»Guten Tag, Madam, ich freue mich, Sie kennen zu lernen.« Das Mädchen deutete einen Knicks an. Ihr Englisch war perfekt, ihr Ausdruck gewählt.

Catherine hatte es die Sprache verschlagen. Es stellte sich heraus, dass König Mpande das Mädchen als Kleinkind einem Missionar geschenkt hatte, der den König von einer Krankheit heilte. Das kinderlose Missionarsehepaar nannte sie Sophia und erzog sie wie seine Tochter, ließ ihr auch die Ausbildung angedeihen, wie es sich für eine der ihren geziemte. Sicelo und sie hatten sich zum ersten Mal auf dem Markt in Durban getroffen.

Am nächsten Tag erschien Sophia, ihre Habseligkeiten balancierte sie in einem Bündel auf dem Kopf, um ihre Hüften trug sie nichts als einen Schurz, der sich auf den zweiten Blick als der Überrest ihres Stoffrocks herausstellte, und um ihre Stirn gewunden das Band aus schimmernden Holzperlen. »Ich heiße Nomiti«, verkündete sie.

Wie ein Reptil, das sich häutet, hatte das junge Mädchen mit ihrem Namen auch ihre europäische Hülle abgestreift. Wie selbstverständlich servierte Nomiti ihrem Mann Sicelo sein Essen auf den Knien und hob nie länger die Augen zu ihm als für einen flüchtigen Blick, so wie es die Sitte von einer Zulufrau einem Mann gegenüber verlangte. Nur ihr fließendes Französisch, das etwas altmodische Englisch und ihre unzweifelhaft damenhaften Manieren erinnerten an ihr früheres Leben. Sicelo und Nomiti wurden so glücklich, wie es zwei Liebende nur sein konnten, und nie hatte Catherine sich verziehen, dass ihre Unachtsamkeit dazu führte, dass der Zulu sein Leben verlor.

Noch heute träumte sie von diesem einen Augenblick, und im Traum stolperte sie nicht, fiel nicht gegen Sicelo, der verlor nicht das Gleichgewicht, sein Gegner konnte ihm den Panga nicht entreißen. Welle auf Welle rollten die Bilder über sie hinweg, und sie konnte nicht verhindern, dass auch der eine Name, den sie am meisten fürchtete, wie ätzende Säure in ihr hochstieg, der Name des Mannes, dem es um ein Haar gelungen wäre, ihr Leben und das ihrer Familie zu zerstören.

Konstantin von Bernitt.

Mit einem gewaltigen Hieb hatte Konstantin dem großen Zulu mit dessen eigenem Panga den Hals durchtrennt. Sie presste die Hände an die Schläfen. Das Abbild des sterbenden Sicelo hatte sich unauslöschlich in ihr Gedächtnis gebrannt. Nomiti verlor ihr Lachen. Ein Teil von ihr war mit Sicelo gestorben, und so hatte Catherines Fehltritt auch ihr Leben zerstört.

Das war ihre private Hölle, das Kreuz, das sie bis ans Ende ihrer Tage tragen musste. Natürlich hatte Sicelos Bruder Sihayo Nomiti als Frau übernommen, wie es Sitte bei ihrem Volk war, und Johann hatte ihnen zehn Rinder zur Hochzeit geschenkt, aber ihr war es immer so vorgekommen, als wäre das der Preis für Sicelos Leben gewesen. Zehn Rinder für einen Mann wie Sicelo.

Lulamani war das erste Kind von Sihayo und Nomiti, und während der Geburt geriet die junge Mutter in Not. Mandisa, Nomitis Schwiegermutter, die sonst jedes Kind in die Welt geholt hatte, egal wie verquer es lag, war selbst sehr krank, und so hatte Sihayo Katheni von Inqaba um Hilfe gebeten. Es war ein hartes Stück Arbeit gewesen, aber endlich hielt sie Lulamani im Arm, ein zierliches, aber kräftig brüllendes Kind, und nach den Gesetzen der Zulus war sie nun für das Mädchen verantwortlich, so wie es Lulamanis Pflicht sein würde, im Alter für sie da zu sein.

Als Catherine Lulamanis und Nomitis Leben gerettet hatte, war so eine Schuld beglichen worden, wenn auch nur ein kleiner Teil. An jenem pechschwarzen Tag, der nur aus Schmerzen und Angst bestand, als ihr erstes Kind in ihrem Bauch zu sterben drohte, als Johann nur noch um ihr Leben flehte, und sie schon auf der Schwelle zum Jenseits stand, war Mandisa gekommen, diese resolute, großherzige, unerschrockene Frau, die mehr über Kräuter und ihre Wirkungen wusste als jeder Inyanga ihres Stammes und sicherlich mehr als der Armeearzt, der damals in Durban praktizierte und eher als Viehdoktor taugte und ohnehin gut zehn Tage entfernt war.

Mandisa erschien, schob Johann energisch beiseite, und zwei Stunden später hatte Catherine ihr Kind im Arm gehalten, sie selbst war völlig ausgelaugt und so erschöpft, dass sie nicht sprechen konnte, Viktoria aber war kräftig und schrie und verlangte sofort nach ihrer Brust. Den Augenblick, als Johann an ihrem Bett kniete und sie zu dritt waren, diesen kostbarsten Augenblick ihres bisherigen Lebens, verdankte sie der tatkräftigen, weisen Zulu. Hinterher hatte die gewiefte Schwarze Johann fünf Kühe als Preis für ihre Kunst genannt, dabei ihr fettes Lachen gelacht, das hieß, dass sie genau wusste, dass der Preis eigentlich maßlos war. Aber sie hatte den Umlungu Jontani, wie Johann von den Zulus genannt wurde, völlig richtig eingeschätzt, Johann hatte sofort zugestimmt. Für das Leben seiner Frau und seines Kindes hätte er freudig alle seine Rinder hergegeben.

Catherine hatte bis zu diesem Tag ihr Versprechen an Mandisa gehalten, mit niemandem darüber zu sprechen, was in dem Zimmer damals geschehen war, auch nicht mit Johann.

Die Kutschenräder knallten auf ein Hindernis, das Gefährt machte einen Satz und schleuderte, als würde eine Riesenfaust es schütteln. Sie schlug mit dem Kopf gegen den Fensterrahmen, dass Sterne vor ihren Augen tanzten, und kehrte damit unsanft in die Gegenwart zurück. Ihr Mund war trocken, und die Zunge klebte ihr am Gaumen. Sie bückte sich, nahm die mit Filz verkleidete Wasserflasche aus ihrer Reisetasche, die sie zwischen ihren Beinen eingeklemmt hielt, entkorkte sie und trank in langen Zügen.

Ihre Gedanken sprangen von Sicelo zurück zu einem anderen Sohn dieses geheimnisvollen Kontinents, und unvermittelt glaubte sie einen Duft von Anis zu spüren, würzig, hell und untrennbar mit César verbunden, dem Griot aus Mali, dem Hüter der Geschichten seines Volkes. Er war eines Tages in ihrem Leben aufgetaucht und erzählte, dass er seine Geschichten verloren hätte. Da er glaubte, dass die beiden Fremdlinge, die kleine Catherine und ihr Vater, auf der Suche nach ihrer Farbe wären, denn sie waren schließlich weiß und nicht braun wie alle Menschen, bat er darum, sich ihnen anschließen zu dürfen.

Er fand seine Geschichten wieder, und noch heute spürte sie seine Worte, die in jede Pore ihrer Haut gedrungen waren, als sie noch ein Kind war, und sich in Anisduft verwandelt hatten. Als er an derselben mysteriösen Krankheit starb wie ihr Vater, bei lebendigem Leib von Maden aufgefressen wurde, blieben ihr dieser tröstliche Duft und das Echo seiner Geschichten. An seine Stelle war Sicelo getreten.

Catherine hielt der schwangeren Frau die Flasche hin. »Möchten Sie auch etwas trinken?«, fragte sie auf Deutsch. Ihre Stimme raschelte wie trockene Blätter.

»Nein, nein, danke«, stotterte die Frau, offensichtlich verblüfft, ihre eigene Sprache in dieser Wildnis zu hören.

Catherine bückte sich, um die Flasche wieder zu verstauen, spürte, wie das Blut in ihrer Stirn pochte.

»Sie haben da eine große Beule auf der Stirn, gnädige Frau«, flüsterte ihre Mitfahrerin.

Catherine fasste hin, spürte die Schwellung. Verstohlen untersuchte sie auch ihre Arme. Auch hier hatte sie schmerzhafte Stellen. Hätte sie geahnt, dass die Postkutschenfahrt ein derart Knochen brechendes Abenteuer war, wäre sie doch besser geritten, auch wenn das einen Tag länger gedauert hätte und sie in irgendeiner Spelunke hätte übernachten müssen.

Die sechs Gäule galoppierten durch eine Senke, das Gefährt tanzte, krachte in eine ausgewaschene Furche, und Catherine befürchtete schon, dass sie stecken bleiben würden, aber der Kutscher ließ seine Peitsche singen. Die Pferde gehorchten ängstlich wiehernd und keuchten den steilen Hügel hinauf, dass Catherine in ihren Sitz gepresst wurde.

Sie schloss wieder die Augen, und sofort erschien ihr ein neues Bild. Stefan und Lulamani auf der Veranda von Inqaba. Lulamani im elfenbeinfarbenen Brautkleid und einem spinnwebzarten Schleier, der von einem Kranz aus weißen Amatungulublüten gehalten wurde, Stefan stolz in Johanns Frack, den dieser sich anlässlich des Besuchs von Queen Victoria hatte anfertigen lassen. Die Hosen waren zwei Fingerbreit zu kurz, da Stefan einen Zoll größer war als sein Vater, aber das fiel kaum auf. Vor ihnen stand ein Priester, den Catherine vorher noch nie gesehen hatte.

»Ich will«, hörte sie die feste Stimme ihres Sohnes. Dann hatte er Lulamani den goldenen Ring an den Finger gesteckt, den er extra bei Isaac, der im früheren Leben Goldschmied gewesen war, hatte anfertigen lassen.

Später hatte ihr Mila von Gerüchten berichtet, die behaupteten, dass der Priester kein echter gewesen war, sondern ein ehemaliger Sträfling, der seine Soutane geklaut hatte. Nicht im Entferntesten war ihnen die Idee gekommen, dass der distinguiert wirkende, weißhaarige Geistliche, den Stefan auf einer seiner Wanderungen im Busch kennen gelernt hatte, keiner gewesen war. Jedenfalls bestritt Reverend Peters aus Durban auch Catherine gegenüber, je von dem Mann gehört zu haben, ja, er deutete sogar an, dass die Kirche Stefans Ehe deswegen nicht anerkannte. Catherine sprach Stefan vorsichtig darauf an und hatte ihn selten so zornig erlebt.

»Ich habe geschworen, Lulamani zu lieben und zu ehren, bis dass der Tod uns scheidet. Laut und deutlich. Gott wird mich gehört haben, ob der Pfaffe nun echt war oder nicht.«

Keiner wagte danach, in seiner Gegenwart je wieder auch nur ein Wort darüber zu verlieren.

Noch heute fragte sie sich, wie es möglich gewesen war, dass weder sie noch Johann lange Zeit nicht bemerkt hatten, was unter ihrer Nase passierte. Erst Maria öffnete ihnen eines Tages die Augen.

»Sie gehen zusammen, weißt du, so wie Mann und Frau. Ich glaube, Stefan will Lulamani heiraten. Werden ihre Kinder dann gestreift oder eins braun und eins weiß, wie bei unserem weißen Ziegenbock, der nur schwarze Weibchen hat?«

Catherine war derart vor den Kopf geschlagen, dass sie nicht antworten konnte. In der Folge beobachtete sie ihren Sohn und Lulamani heimlich, und es wurde ihr schnell klar, dass Maria Recht hatte. Die beiden waren ein Paar. Anfänglich waren sie und Johann versucht gewesen, es nicht ernst zu nehmen, schließlich war Stefan erst zwanzig und Lulamani fünf Jahre jünger, aber sehr schnell wurde offensichtlich, dass sich zwischen ihnen etwas anbahnte. Johann hatte sofort reagiert. Er schickte den vehement protestierenden Stefan noch im selben Monat auf die Farm eines Freundes, die fünfzig Meilen hinter Pietermaritzburg in Richmond lag. Um seine Ausbildung abzurunden, wie er seinem Sohn erklärte. Stefan hielt es ein halbes Jahr aus, dann stand er eines Tages auf Inqabas Hof, abgerissen, abgemagert, dunkelbraun gebrannt, aber breit lachend. Er trug keine Schuhe, und seiner entsetzten Mutter wurde klar, dass er den ganzen Weg von Richmond bis nach Inqaba zu Fuß zurückgelegt haben musste. Den ganzen Weg zu Lulamani.

»Da bin ich wieder«, hatte er gesagt. Und er blieb.

Als Stefan zweiundzwanzig Jahre alt war, sich durch Elfenbeinjagd und Handel mit den Zulus ein nettes Sümmchen gespart hatte, sprach er beim König vor, legte ihm seine Absicht dar, Lulamani zur Frau zu nehmen, untermauerte diesen Wunsch mit einem Wagen voller Geschenke, bekam die Zustimmung zu dieser Verbindung, kaufte vierzig Rinder und trieb diese zu Sihayo.

»Ich will Lulamani heiraten«, verkündete er. »Ich bezahle dir zehn Rinder mehr, als es für eine Häuptlingstochter üblich ist.«

Catherine seufzte im Rückblick. Sie musste sich eingestehen, dass Stefan sich durch Lulamani verändert hatte. Er war glücklich und zufrieden. Früher hatte ihn eine gewisse Unruhe umgetrieben, sodass sie schon befürchtet hatte, dass er eines Tages Inqaba verlassen würde. Das hätte Johann sicher das Herz gebrochen. Lulamani war mit Catherines Kindern aufgewachsen, Catherine hatte die Kleine als Erste im Arm gehalten, und das Mädchen hatte einen festen Platz in ihrem Herzen. Eigentlich wäre die junge Zulu also die perfekte Schwiegertochter.

Als Erster verbat Andrew Sinclair seiner Frau Lilly, Stefan in sein Haus einzuladen. Andere hatten es ihm gleich getan, und im Club zeigten sie Stefan die kalte Schulter. Das war deutlich. Daraufhin erwog Johann, aus dem Club auszutreten, obwohl er eines der Gründungsmitglieder war. Nur die vereinten Überredungskünste von Justus Kappenhofer und Timothy Robertson hielten ihn davon ab. Und Johann brauchte den Club. Dort war der Klatsch zu einer ausgefeilten Kunstform der Kommunikation geworden. Einem Geschäftsmann in Natal hätte man ebenso gut das Blut abschnüren können, schnitt man ihn von diesem Informationsfluss ab. So begnügte Johann sich damit, sich diejenigen, die sich an dem Boykott beteiligt hatten, einzeln vorzuknöpfen und ihnen glasklar zu machen, dass er ihr Verhalten als Kriegserklärung ansah. Er gehörte zum inneren Kreis in Durban. Keiner konnte es sich leisten, ihn zum Feind zu haben. Das wusste Johann und nutzte es, wenn auch mit traurigem Herzen.

Lulamani war ein entzückendes Geschöpf. In den eleganten, von kosmopolitischem Geist geprägten Salons von Paris könnte sie Furore machen, das musste Catherine zugeben, genauso sicher aber wusste sie, dass Stefan seine Liebste nie in die weiße Gesellschaft Durbans einführen konnte. Die war viel zu verbohrt und engstirnig, um eine Zulu in ihren Reihen zu akzeptieren. Bei der Vorstellung, was geschehen würde, wenn er Lulamani auf ein Fest in Durban mitnehmen würde, konnte Catherine sich ein bitteres Lächeln nicht verkneifen. Vermutlich würden die Durbaner Damen reihenweise in Ohnmacht fallen, aber nicht bevor sie versucht hätten, Lulamani mit Blicken und Worten zu töten. Es war nicht auszudenken, wie ihr Sohn dann reagieren würde.

Stefan wollte das alles nicht wahrhaben, wischte alle Warnungen seiner Eltern vom Tisch. »Ich lebe in Zululand, meine Frau ist eine Zulu, und damit basta.«

Er klang wie sein Großvater Louis le Roux, und genauso unbeugsam war er auch. Er schenkte Lulamani europäische Kleidung, brachte ihr Lesen bei und bat seine Mutter, mit ihr Französisch zu sprechen und die europäischen Manieren, die sie von ihrer Mutter Nomiti gelernt hatte, weiter zu polieren. Er war Catherines Sohn. Wie konnte sie ihm das abschlagen?

Ihre Freundin Jabisa trug ihr zu, dass viele der einflussreichsten Häuptlinge Zululands eifersüchtig auf Stefans Stellung beim König waren, und das beunruhigte Catherine am meisten. Es gab viele, die Johann Steinach das Gebiet neideten, das überall im Land als Inqaba bekannt war. Mehrfach hatte es Anschläge gegeben. Vieh wurde gestohlen oder tauchte mit einem fremden Brandzeichen auf. Inqabas Wasserspeicher wurde vergiftet, ihre Vorratshütte brannte ab. Nur einmal hatten sie einen Häuptling dabei erwischen und König Mpande melden können. Zu der Zeit jedoch machte sich schon der junge Bulle, wie man Prinz Cetshwayo nicht nur wegen seiner Körpergröße nannte, daran, allmählich die Macht im Land zu übernehmen, und der Häuptling war unglücklicherweise einer von Cetshwayos Förderern und bekam die Gelegenheit zu fliehen. Er wartete ein halbes Jahr, bis sich der Aufruhr gelegt hatte, und saß jetzt wieder auf seinem Land und starrte begehrlich hinüber zu Inqaba. Er hatte viele Gleichgesinnte, und zusammen besaßen sie eine außerordentliche Macht. Kein Bewohner Zululands konnte es sich leisten, diese Männer gegen sich aufzubringen, schon gar nicht ein Weißer, der sich mit einer Zulu im Land der Zulus niederließ. Lulamani war ein Fremdkörper in beiden Welten, und mit ihr Stefan.

Catherine rutschte auf dem schmalen Pritschensitz der Kutsche herum, bemüht, eine bequemere Haltung zu finden, was sich bei dem entsetzlichen Geschaukel als ziemlich unmöglich erwies. Seufzend ergab sie sich in ihr Schicksal, starrte dabei gedankenverloren auf ihre Schuhe, überlegte, dass sie bald neue brauchen würde. Das Antilopenleder war bereits wieder durchgescheuert, die Stiche, die sie selbst mit kräftigem Zwirn genäht hatte, lösten sich auf. Dan de Villiers hatte ihr eine Pythonhaut versprochen. Von seinen Zulus ausgiebig durchgekaut, weich gegerbt, mit seiner Geheimtinktur bearbeitet, ergab dieses Leder widerstandsfähiges, zähes Schuhmaterial, und hübsch war es auch noch mit den wunderbaren, klaren Mustern.

Der Kutscher brüllte, sein Helfer packte die Radbremse mit beiden Händen und drückte sie mit aller Macht an. Die Bremsen kreischten und sprühten Funken, endlich kam die Kutsche vor einer kleinen, riedgedeckten Hütte zum Stehen. Mit peitschenden Schwänzen und schaumgeflecktem Fell tänzelten die Gäule in ihrem Geschirr.

»Aussteigen«, schrie der Postillion. »Spannt die Pferde aus und reibt sie ab«, wies er die drei Schwarzen an. Dann stapfte er hinüber zur Poststation. »Na, du Halunke«, begrüßte er lautstark den untersetzten Stationsleiter, der in der Türöffnung stand und einen tiefen Schluck aus einer Flasche nahm, die mit Sicherheit kein Wasser enthielt.

Catherine stieß die Tür der Fahrgastkabine auf und kletterte steifbeinig die Leiter hinunter. Sie schaute auf ihre Uhr, die sie an einer Kette um den Hals trug. Erst zwei Stunden waren vergangen. Ihre geschundenen Knochen sagten etwas anderes. Ihr war es, als wäre sie eine Woche durch eine Steinmühle gedreht worden. Die schwangere Frau stöhnte und presste die Hand vor den Mund, schaffte es gerade noch die Stufen hinunter, ehe sie sich in hohem Bogen ins Gebüsch übergab. Catherine wickelte ein Stück frischen Ingwer aus einem Bananenblatt, schnitt mit dem Messer ihres Reiseessbestecks eine Scheibe herunter und hielt es der Frau hin. »Hier, kauen Sie das, es hilft gegen die Übelkeit.«

Bleich vor Schwäche, steckte die Schwangere das Stück in den Mund und kaute zögernd. »Es ist sehr scharf …«

»Macht nichts, es hilft«, erwiderte Catherine. »Legen Sie sich einen Augenblick hin. Ihr Kind braucht auch Erholung. Helfen Sie mir«, rief sie einem der Männer zu. Gemeinsam betteten sie die Schwangere auf eine Bank. Energisch nötigte sie den widerstrebenden Stationsvorsteher, eine Decke herauszurücken, und wickelte die junge Frau sorgsam darin ein.

Nur eine halbe Stunde Aufenthalt gönnte ihnen der Postillion, gerade lange genug, dass sie sich seitwärts in die Büsche schlagen und erleichtern konnten. Buschen, so war die elegante Beschreibung dieser Notwendigkeit in der Kolonie. Catherine suchte ihren Platz sorgfältig aus, schlug mit einem Stock aufs Gebüsch, um Schlangen und Spinnen zu verjagen, und achtete sehr darauf, dass sie sich nicht aus Versehen auf ein Ameisennest setzte.

Weiter ging es danach in unvermindertem Tempo. Über Termitenhügel und Schlaglöcher, durch Senken und die Hügel hinauf. Catherine flog vorwärts und seitwärts, schlug mit dem Kopf gegen den Pfosten, und mehrfach hatte sie schon mit dem Leben abgeschlossen, wenn das Gefährt fast einen Baum streifte oder haarscharf an Schluchten vorbeiraste. Seit ihrer Kindheit litt Catherine unter Höhenangst, vermochte nicht einmal von einem Pferderücken herunterzuschauen, ohne dass sie ein flaues Gefühl im Magen bekam. War sie gezwungen, im Busch auf einem Baum zu übernachten, was nicht selten vorkam, band sie sich fest, um wenigstens die Illusion von Halt zu haben.

Bei der nächsten Station sank die junge Frau leichenblass auf einen Baumstamm, und Catherine befürchtete ernsthaft, dass sie das Kind verlieren könnte. »Ist mit Ihnen alles in Ordnung?«, fragte sie.

Die Frau nickte schwach. »Wie weit ist es denn noch? Man hatte uns gesagt, dass es nur fünfzig Meilen wären.«

»Das ist schon richtig, aber das sind keine europäischen Meilen, sondern afrikanische Meilen auf einem alten Elefantenpfad. Ab jetzt werden Sie sich daran gewöhnen müssen. Seien Sie froh, dass es nur fünfzig Meilen sind.«

Die Frau zitterte und schwieg. Es war ihr deutlich anzusehen, dass sie sich an einen anderen Ort wünschte.

»Wir müssen weiter«, brüllte der Postillion. »Schnallen Sie sich recht fest, haken Sie sich gegenseitig unter. Wir sind spät dran, ich muss eine Abkürzung nehmen.« Es klang wie eine Drohung.

»Augenblick noch!«, rief Catherine und veranlasste, dass sich die Schwangere, eingewickelt in die Decke und mit einer zusammengerollten Jacke unter dem Kopf, zwischen sie auf den Boden legte. Sie selbst drückte ihren Körper fest gegen die harte Rückwand und bereitete sich ergeben auf den zu erwartenden Horrortrip vor.

Ihre Gedanken tasteten sich zurück zu ihrer Familie, flüchtig berührten sie Viktoria, die mit ihrem Mann Lionel Spencer am Kap lebte. Um sie musste sich Catherine keine Sorgen machen. Lionel war ein feiner Kerl, und beide schienen sehr glücklich zu sein. Catherine sah ihren Schwiegersohn vor sich. Ein eleganter, feinsinniger Mann mit blonder Haartolle und verschmitzten Augen, der herrlich unbekümmert lachen und eloquent erzählen konnte, die musischen Künste liebte und stets ein Zigarillo zwischen seinen gepflegten Fingern hielt. Seine beste Eigenschaft in ihren Augen war, dass er seine Frau auf Händen trug. Sie mochte ihn sehr.

Insgeheim hoffte Catherine, dass auch Maria einen Mann wie Lionel finden würde, aber bis jetzt war noch keiner aufgetaucht, dem ihre willensstarke Tochter auch nur vorübergehend ihre Aufmerksamkeit geschenkt hätte. Meist arbeitete sie auf der Missionsstation in Verulam. Catherine war völlig schleierhaft, warum. Der Missionar war ein grantiger Mensch mit unangenehm lauter Stimme, seine Frau eine freudlose, sittenstrenge Person. Trotzdem hatte Maria dort immer häufiger mehrere Wochen am Stück verbracht. Natürlich hatten sie als ihre Eltern nichts dagegen, wenn sie ein gutes Werk tat, aber sie hofften doch, dass Maria nicht als Hilfskraft in einem Missionarshaushalt versauern würde.

Diese Hoffnung hatte sich vor ein paar Monaten auf drastische Weise erfüllt. Catherine stieß ein unfrohes Lachen aus. Ihre drei Mitfahrer sahen sie fragend an. Sie bemerkte es nicht, starrte durch sie hindurch zurück zu diesem Abend im März, als Maria ihr und Johann völlig überraschend von ihren Plänen erzählte. Nein, ihre Tochter hatte ihnen ihre Pläne mitgeteilt. Imperativ.

Sie und Johann hatten auf der Veranda unter dem Mimosenbaum gesessen und im Kerzenlicht Schach gespielt, wie sie es oft

taten, als Maria erschienen war. Mit kerzengeradem Rücken, das
Kinn gehoben, die Arme verschränkt, so stand ihre Tochter vor
ihnen, machte mit ihrer Haltung überdeutlich, dass etwas in der
Luft lag.

»Ich möchte euch sagen, was ich mit meinem Leben anzufan-
gen gedenke«, stieß sie in einem Ton hervor, der ihrer Mutter den
Kopf herumriss. Ein weiterer Blick auf Maria machte ihr klar, dass
sich hier eine ernste Situation anbahnte.

Johann aber merkte nichts, ließ vergnügt sein Pferd über das
Brett hüpfen. »Gardé«, verkündete er. »Gleich hab ich dich!« Gutmütig schmunzelnd warf er seiner Tochter einen Blick zu. »Nun,
was ist es dieses Mal, mein Kleines?«, neckte er sie. »Großwildjä-
gerin? Missionarin? Berühmte Musikerin?«

»Nichts von alledem«, sagte seine Tochter. »Ich werde Medizin
studieren, und ich kann euch gleich sagen, dass es nutzlos ist, zu
versuchen, mich davon abzuhalten. Mein Entschluss steht fest.«
Um ihrer Aussage Nachdruck zu verleihen, stampfte sie mit dem
Fuß auf. »Basta.«

Bei diesem Wort zuckte Catherine zusammen, benutzte sie es
doch selbst, wenn sie ihren Willen gegen alle Widerstände durch-
setzen wollte, und schon ihr Vater hatte sich dieses Ausdrucks
bedient, um einen endgültigen Schlussstrich unter eine Diskus-
sion zu setzen. Maria hatte es ihnen wie einen Fehdehandschuh
vor die Füße geschleudert.

Sie atmete tief durch, und nach ein paar Augenblicken hatte sie
sich so weit im Griff, dass sie ruhig antworten konnte. »Ich finde
das ganz wunderbar, mein Liebes, aber hast du dir überlegt, welche Universität dich akzeptieren würde? Mir fällt keine ein, die
eine Frau zum Medizinstudium zulassen würde. Weder hier noch
im Rest der Welt.« Sie schob ihren König aus der Gefahrenzone
und lächelte Johann an. »Du kannst meine Königin ruhig fangen,
aber glaub bloß nicht, dass du mich so schnell klein kriegst«, flüsterte sie mit funkelnden Augen.

»Ihr hört mir ja nicht einmal zu!« Maria stand mit geballten Fäusten vor ihnen.

»Natürlich tun wir das, mein Kleines«, entgegnete ihr Vater beschwichtigend. »Deine Mutter hat Recht. Keine der Hochschulen nimmt Frauen, auch nicht die in Kapstadt. Ich möchte mir gar nicht vorstellen, wie die steifen Herren Mediziner reagieren würden, wenn du bei ihnen aufkreuzt. Außerdem ist deine Schulbildung zwar ausgezeichnet, aber doch geprägt von unserem Land, dem zugegebenermaßen erstaunlichen Wissen deiner Mutter, auch wenn es gelegentlich etwas ungewöhnlich ist, und dem Reverend, der euch unterrichtet hat. Zu schade, dass das Durban Young Ladies College erst dieses Jahr eröffnet worden ist. Sogar Griechisch wird dort unterrichtet.«

»Nenn mich nicht Kleines, ich bin nicht mehr klein!« Marias Stimme kiekste vor Erregung.

Dichte Wolken des Schweigens senkten sich auf die Szene wie Vorboten eines Unwetters, und Catherine hatte sich die Arme gerieben, als fröre sie. Sie hatte gemerkt, dass Johann die ganze Sache noch als eine fixe Idee abtat. Das hörte sie an seinem leicht amüsierten Ton. Aber sie hatte auch erkannt, dass es ihrer sturen, widerspenstigen, eigensinnigen, heiß geliebten Tochter todernst war, und sie sah sich selbst in ihr. Sie wandte sich vom Schachbrett ab und versuchte ihn mit einem Blick zur Vorsicht zu mahnen. Doch sie hatte Pech, Maria fing ihn auf.

»Wenn ihr denkt, lass das Kind nur reden, es meint es doch nicht ernst, und wenn ihr glaubt, ich würde meine Meinung schon noch ändern, dann habt ihr euch geirrt. Glaubt nur nicht, dass das einer meiner überkandidelten Plänen ist, wie ihr das immer nennt. Ich werde eine Hochschule finden, und wenn ich nach Deutschland gehen muss«, rief sie.

Johann streckte Maria die Hand entgegen, aber sie drehte sich weg, stürzte aus der Tür und ließ sie laut ins Schloss fallen.

Er ließ langsam seine Hand sinken. Sein Mienenspiel verriet

Catherine den Lauf seiner Gedanken, Verständnislosigkeit verdüsterte zunehmend seine Züge.

»Was ist nur los mit ihr?«, fragte er endlich, sein Ton geradezu aggressiv. »Sie hat sich in der letzten Zeit so verändert. Hast du es auch bemerkt?« Mit einer hilflosen Geste öffnete er seine Hände. »Wohin ist meine kleine Maria entschwunden?«

»Deine kleine Maria ist aus der Puppe geschlüpft und ein Schmetterling geworden.« Sie schürzte nachdenklich ihre Lippen. »Natürlich habe ich gemerkt, dass sie sich seit einiger Zeit seltsam benimmt, und zwar seit sie gelegentlich auf der Missionsstation in Verulam aushilft. Wenn ich einen Schimmer hätte, wer infrage käme, würde ich sagen, sie ist verliebt.«

Catherine verzog ihren Mund. Ein Lächeln wurde es nicht. »In der Mission gibt es nur Mr Shipmaker, der hoch in den Vierzigern ist, eine sehr resolute, sittenstrenge Mrs Shipmaker und ein ständig wachsender Haufen von kleinen Shipmakers.« Nachdenklich rollte sie eine Bauernfigur in der Hand. »Ich verstehe nicht, warum sie nicht Arthur Finnemore oder Patrick Dunstan oder diesen netten und sehr wohlhabenden Hans Hagelstein aus New Germany heiratet«, bemerkte sie frustriert. »Sie könnte sich ihr Leben nach Herzenslust einrichten und alle ihre Träume verwirklichen, aber soweit ich bemerkt habe, hinterlässt sie mit jedem Schritt nur gebrochene Herzen in Natal. Fast jeder unverheiratete Mann in der Kolonie liegt ihr zu Füßen, aber sie trampelt nur über sie hinweg.«

Johann sah erstaunt hoch. »Du wünschst Maria das Dasein einer klassischen, abhängigen Ehefrau, gegen das du dich selbst dein Leben lang so vehement gewehrt hast?« Er warf ihr einen ironischen Blick zu. »Das aus deinem Mund wundert mich schon ...«

»Es ist doch leider noch immer so, dass ihr als allein stehende Frau keinerlei Möglichkeiten in unserer Gesellschaft geboten werden, ein Leben außerhalb der Grenzen von Ehe und Mutterschaft zu führen. Aber ich halte Maria für so stark, dass sie sich nicht unterjochen lässt, und es wäre doch sehr beruhigend, sie in angenehmen, gesicherten Umständen zu sehen.« Sie schmunzelte. »Unsere Tochter ist ein ziemlich zäher Brocken, die kriegt keiner klein. Außerdem gibt es hier und da schon Männer, die ihren Frauen eine eigene Meinung und sogar ein paar Freiheiten zugestehen.« Sie lehnte sich lächelnd hinüber und küsste ihn auf den Mund. »In einem Fall, zumindest.«

Johann packte zu, wollte die Liebkosung etwas ausdehen, aber sie machte sich kichernd los. »Später«, versprach sie. »Ich denke, dass Doktor O'Leary ihr liebend gern sein medizinisches Fachwissen vermitteln würde, wenn sie ihn darum bittet. Er sucht schon seit langem einen Stellvertreter, damit er sich mit noch größerer Hingabe als bisher dem schottischen Whisky widmen kann. Es wird ihm herzlich egal sein, ob es ein Mann oder eine Frau ist, und sie müsste damit fertig werden, dass sie zwar das Wissen hat, aber nicht den Titel.«

»Nun wirst du zynisch, mein Herz. Der arme Doktor O'Leary leidet am Leben, deswegen säuft er. Hab ein wenig Mitleid. Seine Frau ist nach einer Nacht allein im Busch dem Wahnsinn verfallen, weiß der Himmel, was sie da durchgemacht hat, und seine vier Söhne sind allesamt wilde Kerle, die nur Unfug im Kopf haben.«

»Auch das tragische Schicksal seiner Frau ändert nichts an der Tatsache, dass er, wenn er getrunken hat, eine Gefahr für die Menschheit darstellt. Ich habe den Verdacht, dass er bereits eine große Anzahl seiner Fehler beerdigt hat.« Sie zog besorgt die Brauen zusammen. »So geht das wirklich nicht weiter. Ich werde mit unseren Damen vom Sozialen Verein reden. Wir sollten uns um ihn kümmern. Aber verzeih, das gehört nicht hierher.« Niedergeschlagen sah sie ihn an. »Es ist nur, dass ich mir solche Sorgen um unsere Kleine mache. Sie hat keine rechte Richtung, begeistert sich immer wieder aufs Neue für etwas anderes. Daher wohl auch mein Wunsch, dass sie heiraten sollte. Immerhin ist sie schon zweiundzwanzig Jahre alt.«

»Du hast Recht. Stell dir vor, wir hätten Enkel«, rief er, und seine Augen leuchteten. »Ich könnte sie mit in den Busch nehmen, ihnen Tauchen beibringen und Reiten, ihnen zeigen, wie man Flöten aus Bambus schnitzt … Wir könnten auf Löwenpirsch gehen …«

Catherine lachte herzlich. »Meine Güte, lass sie doch erst einmal auf die Welt kommen!« Dann wurde sie wieder ernst, starrte für einen Moment aufs Schachbrett. »Eigentlich tun mir die Herren Dozenten Leid, wer immer sie sein mögen, denn so etwas wie Maria ist ihnen bestimmt noch nie begegnet. Vermutlich würde sie so viel von dem dicken Staub aufwirbeln, der sich in den Jahrhunderten in den Universitäten angesammelt hat, dass alle daran ersticken würden.«

Jetzt brach Johann in schallendes Gelächter aus. »Kannst du dir unsere Tochter vorstellen«, rief er und lachte noch lauter, »siehst du sie, wie sie mit ihren energischen Schritten durch die geheiligten Hallen eilt, mit wehendem Haarschopf und wie üblich ohne Hut … Jedem und allem würde sie widersprechen, argumentieren, wenn ihr etwas unlogisch erscheint, und Studenten und Dozenten als ihresgleichen behandeln …?«

Catherine gluckste. »Der Dekan würde sie auf der Stelle des Hauses verweisen und vermutlich bewaffnete Wächter am Tor aufstellen lassen, um sie an der Rückkehr zu hindern. Eine köstliche Vorstellung! Aber Spaß beiseite, mein Lieber. Es wäre wunderbar, wenn es ihr gelänge. Ich zumindest würde sie glühend um eine solche Chance beneiden, aber ich sehe nicht, wie sie sich diesen Traum erfüllen könnte. Selbst wenn sie nach Deutschland ginge, was wir natürlich nie erlauben würden, bezweifle ich, dass es dort eine Hochschule gibt, die Frauen aufnimmt … Sie würde frieren …«, flüsterte sie und fröstelte selbst.

49

»Aber nein, Schatz, das würde sie nicht, die Häuser unserer Verwandtschaft sind sicher geheizt, zumindest mit einem Kamin oder Kachelofen, der mollige Wärme gibt, und wenn ich dein Gedächtnis auffrischen darf, hat Cillas Verwandtschaft geschrieben, dass der vergangene Sommer in Nordeuropa geradezu afrikanisch heiß gewesen ist. Maria würde bestimmt nicht kalt sein.«

»Ich meinte nicht das Wetter«, erwiderte sie.

Johann hatte gleich am nächsten Morgen mit Maria geredet, ruhig und sanft, wie es seine Art war. Catherine, die nebenan im Schlafzimmer saß, vernahm jedes Wort, das die beiden im Wohnzimmer wechselten. Maria hatte ihre Stacheln aufgestellt, widersprach ihm leidenschaftlich, wurde sogar laut, was eigentlich für sie sehr ungewöhnlich war, und zum Schluss artete das Ganze in einen Streit aus, den ersten Streit zwischen Vater und Tochter, der so heftig wurde, dass Catherine sich innerlich krümmte und fürchtete, in diesem eiskalten Moment ihre Tochter verloren zu haben.

Aber Maria gewann. Johann war seiner willensstarken Tochter nicht gewachsen. Dieser baumstarke Mann, der es mit jedem Mann aufnahm, der hungrigen Löwen und wütenden Büffeln furchtlos entgegentrat und der eine brüllende Horde betrunkener Seeleute, die ihm in einer dunklen Gasse in Durbans Hafengegend an den Kragen wollten, ins Krankenhaus beförderte. Ein Augenaufschlag von Maria, ein angedeuteter Schmollmund, ihr kätzchensanftes Schnurren ließen ihn alle festen Vorsätze vergessen, machten ihn butterweich, sodass er ihren Argumenten, die sie wie die plötzlichen Ausfälle eines Degenfechters lieferte, nichts entgegenzusetzen hatte. Wenn Catherine daran dachte, erfüllte diese Tatsache sie mit einer Art hilfloser Zärtlichkeit. Sie warf einen Blick auf die zwischen den Sitzen liegende Schwangere. Die hatte die Augen geschlossen, sah nicht mehr ganz so elend aus.

Maria setzte gegen ihren Vater durch, dass sie seine Erlaubnis bekam, schon mit dem nächsten Schiff Durban zu verlassen, setzte durch, dass sie ohne Gouvernante reisen durfte, und schließlich setzte sie auch durch, dass sie nach Hamburg gehen konnte, zu den Verwandten von Catherines Mutter, die dieser gänzlich unbekannt waren, anstatt zu den Schwestern von Johann, die bei Grafenau lebten.

An diesem Tag war Catherine ihrer Tochter aus dem Weg gegangen, aber in ihr hatte sich ein Gemisch aus Sorge und Empörung über die Halsstarrigkeit Marias aufgebaut. Um diesen inneren Druck irgendwie loszuwerden, krempelte sie ihre Arbeitshosen bis zu den Waden auf, marschierte in den Gemüsegarten, hackte mit dem Spaten in die steinige, rote Erde, riss das Unkraut heraus, grub armlange Wurzeln mit ihren bloßen Händen aus. Rechts und links flogen die Erdklumpen, Steine, die sie fand, schleuderte sie bis in den Fluss, der sich tief unter ihrem Land träge dahinwälzte. Sie raunzte Bobo an, ließ sich sogar dazu hinreißen, einem vorwitzigen Pavian mit dem Schrotgewehr eins auf den Pelz zu brennen, stritt mit Jabisa, aber der Druck wollte nicht nachlassen. Jabisa saß auf einer Bank unter dem Guavenbaum, putzte Bohnen und musterte ihre Umlungu dabei eindringlich.

»Was ist es mit Maria?«, fragte sie in ihrem umständlichen Englisch und bewies wieder einmal ihre Fähigkeit, sofort den Kern komplizierter Sachverhältnisse zu erkennen. »Sie bockt wie eine störrische Ziege, Jontani schleicht herum, als hätte Ingwe seine beste Kuh gerissen, und ich sehe, dass der Zorn deine Seele frisst. Warum lässt du das geschehen?«

»Maria will allein übers Meer fahren«, hatte Catherine ihr schließlich erzählt. »In das Land, in dem ich geboren wurde. Sie will dort für lange Zeit leben, für mehrere Regenzeiten, und ich mache mir Sorgen. Sie ist noch zu jung.«

Jabisa schaute sie aus Augen an, die wie stille, schwarze Teiche waren. »Das ziemt sich nicht für eine Frau«, sagte sie endlich, denn sie hatte sehr klare Vorstellungen von dem, was sich für eine Frau gehörte, und da war es ihrer Meinung völlig gleichgültig, ob diese schwarz oder weiß war. »Du musst es ihr verbieten, du, Katheni, nicht Jontani. Er kann es nicht. In den Fingern seiner Töchter wird er weich wie das Fett von Imvubu, dem Flusspferd, auf dem Feuer.«

Danach hatte sie ihre Tochter auf die Veranda zitiert.

»Setz dich, und zwar sofort.« Catherine musste nicht einmal ihre Stimme heben, Maria setzte sich prompt. »Du weißt, dass es keinen Sinn hat, deinen Vater zu bearbeiten. Ich spreche auch für ihn. Ich hoffe, du siehst das ein.«

Maria sprang auf. Ihre Wangen brannten vor Empörung. »Ich bin alt genug und kann mein Leben selbst bestimmen …«

»Du hast weder die Erfahrung noch die Mittel, dich in Deutschland allein durchbringen zu können. Man wartet dort nicht auf dich, auf das Mädchen aus dem fernen Afrika. Glaube mir, das würde kein Zuckerschlecken werden.« Die Worte waren heftiger gekommen, als sie beabsichtigt hatte. Es tat ihr sofort Leid.

»Du weißt nichts vom Leben, und schon gar nichts vom Leben in Europa, oder glaubst du, dass es dir dort hilft, wenn du weißt, wie man einen Springbock häutet oder einem wütenden Nashorn ausweicht? Du wärst in Deutschland so fremd wie ein Elefant in den bayerischen Bergen.«

»Das Geld von Tante Adele …«

»… gehört euch drei Geschwistern«, fiel Catherine ihr ins Wort. »Dein Teil wird wohl gerade ausreichen, dass du bei meiner Verwandtschaft ein paar Monate als zahlender Gast unterkommen kannst. Ich werde ihnen schreiben.«

Catherine schnappte nach Luft, als die Kutsche unvermittelt in eine Senke rumpelte.

Sie hatte so gut wie keinen Kontakt zu ihrer Familie. Ihr Vater und seine Schwiegerfamilie hatten sich nicht gut verstanden. Er hatte den Bruder seiner Frau und seine gesamte Sippschaft pauschal als langweilige Geldsäcke bezeichnet, als Kulturbanausen obendrein, die kaum je ein Buch in die Hand nahmen, bezweifelte vor anderen laut, dass diese tatsächlich lesen konnten. Die Familie ihrer Mutter hielt ihn ihrerseits für einen Fantasten, argwöhnten über den Sinn seiner Expeditionen, rümpften die Nase über seine Freundschaft zu César, dem Griot aus Westafrika, und waren entsetzt, dass er seine Tochter mit knapp fünf Jahren auf seine Forschungsreisen mitnahm. Es war keine gute Basis, um sie um einen Gefallen zu bitten.

»Wenn alles glatt geht und die Mellinghoffs zustimmen, könntest du Anfang Mai reisen«, hatte sie Maria erklärt. »Es bliebe dir genügend Zeit, alles gründlich vorzubereiten. Entweder du akzeptierst das, oder du bleibst hier. Basta!« Das Wort kam klar und hart wie ein Hammerschlag.

Catherine schnitt es ins Herz, so sehr ähnelte sie in ihrem Kummer dem kleinen Mädchen, das sie einmal gewesen war. Sie hatte ihre Arme ausgebreitet und ihre Tochter an sich gezogen. »Meine Kleine, würden wir dich nicht so sehr lieben, würden wir dich, ohne einen weiteren Gedanken an etwaige Gefahren zu verschwenden, ziehen lassen. Das weißt du doch sicher?«

Sie waren gleich groß, Marias Wange lag an ihrer. Nach kurzem Zögern legte sie ihrer Mutter die Arme fest um den Hals und barg das Gesicht in der Wärme ihrer Halsgrube.

»Daran darfst du nie, nie zweifeln, hörst du?« Catherine streichelte ihrer Jüngsten über die zuckenden Schultern, spürte, dass ihre eigene Haut nass war von deren Tränen.

Lieber Gott, betete sie schweigend, halt deine Hand über unser Kind, beschütze es vor allen Übeln.

Und wie Catherine es bestimmt hatte, so geschah es. Über den Anwalt Carl Puttfarcken, der die Erbschaftsangelegenheit von Adele, der verstorbenen Schwester ihres Vaters, abgewickelt hatte, erfuhr sie die Adresse der Verwandtschaft ihrer Mutter, und nach einem längeren, von beiden Seiten sehr sorgfältig formulierten, aber durchaus erfreulichen Briefwechsel mit Ludovig Mellinghoff, ihrem Cousin zweiten Grades – sein Großvater war der Bruder ihrer Großmutter gewesen –, hatten sie vereinbart, dass Maria als zahlender Gast in seinem Hause wohnen konnte. Von den Plänen ihrer Tochter, in Hamburg studieren zu wollen, erwähnte sie wohlweißlich nichts. Ihr Gefühl sagte ihr, dass Ludovig von diesem Vorhaben nicht sonderlich erbaut sein und womöglich die ganze Sache abblasen würde. War Maria erst in Hamburg, konnte er seine Nichte nicht postwendend zurück nach Afrika schicken, ohne Aufsehen zu erregen. Und das, so schätzte sie ihren Cousin ein, würde ihm außerordentlich peinlich sein. Catherine verwahrte alle Briefe in einer Schatulle, schließlich stellten sie so etwas wie Verträge dar.

Sechs Wochen später hatte Maria Durban mit dem Dampfschiff verlassen, das sie auf direktem Weg über Rotterdam nach Hamburg bringen sollte. Die Steinachs hatten dieses Schiff gewählt, da sich auch Cilla und Per Jorgensen an Bord befanden, die Marias Paten waren. Zum ersten Mal, seit sie sich vor Jahrzehnten in Natal niedergelassen hatten, gönnten sich die Jorgensens eine Reise in ihr Heimatland Schweden. Für Catherine und Johann war es eine große Beruhigung, Maria unter ihrer Aufsicht zu wissen.

Maria begehrte auf, wies darauf hin, dass sie mit ihren zweiundzwanzig Jahren schließlich erwachsen sei und völlig imstande, auf sich selbst zu achten. »Du warst erst siebzehn, als du allein nach Afrika gekommen bist, achtzehn, als du Papa geheiratet hast. Im Vergleich zu mir warst du also praktisch noch ein Säugling«, hatte sie ihrer Mutter vorgehalten.

»Das war etwas anderes«, antwortete Catherine.

Im Brandungsboot wurde Maria mit den übrigen Passagieren zur *Sea Princess* gebracht, die außerhalb des Hafens vor Anker lag, und in einem Korb an Bord gehievt. Als das Schiff die Anker lichtete und ins offene Meer dampfte, standen Catherine und Johann mit den Dillons am Point und winkten, dass ihnen die Schultern wehtaten, winkten noch, als die *Sea Princess* längst nur noch eine winzige Rauchwolke am südlichen Horizont war.

In den darauf folgenden Wochen begleiteten sie ihre Tochter in Gedanken auf jedem Schritt ihrer Reise. Dann standen sie abends am Fenster ihres Schlafzimmers auf Inqaba und schickten ihre Gedanken über zwei Kontinente durch die samtene Dunkelheit zu Maria. Catherine zählte die Tage, und als nach fast fünf Wochen der Tag der voraussichtlichen Ankunft vergangen war, strich sie jeden Abend einen Tag aus dem Kalender, den sie sich extra für diesen Zweck gekauft hatte. Das Telegramm hatte sie pünktlich erreicht. Wie aufgeregt war sie gewesen, wie erleichtert, als der Postläufer endlich auf den Hof von Inqaba lief.

Die Kutsche schlingerte bedrohlich, mit aller Kraft musste sie sich am Sitz festklammern, versuchte vergeblich, gegen die Übelkeit anzukämpfen, die ihr in die Kehle stieg und ihr das Wasser im Mund zusammenlaufen ließ. Erbost schob sie sich ein Stück Ingwer in den Mund und kaute es langsam durch. Auch die schlimmsten Stürme auf dem Meer hatten ihr nichts anhaben können, aber das brutale Geschaukel der Kutsche hielt selbst ihr Magen nicht aus. Im Nachhinein war sie froh, dass Maria dem Sommer entgegengedampft war, so waren die Frühlingsstürme in der Biskaya sicherlich vorüber gewesen, ebenso die im Kanal. Marias erster Brief bestätigte das. Die Überfahrt war ohne größere Vorkommnisse verlaufen, ihre Ankunft hätte nicht harmonischer sein können.

»Hamburg im Juni duftet nach Jasmin und Heckenrosen«, schrieb sie. »Es ist eine beeindruckend schöne Stadt.« Bald darauf kam auch der zweite Brief und danach viele mehr. Aber irgendwann, der Zeitpunkt war nicht genau festzulegen, versiegte der Strom. Anfänglich verstimmte sie das, sie fühlte sich von Maria vernachlässigt, wurde sogar zornig, bald aber spürte sie eine unbestimmte Angst, versuchte mit Logik und dem Gesetz der Wahrscheinlichkeit dagegen anzugehen. Es gelang ihr immer seltener. Die Angst um ihre Tochter nistete sich in ihr ein. Morgens wachte sie damit auf, und es war ihr letzter Gedanke, bevor sie in den Schlaf glitt.

Diese Angst war es auch, die sie jetzt, nach dem vierten Pferdewechsel, bewog, gegen ihren Impuls anzugehen, den Rest der Strecke zu Fuß zurückzulegen. Sie hatte keine Zeit, einer derartigen Schwäche nachzugeben. Energisch schob sie sich ein weiteres Stück Ingwer in den Mund und kaute heftig. Der Kutscher schien ihre Gedanken zu ahnen und grinste sie mit einem boshaften Funklen in seinen wässrigen Augen an, was sie mit einem eisblauen Blick beantwortete, der ihm das Grinsen aus dem Gesicht wischte. Sie warf den Kopf in den Nacken, raffte ihre Röcke und begab sich ein letztes Mal in dieses Folterinstrument, das sich Postkutsche nannte. Die Tatsache, dass ihr die Reise zurück nach Durban in demselben Gefährt bevorstand, verdrängte sie energisch. Daran zu denken, schien ihr masochistisch.

Kurz darauf ratterten sie weiter, und sie begann, den Verdacht zu hegen, dass der Postillion aus schierer Gemeinheit jeden Termitenhügel und jedes Schlagloch mitnahm. Der Weg schraubte sich höher und höher, mehr als einmal rutschte das Rad unter ihr weg, wenn die Kutsche dem steil abfallenden Abhang zu nah kam, und sie musste alle Selbstbeherrschung aufbringen, um nicht zu schreien. Es war neblig und eiskalt hier oben, oft tauchten sie in eine Wolke ein oder fuhren über den Wolken, was den Vorteil hatte, dass sie den Grund der tiefen Schluchten nicht sehen konnten, weil er mit weißer Watte gefüllt schien. Endlich erreichten sie die Ausläufer von Natals Hauptstadt, und bald darauf quietschten die starken Radbremsen, und das Fahrzeug wurde deutlich langsamer.

Die junge Frau, die sich wieder neben sie gesetzt hatte, gab einen hustenden Laut von sich und übergab sich zum wiederholten Mal. Obwohl sie es bisher fertig gebracht hatte, aus dem Fenster zu spucken, schleuderte jetzt ein Windstoß einen Teil in die Fahrgastkabine zurück, Catherine aufs Kleid.

»Entschuldigung«, schluchzte die Frau.

»Ist schon gut«, erwiderte Catherine und schwor sich, in diesem Leben nie wieder eine Postkutsche zu benutzen. Nicht in Afrika.

Am Morgen des darauf folgenden Tages, als sie aus der Poststation trat, wo sie das Telegramm aufgegeben hatte, und gerade missmutig überlegte, ob sie sich ein Pferd mieten sollte, um zurückzureiten, kam das Wunder in Gestalt von Francis Court daher. Er trabte mit seinem luxuriösen Vierspänner auf den Marktplatz, um ebenfalls ein Telegramm aufzugeben, und begrüßte sie aufs Herzlichste. Es stellte sich heraus, dass er plante, am nächsten Tag mit seiner eigenen, sechsspännigen Kutsche nach Durban zu reisen. Mit dem tiefsten Seufzer der Erleichterung sank Catherine an diesem Abend nach einem üppigen Abendessen in netter Gesellschaft in ein weiches Bett und schlief traumlos bis zum Morgengrauen. Die Fahrt nach Durban erwies sich als Vergnügen, denn die Kutsche war weich gepolstert, und Francis Court verstand es, aufs Interessanteste zu plaudern, und hatte obendrein für einen üppig gefüllten Picknickkorb gesorgt.

3

Am Tag, nach dem der Schmetterling sein Leben ließ, bemerkte man in Durban außer einer rasch verwirbelnden Rauchwolke am äußersten Horizont nichts von der Tragödie, die sich in den fernen Hügeln entwickelte.

Mila Dillon schaute flüchtig hoch, sah die dünnen Rauchfetzen, war aber zu beschäftigt, um einen weiteren Gedanken daran zu verschwenden. Sie stand mitten im hitzigen Gewühl auf dem Marktplatz im Zentrum der Stadt und stritt sich mit einem krummbeinigen, kleinen Mann mit Bowlerhut über den Preis für einen Sack Kartoffeln. Die Luft war staubig, es roch nach überreifem Obst, frischem Blut, Fleisch, das schon länger abhing, Gewürzen aus Fernost und rottendem Seetang. Stechender Latrinengestank lag über allem. Hunderte von Hühnern gackerten in Käfigen, die zwischen den Achsen eines jeden Ochsenwagens baumelten, Rinder blökten, ließen warme Fladen fallen und zwirbelten ihre Schwänze, um die blauschwarzen Fliegenwolken zu verscheuchen. Auktionatoren feuerten monoton ihre unverständlichen Angebote ab, hoben nur auf einer Silbe die Stimme, um ein Gebot aus dem Publikum aufzunehmen, Kinder schrien, Händler priesen ihre Waren an, dazwischen tobte eine Horde kreischender Affen durch die Stände, die alles stahlen, was sie zwischen ihre geschickten Finger bekommen konnten, und in den Bäumen und auf den Hausdächern versammelten sich die Geier, streckten ihre Hälse vor und warteten geduldig.

Es war Markttag in Durban.

Geringschätzig stieß Mila den Kartoffelsack mit ihrem Schirm an, den sie immer bei sich trug, egal wie das Wetter war, und der ihr Markenzeichen geworden war. »Sixpence für diese jämmerlichen Knollen, die voller Flecke sind, und hier, sehen Sie, die ist auch noch matschig! Mein guter Mann, da müssen Sie früher aufstehen, wenn Sie mich übers Ohr hauen wollen. Einen Tickey, keinen Penny mehr.« Sie amüsierte sich prächtig. Kaum etwas bereitete ihr mehr Kurzweil als das Ritual des wöchentlichen Feilschens auf dem Markt. Eigentlich brauchte sie keine Kartoffeln, die ersten in ihrem Garten waren schon erntereif, und bald würde sie so viele ernten, dass sie alle Freunde damit beschenken konnte, aber sie wollte sich das Vergnügen einfach nicht verkneifen.

Der Händler mit dem Bowlerhut, der in einem früheren Leben Lehrer in Glasgow gewesen war, im Suff einen Mann erschlagen, sich daraufhin aufs nächstbeste Schiff geflüchtet hatte und irgendwann in Afrika gestrandet war, warf der alten Dame mit den überraschend kurz geschorenen, weißen Haaren unter dem breitkrempigen Hut einen abschätzenden Blick zu und entschied, dass es Zeit für ein wenig Schauspielerei war. Theatralisch rang er die Hände.

»Madam, haben Sie ein Herz, ich muss leben, ich hab Frau und Kinder, eins davon ist schwer krank …«, lamentierte er mit gekonnter Leidensmiene.

Mila, die genau wusste, was dem Mann durch den Kopf ging, suchte einen Tickey aus ihrer Geldbörse, die ihr Dan, der Schlangenfänger, aus der Haut einer Grünen Mamba gefertigt hatte, und schnippte dem Händler die Münze hin. »Einen Tickey, mehr nicht, und das ist ein guter Preis!« Bestens gelaunt sah sie zu, wie das Geld in der schmutzigen Hand des Mannes verschwand, und wartete, dass er den Sack verschnürte. Sie gab dem schwarzen Jungen, der hinter ihr wartete, ein Zeichen, der sich daraufhin den Sack auf die Schultern lud.

Der Händler schob seinen Bowlerhut in den Nacken und wandte sich an ihre Begleiterin. »Und Sie, schöne Dame, was begehrt Ihr Herz? Vielleicht Pfirsiche oder diese Wundersalbe gegen Hühneraugen, Windelausschlag und Sonnenbrand, die jede Haut jung und zart macht?« Rasch drehte er die Pfirsiche so, dass die Druckstellen versteckt waren. Als er keine Antwort bekam, hob er fragend den Kopf und begegnete einem klaren, belustigten Blick aus Augen, deren Farbe ihn an Kornblumen im guten, alten England erinnerten. Er erkannte Catherine Steinach sofort.

An den Lagerfeuern der Buschläufer, in den Umuzis der Zulus und in den Wirtshäusern landauf, landab bis hinunter ins ferne Kapstadt erzählte man sich von ihr. Geschichten über ihre Heilkunst, ihre Kenntnisse der Medizinpflanzen, dass sie eine Meisterschützin war und schwimmen konnte wie ein Fisch. Einige behaupteten steif und fest, dass sie mit einer einundzwanzig Fuß langen Ochsenpeitsche einem Mann eine Fliege von der Nase holen konnte. Besorgt rieb er sich sein knolliges, von roten Adern durchzogenes Riechorgan und schielte hoch. Glauben konnte man das schon, hatte man in diese Augen gesehen. Verstohlen ließ er seinen Blick an der schlanken Figur hinuntergleiten, um festzustellen, ob es stimmte, dass Catherine Steinach Männerhosen trug. Er hielt es nicht für möglich, denn wenn er je eine wirkliche Dame gesehen hatte, dann war es die, die jetzt vor ihm stand. Jeder gut gewachsene Zoll von ihr.

Verblüfft stellte er fest, dass sie tatsächlich Hosen trug, zwar keine engen, sondern welche, die weit waren wie ein Rock, aber unzweifelhaft Hosen, dazu eine weiße Bluse und einen mit Straußenfedern geschmückten Hut, den sie wie ein spanischer Grande schräg ins Gesicht gezogen hatte. Eine tiefe Bewunderung für diese mit so großer Selbstverständlichkeit zur Schau getragene Ablehnung gesellschaftlicher Zwänge durchströmte ihn. Welch einen Mut setzte das voraus! Das Gift der Klatschweiber, weiblich oder männlich, konnte töten, und sie neigten zu Rudelverhalten. Hatten sie einen Schwächeren entdeckt, waren sie erbarmungslos, ruhten nicht, bis sie ihn in Fetzen gerissen hatten.

Nun war er geneigt, auch alles andere, was man sich über Catherine Steinach zuflüsterte, für bare Münze zu nehmen, denn die farbigsten Geschichten kursierten über die Jahre, in denen sie allein mit einem Ochsenwagen Handel in Zululand getrieben hatte, nur begleitet von diesem gelbhäutigen Teufel, der ihr Schatten war und der sie mit einer solchen Wildheit verteidigte, dass es ihm den Namen Bushman's Poison, Buschmanns Gift, eingebracht hatte.

Von Umuzi zu Umuzi war sie gezogen, hatte Geschäfte gemacht, war immer mit einem Wagen voller Häute und Elfenbein zurückgekehrt, obendrein oft auch mit einer beachtlichen Anzahl junger, gesunder Rinder. Das war belegt, denn es hatte viel Neid erregt. Keiner war ihm bekannt, dem es jemals gelungen war, sie übers Ohr zu hauen. Viele hatten es versucht, alle hatten sich die Zähne an Katheni, wie sie die Zulus nannten, ausgebissen.

Er hatte auch gehört, dass sie zum Fest der ersten Früchte des alten Königs Mpande eingeladen worden war und eine derartige Menge Bier getrunken hatte, dass die Zulus noch heute voller Bewunderung darüber redeten. Er vermutete, dass sie irgendeinen Trick gefunden hatte, das Bier heimlich wegzuschütten, denn manch einer der weißen Händler, der zum Bierumtrunk in ein Umuzi eingeladen worden war, bereute es bitter, nicht nur weil sein Kopf schmerzte, sondern auch weil die listigen Schwarzen ihn in seinem Rausch beim Handel gründlich reinlegten. Davon konnte er persönlich ein langes, leidvolles Lied singen.

Während ihm all dies durch den Kopf ging, langte er unter seinen Tisch und förderte seine Schätze zutage. Einen großen, kupfernen Marmeladenkessel, den er von einem burischen Schmied erstanden hatte, Haarspangen, auf denen geschliffene Steine glitzerten, ein Satz feiner Damastservietten, nur wenig gebraucht, eine Kristallschüssel, schimmernde Glasperlen und eine Länge geblümter, chinesischer Seide, der man die Herkunft als Morgenrock kaum mehr ansah, so geschickt hatte er das zerrissene Oberteil abgetrennt und den Rest geplättet. Zum Schluss präsentierte er stolz sein Prachtstück, eine kupferne Kaffeekanne, deren Fassungsvermögen für eine ganze Mannschaft reichen würde.

Catherine schob den Stoff beiseite, zog den Kessel heran und ließ ihre Finger über die glänzende Oberfläche auf der Suche nach Scharten und Beulen gleiten. Zufrieden stellte sie ihn beiseite. »Nach einem solchen Kessel habe ich schon lange gesucht. Schöne Arbeit, sehr solide. Den nehme ich, die Kristallschüssel und die Kanne. Außerdem brauche ich Setzlinge. Pfirsiche und Orangen. Zeigen Sie mir bitte, was Sie haben.«

Er beeilte sich, ihrem Wunsch zu folgen, und schaffte mehrere Bäumchen heran, die das Setzlingsstadium längst hinter sich hatten. Stolz reihte er sie vor Catherine auf. »Sehen Sie, was ich für Sie habe, die tragen schon zum ersten Mal.«

Fachmännisch untersuchte sie die Fruchtansätze und nickte erfreut. Ein halbes Dutzend Zitrusbäumchen wuchsen schon hinter dem Lobster Pott im Windschatten, aber der Ertrag war nicht ergiebig genug, um ein Haus voller Gäste zu versorgen, und die Früchte auf dem Markt zu kaufen, war auf die Dauer zu teuer. Sie wählte schnell, erfragte den Preis, zog zwanzig Prozent ab und legte den Betrag auf den Tisch.

Der Händler überlegte kurz, ob er protestieren sollte, aber ein kornblumenblauer Blick veranlasste ihn, das Geld einzustreichen und noch zwei reife Pfirsiche in den Kupferkessel zu legen. Die ohne Druckstellen. »Einen guten Tag wünsche ich, Mrs Steinach«, sagte er einschmeichelnd.

»Danke, ich Ihnen auch.« Catherine lächelte freundlich und verstaute ihre Einkäufe sorgfältig auf dem Leiterwagen, den Tandani, ihr Hausmädchen, hinter sich her zog. »Obacht, dass nichts herunterfällt«, mahnte sie die Zulu. Nach ein paar Schritten wandte sie sich an Mila. »Ich muss noch Melonen besorgen. Meine sind fast alle verfault. Es ist zu feucht an der Küste. Ich werde sie aus der Gegend um Pietermaritzburg beziehen müssen.

Außerdem haben die Affen zwischen denen, die bis zur Ernte gereift sind, gewütet. Sie haben sämtliche Früchte aufgebrochen, ausgelutscht, sind aufs Dach geklettert und haben mich mit den schmierigen Resten beworfen.«

»Schlimmes Pack, das«, sagte Mila. »Vergifte einige von den Melonen, dann hast du Ruhe. Affen lernen schnell. Sind erst mal ein paar von ihnen tot umgefallen, kapieren sie, dass sie ihre Finger von den Früchten lassen müssen.«

Catherine dachte an die putzigen Tiere, deren Augen so erschreckend menschlich blicken konnten, die ihr oft Freude mit ihren Kapriolen bereiteten. »Laut Darwin würde ich damit meine nächsten Verwandten töten …«

»Du glaubst diesen Unsinn?«, rief Mila erstaunt.

»Sieh dir die Tiere doch an. Ich käme mir vor wie eine Mörderin …«, entgegnete ihre Freundin, wurde dann von wildem Gebell unterbrochen. Eine schwarze Dänische Dogge fegte durch die Menge auf sie zu, warf dabei einen Hühnerkäfig um, was die Insassen in schrill gackernde Aufregung versetzte. Ehe sie es verhindern konnte, warf der Hund ihr beide Vorderpfoten auf die Schulter und leckte ihr quer übers Gesicht. »Bobo, benimm dich, sonst bleibst du nächstes Mal zu Hause.« Bobo ließ sich winselnd vor ihre Füße fallen.

»Noch ein Kerl, der dir zu Füßen liegt«, kicherte Mila. Die marodierenden Affen und ihr menschlicher Verwandtschaftsgrad waren vergessen.

»Bei weitem mein kritiklosester Verehrer.« Sie sah sich nach ihrem Hausmädchen um und schmunzelte. Die junge Zulu stolzierte herum, klimperte mit den Wimpern und spreizte ihre Federn wie ein eitles Vögelchen. Ihre glänzend schokoladenbraune Üppigkeit zog nicht nur die begehrlichen Blicke der Zuluburschen an, die in großer Zahl auf dem Markt herumlungerten, sondern auch die mancher Weißer. »Tandani, hilf dem Mann, den Käfig wieder aufzustellen«, befahl sie.

Tandani zog einen Schmollmund, tat aber, wie ihr geheißen.

Bobo entdeckte einen winzigen, gelben Hund, der beim Furcht erregenden Anblick der Dogge aufjaulend zwischen den Ständen verschwand. Bobo stürzte ihm nach. Catherine folgte gemächlich, ließ dabei ständig ihren Blick über die Angebote auf dem Markt schweifen. Immer wieder erwiderte sie lächelnd den Gruß von Bekannten, blieb auch mal für ein kurzes Gespräch stehen.

Mila musterte ihre Freundin, die gedankenverloren am Fingernagel knabberte. Ein deutliches Zeichen, dass Catherine etwas bedrückte. Sie beschloss, ein wenig herumzustochern. Es war immer besser, wenn man über Probleme sprach, anstatt sie in sich hineinzufressen, bildlich gesprochen in diesem Fall.

»Kommt Viktoria auch zur Einweihungsfeier vom Lobster Pott?«

»Ja, natürlich kommt Viktoria zur Einweihungsfeier«, antwortete Catherine, schob eine Haarnadel zurück, die sich aus ihrem dicken Haarknoten im Nacken gelöst hatte. »Mit dem Schiff, allerdings nicht von Kapstadt, sondern von Port Elizabeth aus. Lionel ist auf den Diamantenfeldern. Sie behauptet steif und fest, dass seine Manieren ohne ihren Einfluss in dieser Gesellschaft von Halunken, Glücksrittern und Halsabschneidern sonst völlig verwildern. Angeblich rasiert er sich nicht mehr, lässt sein Haar wuchern, und der Dreck unter seinen Fingernägeln wächst ein, sagt sie, obwohl ich mir das bei meinem geschniegelten Schwiegersohn eigentlich nicht vorstellen kann.«

Sie blieb vor einem Händler stehen, der einen Berg von gelben Melonen vor sich aufgetürmt hatte, klopfte in rascher Folge auf mehrere der prallen Früchte. Es gab jedes Mal einen dumpfen, hohlen Ton. Zum Schluss schnupperte sie daran. »Sie beginnen, zu duften. In ein paar Tagen sind alle reif. Ich gebe Ihnen einen Haypenny für die sechs Stück«, teilte sie dem Mann mit, der nur ein Wams aus Leopardenfell auf seinem bloßen Oberkörper trug.

Auch dieser Händler schien zu wissen, mit wem er es zu tun hatte. Mit einer gewissen Resignation nickte er und streckte die schwielige Hand aus.

Catherine reichte ihm die Münze. Tandani stapelte die Früchte auf dem Leiterwagen, redete dabei lautstark mit einem anderen Hausmädchen, das ein paar Stände weiter neben ihrer weißen Herrin stand. Sie folgte ihrer Arbeitgeberin, unterhielt sich dabei weiter mit ihrer Freundin, obwohl sie ihr längst den Rücken zugedreht hatte und sie schon nicht mehr sehen konnten.

Mila humpelte neben Catherine her. »Ach, Lionel Spencer ist ein feiner Kerl, auch mit Dreck unter den Fingernägeln«, sagte sie und dachte: In diesem Teil der Familie lagen die Probleme also nicht. Ihrem Patenkind Viktoria ging es offensichtlich sehr gut. Es blieben Stefan und Maria. Maria war bei Catherines Verwandten in Deutschland und sicherlich bestens aufgehoben. Catherines Kummer musste also mit Stefan zu tun haben. Innerlich seufzte sie. Das war vorauszusehen gewesen. Die Sache mit Lulamani konnte nicht gut gehen. »Und was ist mit Stefan?«, fragte sie mit argloser Miene. »Kommt er? Wo ist er eigentlich gerade?«

»Er ist über den Fluss nach Afrika«, erwiderte Catherine und meinte, dass Stefan über den Tugela nach Zululand geritten war. »Augenblicklich ist er irgendwo im Norden. Er zeigt ein paar reichen Europäern, wo man am besten Tiere abknallen kann. Er müsste bald zurückkehren, allerdings weiß ich nicht genau, wann. Natürlich hat er versprochen, zur Einweihung zu kommen und über Weihnachten zu bleiben, sonst würde er sich auch ziemlichen Ärger mit mir einhandeln. Ich habe Springbock, Warzenschwein und Perlhühner für unsere Festtafel bei ihm bestellt.« Ruhiger Ton, keine Reaktion, dachte Mila, zu ruhig, zu wenig Reaktion. Nun, sie würde das Ganze schon ans Tageslicht bringen. Sie glaubte fest an die heilende Kraft von Worten und wusste auch, dass man tief in einen schwärenden Abszess schneiden musste, damit der Eiter abfließen konnte und alles Schlechte mit ihm. Vorher konnte die Wunde nicht wieder verheilen. »Sag Cilla, sie soll ihre hübsche Monita mitbringen. Es wird Zeit, dass Stefan sich eine Frau nimmt.«

Für ein paar Schritte herrschte Schweigen. Mit Besorgnis beobachtete Mila, wie sich Catherine abwandte, diesen sattsam bekannten sturen Zug um den Mund bekam.

»Es ist müßig, Durbans heiratsfähige Töchter aufmarschieren zu lassen, das haben wir schon versucht.«

»Aber der Priester, der Stefan und Lulamani getraut hat, war doch ein Schwindler.« Unter ihrer Hutkrempe warf sie einen schnellen Blick auf das Gesicht ihrer Freundin. Aber das verriet nichts.

»Nun, es wird heiß, es muss schon acht Uhr vorbei sein. Ich muss mich sputen«, sagte Catherine. Ihr Ton machte unmissverständlich deutlich, dass sie das Problem ihrer unkonventionellen Schwiegertochter nicht weiter zu erörtern gedachte. In schnellem Zulu wies sie Tandani an, die Lebensmittel zu ihrem Planwagen, der am Rande des Markts stand, zu bringen. »Ziko wartet auf dich. Sag ihm, er soll anschließend zu Pettifers fahren. Du begleitest ihn.«

Tandani trollte sich, zog den Leiterwagen in gemächlichem Tempo über den Markt, hielt hier und da an, um mit einer anderen Schwarzen zu schwatzen oder einen gierigen Affen mit dem Stock, den sie zu diesem Zweck stets bei sich trug, zu verjagen.

Catherine unterdrückte einen Seufzer. Als sie noch neu in Afrika gewesen war, hatte sie diese durch nichts zu erschütternde Langsamkeit fast zum Wahnsinn getrieben. Sie verwechselte sie mit Faulheit und es kostete sie einen körperlichen Zusammenbruch, ehe sie anerkannte, dass man in diesem Klima mit seinen Kräften haushalten musste und niemand das besser wusste als die Eingeborenen.

»Begleitest du mich zu Pettifers Laden, Mila? Du musst mir helfen, neue Gardinen für den Lobster Pott auszusuchen.«

Ihre alte Freundin nickte. »Gern. Dann können wir noch ein wenig plaudern. – He, Finger weg!«, fauchte sie und fuhr herum, ihren Regenschirm im Anschlag, bereit demjenigen, der sich an ihrer Tasche zu schaffen machte, eins überzuziehen. Als sie sah, wer sie belästigte, kicherte sie. Vor ihr stand ein halbwüchsiger Elefant, der mit seinem Rüssel vergeblich versuchte, die Taschenschnalle aufzubiegen, um das Innere zu erkunden.

»Er sucht Zucker oder ein Stück Brot«, grunzte ein abgerissen aussehender Mann mit Sandpapierstimme. »Oder auch eine Münze, damit ich ihm etwas kaufen kann«, fügte er mit durchtriebenem Grinsen hinzu, während der Elefant sich mit samtweichen Berührungen an Milas Arm hochtastete und ihr ins Gesicht blies.

»Mein Kleiner, ich bin weder aus Zucker noch sonst wie nahrhaft«, wehrte diese den kleinen Dickhäuter lachend ab, hütete sich aber, die gewünschte Münze herauszurücken, denn sie war überzeugt, dass der Mann keine Sekunde verlieren und sie im Hangman's Inn versaufen würde.

Der Elefant prustete und produzierte mit einem verzückten Ausdruck seiner langbewimperten Augen einen großen Kotballen, was eine in der Nähe stehende Kuh dazu animierte, ihrerseits einen breiigen Fladen fallen zu lassen.

Catherine schaffte es gerade noch, zur Seite zu springen. »Ich liebe Markttag.«

Über den schmalen, hölzernen Bürgersteig, der sich an den Gebäuden entlangzog, spazierten sie den kurzen Weg zu Pettifers Laden. Eine Unterhaltung fortzuführen, erwies sich als unmöglich. Der Lärm war ohrenbetäubend. Es blökte und gackerte und quietschte, Männer brüllten, Frauen lachten, Ochsengespanne klirrten, in der Ferne schrie ein Esel. Ein Planwagen reihte sich an den anderen, die Wagenführer trieben mit lautem Gebrüll die ausgeschirrten Ochsen und Pferde zur Gemeinschaftsweide. Abfälle, Urin, Pferdeäpfel und spinatgrüne Kuhfladen, mit denen die Straße gepflastert war, verpesteten die Luft. Hier und da hatte sich ein Rindvieh zum Wiederkäuen mitten auf der Straße niedergelassen. Catherine ärgerte sich, die weiße Bluse angezogen zu haben. Schon jetzt verfärbte sich der zarte Stoff unter einer feinen Schicht von rotem Staub.

Nur langsam kamen sie in der drängenden Menschenmenge voran. Kaum jemand in der Stadt ließ sich den Markttag entgehen. Damen in hochgebauschten Röcken kicherten unter Sonnenschirmen, im Schlepptau lethargisch wirkende Hausmädchen. Barbusige Zulufrauen in Perlschnurröcken, die Lasten von erstaunlichen Ausmaßen auf dem Kopf balancierten, schritten mit der Haltung von Königinnen durch die Menge.

Dann waren da die harten Männer, Buschläufer, die aus dem Inneren kamen, dem wilden Herzen Afrikas. Rasselnde Ketten aus Krokodil- oder Löwenzähnen am Hals, bis an die Zähne mit Gewehren, Pistolen und armlangen Messern bewaffnet, stolzierten sie angeberisch die Straße hinunter. Bündel von Gnuschwänzen, aufgefädelte Leopardenohren und Elefantenpinsel an ihren Gürteln, prahlten von ihrem Jagdglück, ihre zerlumpte, geflickte Kleidung und das löchrige Schuhwerk zeugten von den vielen Wochen, die sie im Busch verbracht hatten. Mehrere liefen auch einfach barfuß auf einer Hornhaut, die hart war wie die beste Stiefelsohle. Ausnahmslos wurden sie von Hunderudeln begleitet, deren Narben oder frisch verheilte Verletzungen von den Abenteuern ihrer Herrn kündeten.

Erst allmählich fiel Catherine auf, dass eines anders war als an anderen Markttagen. Wo sonst buntes Durcheinander herrschte, überwog heute das Rot der englischen Uniformen. Die Stadt wimmelte von Soldaten. In Gruppen schoben sich die Rotröcke durch die Menge, und ihre überhebliche Haltung glich der der Buschläufer. Sie fing Wortfetzen auf, Bemerkungen über Schlachtformationen, die neuesten Gewehrmodelle und abfällige Einschätzungen der strategischen Talente König

Cetshwayos. Wie vom Donner gerührt blieb sie stehen. Die Engländer rasselten mit den Säbeln! Rüstete die Kolonie sich tatsächlich für einen Krieg mit den Zulus? War Inqaba in Gefahr?

In etwas über einer Stunde war sie mit Johann verabredet. Vielleicht wusste er etwas Neues. Sie hielt den Holzperlenvorhang für Mila zurück, und sie traten in den dunklen, voll gestopften Laden, der sich höhlenartig nach hinten ausdehnte. Ein Fliegenschwarm nahm die Einladung sofort an, summte hinein, drehte eine Runde und stürzte sich auf die Biltongstreifen, die wie Stalaktiten in einer Tropfsteinhöhle von der Decke hingen. Der Perlenvorhang klickte leise, Sonnenstrahlen blitzten herein, malten gelbe Streifen auf den Holzboden, es roch nach Staub und ranzigem Fett, trockenem Holz und grüner Seife. Sie schienen die einzigen Kunden zu sein.

Mila folgte ihr hinüber zum Tresen, auf dem neben Schalen mit Perlen, Keksen, Haarnadeln und anderem Zeug auch einige Ballen Stoff lagen. Seit Mr Pettifer den Laden von Lloyd Gresham übernommen hatte, hatte er sein Angebot deutlich erweitert. »Hier sieht's aus wie in einem orientalischen Bazar«, kommentierte sie, merkte aber, dass Catherine mit ihren Gedanken offenbar völlig woanders war. Mit gerunzelter Stirn nagte sie an einem Daumennagel.

Mila beschloss, die Sache direkt anzugehen. »Was ist los mit dir, Catherine? Irgendetwas bedrückt dich doch. Ich kenne dich gut genug. Wenn du an deinen Nägeln beißt, machst du dir über irgendetwas wirklich ernsthafte Sorgen, und du hast dir schon zwei völlig heruntergekaut. Das gehört sich nicht für eine Dame, außerdem ist es ungesund.« Unvermittelt kam ihr ein bestürzender Gedanke. »Es gibt doch wohl hoffentlich keine schlimmen Nachrichten von Maria? Catherine, ist es das? Liebes, bitte sag's mir.« Ihre Frage traf ins Schwarze. Die Miene ihrer Freundin zeigte es deutlich.

»Das Schlimme ist, dass es keine Nachrichten gibt«, platzte Catherine heraus. »Ihr letzter Brief ist Mitte Juli datiert, seitdem haben wir keinerlei Nachricht von ihr. Vor gut vier Wochen habe ich ein Telegramm an den Anwalt Puttfarcken geschickt. Der muss wissen, wo Maria steckt, und vielleicht auch, warum sie sich nicht meldet, denn er verwaltet ihr Geld und bezahlt ihre Rechnungen. Ich fürchte, dass ihr Schweigen etwas mit der Familie meiner Mutter zu tun hat, und da mein Verhältnis zu der nicht eben herzlich ist, werde ich sie nur im Notfall fragen. Außerdem denke ich, dass ich von Puttfarcken erschöpfender und nüchterner Auskunft erhalten werde. Aber erst in zwei Wochen kann ich überhaupt hoffen, eine Antwort von dem Anwalt zu bekommen.«

»Maria wird es gut gehen.« Mila legte mehr Zuversicht in ihre Stimme, als sie selbst verspürte. Ein langes Leben hatte sie gelehrt, dass viel geschehen konnte, der Verlauf der Dinge selten glatt war und sich am Ende die unwahrscheinlichsten Möglichkeiten als die erwiesen, die tatsächlich eintraten. »Mach dir keine Gedanken. Sie hat doch anfänglich fleißig geschrieben. Was stand denn in dem letzten Brief? Kannst du daraus nicht schließen, ob etwas vorgefallen ist und was?« Zerstreut rollte Mila eine Apfelsine zwischen den Handflächen. Die Schale brach auf, und intensiver Orangenduft verbreitete sich. »Setzen Sie sie mit auf meine Rechnung und zeigen Sie mir einen guten Seidenstoff in Blau«, rief sie hinüber zu dem pickligen Jüngling, der hinter dem Tresen auf ihre Wünsche wartete. Der nickte und kritzelte etwas in ein großes, schwarz gebundenes Kontobuch.

Catherine warf ihr einen gequälten Blick zu. »Nein, immer wieder habe ich ihre letzten Briefe durchgesehen und nach einem Hinweis gesucht, aber nichts gefunden. Nur Beschreibungen von Ausflügen, Bootsfahrten, dass der Cul de Paris dort längst nicht mehr Mode ist, Wetterberichte, das Übliche eben. Anfänglich bekamen wir zwei bis drei Briefe in der Woche, gesammelt natürlich, häufig einen ganzen Stapel auf einmal, weil alle mit demselben Schiff abgingen, aber dann, ganz plötzlich, kam nichts mehr.«

Mila Dillon musterte sie verstohlen. Catherine war für sie die Tochter, die sie nie gehabt hatte, und es tat ihr weh, ihr in dieser Angelegenheit nur mit Worten und gesundem Menschenverstand helfen zu können. Sie hatte keine Vorstellung, wie es in Deutschland heute zuging. Nach weit über fünfzig Jahren Afrika verband sie nichts mehr mit ihrem Geburtsland. Auch kein Gefühl. Das schon gar nicht. Das Deutschland ihrer Jugend war das dieser treuherzig-spießigen Zeit gewesen, die seit neuestem mit dem Namen Biedermeier bezeichnet wurde, in der sittenstrenge Ansichten herrschten, Frauen hausbackene, schlichte Kleider trugen und die häuslichen Tugenden zur Religion erhoben wurden, eine Zeit, in der sie sich so eingesperrt gefühlt hatte wie ein Vogel im Käfig.

Eines Tages dann war Henning Arnim erschienen, groß, breitschultrig, mit offenem, lachendem Gesicht und durchdrungen vom heiligen Eifer, den armen Wilden seinen Gott näher zu bringen. Obwohl sie keineswegs sonderlich religiös war, nur pflichtschuldig am sonntäglichen Gottesdienst teilnahm und obwohl er im Vergleich zu mehreren anderen Herren, die sich um ihre Hand bemühten, wirklich bettelarm war, hatte sie ihn zum Entsetzen ihrer Eltern geheiratet. Die Aussicht, die Käfigtür einfach zu öffnen und davonzuflattern, nach Afrika auch noch, war zu verführerisch gewesen. Bereut hatte sie es nicht für eine Sekunde, egal was Afrika ihr abforderte. Als Henning nach nur zwei Jahren im Busch Schwarzwasserfieber bekam, war sie mit ein paar Zulus vierzig Meilen zu Fuß durch den Busch zu ihm marschiert und hatte ihn auf einer aus Ästen gefertigten Trage auf die kleine Farm in Zululand, die er als Mission bewirtschaftet hatte, zurückgebracht. Innerhalb eines Tages starb er in ihren Armen. Sie begrub ihn in seiner geliebten afrikanischen Erde, blieb, geduldet vom alten Zulukönig, auf der Farm und trotzte Afrika ihr Leben ab.

Durch das dreckverkrustete Fenster neben der Ladentür konnte sie ein kleines Stück blauen Himmels sehen, und sie weidete ihre Augen daran. Für eine unwirkliche Sekunde war sie zurück in ihrer Jugend gewesen, hatte die erdrückende Enge ihr den Atem genommen, wähnte sie sich wieder in diesen Käfig eingesperrt. Vielleicht war Maria in Deutschland gegen solche Käfiggitter geflogen. Sie kannte Maria. Versuchte man sie einzusperren, würde sie alles daran setzen, die Gitter einzureißen. »Vielleicht ist es ihr dort zu eng geworden und sie kommt früher zurück«, sagte sie.

»Das glaube ich nicht. Schon aus lauter Sturheit würde sie das nicht tun, denn dann hätten wir ja Recht behalten.«

»Sie ist schließlich erwachsen und, wenn ich darauf hinweisen darf, damit vier Jahre älter als du an deinem Hochzeitstag. Sie ist ein gefestigter Charakter, die Grundlagen, die ihr gelegt habt, sind ein sicheres Fundament, und sie ist immens lebenstüchtig, das weißt du.« Mila schmunzelte. »Unsere Maria steckt doch die meisten in die Tasche, bevor die es merken.« Sie hoffte, dass sie mit ihren Argumenten ihre Freundin hatte beruhigen können.

Catherine nickte ohne Überzeugung. »Ja sicher. Ja, ganz bestimmt. Es ist unsinnig, ständig Befürchtungen zu hegen. Lass uns von etwas anderem reden, ich rege mich sonst nur auf, und das strapaziert meine Nerven und macht Falten.« Sie ging hinüber zum Tresen, hinter dem sich Stoffballen im Wandregal bis zu Decke stapelten. »Die Seide ist schön, genau deine Farbe.« Sie wies auf einen mitternachtsblauen Ballen. »Zeigen Sie uns die einmal.«

Während Edward Pettifers Assistent den gewünschten Stoffballen hervorholte, zog Mila einen dreibeinigen Hocker heran und ließ sich ächzend darauf nieder. Ihr Rücken schmerzte auf eine bestimmte Weise, die ihr klarer als Worte sagte, dass das Wetter sich ändern würde. Sie hoffte, es würde regnen. Der Garten war staubtrocken, ihr Gemüse kümmerte vor sich hin, und ihre

Haare standen wie weißes Stroh vom Kopf. Der junge Mann warf den Stoffballen auf den Tresen und wickelte mehrere Bahnen davon ab. Sie erhob sich schwerfällig, drapierte die Seide, die in tiefem Mitternachtsblau schimmerte, über die Schulter und begutachtete kritisch die Wirkung in dem halbblinden Spiegel, der neben dem Fenster an einem Balken befestigt war. »Ich will mir das Kleid daraus nähen lassen, das ich gedenke, zur Einweihung deines Lobster Potts zu tragen. Es muss so unerhört elegant sein, dass alle Damen vor Neid krank werden.« Sie drehte sich vor dem Spiegel hierhin und dorthin. Das Licht, das durch den Perlenvorhang fiel, streifte sie von der Seite und zeichnete die tiefen Falten ihres Gesichts mit realistischer Deutlichkeit nach. Trotzig zog sie ihrem Spiegelbild eine Grimasse. »Nun rate mir bitte, ob mir diese Farbe steht. Ich habe zwar noch rund zweieinhalb Monate Zeit, aber du kennst ja Mrs Smithers, sie ist wirklich nicht die Schnellste.« Sie ließ den hauchzarten Seidenstoff durch ihre Finger gleiten.

»Dafür verputzt sie alle Nähte, was nicht jede tut, die sich hier Schneiderin nennt. Lass sehen.« Catherine zupfte die Seide über Milas Schulter zurecht und begutachtete das Ergebnis. »Das Dunkelblau passt gut zu deinen blauen Augen und weißen Haaren, außerdem ist der Stoff leicht. Kurz vor Weihnachten ist es zu heiß für schweren Taft. Ich schenke ihn dir nachträglich zum Geburtstag.«

»Kommt gar nicht infrage.« Ihre Freundin drehte sich vor dem Spiegel und zog erneut eine Grimasse. »Außerdem ändert auch die schönste Seide nichts an der Tatsache, dass mein Gesicht mehr Runzeln hat als eine Walnuss.«

Catherine verdrehte lächelnd die Augen. »Mila, Mila, du sollst nicht kokettieren. Dir stehen deine Falten, und das weißt du. Sieh, meine Haut knittert auch schon wie billiger Baumwollstoff.« Sie schob dabei die Haut unter ihren Augen zusammen. »Da, sieh doch!«

»Unsinn, und komm mir nicht mit der Bemerkung, dass ich meine Falten mit Würde tragen soll, weil ich mir jede einzelne verdient habe! So etwas sagen nur Menschen, die Jahrzehnte jünger sind. Die einzige Genugtuung, die mir bleibt, ist zu wissen, dass es alle erwischen wird, früher oder später.«

»Besser faltig als tot«, kommentierte Catherine trocken.

Mila kicherte. »Du brutales Weib! Nun gut. Ich werde extravagant sein, schließlich plane ich nicht, mich mit einem Sack voll Geld begraben zu lassen. Schneiden Sie zehn Yards ab und packen Sie den Stoff ein, mein Hausmädchen wird das Paket später abholen«, sagte sie zu dem pickeligen Jüngling. »Und vergessen Sie das Garn dazu nicht, es muss genau die gleiche Farbe haben.«

Catherine hatte inzwischen auch ihre Wahl getroffen und zeigte auf einen dunkelroten Stoff, und der Verkäufer winkte dem Ladenmädchen, das im Hintergrund auf Anweisungen wartete. »Den Ballen dort oben!«, befahl er. Das Mädchen stieg auf einen Schemel und streckte sich nach oben, um den Stoff herauszuziehen. Ihr gestreifter, knöchellanger Rock rutschte hoch, und der junge Mann ließ seinen blassen Blick über ihre nackten Beine wandern, musste sich ein wenig vorbeugen, um alles zu sehen.

»Obacht, dass Sie dabei nicht auf die Nase fallen«, bemerkte Catherine mit feinem Spott.

Der ertappte Verkäufer lief rot an, knallte verdrossen den gewünschten Stoff vor ihr auf den Tresen. Catherine nahm ihn zusammen, schüttelte ihn, dass er so fiel, wie eine Gardine fallen würde.

»Wirst du es schaffen, den Lobster Pott rechtzeitig fertig zu stellen?« Mila hatte sich wieder auf den Hocker gesetzt.

Ihre Freundin legte den Stoff zurück und zuckte mit den Achseln. »Es ist ganz einfach, ich habe keine Wahl. Ich muss es schaffen, denn ich habe bereits einen Haufen Leute eingeladen, die alle ein paar Tage vorher anrollen werden. Es wird kein Quadratzoll mehr zum Schlafen frei sein. Johann und ich werden wieder im

Zelt hausen müssen, aus dem wir gerade erst ausgezogen sind, und die Kinder werden im Planwagen schlafen. Das Rieddach ist glücklicherweise schon fertig, aber in manchen Zimmern sind noch nicht einmal die Böden gelegt. Johann hat versprochen, die Holzarbeiten zu erledigen, aber mehr werde ich von ihm nicht erwarten können. Er geht völlig in seiner Zuckerrohrfarm auf. Du kennst ihn doch, er ist voller Enthusiasmus, verbringt jede Minute dort, päppelt seine Zuckerrohrpflanzen, als wären es seine Kinder. Ich bin mir sicher, er streichelt jeden Halm einzeln und spricht für ihn ein Abendgebet.« Ihre Stimme stieg an.

Mila, die über das Bild, das Catherine gemalt hatte, lachen musste, hörte doch mit einer gewissen Sorge den bissigen Spott aus den Worten. »Auf Johann lass ich nichts kommen. Auch nicht von dir. Sein Pioniergeist ist Vorbild für uns alle. Er hat schier endlose Energie, was in seinem Alter nicht selbstverständlich ist. Schließlich ist er schon über fünfzig.« Sie hatte leise gesprochen, obwohl der Verkäufer sich im Augenblick im Hintergrund des Ladens beschäftigte.

Catherines Reaktion war überraschend und heftig. »Ich kann dir gar nicht sagen, wie satt ich sie habe, die Sache mit dem Zuckerrohr«, brach es aus ihr heraus. Als sie jedoch gewahr wurde, dass der Verkäufer neugierig herüberschaute, dämpfte sie ihre Stimme. »Es ist genau wie mit der Baumwolle und der Kaffeeplantage … Wann immer Johann sich für etwas Neues begeistert, steckt er alles hinein, was wir an Geld gespart haben.« In den Fünfzigerjahren war es Baumwolle, bis sie damit auf die Nase gefallen waren. Ende der Sechziger bis in die frühen Siebziger gab es nur ein Gesprächsthema: Kaffee. Natürlich hielt Afrika irgendeine besondere Pest für die Pflanzen parat, alle Pflanzungen waren betroffen, und seitdem gab es keinen Kaffee mehr in Natal. Inzwischen war es Zuckerrohr, das auf feuchtwarmes Klima angewiesen war, und seit einem Jahr herrschte furchtbare Dürre. Sie hatten wie alle Farmer Mais aus Amerika importieren müssen, um die Arbeiter zu ernähren. »Ach, Mila, ich fürchte, das Zuckerrohrprojekt wird auch wieder irgendeiner Katastrophe anheimfallen, und wir müssen wieder von vorne anfangen …«

Während ihre Worte heraussprudelten, zerbröselte sie einen Keks aus Mr Pettifers Auslagen zu einem Krümelhaufen. Für ein paar Sekunden war nur das Knirschen zu hören. Dann tat sie einen tiefen Atemzug. »Verzeih, das war kindisch. Vergiss, was ich gesagt habe.«

Mila starrte sie erschrocken an. Selten hatte Catherine sich so über irgendetwas beklagt und am allerwenigsten über ihren Mann. Die Sache mit Maria musste ihr fürchterlich an die Nieren gehen, dass sie so dünnhäutig geworden war. Es war deutlich, dass sie dringend Unterstützung brauchte. Sie strich der jüngeren Frau liebevoll über die Wange. »Wenn du Hilfe brauchst, sag nur Bescheid. Pierre langweilt sich schrecklich auf seinem Altenteil. Er ist reizbar wie eine hungrige Mamba. Tatsächlich würdest du mir einen großen Gefallen tun, wenn du ihn ein wenig beschäftigen könntest, und da er behauptet, ohne mich nicht einschlafen zu können, werde ich wohl mitkommen müssen. Wenn du erlaubst, kann ich mich um deinen Garten kümmern. Du weißt, wie viel Spaß mir das bringt.«

»Das wäre wunderbar. Pierre ist sicher nicht leicht zu nehmen, seit er nicht mehr so viel zu tun hat.« Catherines makellose Zähne blitzten in einem dankbaren Lächeln. »Jabisa und eins der Mädchen aus dem Dorf könnten dir helfen. Du würdest im Stuhl im Schatten sitzen, Limonade trinken und die beiden herumscheuchen können. Das wird dir sicher Spaß bringen, und mir hilft es ungemein.« Sie beugte sich vor und küsste die faltige Wange. Mila war Mitte achtzig, und Pierre ging auf die neunzig zu, aber beiden schien das entgangen zu sein. Ihre Augen funkelten neugierig wie die von Zwanzigjährigen, und sie redeten und benahmen sich, als wäre sie keinen Tag älter als an dem, als sie sich vor fast drei Jahrzehnten zum ersten Mal begegneten. Mila steckte meist bis zu den Ellenbogen in ihren Gemüsebeeten, und Pierre wuchtete Felsen herum, die Jüngere nicht hätten bewegen können, um seiner Mila ein nettes, kleines Hochbeet zu bauen, das sie mit Kräutern bepflanzen konnte. Es war, als hätten sie keine Zeit, alt zu werden.

Nun, sie würde schon etwas finden, womit sie die beiden beschäftigen konnte. Das Problem war vermutlich eher, Pierre davon abzuhalten, die Bretter für die Fußböden zu sägen oder eine für einen fast Neunzigjährigen ähnlich unpassende Arbeit anzupacken. Obendrein waren die Dillons äußerst unterhaltsame Gäste. Die Zeit mit ihnen würde kurzweilig werden, während Johann mit seinem Zuckerrohr redete.

»Wie viele Zimmer werdet ihr im Lobster Pott haben?«

»Vier kleinere für die etwas anspruchsvolleren Gäste und ein großes mit mehreren Betten, die wir einzeln vermieten. Johann hat Doppelbetten konstruiert, die übereinander stehen. So können acht Leute dort schlafen. Dann haben wir die Halle, die in das Esszimmer übergeht, Johann und mein Schlafzimmer sowie das Kabuff, das mir als Büro dient. Die Küche liegt im Nebengebäude. Ich habe einen Lagerraum für Werkzeug, Putzsachen und all das Gerümpel, was sich im Laufe der Jahre angesammelt hat, anbauen lassen. Wenn mal mehr Gäste kommen sollten, als Zimmer vorhanden sind, werden wir den ausräumen und auch vermieten.« Sie kicherte. »Vielleicht kann ich einen ausrangierten Eisenbahnwaggon kaufen, den baue ich dann im Hof auf, hänge ein paar geblümte Gardinen hinein und nehme einen Aufschlag fürs Übernachten. Wegen der Romantik.«

»Wie ungeheuer geschäftstüchtig! Hier draußen wirst du ohnehin konkurrenzlos sein. Diese vor Dreck starrende Bruchbude, die der alte Haudegen Jones am Ufer des Tugela betreibt, ist nur für ganz hartgesottene Kerle, auch wenn Jones die Spelunke als Hotel bezeichnet. Vor einigen Jahren kam ich in die Verlegenheit, eine Nacht dort zu verbringen. Nach einem Blick auf die ver-

wanzte Seegrasmatratze, wo ich, von den schnarchenden Buschläufern nur durch ein aufgehängtes Laken getrennt, schlafen
sollte, weil Damen bei ihm nicht vorgesehen sind, habe ich es vorgezogen, unter freiem Himmel zu übernachten. Sein Essen kann
man nur als Fraß bezeichnen. Die Unglücklichen, die sich dorthin verirrt haben, werden sich schreiend zu dir flüchten.«

»Ein Problem sind frische Nahrungsmittel. Durban ist schließlich zu weit, um regelmäßig einkaufen zu gehen, und eigentlich
hatte ich nicht vor, nebenbei noch eine Landwirtschaft zu betreiben. Immerhin sprießt und wächst es im Gemüsegarten, dass es
eine Freude ist, und auch der Hühnerstall ist schon bewohnt, die
Hennen legen bereits fleißig Eier. Einige Milchkühe werde ich
selbst halten. Milch muss jeden Tag frisch gemolken auf den Tisch
kommen, in diesem Klima wird sie in atemberaubend kurzer Zeit
sauer.« In komischer Verzweiflung rang sie die Hände zum Himmel. »Bitte, lieber Gott«, rief sie und bekreuzigte sich, »erspare
uns Überschwemmungen, Heuschrecken, Warzenschweine, räu-
berische Affenhorden und andere afrikanische Besonderheiten.
Mit Flöhen, Ratten und Schlangen werde ich schon fertig. Allerdings«, sie verdrehte die Augen, »habe ich vor ein paar Nächten
Abdrücke von Leopardentatzen gefunden. Der Küstenurwald
wimmelt von den Raubkatzen. Wenn ich das Vieh erwische,
mache ich mir einen Bettvorleger aus seinem Fell.«

»Amen«, schmunzelte Mila erleichtert. Das klang schon eher
nach Catherine Steinach. »Bringen Sie mir noch einen halben
Sack Burenmehl, junger Mann, und vier Pfund guten Weizen
vom Kap«, rief sie dem Verkäufer zu, der im Hintergrund die
Stoffballen wieder aufwickelte.

»Stuart Mills aus Mount Edgecombe wird mir zwar regelmäßig
Fleisch liefern, aber wir werden gezwungen sein, häufiger auf die
Jagd zu gehen«, fuhr Catherine fort. »Und da Johann meist woan-
ders ist, werde ich das wohl erledigen müssen. Es gibt ja genügend
Kleinwild in der Nähe. Kleine Antilopen, Perlhühner, auch mal

ein Warzenschwein. Wenn's hart auf hart kommt, schicke ich Mangalisos Jungs los, damit sie ein paar dicke Ratten fangen. Die könnte ich zu Curry verarbeiten, und alle würden glauben, es ist Hühnchen.« Spitzbübisch in sich hineinglucksend, nahm sie einen Kochtopf mit ausgehöhltem Deckel aus den Auslagen und drehte ihn versonnen in den Händen. »Ein Topfbrot-Topf. Johann baut gerade einen Backofen für mehrere Brote neben dem Küchenhaus, sodass wir nicht auf Topfbrote angewiesen sind. Wie du weißt, können sich ungeschickte Menschen dabei böse Verbrennungen holen.« Der mit Teig gefüllte Topf wurde aufs offene Feuer gestellt, glühende Kohlen in die Mulde des Deckels gehäuft, und anschließend musste man wie ein Schießhund aufpassen, dass diese nicht verloschen. Unfälle passierten meist beim Herauslösen des Brots aus dem glühend heißen Topf.

Die alte Dame lächelte und strich behutsam über eine wulstige, lange Narbe auf Catherines Arm. »Ich hätte dich warnen sollen. Deinen ersten Backversuch hättest du fast mit deinem Leben bezahlt.«

»Dann hättest du mich vor dem Leben in Zululand warnen müssen. Sich eine Brandwunde beim Brotbacken zu holen, ist eine der geringsten Gefahren.« Sie kicherte. »Nun, das ist sehr lange her, achtundzwanzig Jahre.« Für einige Momente hing sie ihren Gedanken nach, sah sich über die Entfernung von achtundzwanzig Jahren selbst, ein blutjunges Mädchen ohne Erfahrungen oder Fertigkeiten, das mit dem völlig absurden Vorhaben nach Afrika gekommen war, sich als Frau hier allein ein Leben aufzubauen. Wie jung, wie naiv sie damals gewesen war, konnte sie erst heute beurteilen. »Ich hatte keine Ahnung vom Leben, ganz zu schweigen vom Leben in Afrika, und Johann hat mich vorsichtshalber nicht aufgeklärt, bevor er mich sicher nach Inqaba gebracht hatte. Weißt du, dass ich geglaubt habe, dass er ein reicher Plantagenbesitzer ist, eine weiße Villa und eine Schar von Dienstboten besitzt?«

»Das hat er dir erzählt? Klingt nicht nach Johann!«

»Nein, natürlich nicht. Er schwärmte von seinem Haus, ich nahm automatisch an, es wäre eine Villa, er erwähnte seine Leute, ich übersetzte das mit Dienstboten. Er erzählte von seinem Kochhaus, und ich legte es so aus, dass er so reich ist, dass er ein separates Küchenhaus sein Eigen nannte, sah es bevölkert von Dienstmädchen und Köchinnen.« Sie lachte herzlich über ihre eigene Ahnungslosigkeit. »Himmel, war ich wütend, als ich entdeckte, dass dieses Kochhaus nur ein grasgedecktes Dach auf vier Pfosten war, und vor allen Dingen als mir klar wurde, wer Köchin und Dienstmädchen in einer Person sein würde.«

Eines Tages hatte sie eine riesige Hyäne in der Küche besucht, und sie war zu Tode erschrocken. Johann aber erklärte ihr mit sonnigem Lächeln, dass das Vieh Helene hieß und mit ihrer Hyänensippe die vierbeinige Müllabfuhr Inqabas darstellte. »Es fehlte nicht viel, und ich wäre auf der Stelle noch einmal davongelaufen, wenn ich nur gewusst hätte, wohin.« Sie schob den Topf zurück ins Regal. »Ich hatte die Wahl, entweder den Heiratsantrag eines Cecil Arbuthnot-Thrice anzunehmen, den ich in Kapstadt kennen gelernt hatte, der zwar karottenrote Haare, hervorquellende wasserblaue Augen und Mundgeruch hatte, dafür aber eine Schar von Dienern und sogar eine Kutsche sein Eigen nannte, zurück zu meiner verknöcherten Tante Adele zu kriechen oder in Kapstadt bei irgendeiner schrecklichen Familie als Gouvernante für ihre rotznäsigen Gören zu arbeiten.« Alle drei Möglichkeiten hatten sie nach einigem Nachdenken mit mehr Schrecken als Helene, die Hyäne, erfüllt.

»Unsinn, du bist aus Liebe zu deinem Mann geblieben, gib's doch zu.« Mila bezahlte ihre Einkäufe und steckte das Wechselgeld ein. Die Ehe der Steinachs galt als sprichwörtlich glücklich.

Catherine quittierte die Bemerkung mit einem schwer zu deutenden Lächeln. »Eigenartig, dass man einen Menschen tief und fest lieben kann, ohne sich dessen bewusst zu sein«, bemerkte sie und zupfte abwesend an ihrer Bluse. »Erst als ich glaubte, dass er getötet worden war, erkannte ich das«, sagte sie, der Widerhall ihrer Angst von damals schwang in ihren Worten mit.

Ihr Leben war auseinander gerissen worden an jenem grauenvollen Tag, und bis heute hatte sie es nicht wieder zu einem Ganzen zusammenfügen können. Die Erinnerung daran mied sie mit aller Kraft, würde ebenso wenig freiwillig ihre Hände ins Feuer legen. Berührten aber ihre Gedanken auf einer harmlosen Wanderung durch ihre Erinnerung ohne Vorwarnung diese Wunde, dann rannte sie, rannte und rannte nur weg von der Wahrheit, egal wohin. So auch jetzt.

Sie setzte ein gewollt fröhliches Gesicht auf. »Nun ist aber Schluss, Johann ist putzmunter«, rief sie mit einer Stimme, die etwas zu hoch war und brüchig wie sprödes Glas. »Es verspricht ein wunderschöner, warmer Tag zu werden, und die größte Entscheidung, die ich heute zu treffen habe, ist, ob ich diesen Stoff nehme oder einen anderen. Wie findest du diese Farbe für die Gardinen?« Wahllos zog sie in einen grünen Baumwollstoff heraus.

Mila verstand. »Zu grell das Grün. Nimm lieber den dort. Gibt ein schönes Licht und macht den Raum heiter und hell.« Sie zeigte auf einen Ballen weißgelb gestreiften Chintz.

Ein Mann mit einem roten Haarkranz steckte den Kopf durch den Perlenvorhang in den dunklen Laden. »Ah, Catherine, gut, dass ich dich treffe. Guten Tag, Mila, du siehst jeden Tag jünger aus.« Er trat zu den beiden Frauen und küsste sie herzhaft auf die Wangen.

»Schmeichler«, tadelte Mila Dillon fröhlich. »Dafür wirst du nicht schöner, Rupert, aber immer dünner. Bald machst du einem Spargel Konkurrenz.«

»Nun, ja«, sagte er und zuckte die Achseln. Seit seine Dorothy vom Lungenfieber hinweggerafft worden war, hatte er weder Appetit noch jemanden, der für ihn kochte. »Nun, ja«, wiederholte er hilflos.

»Ich erwarte dich heute Abend bei uns zum Dinner und ich will keine Widerrede hören.« Milas Stimme klang besorgt. Rupert hatte wahrlich genügend Geld, um sich eine gute Haushälterin zu leisten, doch er weigerte sich standhaft, einer anderen Frau zu erlauben, Dorothys Küche zu betreten. Sie nahm sich vor, seiner älteste Tochter zu schreiben, die im Landesinneren auf einer Farm lebte. »Schnickschnack, du kommst, hörst du?«, rief sie.

Rupert hob die Hände und gab sich geschlagen. »Muss ich wohl, nicht wahr? Aber eigentlich suche ich Johann. Ist er hier, Catherine? Er hatte mich nach einer neuen Egge gefragt.«

»Wir sind später vorm Royal verabredet. Er trifft sich da mit dem Bürgermeister.«

»Bleibt ihr in der Stadt heute?«

»Sobald ich ihn abgeholt habe, reiten wir nach Hause.«

»Dann werde ich mich sputen, um ihn abzufangen.« Rupert drückte sich seinen Schlapphut auf den Kopf, grüßte und verschwand durch den klickenden Perlenvorhang.

»Ich mache mir Sorgen um ihn.« Catherine sah ihm nach.

»Dorothy fehlt ihm so. Ich werde seiner Tochter schreiben.« Mila wandte sich um und sah sich erneut ihrem Spiegelbild gegenüber. Seufzend verzog sie das Gesicht. »Es sollte ein Gesetz gegen das Altern geben. Ein Jahr Gefängnis für jede Falte.« Sie fuhr sich mit allen zehn Fingern durch den weißen Haarschopf.

»Ein Gesetz? Wir sind in Natal! Keiner würde es einhalten.« Catherine lachte, wurde dann aber ernst. »Du weißt doch, wie wir es hier mit Gesetzen halten. Jeder macht, was er will, legt die Paragrafen zu seinen Gunsten aus.«

Im Hintergrund des Ladens klirrte es, ein Mann brüllte, eine orange gestreifte Katze schoss an ihnen vorbei nach draußen, gefolgt von einem mordlüsternen Bobo. Catherine sah es, nahm eine Apfelsine aus den Auslagen, holte weit aus und warf. Die Frucht traf Bobo am Hinterteil, und die Dogge blieb jaulend stehen. »Hierher, Bobo!« Der Hund schlich herbei und leckte seiner

Herrin Vergebung heischend die kraulenden Finger. Catherine kitzelte ihn wunschgemäß unterm Kinn. »Hast du von dieser Immobiliengeschichte gehört?«, fragte sie.

Mila verzog das Gesicht. »Ja. Es gibt ein Gerücht, aber ich hoffe, das stellt sich als unwahr heraus ...«

Catherines Finger hörten auf, die Dogge zu kraulen. »Sag bloß, Andrew Sinclair hat wieder seine Pfoten im Spiel?«

»In welchem fetten Pudding stecken diese Pfoten nicht?«, gab Mila grimmig zurück. »Ich weiß, dass er dreißig Meilen im Inneren für ein Trinkgeld etwa tausend Hektar erworben und in Farmland zu je fünf Hektar aufgeteilt hat. Dann hat er seinen Agenten beauftragt, in England Siedler zu finden, die das Land kaufen, und nun ist ein ganzes Schiff unterwegs. Was diese Menschen nicht wissen, ist, dass sie außer Steinen und Mücken dort nichts ernten können, und was am schlimmsten ist, sie müssen nach zwölf Monaten ihre Rechte an dem Land registrieren lassen, und die Gebühr dafür ist so hoch, dass es sich kaum einer wird leisten können. Dann fällt das Land zurück an Andrew.«

»Weiß Lilly das? Es ist doch mit Sicherheit ihr Geld, das er da investiert hat. Wenn Justus davon erfährt, fließt Blut ...«

Sie konnte ihren Satz nicht beenden. Der Holzperlenvorhang wurde heftig zurückgeschlagen, Staub wirbelte, Fliegen schwärmten wütend, und eine Frau mit flammend roten Haaren fegte herein. »Guten Morgen, Mädels, wie geht's uns denn so?«, rief sie, stolperte ungeschickt über einen geflochtenen Korb und fiel Mila in die Arme.

»Hoppla, Lilly«, rief Mila, fing sie auf und stellte sie vorsichtig wieder auf die Beine. »Guten Morgen, meine Liebe. Schön, dich zu sehen.« Über Lillys Kopf hinweg sah sie Catherine an und legte einen Finger auf die Lippen.

»Ups«, machte Lilly, und Catherine schaffte es gerade noch, ihr einen Stuhl unterzuschieben, ehe sie zusammensank. »Ich bitte um Entschuldigung«, sagte sie mit der betont sorgfältigen Aussprache von Betrunkenen. »Ich bin unpässlich, und mir ist gerade ein wenig schwindelig.« Sie kicherte und bekam einen Schluckauf.

Catherine legte die gelb gestreifte Baumwolle auf den Ladentisch zurück. »Den ganzen Ballen, bitte«, orderte sie, ehe sie sich ihrer Freundin zuwandte. Sie strich Lilly die verschwitzten, roten Locken aus dem Gesicht. »Hast du Fieber? Du hast ein heißes Gesicht.«

»Iwo, ich hab mich nur zu lange mit der Cognacflasche unterhalten, und erzähl mir nicht, dass du das nicht weißt! Jeder weiß, dass Lilly, ehemals Kappenhofer, verehelichte Sinclair, eine Liebesaffäre mit ihrer Cognacflasche unterhält …« Lillys verquollenes Gesicht nahm einen grimmigen Zug an. »Anders kann ich den hochwohlgeborenen Andrew Sinclair, dem ich in einem Anfall geistiger Um… Um…«, bei dem Wort hakte ihre Zunge, »Umnachtung«, korrigierte sie, »also, dem ich in einem Anfall geistiger Umnachtung versprochen habe, bis zum Tod treu zu bleiben, nicht ertragen. Ich kann ihn einfach nicht ertragen«, wiederholte sie, dieses Mal klar verständlich.

»Es wird schlimmer mit ihr«, raunte Mila Catherine ins Ohr.

Catherine schnitten Lillys Worte und ihre todtraurige Miene mitten durchs Herz. Mila hatte Recht. Seit die süße Emma, ihre Tochter und ihr einziges Kind, verschwunden war, schien Lillys Leben sich aufzulösen. Lilly und Andrew hatten sie angebetet. Sie kam erst zehn Jahre nach der Hochzeit und war das Glück ihres Lebens und der Mörtel ihrer Ehe. In einem betrunkenen Ausbruch vor vielen Jahren hatte Lilly ihr erzählt, was an jenem herrlichen Frühlingssonntag passiert war. Danach hatten sie nie wieder darüber gesprochen.

4

Es war wunderbares Wetter gewesen, der erste ruhige Tag nach heftigen Frühlingsstürmen, und ganz Durban flanierte der Promenade entlang. Andrew schlug vor, hinunter zum Meer zu gehen. Emma liebte es, im Sand zu spielen. Lilly stimmte zu, entschuldigte sich jedoch für einige Minuten, um sich, wie sie es ausdrückte, bei einer Freundin, die auf der anderen Seite der Marine Parade wohnte, die Nase zu pudern. »Geh mit unserer Kleinen voraus an den Strand, ich komme gleich nach.«

Kurz darauf lief sie mit klappernden Absätzen und fliegenden Röcken den hölzernen Steg zu dem einfachen Holzhaus, das etwa fünfzig Yards vom Meer entfernt gebaut worden war und den Damen zum Umkleiden diente. Eine junge Frau kam ihr entgegen, klein, blond und mit Kurven ausgestattet, die Männeraugen glänzen ließen. Lilly erkannte Miss Georgina Mercer, wollte sie eben grüßen, als diese zu ihrer Verblüffung tiefrot anlief, auf den Hacken kehrtmachte und mit abgewandtem Kopf eiligst durch den Sand davonstapfte. Lilly hatte sie im selben Moment vergessen. Emma und Andrew warteten.

»Ich komme, meine Lieben!«, rief sie und raffte ihre Röcke. Es war auflaufende Flut, der Sand nass und schwer, und ihre Schuhe feuchteten schnell durch. Ein starker Wind war aufgekommen, die Brandung höher geworden. Welle auf Welle schlug auf den Strand auf, und jede zog beim Rücklauf Tonnen von Sand mit sich. Emma spielte nicht am Strand, wie sie erwartet hatte, auch Andrew konnte sie nicht sehen. Doch dann entdeckte sie ihn. Am Saum der dichten Dünenbewachsung stehend, bürstete er sich eben Sand und Graspartikel von seiner Hose. Er schien sich ausgeruht zu haben.

»Wo ist unsere Kleine?«, rief Lilly, hielt dabei ihren Hut fest, den ihr eine Bö vom Kopf zu fegen drohte.

Andrew fuhr herum. »Emma? Sie spielt doch …« Er stockte, blickte sich um. »Sie war eben noch hier …« Er machte eine vage Handbewegung auf den windgepeitschten Strand.

Ob es eine außergewöhnlich hohe Welle war, die weit auf den Strand hinaufgeschossen war, oder ob Emma im flachen Wasser von einem Leopardenhai angegriffen und in die Tiefe gezogen wurde, würde niemand mehr erfahren. Eben war Emma noch da, spielte mit den huschenden Winkerkrabben im auslaufenden Wellenschaum, suchte Muscheln, zwitscherte und lachte wie die Seeschwalben, die auf dem Meer jagten, und dann war da nichts mehr außer den rauschenden Wogen, dem goldenen Strand und der endlosen Leere des Indischen Ozeans. Nichts, so weit der Blick reichte. Fast ganz Durban suchte nach der Kleinen. Erst suchten sie in den Dünen, dann eine Meile den Strand hinauf nach Norden und bis zum Hafen im Süden. Während der Ebbe schwärmten sie über die frei gespülten Felsen, stocherten in jeder Höhle herum. Sie klebten handgeschriebene Plakate mit einer Skizze und genauen Beschreibung Emmas an die Häuserwände. Am Abend des dritten Tages schüttelte Justus Kappenhofer, Lillys Vater und Emmas Großvater, den Kopf. Ein Stöhnen lief durch die Menge, und Lillys Schrei war bis in die Stadt zu hören.

Lilly war danach jeden Tag den Strand hinauf und hinuntergelaufen und hatte Emma gesucht, bis ihre Haut die Farbe von verbranntem Brot angenommen hatte und ihr Haar ausfiel. Eines Tages erschienen Lillys Eltern am Strand, hakten ihre Tochter rechts und links unter, brachten sie in ihr Hause und holten Doktor O'Leary, der ihr reichlich Laudanum einflößte. Es betäubte ihren Körper, ihre Seele nicht. Lilly verkroch sich in ihrem Zimmer und fing an zu trinken. Anfänglich war es Wein, dann Cognac, und dann alles, was ihr in die Finger kam. Ihre Ehe bröckelte, bis nur noch ein Haufen Scherben übrig war. Andrew kam immer seltener nach Hause. Sie stritten sich fast jedes Mal, wenn sie sich sahen. Noch zweimal wurde sie schwanger, aber hatte kein Kind länger als drei Monate halten können.

»Ich kann ihn nicht mehr ertragen«, lallte Lilly neben ihr.

Sachte strich Catherine ihrer Freundin die roten Locken aus der Stirn. Der Alkohol hatte grausame Verwüstungen in dem ehemals so fein geschnittenen, schönen Antlitz angerichtet. Es wirkte aufgedunsen und krank, und die Lebenslust, die ihr früher aus den grünen Augen sprühte, war schon lange gestorben. Die Augen waren trüb und die Lider schwer geworden. »Tust du ihm da nicht Unrecht, meine Liebe?«

Lilly Sinclair schmiegte sich kurz in Catherines Hand, zog ein Taschentuch hervor und wischte sich den Mund ab. »Entschuldige, ich fasel dummes Zeug, hör einfach nicht hin.«

Das Ladenmädchen verfolgte ihre Unterhaltung mit großen Augen und offenem Mund. Catherine bemerkte es. »Steh nicht herum und halt Maulaffen feil«, fuhr sie das Mädchen gröber an, als es sonst ihre Art war, »bring ein Glas Wasser und etwas von dem Kaffee, der dahinten auf dem Ofen steht.«

Mr Pettifer hielt neben einem Krug mit Wasser stets eine Kanne heißen Kaffee und Kekse bereit. Ein bei allen beliebter Dienst an der Kundschaft, der sich so eingebürgert hatte, dass es zum geflügelten Wort geworden war. Man verabredete sich zum Kaffee bei Pettifers. Unter Catherines strengem Blick sauste das Ladenmädchen im Laufschritt davon und kehrte kurz darauf mit dem Gewünschten zurück. Catherine nahm ihr dankend das Glas ab. »Hier gibt's große Lauscher, Lilly. Lass uns dort hinübertreten.« Sie zog ihre Freundin außer Hörweite des Verkaufspersonals und reichte ihr das Wasser. »So, runter damit, das verdünnt den Alkohol in deinem Blut«, befahl sie.

»Bah«, machte die und schob den Becher angeekelt von sich. »Das Zeug hat ja eine Fleischeinlage.«

Catherine spähte hinein, entfernte einen kleinen, sich kringelnden Wurm. »Die Trockenheit ist mörderisch, die Bohrlöcher trocknen aus, sie pumpen schon den Bodensatz hoch, da erwischt es schon mal einen Wurm. Bald wird nur noch Schlamm kommen, und der neue Brunnen, den Mr Currie beim Botanischen Garten bohrt, ist noch nicht fertig. So ist es eben. Du bist in Afrika. Trink den Kaffee nach, dann werden die Würmer gekocht.«

»Es regnet«, bemerkte Lilly. »Ich will keine Würmer trinken.«

Tatsächlich war in den vergangenen Minuten Regen aufs Dach geprasselt, aber der heftige Schauer war bereits wieder vorbei, schon konnte man die Tropfen einzeln zählen, die in der Hitze schneller verdampften, als sie vom Himmel fielen.

»Das war nur ein kurzer Guss. Nun stell dich nicht so an, ich hab den Wurm längst herausgefischt.« Mit diesen Worten gab Catherine ihrer Freundin den Kaffee, der schwarz und stark war. »Das wird dich wieder auf die Beine bringen. Und dann schlage ich vor, dass du jetzt nach Hause gehst und dich hinlegst.« Sie schüttete Wasser auf ein Taschentuch, wrang es aus und benetzte Lillys Gesicht damit, während diese in kleinen Schlucken gehorsam ihren Kaffee austrank. Catherine nahm ihr die leere Tasse ab, stellte sie auf den Tresen, zog ihre betrunkene Freundin hoch und bugsierte sie zur Tür.

»Heilige Mutter Gottes«, entfuhr es Mila Dillon neben ihr. »Der Teufel ist aus der Hölle entwischt und geradewegs unter uns gelandet.« Mit einem Ausdruck auf ihrem Gesicht, als hätte sie einen Geist gesehen, starrte sie über Catherines Schulter.

»Wen meinst du denn damit? Es riecht doch gar nicht nach Schwefel«, sagte Catherine, doch bevor Mila antworten konnte, ertönte eine männliche Stimme, bei deren Klang Catherine schier das Herz stehen blieb.

Es war unverkennbar die des Mannes, der vor vierundzwanzig Jahren gestorben war. Vierundzwanzig Jahren, sechs Monaten und zwölf Tagen. Es war leicht für sie, das auszurechnen, denn diesen Tag würde sie ihr Lebtag nicht vergessen. Für Sekunden war es ihr nicht möglich, sich zu bewegen. Ihre Hände sanken herunter, Lilly schwankte bedrohlich, und das nasse Taschentuch fiel auf ihr Kleid und verursachte einen dunklen Fleck auf der braunen Seide. Catherine brach der Schweiß aus.

Es kann nicht sein, dachte sie, es ist unmöglich. Der Mann, dem diese Stimme gehörte, war tot. Das wusste sie genau, denn sie hatte ihn erstochen, damals, an diesem gleißend weißen April-tag vor so vielen Jahren. Er war schön gewesen und charmant, hatte sie umgarnt, bis ihre Sinne sich verwirrten und sie hilflos in seinem Netz zappelte. Zu spät hatte sie erkannt, dass er durch und durch böse war, ein Teufel der Verführung, nur darauf versessen, das zu erreichen, was er begehrte. Er wollte ihr Leben zerstören, und als sie glauben musste, er hätte den Mann, den sie liebte, getötet, hatte sie ihm Césars Speer bis zu den gebogenen Wider-haken in den Leib gerammt.

Als sie ihn zum letzten Mal gesehen hatte, hing er zusammen-geschnürt wie Wildbret an einer Tragestange zwischen vier kräfti-gen Zulus, sich noch ans Leben klammernd, aber schon den Ha-des vor Augen. Die Männer schleppten ihn davon, und danach hatte sie nie wieder von ihm gehört, noch wurde er je wieder gese-hen. Sie wusste nicht, was mit ihm geschehen war, wollte es auch nicht wissen. Césars Speer putzte und polierte sie, bis jede Spur seines Bluts aus den Ziselierungen getilgt war. Jetzt hing der Speer wieder im Wohnzimmer von Inqaba wie immer. Mit keinem Menschen hatte sie je darüber gesprochen, dass sie es war, die ihm den Todesstoß versetzt hatte. Auch nicht mit ihrem Mann. Ganz besonders nicht mit ihrem Mann.

Es hatte sie fast übermenschliche Kraft gekostet, dieses Gesche-hen in die dunkelsten Winkel ihres Gedächtnisses zu verbannen, und jetzt hatte der Klang einer männlichen Stimme ausgereicht, ein paar läppische Worte, die Bilder wieder heraufzubeschwören. Sie schüttelte sich. Er war tot. Es konnte also nicht sein.

Sie zwang sich, einen schnellen Blick über ihre Schulter zu werfen.

Da stand er, dunkel und unwiderstehlich, lächelte dieses gefährliche, dieses verfluchte Lächeln, und als er ihren Blick auffing, verbeugte er sich leicht. Catherine erfasste seine eleganten Bewegungen, die Arroganz seiner Haltung, an die sie sich nur zu gut erinnerte, das schwarze Haar, das wie ein glänzender Pelz um seinen Kopf lag, diesen zupackenden Raubtierblick, und ihr Mund wurde papiertrocken. Sie schnappte nach Luft.

»Was ist los, Catherine?«, rief Mila deutlich besorgt. »Nun komm mal wieder zu dir, mein Kind. Er ist seit Jahrzehnten verschollen. Man hat zwar seine Leiche nie gefunden, aber er ist mit Sicherheit tot, sonst wäre er doch wieder aufgetaucht. Wie ein falscher Penny. Dieser Mann da ist Mitte, höchstens Ende zwanzig. Meine Ohren lassen nach, aber meine Augen sind völlig in Ordnung.«

Wie ein Blitz durchzuckte es Catherine. Mitte zwanzig? Oh, lieber Gott, natürlich! Konstantin von Bernitt wäre jetzt schon um die fünfzig. Ihr Kopf flog herum, und sie musterte den Mann eindringlicher. Er war jung, ganz ohne Zweifel, jünger um mindestens zwanzig Jahre. Eine Fliegenwolke stieg von den Streifen getrockneten Antilopenfleischs auf und summte ihr ins Gesicht. Mit einer heftigen Bewegung wedelte sie die Insekten weg. Das ließ sie aus ihrer Starre erwachen, ließ ihr Blut wieder kreisen und klärte ihren Blick. »Du hast Recht, er kann es nicht sein«, sagte sie, hoffte, dass ihre abgrundtiefe Erleichterung nicht gar so offensichtlich wurde. »Aber wenn es nicht ... er ist, wer ist es dann?« Nicht einmal den Namen mochte sie aussprechen.

»Ich habe nicht die geringste Ahnung«, antwortete Mila gedehnt. Sie streifte den jungen Mann mit einem forschenden Blick. »Im ersten Moment habe ich sogar gedacht, es wäre euer Stefan. Aber der hat andere Augen, nicht diese schwarzen, die undurchsichtig sind wie Steine wie diese dort. Stefan hat fröhliche Augen.«

»Koboldaugen, wie Grandpère Jean«, murmelte Catherine und fühlte eine Sehnsucht nach ihrem Großvater, der das Zentrum ihrer Kindheit gewesen war und den sie selbst heute noch so sehr vermisste, dass es wehtat, obwohl er seit Jahrzehnten tot war.

»Außerdem hat dein Sohn nicht einmal einen Anflug von Arroganz. Wie sollte er auch als Johanns Sohn?«

Mila schlug einen kleinen Trommelwirbel mit ihrem Fuß, beschloss, das Thema zu wechseln. Sie drückte sich einen aus feinem Stroh gefertigten Hut, der mit einem Blumenbouquet und großer Ripsschleife dekoriert war, auf die weißen Haare und drehte sich vor dem Spiegel. »Was meinst du, sollte ich mir den auch noch leisten?« Die Wirkung ihrer Worte auf ihre Freundin bemerkte sie nicht.

Catherine stand ganz still, bemüht auch nicht mit der leisesten Regung zu verraten, wie sehr sie Milas Bemerkungen erschütterte. Der Giftschlamm aus ihrem Innersten stieg in einer dunklen Wolke an die Oberfläche und verdüsterte ihre Welt.

Es war in einer kalten Julinacht gewesen, in den frühen Morgenstunden. Es war still und dunkel, und der Mond hinter Wolken versteckt. Stefan hatte gerade das Licht der Welt erblickt und tat seinen ersten, außerordentlich kräftigen Schrei.

»Du hast einen Sohn, meine Liebe, und was für ein schöner Bursche er ist, und so kräftig dazu! Meine Güte, was können wir schon laut schreien«, sagte Cilla Jorgensen, die die letzten zwei Wochen bei ihr verbracht hatte, aber Catherine hörte sie nicht.

Ihr Sohn lag vor ihr, mit Blut und Schleim verschmiert, noch durch die Nabelschnur mit ihr verbunden, schrie und strampelte, dass es eine Freude war, und da endeckte sie es.

Als ihr bewusst wurde, was sie sah, erwartete sie, dass sie ein Blitz treffen und auf der Stelle vernichten würde. Während Cilla Johanns Jagdmesser nachschärfte, um die Nabelschnur durchzuschneiden, und munter von den dunklen Haaren des Kleinen schwärmte, über die großen Augen, seine entzückenden Händchen und das Stupsnäschen, während Johann ihr Koseworte zuflüsterte, hörte ihre Welt auf, sich zu drehen. Johanns Liebkosungen zerflossen zu einem Brei, der sich über sie ergoss und drohte, sie zu ersticken.

»Nein«, schrie es in ihr. »Lieber Gott, nein …« Über den beiden kleinen Zehen ihres neugeborenen Sohnes hatte sie je eine weitere winzige, rosige Zehenknospe entdeckt, und ihr Lebtag würde sie diese Sekunde nicht vergessen, jenen Moment, als sie ohne jeden Zweifel wusste, wer Stefans leiblicher Vater war.

Konstantin von Bernitt.

Die Zulus hatten ihm die Schuhe ausgezogen, ehe sie ihn auf die Stange banden und wegtrugen. Dabei hatte sie im Unterbewusstsein wahrgenommen, dass Konstantin an jedem Fuß einen zusätzlichen Zeh oberhalb seiner kleinen Zehen besaß.

Da Stefan im Winter geboren worden war, fiel es nicht auf, dass sie ihn stets fest in warme Tücher wickelte. So gelang es ihr, diese Anomalie vor allen, besonders vor Johann, zu verstecken. Heimlich band sie einen Faden um jene Zehenknospen und zog ihn jeden Tag etwas fester, bis die überflüssigen Glieder vertrockneten und kurz nach der Nabelschnur abfielen. Sie vergrub die vertrockneten Gebilde weit unten am Fluss. Ihr Geheimnis verbannte sie in ihr tiefstes Inneres und machte sich daran, es mit Schichten von Vergessen und Verdrängen zu bedecken, während sie zusah, wie Stefan heranwuchs und von Tag zu Tag seinem leiblichen Vater ähnlicher wurde. Sie musste mit ansehen, wie sich in gleichem Maß Johanns Liebe zu dem Jungen steigerte. Glücklicherweise ähnelten sich die beiden Männer zumindest oberflächlich. Wie Konstantin hatte Johann dichtes, dunkles Haar, dunkle Augen und eine Haut, die leicht bräunte, sodass kein Außenstehender je Johanns Vaterschaft in Zweifel zog. Tatsächlich schaffte sie es irgendwann einmal, nach vielen Jahren, dass sie eine geschlagene Woche nicht daran denken musste. Dann bewegte sich Stefan auf eine gewisse Art, elegant und doch kraftvoll wie ein Tänzer, lächelte dieses träge, betörende

Lächeln, alles in vollkommener, kindlicher Unschuld, und Konstantin stand vor ihr, und ihre Welt brach zusammen.

Johann nahm Stefan mit sich in den Busch, kaum dass der Kleine laufen konnte, zeigte ihm sein Paradies Inqaba, ruhte nicht eher, bis der Junge jede Pflanze und jedes Tier mit Namen kannte, bis er eins wurde mit der Wildnis. Abends, in jener magischen Zeit, wenn die Strahlen der versunkenen Sonne den aufziehenden Nachthimmel färbten und der Mond wie eine reife Orange über dem Horizont stand, erzählte er seinem Sohn Geschichten aus seiner niederbayerischen Heimat. Von Weihnachten im Schnee, von Tieren, die im Winter wie tot unter der Erde schliefen und im Frühling wieder zum Leben erwachten, von Kälte, die töten konnte, und von Zeiten im Sommer, wenn am Rand der Weizenfelder Kornblumen und Mohn blühten, die Vögel sangen und die Tage bis tief in die Nacht dauerten.

Er lehrte ihn, die Natur zu achten, natürlich brachte er ihm auch bei zu schießen, aber schärfte ihm ein, es nur zu tun, wenn es nicht zu vermeiden war oder die Familie Nahrung brauchte. Catherines Herz lief über, wenn die beiden nach einem staubigen Tag im Viehgatter oder einer stundenlangen Jagd erhitzt, verdreckt, aber strahlend zusammen zu ihr zurückkehrten. Dann warfen sie ihre Kleidung von sich und liefen hinauf zum Wasserreservoir, um zu schwimmen. Dann sah sie Stefans Füße, wusste, wo diese winzige Narbe saß, die selbst für scharfe Augen so gut wie unsichtbar war. Sie wusste es, nur sie allein. Aber das war genug. Sie schaute ihrem Sohn beim Heranwachsen zu und keinen Augenblick konnte sie das vergessen. Doch sie dankte ihrem Schöpfer, dass Stefan nichts vom Charakter seines wirklichen Vaters geerbt hatte, sondern so viel von Johanns Wesen, seiner Kraft und Großzügigkeit und seiner Liebe angenommen hatte, dass er ihm sogar äußerlich immer mehr ähnelte. Sie schwor sich, Johann nie wissen zu lassen, dass sein einziger Sohn, den er mit der ganzen Kraft seines großen Herzens liebte, auf den er so ungemein stolz war, der ihn an seinen eigenen Vater erinnerte, den er geliebt hatte, in Wahrheit der Sohn seines schlimmsten Feindes war.

Und nun stand dieser Mann vor ihr, der Konstantin von Bernitt aufs Haar glich, und alles, was sie glaubte vergessen zu haben, stürzte wie eine Lawine auf sie herein. Wie Dominos fielen ihre Gedanken, einer stieß den anderen an. Alles, was sich an dem Tag nach dem großen Unwetter ereignet hatte, stand ihr wieder vor Augen. Sie fühlte Konstantins Hände, die über ihren Körper glitten, seine Lippen, die sich auf ihre pressten. Sie war hilflos gewesen, betrunken von einem Gebräu, das er ihr unter dem Vorwand eingeflößt hatte, die Schmerzen, die ihr ausgekugelter Daumen und verstauchter Fuß verursachten, lindern zu wollen.

Zu spät hatte sie den bitteren Geschmack der wilden Datura erkannt, hatte sich nicht mehr gegen ihre rauschhafte Wirkung wehren können. Er hatte ihren Zustand rücksichtslos ausgenutzt und sie geliebt, und die Erinnerung an die wollüstige Antwort, die ihr verräterischer Körper ihm gegeben hatte, würde sie bis zum Ende ihrer Tage mit tiefster Scham erfüllen. Als sie feststellte, dass sie ein Kind erwartete, genau wusste, dass es seins war, wollte sie in ihrer Verzweiflung Johann verlassen. Diese Schmach wollte sie ihm nicht antun. Johanns Liebe zu ihr siegte. Er fing sie auf und verzieh ihr, und ihr Leben geriet wieder ins Lot.

Doch eines Tages, als sie allein auf Inqaba war, Johann weit weg bei seiner Herde, stand Konstantin auf dem Hof von Inqaba vor ihr, hielt sie mit diesem Blick gepackt, mit dem ein hungriger Löwe seine Beute fixiert.

»Ich will dich und meinen Sohn, den du erwartest«, hatte er gefordert und sie mit Gewalt geküsst. Wieder überfiel sie die Wut, die sie damals wie eine Sturmflut überschwemmt hatte. Mit der Kraft, die diese Wut ihr verlieh, hatte sie versucht, sich zu wehren, aber Konstantin war am Ende stärker und hätte sie überwältigt, wäre Sicelo nicht wie aus dem Nichts erschienen, in der einen

Faust das Hackschwert zum Angriff erhoben, seinen Speer in der anderen. Er besaß immense Kräfte, war ein erfahrener Krieger, und sein Ruhm als Stockkämpfer war weit über die Grenzen Zululands gedrungen.

Er hätte Konstantin von Bernitt leicht bezwingen können, wäre sie nicht gestolpert und gegen ihn gefallen. Für Sekunden geriet er aus dem Tritt, und dieses Stolpern kostete Johanns bestem Freund das Leben. Graf Bernitt nutzte diesen Moment der Unsicherheit, entwand dem Zulu das Hackschwert und durchschlug ihm mit brutaler Wucht den Hals.

Catherines Hand flog bei diesem Gedanken an ihre eigene Kehle, als sie wieder mitten im Geschehen von damals stand. Johann war herbeigeeilt, kämpfte wie ein Berserker mit ihrem Angreifer, bis auch ihn ein Schwerthieb von Konstantin traf, der tödlich war, wie sie annehmen musste. Noch lebend, fiel er über den Steilhang in den Krokodilfluss und versank. Wenn der Hieb ihn nicht getötet hatte, war er ertrunken. Das glaubte sie für sechs höllenschwarze Tage. Ihr Leben befand sich in freiem Fall.

Schwankend stützte sie sich am Ladentisch ab.

»Catherine, komm zu dir, oder schläfst du im Stehen?«, drang Milas Stimme aus weiter Ferne an ihr Ohr. Eine Hand schüttelte sie.

Das genügte. Ihr Verstand setzte wieder ein, langsam klärte sich der Schleier, erlaubte es ihr, den Besucher genauer zu betrachten, und nun bemerkte sie die feinen Unterschiede. Er war schlanker und wohl einen Zoll größer als Konstantin von Bernitt, seine Gesichtszüge waren kantiger, nicht so sinnlich, nicht so verlebt. Nicht so grausam.

»Ich habe die Frau und ihr Balg in Durban schon zum Teufel geschickt. Ich war betrunken, als ich sie geheiratet habe«, hallte Graf Bernitts Stimme in ihr nach. »Sie war ohnehin kaum mehr als ein Dienstmädchen.«

Das hatte er gesagt. Damit könnte sie sich jetzt zufrieden geben. Doch um ihr Gleichgewicht wieder zu finden, musste sie Gewissheit haben. Ein für alle Mal. Sie nahm ihren ganzen Mut zusammen.

»Wer ist dieser Mann dort?«, fragte sie das Ladenmädchen mit gesenkter Stimme.

Die Kleine wurde rot bis unter ihre flachsblonden Haarwurzeln. »O, ist er nicht wunderbar? So ein schöner Mann! Das ist Nicholas Willington, ein wirklicher Gentleman«, seufzte das dumme Ding, presste schmachtend die Hände vor die Brust wie eine drittklassige Schauspielerin, verdrehte dabei ihre Augen. »Er ist fürchterlich reich, hat Diamantenminen und eine Kutsche und Diener und alles ...« Ihr schwärmerischer Blick liebkoste den jungen Mann.

Catherine schluckte trocken. Nicholas Willington, nicht Graf von Bernitt. Aber woher kam diese Ähnlichkeit? Für den Bruchteil einer Sekunde blitzte auch das Gesicht von Stefan durch ihre Gedanken. Stefan, ihrem Sohn. Dem Sohn Konstantin von Bernitts. Erneut schoss ihr Panik durch die Adern. Wer war Nicholas Willington? Die Frau und ihr Balg, die Frau und ihr Kind, hatte Konstantin gesagt. War dieser Mann das Kind von damals? Mit fast übermenschlicher Anstrengung zwang sie sich, die nächsten Worte ruhig zu sprechen. »Woher kommt Mr Willington? Ist er hier in Durban ansässig?«, fragte sie das Ladenmädchen, dämpfte ihre Stimme dabei zu einem Flüstern.

»So genau weiß ich das nicht, aber er kommt nicht von hier. Aus Kapstadt, meine ich«, antwortete die Kleine eifrig.

Catherine schloss sekundenlang die Augen. Nicht von hier. Nicht aus Durban. Ein Fremder, niemand, der eine Bedeutung für sie hätte. Langsam beruhigte sich ihr jagender Puls.

»Ich habe einfach kein Hutgesicht«, murmelte Mila Dillon neben ihr, die offenbar ihren Zustand nicht wahrgenommen hatte, und legte die extravagante Hutkreation zurück ins Regal.

Der Holzperlenvorhang am Eingang klingelte, eine junge Dame, elegant in ein rosenholzfarbenes Seidenkostüm gekleidet, betrat den Laden. Ihr Gesicht lag im Schatten eines weit ausladenden, duftig weißen Huts. Glänzendes mahagonifarbenes Haar umrahmten ein klassisches Oval, große, dicht bewimperte Augen, die zwischen Blaugrau und Grün changierten, musterten fröhlich ihre Umgebung, und der großzügige, lachende Mund verlieh ihr außerordentlichen Charme.

»Wer ist denn diese Schönheit?«, platzte Mila heraus.

»Miss Benita Willington«, quiekte das Ladenmädchen. »Mr Willingtons Schwester. Ist sie nicht schön wie eine Göttin?«

»Ja, ja«, sagte Lilly und stand schwankend auf. »Mir ist schlecht«, murmelte sie, starrte dann mit der Direktheit der Betrunkenen hinüber zu den Willingtons, kniff die Augen übertrieben zu Schlitzen, öffnete sie und starrte erneut hin. »Da brat mir doch einer 'nen Storch, ich muss dringend aufhören, mit der Cognacflasche ins Bett zu gehen, scheint mir. Ich seh schon weiße Kaninchen.« Sie giggelte betrunken. »Und dieses Kaninchen sieht aus wie der schöne Konstantin ... Nun sieh doch mal hin, Catherine, das ist er doch, unser schöner Graf, oder ...? Oder?«, rief sie überlaut, zerrte dabei Catherine am Ärmel. »Nun sieh doch wenigstens hin, wenn ich dir was zeige!« Sie machte Anstalten, hinüber zu dem Paar zu taumeln.

Catherine hielt sie grob zurück. »Mein Gott, Lilly, mäßige dich«, fauchte sie. »Du bist ja bis auf die Straße zu hören!«

»Wen kümmer...«, Lillys Zunge stolperte, sie lachte schrill, »wen kümmert's schon? Nun, isser das oder nich? Der fas... faszinierende Konstantin, meine ich.« Sie streckte den Hals vor und kniff wieder die Augen zusammen. »Er isses«, murmelte sie. »Ko... Ko...«

Catherine hielt ihr den Mund zu, ehe sie den Namen aussprechen konnte. »Sei ruhig, verflixt. Das ist nicht Konstantin. Es ist ein Mann namens Willington. Du machst dich lächerlich.«

»Willington? Nein, wie putzig, was du nicht sagst. Ob der Graf einen Zwillingsbruder gehabt hat, der Willington heißt?«

Gegen ihren Willen wurde Catherine für ein paar Sekunden wieder von den unsinnigsten Vorstellungen heimgesucht. Was wusste sie schon von der Familie Konstantins? Hätte er einen Zwillingsbruder haben können, ohne dass sie es erfahren hätte? Hatte sie hier dessen Sohn vor sich? Nein, gab sie sich selbst zur Antwort, Frau Strassberger und ihre mausgrauen Töchter hätten ihr das unter die Nase gerieben, ganz sicher.

Sie drehte sich so, dass sie Benita Willington ungestört im Spiegel studieren konnte. Allenfalls im Schwung ihrer sinnlichen Lippen und der Gesichtsform konnte sie Erinnerungen an den Grafen finden, und das war nicht genug, um von Ähnlichkeit zu sprechen. Es musste Zufall sein. Ein dummer, unwahrscheinlicher Zufall, wie er immer wieder passiert. Ein erleichterter Seufzer entschlüpfte ihr, und sie wandte sich ab.

»Setz den Betrag für die Einkäufe auf meine monatliche Rechnung«, trug Catherine dem Ladenmädchen auf, das die Order mit einem Knicks quittierte. »Und dich, meine Liebe, bringe ich jetzt nach Hause. Du gehörst ins Bett.« Resolut legte sie ihren Arm um Lilly. »Du bist doch sicherlich mit eurer Kutsche da?«

Lilly nickte. »Schicken Sie mir drei Flaschen Cognac nach Hause, Junge«, rief sie dem Verkäufer zu.

»Ach, Mrs Sinclair, einen Augenblick bitte.« Der picklige Verkäufer hielt das aufgeschlagene Orderbuch in der Hand und bewegte die Lippen, während er etwas zusammenzählte. »Ich nehme an, Sie wissen, dass die Rechnung für den letzten Monat noch offen ist? Ein Pfund zehn wäre fällig«, sagte er laut.

Benita Willington wandte sich halb um, ihre Reaktion machte deutlich, dass sie die Worte gehört hatte. Catherine hätte den Jüngling ohrfeigen können. »Mäßigen Sie auf der Stelle ihre Stimme, Sie dummer Mensch!«

Lillys Versuch, den Verkäufer mit einem hochmütigen Blick

festzunageln, geriet zu einer jämmerlichen Parodie. »Schicken Sie die Rechnung meinem Mann«, nuschelte sie und schniefte.

»Ihr Gatte weigert sich, Ihre Rechnungen zu zahlen, Mrs Sinclair. Hier, sehen Sie selbst.« Triumphierend reichte er ihr das Buch.

Lilly stand da, als hätte ihr jemand einen Hieb versetzt. Ihr schossen die Tränen in die Augen. Sie schob das Buch von sich. »Catherine, wie kann das sein, es ist mein Geld ... Er kann doch nicht ...«, stammelte sie und taumelte zum Ausgang.

»Sie elender Dummkopf, ich werde mit Mr Pettifer über Sie sprechen«, zischte Catherine dem tiefrot angelaufenen Jüngling zu und eilte ihrer Freundin nach. Erleichtert stellte sie fest, dass die Geschwister Willington sich diskret abgewandt hatten. Gute Kinderstube, elegantes Benehmen, urteilte sie und führte Lilly hinaus aus dem dämmrigen Laden in die gleißende Frühlingssonne. Draußen legte sie ihrer Freundin liebevoll den Arm um die Taille. »Lilly, ist es nicht allmählich genug? Warum bleibst du bei ihm?«, fragte sie.

Lilly starrte glasig vor sich hin. »Weil ich sonst niemanden habe«, wisperte sie endlich. Eine Träne quoll aus ihrem Auge, blieb glitzernd in den Wimpern hängen.

»Aber du hast uns, deine Freunde, und du hast deine Eltern. Lass nicht länger zu, dass er dich wie ein Stück Dreck behandelt.«

»Das ist nicht dasselbe. Ich will nicht darüber reden.« Lilly stolperte weiter.

Schweigend folgte ihr Catherine. Die Kutsche der Sinclairs wartete auf der anderen Seite unter den tief hängenden Zweigen eines riesigen Natalfeigenbaums. Sie hakte Lilly unter und führte sie aus dem Dachschatten über die schmale Rampe auf die Straße, versank beim ersten Schritt mit einem schmatzenden Geräusch bis zum Knöchel in einem Matschloch. Der kurze Wolkenbruch vorhin hatte die West Street in einen Sumpf verwandelt, und das Wasser stand in den Schlaglöchern. Der Schlamm trocknete

bereits unter der sengenden Sonne zu einer verkrusteten Mond-
landschaft.

»Hölle und Verdammnis«, knirschte sie, während sie sich
bemühte, ihre Buschstiefel mit einem Tuch zu säubern. »Ich
wünschte, Bürgermeister Hartley würde endlich die Straßen in
Ordnung bringen lassen!« Seit siebzehn Jahren protzte Durban
zwar mit einer Dampflok, wenn die Schienen auch nur den Point
mit dem Ufer des Umgeni verbanden, und nächstes Jahr würde
man auch bequem mit dem Zug nach Pietermaritzburg gelangen
können, aber wenn es regnete, wateten sie noch immer mitten in
der Stadt knietief im Dreck.

»Mir ist übel«, beklagte sich Lilly und presste ihre Hand vor den
Mund.

»Dann aber mal schnell nach Hause, sonst verplaudern wir
hier noch den ganzen Tag«, rief Catherine und küsste Mila auf
beide Wangen. »Grüß mir Pierre aufs Herzlichste, Mila. Sag ihm,
ich würde mich über seine Hilfe sehr freuen. Wenn wir uns in den
nächsten Tagen nicht sehen, schick mir doch bitte eine Nachricht, wann ihr Zeit habt, damit ich Zimmer für euch fertig
machen kann.« Damit bugsierte sie die schwankende Lilly hinüber zu ihrer Kutsche.

Mila winkte ihre Zustimmung, stieg steifbeinig in die Sänfte,
die vor Pettifers Laden stand, benutzte dabei die niedrige Rampe
als Kletterhilfe. Sie entdeckte ihre Träger schlafend unter dem Feigenbaum. »Hoa«, rief sie sofort schlecht gelaunt, »auf, auf, ihr
Mannen! Woza!« Ungeduldig drapierte sie ihren schweren Rock
über ihre Beine, gereizt, so abhängig von anderen Menschen zu
sein.

Vor ein paar Jahren war ihr Pferd gestrauchelt und hatte sie mit
Schwung in einen Wagn'bietje-Busch befördert, was an sich nicht
weiter schlimm gewesen wäre, wenn nicht außer ihrem Stolz auch
ihr Hinterteil verletzt worden wäre: mit Dornen gespickt wie das
eines Stachelschweins. Im Nu waren auch drei Männer zur Stelle

gewesen, um sie aus der stacheligen Umarmung zu befreien, aber einer von ihnen, ein tollpatschiger Mensch, den eine durchdringende Alkoholfahne umwehte, hatte sie einfach fallen gelassen. Sie schlug auf einem Stein auf und hatte sich dabei ihr linkes Handgelenk so kompliziert gebrochen, dass ihre Hand völlig schief wieder angewachsen und jetzt versteift war. Seitdem war sie gezwungen, sich in der Sänfte fortzubewegen. Stur, wie sie war, hatte sie ein paarmal versucht, nur mit einer Zügelhand zu reiten, war aber so häufig abgeworfen worden, dass Pierre es ihr schlichtweg verboten hatte. Eigensinnig fuhr sie mit ihrer leichten Gig aus. Ihr Gelenk wurde prompt rot und dick und schmerzte so verteufelt, dass sie nächtelang nicht schlafen konnte. Darauf verkaufte Pierre kurzerhand den Einspänner mitsamt ihrem Pferd. Das führte noch heute zu Reibereien zwischen ihnen.

»Woza!«, rief sie noch einmal.

Zwei kräftige, ebenholzschwarze Männer erhoben sich aus dem Schatten und schlenderten, sich munter dabei unterhaltend, zu ihr hinüber.

»Hamba! Ein bisschen Tempo, wenn ich bitten darf!«, fauchte Mila ihre Träger an. Die zwei packten das Gestänge der Sänfte und fielen in gemütlichen Trott. Sie hüpfte im Takt ihrer Schritte auf und ab. Grimmig hielt sie sich an den Seitenwänden fest, während ihr die Übelkeit in die Kehle stieg. Heute noch würde sie ein paar passende Worte mit Pierre sprechen. So ging das nicht weiter.

Catherine winkte der schmalen Gestalt nach, bis diese um die Straßenbiegung verschwand. Dann hakte sie Lilly fest unter, brachte sie zu ihrer Kutsche und half ihr hinein. Beruhigt stellte sie fest, dass Peter, ein betagter Zulu, das zuverlässige Faktotum der Sinclairs, auf dem Bock des leichten, zweirädrigen Gefährts hockte.

»Bring deine Madam sicher nach Hause und sag ihrem Mädchen, dass sie ihr ins Bett helfen soll«, sagte sie, während sie Lillys

Kleid ordnete. »Ich werde in den nächsten Tagen noch einmal vorbeischauen.« Damit klatschte sie dem Pferd aufs Hinterteil. Peter schnalzte, und der Wagen pflügte schwerfällig durch den Matsch.

Eben rumpelte Ziko mit dem Ochsengespann die Straße hinunter, begleitet von zwei Zulus, die hinter dem Wagen herliefen und aufpassten, dass weder zweibeinige noch vierbeinige Diebe sich an der Ladung zu schaffen machten. Tandani thronte wie eine kleine Königin auf dem Kutschbock, Ziko saß rittlings auf dem Leitochsen und zügelte unter gellendem Geschrei seine Tiere auf der gegenüberliegenden Straßenseite. Der Verkäufer von Pettifers gab ein paar zerlumpten Burschen, die im Schatten des Dachs warteten, ein Zeichen, Catherines Einkäufe hinüber zum Planwagen zu tragen. Unter Zikos wachsamen Augen verstauten sie mithilfe der zwei Zulus alles zu seiner Zufriedenheit. Zwei Käfige hingen unter dem Wagen. In einem quakte aufgebracht ein Entenpärchen, im anderen jammerte ein Ferkel, als ahnte es schon sein Schicksal als Sonntagsbraten.

Hinter ihr traten die Willingtons aus dem Schatten des tief gezogenen Blechdachs heraus in die Sonne, und Benita Willington entfaltete einen Sonnenschirm mit durchbrochener Spitzenbordüre. Angeregt miteinander plaudernd, blieb das Geschwisterpaar in einiger Entfernung stehen.

»Wir werden mindestens drei Kisten Champagner mitnehmen müssen, schließlich werden wir Wochen im Busch sein …«, vernahm Catherine die sanfte Stimme der jungen Frau. Der Bruder nickte.

»Alles, was du wünschst, kleine Schwester. Ich will doch nicht, dass du bei deiner ersten Expedition in den Busch Mangel leidest.« Er lächelte, und seine Augen blitzten.

Catherine lauschte jetzt ganz ungeniert. Etwas an diesen beiden faszinierte sie.

Benita ließ ihren Sonnenschirm rotieren. »Es ist wahnsinnig aufregend. Immerhin bin ich in Afrika geboren und kenne außer

Kapstadt nichts davon. Ich träume davon, einmal diese Freiheit zu erleben, von der Bücher berichten, diese unendliche Weite, die Tiere, die Nächte unter freiem Himmel. Solange ich in London auf der Schule war, habe ich mir für meine Freundinnen die tollsten Abenteuer über mein Leben in Afrika ausgedacht. Dabei musste ich eine beachtliche Fantasie entwickeln, sie waren schier unersättlich. Weißt du, sie hätten nicht verstanden, dass das Leben am Kap eher dem in Europa ähnelt und dass ich weder Elefanten noch Löwen je zu Gesicht bekommen habe. Sie glaubten, dass derartige Viecher ständig bei uns im Garten herumliefen.« Sie strahlte ihn an. »Ich brenne darauf, meinen ersten Löwen in freier Wildbahn zu sehen. In London gibt es allenfalls Salonlöwen. Die allerdings sind auch nicht ungefährlich … Und Hyänen gibt es auch, aber meist nur weibliche …« Ihr Lachen kletterte die Tonleiter einmal hinauf und wieder hinunter.

Plötzlich wurde die junge Frau ernst. »Wir werden doch keine Tiere schießen? Das könnte ich nicht ertragen.«

Ihr Bruder schmunzelte nachsichtig. »Nein, das werden wir nicht, mein Kleines. Du kannst deinen neuen fotografischen Apparat ausprobieren, falls sich irgendein Tier darauf einlässt, lange genug still zu halten, und ich werde allenfalls zum Zeichenstift greifen.« Er wandte sich den Gehilfen von Pettifers zu, die Berge von Kisten und Kästen aus dem Laden schleppten. »Ladet sie in meinen Planwagen«, ordnete er an, reichte seiner Schwester dann seinen Arm und schlenderte die Straße hinunter.

Catherine sah ihnen neugierig nach. Sie beschloss herauszufinden, wo die Geschwister logierten, um ihnen eine Einladung zur Einweihung des Lobster Potts zukommen zu lassen. Sie brannte darauf, mehr über sie herauszufinden, doch eben zurrte Ziko die letzte Kiste fest, und Tandani kletterte auf den Bock. Sie lief hinüber, schimpfte innerlich, weil sich ihre eben gereinigten Schuhe wieder in Matschskulpturen verwandelten, und gab Ziko noch die letzten Anweisungen. Flüchtig überlegte sie, ob sie Tandani

103

selbst mitnehmen sollte. Von Durban würde Ziko rund drei Tage zum Lobster Pott brauchen. So lange müsste sie auf das Mädchen verzichten. Aber Tandani würde die Strecke nach Hause natürlich zu Fuß bewältigen müssen. Sie verwarf den Einfall im selben Augenblick. Die junge Zulu war ein verwöhntes, kleines Ding und stöhnte schon, wenn sie mal nach Mount Edgecombe zu Stuart Mills laufen musste, einer Strecke von nur sechs Meilen hin und zurück, hügelaufwärts zwar, aber zusammen nicht mal halb so weit wie der Weg nach Durban.

»Hambagahle«, wünschte sie und trat vom Wagen zurück.

»Salagahle«, gab Ziko die vorgeschriebene Antwort. Seine Schultern waren fast auf gleicher Höhe mit denen des Leitochsen. »Hamba!«, brüllte er, stieß einen gellenden Pfiff aus, seine lange Peitsche sauste in Schlangenlinien über die massigen Rücken der Zugtiere, und die sechzehn Ochsen legten sich ächzend ins Geschirr. »Ho, ho, ho!«, schrie er und zog dem vordersten eins über. Der Wagen verschwand mit quietschenden Rädern um die Ecke.

Catherine band ihre Stute los, saß auf, wie üblich im Herrensitz, was ihr prompt schockierte Blicke zweier Damen bescherte, rief Bobo heran und lenkte ihr Pferd im Schritt zum Royal Hotel. Johanns Unterredung mit dem Bürgermeister müsste längst beendet sein, und wollten sie heute noch bei Tageslicht den Lobster Pott erreichen, wurde es höchste Zeit, die Stadt zu verlassen. Hinter Pettifers Laden war eine Baulücke und dahinter Brachland, was ihr einen kurzen Blick über das hügelige Land nach Norden gewährte. Der Wind war kräftig, aber der Himmel klar, nur am äußersten Rand war er dunkel verfärbt. Ein Buschfeuer, dachte sie beunruhigt und hoffte, dass es Inqaba verschonen würde.

5

Andrew Sinclair wischte sich den Schweiß von der Stirn. Ihm war so heiß, als stünde die Flammenwand direkt vor ihm und nicht, wie tatsächlich, eine Meile südlich. Er schwang sich in den Sattel seines Wallachs und spürte mit Erleichterung, dass der Sturm, der bisher aus Süden herangefegt war, gedreht hatte und nun das Feuer zurücktrieb, sodass es sich wohl selbst verschlingen würde. Es war knapp gewesen.

Doch er war ein äußerst misstrauischer und vorsichtiger Mensch. Eine Eigenschaft, die ihn schon viele Male und in vielen Situationen gerettet hatte. Schon einmal war es ihm passiert, dass eine Feuersbrunst kurz vor seinem Lager vom Wind abgetrieben wurde und, weil es keine Nahrung mehr fand, scheinbar erlosch. Er hatte sich entschieden, zu bleiben. Der Irrtum hatte ihn zwei Zelte, zwei Männer und – was am schlimmsten war – vier Packpferde gekostet.

Nicht die Pferde waren der große Verlust, für die konnte er Ersatz beschaffen, sondern das, was sich in den Taschen der einen Stute befand: ein Stück Papier, das mit eindrucksvollen Siegeln und schwungvollen Unterschriften bezeugte, dass er die Farm von Minheer van Dongen am Orange River gekauft hatte. Für einen lächerlichen Preis. Für einen verdammt lächerlichen Preis, bedachte man, was er dort am Flussufer vom Boden aufgeklaubt hatte. Allein der Gedanke daran verursachte ihm einen Schweißausbruch. Er langte in die Innentasche seiner Jacke, tastete nach dem kleinen Lederbeutel und zog ihn hervor.

Der Stein war walnussgroß, fühlte sich leicht seifig an, und seine glatten Kanten und runden Ecken schimmerten in jenem verräterisch leuchtenden Glanz, den man bei keinem anderen Stein finden konnte. Sinclair ließ ihn in seiner Handfläche herumrollen, dachte daran, wie er ihn zum ersten Mal in der Hand gehalten hatte. Auf der Stelle hatte er erkannt, was da in seiner Hand lag, und daraufhin dem Farmer sein Kaufangebot unterbreitet.

Dieser Dummkopf van Dongen hatte ihn mit seiner klebrigen, jämmerlichen Dankbarkeit überschüttet wie mit einem Eimer Sirup, während er ihm den ausgehandelten Preis in bar auf den Tisch zählte. Für eine Schrecksekunde hatte er befürchtet, der Mann würde ihm tatsächlich die Hände küssen. Er stieß ein kurzes, böses Lachen aus, während er den Diamanten behutsam wieder in den Beutel gleiten ließ.

Herr im Himmel, welch ein Glücksfall war das gewesen! Dieser dämliche Bure hatte seit Jahrzehnten in der Erde herumgekratzt in der Hoffnung, ein paar magere Maiskolben zu ernten, um die Kinderscharen zu ernähren, die er als gottesfürchtiger Mann mit diesem spindeldürren Huhn von einer Frau zeugte, während er die ganze Zeit auf einem unermesslichen Vermögen hockte. Es lag ihm buchstäblich zu Füßen. Er hätte sich nur zu bücken brauchen, um es aufzuheben. Unfassbar!

Woher van Dongen schließlich erfahren hatte, was der karge Boden seiner Farm in Wahrheit versteckt hielt, war ihm schleierhaft. Tatsache blieb, dass dieser unsägliche Mensch eines Tages leibhaftig in Durban auftauchte, mächtig herumschrie und behauptete, Andrew Sinclair hätte ihn betrogen. Der Ehrenwehrte Andrew Sinclair, zweiter Sohn von Viscount Clairewater, von Adel, zwar vergleichsweise unbedeutendem, aber immerhin von Adel. Seine schwarzen Brauen sträubten sich.

Er vermutete, dass Justus hinter der Verzögerung steckte, der in der Grundstückskommission saß, oder der Steinach oder vermutlich beide und noch ein paar andere, die neidisch auf ihn waren. Auch Catherine Steinach hasste ihn, und ihm war wohl bekannt, wie viel ihr Wort in der Kolonie galt. Das Wort einer Frau! Er schnaubte voller Empörung. Die Sitten in Natal verlotterten zusehends.

Da der Vertrag verbrannt war und er ihn natürlich nicht vorweisen konnte, hatte der Bure bei Kappenhofer und seinesgleichen willige Ohren gefunden. Sein Antrag, das Land zu registrieren, wurde vorerst abgelehnt und er aufgefordert, sich zu den Anschuldigungen zu äußern. Was fiel diesen Bürokratenseelen eigentlich ein? Es war ein ganz normales Geschäft gewesen. Ein heißer Zornesknoten ballte sich in seinem Magen zusammen. Alles, was er brauchte, um seinen Traum wahr zu machen, war dieser lausige Eintrag im Register, und nur das Wort dieses dummen Bauern verhinderte das. Er kratzte sich am Kinn. Vielleicht sollte man da etwas nachhelfen? Unfälle passierten auf einer Farm schließlich am laufenden Band. Farmer fielen vom Pferd, Farmer wurden von ihren eigenen Bullen aufgespießt, traten in ihre Sense, wurden nicht selten von Giftschlangen gebissen. Der Möglichkeiten gab es viele. Vielleicht sollte er einmal darüber nachdenken.

Deutlicher Rauchgeruch holte ihn unsanft in die Gegenwart zurück und erinnerte ihn daran, dass nur noch wenig Zeit bis zum Einbruch der Dunkelheit blieb, um einen sicheren Abstand zwischen das Feuer und seine Jagdgesellschaft zu bringen. Über das Problem van Dongen würde er später nachdenken. Es war für ihn keine Frage, dass er eine machbare Lösung finden würde. Bald, ganz sicher.

Eilig befahl er seinen Leuten, das Lager aufzulösen. Als Packpferde und Planwagen beladen waren, gab er das Signal zum Aufbruch. Seine Gespannführer pfiffen und schrien, ließen die Peitschen zwitschern, und die Ochsen zogen mit einem Ruck an. Die Gruppe der Spurenleser löste sich vom Rest seiner Leute und war bald im Busch verschwunden. Ihr Auftrag war es, einen neuen, sicheren Lagerplatz zu finden.

Red Ivory, ein rothaariger Ire, der reiten konnte wie der Henker, verrückt war wie ein Märzhase und der behauptete, Elfenbein riechen zu können, galoppierte von der Spitze des Zuges waghalsig nah an den rumpelnden Planwagen vorbei auf ihn zu.

»Sagen Sie, Sinclair, alter Junge, hier laufen eine Menge netter Stoßzähne herum, warum holen wir uns die nicht? Sie schreien ja geradezu nach uns.« Er legte mit übertriebener Geste seine Hand als Trichter ans Ohr. Das ferne Trompeten einer Elefantenherde, die offenbar vor dem Feuer geflüchtet war und sich jetzt auf das Lager zubewegte, war nicht zu überhören.

»Weil wir erst König Cetshwayo um Erlaubnis fragen müssen«, knurrte Andrew Sinclair. Meist nahm er es mit Gesetzen nicht allzu genau, aber was die Macht des Zulukönigs betraf, gab er sich keinerlei Illusion hin. Diesen Iren würde er nie wieder in seine Jagdgesellschaft aufnehmen. Er war ein dummer, gieriger Mensch, und so einer war im Busch gefährlich. Morgen würde er ihn auffordern, mit seinen drei Kumpanen die Gesellschaft zu verlassen. Elfenbein würden seine Spurensucher auch ohne ihn finden.

Aufsässig hob Red die roten Augenbrauen. »Was kann dieser Kaffernmonarch uns schon anhaben? Wir haben über hundert Gewehre, dagegen sind die Assegais dieser Kaffern Kinderspielzeug!«

»Nein«, sagte Andrew und würdigte ihn keines weiteren Blickes, fand es überflüssig, den Mann, der es eigentlich nach seinen vielen Jahren im Busch besser wissen sollte, darüber aufzuklären, dass Cetshwayo noch ganz andere Möglichkeiten hatte, seinen Willen und die Gesetze seines Volkes durchzusetzen. Außerdem hatte er es nicht nötig, zu wildern, denn er hatte selbst dem König vor kurzem Waffen geliefert. Das war zwar gegen das Gesetz gewesen, aber das Ergebnis hatte sich gelohnt. In seinem geheimen Versteck lagerten jetzt ein paar Dutzend Stoßzähne. Auch jetzt hatte er Gewehre und Munition im Gepäck, für die er eine weit reichende Erlaubnis zur Elefantenjagd fordern würde. Es waren nur die ersten Schritte, die ihn zu seinem Ziel führen würden, seinem Traum, und er würde sich nicht von diesem Iren seinen Plan durchkreuzen lassen.

Fluchend galoppierte Red Ivory wieder nach vorn. Andrew nahm an, dass er sich bald seitwärts in den Busch schlagen und allein sein Glück versuchen würde, was ihm sehr recht wäre. Der Kerl ging ihm fürchterlich auf die Nerven. Abgesehen davon, dass er sich sein Hirn weich gesoffen hatte, war er laut und unflätig und stank wie ein Warzenschwein.

Mit gerunzelter Stirn sah er ihm nach, bemerkte dabei beunruhigt, dass die Spitze seines Zugs in Aufruhr geraten war. Assegais und Schilder blitzten, und einer seiner Indunas, ein imposanter, baumlanger Zulu, der wegen irgendetwas alarmiert schien, gestikulierte wild. Andrew richtete sich in den Steigbügeln auf, um besser sehen zu können. Die vordersten Ochsen zeigten deutliche Anzeichen von Verwirrung und scheuten.

Schlich ein Raubtier durch den Busch? Oder waren wieder ein paar dieser diebischen Zulus aus den umliegenden Umuzis auf Beutezug und hatten es auf seine Tiere und Gewehre abgesehen? Stimmengewirr kam von der Gruppe seiner Treiber, die den Zug anführten. Er reckte den Hals. Womöglich waren die Spurenleser zurückgekehrt, um sie zu ihrem neuen Rastplatz zu führen. Aber die Männer schienen aufgeregt, redeten laut durcheinander, zeigten mit großen Gesten auf etwas, was sich offenbar im Busch herumtrieb. Ein Leopard vielleicht, hoffentlich kein Löwenrudel. Erst letzte Nacht hatten sie Löwen in der Nähe gehört, und es musste ein großes Rudel gewesen sein. Verdammt, das verhieß Ärger! Mit energischem Hackendruck trieb er sein Pferd an die Spitze seines Zugs.

»Aus dem Weg«, brüllte er und scheuchte die Zulufrauen weg, die wie die Marketenderinnen des Mittelalters schon seit Wochen seine Jagdgesellschaft begleiteten und sich neugierig nach vorn gedrängelt hatten. Er benutzte sein Pferd als Rammbock, um sich rücksichtslos durch die Menge zu drängen, zügelte es verblüfft, als er erkannte, was den Aufruhr verursacht hatte.

Eine grazile, braune Gestalt lief unmittelbar vor ihm aus dem Busch. Sie war bis zur Taille nackt, zu seiner Verwirrung aber mit einer zerfledderten, am Knie zusammengebundenen Damenunterhose bekleidet.

»Was zum Henker«, entfuhr es ihm. Frauen bedeuteten immer Scherereien, und diese roch förmlich danach. »Mädchen, was willst du hier?«, rief er auf Zulu und pfiff erstaunt durch die Zähne, als sich die Kleine umdrehte. Er erkannte sie auf Anhieb, und jetzt verstand er auch ihren seltsamen Aufzug.

Es war Lulamani, diese übergeschnappte Zulufrau von Stefan Steinach. Der Schokoladenkeks. Langsam ließ er seine Augen über den zierlichen Körper laufen. Er konnte wohl verstehen, dass man sie als schön bezeichnete mit ihren langen, eleganten Gliedern, den riesigen, lang bewimperten Augen und dem schneeweißen Lächeln, das sie jetzt kokett seinem Induna zuwarf. Doch er fühlte sich von schwarzer Haut abgestoßen. Sein Geschmack war die zarte, porzellanweiße Haut der Europäerinnen. Es war völlig lächerlich, wie diese Halbwilde sich wie eine weiße Dame ausstaffierte. Auf ihrer Hochzeit mit Stefan Steinach parlierte diese Lulamani sogar auf Französisch mit einem Franzosen aus Mauritius, der ihr – bar jeden Standesbewusstseins – auch noch die Hand geküsst hatte. Als Steinach noch vor seiner Eheschließung zum ersten Mal mit ihr in Natal aufgekreuzt war, hatte er sich in der ganzen Kolonie völlig unmöglich gemacht.

»Wenn du schwarzes Fleisch brauchst, mein Junge«, so hatte er dem jungen Burschen als älterer Freund der Familie in einer stillen Minute geraten, »dann nimm es dir, aber reib es nicht der gesamten Kolonie unter die Nase. Denk an deine Mutter und nimm dir, wenn's denn sein muss, ein Beispiel an John Dunn. Seine zahllosen Frauen sind die Töchter der einflussreichsten

Zuluhäuptlinge. Sie wohnen mit ihren halbblütigen Kindern in ihren eigenen Hütten und bleiben seinen Gästen aus den Augen. Natürlich laden wir Dunn nicht in unsere Häuser oder gar zu offiziellen Anlässen ein, das wäre zu peinlich für unsere Frauen. Aber die Einladungen in seine Residenz Mangete in Zululand sind tipptopp, das Essen exzellent und die Weine die feinsten vom Kap. Er macht's richtig.«

Der Junge hatte sich schrecklich aufgeregt. »Du meinst, ich soll meine Frau in einer Hütte verstecken, ihr nicht erlauben, sich zu zeigen, und wenn sie nicht pariert, sie in Schimpf und Schande zu ihrem Vater zurückjagen? Ich kenne sie und ihre Eltern mein ganzes Leben, ich bin mit ihr aufgewachsen und ich liebe sie, Andrew, ist das so schwer zu verstehen?«, hatte der junge Heißsporn geschrien. Kurz darauf hatte er sich tatsächlich kirchlich mit der Schwarzen trauen lassen. Die Erinnerung an die demütigende Szene an jenem denkwürdigen Hochzeitstag des jungen Steinach, als man ihn vor allen Gästen vom Hof der Steinachs und von Inqaba gejagt hatte, schmerzte Andrew noch immer. Als Folge dessen hatte er, Andrew, natürlich Lilly angewiesen, Stefan Steinach von jeder Gästeliste zu streichen.

Das alles ging ihm durch den Kopf, während er die junge Zulu beobachtete. »Mrs Steinach«, grüßte er, seine Stimme seidig, aber geschwängert von Sarkasmus, und ließ seinen Blick auf ihren festen Brüsten ruhen. Sie blutete aus mehreren Wunden, schien aber nicht schwer verletzt zu sein. Vermutlich war sie in letzter Sekunde der Feuersbrunst entkommen, dafür sprach auch, dass ihr Gesicht rußverschmiert war und die Säume ihres unsäglichen Kleidungsstück angesengt.

Lulamani beäugte ihn. Sie konnte diesen Mann nicht leiden.

»Sawubona, Nkosi«, grüßte sie knapp, zeigte ihre Zähne und ließ ihren Blick zur Seite gleiten, um der Höflichkeit Genüge zu tun und ihm, dem Mann, dem Höhergestellten, nicht in die Augen zu sehen. Aus den Augenwinkeln schielte sie dabei hinüber zu Madoda, dem Induna, dem Berater des weißen Jägers, mit dem sie, bevor Setani ihrem Vater den fürstlichen Brautpreis gezahlt hatte, heimlich verlobt gewesen war, und erwischte ihn dabei, wie er ihr leidenschaftliche Blicke zuwarf. Sie ließ ihre Wimpern flattern und schürzte verführerisch ihre vollen Lippen.

Andrew Sinclair entgingen die Blicke zwischen Lulamani und Madoda nicht, und eine flüchtige Erinnerung tauchte in ihm auf. Vor einigen Tagen hatte er zufällig mitbekommen, wie Madoda von seinen Freunden und auch von den Zulufrauen, deren grelle Stimmen weithin zu verstehen waren, damit geneckt wurde, dass er immer wieder an der verbotenen Blüte naschte.

Zuerst hatte er nicht richtig hingehört, dieses Geplapper interessierte ihn nicht, aber dann hatte er die Namen ›Lulamani‹ und ›Setani‹ aufgefangen. Offenbar hatte sich sein Induna mit dieser Lulamani eingelassen, und alle waren entsetzt, denn ihre Verbindung mit Johann Steinach war von König Cetshwayo selbst eingefädelt worden. Das war ihm nicht neu. Lulamani war ein Geschenk des Königs an diesen Steinach, und wenn er die Zeichen korrekt interpretierte, hatte Madoda sich an diesem Geschenk vergriffen. Er kaute auf seiner Unterlippe, während er darüber nachgrübelte. Worte schossen ihm durch den Kopf.

Lulamani. Geschenk. König. Zorn des Königs. Tote Frauen. Tote Liebhaber.

Der Gedanke entwischte ihm, er schloss die Augen, um sich zu konzentrieren. Es hatte etwas mit Cetshwayo und einer Hochzeit zu tun, die keine gewesen war. Irritiert runzelte er die Stirn. Noch wusste er nicht ganz, worin der Zusammenhang bestand, und beschloss, sich Zeit zu verschaffen, um intensiver darüber nachzudenken. Mit einer Kopfbewegung rief er das kleine Häuflein Zulufrauen zu sich. »Gebt der Frau von Setani Wasser und Essen. Wir nehmen sie mit«, befahl er. »Und dann weiter, vorwärts!«

»Merci beaucoup, Nkosi Sinzi«, dankte Lulamani, das gehörte sich schließlich so, und hielt ihm die Hand zum Kuss hin. Das hatte sie bei Katheni, der Mutter ihres Mannes, beobachtet, und auch Setani küsste ihr gelegentlich die Hand. Es war eine dieser merkwürdigen Gewohnheiten der Umlungus.

Andrew Sinclair stierte die schöne Zulu an, verstand erst gar nicht, was die hingestreckte Hand bedeutete, aber als er verstand, schlug er sie mit einem unbeherrschten Knurren beiseite. Was bildete sich dieses hochmütige Kaffernmädel ein?

Lulamani hielt sich die geschlagene Hand, sagte nichts, dachte an ihren Mann, und ihre Augen sprühten Feuer. Die Zulufrauen umringten sie aufgeregt, zogen sie zum Planwagen, in dem die mitgebrachten Lebensmittel und Küchenutensilien verstaut waren. Unter viel Gelächter und überraschtem Händeklatschen zupften sie an ihrem merkwürdigen Beinkleid, eine versuchte, es ihr gar vom Leib zu ziehen. Lulamani drehte sich und lachte, sie genoss die Aufmerksamkeit und erklärte den Frauen, dass alle Frauen der Umlungus ein solches Kleidungsstück unter ihren Röcken trugen. Die Frauen schnalzten erstaunt.

»Was soll das, Lulamani, Tochter von Sihayo, warum steckt dein Körper in diesem da?«, rief die Älteste, eine üppige Frau fortgeschrittenes Alters, und zerrte an der Unterhose. »Wir haben keinen Namen für dieses Ding da, zieh das aus und kleide dich anständig und lass dir von mir die Frisur machen, die einer verheirateten Frau würdig ist.« Sie zeigte auf ihren eigenen Rock aus steifem Rindsleder und die komplizierte, hochgezwirbelte Frisur, die nur einer verheirateten Frau zustand. »Auch wenn dein Mann nur ein Umlungu ist.«

Lulamani wehrte sie ab. Stefan, Setani, wie auch sie ihn nannte, hatte ihr zu verstehen gegeben, dass er das nicht wünschte. Weder wollte er, dass sie den Rindslederrock trug noch diese Frisur. Stattdessen hatte er ihr ein Kleid und den Hut mit der großen Kinnschleife geschenkt, der allerdings jetzt die Hörner eines Büffels zierte. Das Kleid trug sie nur, wenn er anwesend war, denn es engte sie ein und war unbequem. Den Hut balancierte sie kichernd auf dem Kopf, während sie, nur mit Perlenschnüren bekleidet, im Garten herumwanderte und Gemüse erntete oder die Hühner fütterte. Mit der Zeit allerdings hatte sie gelernt, den Sonnenschutz zu schätzen, und gelegentlich führte sie ihn ihren Freundinnen vor.

»Es ist ein Geschenk Setanis«, erklärte sie ihnen dann überheblich. Was verstanden diese Bauernmädchen denn schon von der Lebensweise der Umlungus.

Dankbar nahm sie jetzt den Streifen kalten, fettigen Fleischs und ein Gefäß mit Amasi, der Sauermilch der Zulus, entgegen. Sie aß gierig, denn sie war die ganze Nacht unterwegs gewesen, war völlig ausgehungert und halb verdurstet.

Die Sonne erlosch hinter den dünner werdenden Rauchschwaden in einem Feuerwerk von Farben, und der blasse Mond nahm Gestalt an. Bald stieg er über den Rauch empor und strahlte so hell, dass sie durch die Nacht weiterziehen konnten. Die Fährtenleser kehrten noch vor Mitternacht zurück, und im ersten Schimmer des neuen Morgens ließ Andrew Sinclair das neue Lager an dem ausgesuchten Platz errichten. Er lag am Hang eines lang gezogenen Hügels, am Rande des Buschurwalds auf fast ebenem, grasbewachsenem Gebiet. Es gab genügend Akazien, um Schatten zu spenden, und der Fluss war nicht allzu weit entfernt. Zufrieden schaute er sich um, befahl dann, eigens mitgeführte Tongefäße mit Pferde- und Wilddung zu füllen und anzuzünden. Die stark rauchenden Feuer würden helfen, die Mückenschwärme fern zu halten.

Andrew saß ab und warf die Zügel seinem Pferdepfleger zu. Ihm klebte die Zunge am Gaumen. Er nahm einen langen Schluck aus seiner Wasserflasche und dann zwei oder drei aus der, die mit Cognac gefüllt war. So belebt, wanderte er hinüber zu seinen Zulus, die gerade die Zelte errichteten. Als erstes natürlich das rostrote, das seins war – er war schließlich der Jagdherr –, dann die für seine Gäste in gebührendem Abstand. Er streifte die lautstarke Gruppe mit einem Blick. Zwei lärmende Amerikaner und ein arroganter, hochrangiger Aristokrat aus Kent in Südengland, der angeblich mit dem Königshaus verwandt war. Vermutlich stimmte das sogar, dachte er, urteilte man nach dem fliehenden Kinn und den hervorquellenden Augen, die tatsächlich an die Queen erinnerten.

Ein heißer Stich von Eifersucht durchfuhr ihn. Nichts hatte dieser lächerliche Mann getan, um den hohen Titel zu verdienen, der ihm durch den zufälligen Beischlaf seines Vaters mit seiner Mutter zugefallen war. Was war dagegen schon das ›Ehrenwert‹, das er selbst seinem eigenen Namen voransetzen durfte? Gar nichts. Ehrenwerte gab's wie Sand am Meer.

Er erklomm den Hügel hinter dem Lager. Oben angekommen, schaute er sich um. Ihm zu Füßen lag Zululand, das fruchtbare, das grüne, das ganz und gar herrliche Zululand, in dem es von lebendem Elfenbein wimmelte und tausende von kräftigen Männern nur darauf warteten, auf die Farmen der Großgrundbesitzer geschickt zu werden, die nach billigen Arbeitskräften lechzten. Er spitzte nachdenklich den Mund. Der alte Händler fiel ihm ein, den er während eines Tagesritts am jenseitigen Ufer des Tugela im Palmschatten neben seinem ausgemergelten Pferd gefunden hatte. Der Mann lag im Sterben, das war offensichtlich, er war schon kaum mehr bei sich. Gold hätte er aus dem Nseleni-Fluss gewaschen, reines, glänzendes Gold, so babbelte er im Delirium vor sich hin.

Erst hatte Andrew es für Fieberfantasien gehalten, dann aber war er aufmerksam geworden, erinnerte sich daran, dass es immer hieß, Sterbende lügen nicht. Nur um sich selbst zu beweisen, dass es Unsinn war, hatte er eine Schale mit Flusssand gefüllt und das Wasser langsam abfließen lassen. Als er den Goldflitter am Grunde der Schale entdeckte, war ihm schlecht geworden vor Aufregung. Er war überzeugt, dass es hier goldhaltiges Gestein wie in Kalifornien geben musste, war sich sicher, dass unter seinen Füßen ein

115

unermesslicher Schatz lag. Nicht diese paar lächerlichen Goldmünzen, wie sie Johann Steinach seinerzeit aus dem Schlamm
gekratzt hatte, sondern wirkliches Gold. Tonnenweise.

Er knurrte missgelaunt. Dummerweise gehörte das Land König Cetshwayo. Noch. Er lächelte fein. Aber nicht mehr lange.

Vielleicht sollte er ein kleines Gerücht in die Welt zu setzen?
»Habt ihr gehört, es soll Gold gefunden worden sein …? Wo?
Nun, irgendwo am Mhlatuze …« Der Wert des Lands würde ex-
plodieren, ohne Zweifel.

Das war der Diamant, den er der schon so prächtigen Krone
der Queen hinzufügen wollte, auf dass dieser funkeln und glitzern
würde neben solchen Juwelen wie der Kapkolonie, der Indischen
Besitztümer und Australien. Und dafür, das stand für ihn außer
Zweifel, würde sie ihm einen Titel verleihen, der ihm einen Platz
unter dem Hochadel verschaffen würde. Den Titel eines Lords,
mindestens, nicht den eines läppischen Sirs, den inzwischen jeder
Hinz und Kunz verliehen bekam. Wenn es so weit war, musste er
nur dafür sorgen, dass jedermann, und besonders die Königin,
erfuhr, dass er derjenige war, der diesen Hochkaräter der britischen Krone hinzugefügt hatte.

»Lord Sinclair«, flüsterte er und leckte sich die Lippen. Gleich
darauf aber wurde ihm schmerzhaft bewusst, was er am drin-
gendsten brauchte. Geld. Lillys Mitgift erlaubte ihm zwar ein
gutes Leben, aber für die Ausrüstung der kleinen Privatarmee, die
er benötigen würde, um den fetten König von seinem Thron zu
stoßen und sich Zululand für England einzuverleiben, reichte es
nicht. Bei weitem nicht. Er musste Abhilfe schaffen, und das bald.
Würde sich die Sache mit van Dongen innerhalb der nächsten
Woche klären, dann wäre er imstande, sich eine Armee zu finan-
zieren, mit der er das russische Zarenreich erobern könnte. Aber
irgendwie hatte er das ganz und gar unerfreuliche Gefühl, dass er
das Geschäft abschreiben musste. Justus Kappenhofer hatte ihn
auf dem Kieker, und er wusste auch warum.

Eine der Damen, mit denen er sich gelegentlich Erleichterung verschaffte, wenn Lilly mal wieder unpässlich war – ein Mann hatte schließlich Bedürfnisse –, hatte geplappert, und Lillys Vater hatte ihn zornig zur Rede gestellt. Dieser Heuchler. Denn just dieselbe Dame hatte ihm erzählt, dass auch Justus dann und wann in fremden Gefilden wilderte. Das hatte er seinem Schwiegervater triumphierend an den Kopf geworfen. Im Gedanken an die Szene, die dann folgte, verzog er das Gesicht, als hätte er Zahnschmerzen. Noch heute bescherte ihm diese Erinnerung rote Ohren. Der um Jahre ältere Justus hatte ihn am Revers seiner Jacke gepackt und so dicht an sich herangezogen, dass er die Haare in seinen Nasenlöchern zählen konnte.

»Meine Frau ist krank«, hatte er geknurrt, »und was ich tue, tue ich mit ihrem Einverständnis, und wenn du jemals auch nur eine Silbe darüber verlierst, läufst du besser, so schnell du kannst, und so weit weg wie möglich, damit ich dich nicht erwische.«

Solange Kappenhofer das Sagen in dem inneren Machtkreis Durbans hatte, würde er auf keinen grünen Zweig kommen. Missmutig inspizierte er den abgebrochenen Fingernagel am Zeigefinger. Er hatte Justus Drohung ernst genommen. Es wäre dumm gewesen, es nicht zu tun. Ob es ihm gefiel oder nicht, Tatsache war, dass Justus und seine Freunde außerordentlich einflussreich waren, und die Möglichkeit, dass ihm die Van-Dongen-Farm durch die Lappen gehen würde, war ziemlich realistisch. Er brauchte einen zweiten Plan, für dessen Ausführung er Köpfchen und weniger den schnöden Mammon brauchte.

Er wischte sich mit dem Jackenärmel über die Augen. Jetzt war er wirklich todmüde. Mehr als vierundzwanzig Stunden hatte er im Sattel gesessen, war wohl einige Male eingenickt, aber nie länger als wenige Minuten am Stück. Er ordnete einen Ruhetag an, den auch seine Gäste dankbar annahmen. Trotz des nahenden Morgens verschwanden sie in ihren Zelten, um Schlaf nachzuholen.

Während dieses Ruhetags hatte er genügend Zeit, diesen flüchtigen Gedanken weiterzuspinnen. Er schmunzelte und beobachtete, wie Lulamani um Madoda herumscharwenzelte und ihm mit koketten Blicken ihren Körper darbot, die kleine Hure. Sie spielten die Hauptrolle in seinem neuen Plan. Nun galt es, den richtigen Zeitpunkt abzuwarten.

Später, gegen Abend dieses Tages, nur zwei Tagesreisen entfernt, betrachtete Stefan Steinach mit gerunzelter Stirn den rauchgeschwärzten Horizont. Unruhe packte ihn. Eigentlich wartete bereits eine weitere Jagdgesellschaft in Durban auf ihn, aber er spürte das dringende Bedürfnis, erst nach Inqaba zu reiten, um sich zu vergewissern, dass weder sein Haus noch seine Frau vom Feuer berührt worden waren.

Kurzerhand beschloss er, einen Mann nach Durban vorauszuschicken, um Bescheid zu sagen, dass sich seine Ankunft um wenige Tage verzögern würde.

Erleichtert, diese Entscheidung getroffen zu haben, schlug er mit Schwung die Plane eines seiner Ochsenwagen zurück und betrachtete zufrieden die Menge schimmernden Elfenbeins, die sich im Inneren stapelte. Zwei Felle von prächtigen Schwarzmähnenlöwen und mehrere Gehörne verschiedener Antilopen lehnten daneben. Den Leoparden, den sie heute vor Sonnenaufgang geschossen hatten, und den Geparden, der ihnen gestern vor die Flinte gelaufen war, bearbeiteten noch seine Häuter. Er hob die Nase. Der Geruch nach frischem, warmem Blut und Exkrementen sagte ihm, dass sie schon angefangen hatten, die Tiere aufzuschneiden. Er ließ die Plane fallen und ging hinter das Zelt, um zu sehen, ob das Leopardenfell bis auf das Einschussloch unversehrt geblieben war.

Die beiden Großkatzen waren auf dem Boden ausgestreckt, den Schnitt an der Innenseite der Vorderläufe des Leoparden hatte der Häuter schon gesetzt, jetzt drückte dieser mit seinen

Helfern den Kopf des Tieres mit dem Fuß herunter, hielt den Hals straff, dass die Muskeln seiner Oberarme hervortraten, und schnitt, ohne abzusetzen, das Fell von der Kehle bis zum Schwanz auf. Mit kräftigen, knetenden Bewegungen löste er es vom Fleisch. Es gab ein schmatzendes Geräusch, als er es dem Tier auszog wie einen Mantel.

Prüfend hielt er es hoch, drehte und wendete es. Bis auf das Schussloch auf der Brust war das Fell perfekt.

Stefan half ihm, das blutige Fell auf der Erde auszubreiten, hielt es, während der Häuter begann, mit einer Klinge mit langsamen, gleichmäßigen Strichen die Fleischreste von der Innenseite zu schaben.

»Hol mich, wenn das Fell gespannt wird. Ich möchte dabei sein«, sagte Stefan. Außer der eigentlichen Schönheit des Fells entschied die Sorgfalt, mit der es gespannt wurde, über den Wert. Dieses Fell würde im Jagdzimmer eines englischen Landsitzes hängen. Ohne Zweifel würde der Hausherr an langen Winterabenden die Geschichte der Jagd erzählen, und jedes Mal würde er ein Detail hinzufügen, bis er als strahlender Held und Retter der Jagdgesellschaft dastehen würde. Stefan dachte daran, wie der Schuss des Engländers den Baum drei Fuß neben dem wütenden Tier zersplitterte, er selbst in letzter Sekunde den Fangschuss setzen konnte. Natürlich würde er die Wahrheit niemals enthüllen. Sollte der Engländer sich vor seinen Freunden zum Helden machen. Er hatte genug Geld für dieses Privileg bezahlt.

Zufrieden streckte er die Arme von sich, bog den Rücken durch und gähnte herzhaft, während er zu seinem Zelt ging. Es war eine gute Jagd gewesen. Die Engländer waren begeistert von ihren Trophäen und hatten sich gleich wieder für nächstes Jahr angemeldet. Erfreulich, natürlich, aber sich ständig auf fremde Leute einstellen zu müssen, war etwas, das Stefan schwer fiel. Wochenlang konnte er allein durch den Busch streifen und fühlte sich nie einsam, aber nur wenige Tage mit diesen schwatzhaften Europäern schafften ihn völlig.

Wie wohltuend war es dagegen, seine Zeit mit Lulamani zu verbringen. Seit kurzem hatte er begonnen, ihr Unterricht in Mathematik zu geben. Schreiben konnte sie bereits und hatte auch das Lesen schnell gelernt. Seitdem verbrachten sie an den Tagen, an denen er auf Inqaba weilte, abends mindestens eine Kerze lang damit, sich gegenseitig vorzulesen. Er liebte es, während dieser intimen Stunde, die nur ihnen beiden allein gehörte, sachte ihren zarten Nacken zu liebkosen, während er ihrer süßen Stimme lauschte, liebte den leisen Schnurrlaut, mit dem sie sich in seine Hand schmiegte. Ganz selten nur brannte die Kerze ganz herunter.

Für einen Moment lehnte er seinen Kopf an den Zeltpfosten, schloss die Augen und erlaubte sich, in Gedanken mit der Hand über Lulamanis glatte, warme Haut zu der weichen Stelle hinter dem Ohr zu wandern, sah die herrlichen Augen vor sich, den Ansatz der festen Brüste. Ihm wurden die Beine schwer, und Schweißperlen erschienen auf seiner Stirn. Es war höchste Zeit, dass er zu Hause vorbeischaute.

»Guten Abend, Mr Steinach!«

Er zuckte zusammen und drehte sich um. Das englische Ehepaar kam lächelnd auf ihn zu. Die Frau war von herber Schönheit, hatte kräftige Hände und eine scharfe Vogelnase. Gleich am ersten Tag hatte sie ihm in ziemlich eindeutiger Weise Avancen gemacht. Es passierte immer wieder, dass weibliche Gäste sich ihm in schamloser Weise näherten, und es bedeutete stets einen Eiertanz für ihn, die Damen höflich, aber bestimmt auf Distanz zu halten. Andrew Sinclair, so war allgemein bekannt, ließ sich häufig mit seinen weiblichen Gästen ein, aber ihn reizte nichts an diesen weißen, weichen Frauenkörpern, und ihr geziertes Geplapper konnte er kaum ertragen.

Er nahm seinen Hut ab und lächelte. »Im Morgengrauen brechen wir auf«, verkündete er auf Englisch und wiederholte es sogleich in Zulu für seine Leute. Kurz untersuchte er seine Ochsen, von denen jeweils vierzehn einen der zwei Planwagen zogen, stellte erleichtert fest, dass sich alle in bester Kondition befanden. Das pechschwarze Gespenst der Lungenpest schwebte über allen Herden. Seine sensiblen Finger fanden einige Zecken, die er geschickt herausdrehte und ins Feuer warf.

»Bürste ihr Fell noch einmal«, befahl er dem Zulu, der nur für das Wohlergehen der Tiere zu sorgen hatte. Da er sich bereits zum Abendessen umgezogen hatte, zog er nur seine Kleidung zurecht und bot der vogelnasigen Frau den Arm, um sie zum Dinner zu führen. Den Tisch hatte er vor den Zelten decken lassen, ein Dutzend brennender Fackeln spendeten nicht nur Licht, sondern hielten auch die Moskitos zurück.

Welch ein Gedöns, dachte er. Weiße Tischdecke, silbernes Besteck, Porzellanteller, hochstielige Weingläser und Cognacschwenker musste er mitschleppen. Ihm erschien es immer noch obszön, diesen Aufwand zu betreiben. Der Busch war wild und grausam. Es passte nach seinem Empfinden nicht dazu, so elegant zu tafeln wie in einem englischen Schloss, dabei Wein zu schlürfen und sich den Mund mit Damastservietten abzutupfen, anstatt unter freiem Himmel um das Feuer zu sitzen, wie er es gewohnt war, mit dem Messer das Fleisch von einer kross gebratenen Springbockkeule zu schneiden, vielleicht gelegentlich einen Schluck aus der Whiskyflasche zu nehmen, um sich dann im Schlafsack neben dem Feuer zusammenzurollen und unter dem glitzernden Sternenhimmel Afrikas zu schlafen, bis das Geschrei der Hadidah-Vögel ihn vor Sonnenaufgang weckte.

Er spürte, dass ihm die Müdigkeit in die Knochen kroch. Wie jeder Safaritag hatte auch dieser um vier Uhr morgens begonnen, als ihn Shikashika, der Zulu, der als Hirtenjunge auf Inqaba angefangen hatte, bald aber sein bester Freund geworden war, mit Kaffee geweckt hatte. Das Einzige, was ihn mit dieser unchristlichen Zeit versöhnte, war der süße Duft von taufeuchtem Gras und frisch gebrühtem Kaffee, der türkise Schimmer am Himmel, der den Sonnenaufgang ankündigte, und diese unirdische Stille. Noch waren die Nachtjäger damit beschäftigt, ihre Beute zu vertilgen, noch schwiegen die Zikaden, nur das Gurren der Tauben, der beruhigende Gesang der Frösche schwebten in der klaren Luft. Es war eine Zeit zwischen den Zeiten, noch nicht Morgen, nicht mehr Nacht, eine sanfte Zeit, in der junges Leben sich regte und den Alten der Abschied leichter wurde. Es war die Zeit, in der er an Gott glaubte.

Nur wenige Minuten hatte er morgens für sich selbst, ehe auch die Gäste geweckt wurden. Beim Frühstück dann redeten alle durcheinander. Unablässig, bis ihm die Ohren klingelten und er hätte schreien können. Was sie zu tun gedächten, was sie von ihm erwarteten, welche Tiere sie sehen wollten. Unbedingt.

»Löwen, alter Junge, Büffel, Rhinozeros, Elefanten, nicht wahr? Und die kleine Frau will Vögel sehen, hübsche, bunte Vögel. Das werden wir doch, oder?«

»Natürlich, das werden Sie«, sagte er dann lächelnd, und ich hoffe, einer der Löwen frisst dich und das kleine Frauchen, dachte er.

Nach dem Frühstück zog er mit den Gästen und Shikashika, begleitet von Treibern, Häutern, Gewehr- und Lastenträgern, in den Busch. Shikashika, Sicelos und Notembas Sohn, war sein bester Spurenleser. Sie waren gleichaltrig, im selben Jahr und Monat geboren.

Unterdessen blieb Dedani, ein alter Zulu mit einem Gesicht, das wie eine Landkarte die verschlungenen Wege seines Lebens zeigte, mit zwei anderen zurück im Camp, richtete die Betten her, wusch die verschmutzte Kleidung, sorgte für ein Feuer unter großen Kesseln, damit genug warmes Wasser vorhanden war, damit die Gäste baden konnten, wenn sie gegen Mittag verdreckt und verschwitzt zurückkehrten und nach Bier, warmem Essen und frischer Kleidung schrien. Jeden Tag die gleiche Routine. Sie hing ihm längst zum Hals heraus, und er dachte sehnsüchtig an den Frieden auf Inqaba.

Während Shikashika und Dedani nach der Jagd unter einem Baum ein hölzernes Brett auf zwei Holzböcken als Esstisch aufstellten und über dem offenen Feuer wahre kulinarische Meisterleistungen vollbrachten, gingen einige der Gäste unter Bewachung im Fluss schwimmen, andere lagen auf den Feldbetten herum, schliefen, tranken, protzten mit ihren Abenteuern oder sahen den Häutern bei ihrem blutigen Handwerk zu, bis sie um vier Uhr nachmittags zur Abendsafari aufbrachen.

Wenn Damen an der Safari teilnahmen, was zu seinem Unmut immer häufiger passierte, spielte er abends widerstrebend den Großen Weißen Jäger, musste den Tisch wie in einem vornehmen Londoner Haus decken und brennende Holzscheite in den Sand stecken lassen, was erfahrungsgemäß ungeheuer romantisch auf seine Gäste wirkte und von den Damen mit spitzen Begeisterungsschreien begrüßt wurde. Wenn er ihnen dann noch zuraunte, dass das Feuer die großen Raubkatzen zurückhielt, warfen sie sich ihm geradezu in die Arme, erschauderten in lustvollem Entsetzen.

Auch die vogelnasige Dame schaute hingerissen auf den schön gedeckten Tisch. »Entzückend, ganz entzückend, mein lieber Stefan, so romantisch, so ungemein aufregend.« Durchdringend spähte sie in die Dunkelheit, als säße da schon ein Löwe sprungbereit, presste eine Hand an die Brust und himmelte Stefan an. »Die afrikanische Nacht, der Sternenhimmel, das alles hier ... Ich wünschte, ich könnte davon ein Foto machen lassen.«

Diese Bemerkung hatte wenigstens den Vorteil, ihm die Idee zu geben, einen fotografischen Apparat anzuschaffen und sich bei Wickers in Durban in die Kunst des Ablichtens einweihen zu lassen. Das konnte nicht so schwierig sein, und Fotos der Gäste mit ihren totgeschossenen Opfern würden sicherlich gutes Geld bringen.

Er seufzte. Noch zwei bis drei Tage, dann konnte er die beiden in der Residenz von John Dunn abliefern, bei diesem Mann fragwürdiger, wenn auch englischer Herkunft, der als der mächtigste Häuptling unter König Cetshwayo galt und rund vierundsechzig schwarze Frauen besaß. Seine Gäste brannten geradezu darauf, Dunn kennen zu lernen. Bis nach England waren die Legenden um den weißen Zulu gedrungen. Kein ausländischer Besucher wollte sich ein Treffen mit dem Herrn von Mangete entgehen lassen. Genauso wenig wie das Abschießen der »Big Five«, Löwe, Leopard, Büffel, Nashorn, Elefant. Er grinste bei der Vorstellung, wie die vogelnäsige Dame John Dunns Kopf auf einem Holzbrett montiert über ihren Kaminsims in Kent hängen würde, vielleicht zwischen die der beiden Löwen.

Sein Gesicht verriet nichts von seinen Gedanken, als er der Dame den Stuhl zurechtrückte.

»Ich wünsche guten Appetit«, sagte er und reichte seiner Tischdame die Serviette. Nur noch wenige Tage, dachte er, während er schweigend die Vorspeise, geräucherten Springbock mit Cumberlandsoße, die seine Mutter gekocht und eingemacht hatte, aß, nur noch wenige Tage, und ich bin wieder bei meiner Lulamani und auf Inqaba.

6

Johann wartete schon, einen Stapel Unterlagen unter den Arm geklemmt, vor dem Royal Hotel, als Catherine von ihrer Stute im sonnengesprenkelten Schatten des Flamboyantbaums absaß. »Hast du alles erledigt?«, fragte sie. »Können wir heimreiten?«

»Nein, ich muss schnell noch bei Jollys Apotheke vorbeischauen, wir benötigen dringend sein neues Mittel gegen Zecken. Wir lassen die Pferde hier und gehen die paar Schritte zu Fuß.« Er band Cleopatra neben seinem Hengst an. Bobo rannte heran und leckte Johann ungestüm die Hand. Als er genug hatte, warf er sich unter den Baum und fing an zu schnarchen. »Hast du alles bekommen?«

Sie nickte und erzählte ihm von Lilly. »Es ist schändlich, wie Andrew sie behandelt, aber sie hält zu ihm. Ich verstehe es nicht. Er verschleudert ihre Mitgift, tritt sie mit Füßen, und sie tut nichts dagegen.«

Aber er war mit den Gedanken woanders. Mit kundigen Fingern suchte er das Fell der Stute nach Zecken ab, und seinem schwarzen Burschen, einem abgerissenen Kerl, der im tiefen Baumschatten am Stamm hingeflegelt lehnte und gelangweilt auf einem Grashalm kaute, befahl er, die Pferde zu tränken. »Jedes Tier braucht einen Eimer voll, verstanden? Jetzt. Gleich.«

Erst vor zwei Tagen hatte er den Mann angestellt, obwohl ihm sein Gefühl sagte, dass es mit ihm Ärger geben würde. Der Mann war einer dieser Stadtzulus, die sich mal hier, mal da verdingten und die meist zu mehreren bei ihren Arbeitgebern auf dem Grundstück in einer armseligen Hütte hausten. Sie waren Herumstreicher, Strandgut, vom Schicksal in die große Stadt gespült, ohne Halt, ohne Wurzeln, ohne Verbindung zu ihren Familien. Oft waren sie aus ihrer Heimat geflohen, weil sie wegen irgendeiner Straftat von ihrem König verfolgt wurden. Solche Leute beschäftigte er ungern, auch wenn sie ihm im Grunde Leid taten.

»Hörst du mir eigentlich zu?«, fragte Catherine.

»Natürlich. Du hast Recht, es ist tragisch mit Lilly, aber ich glaube, sie liebt ihn einfach. Da kann man nichts machen, und ich befürchte, sie wird sich noch zu Tode trinken.« Sie machten sich auf den Weg.

»Ich glaube, das ist ihre Absicht, und ich habe nicht vor, dabei zuzusehen. Ich werde mit Justus und Maria reden.«

»Misch dich besser nicht ein, du kennst nur eine Seite der Medaille und könntest noch mehr Unheil anrichten. Komm, Bobo«, rief er. Die große Dogge stemmte sich grunzend auf die Beine und trottete ihnen nach.

»Lilly tut mir nur so unendlich Leid. Erst Emma und nun das. Er zerstört sie.«

»Sprich lieber erst mit ihr, wenn sie wieder nüchtern ist. Was hast du sonst noch erlebt?« Über Lillys Trunksucht und ihre kaputte Ehe zu diskutieren war ihm unangenehm.

Sie erzählte ihm von den Willingtons. »Sag mal, hast du schon einmal etwas von denen gehört? Er scheint neu in der Stadt zu sein, und sie ist so bildschön, dass sie die Gemüter unserer Junggesellen in größte Wallungen versetzen wird. Ich befürchte, sie werden unter ihrem Fenster jaulen wie Straßenkater und sich reihenweise in Duellen umbringen.« Eine frische Brise wehte vom Meer herauf. Am unteren Ende der West Street konnte sie schon die Brandung sehen.

»Willington? Sagt mir nichts. Woher kennst du ihn?« Sein Ton war desinteressiert, und er vermied es geflissentlich, sie anzusehen.

Sie merkte es nicht. »Ich kenne die Willingtons nicht, sie sind mir nicht vorgestellt worden. Sie waren zufällig gleichzeitig wie

Mila und ich bei Pettifer, und du kennst ja sein schwatzhaftes Ladenmädchen – sie hat uns brühwarm erzählt, wer er ist und was er hat. Mr Willington soll Diamantenminen besitzen, die recht ergiebig sein müssen. Sie haben Pettifers fast leer gekauft.«

»Obacht«, warnte er und hielt sie zurück, während ein achtzehnspänniges Ochsengespann mit viel Gebrüll und Geklirr vor ihnen auf der über hundert Fuß breiten Straße wendete. Sie warteten das Manöver ab. Er pflückte eine der feuerroten Orchideenblüten des Flamboyants und steckte sie ihr ins Haar. Die flirrenden Blattwedel des Blütenbaums warfen ein filigranes Muster über ihren Körper, zart, wie das eines Spitzendeckchens. »Hinreißend«, murmelte er und hoffte, sie damit abzulenken.

Sie lächelte zu ihm hoch. »Nun, weißt du, wer diese Willingtons sind?«

Er zuckte so beiläufig wie möglich die Achseln. »Habe noch nie etwas von ihnen gehört. Müssen neu in der Stadt sein.« Nicht einmal mit einem Wimpernzucken verriet er, dass er glatt gelogen hatte. Um nichts in der Welt würde er ihr offenbaren, dass er Nicholas Willington bereits gesehen und für einen entsetzlichen Moment geglaubt hatte, dass der Mann, der sein Leben fast zerstört hätte, vor ihm stand. Natürlich merkte er schnell, dass der Mann zu jung war, um von Bernitt zu sein. Auch er hatte sich erkundigt, wie dieser Mann hieß und woher er kam. Aber im Gegensatz zu Catherine war er sich nicht sicher, ob Willington nicht doch mit Konstantin von Bernitt verwandt war. Die Ähnlichkeit war zu frappierend. Dazu aber kam noch ein Vorfall, der viele Jahre zurücklag und den er bisher sorgfältig vor ihr geheim gehalten hatte.

Als Stefan zehn Jahre alt war, hatte er ihn mit nach Durban auf den Viehmarkt genommen. Sein Sohn war fasziniert von dem Menschengewimmel, dem Lärm, der brüllenden, stampfenden Masse der Zugochsen, die hier versteigert werden sollten. Es waren herrliche Tiere mit glänzendem Fell und gewaltigen Muskeln, die besten und härtesten Trekochsen der Welt, und Stefan war stumm vor Bewunderung herumgerannt. Mitten im staubigen Gewühl hatten sie sich verloren. Rufend war er durch die Menge gegangen, nicht sehr beunruhigt, denn die Möglichkeiten, sich in Durban zu verlaufen, waren überschaubar, und Stefan würde mit Sicherheit zu ihrem eigenen Gespann zurückfinden. Trotzdem war er erleichtert, als er den Jungen entdeckte. Er stand, auf einem Stück Brot kauend, etwas abseits und wandte ihm den Rücken zu, aber sein dunkler Schopf und die Körperhaltung waren unverkennbar.

»Stefan!«, rief er. »Hier bin ich.«

Aber der Junge reagierte nicht. Johann nahm an, dass er ihn in der Kakophonie von brüllenden Rindern, schreienden Männern, Gelächter, Hundegebell und dem Donnern der Meeresbrandung im Hintergrund nicht gehört hatte.

»Ich habe dich gesucht, mein Sohn, wo bist du nur gewesen?«, rief er und legte ihm die Hand auf die Schulter.

Der Junge drehte sich zu ihm um und sah hoch, und in seinem Blick war deutlich zu lesen, dass er sich fragte, was dieser fremde Mann von ihm wollte. Er befreite sich aus seinem Griff. »Es tut mir Leid, Sir, ich kenne Sie nicht. Sicher verwechseln Sie mich.«

Johann glaubte sich verhört zu haben. Er sah hinunter auf seinen Sohn, aber fand keine Spur von Schalk, kein Lachen in den schwarzen Kinderaugen, nichts, was darauf hinwies, dass Stefan sich einen Spaß mit ihm erlaubte. »Stefan?«, fragte er zögernd, während sich ein eiskalter Klumpen Angst in seinem Magen zusammenballte.

Der Junge sah ihn ruhig an. »Nein, Sir, mein Name ist Nicholas, Nicholas Willington. Und nun muss ich gehen, meine Mutter wartet sicher schon. Auf Wiedersehen, Sir. Ich hoffe, Sie finden ihren Sohn schnell.« Mit höflichem Neigen seines Kopfs hatte er sich abgewandt und war davongeschlendert.

Johann hatte ihm wie vom Donner gerührt nachgesehen und auch, als der Junge längst im Gewimmel der Marktbesucher verschwunden war, stand er noch immer da und konnte nicht fassen, was er gesehen hatte. Konnte es eine derartige Ähnlichkeit zwischen zwei vollkommen fremden Menschenkindern geben? Gab es wirklich für jeden Erdenbürger irgendwo einen Doppelgänger, wie manche behaupteten? Er konnte das nicht glauben, aber eine plausiblere Erklärung fand er nicht.

Stefan kam kurz darauf angerannt, atemlos, aufgeregt, hatte ihn mit Fragen überschüttet und unablässig von dem geredet, was er erlebt hatte. Johann stiegen vor Erleichterung die Tränen in die Augen. Erst am nächsten Tag kam er dazu, diskrete Nachforschungen anzustellen, wer dieser Junge war, der seinem Stefan so ähnlich sah wie ein eineiiger Zwilling.

Das Geheimnis um seine Herkunft hatte er nie lüften können, vermutete, dass dieser Nicholas Willington nur zu Besuch in Durban weilte, denn er sah ihn nicht wieder, und auch eine Familie namens Willington gab es in der Stadt nicht. Mit den Jahren war dieser Vorfall verblasst und fast aus seinem Gedächtnis verschwunden. Bis er heute diesem Mann gegenüberstand. Vierzehn Jahre war der Tag her, seit er mit dem Jungen auf dem Markt gesprochen hatte, und als er diese Jahre von dem Äußeren des Mannes abzog, ahnte er, dass er der Junge von damals sein musste. Noch während er ihn verstohlen musterte, war ihm ein Gedanke gekommen, zuerst nicht fassbar, amorph wie eine gestaltlose Qualle, aber genauso giftig. Doch nach und nach nahm er konkretere Formen an, und die zwingende Schlussfolgerung daraus jagte ihm blankes Entsetzen ein. Er hatte sich sofort beim Bürgermeister erkundigt, wer der Fremde war, und der hatte ihm den Namen genannt.

»Und woher stammen die Willingtons?« Die Frage hatte ihn viel Kraft gekostet, und er hatte dem Bürgermeister dabei nicht in die Augen sehen können.

»Die Willington-Geschwister kommen aus der Kapprovinz. Ihre Eltern leben dort«, hatte der hinzugefügt. »Miss Willington ist wohl in England erzogen worden.«

Ihm wurde schwindelig vor Erleichterung. Die Eltern lebten also noch. Sie konnten nichts mit von Bernitt zu tun haben, denn dass der Mann tot war, daran bestand für ihn kein Zweifel. Die giftige Eifersuchtsqualle in ihm gab widerwillig Ruhe.

Nach dieser Unterredung, als er wieder auf der Straße stand und an Stefan, seinen Sohn, dachte, wurde ihm klar, dass es völlig gleichgültig war, ob er wirklich Stefans Erzeuger war oder nicht. Er war sein Vater, das war viel wichtiger. Er hatte Stefan ans Licht dieser Welt geholfen, hatte seine Windeln gewechselt, seine Tränen getrocknet, wenn er vom Baum gefallen war, er war es, der ihn zu seinem ersten Jagdausflug mitnahm, und er war es, der ihm als Erster seinen Segen zu seiner Verbindung mit Lulamani gab. Stefan war sein Sohn, und nichts würde das jemals ändern. Nichts.

Er streifte Catherine mit einem schnellen Blick. War ihr die Ähnlichkeit zwischen den beiden jungen Männern entgangen? Das hielt er kaum für möglich. Sie war einfach zu offensichtlich. Warum sagte sie dann nichts? Die giftige Eifersuchtsqualle regte sich wieder, schon öffnete er den Mund, um nachzubohren, klappte ihn aber schnellstens wieder zu und zertrat die Qualle im Geiste mit einem kräftigen Tritt. Ein für alle Mal. Er würde nicht so verrückt sein und zulassen, dass Konstantin von Bernitt noch vom Grab aus sich zwischen sie stellte. Fürsorglich legte er seine Hand unter ihren Arm, um sie um das badewannengroße, wassergefüllte Schlagloch zu führen, das sich direkt vor Hangman's Inn, einer düsteren Spelunke, aufgetan hatte. Obwohl es noch früh am Morgen war, lagen, ordentlich nebeneinander aufgereiht, vor dem Inn mehrere bewusstlose Säufer. Wie jeden Morgen hatte Mad Bill seinen Schankraum ausgekehrt. »Bills Jagdstrecke«, knurrte er und wich angeekelt auf die Straße aus.

Catherine hielt die Luft an, der Schwall von alkoholgeschwängerter, verräucherter Luft, die aus der offenen Tür entwich, reizte sie zum Husten. »Ich glaube, ich verhänge ein Sauf- und Rauchverbot über den Lobster Pott …«

Johann lachte laut, hauptsächlich aus Erleichterung, das Thema Willington begraben zu können. »Du bist wirklich köstlich. Eher frisst dir der wildeste Löwe aus der Hand, als dass du die Großen Weißen Jäger zur Abstinenz erziehst. Aber über den Lobster Pott wollte ich ohnehin mit dir sprechen. Mir ist es nicht recht, dass du dich beim Bau und der Inneneinrichtung derartig engagierst. Du bist zwar die Besitzerin des Lobster Potts, und natürlich verstehe ich, dass du dir die letzte Entscheidung jeweils nicht aus der Hand nehmen lässt, aber dass du gar Wände tünchst und Böden wischst, finde ich nicht passend.«

Catherine lachte trocken. »Da ich bisher keinen Ersatz für die arme Mrs Hoskins gefunden habe, werde ich wohl weiter Mädchen für alles sein müssen.«

»Die arme Mrs Hoskins? Du meinst wohl, der arme Mr Hoskins.«

»Dass ich nicht lache! Sie musste arbeiten, damit die Familie nicht verhungert, weil er nichts nach Hause bringt und ihren Verdienst auch noch bei Mad Bill versäuft, obwohl sie elf Kinder hat und ein zwölftes auf dem Weg ist.«

»Wenn Gott ihr zwölf Kinder schenkt …«

»Red keinen Unsinn, Johann, Gott hatte damit nichts zu tun, das ist allein Mr Hoskins Verdienst. Er ist geil wie unser Ziegenbock.«

»Catherine!«

»Ja, mein Lieber?« Sie lächelte süß. »Stimmt's denn nicht? Du brauchst keine Angst um meinen Ruf als Dame zu haben. Der ist eh hin.« Sie zupfte an ihren Hosenbeinen, und ihre Augen funkelten vor Vergnügen.

»Nun, deswegen muss diese Mrs Hoskins ihrem Mann ja nicht

die Schaufel über den Kopf ziehen. Der Mann hat fürchterlich ausgesehen. Ich dachte, er wäre tot, als ich ihn fand.«

»Nein, sie hätte die Axt nehmen sollen. Im Suff hat er sie mal wieder grün und blau geschlagen, ehe er ihr dann Gewalt angetan hat. Sie hat sich endlich gewehrt ...«

»Catherine!«

Sie kicherte.

»Nun, er ist ihr Mann, und die sechs Monate Haft hat sie jedenfalls zu Recht bekommen.«

Sie wölbte ironisch die Brauen. »Ich denke, sie ist froh darüber, denn jetzt hat Mr Hoskins die elf Gören am Hals, und sie kann sich im Gefängnis bis zur Geburt ein wenig ausruhen. Zum ersten Mal in ihrem Leben. Bis sie wieder entlassen wird, muss ich ihre Arbeit erledigen, es sei denn, du findest jemanden, auf den ich mich verlassen kann. Erst dann kann ich die große Dame spielen.« Sie verzog das Gesicht. »Außerdem möchte ich dich sanft daran erinnern, dass ich all das, was du beanstandest, die langen Jahre auf Inqaba gemacht habe. Ich habe aus dem Stand große Haufen hungriger Männer bewirtet und beherbergt, den Hühnerstall ausgemistet, gelegentlich verirrte Kühe im Busch gejagt, Schlangen erlegt, marodierende Affen abgeschossen, Mopaniraupen gesammelt, gekocht, geputzt und ... Soll ich fortfahren?«

Er hörte den Unterton, der ihm sagte, dass sie nicht nur scherzte, und legte ihr besänftigend den Arm um die Schulter. »... und das alles mit einem Lächeln.« Noch heute wunderte er sich oft, dass sie bei ihm geblieben war, besonders nachdem zu allem Überfluss Jikijiki auf Inqaba auftauchte, die bildschöne Zulu, zu der er gegangen war, als die Sehnsucht nach der Weichheit einer Frau, dem süßen Vergessen in ihren Armen, zu übermächtig geworden war, damals vor vielen Jahren, als er noch allein in Afrika war und nicht ahnte, dass er in kürzester Zeit die Liebe seines Lebens treffen sollte.

Er betrachtete seine Frau zärtlich. Trotz ihrer sechsundvierzig Jahre wirkte sie so mädchenhaft wie an dem Tag, als ein Orkan sie in Kapstadt direkt vor seine Füße geblasen hatte. Sie hatte nichts von ihrer Grazie verloren, das dunkle Haar glänzte, ihre Haut schimmerte, ihre Bewegungen waren schnell und voller Energie, ihre Figur, betont durch die Hose, die weit und gefältelt war wie die japanischer Samurais, war schlank und wohlgeformt. Zu seiner heimlichen Erleichterung hatte sie jedoch im Gegensatz zu den fernöstlichen Kriegern die äußeren Beinnähte schließen lassen.

Sie war noch immer die einzige Frau in der Kolonie, die wagte, sich derartig gekleidet und dann noch im Herrensitz zu zeigen. Von Anfang an hatte sie sich geweigert, im unbequemen Damensattel durch die Wildnis zu reiten, hatte ihn endlich mit dem Argument überzeugt, dass der viel zu unsicher in dem gefährlichen Terrain war. Außerordentlich praktisch veranlagt, hatte sie einfach die Beinkleider ihres verstorbenen Vaters angezogen und sich zum blanken Entsetzen der Durbaner Gesellschaft wie ein Mann aufs Pferd geschwungen.

Er hatte damals gelitten wie ein Hund, wusste er doch, dass er seine willensstarke Frau nicht umstimmen konnte. Heute erfüllte es ihn mit gewissem Stolz. Widerwillig hatten sich die Durbaner an diesen Anblick gewöhnt, und Viktoria und Maria hatten es ihrer Mutter selbstverständlich nachgemacht. Nur Fremde zogen bei dem Anblick der unkonventionellen Steinach-Frauen noch die Brauen hoch. Catherine nahm sich das Recht, ihr eigenes Leben zu führen, nicht nur ein Anhängsel, wie sie es nannte, zu sein, und so hatte sie auch ihre Töchter erzogen. Er tastete nach ihrer Hand, doch ihre gesträubten Federn hatten sich noch nicht geglättet.

»Wie oft wäre ich am liebsten schreiend davongerannt. Ich wusste nur nicht, wohin. Die andere Möglichkeit, dich langsam zu erwürgen, scheiterte an deiner Größe und meinen unterlegenen Körperkräften …« Ihre Wangen hatten sich gerötet.

133

Sein Blick glitt von ihrem schönen Mund zu ihrer wohlge-
formten Brust, und er wurde von dem unwiderstehlichen Verlangen überfallen, sie fest in die Arme zu nehmen und hier, in aller
Öffentlichkeit zu küssen.

Catherine fing den Blick auf und wusste genau, was in seinem
Kopf vorging. Ihre Mundwinkel zuckten, ihre Augen funkelten
amüsiert. »Vielleicht sollte ich mal wieder ein wenig kapriziöser
sein, dich nicht allzu sehr in Sicherheit wiegen …« Sie schenkte
ihm ein zuckersüßes Lächeln.

»Um Himmels willen, bloß nicht«, rief er in nur teilweise
gespieltem Entsetzen.

»Pfui Teufel, sieh dir das an!« Sie streckte ihm den Stiefel entgegen, von dem die Reste eines sumpfgrünen Kuhfladens herun-
tertropften, den sie übersehen hatte. Noch immer vor sich hin-
schimpfend, kratzte sie den Brei mit einem Stock ab. »Hast du
noch etwas zu erledigen, oder können wir uns jetzt auf den Heimweg machen?«, fragte sie, während sie sich die Hände an ihrem
Taschentuch abwischte. »Es ist ablaufendes Wasser, wir könnten
am Strand entlangreiten. Hoffentlich ist die Brücke über den
Umgeni nicht schon wieder weggeschwemmt worden. Es ist
wirklich ein Skandal, dass wir da seit fast zehn Jahren nur ein Pro-
visorium haben!«

»Erstens führt der Umgeni nur wenig Wasser, es hat zu lange
nicht richtig geregnet, und zweitens, bevor unser neues Hospital
am Addington Beach nicht fertig gestellt ist, hat der Stadtrat keinen Penny für irgendetwas anderes«, entgegnete er, beobachtete
dabei abgelenkt einen kleinen, drahtigen Zulu, der vor ihnen
über die massigen Rücken von sechzehn muskelbepackten Ochsen turnte und die Jochs löste. Mit schrillen Pfiffen und gezielten
Tritten veranlasste er die mächtigen Tiere, sich lammfromm hin-
zulegen, als wären sie kleine Schoßhündchen. Zum Schluss stand
er auf dem Leitochsen, die Arme ausgestreckt in der Pose des klassischen Siegers. Johann hätte fast Beifall geklatscht.

»Hast du die Post geholt?«, unterbrach Catherine seine Überlegungen.

»Habe ich, aber leider umsonst. Es ist kein Brief von Maria
dabei. Schonnberg sagte mir, dass in drei Tagen das nächste Postschiff anlegt. Dann werde ich erneut nachfragen müssen.« Schnell
redete er weiter, bemüht, seine eigene tiefe Sorge um seine Tochter zu verbergen und Catherine nicht noch mehr zu beunruhigen.
»Schonnberg hat übrigens ein neues Schild. Geöffnet vom Morgenkaffee bis Sonnenuntergang. Praktische Öffnungszeiten, muss
ich sagen.« Mit einem Satz wich er der Pferdebahn aus, die Passagiere eines vor Stunden vor Anker gegangenen Dampfers aus
England in die Einwandererbarracke brachte. Die Einwanderer,
durchweg jüngere Leute, waren außerordentlich aufgeregt, ihre
staunenden Kommentare über ihre neue Heimat schallten zu
ihnen herüber.

»Durban platzt aus allen Nähten«, bemerkte er. »Erinnerst du
dich noch daran, wie ich dir prophezeit habe, wie es hier eines
Tages aussehen würde?« Mit seiner Hand beschrieb er einen weiten Bogen, der die geschäftige Straße, die blitzenden Fenster, die
Läden mit den reichhaltigen Auslagen umfasste. »Genauso ist es
eingetreten. Heute gibt es schöne Läden, in denen du alles kaufen
kannst, was dein Herz begehrt, und Hotels, gediegene Stadthäu-
ser und einen Park, wie ich es gesagt habe …«

Sein Blick fiel auf Madame Coqui's Ladies Fashion Shop, der
erst kürzlich eröffnet worden war. »Sieh einmal, dieser schöne
Hut da, der ist doch genau für dich gemacht«, rief er übertrieben
laut und zeigte auf ein elegantes Modell, das auf einem Holzstän-
der im Schaufenster ausgestellt war. Der Hut war breitkrempig,
aus schwarz glänzendem Stroh mit einem kühnen Federgesteck.
Bevor sie antworten konnte, hatte er schon die Ladentür geöffnet
und begrüßte die füllige Madame Coqui, deren schwarze Ring-
ellocken mit jeder Kopfbewegung um ihr weiß gepudertes Gesicht hüpften. »Wir hätten uns gern diesen Hut dort angesehen.«

Catherine setzte den Hut auf und lächelte Johann im Spiegel zu.

»Hinreißend«, murmelte er.

Catherine griff nach einem anderen, eine Komposition aus feinstem, tiefblauem Strohgeflecht und kornblumenblauen Seidenblüten und probierte auch den. Außer ihnen befand sich nur noch eine Kundin im Laden, die gerade Anstalten machte, eine von Madame Coqui's Kreationen aufzusetzen. Diese war mit wenigen Schritten bei ihr und riss ihr den Hut aus den Händen. »Nichts da! Entweder Sie kaufen den Hut oder Sie lassen ihre Finger davon! Wo kommen wir denn sonst hin, eh?«

Die Angesprochene fuhr zurück, ihre Unterlippe zitterte. Catherine nahm sie erst jetzt richtig wahr. Sie war eine exotische Erscheinung in einem voluminösen Kleid ganz in Türkis, eine karamellfarbene Grazie mit dunklen Augen, die auberginefarbenen Lippen so voll und schön geschwungen, als hätte Michelangelo sie geformt. Eine Schönheit, aber in Natal würde man sie als Farbige bezeichnen. Langsam wanderte Catherines Blick zur Ladenbesitzerin. »Verzeihen Sie, ich war unter dem Eindruck, dass man die Hüte vor dem Kauf aufprobieren darf.« Damit hängte sie beide Hüte zurück auf die Ständer und machte einen Schritt auf die Tür zu.

»Mais non, Madame, doch nicht Sie …«, plusterte die Hutmacherin, »so warten Sie doch … ich meine …« Sie wies auf die junge Farbige und zuckte die Schultern. »Sie ist die … ist das …«, ihre Hände flatterten wie aufgescheuchte Vögel, »nun, also, sie ist mit … Mr Cramer, dem Zuckerbaron … wissen Sie? Ein Skandal …«, raunte sie den Steinachs zu.

Johann beäugte sie wie ein besonders widerwärtiges Insekt. »Es ist also gestattet?« Damit hob er den blauen Hut vom Ständer und reichte ihn der schüchtern dreinschauenden Frau. Diese zögerte, schien auf ein Zeichen von Madame Coquis zu warten.

»Diese Kreation ist wie für Sie gemacht, gnädiges Fräulein«, sagte Johann mit einer leichten Verbeugung. »Er würde Sie aufs Entzückendste kleiden.«

»Danke«, flüsterte die junge Frau und setzte sich den Hut auf. »Ich behalte ihn gleich auf.« Sie zählte der verbissen dreinschauenden Madame Coqui das Geld auf den Tresen, sank vor Catherine und Johann in einen graziösen Knicks und verließ den Laden mit federnden Schritten.

Johann deutete Madame Coqui eine äußerst knappe Verbeugung an. »Adieu, Madame. Wir haben nichts gefunden, das uns gefiel.« Er nahm Catherines Arm, und sie verließen den Laden. »Grässliches Weibsstück«, murmelte er angewidert. »Wir werden woanders einen schönen Hut für dich finden.«

»Das war sehr galant von dir.« Liebevoll strich sie ihm das störrische Haar aus dem Gesicht, bemerkte, dass seine Schläfen in der letzten Zeit grau geworden waren, was ihm, wie sie fand, ein sehr distinguiertes Aussehen verlieh. Sie ließ ihre Hand auf seiner Wange ruhen und lächelte ihm in die Augen.

Er versank in ihrem Blick. Noch heute wurden ihm die Knie weich, wenn er ihr in die Augen schaute, sich in dem tiefen Kornblumenblau verlor. Zärtlich nahm er ihre Hand und drückte einen Kuss auf die Innenseite. Catherine, seine Hand direkt vor Augen, sah den Stummel seines kleinen Fingers, den Konstantin von Bernitt an jenem Tag mit einem gezielten Hieb abgetrennt hatte, und für einen pechschwarzen Augenblick schob sich Nicholas Willingtons Gesicht über das von Konstantin, und alle Alarmglocken schrillten in ihrem Kopf, schrie ihr Instinkt, den Geschwistern Willington aus dem Weg zu gehen. Sie schüttelte sich innerlich, um die Gespenster der Vergangenheit loszuwerden. Nicholas Willington war kein Gespenst, er hatte nichts mit Konstantin zu tun, und sie brauchte ihn nicht in ihr Leben zu lassen. Spontan küsste sie Johann auf den Mund. Mitten auf der Straße. Madame Coqui beobachtete es durchs Fenster und seufzte neidisch.

Hand in Hand gingen sie weiter, schweigend, immer noch aufgewühlt von der unschönen Szene. Endlich sprach Catherine das aus, was sie beide so beschäftigte. »Wenn Stefan und Lulamani Kinder haben …« Ihre Stimme versickerte.

»Ich weiß.« Seine Miene war grimmig. »Ich weiß.«

Nachdem sie ihren Einkauf bei Jollys Apotheke erledigt hatten, eilten sie zurück zum Hotel. Sie fanden den Stallburschen fest schlafend auf dem Teppich roter Flamboyantblüten. Die Wassereimer der Pferde waren leer, und, wie Johann wütend feststellte, knochentrocken. Ihm schoss die Zornesröte ins Gesicht. Lieber wäre er selbst durstig geblieben, ehe er seine Tiere leiden ließ. »Ich schick diesen faulen Lumpen heute noch zum Teufel«, knurrte er und stieß den Mann unsanft mit dem Fuß an. »Wach auf und hole Wasser für die Pferde. Hamba!«

Der Schwarze öffnete die Augen, streckte und reckte sich und gähnte laut und lange, kratzte sich ausgiebig, machte aber keinerlei Anstalten, aufzustehen und dem Befehl zu folgen.

»Beeil dich gefälligst«, rief Johann.

Der Schwarze rührte sich nicht vom Fleck, lächelte aufreizend, wobei er einen Stock zwischen seinen kräftigen Fingern in immer kleinere Stücke brach, und sah ihn unverwandt unter den wulstigen Brauen an.

Catherine hatte das Gefühl, in ausdruckslose schwarze Löcher zu blicken. Aber dann sah sie genauer hin, sah die Wut, die eben unter der Oberfläche brodelte, als trüge der Mann eine verzehrende Glut in sich. Eine plötzliche Vorahnung ließ die feinen Haare auf ihren Armen hochstehen. »Johann, pass auf«, flüsterte sie.

Der Mann bohrte sich mit einem der Stöckchen im Ohr und schaute in die Ferne. »Bald arbeite ich nicht mehr für Umlungus, dann bin ich der Herr und du der Bursche«, sagte er und lachte.

Johann packte ihn am Kragen seines zerlöcherten Hemds, hob ihn fast vom Boden und schob ihn in Richtung der Wassertonne. »Jetzt aber bekommst du dein Geld noch von mir. Hol Wasser, aber shesha!«

Der Schwarze spannte seine Schultern, und Catherine fiel auf, welche Muskeln er hatte, wie kräftig seine Hände waren. Warnend legte sie eine Hand auf Johanns Arm. Der aber schüttelte sie ab. »Langsam werde ich wirklich wütend. Das müssen wir jetzt klären, sonst tanzt der uns nur noch auf der Nase herum. Das lasse ich mir von keinem gefallen, der bei mir in Lohn und Brot steht, egal, welche Hautfarbe er hat«, grollte er.

Der Zulu schien zu ahnen, was sich zwischen dem weißen Ehepaar abspielte. Er grinste, stocherte sich mit dem Stöckchen voller Genuss zwischen den Zähnen, wippte auf seinen Fußballen vor und zurück und wartete.

Johann fixierte ihn für ein paar Sekunden. »Du willst also Herr werden«, sagte er, sein Ton trügerisch milde.

Der Zulu hörte auf zu wippen, wurde sichtlich unsicher. Das hatte er offenbar nicht erwartet. »Yebo«, antwortete er, betont forsch.

»Nun, das trifft sich gut. Mir wird die Arbeit schon lange zu viel. Wenn du mein Land haben willst, musst du einige Sachen erledigen. Hier«, Johann hielt ihm seine Papiere hin. »Das sind Unterlagen, die meine Farm betreffen. Damit musst du zum Bürgermeister gehen und die fälligen Abgaben berechnen lassen. Siehst du, hier und hier und hier«, mit dem Zeigefinger deutete er auf die Stellen, »da stehen die Zahlen. Vergiss nicht, die Arbeitserlaubnis dieser Leute rechtzeitig zu erneuern«, er legte ein weiteres Formular dazu, »dann musst du …« Er sprach schnell, überschüttete den Zulu geradezu mit einem Schwall von Worten. »Über den Kaufpreis reden wir später«, schloss er mit todernstem Gesicht.

Er kam nicht weiter, der Zulu zischte wie eine gereizte Mamba, trollte sich und kehrte in erstaunlich kurzer Zeit mit dem Wasser zurück, doch seine unterdrückte Wut war in jeder seiner heftigen Bewegungen sichtbar. Die Steinachs warteten, bis ihre Tiere getränkt waren. Beide schwiegen angespannt. Johann saß ein winziges Lächeln in den Mundwinkeln, Catherine aber machte sich insgeheim größte Sorgen. Endlich hob Cleopatra ihr wassertriefendes Maul und prustete.

»Yabonga«, dankte Johann dem Zulu. »Deinen Lohn wirst du heute Abend im Haus bekommen. Auf geht's«, sagte er dann und hielt seiner Frau die gefalteten Hände hin.

Catherine benutzte sie als Tritt und schwang sich in den Sattel. Über Johanns Schulter sah der Schwarze sie hasserfüllt an. Nur mit Mühe konnte sie sich von dem Blick lösen, nahm sich vor, Johann zu bitten, den Mann heute Abend auszuzahlen. Er war ihr unheimlich. Sie lehnte sich vor und drehte eine voll gesogene Zecke aus Cleopatras Fell. »Wird eine Zeckenplage geben diesen Sommer«, murmelte sie, nur um etwas zu sagen.

»Das neue Mittel von Jollys soll angeblich Wunder wirken«, erwiderte Johann, während er sein Pferd bestieg. »Wird auch höchste Zeit, ich habe schon wieder zwei Kälber und ein Fohlen verloren, und ich bin sicher, dass diese Krankheit mit den Zecken zusammenhängt. Erst hören die Tiere auf zu fressen, dann werden ihre Gaumen weiß, als wären sie ausgeblutet, und ein paar Stunden später sind sie tot.«

Es war Johanns Lieblingsthema. Seit Jahren träumte er davon, die Ursache dieser rätselhaften Krankheit zu finden. Er ritt langsam voraus, denn die Straßen waren noch immer mit Ochsengespannen verstopft. Nach einer Weile sah er sich nach dem Schwarzen um, der hinter ihnen hergegangen war, aber der war verschwunden. »Der Kerl ist abgehauen«, murmelte er. »Den sehen wir nicht wieder. Auch gut.«

»Wenn er noch Lohn kriegt, wird er spätestens morgen vor der Tür stehen. Einer von Cillas Schwarzen, den sie entlassen hatte, ist tatsächlich mit einem Rechtsanwalt angerückt.«

»Sie lernen schnell, das muss man sagen.«

»Weiß Gott«, murmelte sie, versuchte sich auszumalen, wie das Leben in Natal in zwanzig Jahren aussehen würde. Je länger sie darüber nachdachte, desto weniger gelang es ihr. Ihr war sehr unbehaglich zumute. Der Zulu hatte ihr einen gehörigen Schrecken eingejagt. Auch wenn Johann ungewohnt grob mit ihm gewesen war, behandelte er alle Schwarzen, egal, ob sie für ihn arbeiteten oder nicht, mit dem Respekt, den er jedem Menschen zollte. Schwierigkeiten hatte er mit Schwarzen nicht mehr oder weniger als mit Weißen, also eigentlich gar keine. Die meisten Zulus zollten ihm Respekt, nicht wenige brachten ihm Zuneigung entgegen, und einige konnte er als seine Freunde bezeichnen. Die Wut des Mannes war also offensichtlich keine Reaktion auf die Behandlung seitens Johann. Sie schien andere Wurzeln zu haben.

Es war nicht das erste Mal, dass sie feindseliges Verhalten der Zulus gegenüber den Weißen beobachtet hatte. Das war kein Wunder, denn die Überzahl der Kolonisten war lautstark der Ansicht, dass man alle Schwarzen behandeln sollte, als wären sie Kinder und dumm und stumpf wie Vieh. Bestenfalls gingen sie mit barscher Ungeduld mit ihnen um, gestanden ihnen keinerlei menschliche Gefühle zu.

Das Gesetz stellte Misshandlungen der schwarzen Bevölkerung zwar unter Strafe, aber was in der Einsamkeit ihrer Farmen oder hinter den Mauern ihrer Häuser vorging, konnte Catherine nur vermuten, und die Gerüchte, die über außerordentlich grausame Vorfälle auf den Farmen der Buren umgingen, waren so erschreckend, dass sie davon träumte. Die Zulus waren ein stolzes, selbstbewusstes Volk. Das verkannten diese verbohrten Menschen. Und das war es, was ihr solche Angst machte.

7

Die Brücke über den Umgeni war zwar verdreckt und mit einer Salzschicht überzogen, die von der starken Brandung herüberwehte, aber so weit intakt. Vorsichtig setzte Catherines Stute ihre Hufe, denn das Salz machte die Holzplanken rutschig.

Johann reckte sich im Sattel. »Wir werden nicht am Mangrovenstrand entlangreiten können«, sagte er. »Ich kann von hier aus sehen, dass die Brandung den Baumgürtel überschwemmt.«

Ein Schwarm rosa Flamingos landete unter ihnen im gelben Wasser des Umgeni. Energisch schüttelten sie ihre Federn, bogen ihre eleganten Hälse und begannen mit den Schnäbeln, die Pfützen nach Nahrhaftem zu durchpflügen.

»Sie fressen irgendetwas, das ihre Feder rosa färbt. Wusstest du das?« Catherine zügelte ihr Pferd, das unwillig mit dem Kopf schlug. »Hoa, hoa, Cleopatra, ein bisschen mehr Haltung, wenn ich bitten darf«, rief sie und zwang das Tier, still zu stehen. Dann schaute sie über das breite Mündungsdelta. Durch die brutale Trockenheit war der Strom zu einem Gitterwerk von Rinnsalen versickert, dazwischen hatten sich unzählige Sandinseln gebildet. Eine Herde Flusspferde trieb in dem einzigen tieferen Bereich, der nicht viel größer war als ein großer Teich. Braune Madenhacker kletterten flink auf ihnen herum, säuberten ihnen Ohren und Nüstern. Einer der Bullen riss sein Maul auf, zeigte einem Rivalen seine Furcht erregenden Hauer und brüllte, dass Cleopatra einen Satz machte.

»Angeber«, kicherte Catherine.

Auf den Inselchen hockten unzählige Pelikane und säuberten ihr Gefieder, und von der Brutkolonie der schwarzköpfigen

Heiligen Ibisse klang lautes, unmelodiöses Krächzen herüber. Zwei der großen Vögel segelten heran, ihre schwarz gesäumten Schwingen schneeweiß gegen den tiefblauen Himmel. Catherine überkam eine unerklärliche Wehmut.

»Sie sind schön wie eine fernöstliche Lackmalerei, nicht wahr? Wenn die Eisenbahn eines Tages den Umgeni kreuzt, wird es all das wohl nicht mehr geben. Manchmal bin ich traurig, wenn ich sehe, wie schnell wir Menschen uns das Land untertan machen, Pflanzen roden, Tiere einfach töten, von denen wir glauben, dass sie uns schaden könnten. Es ist ein Verbrechen gegen die Schöpfung. Für jeden ist doch genügend Platz auf unserer Erde.«

»Das mach dem nächsten hungrigen Krokodil klar, das es auf dich abgesehen hat.« Johann zeigte auf zwei große Panzerechsen, die mit sanftem Platschen ins Wasser glitten und schnurgerade auf eine Impala-Familie zuschwammen. Die zierlichen Gazellen hatten sich nichts ahnend mit den Vorderläufen ins Wasser gewagt und tranken.

Catherine starrte auf die sich lautlos nähernden Reptilien und zog heftig am Zügel. »Komm, lass uns weiterreiten.«

Schweigend setzten sie ihren Weg fort, lenkten ihre Pferde von der Brücke hinunter in Richtung des Strands. Die Arbeiten an der Verlängerung der Eisenbahn gingen offenbar dem Ende zu. Eine Kette von Bienenkorbhütten säumte die zukünftige Bahntrasse, und hunderte schwarzer Arbeiter wuchteten unter der Aufsicht weißer Vorarbeiter die schweren Bahnschwellen für die Verlegung des Schienenstrangs heran. Die Weißen grüßten die Steinachs mit Zurufen.

»Nächste Woche soll die Strecke fertig sein«, bemerkte Johann, während er Umbani um einen Holzstapel herumlenkte. »Uns wird sie leider gar nichts nützen, sie führt nur landeinwärts zur Avoca-Farm. Ich hatte gehofft, dass sie auch eine Station für unsere Zuckerrohrfarm bauen würden, aber die liegt wohl zu sehr ab vom Weg. Wenn ich erst meine Fabrik aufgebaut habe, um den

Zucker zu raffinieren, dann werden sie sich wohl dazu herablassen müssen.«

Die Sache mit der Fabrik war Catherine neu, sie kommentierte sie aber nicht. Johann steckte voller Ideen für immer neue Projekte. Sie hatte gelernt abzuwarten, was davon verwirklicht wurde.

Ein tiefes Grollen rumpelte über den Himmel. Aufmerksam blickte Johann nach Norden zu den Hügeln Zululands, die blaugrün im Dunst der Ferne schimmerten. Über dem Horizont lasteten lang gestreckte, schwarze Schatten mit giftig violettem Rand. »Ich hoffe, das bedeutet, dass wir endlich Regen bekommen. Kein Tropfen ist bisher dieses Frühjahr gefallen, und nach dem staubtrockenen Winter wird mir ganz schlecht, wenn ich daran denke, wie unsere Felder bei Inqaba aussehen. Auch das junge Zuckerrohr ist noch nicht so weit, wie es um diese Zeit sein sollte. Nichts als kümmerliche Halme. Selbst die Ochsenfrösche sind ausgewandert. Ich fange an, ihr Gequake zu vermissen. Wenn sie nachts den Mond anbrüllen, weiß ich wenigstens, dass wir genügend Wasser haben.«

Sie seufzte nur als Antwort. Obwohl sie es liebte, ihr Afrika, und nie woanders leben könnte, hatte sie es manchmal ungemein satt. Es gewährte ihr nie Ruhe, erlaubte ihr nie, sich auf Erreichtem auszuruhen. Es überschüttete sie mit allem Reichtum, den die Natur bot, ließ ihr Herz singen vor Glück, wenn sie die Sonne aus dem pfirsichfarbenen Morgennebel steigen sah, aber gerade wenn sie glaubte, dass jetzt alles gut war, ihr Leben rund, sandte es Heuschreckenschwärme, die in Minuten die Ernte vernichteten, schleuderte Blitze und Feuer, ertränkte das Land in ungeheuren Wassermassen oder ließ es unter einer unbarmherzigen Sonne verdorren.

»Vermutlich wird es irgendwann dermaßen schütten, dass wieder alles überschwemmt wird. Dann saufen deine frisch gesäten Felder ab, und die jungen Pflänzchen werden fortgespült. Sicher taucht auch bald aus dem Nichts eine schlimme Pest auf, die nur fürs Zuckerrohr bestimmt ist. Wart's nur ab.«

Johanns Gesicht hatte sich bei ihren Worten verfinstert. »Wir haben noch mehr als zweieinhalb Monate bis zur Eröffnung vom Lobster Pott ... Zeit genug, um auf Inqaba nach dem Rechten zu sehen. Die Flüsse sind fast ausgetrocknet, noch wird es leicht sein, sie zu überqueren. Wenn ich mich spute, könnte ich den Ritt in vier Tagen schaffen. Stefan ist unterwegs, wird zwar in der nächsten Zeit nach Inqaba zurückkehren, aber bis dahin sind nur Sihayo und Maboya mit ein paar Leuten da, und das bereitet mir Unbehagen. So zuverlässig die beiden auch sind, zu lange kann man sie nicht allein lassen. Ich sollte mich für kurze Zeit dort sehen lassen.« Er warf ihr einen forschenden Blick zu. Es war eine Frage gewesen.

Und ich sitze wieder mit der Arbeit am Lobster Pott allein da, fuhr es ihr durch den Kopf. Sein Versprechen, ihr bei den Vorbereitungen zu helfen, schien vergessen. Aber sie sagte es nicht, obwohl die Enttäuschung ihr fast die Luft abdrückte. Schließlich hatte sie verlangt, den Bau persönlich zu überwachen. Verdrossen dachte sie an Benita Willington, die von ihrem Bruder umhegt und auf Händen getragen wurde, deren reizende Hilflosigkeit sicher bei jedem Mann sofort den Impuls auslösen würde, sich die Jacke vom Leib zu reißen und unter ihren Füßen auszubreiten, damit diese nicht den Straßendreck berühren mussten. Sie hatte die Erfahrung gemacht, dass Männer ihr gegenüber offenbar diese Regung nicht verspürten. Der Stich von Neid, der sie traf, ärgerte sie, musste sich doch eingestehen, dass sie selbst schuld daran war.

Trotzig hatte sie immer darauf bestanden, alles allein anzupacken, auch körperlich schwere Arbeiten. Nun, dachte sie mit einem Anflug von Selbstironie, es war offensichtlich ein bisschen spät im Leben, noch das schutzlose Weibchen zu spielen. In ihrer Schläfe begann es zu pochen. Sie hoffte, dass sich das nicht zu einem Kopfschmerzsturm auswachsen würde.

»Ich kann nicht mitkommen, das weißt du«, sagte sie. »Ich will nicht schon wieder Malaria bekommen.« Sie wies auf einen alten Kaffirbaum am Wegesrand, dessen scharlachrote Blütenkrönchen wie Warnfeuer in den kahlen Zweigen glühten. »Der Kaffirbaum trägt seine Kronen, und die Aloen haben ihre Fackeln aufgesetzt. Sie warnen uns, dass die Fieberzeit angebrochen ist.«

Beim letzten Anfall hatte sie das Wechselfieber wochenlang gebeutelt, mit grauenvollen Kopfschmerzen, Übelkeit und Schüttelfrost, dass ihr die Sinne schwanden. Wann immer sie jetzt gelegentlich fröstelte, weil es zog oder sie übermüdet war, packte sie die Angst, dass die Malaria sie wieder in den Klauen hatte. Die Wahrheit war, dass sie sich fürchtete, so unwürdig zu sterben. Das Fieber war gesichtslos, keiner wusste wirklich, wodurch es ausgelöst wurde. Man wusste nur, dass der Sommer in Zululand für Weiße tödlich sein konnte. An Malaria Erkrankte starben oft innerhalb von vierundzwanzig Stunden, und sie war fast überzeugt, dass es etwas mit den Sümpfen zu tun hatte, mit stehenden Gewässern. Schon ihr Vater hatte sie davor gewarnt.

Nach der letzten Attacke hatte sie sich hingesetzt und genau aufgeschrieben, was dem Fieber vorausgegangen war, richtete ihr Augenmerk auf alles, was mit Sümpfen, feuchter Hitze und stehenden Gewässern zusammenhing. Immer wieder schrieb sie das Wort ›Mücken‹, konnte sich aber den Zusammenhang nicht erklären. Es blieb ihr nichts anderes übrig, als eben diese Umstände zu meiden. Also hatte sie sich geschworen, in Zukunft nur im Winter nach Zululand zu reisen, wenn das Fieber sich eigenartigerweise zurückzog, obwohl die Sümpfe weiter bestanden. Auch Johann war haarscharf am Fiebertod vorbeigeschrammt, aber seitdem er einen besonders massiven Anfall überstanden hatte, schien er auf unerklärliche Weise gegen das Fieber gefeit zu sein. Wenn überhaupt, bekam er milde Symptome, die ihn kaum mehr beeinträchtigten als eine gewöhnliche Erkältung. Einigen Buschläufern ging es ebenso.

Sie lächelte grimmig. »Vielleicht sollte ich wie der Schlangen-fänger einst Stockholm-Teer schlucken. Dan huldigt der Theorie, was dich nicht umbringt, hilft.«

Betreten nickte er, dachte mit Grausen daran, wie das Fieber in ihrem Körper gewütet hatte. Entsetzlich hatte sie ausgesehen. Ausgemergelt, quittegelb, ihre Haare stumpf und die Augen glanz-los. Entweder hatte sie derartig geschwitzt, dass er nicht schnell genug das Bettzeug wechseln konnte, oder ihre Zähne klapperten im Schüttelfrost wie Kastagnetten. Nachdem er sich eines Mor-gens über sie gebeugt hatte und ihm der Geruch nach verdorbe-nem Fleisch in die Nase gestiegen war, der oft den nahenden Tod von Malariakranken ankündigt, hatte er Tag und Nacht neben ihr gewacht, hatte gebetet wie noch nie in seinem Leben. Mehr als ein-mal glaubte er, dass er sie verlieren würde. In einer dieser Nächte hatte er seinem Gott einen Handel vorgeschlagen. Er gelobte, Inqaba aufzugeben, wenn er Catherine verschonte. Sie hatte über-lebt. Noch hatte Gott dieses Opfer nicht gefordert, und er zitterte vor dem Tag, an dem er sein Versprechen erfüllen müsste.

»Ich habe das nicht vergessen, wie könnte ich! Wärst du zufrie-den, wenn ich dir Ziko da lasse und meine Farmarbeiterfrauen bitte, sich bei dir zu melden? Einige sind ganz anstellig. Du müss-test sie nur anlernen. Obendrein hast du ja noch Mangaliso und seine drei Jungs.«

»Sixpence, Tickey und Haypenny? Das sind arge Schlingel, die genau wissen, dass ich ihnen nicht böse sein kann. Aber ich werde sie schon auf Trab bringen.« Sie warf ihm einen Blick aus den Augenwinkeln zu, während sie ihre durchgeschwitzte Bluse auf-knöpfte und sich Kühlung zufächelte. »Ich frage mich nur, was du glaubst, mit deiner Anwesenheit zu ändern. Sihayo und Maboya sind hervorragende Farmer geworden, ganz zu schweigen von unserem Sohn. Wirst du dem Regengott eine Kuh opfern? Und wenn es zu viel regnet, wirst du die Wogen peitschen, um dir die Wassermassen untertan zu machen?«

»Sei nicht unfair, Liebling, du weißt genau, dass ich auf Inqaba gebraucht werde, du weißt, sobald ich der Farm den Rücken kehre, fängt alles an zu verfallen, die Tiere werden krank oder gefressen, Sachen verschwinden, der Busch überwuchert alles. Afrika lauert nur darauf, sich Inqaba wieder einzuverleiben. Mit dem Zuckerrohr ist es etwas anderes. Das überlasse ich Gérard. Er kann jetzt beweisen, dass er wirklich ein Händchen dafür hat. Pierre schwört, dass er jeden Morgen bei Sonnenaufgang auf die Felder geht und den Halmen eine Strafpredigt hält.« Er grinste. »Bis jetzt zumindest scheint es, dass sie ihm gehorchen. Das alte Rohr ist abgebrannt, die jungen Halme sind zwar mickrig, aber daran ist die Trockenheit schuld und nicht Gérard.«

Insgeheim aber musste er sich eingestehen, dass er vor Sehnsucht nach seinem geliebten Land fast umkam. Vor Jahren hatte er sich ein Grundstück in der Nähe der Mündung des Ohlanga-Flusses gesichert. Es war der Ort, an dem ein Sturm ihn zum ersten Mal an die Küste Natals spülte, und es war der Ort, an den er Catherine gebracht hatte, als sie nach ihrem ersten, fast tödlichen Malariaanfall ihr erstes Kind verloren hatte. Die Monate, die sie dort verbracht hatten, waren voller Glück und Liebe gewesen. Er baute Catherine eine Bienenkorbhütte auf einer hohen Düne mit der Fensteröffnung zum Meer hin, damit sie jeden Morgen der Sonne dabei zuschauen konnte, wie sie aus dem Ozean stieg. In späteren Jahren hatte er das Astgeflecht der Wände durch gebrannte Ziegel ersetzt, den Bau vergrößert und später auch die Fensteröffnungen verglast. Als die Kinder klein waren, hatten sie dort oft die heißesten Wochen des Jahres verbracht, und dort erholte sich Catherine von den immer schlimmer werdenden Malariaanfällen.

Nun baute sie dort ein Hotel, und er lebte in der ständigen Angst, dass sie ihn allmählich dazu drängen würde, Inqaba ganz Stefan zu überlassen und für immer an die Küste des Indi-

schen Ozeans zu ziehen. Ihre Gesundheit war natürlich ein überwältigendes Argument. Aber Inqaba ganz aus der Hand geben?
Sein Herz wurde zu einem eiskalten Klumpen, dachte er nur
daran.

Wie konnte er sein Land verlassen, sein Paradies, das er Zoll für
Zoll kannte, um das er unter Einsatz seines Lebens gekämpft
hatte, der Ort, an dem er die glücklichsten Jahre seines Lebens
verbracht hatte, seine Kinder geboren waren und die Hochzeit
von Viktoria und Lionel gefeiert wurde? Dorthin flüchteten sich
alle aus der Familie, auch die Jungen, wenn sie Trost und Frieden
brauchten.

Als er zum ersten Mal am südlichen Ufer des Tugela-Flusses
stand und von Natal hinüber nach Zululand schaute, hatte er
gewusst, dass er gefunden hatte, wonach er so lange gesucht hatte.
Afrika lag vor ihm im Sonnenschein, das liebliche, saftig grüne
Land, riesige Wildtierherden grasten in den Ebenen, die Luft war
klar und würzig, und der Himmel tiefblau und so weit, dass er
meinte, in die Ewigkeit sehen zu können. Ganz still hatte er im
Sattel gesessen, tiefer Frieden breitete sich in ihm aus, und er hatte
sich eins gefühlt mit diesem Paradies.

Er überquerte den Tugela nach Zululand, das Schicksal nahm
seinen Lauf, und sein Glück erreichte seinen Höhepunkt, als er
seinen Fuß auf das Land setzte, dem er den Namen Inqaba gab.
Der Ort der Zuflucht.

Catherine las ihm den Widerstreit seiner Gefühle deutlich vom
Gesicht ab, wusste genau, wie es in ihm aussah. Sie lenkte Cleopatra dicht an ihn heran, beugte sich hinüber und berührte seine
Wange. Es war eine intime, liebevolle Geste. »Sowie der Sommer
und die Malariazeit vorbei sind, schließe ich den Lobster Pott und
komme zurück nach Inqaba. Das verspreche ich dir. Im Winter
wird keiner hier seine Ferien verbringen wollen, und die Buschläufer und Jagdgesellschaften werden so nah bei Durban selten
Station machen. Außerdem will ich eine neue Kräutermixtur ge-

gen das Fieber ausprobieren, von der ich mir zusammen mit der Chinarinde einen wesentlich besseren Schutz verspreche. Die Kräuter dafür finde ich nur auf Inqaba.«

Halleluja, jubelte er innerlich. Er warf den Kopf zurück und ließ einen Bayernjodler über den Indischen Ozean schallen, dass sein Hengst Umbani erst mit dem Hinterteil ausscherte und dann mit den Vorderläufen stieg. »Ruhig, alter Junge«, rief er übermütig, »ruhig, alles in Ordnung. Alles in ganz wunderbarer Ordnung!« Er tätschelte ihm den glänzenden Hals und wäre am liebsten im vollen Galopp am Saum des Meeres entlanggeprescht, aber die letzte Flut hatte riesige Lücken in den abfallenden Strand gerissen, sodass sie immer wieder unmittelbar an den Rand der Sanddünen ausweichen mussten. Stattdessen lehnte er sich hinüber und küsste Catherine lange auf den Mund. Hand in Hand ritten sie weiter.

Bobo durchpflügte derweil enthusiastisch die auslaufenden Wellen, schnappte bellend nach Krabben, scheuchte die großen Raubmöwen auf, schäumte vor Wut, wenn sie sich nur ein paar Fuß in die Luft erhoben und eben außerhalb seiner Reichweite wieder niederschwebten.

»Mein Gott, ist das schön«, rief Johann und zügelte Umbani. »Schau doch nur, draußen springen die Wale. Da, sieh doch, da kommt einer hoch!«

Blauschwarz und glänzend stieg der Meereskoloss aus der Tiefe, reckte sich dem Himmel entgegen, schien einen Augenblick in der Luft stehen zu bleiben, bevor er zurück in sein Element glitt. Als Letztes sahen sie den eleganten Schwung seiner Fluke in den Wellen verschwinden. Gedankenversunken ritten sie weiter.

Catherines Haar löste sich im gischtgeschwängerten Wind und flatterte wild um ihren Kopf. Sie zog die Haarnadeln heraus, nahm sie zwischen die Zähne und rollte geschickt einen dicken Knoten. »Die Worte dieses Burschen vorhin haben mich sehr beunruhigt«, sagte sie, ihre Aussprache durch die Haarklammern undeutlich. »Hast du schon einmal bedacht, was passiert, wenn es wirklich zu Unruhen oder gar Krieg zwischen Cetshwayo und Natal kommt?« Sie steckte die letzte Klammer in den Knoten. »Glaubst du ernsthaft, dass der König dich, John Dunn und die zwei Missionare, die Zululand noch nicht verlassen haben, in Frieden dort weiterleben lässt? Inqaba gehört dir nur so lange, wie es Cetshwayo und seinen Beratern gefällt, das hast du mir selbst gesagt, und ich möchte dich daran erinnern, dass du weiß Gott nicht nur Freunde unter seinen Indunas hast. Manche sähen dich lieber tot als lebendig.«

Das riss ihn grob aus seiner Euphorie. Irritiert schüttelte er den Kopf, zeigte mit dieser Reaktion überdeutlich, dass er dieses Problem bisher weit von sich geschoben hatte. »Es wird keinen Krieg geben. Cetshwayo will nicht kämpfen.«

»Und du auch nicht, das weiß ich, aber seine Krieger haben schon Schaum vorm Mund, weil sie ihre Speere nicht in Blut waschen dürfen, und sämtliche jungen Kerls in Natal, gar nicht zu reden von den Buren in Transvaal, suchen nur den geringsten Anlass, um loszuschlagen. Täglich werden Schießübungen in den Dünen bei Durban abgehalten, man hört die Knallerei meilenweit. Mir sind Gerüchte zu Ohren gekommen, dass weitere Schiffsladungen mit Soldaten auf dem Weg hierher sind. Johann, wach auf, du kannst es nicht abwenden, indem du es einfach nicht wahrhaben willst! Ich kann den Krieg förmlich riechen. Deswegen will ich den Lobster Pott eröffnen. Ohne die Einkünfte von Inqaba wird es bei uns eng, das weißt du. Das Zuckerrohr wird kurzfristig nicht genug bringen, um unsere Existenz zu sichern. Du hast selbst gesagt, dass die Ernte mickrig wird.« Ihre Stimme verriet ihre innere Erregung.

Johann hasste solche Diskussionen. »Unsere Zuckerrohrfelder liegen in Natal, und vom Zuckerrohranbau verspreche ich mir viel. Es ist das Produkt der Zukunft, glaub mir. Die Welt braucht

Zucker. Bisher habe ich dir das noch nicht verraten, aber ich plane, unsere eigene Zuckermühle zu bauen. Wir werden reich sein wie die fetten Zuckerbarone auf Mauritius, und du wirst gar nicht mehr wissen, wie du all das viele Geld ausgeben sollst.« Sein Ton war eigensinnig.

Er glaubte das fest, das wusste sie. Die Erfahrung hatte sie allerdings gelehrt, skeptisch zu sein. »Wenn uns Afrika nicht in die Suppe spuckt, und im Augenblick kostet das Zuckerrohr nur, und zwar einen großen Teil von unserem Ersparten. Derartige Mühlen dürften auch nicht gerade Pennybeträge kosten.«

Johann schwieg verbissen. Natürlich hatte Catherine mit ihrem Vorbehalt den Zuckerrohranbau betreffend Recht, und natürlich wusste auch er, dass die ersten Regimenter sich von der Grenze zu Transvaal nach Natal in Marsch gesetzt hatten, um auf der Natalseite des Tugela einen Stützpunkt einzurichten, und viel besser noch als sie wusste er, dass ein Krieg für ihn das Ende ihres Lebens in Zululand bedeuten würde. Das Ende für Inqaba. Das Ende seines Lebens, wie er es liebte. Bisher hatte er es geschafft, diesen Gedanken nie zu Ende zu denken, aber nun, ausgesprochen und als Frage formuliert, würde er sich ihm stellen müssen, und nichts widerstrebte ihm mehr.

»Ich werde darüber nachdenken«, knurrte er abweisend.

»Tu das, aber bald und gründlich.«

Die Sonne stand schon tief, und das erste Abendrot glühte auf den weißen Wolkenbänken über dem Ozean, als sie endlich eine halbe Meile nördlich das zottige Rieddach des Lobster Pott über die Düne lugen sahen. Die Flut lief bereits wieder auf, die Brecher leckten den Strand hoch, und die rund gewaschenen Felsen des Riffs verschwanden in der Gischt. Ein Schwarm Seeschwalben jagte dicht über die Wasseroberfläche, wirbelte hoch wie weißes Konfetti, beschrieb einen weiten Bogen und glitt pfeilschnell übers Meer, und dann, als wären sie gegen eine Wand geflogen, fielen die ersten wie Steine ins Wasser. Die schnittigen Flügel fest an den Leib gelegt, schossen sie in die blauen Tiefen, tauchten alsbald mit einem zappelnden, silbern schimmernden Fisch im Schnabel wieder auf.

Johann schaute ihnen nach. »Schade, es ist schon zu spät, um Langusten zu fischen. Ich hätte Appetit auf fünf oder sechs dieser Krustentierchen, schön gegrillt mit Zitronenbutter …«

Catherine verstand das Friedensangebot. Sie lächelte nachsichtig. »Du kannst ja noch eine Stunde angeln, so lange wird das Licht reichen. Ziko meinte vorhin, dass der Snoek dieses Jahr in großen Schwärmen auftritt, und den kann man auch mit Zitronenbutter essen, er hat nur den Vorteil, dass du dich nicht erst durch einen Panzer durchbeißen musst.«

Vor ihnen tauchte ein kleines Strandhäuschen in den Dünen auf. »Die Oyster-Lodge ist leer«, bemerkte sie.

Johann schaute hinauf. Die Oyster-Lodge war 1869 aus Holz und Bambus auf der Krone der ersten Düne gebaut worden, war vom Meer her weithin sichtbar und diente deswegen den vorbeiziehenden Schiffen als Navigationspunkt, der sie vor dem lang gezogenen Felsenriff warnte, das dem Strand vorgelagert war. »Kein Mensch da. Es ist wohl noch zu früh, um mit Tee und Scones ein Geschäft zu machen. Erst gegen Weihnachten lohnt sich das. Schau, das Dach ist beschädigt. Beim nächsten Sturm fliegt es ins Meer. Wenn wir wieder in der Stadt sind, sollten wir Bescheid sagen.«

Der Sand unter den Pferdehufen wurde da, wo die Flut noch nicht hingelangt war, fester, und sie konnten einen flotteren Schritt anschlagen. Nach einer Viertelstunde hatten sie es geschafft. Die letzte Strecke trieben sie ihre Pferde durch lockeren, weißen Sand den Dünenhang hinauf. Der schmale Pfad wand sich durch einen Pelz von blauen Trichterblumen, der über eine weite Fläche die Meerseite des Hangs bedeckte. Endlich standen sie auf dem gepflasterten Platz vor dem Lobster Pott. Steifbeinig glitt Catherine auf den Boden und reckte und dehnte sich.

»Das war ein langer Ritt! Gut, dass ich längst eine Hornhaut auf meinem Hintern habe, sonst wäre ich jetzt sicher sehr unglücklich.« Sie kicherte, öffnete das Pferdegatter und führte Cleopatra zum Unterstand. »Gleich bekommst du Wasser und Futter, mein Gute.«

In einigem Abstand zum Unterstand hatte Johann ein großes Gehege mit einem soliden, zehn Fuß hohen Holzzaun aus dicht an dicht in den Boden gerammten Baumstämmen errichtet. Sie öffnete den starken Riegel, stieß die Tür auf und pfiff. Aus der äußersten Ecke kam ein putziges Fellknäuel angerast, warf sich vor ihr auf den Boden und ließ sich den weißen Bauch kraulen. »Bhubezi, du Racker, ich hoffe, du hast nichts gefressen, was du nicht durftest.«

Bhubezi war ein Löwenjunges, das sie vor ein paar Wochen einem Händler auf dem Markt abgekauft hatte. Es war völlig lethargisch, bis auf die Knochen abgemagert gewesen, voller Flöhe und Zecken und hätte sicherlich nur noch wenige Tage überlebt. Wütend hatte sie den Mann zur Rede gestellt, der gleich ein Geschäft witterte und ihr dann am Ende Geld für die Verpflegung der kleinen Katze abnahm, die diese so offensichtlich nie bekommen hatte. Mit zusammengebissenen Zähnen hatte Catherine gezahlt. Sie hatte keine Handhabe, anders hätte sie das Löwenjunge nicht befreien können. Mit Geduld und Leckereien päppelte sie das Tierchen wieder auf, und jetzt war sein Fell glänzend und seidenweich, der Gaumen rosa, die Augen leuchteten klar. Der kleine Löwe hatte ein Temperament wie ein Teufel und war stets zu Unfug aufgelegt.

Bhubezi schnaufte vor Vergnügen, kaute dabei hingerissen auf dem Saum ihrer Lederhose herum. Lachend zauste sie ihm die Ohren, befreite ihre Hose aus seinen nadelspitzen Zähnen, schob die Tür wieder zu und ging zum Haus.

Vom Dorf her klangen Gesang und das rhythmische Tok-tok herüber, das die mannshohen Stößel verursachten, mit denen die

Frauen in großen Holzmörsern Mais stampften, aus dem sie später einen steifen Brei bereiteten für ihre Männer, die bei Sonnenuntergang von den Zuckerrohrfeldern heimkehrten. Die Männer würden sich vor den Hütten niederlassen und die Frauen ihnen Bier und das Essen auf den Knien servieren, wie es ihnen die Sitte gebot. Später dann saßen die Männer ums Feuer, unterhielten sich über den vergangenen Tag, die Frauen spielten mit den Kindern, sangen oder tauschten Klatsch aus, während der Mond hinter den Bäumen in den Himmel stieg und die Baumfrösche ihr Lied anstimmten. Ab und zu, wenn Johann unterwegs und sie zu lange allein gewesen war, setzte sie sich zu den Frauen, hörte ihnen zu, ließ sich vom Klang ihrer Stimmen streicheln und kehrte im Mondschein erfrischt und mit warmem Herzen in ihr eigenes Haus zurück.

»Mangaliso, ich bin zurück!«, rief sie, als sie das Haus erreichte. Sekunden später erschien ein honigbrauner Gnom, dessen Gesicht von Furchen und Falten durchschnitten war wie der sonnengetrocknete, afrikanische Boden. »Sawubona, Mangaliso«, grüßte sie. »Usapila na? Geht es dir gut?«

Mangaliso hob nur die Hand, legte sein Gesicht in noch mehr Falten, sagte aber nichts. Catherine verstand ihn auch so. Manchmal bezweifelte sie, dass sie mehr als zwanzig Worte in den Jahren gehört hatte, die Mangaliso ihr Schatten war. Er brauchte keine Worte. Seine großen, schwarzen Augen sprachen für ihn und seine Hände, die flattern konnten wie Vögel, sich unversehens in Fische verwandelten oder schlängelten wie eine Mamba. Jedes Tier konnte er imitieren. Er beherrschte seinen Körper und seine Stimme so vollendet, dass der Zuschauer glaubte, dort balzt ein Vogel Strauß oder schleicht ein Löwe, und vergaß, dass es nur der kleine Mangaliso war.

Er war weder ein Vollblutzulu noch Xhosa, war eines kühlen Wintermorgens aus dem Busch auf den Hof von Inqaba geschlendert und geblieben, hatte eine Zulu geheiratet und war so einer der ihren geworden. Seine hohe, zwitschernde Stimme, seine ausgeprägte Begabung, Tiere so verblüffend echt nachahmen zu können, der Schnitt der schräg stehenden Augen mit den aufgebogenen Wimpern, die honigbraune Haut, die viel heller war als die der Zulus, das alles ließ Catherine vermuten, dass das Blut der San, der Buschmänner, sich in seinen Adern mit dem der Nguni gemischt hatte. Als Sammler und Jäger benutzten die Buschmänner diese Meisterschaft der Nachahmung, um das Wild zu täuschen, so nah heranzukommen, dass sie ihre Beute aus nächster Nähe mit Giftpfeilen erlegen konnten. Es ersparte ihnen, die Tiere in mörderischen, tagelangen Hetzjagden zu stellen.

Aber als die ersten Trekburen über ihr Land zogen, fanden die Buschmänner schnell heraus, dass es wesentlich leichter war, die Herden der Weißen zu überfallen, anstatt sich wie eine Schlange im Staub zu winden, um nahe genug an einen Büffel heranzukommen. Die Buren ihrerseits betrachteten sie als eine Plage und schossen sie ab, wo sie ihrer ansichtig wurden. Je weiter die Siedler ins Land drängten, desto tiefer wichen die Buschmänner in die Drakensberge aus, und inzwischen, soweit Catherine bekannt war, gab es keine reinblütigen Buschmänner mehr in Natal. Aber ihr reiches Erbe lebte in Menschen wie Mangaliso weiter.

Sie zog einen Lederbeutel mit Tabak aus ihrer Hosentasche und reichte sie ihm. »Dieser Tabak kam mit einem Schiff über das große Wasser, er muss etwas Besonderes sein«, sagte sie und sah zufrieden, dass seine Augen aufleuchteten. Sie kannte seine Schwäche für ausgefallene Dinge. »Die Pferde brauchen Wasser und Futter und müssen abgerieben werden. Beweg sie, bis sie sich abgekühlt haben, und gib auch Bobo und Bhubezi ihr Fressen und genügend Wasser.«

Mangaliso schnippte die Finger, Bobo gehorchte schwanzwedelnd, und er stakste davon, der kleine, dürre Mann und neben ihm die riesige, schwarze Dogge.

»Und sag deinen drei Jungs Bescheid, dass ich sie sehen will«, rief Catherine hinter ihm her.

Sixpence, Tickey und Haypenny waren Mangalisos Söhne, lebten meist auf Inqaba, wo sie auch die kleine Schule besuchten, die Catherine vor Jahren dort errichtet hatte. Aber jetzt, wo jede Hand beim Ernten gebraucht wurde, blieb diese geschlossen, denn auch Thomas, der die Kinder unterrichtete, musste in dieser Zeit auf den Feldern seines Vaters bei New Germany arbeiten.

Wie alle Zulus hatten sie schon im frühen Alter ein immenses Wissen um das, was in der Natur vor sich ging, und Mangaliso hatte sie von Anfang an auf seine Streifzüge durch den Busch mitgenommen und ihnen alles beigebracht, was er wusste.

Jedes Tier war ihnen vertraut, sie kannten ihre Namen und wo man sie finden konnte, verstanden ihr Verhalten und ihre Rufe, und lange bevor ein Weißer es auch nur erahnte, hatten sie eine heranpirschende Raubkatze schon gerochen. Sie vermochten zu unterscheiden, ob ein Insekt giftig war oder ob man es verspeisen konnte, wussten, welche Schlange ihnen gefährlich werden konnte und welche nicht. Sie erlernten den medizinischen Nutzen vieler Pflanzen, nannten ihr die Namen aller Bäume und konnten ihr sagen, welche Hölzer am besten für gewisse Zwecke taugten. Sie lauschten dem Wind, konnten in den Wolken und Nebeln lesen, erkannten die Zeichen eines Sturms am Himmelsrand, lange bevor er sich zusammenbraute. Catherine beobachtete sie aufs Genaueste und lernte viel.

Wenn Sixpence und seine Brüder wieder einmal in aller kindlichen Unschuld in eindrucksvoller Art demonstrierten, wie viel mehr sie wussten als sie, die Weiße, zweifelte sie, dass es richtig war, ihnen das europäische Gedankengut und das, was Zivilisation genannt wurde, beizubringen und vielleicht Gefahr zu laufen, dieses einmalige Wissen für immer zu zerstören und ihren todsicheren Instinkt abzustumpfen.

König Cetshwayo hatte ihr übermitteln lassen, dass die Kinder nur unter der Bedingung ihre Schule besuchen dürften, dass man ihnen nicht den christlichen Glauben predigte.

»Wir Zulus stehen mit dem Reich unserer Ahnen in Verbindung. Ein weißer Gott hat da keinen Platz«, hatte ihr sein Abgesandter als Botschaft übermittelt.

Sie konnte seine Haltung nur zu gut verstehen. Es war bekannt, dass es den König besonders ärgerte, dass Zulus, die dem Namen nach zum Christentum übergetreten waren, sich auch als Europäer kleideten und fürderhin durchs Land zogen, meist von Missionsstation zu Missionsstation, und genau das taten, wozu sie gerade Lust hatten, und das hieß, bei ihren Nachbarn zu schnorren und sich nicht im Geringsten um die Gesetze ihres eigenen Königs zu scheren. Meist waren diese neuen Christen Männer, die dadurch einer Strafe zu entgehen suchten oder vom Militärdienst in Cetshwayos Armee befreit sein wollten. Ihren König machte das sehr wütend, und wenn Cetshwayo wütend war, erzitterten die festgestampften Böden von Ondini.

Catherine versprach, was er forderte, und hielt sich daran. Es erschien ihr wichtiger, dass die Kinder lesen und schreiben lernten, als auf den Knien zu liegen und zu beten. Thomas wies sie an, behutsam vorzugehen, wies ihn auf die besonderen Talente seiner kleinen Schüler hin. Soweit sie erkennen konnte, hielt sich der junge Mann daran.

Sie schaute sich um. Von den drei Jungs war im Augenblick keine Spur zu sehen. »Hast du Mangalisos Drei gesehen?«, rief sie Johann zu, der ihr entgegenkam. »Weiß der Himmel, wo sich die Bengel wieder herumtreiben. An sich sollten sie den Zaun hinter dem Gemüsegarten weiter ziehen. Aber sie sind schlimmer als Flöhe. Überall und nirgendwo.«

Johann hatte die Kinder nirgends gesehen. »Soll ich dir helfen, sie zu suchen?«

»Nein, ich brauche erst etwas zu essen. Ich hoffe, dass Jabisa das Essen vorbereitet hat, sonst sterbe ich nämlich noch vor Hunger.« Damit ging sie zurück zum Haus, und Johann folgte ihr.

Tika und Tika, ihre beiden schwarzen Katzen, die einem Seitensprung von Mila Dillons majestätischer Siamkatze Li mit einem schönen Streuner entstammten, huschten herbei und strichen schnurrend um ihre Beine, ließen sich einen Augenblick ausgiebig die Köpfchen kraulen und sausten dann, ihren Schwanz senkrecht hochgestellt, ihr voraus über die Stufen zur breiten, vom Dachvorsprung beschatteten Veranda hinauf. Dort blieben sie laut miauend vor der Haustür sitzen. Catherine steckte den Schlüssel ins Schloss, und Johann entzündete die Petroleumlampe, die neben der Eingangstür an der Wand hing. Der Widerschein des Abendlichts, das von den Wolken und der Meeresoberfläche zurückstrahlte, reichte nicht aus, um drinnen noch genügend erkennen zu können, die Lampe jedoch verbreitete einen angenehmen, hellen Schein. Er hielt ihr die Tür auf, die direkt in die große Wohnhalle führte.

Die Katzen flitzten hinein, entdeckten eine Kakerlake, die in Panik über den Boden raschelte, brachten sie mit einem eleganten Sprung zur Strecke und spielten mit ihr Pingpong. Catherine prüfte mit geübtem Blick, ob der Bohlenboden im Essraum und in der großen Wohnhalle, die ineinander übergingen, ordentlich abgehobelt war. Vor den Bücherregalen, die die ganze Wand zur Linken einnahmen, blieb sie stehen. »Müssen wir die Beine der Bücherregale unbedingt in diese Schalen mit Paraffin stellen? Gibt es keinen anderen Weg, Termiten abzuhalten?«

»Nimm hübschere Schalen, sonst gibt es leider nichts Besseres. Wir könnten sie mit Teer bestreichen, aber das stinkt.«

Sie stöhnte. »Meine ersten Einnahmen werde ich in einen Fliesenboden investieren. Ehe sie sich durch den durchgefressen haben, sind sie an Magenverstimmung eingegangen.«

Sie schaute so kriegerisch drein, dass er laut lachen musste. Afrikas kleine Gemeinheiten nahm sie sehr persönlich. »Was hast du mit dem Raum, der an den Essraum grenzt, vor? Er ist fast doppelt so groß wie die anderen.«

»Das Zimmer werde ich besonders ausstatten. Mit einem doppelten Waschtisch zum Beispiel und einem extra großen Schrank. Dort will ich betuchte Gäste unterbringen. Mit viel Geld und guten Manieren.«

Damit schwang sie herum und ging mit energischen Schritten in ihr gerade erst fertig gestelltes, eigenes Schlafzimmer, das sich neben der Halle befand und der einzige Raum war, in dem der Boden begehbar war. Erst vor wenigen Tagen waren sie aus dem Zelt ausgezogen, in dem sie wochenlang gelebt hatten. Sie hatten es zwischen dem Kochhaus und der Südwand des Lobster Pott aufgebaut, wo es geschützt gegen die vorherrschenden Winde war. Jetzt diente es als Lager für Baumaterialien und Handwerkszeug, denn der kleine Lagerraum war bereits bis obenhin voll gestopft.

Sie warf ihren Hut aufs Bett, auf dem sich Tika und Tika bereits schnurrend ausgestreckt hatten. Wie üblich waren sie außen herumgerannt und durchs glaslose Fenster gesprungen. »Ich würde auch gern regelmäßig Konzerte veranstalten und später dann Soireen.« Lebhaft gestikulierend lief sie im Zimmer auf und ab. »Ich lechze nach ein wenig Kultur. Deswegen habe ich auch gutes Porzellan und Tischwäsche aus Kapstadt geordert. Ich möchte Bilder an den Wänden haben und Personal, das eine adrette Uniform trägt und sich zu benehmen weiß. Außerdem habe ich einen jungen Mann aufgetan, der fotografiert. Er wird auf diesen Zusammenkünften Bilder aller Anwesenden machen, die diese dann als Kopien bestellen können. Ich bekomme vierzig Prozent der Einnahmen.« Beifall heischend blieb sie vor ihm stehen.

»Fotos … Soireen …, und dann noch Konzerte? Wer soll die denn besuchen? Unsere Buschläufer oder Rosa Delaportes halbseidene Damen?«

»Leute, die so etwas nicht als Zeitvergeudung ansehen, nicht nur ihren Körper, sondern auch ihren Geist nähren wollen«, antwortete sie spitz.

»Und woher willst du das Personal nehmen? Ich habe Schwierigkeiten, mir Zulus vorzustellen, die mit weißen Handschuhen am Tisch servieren. Meinst du, sie werden freiwillig ihre Tierschwanzschurze ablegen, oder die schwarzen Damen sich dazu bewegen lassen, ihre Brüste zu bedecken? Wie willst du das bewerkstelligen? Wenn ich mir das nur vorstelle …« Er lachte in gutmütigem Spott.

Zielsicher hatte er seinen Finger genau auf den wunden Punkt gelegt, was sie gewaltig verdross. Seine Art, ihre Träume, wie er es schon oft getan hatte, mit ein paar nüchternen, leider meist treffenden Argumenten zu zerreißen, ärgerte sie jedes Mal aufs Neue. Sie hob das Kinn. »Das weiß ich noch nicht so genau, aber ich werde es schaffen.«

Besänftigend hob er seine Hände. »Vielleicht könntest du Inderinnen anlernen, die sind reinlich und geschickt und lernen schnell.«

»Mal sehen. Vielleicht. Und damit du's gleich weißt, Messerbänkchen möchte ich auch haben. Aus Silber.« Sie hatte sein Friedensangebot wohl verstanden, brauchte aber noch einige Augenblicke, um ihren Ärger herunterzuschlucken und anzuerkennen, dass er einen guten Vorschlag gemacht hatte. Sie ging zum Fenster. Durch die Öffnung blies ihr die steife Brise salzige Meeresluft ins Gesicht, unter ihr lag die Küste, malerisch wie ein Gemälde. Das Abendrot überzog den goldgelben Sand mit einem Hauch von Rosa, im sattgrünen Küstenurwald hingen blaue Schatten, und an der Mündung des Ohlanga konnte sie Häuptling Mahakane erkennen, der wie jeden Abend auf einem Felsen hockte, rauchte und über den Indischen Ozean schaute. Über allem wölbte sich der weite Himmel, dessen durchsichtiges Türkis am unteren Rand schon über Lavendel ins Lila der nahenden Nacht zerfloss.

Afrikas Zauber begann zu wirken. Ihre Anspannung löste sich allmählich. Verträumt schaute sie einer Gruppe Mungos zu, die sich in der Nähe ihres Gemüsegartens balgten, weidete sich an den eleganten Sprüngen dieser schlanken Schleichkatzen, deren Aussehen sie an europäische Marder erinnerte. Sie war froh, dass weder Bobo noch Tika und Tika die possierlichen Tiere bis jetzt verscheucht hatten, denn sie hielten die zahlreichen Schlangen, die ums Haus lebten, etwas in Schach.

Für einen langen Moment trank sie die Schönheit dieser Landschaft in sich hinein. »Ich möchte so gern mal wieder malen, aber im Augenblick habe ich wirklich nicht die Muße«, seufzte sie. »Würdest du mir bitte die Knöpfe öffnen, damit ich endlich aus dieser Bluse komme? Sie klebt mir förmlich am Leib.«

Entschuldigung angenommen, frohlockte er und nahm sich vor, bei seinem nächsten Besuch in Durban gutes Papier zu besorgen, vielleicht auch einen Kasten mit Tusche. Mary-Jane Robertson verkaufte diese Sachen in dem kleinen Laden, den ihr Mann Timothy neben seiner Zeitung betrieb. »Welch eine gute Idee«, sagte er laut. Ob er ihr Vorhaben meinte, wieder zu malen, oder dass er sie ausziehen sollte, war nicht ersichtlich. Er streifte ihr die Bluse über die Schultern, ließ seine Hände zärtlich an ihrem Hals hinunter über die glatte Haut ihres Rückens unter ihr Hemd gleiten, liebkoste diese unglaublich zarten Stellen unter ihrer Brust und wartete mit angehaltenem Atem, ob sie Lust hatte, sich mit ihm auf den Rest dieser köstlichen Reise zu begeben. Die Willingtons waren vergessen.

Sie lächelte und löschte die Petroleumlampe, öffnete die Tür zur Veranda und zog ihn ans Geländer, legte seine Arme um ihre Taille, und während er mit seinen Lippen über ihren Hals wanderte, schauten sie gemeinsam auf das Paradies, das sich zu ihren Füßen ausbreitet und warteten, dass die Sonne im Meer versank.

Der Blick war atemberaubend. Haufenwolken segelten am türkisblauen Himmel, wurden von der untergehenden Sonne in zartestes Porzellanrosa getaucht, das sich allmählich zum glühenden Abendrot vertiefte. Der Horizont verschwand, der wuchtige

Felsen, der wie ein Wahrzeichen im Brandungssaum des Riffs stand, und die Konturen des Küstenurwalds waren filigrane Scherenschnitte vor dem brennenden Himmel. Häuptling Mahakanes Umrisse verschmolzen mit dem Felsen, auf dem er saß. Das Meer atmete ruhig, lag schon im geheimnisvollen Dunst der aufziehenden Nacht.

Ein Schwarm weißer Ibisse flog mit ruhigen Flügelschlägen in einer langen Kette zu den Nistplätzen, die im Norden an den Flussmündungen lagen. Zikaden fiedelten, Ochsenfrösche dröhnten im Bass, der melancholische Ruf des Ziegenmelkers schwebte durch die Dämmerung. Catherine bekam eine Gänsehaut.

Und ganz plötzlich erlosch der Himmel, alle Farben liefen zu einem samtigen Blau ineinander, nur im Westen über den Hügeln färbte der schwache Widerschein der untergegangenen Sonne den Nachthimmel. Doch es wurde nicht wirklich dunkel, denn über ihnen, am endlosen Firmament, funkelten Myriaden von Sternen.

Schweigend wandten sie sich endlich ab. Catherine drehte sich in seinen Armen um, legte ihm ihre um den Hals und zog seinen Kopf hinunter, bis ihre geöffneten Lippen auf seinen lagen.

Als er ihre Zunge spürte, schoss ein glühender Blitz durch ihn hindurch, geradewegs in das Zentrum seines Körpers. Seine Knie wurden weich. Ohne ihren Mund freizugeben, hob er sie auf und trug sie hinein zum Bett. Ungeschickt nestelten seine Finger an den Knöpfen ihrer Hose.

»Lass mich«, wisperte sie, löste sich von ihm und stand auf. Schnell waren die Knöpfe offen, und die Hose raschelte auf den Boden. Mit verschränkten Armen zog sie nun ihr Hemd über den Kopf, stand nur mit dem dünnen, am Knie zugebundenen Beinkleid vor ihm.

»Das Ding etwa auch noch?«, neckte sie ihn, zog die Nadeln aus ihrem Haar und schüttelte es, dass es ihr wie ein glänzender Seidenvorhang über die Schultern fiel.

Antworten konnte er nicht. Seine Stimme verweigerte ihm den Gehorsam. Sie nicht für eine Sekunde aus den Augen lassend, entkleidete er sich, so schnell, wie es seine bebenden Finger gestatteten. Für einen Augenblick standen sie bewegungslos voreinander, ganz dicht, sodass er ihre Wärme auf seiner Haut spürte. Ein Gefühl, so ganz und gar unerträglich köstlich, dass er es kaum aushielt, sie am liebsten in seine Arme gerissen und gleich hier auf dem Boden geliebt hätte. Aber er beherrschte sich, streckte langsam eine Hand aus und fuhr zärtlich die Linie ihres Mundes nach. Sie stöhnte leise, machte zwei, drei Schritte rückwärts und ließ sich aufs Bett gleiten.

Er erlaubte sich die Zeit, jeden Zoll ihres Körpers neu zu entdecken, ließ sich von dem sanften Druck ihrer Hände führen, bis sie ihn berührte, er es kaum noch aushalten konnte, glaubte, explodieren zu müssen.

Catherine ließ sich fallen, verlor sich in ihm und vergaß für diese kurze Zeit ihre Sorge um ihre Tochter. Auch der Name Willington löste sich auf wie Rauch im Sturm, und von Andrews Plänen konnte sie nichts ahnen.

8

Ihr Abendessen, das aus Mus von Zulukartoffeln und einer geschmorten Hammelkeule bestand, die allerdings von einem schon ziemlich vergreisten Tier stammen musste, denn selbst stundenlanges Schmoren hatte das Fleisch lediglich faserig werden lassen, dazu Minzsoße und frischer Butternusskürbis mit Ingwer, nahmen sie im Schein der Petroleumlampe auf der Veranda ein. Danach las Catherine noch, aber nicht lange, denn die Buchstaben verschwammen ihr vor den Augen. Der Tag war lang und anstrengend gewesen, und ihre Gedanken kreisten immer wieder um Maria. Um sich abzulenken, begann sie einen Brief an ihre alte Freundin Elizabeth Simmons in Kapstadt, brach ihn aber schon nach wenigen Zeilen ab.

»Ich werde noch wahnsinnig«, murmelte sie. »Zwei Wochen noch, ehe ich hoffen kann, etwas von Maria zu hören!« Frustriert warf sie ihren Stift hin und lief ins Kochhaus. In einer solchen Situation half ihr nur Essen, möglichst irgendetwas Süßes. Auf dem Tisch stand ein Korb mit Passionsfrüchten. Jabisa hatte sie offenbar für sie zum Nachtisch gepflückt. Die sonnige Nordwand des Hauses war von dieser Pflanze mit den exotisch anmutenden Blüten und lilafarbenen Früchten überwuchert. Rasch schnitt sie ein paar der eiförmigen Früchte auf, leerte die gallertartige, von Kernen durchzogene Fruchtmasse in eine Glasschale, fügte eine halbe Tasse dicker Sahne und großzügig Zucker hinzu, verrührte alles und kostete das Gemisch. Süß genug, urteilte sie, selbst für sie.

Sie ging zu Johann, der in dem winzigen Büro, in dem sie die Anfragen von Gästen und alle anderen notwendigen Schreibarbeiten erledigte, bei Kerzenlicht seine Notizen über seine Zuckerrohrzucht durchging. »Möchtest du auch etwas Passionsfrucht mit Sahne? Als Betthupferl?« Sie reichte ihm einen Löffel voll.

Er legte den Federkiel beiseite, schluckte das Kompott und verzog das Gesicht. »Das Zeug ist süß genug, dass einem schlecht wird. Ein deutliches Alarmzeichen, dass du Sorgen hast, und zwar große. Ist es wegen Maria?«

Sie leckte den Löffel ab. »Natürlich. Ich kann ja kaum noch an etwas anderes denken. Es ist etwas passiert, ich fühle das. Es sitzt mir wie ein Dorn im Magen, der sich tiefer bohrt. Wenn es doch nur eine Möglichkeit gäbe, sich schneller mit ihr in Verbindung zu setzen. Es ist doch ein Unding, dass ein Telegramm von hier aus derart lange braucht. Weißt du, wann das Unterseekabel für den Telegrafen, der uns mit dem Rest der Welt verbinden wird, endlich nach Durban gelegt wird? Ich habe gehört, dass die Arbeiten schon angefangen haben. Ist das wahr?«

»Soweit ich weiß, ja. Es wird am Umgeni angelandet werden.« Er stand auf und streckte sich. »Kaum vorstellbar, dass eine Nachricht dadurch schneller reist als der Wind. Unglaublich. Zu unserer Zeit dauerte ein Brief nach Europa drei Monate, und wenn der Adressat irgendwo in Bayern oder Preußen lebte, kamen noch einmal Wochen mit der Postkutsche dazu. Das Leben war damals gemächlicher, man hatte Zeit, sich auf die Dinge einzustellen, und häufig war dann eine Neuigkeit bereits Vergangenheit, und schmerzliche Nachrichten wurden durch den Lauf der Zeit abgemildert. Manchmal sehne ich diese Zeit zurück.« Er seufzte. »Heute brauchen Dampfschiffe kaum fünf Wochen. Die Welt wird kleiner, sag ich dir. Wenn das in diesem Tempo weitergeht, erleben wir es noch, dass sich die Menschen in die Lüfte erheben und fliegen.«

Sie machte eine wegwerfende Handbewegung. »Das hat Ikarus schon probiert, und Montgolfieren gibt es auch seit Jahren, aber ich habe gehört, dass es in Amerika ein Schiff gibt, das unter Wasser schwimmt wie ein Fisch – das finde ich aufregend! Aber ehrlich gesagt, glaube ich das nicht. Wie soll man da unten atmen? Wenn man zu lange in einem engen Raum ohne Luftzufuhr bleibt, wird das schnell ungesund. Das weiß doch jeder.«

Sie schob einen Löffel Passionsfrucht in den Mund. »Mach dir keine Gedanken, auf Inqaba ändert sich nie etwas. Oder kannst du dir vorstellen, dass eines Tages eine Eisenbahn bis dorthin fahren wird? Cetshwayo wird nie erlauben, dass die Eiserne Schlange sich durch sein Land windet, besonders da die Sangomas den Glauben verbreiten, dass dieses Ungetüm Menschen frisst. Sie haben Menschen in ihren Bauch steigen sehen, und dann war die Schlange davongelaufen und hatte ihre Opfer in ihren Bau verschleppt.«

Für eine Weile war nur das Kratzen des Löffels am Boden der Glasschale zu hören. Die letzten Reste wischte sie mit den Fingern heraus und leckte sie ab. »Auf Inqaba werden wir immer unser Wasser aus dem Regenwasserspeicher oder dem Fluss holen müssen. Wir werden immer auf Petroleumlampen und selbst gemachte Kerzen angewiesen sein, denn nicht einmal in Durban gibt es elektrisches Licht, und zu unseren Lebzeiten wird es nie ein anderes Transportmittel in Zululand geben als ein Pferd oder Zugochsen, schon allein deswegen, weil Termiten die Eisenbahnschwellen zum Frühstück vertilgen würden. Glaub es mir. Du wirst dich nicht umstellen müssen, da bin ich ganz sicher.«

Im Hinausgehen fuhr sie mit dem Finger über das Holz der tiefen Sessel, die, aufeinander gestapelt, fast den ganzen Raum einnahmen. Sie waren aus zu hellem Gold poliertem Stinkwood gefertigt. »Man merkt, dass du gelernt hast, mit Holz umzugehen. Die Stühle sind wunderschön geworden.«

Johann freute sich wie ein Kind über ihr Lob. Außerdem war er froh, dass sie von Maria abgelenkt wurde. »Dafür hast du die Farbe der Polster bestens ausgesucht, das Rotbraun ist wirklich hübsch, wie gebrannter Ton, und Flecken sieht man auch kaum. Praktisch in einem Gästehaus.« Er wandte sich wieder seiner

Arbeit zu, richtete den Docht der blakenden Kerze auf. »Ich bin gleich fertig, dann können wir ins Bett gehen.«

Sie lag noch lange wach in dieser Nacht, lauschte dem Klatschen der Brecher, dem Zischen der auslaufenden Wellen, dem Klappern der Fensterläden im Wind. Für keine Sekunde hörte der Lärm auf. Nur wenige Tage im Jahr war es je annähernd windstill. Nie herrschte Geräuschlosigkeit hier, so nahe am Meer. Das eintönige Getöse, das Rauschen, Donnern und Klappern füllte ihre Tage und Nächte, und es gab Augenblicke, da hätte sie schreien mögen.

Plötzlich dachte sie an Inqaba, an die Ruhe, die sanften Buschgeräusche und die samtigen Stimmen ihrer eingeborenen Freunde, an den Duft von trockenem Gras und sonnengebackener Erde, sie dachte an Kinderlachen, ferne, strahlende Tage und die friedliche Ruhe sternenfunkelnder Nächte. Sie sehnte sich nach Zeiten, die längst für immer vergangen waren, doch in diesem Augenblick war ihr das nicht bewusst.

Als ihr endlich gegen zehn Uhr die Augen zufielen, war das letzte Bild, das sie vor sich sah, die kleine Maria, die auf Inqaba am Stamm des alten Kaffirbaums herunterrutschte und über den Hof tanzte. In ihrem kastanienbraunen Haar leuchteten Dutzende korallenroter Krönchenblüten. Im Schlaf liefen Catherine die Tränen herunter. Johann, der es bemerkte, zog sie fest an sich, bettete ihren Kopf in seine Halsbeuge und wischte ihr die Nässe vom Gesicht.

Maria, die tausende von Meilen weiter nördlich in ihrem Bett im Hause der Mellinghoffs lag und bereits in die dunklen Tiefen des Schlafs gesunken war, spürte plötzlich einen Luftzug im Gesicht. Sie schreckte hoch, war sich erst nicht sicher, wo sie sich befand, wusste nicht, wie ihr geschah, als der Gedanke an ihre Mutter sie mit einer Heftigkeit überfiel, die ihr Herzklopfen verursachte.

Dann kam sie zu sich, erkannte das Zimmer und stellte verwirrt fest, dass alle Fenster und Türen fest gegen die Eiseskälte draußen geschlossen waren. Offenbar hatte sie geträumt.

Auch sie lag noch lange wach, und im Schlaf flog ihre Seele durch die samtweiche Nacht nach Inqaba.

Am nächsten Morgen war ihr Kissen nass.

Tief im Busch, im Lager von Andrew Sinclair, eingewickelt in die Schlafmatte von Madoda, der neben ihr auf dem nackten Boden lag, schlief auch Lulamani im flackernden Schein des Lagerfeuers. Sie schlief den Schlaf der vollkommenen Erschöpfung. Andrew, der einen Augenblick vor sein Zelt getreten war, weil er unruhig wegen des Feuers war, nahm zufällig wahr, wie Madodas Hand unter Lulamanis Matte kroch. Mit einem Gurrlaut tief in ihrer Kehle drehte sich Stefan Steinachs Frau im Halbschlaf um und presste sich an ihren Liebhaber.

Eine plötzliche Erregung schoss Andrews Nervenbahnen entlang und er wünschte, Georgina Mercer wäre bei ihm. Georgina mit ihrem festen, kleinen Körper, der rosigen Porzellanhaut und den willigen Lippen, die immer für ihn da war, immer bereit und nie dumme Fragen oder Ansprüche stellte. Er schlich ein paar Schritte vor und beobachtete, im tiefen Schatten verborgen, die beiden Liebenden.

Madoda schob die Matte beiseite, neigte sich vor und biss Lulamani sanft in den Hals. Sie gab ein Zwitschern von sich, legte sich auf ihre rechte Seite, streckte die Arme über ihren Kopf und wölbte ihren Körper seinem entgegen. Der Feuerschein vergoldete ihre braune Haut, spielte auf den Rückenmuskeln des Zulus, der ebenfalls auf der Seite lag. Als er Lulamanis Schenkel mit seinem linken Knie auseinander drückte und langsam seinen Liebestanz begann, unterdrückte Andrew ein Aufstöhnen. Mit Mühe beherrschte er sich, die beiden nicht einfach auseinander zu reißen und mit der Nilpferdpeitsche zu bearbeiten, musste sich energisch ins Gedächtnis rufen, dass das alles nur in seinem Sinn war. Wieder tat Lulamani ihren hohen Vogelschrei, und Madodas Körper antwortete ihr.

Lautlos zog er sich in sein Zelt zurück, legte sich auf sein Feldbett und stellte sich Georgina Mercer nackt und in allen möglichen Stellungen vor. Als er endlich eingeschlafen war, träumte er von seiner Ernennung zum Lord.

In dieser Nacht verschlang sich das Feuer selbst. Der fettige, beißende Rauchgeruch verpestete zwar die Luft und reizte alle Kehlen, sodass die Nachtstille durch ständiges Husten unterbrochen wurde, selbst die Tiere röchelten, aber die Gefahr war gebannt.

Am nächsten Morgen machte sich Lulamani wieder auf den Weg nach Inqaba. Andrew Sinclair stand auf dem Hügel und sah der zierlichen, jungen Frau nach, die, nun lediglich mit einem kleinen Lederschurz bekleidet, leichtfüßig durchs verbrannte Gras lief, bis sie nur noch ein gaukelnder, heller Fleck auf der anderen Seite des schwarz gebrannten Tals war. Mit einem Lächeln, das seine Augen nicht erreichte, wandte er sich ab, rief seine Leute zusammen und befahl, das Lager aufzulösen. Er plante, in wenigen Tagen in der Nähe von Ondini zu kampieren, um dann, nur begleitet von seinen treuesten Leuten, zur königlichen Residenz zu reiten. Natürlich konnte er dort nicht mit seinen europäischen Gästen aufkreuzen, schließlich hatte er ein Anliegen, das nur für die Ohren des Zulukönigs bestimmt war. Es würde ihm schwer fallen, sich bis dahin zu zügeln, so groß war seine Begierde zu erfahren, ob Cetshwayo auf seine Neuigkeiten so reagieren würde, wie er es hoffte.

Mit sorgenvoller Miene verließen Johann und Catherine drei Tage später Schonnbergs Post. Wieder war keine Nachricht von Maria im Postsack gewesen.

»Komm, wir gehen ins London Restaurant und essen schnell eine Kleinigkeit, ehe wir heimreiten«, sagte Johann, »das wird dich ablenken. Unsere Pferde stehen sowieso dort.«

Catherine nickte abwesend. »Gut. Immerhin ist meine Büchersendung angekommen.«

»Deine Bücher. Die Schauerleute sind erst dabei, das Schiff zu entladen. Wir können sie nach dem Essen abholen.«

»Ich hoffe, Sonnberg wacht dieses Mal persönlich darüber, dass diese Tölpel meine Bücher nicht wieder ins Wasser fallen lassen.« Vor ein paar Wochen war die Kiste direkt vor ihren Augen den Männern aus den Händen gerutscht und ins Wasser geklatscht. Auf den kurzen, kabbeligen Wellen war sie schnell abgetrieben, und niemand spürte das Verlangen, sich lediglich für die Rettung einiger Bücher der Angriffslust hungriger Haie auszusetzen.

»Hoffentlich hat Elizabeth noch eine zweite Ausgabe von Dumas' *Graf von Monte Christo* gefunden«, setzte sie hinzu. »Ich würde gern zur Einweihung eine Lesung daraus halten.«

»Du willst auf der Einweihungsfeier wirklich eine … Lesung halten, und dann noch auf Französisch? In Natal? Ein wenig exaltiert, oder?«

»Nun, warum nicht? Cilla, Lilly, Mila, Pierre, sie alle sprechen Französisch, Lulamani auch, und es gibt noch einige andere, die es auch bis zu einem gewissen Grad können, unter anderem dich, mein Lieber. Wie ich schon bemerkte, es wird Zeit, dass hier ein bisschen Kultur gepflegt wird.«

»Findest du Französisch in diesem Fall nicht etwas prätentiös, tut's Englisch nicht auch? Es ist immerhin die Sprache Shakespeares.«

»Ich will aber«, murmelte sie so leise, dass er es nicht hören konnte, weil sie wusste, wie kindisch das klang. Aber so war es. Sie wollte es, einen besseren Grund gab es nicht. Französisch war die Sprache ihrer Kindheit, die Sprache Grandpères und Césars. Es war die Sprache, in der sie noch heute träumte.

»Wenn ich den Dumas nicht bekomme, kann ich ja *Hamlet* lesen«, bemerkte sie schnippisch. »Ich habe außerdem vor, einen Literaturzirkel zu gründen. Mila und Maria Kappenhofer sind begeistert. Wir werden uns einmal im Monat treffen und über die neuesten Bücher reden.«

Johann verkniff sich wohlweislich, darauf hinzuweisen, dass Catherine versprochen hatte, die Wintermonate auf Inqaba zu verbringen.

In einträchtigem Schweigen bogen sie kurz danach in die West Street ein. Catherine war froh, die glatten Planken der Fußgängerrampe erreicht zu haben. Der Zustand des Wegs am Back Beach war schimpflich und einer Stadt wie Durban nicht würdig. Sie nahm sich vor, eine Eingabe bei der Stadtverwaltung zu machen, und zwar persönlich.

Die leuchtend grün gestrichene Lokomotive keuchte, vom Point kommend, an ihnen vorbei und fuhr an der schäbigen Bretterbude vor, die Durban als Bahnhof diente. Der Lokomotivführer lehnte sich breit lachend aus dem Führerhäuschen und ließ dreimal die Pfeife schrillen. Der Zug kam, weiße Dampfwolken ausstoßend, mit quietschenden Rädern zum Stehen.

Seine zwei Waggons waren überfüllt mit Passagieren, die der Postdampfer in Südafrikas Häfen aufgenommen hatte. Einige waren, nach ihrer Kleidung zu urteilen, wiederum Neuankömmlinge aus Europa, die in Trauben in den offenen Fenstern hingen. Jeder suchte sich vorzudrängeln, um den ersten Blick auf die zukünftige Heimat zu erhaschen.

»Schon wieder Einwanderer. Ich habe den Eindruck, dass fast jeden Tag ein Schiff voll mit ihnen ankommt.«

»Je mehr, desto besser«, schrie Johann, um sich gegen den Lärm durchzusetzen.

Der Lokführer, ein älterer Mann in rotem Hemd und knapper, schwarzer Jacke, sprang vom Zug herunter. Sein Gesicht war auf der einen Seite walnussbraun verfärbt mit dunklen Flecken, auf der anderen von ungesunder Blässe, außerdem war sein Hals so schief, sein Kopf permanent zur Schulter gedreht, dass er, wollte er geradeaus sehen, seitwärts gehen musste wie ein Krebs. Wie jeder Durbaner wusste, hatte er sich den Schiefhals zugezogen, als es nur ein Gleis vom Point nach Durban gab. Die Nase der Lok zeigte zum Point, nach Durban hinein konnte sie nur im Rückwärtsgang fahren, der Lokführer musste die ganze Strecke seinen Kopf nach hinten verrenken. Er entriegelte die Türen und klappte den Tritt herunter. Die aufgeregt durcheinander redenden Neuankömmlinge wurden ausgespien. Ihr Anblick erinnerte Catherine daran, dass die Sangomas der Zulus die Eiserne Schlange für ein menschenfressendes Ungeheuer hielten. So gesehen, konnte sie das nachvollziehen.

Catherine stand am Rande der Menge und ließ ihren Blick über das Meer von erhitzten Gesichtern gleiten in der müßigen Hoffnung, ein vertrautes unter ihnen zu entdecken. Besucher aus Kapstadt vielleicht oder Freunde, die in Übersee gewesen waren. Aber natürlich sah sie nur Fremde, hauptsächlich die hoffnungsvollen Mienen der Immigranten, die darauf versessen waren, endlich ihre neue Heimat in Augenschein zu nehmen. Niemand, den sie kannte, war dabei, und natürlich besonders nicht die eine, nach der sie sich so sehr sehnte, dass es schmerzte. Maria.

»Lass uns gehen. Ich kann es nicht ertragen«, sagte sie zu Johann und wandte sich ab. Unvermittelt jedoch spürte sie deutlich, dass sie jemand an der Schulter berührte, und sie wirbelte überrascht herum. Aber da war keiner. Ihre Augen flogen über die Köpfe der vorbeihastenden Menschen. Nichts. Unbehaglich bewegte sie ihre Schultern, war sich sicher, eine Berührung gefühlt zu haben. »Ich versteh nicht, warum sie nicht schreibt. Erinnerst du dich noch an Marias ersten Brief?«

»Natürlich, Wort für Wort.«

»Sie klang doch so fröhlich, so aufgeregt, ihr gefiel es dort.«

Catherine starrte ins Leere. »Jedes Wort drückte Vorfreude aus.« So anschaulich hatte Maria ihre Ankunft geschildert, dass Catherine sich als heimliche Zuschauerin wähnte.

Den Brief hatte Maria offenbar bereits am Tag nach ihrer Ankunft in Hamburg abgeschickt.

»Nach sechstausend Meilen befahl der Kapitän der *Sea Princess*, die Schiffsmotoren backbords auf rückwärts zu stellen«, schrieb sie, »und mit schäumender Hecksee drehte das Schiff langsam über die Schraube an die Pier.«

Maria stand direkt an der Reling, als das Schiff in Hamburg an den Landungsbrücken längsseits ging, und ihr Herz schlug hart gegen ihre Rippen. In seinem Brief hatte der Onkel ihr mitgeteilt, dass er sie am Schiff abholen würde. Gebannt schaute sie auf die wimmelnden Menschen, die sich unter ihnen versammelt hatten, die meisten wohl, um jemanden abzuholen, andere aus Neugier. Ein Schiff, das aus fremden Landen kam, erregte in jedem Hafen größtes Interesse.

Wer war wohl Ludovig Mellinghoff? Der stattliche Herr dort mit goldener Uhrenkette und dem Spazierstock mit Silberknauf? Oder der Ältere, drei Schritte dahinter, der ganz in Schwarz daherkam, dessen ungesunde, gelbe Hautfarbe ihn aussehen ließ, als wäre er aus Wachs modelliert? Sie war aufgeregt.

Schwalben schossen über den milchig blauen Himmel, und für eine flüchtige Sekunde fragte sie sich, ob es dieselben Schwalben waren, die nach ihrem langen Zug aus Nordeuropa am Sommeranfang im Oktober in Zululand einfielen. Dort jagten sie lautlos, hier mischten sich ihre hohen Schreie mit denen der Möwen, die sich am Bug des Dampfers kreischend um die Abfälle, die der Smutje über Bord gekippt hatte, stritten. Für ein paar Augenblicke sah sie ihnen nach, dann ließ sie ihre Blicke wieder über die wartende Menschenmenge gleiten.

Eine ältere Dame, die sich neben sie gedrängt hatte, ließ versehentlich ihren blauen Schal fallen, der langsam, sich wie eine blaue Blume entfaltend, hinunter in die Menschenmenge schwebte. Der Herr mit der goldenen Uhrenkette spießte ihn mit seinem Spazierstock auf, winkte einen Schiffsjungen heran, gab ihm den Schal und deutete hinauf zu der Dame. Maria beobachtete, dass er dem Jungen eine Münze in die Hand drückte. Sie hoffte, dass das Ludovig Mellinghoff war. Seine souveräne Art beeindruckte sie und flößte ihr Vertrauen ein.

Ein sanfter Wind strich übers Wasser und fächelte ihr die Hafengerüche zu. Es roch nach Fisch und sonnenwarmem Holz, nach Teer, nassem Metall und dem Rauch der Kohlenfeuer, die die Dampfkessel heizten. Wie in Durban, dachte sie, und ein Anflug von Heimweh streifte sie, den sie aber energisch abschüttelte. Sie stand jetzt an der Schwelle eines neuen, aufregenden Lebens. Da gab es keine Zeit für derartige Sentimentalitäten.

Geduldig wartete sie, bis die meisten Passagiere von Bord gegangen waren und die Menschenmenge sich deutlich gelichtet hatte, ehe sie selbst über die Gangway herunterstieg. Ihren kleineren Koffer trug sie in der Hand, der größere befand sich noch in der Kabine. Es warteten nur noch wenige Menschen auf der Pier, unter ihnen der Herr mit dem Spazierstock, der sich ihr jetzt mit entschlossenen Schritten näherte. Er blieb stehen, zwirbelte seine Bartspitzen und musterte sie in aller Ruhe einmal von oben bis unten.

»Maria Steinach?«, fragte er. »Maria Steinach aus Durban? Du musst es sein. Du siehst deiner Großmutter sehr ähnlich. Ich bin Ludovig Mellinghoff, dein Onkel.«

»Ja, die bin ich«, erwiderte Maria erleichtert und betrachtete ihn einen Augenblick, bevor sie ihn mit einem angedeuteten Knicks begrüßte. Marias Großmutter und der Vater ihres Onkels waren Geschwister gewesen. Doch in dem großflächigen, stark geröteten Gesicht Ludovig Mellinghoffs, das von einem glänzend blonden Backenbart verdeckt war, konnte sie keinerlei Ähnlichkeiten entdecken. Höflich richtete sie die Grüße ihrer Eltern aus, besondere natürlich von ihrer Mutter. Ludovig Mellinghoff dankte, legte ihr den Arm unter den Ellbogen und führte sie zu ihrem Erstaunen zu einer stattlichen, zweispännigen Equipage, deren Dach nach hinten gefaltet war.

»Ist das dein ganzes Gepäck?«, fragte er etwas ungläubig, und als sie ihm sagte, dass sich ihr Überseekoffer noch an Bord befand, schickte er seinen livrierten Kutscher los, um ihn abzuholen. Während sie auf den Mann warteten, erkundigte sich ihr Onkel nach ihrem Befinden und ob die Reise angenehm verlaufen war.

»Wir hatten einen Sturm in der Biskaya, aber glücklicherweise werde ich nicht seekrank, so hat mir das nichts ausgemacht.« Von dem Landgang in dem quirligen Hafen von São Paulo de Loanda an der westafrikanischen Küste, von dem sie zu spät zurückgekehrt war und dadurch die verspätete Abfahrt des Schiffs verursacht hatte, erzählte sie nichts. Die wütende Standpauke des Kapitäns dröhnte ihr noch heute in den Ohren.

Der Kutscher kehrte zurück und verstaute ihren großen Koffer im Gepäckfach hinter der Passagierkabine und zurrte ihn fest. Dann öffnete er die Kutschentür, klappte ein Treppchen herunter und half Maria beim Einsteigen. Als er die Tür hinter seinem Arbeitgeber geschlossen hatte, kletterte er auf den Bock, löste die Bremse und schnalzte. Die Kutsche ratterte über das Kopfsteinpflaster stadteinwärts.

Marias Onkel warf einen Blick auf seine Taschenuhr. »Wir fahren offen heute, es ist wunderbarstes Frühsommerwetter«, erklärte er. »Oder frierst du etwa mit deinem afrikanischen Blut in den Adern?«

Maria verneinte das. Auch wenn sie gefroren hätte, hätte sie es nicht zugegeben. Nach dem ersten guten Eindruck aus der Ferne hatte sie etwas an ihrem Onkel entdeckt, das ihr ein ungutes

Gefühl vermittelte. Genau konnte sie es nicht definieren, aber sie bekam den deutlichen Eindruck, dass er ein Mensch war, der ständig die Schwächen seines Gegenübers suchte und sich darüber lustig machte.

Auf der Fahrt zum Haus der Mellinghoffs, das in Harvesterhude lag, war sie tief beeindruckt von der Schönheit Hamburgs, den sauberen Straßen, den schmucken Segelbooten, die in der Junisonne über die glitzernde Alster glitten, den vornehmen, weißen Häusern, die das Ufer säumten, und als sie über den Jungfernstieg fuhren, fühlte sie sich von der Eleganz der flanierenden Damen eingeschüchtert. Erstaunt stellte sie fest, dass niemand mehr den Cul de Paris trug, dieses merkwürdige Gebilde aus einem Stahlgestänge mit kürbisgroßem Rosshaarpolster, das das Gesäß zu einem grotesken Auswuchs aufbauschte. Der ›Pariser Steiß‹ war ein Muss in Natal, und die Gesäßauswüchse der Durbaner Damen wetteiferten in ihren fantastischen Ausmaßen mit denen der Damen aus der Hauptstadt Pietermaritzburg.

Insgeheim war sie sehr froh, dass sie ihr marineblaues Reisekleid trug, dessen enge Taille in einen schmal fallenden Rock überging. Wie ihr Mrs Smithers, die Schneiderin, die eine äußerst praktische Frau war, vorausgesagt hatte, erwies sich der Verzicht auf den Cul de Paris auf der Reise als sehr praktisch. Mit einem verstohlenen Seufzer lehnte sie sich in das Lederpolster der Kutsche zurück.

In flottem Trab ging es unter blühenden Bäumen an der Alster entlang, bis sie endlich durch ein großes, schmiedeeisernes Tor über den kiesbestreuten Weg in einen weitläufigen, baumbestandenen Park einfuhren. Unter dem frischen Grün riesiger Eichen glühten feurige Azaleen, duftende Rosen überwucherten Mauern, und ein Pfau stolzierte über den sonnenbeschienenen Rasen. Im Hintergrund schimmerten weiße Mauern durch die Bäume.

»Wie schön es hier ist«, rief Maria aufgeregt. Das Deutschland, das ihre Mutter ihr geschildert hatte, war anders gewesen. Düsterer und kälter sicherlich, nicht zu vergleichen mit diesem Park, der Equipage, den wunderschönen Häusern an der Alster, den eleganten Menschen. Vergnügt schaute sie sich um.

»Unser kleiner Garten.« Ihr Onkel zwirbelte sichtlich geschmeichelt seine Bartspitzen, während die Kutschenräder über den Kies knirschten.

»Und da sind wir nun«, verkündete er mit deutlichem Stolz, als der Kutscher kurz darauf die Pferde vor dem weißen Haus zügelte.

Maria staunte. Das Mellinghoff'sche Haus war groß und weiß und das, was man sehr repräsentativ nennen konnte. Hohe Säulen hielten das zweiflügelige Eingangsportal, das eben aufschwang. Eine große, vollbusige Dame mit kräftigen Hüften erschien auf den Stufen. Sie war in tabakbraune Seide gekleidet und trug einen funkelnden Diamanten in jedem Ohr.

Ludovig Mellinghoff wartete ungeduldig, bis der Kutscher den Verschlag geöffnet hatte, und stieg den Tritt hinunter. »Komm schon, komm schon«, rief er und half ihr über das Treppchen. »Die Familie wartet.« Damit schritt er mit ausgreifenden Schritten auf sein Haus zu, schwang dabei auf unternehmungslustige Art seinen Spazierstock.

Die Dame auf der Treppe raffte ihren Seidenrock, blieb jedoch oben auf den Stufen stehen. »Willkommen in Hamburg, ich bin Elise Mellinghoff«, sagte sie mit einem leichten Neigen des Kopfes, wobei die Diamanten im Sonnenlicht Feuer sprühten, und streckte ihr die Hand hin. »Komm doch bitte herein.«

Frau Mellinghoffs Ton war hanseatisch kühl, ihr Händedruck flüchtig, und ihr blasses Gesicht blieb gänzlich ohne Ausdruck, ihm fehlte, wie Maria fand, auf eigenartige Weise Leben. Die Hamburger sind so, hatte sie ihre Mutter gewarnt. Kalt wie Fische und schrecklich vornehm. Während sie einen Knicks andeutete, schaute sie sich verstohlen um.

Im Haus herrschte Dämmerlicht, es gab viel roten Samt und massive Möbel in poliertem Mahagoni, schimmerndes Messing, Palmen in Töpfen und knicksendes Hauspersonal. Schwere, dunkle Vorhänge rahmten die hohen Fenster, davor hingen feine, aber dichte Leinengardinen, die das helle Sonnenlicht in ein fahles Schimmern verwandelten, das kaum die Zimmer erhellte, dafür aber die polierten Oberflächen zum Glühen brachte. Maria staunte wieder. Zwar hatte sie sich nie Gedanken gemacht, in welchen wirtschaftlichen Verhältnissen ihre Verwandten lebten, hatte angenommen, dass es ihnen einigermaßen gut ging, aber diese schon herrschaftlich anmutende Opulenz überraschte sie ziemlich.

»Willkommen, willkommen«, rief ein junger Mann, der hoch aufgeschossen war, als hätte er sich zum Licht gestreckt wie ein Spargel. Er war ganz in elegantes Taubengrau gekleidet, recht stutzerhaft, aber offenbar nach der letzten Mode. »Ich bin Leon, dein Cousin, sechsundzwanzig Jahre, eben mit dem Studium der Medizin fertig.« Seine Verbeugung war kantig wie auch seine langgliedrige Figur und das Gesicht. Das war eher nichts sagend wie ein unbeschriebenes Blatt.

Es wartet noch aufs Leben, dachte Maria und nahm lächelnd seine ausgestreckte Hand. Sie war nicht kühl, wie sie erwartet hatte, sondern warm und trocken.

Mit dem Daumen wies Leon nun auf zwei Mädchen in hellen, mit Spitzen verzierten Kleidern und weißen Strümpfen. »Das sind Leonore und Luise. Wir heißen alle mit L, warum, wissen nur mein Vater und der Himmel. Ich bin nie hinter dieses Geheimnis gekommen.« Drei Paar himmelblaue Augen strahlten sie an.

Elise Mellinghoff kniff die Lippen zusammen. »Nun, Leon, da dein Vater Ludovig heißt, ist das ja wohl offensichtlich, aber es wird Maria kaum interessieren. Leonore, Luise, zeigt eurer Cousine das Zimmer. Die Hausmädchen sind eben damit fertig geworden.« Sie klatschte in die Hände.

Die beiden quirligen Mädchen kicherten und liefen in einem Wirbel von weißer Baumwollspitze Maria voraus die Treppe hinauf. Leon winkte den Hausdiener heran und wies mit einer kurzen Geste auf den großen Koffer, er selbst nahm den kleinen. »Du musst Geduld mit ihnen haben. Leonore ist kaum achtzehn und Luise erst sechzehn, sie sind also fast noch Kinder.«

Im zweiten Stock angekommen, stieß Leonore eine Tür auf. »Hier ist der Thron«, verkündete sie.

Maria schaute neugierig hinein. Auf einem hölzernen Podest, das zwei Stufen hatte, stand ein mit Schnitzereien verzierter Toilettenstuhl, schmaler und viel eleganter als der in Inqabas Toilettenhäuschen, aber unverkennbar ein Toilettenstuhl. Darüber hing ein metallener Kasten, von dem eine lange Kette mit einem Handgriff aus Porzellan baumelte. An der gegenüberliegenden Wand war ein Becken aus Porzellan angebracht, das mit einer bunten Blumengirlande verziert war, unmittelbar darüber ragte ein Metallhahn aus der Mauer. Maria war ratlos. Ein Thron? Hatte sie sich verhört? »Der Thron?«, fragte sie.

»Das Klosett«, quietschte Luise und kringelte sich vor Lachen. »Wir sind reich, wir haben zwei davon. Eins auf dieser Etage und eins unten. In dem Becken da kannst du dir die Hände waschen.« Sie drehte den Hahn auf, und Wasser sprudelte hervor.

Maria war beeindruckt. In Durban hatte man so etwas nicht, geschweige denn auf Inqaba.

Verstohlen schnupperte sie. Weder roch es, noch schwirrten Fliegen umher. Eigenartig. Während sie den Mädchen die Treppe hinauf in den zweiten Stock folgte, rätselte sie schweigend, wozu dieser Metallkasten wohl gebraucht wurde, verkniff sich jedoch die Frage danach, weil sie sich keine Blöße geben wollte, befürchtete, dann als unzivilisierte Wilde dazustehen. Nun, dachte sie missmutig, spätestens wenn sie ein menschliches Rühren verspürte, würde sie fragen müssen.

Leon war ihnen vorausgegangen und bog in einen langen Gang ein. Er zeigte auf die ersten drei Türen. »Dort sind unsere Zimmer, hier deins. Hoffentlich gefällt es dir.« Er riss die Tür auf, war mit wenigen Schritten am Fenster, zog die goldbraunen Samtvorhänge und weißen Musselingardinen mit einem Ruck beiseite und öffnete das Fenster. Warme, duftende Juniluft strömte herein.

Das Zimmer war nicht groß, aber hübsch und hatte auf der einen Seite schräge Wände, in die eine große, geschwungene Dachgaube eingebaut war, deren Fenster nach Westen blickte. Eine zartgelbe Blumentapete gab dem Raum einen heiteren Ausdruck, der Boden war aus blondem Parkett. Maria nahm ihren Hut ab und legte ihn aufs Bett, bemerkte, dass sie von dort aus auf den parkähnlichen Garten schauen konnte. Es würde ein schönes Aufwachen werden, dachte sie. Draußen sangen Drosseln, und in der Ferne hörte sie die schluchzenden, kristallklaren Töne, die nur von einem Vogel herrühren konnten. Ihr Vater hatte ihr den Gesang genau beschrieben. »Ist das eine Nachtigall?«

»Was? Ach, der Vogel da draußen? Keine Ahnung«, bemerkte Luise. »Ist nur irgendein gewöhnlicher Piepmatz, gibt's hier zuhauf. Macht einen ziemlichen Lärm für so ein kleines Tier, finde ich. Aber nun erzähl uns von Afrika, das ist aufregend!« Sie warf sich auf die mit Troddeln verzierte Chaiselongue in Marias Zimmer. »Du kannst ja dabei auspacken, oder soll ich Mamas Zofe rufen, damit sie das für dich macht?«

»Nein, das kann ich sehr gut allein.« Maria lachte. Zofe? Ach du meine Güte! Sie stellte sich amüsiert vor, wie so ein Mädchen ihre Kleider, denen man unzweifelhaft nicht nur ansah, dass sie eine wenig versierte Schneiderin angefertigt hatte, sondern auch, dass sie modisch völlig veraltet waren, mit spitzen Fingern herausheben würde. Während sie ihren Koffer öffnete und die von der langen Reise und Meeresfeuchtigkeit verknitterten, dumpf riechenden Kleider herausholte, beantwortete sie bereitwillig alle Fragen, mit denen die Mädchen sie überschütteten. Die Schwestern lauschten Marias Beschreibung Inqabas mit vor Aufregung glänzenden Augen. Leon lehnte mit eleganter Geste an der Wand und beobachtete sie mit einem eigenartigen Ausdruck in seinen hellblauen Augen.

»Wie schön muss Inqaba sein«, seufzten seine Schwestern und übten darauf unter viel Gelächter den Klick, mit dem das ›q‹ in Inqaba ausgesprochen wird.

»Ihr dürft es nicht aussprechen wie euer deutsches ›k‹«, mahnte Maria. »Das wäre dann ein behaarter Bauch oder ein Bauchnabel.« Wieder löste sie Gelächter aus. So verging der erste Tag rasch und auf angenehme Weise.

Nach dem üppigen Abendessen, das im Speisezimmer eingenommen wurde, dessen hohe Glastüren alle weit geöffnet waren und die süße Juniluft hereinließen, zog sie sich bald auf ihr Zimmer zurück. An dem Schreibtisch, der unter dem weit geöffneten Fenster stand, begann sie im Licht der tief stehenden Sonne einen Brief an ihre Eltern, doch bald verschwammen ihr die Buchstaben vor den Augen, und sie sank, plötzlich todmüde, in die höchst ungewohnt weichen Federkissen ihres Betts. Die späte Sonne, gefiltert durch zartes Musselin, kitzelte ihr noch die Lider, und draußen flöteten die Amseln aus vollem Halse. Eigentlich scheute sie sich, Tageslicht zu verschwenden, war es gewohnt, mit der Sonne aufzustehen und mit ihr wieder ins Bett zu gehen. Aber es war nach acht Uhr, und auf Inqaba war es jetzt schon längst tiefe Nacht. Mit diesem Gedanken schlief sie ein.

Vogelgesang, wie sie ihn noch nie gehört hatte, weckte sie am nächsten Morgen wieder auf. Die weißen Gardinen blähten sich sanft nach innen, das Licht des frühen Tages schimmerte hell durch das feine Gewebe, das Haus aber lag noch in tiefer Stille. Leise schlüpfte sie aus dem Bett, zog die Gardinen zurück und öffnete die Fensterflügel. Die Strahlen der aufgehenden Sonne vergoldeten schon die Baumspitzen, und sie schätzte, dass es etwa halb sechs sein müsste. Zu ihrem Erstaunen zeigte ihre Uhr jedoch erst kurz vor Vier. Eigentlich eine Zeit, in der in Zululand tiefste Dunkelheit herrschte und sie noch fest schlief. Aber wie konnte sie das, wenn draußen das Licht funkelte und die Vögel jubilierten? Sie setzte sich an den Schreibtisch, tauchte ihre Feder ins Tintenfass und zog den angefangenen Brief zu sich heran.

»Ich habe etwas so Schönes, so Reines noch nie gehört«, schrieb sie. »Die Vögel hier singen mit göttlichen Stimmen, gar nicht wie unsere, die meist krächzen oder krähen oder so laut schreien, dass man sich die Ohren zuhalten möchte. Denkt nur an die Hadidahs! Und auch das Licht ist anders, nicht so weiß und gleißend, es ist weicher und schluckt nicht alle Farben, sondern legt über alles einen zarten Goldton, und nachts ist es hell. Es herrscht nicht die tintige Schwärze der afrikanischen Nacht. Eine sehr eigenartige Erfahrung, aber schön.«

Es wurde ein langer Brief, und sie schickte ihn gleich am selben Tag ab. Das Postschiff hatte eine störungsfreie Passage, weder Stürme noch andere Widrigkeiten hielten es auf, und just an Catherines sechsundvierzigstem Geburtstag legte es im Hafen von Durban an, und schon Stunden später hielt sie den Brief in Händen. Sie weilte mit Johann bei den Dillons. Johann wollte die Landwirtschaftsausstellung besuchen, und Mila hatte die Gelegenheit genutzt und ihr eine Geburtstagsfeier ausgerichtet, weil es einfacher für die Steinachs war, zwei Wochen nach Durban zu kommen, als alle ihre Freunde nach Inqaba zu verfrachten. Der Brief wurde viel diskutiert. Alle ihre Freunde stammten aus Europa, wenn auch aus verschiedenen Ecken, und waren begierig zu erfahren, wie einer jungen Frau, die in Afrika geboren und aufgewachsen war, der alte Kontinent erscheinen mochte. Man schwelgte in sentimentalen Erinnerungen, erwähnte bunte Sommerwiesen und blühende Veilchen, schwärmte von Theaterbesuchen, Konzerten und modischen Läden, und Cilla träumte laut von kalter, klarer Winterluft und schneebedeckten Bergen.

9

Wir sind da, vorsichtig, da ist eine steile Stufe«, rief Johann und nahm ihren Arm.

Catherine fuhr zusammen, strauchelte kurz, konnte sich aber gerade noch fangen. Zu ihrer Verwirrung fand sie sich vor dem London Restaurant wieder, über ihrem Kopf wippten magentafarbene Bougainvilleas, Hitze strahlte ihr vom gepflasterten Weg und den Mauern des Gebäudes entgegen, und über dem Dachfirst turnte eine Affenschar. Sie befand sich unzweifelhaft in Afrika. Verlegen wischte sie sich über die Augen. »Entschuldige, ich war gedanklich bei Maria und ihrem ersten Brief, den sie nach ihrer Ankunft in Hamburg geschrieben hat. Wie sehr wünschte ich, Deutschland heute durch ihre unvoreingenommenen Augen sehen zu können.«

Ein vierschrötiger Mann zog seinen riesigen, federgeschmückten Schlapphut vor ihnen und verbeugte sich tief. »Mrs Steinach, Johann, einen wunderschönen Tag wünsche ich Ihnen.« Damit stampfte er in einer Wolke von kaltem Tabakrauch und Knoblauchdünsten an ihnen vorbei. Catherine wedelte diskret mit der Hand vor ihrer Nase, vermied es, zu atmen, bis er sich entfernt hatte. »Wir sollten Wegweiser zum öffentlichen Badehaus an jeder Straßenecke anbringen«, murmelte sie anzüglich.

Johann hielt ihr die Tür zum Restaurant auf. Drinnen war es deutlich kühler als draußen, das grelle Licht durch dünne Gardinen gedämpft. Die meisten Tische waren besetzt, meist mit uniformierten Offizieren. Ihre roten Waffenröcke sorgten für Farbkleckse, Knöpfe blitzten, Kokarden schimmerten, Stiefelleder glänzte. Es roch nach Bier und Essen, und der Geräuschpegel war ohrenbetäubend.

An einem Tisch waren die Stühle leer, der Tisch allerdings war es nicht. Auf der blank gescheuerten Platte hatte es sich Mathilda, die zahme Python des Wirts, die jeder in der Kolonie kannte, bequem gemacht. Sie hatte ihren oberschenkeldicken, gut vierzehn Fuß messenden Körper ordentlich aufgerollt, die glänzenden Schlingen hingen links und rechts über die Tischkante. Drei deutliche Beulen in ihrem Leib zeugten von einer kürzlich eingenommenen, üppigen Mahlzeit. Neben dem Reptil stand eine Blechschüssel, deren Boden mit einer Pfütze goldfarbener Flüssigkeit bedeckt war.

»Mathilda ist schon wieder blau und schläft ihren Rausch aus«, bemerkte Catherine im Vorbeigehen. »Es ist das einzige Lebewesen, das ich kenne, das eine Gallone Bier heruntersäuft und danach noch nicht schwankt.«

Johann scherzte, lachte, grüßte nach rechts und nach links, blieb an mehreren Tischen stehen, um ein paar Worte zu wechseln. Jeder schien die Steinachs zu kennen. Auch Catherine lächelte und nickte, schwieg aber, umging es so, sich in ein Gespräch verwickeln zu lassen. Ihr war jetzt einfach nicht danach. Sie fand einen Tisch am Fenster, setzte sich und winkte den rot behosten, indischen Kellner heran.

»Madam«, murmelte er und verbeugte sich so tief, dass ihm die Troddel seines goldbestickten roten Fez in die Stirn fiel. Seine Finger hinter die Aufschläge seiner angeschmutzten weißen Baumwolljacke gehakt, leierte er das Speiseangebot herunter.

Der Herr im perlgrauen Anzug lehnte sich vom Nachbartisch zu Catherine hinüber und flüsterte ihr etwas zu. Sie legte ihm die Hand auf den Arm. »Danke, Francis. Gut, dass du mir das sagst. Zweimal Hammel mit Minzsoße, bitte«, bestellte sie dann. Der Kellner nickte müde und entfernte sich. Seine bloßen Füße verursachten ein sanftes, klatschendes Geräusch auf dem Fliesenboden.

Johann hatte seine Runde beendet, ließ sich neben ihr auf den Stuhl fallen und streckte aufatmend seine langen Beine unter den Tisch. »Nun, hast du bereits etwas ausgewählt? Ich habe brüllenden Hunger.«

»Sie haben Hammel-, Springbockbraten und Perlhühner, die aber zäh wie Hosenleder sind, wie mich Francis warnte. Auch der Springbock soll schon Großvater gewesen sein. Außerdem gibt's das übliche Gemüse und Kartoffeln aus der Frühlingsernte und Wildpastete, die ich aber nicht anrühren würde. Wildpasteten sind das Sammelbecken aller Essensreste der vergangenen Woche, die, schön vermengt und scharf gewürzt, unter einer Blätterteigkruste versteckt werden. Ich habe den Hammelbraten bestellt. Vorher aber brauche ich einen starken Kaffee. Erzähl, gibt es neuen Klatsch?«

Johann drehte sich um und begrüßte Francis Court, der gleichzeitig mit ihnen 1850 auch mit der *White Cloud* in Durban angekommen war. Dann winkte er den Kellner noch einmal heran und bestellte Kaffee und ein großes Bier für sich selbst. »Rhino Lamb ist von Löwen gefressen worden«, beantwortete er ihre Frage. »Sie haben nur noch einen Schuh gefunden. Der Fuß steckte noch drinnen.«

Catherine starrte ihn an. »Gott, wie entsetzlich. Der arme Rhino! Wie ist das passiert?«

»Er hatte eine ganze Flasche Brandy intus, hat gewettet, dass er einen Löwen mit bloßen Händen erwürgen könnte, und ist im Busch verschwunden, ehe seine Kumpane ihn zurückhalten konnten. Der blöde Hund ist offenbar im Suff mitten in ein Rudel Löwen gewandert.«

»Klingt nach einer typischen Rhino-Geschichte. Ich wette, gleich fliegt die Tür auf, er kommt hereinspaziert und lacht sich darüber tot, dass wir den Unsinn geglaubt haben.« Sie sagte es in abwesendem Ton, denn aus heiterem Himmel hatte sie plötzlich eine starke innere Unruhe ergriffen, die sie wie einen körperlichen

Schmerz spürte. Sie rutschte nervös auf ihrem Stuhl herum. Ohne Vorwarnung drängte sich Jabisas Stimme in ihre Gedanken.

»Maria wird es dir mitteilen, wenn sie dich braucht«, hatte die Zulu vor ein paar Tagen gesagt und ihr überlegenes Zululächeln gelächelt, als wüsste sie um alle Dinge dieser Welt. »Auch wenn sie über den Rand der Erde gefallen ist, sie wird dich erreichen.«

Catherine hatte gelacht, es als Aberglauben abgetan, aber jetzt, in diesem Augenblick wusste sie so sicher, als hätte ihre Tochter nach ihr gerufen, dass Maria in Schwierigkeiten war.

Über zwei Kontinente hinweg, in einer fremden Stadt, in einer anderen Jahreszeit, und doch im selben Atemzug, überlegte Maria, wie sie sich retten konnte.

»Die Polizei wird gleich kommen! Die wird Ihnen die Flausen schon austreiben, Sie ... Sie ... Wesen, Sie!«, schrie Professor Brosse völlig außer sich und schnaufte schwer durch seine dicke Nase. Wenn Sie es wagen, plötzlich zu fliehen, werde ich den Bürgermeister alarmieren, der wird die gesamte Gendarmerie Rostocks hinter Ihnen herschicken, also bleiben Sie dort stehen!« Mit bebenden Fingern zog er das karierte Taschentuch aus seiner Brusttasche und tupfte sich das hochrot angelaufene Gesicht ab. Hinter ihm keuchte ein hagerer Mann mit wild abstehenden Haaren und einer Damentasche unter dem Arm aus der hallenden Tiefe des Gebäudes heran.

Maria, die schon den Vorplatz des schönen, alten Backsteinbaus der Hochschule erreicht hatte, blieb stehen. »Ich will meine Tasche wiederhaben.« Sie warf mit einer schwungvollen Bewegung ihren dicken Haarzopf nach hinten und überlegte, wie sie sich aus dieser höchst unangenehmen Situation befreien konnte.

Der brüllende Mann auf der Treppe war dick und kurzatmig, sie dagegen Jahre jünger und sehr schnell auf den Beinen. Dummerweise war dieser hagere Mensch überraschend aus einem

Raum gestürzt, hatte ihr den Weg abgeschnitten und nach einem Handgemenge die Tasche abgejagt. Sie nahm ihn näher in Augenschein. Er befand sich im fortgeschrittenen Stadium der äußerlichen Auflösung. Der Hemdkragen hatte sich gelöst, das Hemd war aus der Hose gerutscht, die Brille hing schief auf der prominenten Nase, die schütteren, farblosen Haare standen in wüster Unordnung vom Kopf ab.

Ihre Tasche mit beiden Händen fest umklammernd, erreichte dieser schwer atmend Professor Brosse. »Es ist ein Fräulein, ein Weib, Herr Kollege Brosse, kein Bursch, wie wir dachten! Seht, sie hat einen Zopf! Gerade noch habe ich sie erwischt, ehe sie das Zimmer des Prinzipals stürmen konnte. Ich habe sie nach ihrem Begehren gefragt, und wissen Sie, was diese … diese …« Er rang nach Worten.

»Dieses Fräulein, Kollege Schley …«, half Professor Brosse.

»Fräulein, richtig. Nun dieses Fräulein hat mir gesagt, dass sie zu studieren wünsche. Man stelle sich das nur vor! Studieren will dieses Weib! Medizin! Wohl auch noch promovieren!« Vorübergehend fehlte ihm die Kraft, weiter zu reden, und er stopfte mit fahrigen Bewegungen sein Hemd wieder in die Hose. »Womöglich aber ist das alles nur ein Vorwand, und sie plant ein Attentat, trägt einen Dolch in ihrem Gewand.« Er starrte Maria misstrauisch an. »Ein weiblicher Dämon, sozusagen.«

»Ach, Unsinn, Attentate werden von Männern verübt, nicht von Frauen. Es fehlen ihnen die geistigen Qualitäten, ein solches zu planen. Es beweist ja schon den minderen Verstand dieses Fräuleins, dass es ein Studium aspiriert«, polterte Professor Brosse. »Das allein wäre schon schlimm genug, doch ihre Kleidung … dieser sittenverderbende Aufzug! Schauen Sie doch hin, Kollege Schley, … was sollen unsere Studenten denken … welches Bild bekommen sie von der Weiblichkeit.«

Professor Schley von der Historischen Fakultät schob seine Linsenbrille zurück auf die Nase und schaute genau hin. »Haben

Sie das gesehen, lieber Kollege, was dieses Frauenzimmer unter ihrer Jacke trägt? Nicht einen Rock, wie es sich ziemt, sondern etwas, das fatal einer Hose ähnelt.« Er flüsterte das letzte Wort.

»Na, das ist es doch, lieber Schley. Deswegen haben wir ja geglaubt, einen Burschen vor uns zu haben. Sie trägt eine Hose und ein Herrenjackett und auf dem Kopf eine Studentenmütze! Das ist Amtsanmaßung! Ich bin sicher, wir können auch versuchte Erschleichung von Vorteilen durch unberechtigtes Tragen einer Art Uniform geltend machen, ganz abgesehen von Hausfriedensbruch …« Er zählte diese Positionen an den Fingern ab.

Professor Schley hob den Zeigefinger. »Angriff auf eine Person der geistigen Elite …«

Professor Brosse runzelte die hochgezwirbelten Brauen. »Wer sollte das gewesen sein?«

»Na, ich natürlich! Sie hat mich aus dem Weg gestoßen. Vermutlich bin ich schon grün und blau angelaufen …«

»Ah«, machte sein Kollege. »Nun, wie dem auch sei, Sie leben ja noch, lieber Freund.«

»Glücklicherweise, glücklicherweise, und vermutlich nur knapp! Ich hätte stürzen können, mich schwer verletzen … und stellen Sie sich vor, nicht einmal ein Korsett trägt dieses Weibsbild, was an sich schon einen Skandal bedeutet. Ich habe es genau gespürt, als ich gegen sie stieß. Alles wogt. Diese Unverschämtheit … Wozu ist unsere Welt nur verkommen!« Er streckte den Kopf vor und musterte Maria noch einmal aufs Genaueste. »Sagen Sie, Kollege Brosse, kommt Ihnen das Frauenzimmer nicht auch bekannt vor? Denken Sie zurück an die Soiree letzten Sonnabend!« Triumphierend musterte er seinen Kollegen. »Na? Na? Ich könnte schwören, dass sie diese merkwürdige Nichte unseres Gönners Berthold Mellinghoff ist. Sie soll Afrikanerin sein, was ich allerdings nicht glauben kann, wenn ich sie so betrachte. Sie ist ganz ohne Zweifel eine Weiße. Nettes Figürchen obendrein. Schön rund an den richtigen Stellen.« Er knetete seine Hände.

Nun rückte auch Professor Brosse sein Pincenez zurecht und spähte genauer zu Maria hinüber. »Sie könnten direkt Recht haben, doch, ja, ich denke, das ist sie. Allerdings sah sie an dem Abend aus wie ein richtiges Frauenzimmer, trug ein Kleid und Spitzenunterröcke, wie ich mich erinnere. Der arme Herr Mellinghoff! Welch ein Kreuz muss der bedauernswerte Mann tragen.« Sein Blick fiel auf einen Gegenstand, den Professor Schley umklammert hielt. »Ist das die Tasche dieser Frau?«

Sein Kollege schaute verblüfft auf seine Hand. »In der Tat, ich habe sie ihr entrissen. Nun wissen wir gleich genau, wer sie ist. Ich werde sie öffnen.« Er tat es umgehend, wühlte eifrig darin herum und zog schließlich einen zerknitterten Brief hervor. »An Fräulein Maria Steinach, per Adresse Ludovig Mellinghoff, Hamburg«, las er laut, dann drehte er ihn um. »Der Absender ist Catherine Steinach, Durban, Kolonie von Natal, Afrika. Ich hatte Recht.«

Beide Professoren unterzogen Marias Äußeres einer eingehenden, wissenschaftlichen Prüfung. »Ganz eindeutig nicht negroider Abstammung, sondern weiß kaukasisch, würde ich meinen«, urteilte Professor Schley.

Maria, deren Hörvermögen im Busch geschärft war, hatte jedes Wort verstanden und musste lächeln. Mit diesen beiden Herren sollte sie leicht fertig werden können. Schließlich hatte sie größte Erfahrung im Umgang mit Männern jeglicher Herkunft und Gesinnung.

»Ah, da kommt das Gesetz«, rief Professor Brosse und wedelte mit den Armen. »Hierher, Wachtmeister, ein bisschen schneller, wenn ich bitten darf. Die Missetäterin ist äußerst flink und könnte entkommen!«

Wachtmeister Schröder, ein vierschrötiger, stiernackiger, aber trotz seines martialischen Aussehens im Grunde seines Herzens gutmütiger Mann, legte kurz die Hand an seine glänzende Pickelhaube und stampfte die wenigen Stufen des Universitätsgebäudes hinauf und baute sich vor den aufgeregten Dozenten auf. »Was geschieht hier?«, bellte er. »Wer zeigt hier wen oder was an? Und vor allen Dingen, weswegen? Das ist schließlich wichtig.« Er hatte seinen Notizblock gezogen und leckte den Stift an.

Die Herren Professoren begannen gleichzeitig zu reden, schilderten den Vorfall mit großen Gesten und vielen Worten.

»Wir können hier nicht coulant sein«, sagte Professor Brosse. »Das Fräulein da wollte die Universität stürmen ...«

»... es muss die volle Strenge des Gesetzes walten«, ergänzte sein Kollege Schley und erklärte dem Wachtmeister nun genau, wer wen weshalb anzuzeigen wünschte.

Maria vermutete, dass mit dem Vertreter der Ordnungsmacht nicht gut Kirschen essen sei, entschied, dass ihre Tasche nicht so wichtig war und wandte sich zur Flucht. Doch der dicke Polizeimensch war unerwartet schnell in seiner Reaktion und sehr behände für seine klobige Statur. Auf einmal stand er vor ihr und packte ihren Arm. Er hatte einen eisernen Griff, Mundgeruch und feuchte Hände. Sogar durch die Wolle ihrer nicht allzu dicken Jacke konnte sie das spüren. Kurze Zeit später fand sie sich auf der Straße wieder, über die sie der Polizist mit festem Griff und im Laufschritt abführte.

Die Wache befand sich in unmittelbarer Nähe, was Wachtmeister Schröder begrüßte. Das hatte sich bewährt, denn die Herren Studiosi tranken gern etwas über den Durst und überschätzen dann ihre Kräfte, wenn Vertreter des Proletariats mit ihnen Händel anfingen. Regelmäßig ging dabei das Kneipengestühl zu Bruch, und es hatte sich als praktisch erwiesen, dass das Gesetz nur Schritte entfernt war. Seine Arrestzelle war öfter belegt.

Der Wachtmeister riss die Tür zur Wache auf, schob Maria in den Raum und schloss die Tür sogleich wieder, denn der Wind pfiff mit schneidender Kälte herein. »Setzen Sie sich, Frollein«, befahl er. »Ich hole etwas Holz für den Ofen, hier herrsch ja geradezu sibirische Kälte. Wir wollen ja nicht, dass Frollein auf ihrem Stuhl festfriert.« Damit drückte er sie ziemlich grob auf das hölzerne Sitzmöbel.

»Nehmen Sie Ihre Hände von mir herunter«, fauchte sie in ihrem drolligen Deutsch, das mit Anglizismen und französischen Worten gespickt war. Sie biss sich auf die Zunge. Immer wieder nahm sie sich vor, darauf zu achten, dass ihr derartige Ausdrücke nicht mehr durchrutschten, zu sehr hatte sie der beißende Spott der Mellinghoffs verletzt.

»Diese Verhohnepiepelung unserer schönen Sprache magst du ja als ganz putzig ansehen, meine Liebe«, hatte Frau Mellinghoff, ihre angeheiratete Tante, mit gerümpfter Nase gesagt, »aber das verrät doch deine recht mangelhafte Schulbildung. Du willst studieren? Dass ich nicht lache! Zuförderst solltest du dich bemühen, ein korrektes Deutsch zu sprechen. Das wäre ja wohl das Mindeste, sollte man meinen. Abgesehen davon, dass es sich für Frauen nicht schickt, ja geradezu äußerst unweiblich ist, sich den Wissenschaften widmen zu wollen.«

Leon hatte sich zu ihrer Überraschung auf ihre Seite geschlagen. »Ich würde das einen kreativen Beitrag zur deutschen Sprache nennen«, warf er ein, was ihm einen tadelnden Blick seiner Mutter eintrug. »Und warum sollte sie nicht studieren?«, setzte er mit einem aufsässigen Funkeln in seinen blauen Augen hinzu. »Was hat das damit zu tun, dass sie eine Frau ist? Frauen haben Köpfe, habe ich bemerkt, ich habe in der Pathologie einige von ihnen von innen untersucht und kann dir versichern, dass sie auch die dazugehörigen Gehirne besaßen.«

Maria hatte sich fast verschluckt bei dem Bemühen, ihren Lachanfall zu unterdrücken, aber dann war Ludovig Mellinghoff dazugekommen, und bevor sie sich jetzt dagegen wehren konnte, tönte auch noch seine laute Stimme aus der Vergangenheit, und was er gesagt hatte, hatte damals ihren Träumen einen grausamen Dämpfer versetzt.

»Ach, studieren willst du immer noch? Dass ich nicht lache! Kindchen, mit so einem hübschen Gesichtchen studiert man doch nicht«, rief er aus und zwirbelte seinen Backenbart, was er immer tat, wenn ihn etwas amüsierte. »Heiraten solltest du, schließlich bist du ja nicht mehr die Jüngste mit deinen zweiundzwanzig Jahren, und schon im September wirst du ein Jahr älter. Auf dem besten Wege, ein spätes Mädchen zu werden, was? Außerdem hat die Wissenschaft zweifelsfrei bewiesen, dass das Gehirn der Frauen kleiner ist. Das wird dir mein neunmalkluger Sohn wohl bestätigen müssen. Da geht halt weniger hinein, nicht wahr? Schon nach kürzester Zeit würde das deinige anschwellen und wohlmöglich platzen. Entsetzliche Vorstellung, wie? Nein, nein, studiert wird hier nicht. Du solltest Klavier spielen lernen, Sticken und ähnlich nützliche Dinge, die eine Frau können muss. Soweit ich weiß, hast du nichts von alledem gelernt, wie? Deine Kinderstube war wohl zu fein. Nicht einmal ordentlich tanzen kannst du, wie wir bei unserem großen Ball festgestellt haben. Obwohl ich gesehen habe, dass deine Ballkarte doch voll geworden ist. Erstaunlich, erstaunlich! Hast wohl Qualitäten, die uns verborgen bleiben, was?« Seine Worte begleitete er mit einem dröhnenden Lachen, zwickte sie dabei in die Wange und blickte ihr erst tief in die Augen und dann in den Ausschnitt. Plötzlich lachte er schallend. »Wäre ja im Übrigen auch ein wenig schwierig, in Hamburg zu studieren. Wir haben nämlich gar keine Universität.«

Sie hatte ihm ins grinsende Gesicht gestarrt und keine Worte gefunden, denn damit hatte sie nicht im Entferntesten gerechnet. Es konnte nicht sein. Eine so große, bedeutende Stadt musste doch seit Jahrhunderten eine Universität haben! Seine Worte klebten wie Schleim an ihr. »Was heißt das?«, konnte sie nur mühsam hervorpressen.

»Na, wie ich es sage! Hamburg hat keine Universität und Lübeck auch nicht. Brauchen wir nicht, wir haben unseren Hafen und unsere Kontorhäuser.« Ihr Onkel machte sich so augenscheinlich lustig über sie, dass sie sich um ein Haar vergessen und eine Vase nach ihm geschleudert hätte, so verzweifelt war sie.

»Ja, wo hat denn Leon studiert?«, stotterte sie.

»In Rostock, wo er bei meinem Bruder Berthold wohnte, der unsere Dependance dort leitet. Handel mit Russland, Schweden, Dänemark und dem Baltikum ist unser Geschäft, ein sehr erfolgreiches, wenn ich das bemerken darf.« Vergnügt rieb er dabei seine Finger aneinander, als zählte er Geld.

Und dann, während sie noch nach einer passenden Antwort suchte, sagte er den Satz, der ihr buchstäblich den Boden unter den Füßen wegzog. »Im Übrigen gibt es da noch eine Kleinigkeit, liebe Nichte. Du jagst einer Fata Morgana nach. Ich habe mich genauestens erkundigt und zu meiner Genugtuung festgestellt, dass kluge Männer rechtzeitig festgelegt haben, dass Frauen von den Hörsälen fern gehalten werden. Selbst solche, die es im Ausland, wo ja oft verluderte Sitten herrschen, geschafft haben, zu studieren und sogar als weibliche Ärzte zu promovieren, dürfen in unserem Land nicht als Ärzte praktizieren. Wie denn auch? Nie im Leben würde ich mich auch unter den extremsten Bedingungen in die Hand eines solchen Weibsbilds begeben. Hier sind diese Blaustrümpfe, und ich halte das für eine sehr weise Entscheidung, rechtlich den Kurpfuschern gleichgesetzt. Du siehst also, es hat alles keinen Zweck. Lerne Harfe, wie ich dir schon einmal empfohlen habe, übe dich in den häuslichen Tugenden, dann landest du vielleicht doch im Hafen der Ehe.« Sein Grinsen, die glitzernden Augen, seine ganze Haltung hatten Triumph ausgedrückt, und jede Hoffnung in Maria erstickt, dass es nur eine seiner Gemeinheiten war. Seine Genugtuung war zu offensichtlich.

Maria ballte die Fäuste, schob den Stuhl zurück und begann im Dienstzimmer der Wache herumzuwandern. Mit diesem einen Satz hatte Ludovig Mellinghoff ihren Lebenstraum zerstört, und sie hatte sich gefühlt, als wäre sie windelweich geprügelt worden. Sie konnte kaum noch essen, brachte keine Zeile mehr an ihre Eltern aufs Papier, wusste einfach nicht, was sie tun sollte. Ihre Eltern wollte sie nicht um Hilfe bitten, konnte sie doch nicht vergessen, mit welcher an Rücksichtslosigkeit grenzenden Vehemenz sie ihnen ihre Pläne mitgeteilt hatte. Ihr Benehmen war das eines trotzigen Kinds gewesen. Noch heute trieb ihr das die Schamröte ins Gesicht. Im Nachhinein konnte sie nicht verstehen, warum sie nicht genügend Vertrauen gehabt hatte, um ihnen die wahren Gründe zu erklären, die hinter ihrem Wunsch, Medizinerin zu werden, standen. Kaum hatte sich dieser Gedanke gebildet, brach eine Bilderflut über sie herein, deren Wucht sie machtlos ausgeliefert war.

Es hatte relativ harmlos angefangen. Auf der Jagd nach einem jungen Nashorn, das er im Auftrag des Londoner Zoos einfangen sollte, war Bartholomew übel geworden, und kurz darauf hatte er sich erbrochen. Aber er war erst fünfundzwanzig Jahre alt und kräftig wie ein Baum. Er hatte sich den Mund abgewischt und sie lächelnd beruhigt.

»Es ist nichts, was nicht ein guter Schluck Whisky heilen würde.«

Sein Lächeln jedoch war matt gewesen, seine Augen trüb, das war ihr damals gleich aufgefallen, aber sie hatte ihre aufflackernde Sorge um ihn, die große Liebe ihres jungen Lebens, unterdrückt. Er hatte nicht viel übrig für Gejammere, und sich selbst erlaubte er es schon gar nicht. Vor einem halben Jahr hatten sie sich in Verulam getroffen, wo Bartholomew, der selbst von Missionaren in Kapstadt erzogen worden war, die Schule der Mission leitete, und keine zwei Monate später hatten sie sich gegenseitig ihre Liebe gestanden. Niemand wusste davon, auch nicht ihre Eltern. Sie war stolz, dass sie es fertig brachte, sich in ihrer Gegenwart so zu verstellen, dass niemand vermutete, wie himmelhochjauchzend verliebt sie war.

Der Grund war nur zu offensichtlich. Bartholomews Mutter war eine Farbige vom Kap gewesen, eine schöne Frau, in deren Blut sich das ihrer Vorfahren aus Afrika, Frankreich und Malaya mischte, und ihr Sohn hatte ihre glatte, milchkaffeefarbene Haut, ihre schlanken Glieder und das kräftige, schwarze Haar geerbt, allerdings nicht die feste Krause, seins lockte sich nur leicht, schmiegte sich wie eine glänzend schwarze Kappe um seinen Kopf. Bartholomew wurde auch als Farbiger bezeichnet, und da Maria befürchtete, dass ihre Eltern deshalb von ihr verlangen würden, sich von ihm zu trennen, wagte sie nie, ihnen von ihrer Liebe zu erzählen.

Der Zustand von Bartholomew hatte sich rapide verschlimmert. Nach kürzester Zeit erlitt er reiswasserartige Durchfälle, ihm lief Flüssigkeit in unvorstellbaren Mengen aus dem Körper. Er konnte nicht mehr gehen, lag nur apathisch auf seiner Decke, die sie unter einer Schatten spendenden Akazie ausgebreitet hatte. Seine Stimme wurde heiser wie das Krächzen eines Raben, und dann bekam er Krämpfe. Sie flößte ihm Wasser aus der Feldflasche ein, schickte ihre drei Fährtensucher aus, streifte selbst stundenlang durch den Busch, um mehr Wasser heranzuschaffen. Aber es war am Ende des letzten Sommers gewesen, und viele der Wasserlöcher waren ausgetrocknet, außerdem schien sie einfach nicht genügend Flüssigkeit in ihn hineinzubekommen. Auch die Kohle, die sie ihm, wie sie es von ihrer Mutter gelernt hatte, zerstoßen reichte, half nicht. Verzweifelt befragte sie ihre Fährtensucher nach einheimischen Heilmethoden.

»Ishaqa«, schlug einer vor. »Man kocht die Wurzel in Milch …«

»Nein«, unterbrach ihn der andere, »Intolwane ist besser …«

»Du redest Unsinn«, sagte der Älteste. »Wir müssten die geriebene Wurzel einen Tag und eine Nacht kochen, das dauert zu lange. Die Seele von Nkosi Bartholewi wird bald seinen Körper verlassen, wir sollten Ugwawa nehmen.«

Maria war verzweifelt. Dann erinnerte sie sich dunkel daran, dass ihre Mutter die Blätter der Guave, zerdrückt und in Wasser ausgekocht, den Kranken als Tee gereicht hatte. War der Kranke schon sehr geschwächt und Eile geboten, hatte sie gelegentlich Einläufe gemacht. Aufgeregt befahl sie den drei Männern auszuschwärmen und ihr die Blätter der Guave zu bringen. Zu ihrer Erleichterung kehrten sie schon nach kurzer Zeit mit einem Arm voll Gestrüpp zurück. In fliegender Hast kochte sie die klein geschnittenen Blätter in Wasser und flößte Bartholomew den Sud löffelweise ein. Aber der lief ihm gleich wieder aus den Mundwinkeln, und ein Kuhhorn, mit dem sie ihrem Liebsten den Einlauf hätte verabreichen können, hatte sie nicht zur Hand.

Bartholomew war alsbald in tiefe Bewusstlosigkeit gefallen. Zwei Tage und zwei Nächte hatte sie bei ihm gewacht, war nur gelegentlich in einen unruhigen Dämmerschlaf gesunken. In der Morgendämmerung des dritten Tages, sie war nur kurz eingenickt, schreckte sie hoch und beugte sich über ihn. Er lag still, so entsetzlich still, und seine Gesichtszüge hatten sich verändert, waren maskenhaft und starr. Auch ohne dass sie seinen Puls kontrollierte, wusste sie, dass er tot war. Wie betäubt blieb sie neben ihm sitzen, hielt seine langsam erkaltende Hand in ihren Händen, war unfähig, sich von ihm loszureißen.

Die Fliegen waren die ersten, die es rochen, aber bald hörte sie auch das aufgeregte Jaulen von Hyänen, und in der Akazie über ihr hockten drei Geier und warteten. Musa, der Älteste ihrer Fährtensucher, kam am nächsten Tag zu ihr und erklärte ihr ohne Umschweife, dass der Körper des Toten noch in dieser Stunde begraben werden müsste. So schwer es ihr fiel, ihn gehen zu lassen, sie sah die Notwendigkeit ein.

Sie kniete vor ihm mit seiner kalten Hand in ihrer und schwor, sich medizinisches Wissen anzueignen, damit sie nie wieder einem geliebten Menschen hilflos beim Sterben würde zusehen müssen.

Die drei Zulus hoben ein Grab aus, beerdigten Bartholomew in sitzender Position, wie es ihrem Brauch entsprach, und deckten das Grab mit einem hohen Steinhaufen ab. Maria legte den letzten Stein auf die Spitze, kniete nieder und verabschiedete sich von ihrem Liebsten. Als sie aufstand und ihren Hosenrock abstaubte, hielt ihr Musa einen Zweig des Umhlalankosibaums entgegen.

»Nkosikazi, du musst die Seele deines Mannes in sein Haus zurückbringen, sonst ist er dazu verdammt, für ewig durch die Schatten dieser Erde zu wandern.«

Maria nickte. Gelegentlich hatte sie diese Zeremonie beobachtet, wenn jemand im Busch, fernab seines Hauses, gestorben war. Bartholomew hatte nie ein Haus besessen, die Wildnis war sein Haus gewesen, der weite, afrikanische Himmel sein Dach, er hatte sich im Fluss gewaschen und von dem ernährt, was ihm das Land bot. Sie nahm den Zweig entgegen, und als sie allein war, kletterte sie auf den höchsten Hügel und ließ ihn vom Wind davontragen.

Niemandem erzählte sie von diesem Unglück. Unter seinen Sachen befand sich ein Brief des Kurators vom Londoner Zoo, und sie schickte diesem eine kurze Nachricht und alle Aufzeichnungen, die Bartholomew über Wildtiere gemacht hatte. Seine Mutter lebte nicht mehr, das wusste sie, aber ob er noch Familie hatte, hatte er nie erwähnt. Den Rest seiner Sachen, ein jämmerlich kleines Bündel, versteckte sie in ihrem Zimmer auf Inqaba.

Vor der Wache waren auf einmal laute Rufe zu hören, und Maria kam wieder zu sich. Sie fröstelte. Nervös nagte sie an ihrem Daumen. Sie konnte ihre Eltern jetzt nicht um Beistand bitten. Es hieß, zugeben zu müssen, dass sie gescheitert war, und das wollte und konnte sie nicht akzeptieren. Dabei war sie so froh gewesen, als sich ihr endlich ein Ausweg geboten hatte.

Gegen Ende des Sommers, nachdem sie wochenlang in Hamburg nur Däumchen gedreht hatte, da Semesterferien waren und sie doppelt zur Untätigkeit verurteilt war, hatte sie sich entschlossen, nach Semesterbeginn an die Universität in Rostock zu schreiben, um zu versuchen, zumindest als Gasthörerin aufgenommen zu werden. Leon hatte ihr gesagt, dass das bei einigen fortschrittlichen Professoren möglich war.

Drei Briefe schrieb sie, wartete aber vergeblich auf Antwort. Noch überlegte sie fieberhaft, wie sie es anstellen könnte, nach Rostock zu reisen, um dort persönlich bei der Universität vorstellig zu werden, da passierte eines Tages etwas Überraschendes.

An diesem Abend erschien ein sichtlich aufgeregter Ludovig Mellinghoff als Letzter beim Abendessen, klopfte gegen sein Glas und wartete, bis er der ungeteilten Aufmerksamkeit aller Familienmitglieder sicher sein konnte. »Der Kronprinz und die Kronprinzessin werden sich Anfang Oktober in Rostock aufhalten. Unserer Familie wird die hohe Ehre zuteil, bei dem Empfang Ihrer Kaiserlichen Hoheiten zugegen sein zu dürfen.«

Elise Mellinghoff fächelte sich erregt mit einer zusammengefalteten Zeitung Kühlung zu. Diese Nachricht hatte ihr träges Blut wahrlich in Wallung gebracht, galt es doch jetzt, ihre Garderobe und die ihrer Töchter auf den neuesten Stand zu bringen. »Betrifft das auch sie?«, raunte sie ihrem Gatten kurz zu und nickte in Richtung ihrer angeheirateten Nichte.

»Nun ja, wir können sie schließlich nicht wie Aschenputtel zu Hause verstecken«, meinte Ludovig Mellinghoff. »Das würde eigenartig erscheinen und auf uns zurückfallen, denn es ist ja bekannt, dass sie zu Besuch hier weilt und zur Familie gehört.«

Maria vernahm es wohl und errötete.

Damit wurde sie ebenfalls in den Wirbel um die Kleiderfrage hineingezogen. Gleichzeitig wurde das Problem der Etikette heiß diskutiert. Wie tief sollte der Hofknicks sein, durfte man den Kaiserlichen Hoheiten in die Augen blicken, drückte man ihre Hand, so die Hoheiten überhaupt geruhten, sie einem zu reichen, knickte der Mann bei der Verbeugung in der Taille ab oder machte er einfach nur den Rücken richtig krumm? Und was, um Christi willen, redete man mit den Kaiserlichen Hoheiten? Durfte man überhaupt reden?

»Nicht auszudenken, wenn einem Mellinghoff in Gegenwart der zukünftigen Majestäten ein Fauxpas unterlaufen sollte«, rief Elise Mellinghoff. »Ludovig, deine Verbeugung ist zu steif, Luise, gib doch Acht, dass du beim Knicks nicht auf deinen Rock trittst. Du bist doch ein rechter Tölpel! Also, Leonore, Kind, du musst den Kopf dabei neigen und nicht grinsen wie ein Pferd!«

Endlich sprach ihr Mann, der entnervt immer mehr Zeit im Kontor verbracht hatte, während sich Leon zu seinen Freunden aus der Studienzeit flüchtete, ein Machtwort. »Ich gedenke nicht, mich als hanseatischer Kaufmann zu verbiegen. Das wird alles ganz natürlich gemacht.« Dann holte er seine unverheiratete Cousine Martha aus der Provinz, die lange in einem hochadligen Haus als Gesellschafterin gelebt hatte, und trug ihr auf, seiner Familie den letzten gesellschaftlichen Schliff zu verpassen, damit Elise endlich Ruhe geben würde.

Martha drillte sowohl Elise Mellinghoff als auch die Mellinghoff-Töchter und Maria in der Etikette. Stundenlang mussten sie vor dem Spiegel den angemessenen Hofknicks üben, bis es selbst Elise zu viel wurde, aber Martha war unerbittlich.

Ludovig entschwand ins Kontor, und auch Leon weigerte sich entschieden, mitzumachen. »Ich werde wohl imstande sein, eine anständige Verbeugung hinzubekommen, und wenn die Kaiserlichen Hoheiten geruhen, mit mir zu reden, werde ich ihnen antworten, und zwar wie mir der Schnabel gewachsen ist«, knurrte er und verschanzte sich hinter seinen medizinischen Büchern.

Maria ertrug alles klaglos, stand doch am Ende dieser Prozedur nicht nur ein Besuch bei der Universität, sondern auch die aufregende Tatsache, dass sie zum ersten Mal eine längere Strecke mit der Eisenbahn fahren würde, noch dazu im Salonwagen. Von Hamburg bis nach Hagenow und von dort über Schwerin und

Kleinen endlich nach Rostock. Es klang wie eine Weltreise, und doch sollte es bei gutem Wetter tatsächlich nicht einmal einen Tag dauern. Also lächelte sie, knickste, ließ Anproben bei der Schneiderin über sich ergehen, lächelte weiter.

Maria seufzte in der Erinnerung an diese langweiligen Stunden.

Dabei war die erste Zeit schön gewesen, dachte sie. Ihre Tante führte einen straffen Haushalt, das Personal war bestens erzogen. Dinge geschahen lautlos, Wünsche wurden erfüllt, kaum dass man sie geäußert hatte. Das Leben in derart ungewohntem Luxus, das ihr keinerlei Pflichten aufbürdete, hatte sie in vollen Zügen genossen. Ihre beiden jungen Cousinen machten aus ihrer Bewunderung für die Verwandte aus dem exotischen Zululand keinen Hehl, und der sechsundzwanzigjährige Leon verschlang sie mit Blicken, wann immer er glaubte unbeobachtet zu sein.

Obwohl es ihr an Verehrern in Durban weiß Gott nie gemangelt hatte, schmeichelte ihr das durchaus. Er war ein gut aussehender Mann, ziemlich groß, mit dichten, dunkelblonden Haaren und unglaublich hellblauen Augen, die eigentlich sprichwörtlich für Seeleute waren. Aber er war ihr zu steif, zu sehr Hanseat, und Bartholomew stand unsichtbar noch immer zwischen ihnen. Noch konnte sie sich nicht vorstellen, je wieder einen Mann so lieben zu können, wie sie Bartholomew geliebt hatte. Aber immerhin bot Leons Gesellschaft eine angenehme Abwechslung zu den älteren Mellinghoffs. Besonders ihre Tante war ziemlich humorlos und steif und entsetzlich langweilig.

Nachdem sie nach ihrer Ankunft ihre Koffer ausgepackt und sich in ihrem Zimmer eingerichtet hatte, informierte Elise Mellinghoff sie über die Gepflogenheiten des Hauses.

»Frühstück um acht Uhr, Besuchszeit ab elf, Mittagessen um eins. Nachmittagskaffee nehmen wir um vier Uhr je nach Wetter im Garten oder im Wintergarten ein, das Diner ist um acht Uhr im Esszimmer, Gesellschaftskleidung ist erwünscht. Ich nehme an, deine Garderobe ist vollständig?«

Maria hatte keine Vorstellung, was das bedeutete, also nickte sie vorsichtig.

»Sonntagmorgen besuchen wir den Gottesdienst, nachmittags, nach unserem gemeinsamen Spaziergang, meine Schwiegermutter. Das Herrenzimmer darf nur mit Erlaubnis meines Mannes betreten werden. Freitags habe ich Damenkränzchen, aber dafür bist du ja wohl noch zu jung. Hast du noch Fragen?«

Maria fiel keine ein. Das Leben der Mellinghoffs, wie auch das ihrer Freunde, war in ein Korsett von Regeln und Gesetzen gepresst. Feste Zeiten für die Mahlzeiten, feste Regeln für Freizeitbeschäftigung, strikte Vorschriften für die Kleidung, was man tat und was nicht und welchen Umgang man pflegte.

Ganz besonders das, dachte Maria jetzt. An jenem Tag hatte sie sich zu einer amüsierten Bemerkung darüber hinreißen lassen und fand schnell heraus, dass das eine bitterernste Angelegenheit war, und Elise Mellinghoff überhaupt keinen Spaß in dieser Sache verstand. Ihr ganzes Trachten und Denken war darauf ausgerichtet, welches Bild sie abgab, und das Urteil derer, die sie zur Hamburger Gesellschaft zählte, entschied über ihr seelisches Wohlbefinden. Das Prädikat, eine Geborene zu sein, war die Eintrittskarte in diese Gesellschaft, die in Hamburg zumindest nicht mit Geld zu kaufen war. Nichts Vernichtenderes konnte über eine Dame gesagt werden, als dass sie eine Gewisse war. Gleich am ersten Tag hatte Maria das gelernt.

Nachdem Elise Mellinghoff im abgedunkelten Zimmer ihre tägliche Mittagsruhe gehalten hatte und ihr Onkel aus dem Kontor gekommen war, hatte die Haushälterin um vier Uhr den Tisch für den Nachmittagskaffee im Schatten der alten Blutbuche gedeckt. Auf einem Silbertablett reichte sie der Hausherrin eine Visitenkarte.

»Visite, jetzt?« Elise Mellinghoff nahm sie mit spitzen Fingern. »Sie ist von den Leuten, die das Haus nebenan gekauft haben, eine gewisse … Langenfeld«, las sie ihrem Mann vor, dann legte sie die Karte zurück. »Kenne ich nicht. Richten Sie der Dame aus, wir empfangen heute nicht.«

»Aber bitte nicht meinetwegen«, fiel Maria ein.

»Natürlich nicht.« Frau Mellinghoff runzelte irritiert die Stirn. »Unbekannter Name, unbekannte Familie. Die müssen wir nicht kennen.« Sie seufzte. »Es sollte ein Gesetz geben, das solchen Leuten verbietet, hier zu kaufen. Nun, Kinder, zeigt eurer Cousine den Garten«, scheuchte sie ihre Töchter hoch.

»Man muss schon eine Geborene sein, um in den Augen meiner Mutter Gnade zu finden«, raunte Leon Maria ins Ohr.

»Ich verstehe den Unterschied nicht.«

Leon lächelte mit feinem Spott. »Wäre deine Mutter nicht eine geborene le Roux, hätte dich meine Mutter wohl kaum eingeladen.«

Maria verstand immer noch kein Wort, wurde auch gleich von Luise abgelenkt, die sie aus dem Stuhl und in den Garten zog.

»Hast du unseren Pfau schon gesehen? Vielleicht schaffen wir es, ihm eine Schwanzfeder auszureißen, die kannst du dir dann an den Hut stecken.« Damit tanzte sie quer über den üppig sprießenden Rasen davon.

Leonore drängte sich in die in voller Blüte stehenden Jasminbüsche und begann einen Strauß zu pflücken. Maria aber betrat das Gras nicht, achtete auf jeden Schritt, den sie tat, machte, ohne darüber nachzudenken einen großen Bogen um die herunterhängenden Kronen der alten Bäume, musterte sorgfältig und aus sicherer Entfernung Elise Mellinghoffs Steingarten, ehe sie ihn weiträumig umging.

Leonore beobachtete sie dabei stirnrunzelnd. »Was um aller Welt machst du da?«

Maria schaute verdutzt. »Was meinst du?« Als Luise ihr Verhalten mit übertriebenen Bewegungen nachäffte, stutzte sie erst, dann kicherte sie vergnügt. »Du hast Recht. Hier werden wohl keine Giftschlangen im Gras, in den Bäumen oder hinter den Felsen lauern. Oder?«

»Giftschlangen?« quiekte Luise. »Ach, du liebe Güte. Gibt es Giftschlangen bei euch?«

Marias Augen begannen zu funkeln. »Massenweise. Alles, was Rang und Namen in der Giftschlangenwelt hat, kommt bei uns vor.«

»Du meinst – einfach so, im Garten?« Die Augen des jungen Mädchen weiteten sich. Ängstlich suchte sie ihre Umgebung ab.

»Und im Haus natürlich, ich habe schon häufiger Schlangen in den Dachsparren meines Zimmers gehabt, zeitweilig lebte dort eine Kobra, was auch ganz praktisch ist, denn sie vertilgte die Ratten, die sich dort eingenistet hatten …«

»Ratten!«

Maria lächelte. Die Mellinghoffs lebten offenbar ein Leben fern der Natur. »Ratten«, bestätigte sie. »Viele dicke Ratten, und kürzlich hatte es sich eine Rinkhals, eine Spuckkobra, unter meinem Bett bequem gemacht …« Vergnügt beobachtete sie die Wirkung ihrer Worte.

»Erzähl, auf der Stelle«, forderte Leonore, die von robusterem Schlag war als ihre kleine Schwester. »Nun stell dich nicht so an, Luise, wir sind hier in Norddeutschland, da gibt es allenfalls mal eine Blindschleiche, die nicht einmal eine Schlange ist, wie ich gelesen habe, oder es kraucht mal ein ekliger, aber völlig harmloser Salamander herum.« Sie strebte dem gedeckten Tisch zu, setzte sich und zeigte auf den Korbsessel neben sich. »Komm, setz dich und erzähl uns eine Schlangengeschichte.«

Maria ließ sich in den Sessel fallen und überlegte, welche der vielen Geschichten sie ihren zart besaiteten Zuhörerinnen zumuten konnte. »Nun gut, ich werde euch meine Begegnung mit der Schwarzen Mamba schildern. Dazu müsst ihr wissen, dass die

Schwarze Mamba die gefährlichste Schlange Afrikas, ja vermutlich der ganzen Welt ist. Sie wird länger als zehn Fuß …«

»Über drei Meter«, flüsterte Leon seinen Schwestern zu, während er seiner neu gewonnenen Cousine ein Stück Sahnetorte auf den Teller legte und schweigend anhimmelte.

Luise japste hörbar.

»Ihre Giftzähne sind so lang«, Maria hielt Zeigefinger und Daumen gut eineinhalb Zoll auseinander, »und sie ist ein schlecht gelauntes, angriffslustiges Biest, das attackiert, wenn es sich bedroht fühlt.« Sie schüttelte sich theatralisch. »Nun die Geschichte. Es war an dem Tag, als mein Pferd Umoya – das heißt Wind in Zulu«, erklärte sie, während die jungen Mellinghoffs an ihren Lippen hingen, »nun, als Umoya scheute, weil aus dem Busch am Wegesrand laut gackernd ein Schwarm Perlhühner aufflog. Ich verlor die Steigbügel und landete unsanft auf der Erde. Die Zügel hielt ich natürlich fest, denn verliert man die Zügel, und das Pferd macht sich aus dem Staub, ist man schlimm dran, so allein im afrikanischen Busch. Löwen, versteht ihr, und Leoparden und natürlich die Büffel, die das Temperament von Teufeln besitzen«, fügte sie mit einem inhaltsschweren Blick in die Runde hinzu, bemerkte, dass auch ihr Onkel und die Tante mittlerweile aufmerksam lauschten.

»Eben wollte ich wieder aufsitzen, als Umoya heftig schnaufte und mit dem Kopf schlug, mich so traf, dass ich wieder hinfiel. Er riss sich los und galoppierte davon. Da saß ich nun, mitten in der Wildnis, mein Gewehr hing am Sattel und war mit Umoya auf und davon, und mein Sonnenhut war in den Fluss gefallen und hüpfte auf den Wellen dahin.«

»Und die Sonne ist auch ziemlich gefährlich, nicht wahr?«, fragte Luise. »Du sagtest doch vorhin, dass man davon Brandblasen bekommen kann. Wie entsetzlich!«

Maria nickte. »Richtig. Also, ich war nur zwei oder drei Meilen vom Haus entfernt …«

»Aber immer noch auf Inqaba?«, fragte Leonore ungläubig.

»O ja, wir haben fast viertausend Hektar«, erwiderte Maria und freute sich über den Eindruck, den sie auf die Mellinghoffs machte, »und eine Zuckerrohrfarm am Indischen Ozean, und Mama baut gerade ein großes Haus am Meer bei Durban.« Das konnte sie sich einfach nicht verkneifen. »Nun lasst mich weiter erzählen. Zwei oder drei Meilen war ich vom Haus entfernt und war wahrlich nicht darauf erpicht, mich diese Strecke durch den Busch zu schlagen, ohne Gewehr und Sonnenhut. Abgesehen davon, dass es gefährlich ist, zerreißt man sich die Kleidung, dass man sie hinterher kaum noch als Scheuertuch benutzen kann. Aber mir blieb ja nichts anderes übrig. Ich rappelte mich also hoch und schaute mich um, konnte aber zuerst nicht entdecken, wovor Umoya gescheut hatte.«

Ihre Zuhörer waren mucksmäuschenstill, als sie einen Schluck von Elise Mellinghoffs exzellentem Kaffee nahm. »Doch dann habe ich es gehört. Ein Fauchen, und ich dachte schon, es treibt sich eine Katze herum – manchmal reißen die Katzen aus, die sich die Zulus halten, um Schlangen und böse Geister von ihren Umuzis, ihren Höfen, zu bannen, und streunen in den Busch. Aber das war keine Katze …«

»… sondern eine Schlange, nicht wahr?«, hauchte Luise. »Eine Mamba. Die gefährlichste Schlange der Welt. Mir wird schon schlecht, wenn ich das nur höre. Hätte ich ihr gegenübergestanden, wäre ich auf der Stelle tot umgefallen.«

Maria nickte. »Eine Schwarze Mamba. Sie war fast armdick und tanzte nur ein paar Fuß von mir entfernt auf ihrem Schwanz. Sie war so lang, dass sie mir fast bis zur Brust reichte, aber das Schlimmste war, dass sie lächelte. Ich schwör's euch, sie lächelte mich an. Mir stockte das Herz, das könnt ihr mir glauben. Ein Biss dieser Schlange ist absolut tödlich, immer, und der Tod durch ihr Gift ist so schrecklich, dass ich nicht riskieren würde, ihn euch zu beschreiben. Ich stand wie angenagelt, wagte kaum zu atmen«, flüsterte sie. »Sie war mir zu nahe, als dass ich hätte wegrennen können, und es gab nichts, keinen Stein oder Knüppel, womit ich mich wehren konnte. In diesem Moment riss das Reptil sein Maul mit dem schwarzen Rachen auf – deswegen heißt sie übrigens Schwarze Mamba – und fauchte wieder. Ich machte einen erschrockenen Schritt rückwärts, stolperte über einen Stein, fiel rücklings hin, und die Schlange schoss auf mich zu.«

»O mein Gott«, wimmerte Luise und presste die Faust an die Zähne.

»Was dann geschah«, flüsterte Maria, um die Spannung zu erhöhen, »war unglaublich. Schon dachte ich, meine letzten Minuten wären angebrochen, als ein riesiger Vogel vom Himmel herunterschwebte, ein Vogel mit weißen Schwingen und einer Federkrone, sodass ich glaubte, ein Engel käme, um mich zu retten. Aber dann erkannte ich, dass es sich um einen Sekretärvogel handelte. Er stolzierte schnurstracks auf die Mamba zu und hackte mit seinem scharfen Schnabel auf sie ein, immer wieder, bis das Reptil tot war. Dann verschlang er es. Ich saß die ganze Zeit im Staub und konnte keinen Muskel rühren. Als die Schwanzspitze des Biests in seinem Schnabel verschwunden war, öffnete der Sekretär seine Flügel, erhob sich in die Luft und flog in die Sonne.« Sie holte tief Luft. »Bis heute bin ich mir nicht sicher, ob es nicht doch ein Engel war …«

Noch ganz in ihren Erinnerungen gefangen trat sie an das mit Fliegendreck verschmierte Fenster des Wachraums, lockerte den steifen Kragen der knappen Studentenjacke. Morgen sollte dieses einmalige Ereignis, der Empfang, stattfinden, und ganz Rostock summte wie ein Bienenschwarm vor lauter Aufregung, denn das Kronprinzenpaar weilte bereits in der Stadt. Sie spähte hinaus. Auf der Kröpeliner Straße drängte sich eine Menschenmenge auf dem Bürgersteig, in der vordersten Reihe eine auffällige Anzahl sehr gut gekleideter Bürger. Alle schienen auf etwas zu warten. Offenbar waren die Kaiserlichen Hoheiten im Anmarsch.

»Hier wird nicht herumgewandert, Frollein, setze es sich wieder hin«, raunzte der Wachtmeister.

Maria fuhr herum. »Was wollen Sie eigentlich von mir?«, fragte sie schnippisch.

»Frolleinchen, nun sei es still, während ich das Protokoll aufsetze«, befahl der Wachtmeister, tunkte seinen Federhalter ins Tintenfass und rückte die Brille zurecht. »Wie ist der Name, wo wohnhaft, wo geboren?«

Seine Feder kratzte über das Papier, während er ihren Namen aufschrieb. »Wo geboren?«, blaffte er dann.

»Inqaba«, antwortete Maria mit einem wunderschönen Klick in der Mitte des Zuluworts. »Auf Inqaba in Zululand.«

Der Polizist sah sie unter wild gesträubten Brauen an. »Wenn Frolleinchen sich lustig machen will, kann ich auch ganz andere Saiten aufziehen. Ohnehin wird sie die volle Härte des Gesetzes treffen. Unser Richter ist sehr streng. Also, wo geboren?« Die Feder schwebte erwartungsvoll über dem Protokollbuch.

Maria lächelte süß. »Inqaba«, klickte sie genüsslich, »in Zululand. Das liegt im Süden Afrikas«, setzte sie hinzu.

»Afrika!«, rief der Gesetzesmensch und lief knallrot an. »Nun wird Frollein unverschämt. Wie erklärt Sie sich denn ihre weiße Haut, was?«

Jetzt war es an Maria, ihn verständnislos anzustarren. Was meinte er? »Meine Eltern sind weiß«, stotterte sie schließlich. »Mama ist hier ganz in der Nähe geboren, Papa ist aus Bayern. Man kommt nicht schwarz heraus, nur weil man in Afrika geboren ist.« Herr im Himmel, betete sie, erlöse mich von diesem Dummkopf.

Gehörig verwirrt legte Wachtmeister Schröder seinen Federhalter hin und knöpfte verstohlen den Knopf über seinem Bauch auf. »Je nun, dann ist sie gewissermaßen hier nicht zu Hause«, sagte er mehr zu sich selbst, »aber doch muss sie sich an

208

unsere Gesetze halten … ja, sicher, doch, so denke ich, und so ist auch das Gesetz, Afrika hin oder her. Immerhin handelt es ich um die Impersonation einer Person gehobenen Standes, und dann noch einer männlichen!« Nach einem langen Blick auf das liebevoll geputzte Foto des Kaisers, das neben dem Fenster hing, beugte er sich über das Protokoll und machte einen dicken Strich durch das, was er bisher geschrieben hatte. »So, ich will Milde walten lassen. Da Sie aus dem Dschungel in Afrika sind, kann ich nicht voraussetzen, dass Sie sich in der Zivilisation gleich zurechtfinden, was? Muss ja erst gelernt werden, oder?« Seine Stimme war noch lauter geworden, als befürchte er, dass Maria ihn sonst nicht verstehen würde. Er beugte sich in seinem hölzernen Stuhl vor und musterte sie eindringlich. Er schien nachzudenken.

»Sagen Sie mir doch, Frollein, wie das Leben in Afrika so ist«, sagte er endlich. »Ist es so wie hier?«

Diese Frage wiederum brachte Maria zum Nachdenken. Wie war das Leben hier im Vergleich zu Afrika? Geregelter, nicht so frei, ungefährlicher. Dunkler, so kam es ihr vor, weil die Häuser so hoch waren und Mauer an Mauer standen, und enger, als trüge man ein Korsett. Immer hatte sie das Gefühl, nicht durchatmen zu können.

»Aufregender ist es«, sagte sie sinnend. »Der Mensch ist klein in Afrika, die Natur ist gewaltig, sie bestimmt das Leben und auch oft das Sterben.« Wieder dachte sie nach, sah sich mit den Mellinghoffs am Sonntag nach der Kirche zum Flanieren über den Jungfernstieg aufbrechen. Ludovig Mellinghoff und Leon schlenderten voran, Elise und ihre Töchter, angetan mit Handschuhen und zierlichen Schuhen und auch an bedeckten Tagen durch Sonnenschirme geschützt, spazierten gegenseitig untergehakt hinterher. Maria ging meist allein, glaubte oft, platzen zu müssen, so eng schien ihr der hochgeschlossene Kragen, so sehr fehlte ihr körperliche Bewegung.

Man schritt gemächlich unter den schönen Bäumen der Hansestadt an der Außenalster dahin, vorbei an den prächtigen Gärten in Harvesterhude, und gelegentlich fuhr man mit der Kutsche zu den erst im letzten Jahr eröffneten Colonnaden und nahm seinen Kaffee im Wiener Café an der Ecke zum Neuen Jungfernstieg ein.

Nach dem inhaltsvollen Mittagessen zogen sich die Mellinghoffs stets zurück und ruhten für eineinhalb Stunden. Maria, die kaum wusste, wohin mit ihrer Energie, machte dann meist allein noch einen ausgedehnten Spaziergang. Nur einmal fanden die Mellinghoffs Maria erhitzt und dreckverschmiert im Garten kniend und Unkraut jätend. Eindrücklich machte ihr Elise klar, dass das nun überhaupt nicht comme il faut wäre. Sollten denn die Nachbarn denken, dass Maria wie ein Dienstmädchen Fronarbeit leisten musste?

Später gab es Kaffee und Kuchen im Salon, und nur wenn das Wetter windstill und nicht zu heiß, zu kalt oder zu feucht war, ließ Elise in der Gartenlaube decken.

Nun schob sich allmählich ein anderes Bild vor ihre Augen.

Über die Entfernung zweier Kontinente konnte sie ihren Vater erkennen, Sohn eines Sägemühlenbesitzers, der aus dem Bayerischen Wald kam und nach Amerika wollte, aber in Afrika landete und inzwischen Kapitän geworden war, der dann sein Schiff und alle Besitztümer und fast auch sein Leben auf den Felsen vor der Küste Zululands verlor, sich unverdrossen aufrappelte und Handel mit den Zulus betrieb bis zu dem Tag, als er den Lieblingssohn König Mpandes vor einem Leoparden rettete und das Stück Land erhielt, das er Inqaba nannte.

Sie lehnte sich vor und sah Wachtmeister Schröder an. »Anders ist es, ganz anders. In Afrika zählen nicht Herkunft und Titel, auch nicht Erziehung oder Bildung, sondern Mut und Kraft. Ist man nicht stark, geht man unter. So ist das.«

Der Wachtmeister strich sich über seinen Schnauzbart. »Es wäre also möglich, dass einer ein Herr wird, der nicht als Herr geboren wurde?«, fragte er nach einer langen Pause.

Lächelnd nickte Maria. »Wenn Sie meinen, kann einer viel Geld machen, der von ganz unten kommt, und kann er dann in der Gesellschaft aufsteigen, so ist das wohl möglich.« Sie machte eine Handbewegung. »Zumindest noch«, sagte sie. »Wer weiß, wie es wird, wenn es bei uns vielstöckige Häuser und gepflasterte Straßen und Bürgersteige gibt«, fügte sie nach kurzem Nachdenken hinzu.

»Soso«, murmelte der Wachtmeister und klopfte mit abwesendem Blick mit der Spitze seines Stifts auf die Schreibtischoberfläche. »Soso.« Und nach einer Weile, ganz leise und gedehnt: »Soso.« Die Spitze seines Stifts brach mit lautem Knacks, dass er zusammenzuckte. Sein Blick kehrte zu ihr zurück.

»Ich werde Sie eigenhändig zu Ihrer Unterkunft bringen, damit da nichts passiert unterwegs. Und dann, Frolleinchen«, er fuchtelte ihr mit erhobenem Zeigefinger vor dem Gesicht herum, »dann heißt's, sich benehmen. Also nie wieder dieses«, hier glitten seine kleinen, in dicken Fettpolstern liegenden Äuglein flink über ihre Figur und blieben lange an ihren graziösen Fesseln hängen, die unter den aufgekrempelten, engen Hosen des Anzugs hervorschauten, »nie wieder diese Kleidungsstücke tragen, hören Sie? Kleiden Sie sich so, wie es einer jungen Frau geziemt. Natürlich könnte es eine Anzeige geben wegen unbefugten Betretens des Universitätsgebäudes, natürlich, ohne Frage, und Sie haben Professor Schley gestoßen, wie er mir sagte.« Er schrieb langsam, wobei die Zunge zwischen seinen Lippen hervorschaute. Dann legte er den Federhalter hin und streute Sand über das Geschriebene.

»Vorläufig dürfen Sie das Universitätsgelände nicht betreten. Die Herren Professoren haben Ihnen Hausverbot ausgesprochen. Welch ein Schauspiel haben Sie den Herren aber auch geboten …«

»Ja, ja«, sagte Maria ungeduldig, musste lächeln, als sie an die Studenten dachte, die sie mit offenem Mund und krebsroten Gesichtern angestarrt hatten.

»Wo logiert die Mamsell?«, fragte jetzt der Wachtmeister.

»Momentan im Haus von Berthold Mellinghoff am Schiller-platz.«

»Bei dem Berthold Mellinghoff?«, rief der Polizist. »Dem Herrn des Handelshauses Mellinghoff? Dann ist Frollein wohl das neue Dienstmädchen oder«, hier lief sein abschätzender Blick über den Anzug, der zweifelsohne aus bestem Tuch geschnitten war, »oder vielleicht sogar die Haushälterin? Obwohl Sie mir dafür doch zu jung erscheint.«

»Mellinghoffs sind meine Familie. Meine Großmutter war eine geborene Mellinghoff.« Ein spitzbübisches Lächeln huschte über ihr Gesicht. »Meine Großmutter war die Baronin le Roux.«

Im gleichen Maße, wie die Gesichtsfarbe des Wachtmeisters sich ins Lila vertiefte, versteifte sich sein Rücken. »Gnädiges Fräulein, die ganze Sache scheint ein Missverständnis zu sein. Ich werde mich darum bemühen, dass sich die Anzeige auf die eine oder andere Art erledigen wird, und persönlich mit dem Herrn Principal der Universität sprechen. Nun gestatten gnädiges Fräulein, dass ich Sie sicher nach Hause geleite.« Mit einem zackigen Diener riss er die Tür seines Dienstzimmers auf.

Maria stand auf, zog ihre Handschuhe an und setzte die kecke Kappe wieder auf. »Das wird nicht nötig sein. Den Weg finde ich auch allein.«

»Nichts da, nichts da. Ich kann Sie doch nicht in diesem Auf-zug unbegleitet über die Straßen laufen lassen, und schon gar nicht am heutigen Tage. Nicht auszudenken, wenn Ihre Kaiserlichen Hoheiten einem solchen Anblick ausgesetzt werden. Wenn gnä-diges Fräulein doch nur einen Mantel hätte, der das alles verber-gen würde ...« Sichtlich nervös sah er sich um und nahm seinen eigenen Regenumhang vom Kleiderständer. »Hier, nehmen Sie meinen Umhang, der wird's tun, bis wir Sie zu Hause abgeliefert haben.«

»Ich trug einen, aber habe ihn irgendwo in der Universität verloren«, entgegnete sie. »Sollte ich zurückgehen und ihn suchen?«, fragte sie mit scheinheiligem Lächeln.

»Gott bewahre, keinen Schritt werden Sie wieder in dieses Gebäude tun«, rief Wachtmeister Schröder entsetzt aus und hängte ihr das schwere, aus grober Wolle gewebte Kleidungsstück um die Schultern, nahm mit festem Griff ihren Ellbogen und führte sie die Stufen der Wache hinunter.

Der Regen hatte aufgehört, und es war die Zeit am Tag, wo die Damen der Gesellschaft sich in der dünnen, herbstlichen Sonne in den Wallanlagen ergingen, und die lagen in Sichtweite der Polizeistation.

Frau Mellinghoff, prächtig anzusehen in einem eng anliegenden, senffarbenen Wollkostüm mit üppigem Pelzkragen und Pelzbesatz am Rocksaum, spazierte eben mit ihrer Freundin, Frau Mollhagen, im goldenen Wirbel der fallenden Blätter unter den Bäumen auf der Straße vor der Wache entlang. Ganz Rostock war auf den Beinen, hoffte doch jeder schon einen Blick auf den Kronprinzen und die Kronprinzessin zu werfen.

Frau Mellinghoff grüßte rechts und links, huldvoll oder eifrig, je nach Stand der zu grüßenden Person. Frau Mollhagen ließ ihren Blick herumschweifen, um festzustellen, ob auch ihr neues Kleid aus königsblauem Samt mit der üppigen Posamentstickerei genügend zur Kenntnis genommen wurde, als sie den Wachtmeister und Maria Steinach erblickte. Aufgeregt zupfte sie Frau Mellinghoff am Ärmel und deutete verstohlen auf das junge Mädchen.

»Liebe Freundin, was macht denn Ihr exotischer Hausgast auf der Polizeiwache? Schaut es nicht gerade so aus, als wäre sie festgenommen worden?«, raunte sie und äugte genauer hinüber. Da wehte der Wind Marias Umhang hoch, und Frau Mollhagen konnte nicht glauben, was sie da erblickte. »Ja, was ist denn das? Ob es wohl wegen ihres Aufzugs ist?«, brach es aus ihr heraus.

213

»Mir scheint doch, dass sie unter diesem Umhang einen Herren-anzug trägt. Sie schaut ja aus wie ein Student. Sogar ein Käppi sitzt auf ihrem Kopf.« Sie lachte mit vornehm vorgehaltener Hand und neigte sich dann weit zur Seite, bis sie an der Taille um neunzig Grad abgeknickt war. »Ich kann ihre Knöchel sehen«, presste sie hervor.

Frau Mellinghoff schaute hinüber und erblickte Schröder, den Wachtmeister, der Marias Arm festhielt und mit strenger Miene auf sie einredete. Konsterniert schnappte sie nach Luft. Ein Mit-glied ihrer Familie, wenn auch ein sehr entferntes, in den Fängen der Polizei, und das vor Frau Mollhagen! Eine Katastrophe!

Angriff war immer noch die beste Verteidigung, entschied sie und zerrte ihre Freundin hoch. »Vielleicht sollten Sie daran den-ken, sich eine Brille zuzulegen, liebe Freundin, das ist in Ihrem Alter anzuraten. Ich sollte doch Maria erkennen, und das ist sie nicht. Ganz sicher nicht. Sie irren sich also.«

Doch der kräftige Herbstwind schlug wieder ein paar Kaprio-len und hob den Saum von Marias Umhang, enthüllte dabei die-ses unsägliche Kleidungsstück – Frau Mellinghoff weigerte sich, an das Wort ›Hose‹ im Zusammenhang mit einer Dame auch nur zu denken – in voller Länge, und Marias Fußgelenke waren für alle Welt deutlich zu sehen. Frau Mellinghoff wurde schlecht. Ihr drehte sich regelrecht der Magen um. Eilig raffte sie ihren Rock und wollte sich abwenden, einfach verleugnen, was dort geschah, als dieses unglückselige Mädchen sich von dem Polizisten losriss und über die Straße auf sie zulief. Entsetzt erkannte sie, dass es kein Entkommen gab. Nun war es nicht zu übersehen, dass sie, Elise Mellinghoff, geborene Lenggsdorf, mit dieser skandalösen Person bekannt war. Die neugierigen Blicke der sich an den Wall-anlagen ergehenden Herrschaften, die mittlerweile stehen geblie-ben waren und das Geschehen unter Geruschel und unterdrück-tem Gelächter beobachteten, brannten wie Feuer auf ihrer Haut. Abwehrend streckte sie die Hände aus.

Maria blieb auf der Straße stehen, und als Elise Mellinghoff zweifelsfrei die Initialen ihres Sohns auf der Brusttasche entdeckte, zitterte sie nicht nur innerlich. Welch eine Schlange hatte sie am Busen ihrer Familie genährt!

»Sag doch einmal, liebe Elise, sind das nicht die Initialen deines Leon dort auf der Brusttasche? Er wird doch mit dieser jungen Dame nicht unter einer Decke stecken? Bildlich gesprochen, natürlich.« Frau Mollhagen amüsierte sich königlich. Was würde sie ihren anderen Freundinnen zu berichten wissen!

»Dame! Ha, die da? Selbstredend nicht«, rutschte es Elise Mellinghoff heraus. »Allerdings ist ihre Mutter eine le Roux«, bemühte sie sich, den Lapsus flugs zu verdecken.

Frau Mollhagen hatte nicht vor, sie so leicht davonkommen zu lassen. »Natürlich, natürlich, das zählt. Stimmt es, dass ihr Vater ein … nun«, hier lächelte sie scheinheilig, »verzeihen Sie den Ausdruck, meine Liebe, aber das ist, was man so hört, also, dass der Vater ein Hinterwäldler aus dem kalten Osten Bayerns sein soll? Natürlich würde das einiges erklären …«

Elise Mellinghoff spießte sie mit einem stählernen Blick auf. »Herr Steinach ist ein Großgrundbesitzer, er hat riesige Ländereien im Osten Bayerns … ganze Wälder … ein Landjunker sozusagen.« Ihr gefiel diese Beschreibung sehr. Das war doch was! »Und mein Leon ist die Ehrbarkeit in Person. Selbst Herr von Schmalenbeck schätzt ihn aufs Höchste«, plapperte sie und merkte nicht, wie Frau Mollhagens Nase zuckte, wie sie es immer tat, wenn sie etwas witterte, was sie eigentlich nichts anging.

»Herr von Schmalenbeck?«, fragte diese mit harmloser Miene.

Nun merkte Frau Mellinghoff, was sie gesagt hatte, und tat sogleich, als hätte sie es nicht gesagt. »Wie kommen Sie denn auf diesen Herrn? Reden wir nicht von diesem Mädchen, das sich in Leons Zimmer geschlichen und den Anzug entwendet haben muss? Nein, gestohlen«, berichtigte sie sich. »Gestohlen! Ich bin sicher, darauf steht Gefängnis. Sie ist eine Diebin, dieses lotterhafte Mädchen. Kein Wunder, würde ich sagen, sie kommt aus Afrika, hat ihr Leben mit Wilden verbracht …«

Dass ihr geliebter Leon irgendetwas mit dieser schmachvollen Sache zu tun hatte, war selbstverständlich vollkommen unmöglich. Sie fühlte sich dem ganzen Vorfall ohnehin nicht gewachsen. Ludovig würde da eingreifen müssen. Natürlich konnte dieses unmoralische Geschöpf nicht länger mit ihrer Familie unter einem Dach wohnen, dafür würde sie schon sorgen.

»Dein Onkel wird dir schon etwas zu sagen haben! Komm du nur nach Hause, du …« Sie atmete erregt, während sie, ohne Maria auch nur eines einzigen weiteren Blicks zu würdigen, an ihr vorbei über den Bürgersteig fegte.

»Eigenartiges Mädchen«, murmelte Frau Mollhagen, während sie ihrer Freundin folgte. »Ich meinte schon neulich gesehen zu haben, dass sie unter ihrem hübschen Samtumhang eine Hose trug, die genauso geschnitten war wie jene dieser japanischen Herren, die sich ständig den Bauch aufschlitzen.«

»Du faselst«, fauchte Elise Mellinghoff. Vielfaches Hufgetrappel erklang und kurz darauf Jubel und Hochrufe. Sie schaute nervös die Straße hinunter und erblickte zu ihrem abgrundtiefen Entsetzen die Prachtkutsche des Kronprinzen, angeführt und begleitet von berittenen Gardisten. Der scharfe Wind riss die Blätter von den Bäumen und verwirbelte sie, sodass das Kronprinzenpaar sich in einem Goldregen zu nähern schien.

Ihre Nichte stand noch immer mitten auf der Straße, und der Wachtmeister, der sie mittlerweile losgelassen hatte und in strammster Habachthaltung erstarrt war, ebenfalls. Die Kavalkade kam unaufhaltsam näher, die Damen, die eben noch das Geschehen um Maria mit größtem Vergnügen verfolgt hatten, versanken bereits in tiefem Hofknicks, und die begleitenden Herren, so sie in Uniform waren, ließen ihre Hände in zackigem Salut an die Helme schnellen.

Frau Mellinghoff schloss die Augen und betete, dass ein Blitz vom Himmel herunterfahren und Maria vernichten sollte und sie am besten gleich dazu. Aber nur das Hufgetrappel wurde lauter, die energischen Befehle der Leibgardisten des Kronprinzen, die das Volk auf Abstand hielten, waren deutlich zu vernehmen.

Nachdem der Kaiser, sein Vater, zwei ruchlose Attentate überlebt hatte, waren die Sicherheitsvorkehrungen auch für das Kronprinzenpaar wesentlich strenger geworden. Das Revolverattentat im Mai hatte Majestät unverletzt überstanden, aber das im Juni, wo ein Landwirt namens Nobiling mit einer Schrotflinte auf ihn schoss, hatte ihn blutüberströmt zusammensinken lassen. Die Kugeln hatten ihn beim Salutieren in Wange, Hals, Schulter und rechter Hand getroffen, einige waren selbst durch seinen Helm gedrungen und hatten seine Stirn gestreift. Der hoch betagte Kaiser erholte sich nur langsam von seinen Verletzungen und hatte deshalb den Kronprinzen als seinen Vertreter bestimmt.

Jetzt war der Achtspänner schon so nah, dass Frau Mellinghoff die Hoheiten erkennen konnte, als plötzlich einer der Leibgardisten, die zu Fuß neben der Kutsche liefen, vorsprang, Maria packte, die zugegebenermaßen misstrauischen Augen als höchst verdächtig in dem langen Umhang des Wachtmeisters erscheinen musste, und sie zu Boden stieß. Mit gezogener Waffe stand er über ihr. Die Menge schrie auf, im Nu war die immer noch am Boden liegende Maria von Gardeoffizieren umringt. Es herrschte konfuses Gedränge, Befehle wurden gebrüllt, Pferde wieherten, und gleich darauf jagte das kronprinzliche Gefährt in halsbrecherischer Geschwindigkeit die Straße hinunter und entschwand.

Nicht einmal in ihren schlimmsten Albträumen hätte Frau Mellinghoff sich eine derartige Situation ausmalen können. Sie versuchte in Ohnmacht zu sinken, aber es klappte nicht. Daraufhin schloss sie einfach die Augen und ließ sich hintenüberfallen. Sollten andere mit dieser Situation fertig werden.

Es nützte nichts, dass sich die ganze Sache nach einer Stunde intensiven Verhörs der vermeintlichen Attentäterin mithilfe der

Aussage des Wachtmeisters aufklärte und Maria entlassen wurde. Es half dem Zustand Elises Mellinghoffs entschieden ebenfalls nicht, dass Uniformierte ihre angeheiratete Nichte im Haus Berthold Mellinghoffs ablieferten, weithin sichtbar für die glotzende Menge.

»Es wäre besser gewesen, die Gardisten hätten sie gleich erschossen und mich am besten auch«, stöhnte Elise Mellinghoff, als sie, endlich vor fremden Blicken gefeit, im Haus vorsichtig die Augen wieder öffnete. »Ich werde nie wieder einen Fuß auf die Straße setzen können, und keine zehn Pferde könnten mich zu dem Empfang morgen schleifen, wenn man uns nicht sowieso längst von der Liste gestrichen hat. Mein Leben ist zu Ende.«

Ludovig Mellinghoff befahl der Haushälterin seines Bruders, seiner Frau einen großen Cognac zu bringen, träufelte eine großzügige Menge Laudanum hinein, wachte darüber, dass sie das Glas bis auf den Grund leerte, und verschaffte sich auf diese Weise für einige Stunden Ruhe.

10

Am Abend dieses schrecklichen Tages, nach einem in schwerem Schweigen eingenommenen Abendessen, an dem Maria, deutlich isoliert, am unteren Ende des Tischs Platz nehmen musste, was sie allerdings nicht weiter störte, erhob sich Ludovig Mellinghoff.

»Maria, ich möchte mit dir sprechen. Allein.« Mit grimmiger Miene hielt er die Tür zum Herrenzimmer seines Bruders auf.

Maria schob ihren Stuhl zurück, erhob sich und ordnete die Falten ihres hochgeschlossenen, kupferfarbenen Kleids. »Bitte entschuldigt mich«, sagte sie und nickte allen zu.

Elise Mellinghoff lag bleich, ein Riechfläschchen umklammernd und mit kühlenden Umschlägen auf ihrem dröhnenden Kopf, auf der Chaiselongue, das Tablett mit ihrem Essen stand unangetastet auf dem Beistelltischchen. Matt hob sie abwehrend die Hand. Sprechen konnte sie nicht. Leonore und Luise warfen ihrer entfernten Cousine unter gesenkten Lidern mitleidige Blicke zu.

Leon streifte Marias Finger mit seinen und lächelte ihr in die Augen. »Courage, Courage, es sind nur Worte«, flüsterte er.

Maria nickte dankbar und schritt erhobenen Haupts durch die aufgehaltene Tür in das düstere Herrenzimmer. Eine Wolke von schalem Zigarrenrauch schlug ihr entgegen, die hohen Bücherwände vermittelten ein bedrückendes Gefühl der Enge. Sie fragte sich, ob die Folianten akademische Bildung vortäuschen sollten, die, wie sie wohl wusste, weder Ludovig noch Berthold Mellinghoff besaß, da es bekannt war, dass beide schon früh und ohne Schulabschluss ins Handelshaus ihres Vaters eingetreten waren.

»Wie man bei uns Hanseaten zu sagen pflegt, wenn der Sohn zu dumm fürs Kontor ist, lassen wir ihn Arzt oder Pastor werden«, hatte Ludovig Mellinghoff ihr gleich nach ihrer Ankunft erzählt und vergnügt auf seiner Zigarre gekaut. »Mich hat mein Vater schon mit fünfzehn ins Kontor geschickt.«

Ihre Frage, warum dann Leon Medizin studiert hatte, wurde mit einem Knurren quittiert, und sie schnitt dieses Thema wohlweislich nie wieder an.

Kerzengerade stand sie im Zimmer und wartete, bis Ludovig Mellinghoff die Tür hinter sich geschlossen und die dunkelroten Portieren vorgezogen hatte. Doch ehe sie etwas sagen konnte, hob er gebieterisch, aber beherrscht die Hand.

»Es reicht nun, Maria. Es ist effektiv genug. Kaum kann ich meiner Empörung Ausdruck verleihen, so stark ist sie. Ich kann nicht weiter dulden, dass du meine lieben, unschuldigen Töchter verdirbst, um gar nicht davon zu reden, welches Bild du Leon bietest. Das Schlimmste jedoch ist, dass du unseren guten Namen mit deinem unerhörten Betragen heute auf eine Art besudelt hast, dass ich befürchte, irreparablen Schaden in den Augen der Gesellschaft davongetragen zu haben. In Rostock und auch Hamburg, wohin die Kunde ohne Zweifel schon gedrungen sein dürfte, wird unser Name bis in alle Ewigkeit mit dieser schändlichen Tat verbunden sein, von dem wirtschaftlichen Schaden gar nicht zu reden, denn kein ehrbarer, hanseatischer Kaufmann wird mit einer solchen Familie noch Geschäfte tätigen. Du hast uns unmöglich gemacht, hörst du, selbst die Dienstboten tuscheln schon!« Nun war seine Stimme doch lauter geworden, und sein Gesicht rötete sich. Es war offensichtlich, dass er sich nur mit größter Anstrengung beherrschte.

»Was habe ich denn so Schlimmes getan?«, fragte Maria. »Ich bin lediglich zur Universität gegangen und habe darum gebeten, den Herrn Dozenten für Medizin sprechen zu dürfen …«

»Davon will ich ja gar nicht sprechen, aber was du unserem Kronprinzenpaar angetan hast …«

»Ich habe gar nichts getan, ich habe nur da gestanden, und das nicht freiwillig. Der Wachtmeister hatte mich dorthin geschleppt. Niemand fragt, was mir angetan wurde! Ich bin von diesen uniformierten Grobianen auf den Boden geworfen und mit Waffen bedroht worden, als trachtete ich dem Kronprinzen nach dem Leben. Und hinterher hat man mich verhört wie eine Verbrecherin. Aber nun hat sich das ja wohl aufgeklärt. Ich verstehe Ihre Aufregung nicht, Onkel. Nur weil ich keine Antwort auf meine Briefe bekommen habe, bin ich zur Universität gegangen. Drei Stück habe ich geschrieben und keine Antwort erhalten. Das nenne ich schlechtes Benehmen! Man scheint sie als Witz aufgefasst zu haben ...« Das war eine taktische Bemerkung gewesen und diente zur Ablenkung.

Ihr Onkel sprang sofort darauf an. »Ein Witz!«, schrie er auf. »Wärst du das nur, dann könnte man dich getrost ignorieren, aber du bist wie eine Furie in das ehrwürdige Gemäuer eingedrungen, gekleidet wie ein Mann. Mit Leons Anzug!«

»Es war sehr kalt heute Morgen, es regnete, und die Röcke, die ich besitze, sind zu dünn. Ich kenne eine solche Kälte nicht und habe versäumt, mir einen passenden Winterrock machen zu lassen«, verteidigte sich Maria. »Meine Beine waren genauso bedeckt wie von einem Rock ...« Ums Verrecken würde sie nicht verraten, dass sie diesen Streich mit Leon gemeinsam ausgeheckt und er ihr bereitwilligst den Anzug überlassen hatte.

»Und als man dich aufhalten wollte, völlig zu Recht natürlich, bist du einfach an den Aufsichtsorganen vorbeigerannt ...«

»... die sich aufführten, als wolle ich die Universität in die Luft sprengen«, fiel sie ihm ins Wort, dankbar, dass das Kronprinzenpaar nicht mehr erwähnt wurde. »Die Herren führten sich auf, als gelte es einen Schwerverbrecher zu fassen.« Sie musste lachen, als sie an den Tumult dachte, den sie verursacht hatte. »Sie gackerten wie Hühner, die eine Schlange in ihrer Mitte entdeckt haben!«

War Herrn Mellinghoffs Gesicht bereits gerötet, wurde es jetzt krebsrot, und die Spitzen seines dichten, blonden Backenbarts bebten. »Das ist ja wohl der Gipfel der Unverschämtheit, du zeigst ja nicht einmal Reue, geschweige denn Respekt vor der Würde dieser Hochschule. Schluss mit deinen Widerworten«, röhrte ihr Onkel. Er richtete sich auf, wobei er Brust und Bauch drohend vorwölbte und jedes seiner folgenden Worte unterstrich, indem er hart mit dem Knöchel auf den Tisch klopfte. »Ich dulde keine afrikanischen Sitten! Übermorgen werden wir nach Hamburg zurückkehren, und du wirst mein Haus verlassen, sobald ich eine Schiffspassage für dich nach Durban gesichert habe. Ich befehle dir, im Haus zu bleiben. Du kannst dich innerhalb unserer Mauern im Garten bewegen, aber ich verbiete dir, dich noch einmal in der Öffentlichkeit zu zeigen.« Damit öffnete er energisch die Tür. »Nun geh auf dein Zimmer.«

Maria stand für Momente bewegungslos. Als sie sprach, hatte sie sich gesammelt und ihr Temperament unter Kontrolle. »Darf ich Sie daran erinnern, Onkel, dass ich zahlender Gast in Ihrem Hause bin und obendrein, wie Sie mir vorgehalten haben, bereits dreiundzwanzig Jahre alt, und somit kann ich Ihnen nicht das Recht einräumen, über mich zu bestimmen. Wenn Sie wünschen, dass ich Ihr Haus verlasse, werde ich es tun, ich kann sogar in gewisser Weise verstehen, dass Sie mich los sein wollen, aber ich nehme mir Zeit zu entscheiden, wohin ich dann gehe, denn nach Afrika gehe ich jetzt nicht zurück. Und in der Öffentlichkeit werde ich mich zeigen, sooft mir danach ist. Und ich würde gern wissen, Onkel, was wohl unanständiger ist, die abgrundtiefen Dekolletees der Abendroben Ihrer Frau und der ihrer Freundinnen, die Schultern und Busen schamlos zur Schau stellen, oder ein Zoll meines, immerhin bestrumpften Fußes?«

»Du Flittchen!«, schrie Mellinghoff. »Raus aus meinem Haus! Scher dich zum Teufel!«

Sie musterte ihn. Er benahm sich wie ein Büffel, der blind-
wütig auf jedes Hindernis losgeht. Nun, Afrika hatte sie gelehrt,
wie sie sich in einer solchen Situation verhalten musste. Das obers-
te Gebot war, Ruhe zu bewahren, das zweite, keine Schwäche zu
zeigen. »Mäßigen Sie sich doch, Onkel, oder möchten Sie, dass
die ganze Straße Ihre Worte hört?«

Ihr Onkel warf ihr einen wilden Blick zu und stürzte zum Fenster, das tatsächlich halb geöffnet war, schloss es mit einem Knall,
wirbelte herum und schlug ihr ins Gesicht.

Maria stolperte und tastete nach Halt, krümmte sich vornüber.
Der Schlag hatte ihren gesamten Körper erschüttert. Noch nie
hatte ein Mensch seine Hand gegen sie erhoben.

»Haltung«, hörte sie da die Stimme ihrer Mutter, ganz klar, als
stünde sie neben ihr und befände sich nicht fünf Wochen entfernt
an der Südspitze des afrikanischen Kontinents. »Haltung, Maria.
Kopf hoch, Rücken gerade, Schultern zurück und dreimal tief
durchatmen.«

Sie tat, wie ihre Mutter ihr es eingebläut hatte, und langsam
fand sie zumindest äußerlich ihre Haltung wieder. »Ich werde
Ihnen meine Entscheidung mitteilen«, beschied sie ihren Onkel,
der noch am Fenster stand, beide Hände in den schweren Vor-
hängen verkrallt. Maria warf den Kopf in den Nacken, presste die
Lippen aufeinander und zwang sich, mit gemessenem Schritt zur
Tür zu gehen.

»Such dir einen Mann«, schickte ihr der Onkel nach. »Ohne
Mann sind Frauen keine Menschen, aber lass deine Finger von
meinem Sohn, das sage ich dir. Geh zurück nach Afrika, es soll ja
Männerüberschuss dort herrschen, da wird's schon noch einen
passenden Mann geben, wenn dich überhaupt einer haben will.
Wer will schon mit einer Hetäre verheiratet sein!«

Flüchtig stieg das Bild von Inqaba vor ihr auf, dem riedgedeckten, weißen Haus auf dem Hügel, das weite Land zu seinen
Füßen, das sich bis zum Horizont erstreckte und jetzt am Ende

des Winters honiggelb in der Sonne leuchtete, sie dachte an die wogenden, saftig grünen Zuckerrohrfelder, die ihr Vater an der Küste besaß, das paradiesische Stück Land einen Tagesritt nördlich von Durban mit dem sonnendurchfluteten, kleinen Haus, das sich hoch auf den Dünen über dem Meer duckte. Durch das Rauschen in ihren Ohren hörte sie ihren Vater lachen und ihre Mutter singen, hörte ihre Geschwister rufen und die sanften, kehligen Laute Jabisas, die ihr Leben vom ersten Tag begleitet hatten.

»Sie sind nicht reich genug, um das zu kaufen, was meine Familie besitzt, Onkel«, sagte sie mit dünner Stimme. Schon wollte sie den Raum verlassen, als sie sich noch einmal umwandte. »Im Übrigen ist eine Hetäre im ursprünglichen Sinn eine hoch gebildete, politisch einflussreiche Frau, und insofern fühle ich mich geschmeichelt.«

Sie drohte, ihre Fassung zu verlieren, schaffte es nicht, das Zimmer zu erreichen, das sie mit Luise während ihres Aufenthalts in Rostock teilte, sondern schlüpfte in die dunkle, nur von einer Kerze erhellte Bibliothek. Behutsam, um nichts von ihrem inneren Tumult zu verraten, schloss sie leise die Tür, ging zum Fenster und drückte ihr heißes Gesicht an die Scheibe.

Das Wetter war umgeschlagen, der Wind heulte um die Hausecken, und es goss wie aus Kübeln. Durch die Schlieren des Schneeregens sah sie nicht die tristen, regennassen Straßen im dünnen Licht der Straßenlaternen, die Bäume, die blätterlos in den schwarzen Himmel ragten, sondern sie sah die grüne Küste und den goldenen Strand ihres Heimatlands, sah das endlose Blau des Indischen Ozeans und im Dunstschleier der Ferne die sanften Hügel Zululands. Unvermittelt überfiel sie ein derartig starkes Verlangen, durch den weichen Sand zu laufen, den Seewind im Haar zu spüren und die afrikanische Sonne auf ihrer Haut, dass ihr die Tränen in die Augen schossen. Schluchzend riss sie das Fenster auf und kühlte ihr Gesicht in dem kalten Regen. Sie hatte nicht geahnt, dass Heimweh so schmerzen konnte.

Mit der flachen Hand schlug sie gegen den Fensterrahmen. Es klatschte und tat weh, aber es half. Ihre Tränen versiegten. Es reichte nun.

Mit ihrem Vorhaben, eine Hochschule zu besuchen, war sie gescheitert, es brachte nichts, sich etwas vorzumachen. Vage entsann sie sich, gehört zu haben, dass Frauen in der Schweiz und England studieren und promovieren konnten, aber sie war sich nicht sicher, und die Zeit, es herauszufinden, hatte sie nicht. Ludovig Mellinghoff hatte ihr sehr klargemacht, dass sie nicht länger in seinem Haus willkommen war, was sie ihm bei näherer Betrachtung des Vorfalls eigentlich nicht verdenken konnte. Es war Zeit, sich auf den Weg nach Hause zu machen.

Ein leises Klopfen schreckte sie auf, und bevor sie reagieren konnte, wurde die Tür ebenso leise geöffnet. Rasch wischte sie ihr Gesicht ab und drehte sich mit abweisender Miene um.

Es war Leon. Mit verschwörerischem Lächeln trat er ein und schloss die Tür sofort wieder. Mit zwei Schritten war er bei ihr, streckte ihr seine Hände entgegen, und als sie sich nicht rührte, nahm er ihre. »In der Universität von Leipzig akzeptiert man Gasthörerinnen, und es gibt einen Professor in Dresden, den Chef der dortigen Klinik, Franz von Winkel, der Frauen als Volontärinnen zulässt. Ich kenne ihn, und ich kenne die Professoren in Leipzig. Ich könnte mit ihnen reden, sie bitten, dich zu empfangen. Allerdings würdest du dein Examen inoffiziell machen müssen, für Frauen wird es nicht anerkannt, und auch wenn du im Ausland zur Ärztin promovierst – arbeiten kannst du in Deutschland nicht, natürlich auch deinen Doktortitel nicht führen.«

»Gasthörerin«, sagte Maria und bekam einen abwesenden Blick. Vor ihrem inneren Auge war das Bild einer steinigen Straße, die im Nichts endete. »Ich wollte nur lernen, genug von Medizin verstehen, um Menschen retten zu können, der Doktortitel interessiert mich nicht ... Ich will helfen ...« Ihre Stimme versickerte, sie zuckte hilflos mit den Schultern. Zum hundertsten Mal sah sie sich neben dem sterbenden Bartholomew sitzen, doch im Gegensatz zu damals wusste sie in ihrer Fantasie, was sie zu tun hatte, hatte Medikamente gefunden, um den Verlauf der schrecklichen Krankheit aufzuhalten, in ihrer Fantasie genas Bartholomew, und sie hatte das bewirkt. »Ich will forschen, ein Mittel gegen Malaria finden ... so etwas ...«

Lange sah er sie stumm an, sah in ihrem Gesicht, was sein Vater ihr angetan hatte, hätte ihn auch freudig erwürgt, hätte er es denn gewagt. »Erzähl mir von deinem Leben«, sagte er stattdessen. »Erzähl mir von Inqaba, dem Meer, erzähl mir die Geschichte von der Löwin.«

»Mir ist heute nicht danach, Geschichten zu erzählen, heute nicht, Leon. Sei mir nicht böse. Lass uns spazieren gehen, ich bin sicher, dass wir genügend anderen Gesprächsstoff haben«, schlug sie vor.

»In diesem Wetter? Solltest du dich etwa doch langsam von einem verweichlichten Frostködel in eine wetterfeste Norddeutsche verwandeln?«

»Frostködel? Was ist das, muss ich mich beleidigt fühlen?«

»Ach wo. Ein Frostködel ist jemand, der ständig friert, und jemand, der selbst an Sommerabenden eine Gänsehaut haben kann. Jemand wie du.«

Sie hörte den Regen rauschen, wurde sich ihrer eiskalten Füße bewusst und nickte. »Du hast Recht. Schade.«

Den ganzen Sommer waren sie zusammen spazieren gegangen, fast jeden Tag. Immer an den Ufern der Alster entlang. Nie allein natürlich. Das geziemte sich für eine junge, unverheiratete Frau nicht. Immer waren Luise und Leonore dabei, aber die beiden störten nicht. Maria dachte daran, wie sie schon Tage und auch Nächte allein auf Inqaba verbracht hatte, nur in Gesellschaft von einigen Zulus und dem vor Leben summenden Busch, daran, wie sie sich einen aufdringlichen Buren mit dem Gewehr vom Leib gehalten hatte, der aus der Tatsache, dass sie allein unterwegs war, die falschen Schlüsse gezogen hatte.

Ihre Spaziergänge mit Leon waren die Höhepunkte der meisten Tage gewesen. Im Hochsommer hatte er oft ein Boot gemietet und war mit ihr auf die Außenalster gerudert. Draußen auf dem See zog er die Ruder ein, öffnete die Flasche mit Holunderwein, die er stets mitbrachte, goss ihr ein und legte sich im Boot bequem zurück.

»Erzähl mir von Afrika«, sagte er dann und schloss die Augen. Ihre ruhige Stimme war wie ein Fluss, der ihn forttrug übers Meer, nach Afrika, und ihn an der Küste von Zululand ans Land spülte. Ihre Worte ließen ihn die Hitze spüren, das Knistern des Buschs hören, den scharfen Geruch eines Leoparden einatmen. Ihre Geschichten ergriffen Besitz von ihm, alles, seine Umgebung, Eltern, Schwestern und Freunde, das Leben, das er führte, sah er nur noch durch die Brille dieses einzigartigen, großen Abenteuers und stöhnte innerlich vor Frustration.

Sie ahnte nichts von seinem inneren Aufruhr, genoss einfach diese Stunden in vollen Zügen. In den wenigen Augenblicken, in denen sie nicht redeten, teilten sie wohltuendes Schweigen, das nicht einem Mangel an Worten entsprang. Aber meistens unterhielten sie sich. Er schien ihr jedoch ein verweichlichter Stadtmensch zu sein, konnte, einen Spatz nicht von einer Drossel unterscheiden, aß kein Fleisch, weil er das Bild des geschlachteten Tiers nicht loswerden konnte, und begegnete Vierbeinern jeglicher Größe mit äußerster Zurückhaltung.

»Hunde riechen, Katzen haaren und Pferde sind zu groß«, erwiderte er lapidar auf ihre herausfordernde Frage.

Anständig reiten konnte er auch nicht, wie sie bei der ersten Fuchsjagd ihres Lebens feststellen konnte. Schon beim zweiten Hindernis war der junge Herr Mellinghoff, natürlich tadellos gekleidet bis hin zu blütenweißen Handschuhen und einem ebenso blütenweißen Taschentuch in der Brusttasche, ganz stillos vom Pferd gefallen.

»Manchmal denke ich, dass du aus einer anderen Welt kommst«, flüsterte er plötzlich, »und so unerreichbar bist wie ein ferner, strahlender Stern. Wenn ich deinen Geschichten lausche, erscheint mir mein Leben eintönig und freudlos. Mit Freuden würde ich den Rest meines Erdendaseins dir so zu Füßen liegen, dich anschauen, dir zuhören, dir in Gedanken nach Afrika folgen.«

Maria spürte, dass ihr das Blut in die Wangen stieg. »Ach, was du so redest«, wehrte sie hastig ab.

Seit den sommerlichen Spaziergängen hatte sich das Verhalten der Mellinghoffs Maria gegenüber deutlich verändert, war kühler geworden, schroffer, und nicht selten fühlte sie, dass Elise Mellinghoff sie mit misstrauischen Blicken verfolgte, und jetzt hatte sie ihr Onkel sogar gewarnt, sich nicht an Leon heranzumachen. Was befürchteten sie nur? Glaubten sie ernsthaft, dass sie eine Heirat mit Leon anstreben könnte? Allein die Vorstellung, nie wieder nach Zululand zurückkehren zu können, dafür den Rest ihres Lebens im Haus der Mellinghoffs zubringen zu müssen, ließ ihr eine Gänsehaut über den Rücken laufen, auch wenn Leon selbst nicht die schlechteste Wahl wäre. Auch äußerlich.

Sie musterte ihn verstohlen. Schöne Hände hatte er, das war ihr gleich aufgefallen. Langsam wanderten ihre Augen höher. Schultern breit, erfreulich kräftiges Kinn, Mund nicht zu groß, nicht zu klein, eher unauffällig, Nase gerade und schmal. Die war wohl das Erbteil seiner Mutter. Die dunkelblonden Haare hingen ihm glatt wie ein glänzender Pelz bis über den Kragen. Er sah gut aus, aber in einer Menge würde er nicht hervorstechen.

Bis man ihm in die Augen sah, dachte sie, denn die waren ganz und gar ungewöhnlich. Hellblau wie der Himmel über Norddeutschland, eher kühl, so hatte es den Anschein, doch manchmal, für einen flüchtigen Moment, der so schnell verging, dass sie anfänglich glaubte, sich geirrt zu haben, lag ein Glitzern darin, ein unterdrücktes Lachen, Neugier, mühsam gezähmte Energie und ungeheure Kraft. Das einzige Wort, das ihr dazu einfiel, war Lebensfreude. Aber die Umgebung, in der er lebte, war wohl wahrlich nicht dazu geeignet, diese auszuleben. Darunter litt er, und das war, was sie in seinen Augen lesen konnte.

Ihr wurde bewusst, dass er ihre Hände noch immer festhielt. Sanft befreite sie sich, ließ ihre Fingerspitzen aber auf seinem Arm liegen. »Erzähl du mir von der Universität. Ich möchte dich am liebsten ausquetschen wie eine Zitrone und dein Wissen aufsaugen. Warst du bei Obduktionen dabei?«

»Ja, und mir ist so schlecht geworden, dass ich mich übergeben habe.« Er lachte trocken. »Genau über die Hosen des Professors. Ich fürchte, das werde ich nie wieder gutmachen können.«

»Warum bist du eigentlich Arzt geworden?«

Wieder dieser flüchtige Ausdruck in seinen Augen, diese enorme Energie, dann aber wurden sie undurchsichtig wie hellblaue Steine. »Du kennst doch den hanseatischen Ausspruch …«

»Das heißt, dass deine Geistesgaben nicht so weit reichen, um mit Gewürzen und Kaffee zu handeln?«, rief sie mit herzlichem Lachen. »Du lieber Himmel, wie borniert doch die Pfeffersäcke sind.«

Er sah ihr in die sprühenden, dunklen Augen und hätte sie am liebsten hier und jetzt in den Arm genommen und geküsst, bis ihr schwindelig geworden wäre und sie um Gnade gebettelt hätte. Aber derartig spontane Gemütsäußerungen hatte man ihm früh ausgetrieben, und das hatte ziemlich wehgetan und eine schmerzende Narbe hinterlassen. Das Verlangen überwältigte ihn fast, und er wandte sich zum Fenster, weil er sich selbst in diesem Augenblick nicht traute. »Sicher, so wird's sein«, sagte er leichthin.

»Das nehme ich dir nicht ab.«

Leon Mellinghoff schaute hinaus auf die Stadt, beobachtete die blinkenden Lichter hinter den Fenstern und dachte an seine jüngste Schwester, ein blond gelocktes Kind mit leuchtend blauen

Augen, bildhübsch wie ihre älteren Schwestern, die mit fünf Jahren an Lungenentzündung gestorben war, dachte an die kleinen Särge, die bei der letzten Masernepidemie aus dem Hospital getragen worden waren, an die ausgemergelten Gesichtchen der Kleinsten, die langsam eintrockneten, während die Cholera ihre Körper vergiftete. »Ach, es ist wohl so, dass ich Kinder sehr mag«, sagte er und sah sie dabei nicht an. »Sie sind so klein, so hilflos, weißt du«, setzte er leise hinzu, und jetzt schaute er ihr in die Augen. Er konnte nicht wissen, dass es dieser Augenblick war, in dem sich Maria in ihn verliebte.

Sie erkannte dieses köstliche Gefühl sofort. Ihr wurde erst heiß, dann kalt, ihr Herz jagte, und sie hatte das unwiderstehliche Bedürfnis, ihn zu berühren. Eben noch befand sie sich in den Tiefen einer Depression, jetzt erschien ihr das kalte Zimmer, das im trüben Schein einer einzelnen Kerze lag, warm und so gleißend hell, dass sie die Augen schließen musste, so geblendet war sie. Bartholomew schien in den Schatten zurückzutreten, und erstaunt stellte sie fest, dass der Gedanke an ihn aufgehört hatte, wehzutun. Was blieb, war ein Ziehen wie von einer Narbe, die immer da sein würde, aber zu ihr gehörte wie ihre Nase und der Leberfleck zwischen ihren Schulterblättern. Sie machte einen Schritt auf Leon zu, spürte schon die Wärme seiner Haut auf ihrer.

»Lass deine Finger von meinem Sohn.« Ludovig Mellinghoffs Stimme dröhnte in ihrem Kopf. Es war eine Drohung gewesen. Erschrocken fuhr sie von ihm zurück und biss die Zähne aufeinander.

»Du solltest dich von mir fern halten«, flüsterte sie endlich. »Ich glaube, dein Vater wird sehr ungehalten sein, wenn er herausfindet, dass wir allein in diesem Zimmer sind.«

»Das ist mir gleich«, sagte er zu seinem eigenen Erstaunen. Seinem Vater hatte er so gut wie noch nie widersprochen, gewiss noch nie seinen Anweisungen zuwider gehandelt. Schon als kleiner Junge hatte er gelernt, dass sein Vater seinen Willen grund-

sätzlich durchzusetzen pflegte, notfalls mithilfe seines Spazier-
stocks oder der neunschwänzigen Katze. »Völlig gleich«, bekräf-
tigte er und grinste mutig, nahm ihr Gesicht zwischen seine
Hände und tat das, wovon er schon so lange träumte. Er küsste
sie.

Wortlos starrten sie sich an.

»Ach, du lieber Himmel …«, flüsterte Maria dann.

»Ach, du lieber Himmel«, schrie Elise Mellinghoff. »Bleibt mir
denn nichts erspart?« Sie starrte auf Maria und Leon, die, geblendet vom Schein des fünfarmigen Kerzenleuchters, mit dem Ludovig Mellinghoff in die dunkle Bibliothek leuchtete, eng um-
schlungen verharrten. Marias glänzendes Haar schwang offen über
ihre Schultern, Leons Jacke und seine Krawatte lagen am Boden.
Elise Mellinghoff rang die Hände. »Leon, wie kannst du mir das
nur antun …«

»Elise, mäßige dich, so erreichst du auch nichts. Lass mich das
machen.« Ludovig Mellinghoff schob seine Frau beiseite und
baute sich vor den beiden jungen Leuten auf.

»Übermorgen fahren wir zurück nach Hamburg. In drei Tagen
geht ein Schiff nach Kapstadt. Ich werde unserem Agenten in
Hamburg telegrafieren, und du, Maria, wirst an Bord dieses
Schiffs sein, und wenn ich dich eigenhändig an Bord schleppen
muss. Ich will mich vergewissern, dass du dieses Land verlässt.
Für immer. Und du, Leon, wirst dich ja wohl erinnern, dass deine
Verlobung mit Jenny von Schmalenbeck unmittelbar bevorsteht.
Wenn du glaubst, ich lasse mir diese Verbindung durch eine solche läppische Tändelei zerstören, solltest du mich besser kennen.
Du wirst nach Dresden abreisen und dich auf dein Doktorat vorbereiten. Solltest du dich weigern, wirst du keine müde Mark
mehr von mir erhalten, auch deinen Teil des Erbes kannst du
dann abschreiben. Ich werde sofort mein Testament ändern. Habe
ich mich klar ausgedrückt?«

Leon starrte seinen Vater an, als sähe er ihn zum ersten Mal. Ganz dicht standen sie voreinander, ihre Gesichter berührten sich fast, ihre Schultermuskeln waren angespannt, die Fäuste geballt, die Blicke verhakten sich, und keiner gab auch nur einen Zoll nach. Die Knöchel von Ludovig Mellinghoffs Hand, die den Spazierstock umklammerte, schimmerten weiß, denn es war ihm noch nie widerfahren, dass sein Sohn sich gegen ihn gestellt hatte.

»Wage es nicht, mich anzurühren«, flüsterte Leon. »Nie wieder.« Er sagte es so leise, dass es nur sein Vater verstehen konnte.

Marias Blick flog zwischen ihnen hin und her. Sie wurde an zwei Büffel erinnert, die um die Rangfolge kämpften. Sie trat einen Schritt zurück und beobachtete den stummen Kampf mit angehaltenem Atem und hämmerndem Herzen.

Ohne die Augen von seinem Vater zu lassen, trat Leon zu ihr, hob ihre Hand und küsste sie. »Nichts wird sich ändern, alles wird so sein, wie es ist«, flüsterte er, drückte ihre Hand noch einmal und ließ sie sanft aus seiner gleiten. »Natürlich, Vater, wie du wünschst«, sagte er, doch schaute er nicht seinen Vater an, sondern sie, lange und mit einem seltsam durchdringenden Blick.

Verzweifelt versuchte Maria, den Sinn seiner Worte zu begreifen oder etwas in seinen Augen, in seiner Mimik zu lesen, das ihr erklären würde, was vorging. Doch es gelang ihr nicht. Ihr erster Impuls war, Leon sofort zur Rede zu stellen, und sie machte einen Schritt auf ihn zu, aber er drehte nach kurzem Augenkontakt sein Gesicht zur Seite und presste die Lippen aufeinander.

Hätte er sie geschlagen, hätte er sie nicht schlimmer treffen können. Sie konnte einfach nicht glauben, was sie gehört hatte. Es konnte nicht wahr sein, dass er sie so verriet. Noch nie, selbst Bartholomew gegenüber, hatte sie sich einem Menschen so geöffnet, war ihm so vollkommen wehrlos entgegengetreten. Leons offensichtliche Zurückweisung schnitt mitten durch ihr Innerstes. So verletzt war sie, dass sie das Gefühl hatte zu verbluten, aber es war nur ihr Herz, das in tausend Splitter zerbarst.

Mit steifem Rücken, das Kinn stolz gehoben, auch wenn es zitterte, wandte sie sich von Leon ab. »Ich werde an Bord dieses Schiffs gehen«, sagte sie mit rauer Stimme, hob ihren Rock und verließ hoch aufgerichtet den Raum. Sie musste nur vier oder fünf Schritte tun, aber auch diese kurze Strecke ging fast über ihre Kräfte. In der Tür hielt sie noch einmal inne, musterte die drei Mellinghoffs schweigend, jeden einzeln, ohne Hast. Elise Mellinghoff schlug als Erste die Augen nieder, ihr Onkel zwirbelte seine Bartspitzen und antwortete mit einem triumphierenden Lächeln. Leon aber hielt ihren Blick, schien ihr etwas sagen zu wollen, sodass sie zögerte. Aber als er schwieg und wegschaute, ging sie hinaus und schloss die schwere Eichentür hinter sich. Als sie sicher war, dass sie keiner beobachten konnte, rannte sie weinend hinauf und verkroch sich in ihrem Bett, fest entschlossen, es nicht zu verlassen, bis sie nach Hamburg abreisten.

Am nächsten Morgen schlüpften Leonore und Luise mit einem liebevoll gedeckten Tablett mit Kaffee, Rundstücken, kleinen Kuchen, Butter und Marmelade in ihr Zimmer. Doch auch die beiden Mädchen konnten sie nicht dazu bewegen, ins Wohnzimmer zu kommen.

Später erschien Ludovig Mellinghoff und teilte ihr mit, dass sie auf dem großen Empfang für das Kronprinzenpaar am Abend unerwünscht sei. Sie nickte nur. Von ihrem Fenster aus beobachtete sie die Familie, wie sie in großer Balltoilette, Elise Mellinghoff sicher durch einen steifen Cognac gestärkt und mit genügend Riechsalz ausgerüstet, um ganze Scharen von Ohnmächtigen wieder aufzuwecken, in die bereitstehende Kutsche stiegen. Leon kletterte als Letzter hinein, drehte sich noch einmal um, schaute hinauf zu ihr. Sein Gesicht leuchtete, und mit einem strahlenden Lächeln, das sie überhaupt nicht zu deuten wusste, hob er seine Hand zum Gruß und schickte ihr einen schnellen Luftkuss.

Verwirrt und aufs Eigenartigste berührt, trat sie einen Schritt zurück und ließ die Gardine vor die Scheiben fallen. Erst als sie das Geratter der Kutschenräder vernahm, wagte sie wieder einen Blick. Lange stand sie am dunklen Fenster ihres Zimmers.

Es war sehr kalt geworden, der Wind zischte durch die Ritzen und ließ sie frösteln, Regen prasselte so hart gegen das Glas, dass sie glaubte, jemand würde Sand dagegen werfen, und zu ihrer Verblüffung leckte der Regen in Stücken an den Scheiben herunter. Sie öffnete das Fenster und fing ein Regenstück ein. Es war beißend kalt und schmolz schnell auf ihrer Fingerkuppe. Sie hatte darüber gelesen, aber es war das erste Eis, das sie in ihrem Leben gesehen und gefühlt hatte. Natürlich hatte es in Natal schon gehagelt, aber nie war es ihr gelungen, ein Eisstück zu fangen. Es war geschmolzen, bevor es den Boden erreichte. Das Eis stach auf der Haut, wie es auch Sonnenstrahlen tun können, und sie grübelte darüber nach, welche medizinische Ursache es hatte, dass große Kälte und große Hitze den gleichen Schmerz verursachten.

Sie schaute hinaus in die undurchdringliche Schwärze, kein Stern war zu sehen, schwere Wolken verdeckten den Mond. Plötzlich konnte sie sich nicht mehr vorstellen, wie es war, wenn alles hell war und warm, wenn die Farben leuchteten und die Luft schmeichelte wie Seide. Angestrengt starrte sie nach Süden. Dort lag Afrika, aber sie entdeckte absolut kein Anzeichen dafür. Sie erschrak bis ins Herz, fürchtete für einen entsetzlichen Augenblick, dass es ihre Welt gar nicht mehr gab, dass sie für immer in dieser dunklen Kälte verweilen müsste. Wie sollte sie nur die nächsten Tage überstehen? Sie sehnte sich durchs Fenster hinaus in die Dunkelheit, sehnte sich davonzufliegen, immer weiter, bis aus der Kälte Wärme wurde und aus dem Dunkel Licht. Sie faltete ihre Hände und lehnte ihren Kopf an das kalte Glas. »Bitte, hilf mir«, flüsterte sie in den treibenden Regen.

11

Johann musterte seine Frau. Sie war plötzlich so blass geworden, dass es ihn beunruhigte. »Ist alles in Ordnung?« Er legte ihr die Hand auf den Arm.

Sie sah ihn an, als hätte sie ihn noch nie gesehen, ihre Augen leuchteten wie riesige, blaue Tintenflecke. »Wie bitte? Was meinst du?«

»Ob es dir gut geht, habe ich gefragt.«

»Nein, nein, vorher. Du hast doch gesagt ›bitte, hilf mir‹. Was meinst du damit? Wobei soll ich dir helfen?«

Erstaunt musterte er sie. »Davon habe ich nichts gesagt.«

»Ich habe es aber deutlich gehört.« Sie zog die Brauen zusammen. Sie hatte es deutlich gehört!

Er strich ihr übers Haar. »Du bist müde …«

Catherine schaute sich um. Mathilda schlief weiter ihren Rausch aus, an der Bar lärmten einige Buschläufer, die ihre sabbernde Hundemeute mit Fleischhappen fütterten, am Nebentisch, eingehüllt in dichten Zigarrenqualm, schwadronierten britische Offiziere, hinter ihnen unterhielt sich ein geckenhaft wirkender Mann mit gelber Krawatte mit einem Kirchenmann und einem der Stadträte. Schräg vor ihnen löffelte ein einzelner Gast seine Suppe, während er den *Durban Chronicle* durchblätterte.

»Hallo, Johann, einen wunderschönen Tag, Catherine.« Eine fröhliche, klare Männerstimme.

Johann sah hoch, wischte sich den Mund mit der Serviette ab. »Tim, gut, dich zu sehen. Was gibt's Neues, was können wir morgen in deinem *Durban Chronicle* lesen?«

Tim Robertson schmunzelte breit, seine wasserhellen Augen funkelten vergnügt. »Halbwahrheiten, Gerüchte, Vermutungen. Das Übliche also. Sag mal, hast du etwas davon flüstern hören, dass man am Mhlatuze Gold gefunden hat? Pietermaritzburg summt wie ein Wespenschwarm vor Aufregung.«

»Gold?«, rief einer der Offiziere vom Nebentisch und beugte sich hinüber. Sein hoher Uniformkragen schnitt in seinen fetten Hals. »In Zululand?«

»Halte ich für Unsinn«, fuhr Johann dazwischen. »Diese dämlichen Gerüchte kommen doch jedes Jahr auf, so sicher, wie ein Hund Flöhe hat, und nur Verrückte und Dummköpfe fallen darauf rein.«

»Cetshwayos Land«, erklärte der Offizier, ein rotgesichtiger, übergewichtiger Mann, seinen Tischnachbarn und fuhr ihnen mit der Zigarre vor dem Gesicht herum. »Verstehen Sie? Na?«

»Sag ich's doch immer, es wird Zeit, dass wir die Kaffern vertreiben«, warf der blassblonde Leutnant zu seiner Linken ein. »Diese Wilden können mit Gold doch nichts anfangen.«

»Hört, hört«, murmelten die drei anderen.

»Welcher Wirrkopf behauptet so etwas?«, knurrte Johann. »Wie oft wurde schon Gold gefunden, und nachher war es nur Flitter, der beim ersten Windzug davonflog. Nachdem Steward vor zehn Jahren verkündet hat, dass er Gold am oberen Tugela gefunden hat, sind Abenteurer wie Heuschrecken über das Land hergefallen, haben alles aufgegraben und verwüstet, sind dabei fast in Australien gelandet, haben nebenbei auch die meisten Tiere der Umgebung ausgerottet, und alles, was sie zutage gefördert haben, passt auf einen Nadelkopf. Geblieben sind ein paar Löcher, die groß genug sind, um ein Schiff darin zu versenken, und ein paar Dutzend Gräber. Wenn die Kerle nicht am Fieber starben, taten sie es an Schlangenbissen, denn die Gegend war mit Schwarzen Mambas verseucht.« Dan, der Schlangenfänger, hatte sich damals kaum vor den Bergen toter Schlangen retten können, die ihm die Goldgräber verkaufen wollten, um wenigstens ein paar Pennys für Essen zu verdienen.

Tim Robertson schleuderte mit Schwung seine schüttere, fast farblose Haartolle aus der Stirn und verfolgte mit gespannter Aufmerksamkeit diesen Wortwechsel. Dann kritzelte er etwas in sein Notizbuch. »Ihre Meinung ist also, dass wir mit Waffengewalt gegen die Zulus vorgehen sollen?«, wollte er von dem Offizier wissen.

Catherine erkannte, dass Timothy Blut geleckt hatte. Nun würde er sich in die Geschichte verbeißen und nicht mehr locker lassen. Bluthund, hatte ihn ein Opfer seiner unnachgiebigen Wühlarbeit einmal beschimpft. Timothy hatte das fröhlich grinsend als Kompliment aufgefasst. Er war Journalist mit Leib und Seele. Sie hatte ihn schon auf der *White Cloud* kennen gelernt, und sie war dabei gewesen, als Mary-Jane, seine Frau, ihr drittes Kind unmittelbar nach ihrer dramatischen Rettung von dem sinkenden Schiff am Strand bekommen hatte. Tims gesamte weltliche Habe, eine kleine, veraltete Druckerpresse, rettete Johann in letzter Minute aus den schäumenden Wellen.

In den darauf folgenden Jahren hatte Tim mit eisernem Fleiß seine Zeitung aufgebaut. Anfänglich war es nur ein Blatt gewesen, das als eine Art Rundbrief einmal im Monat erschien. Heute war der *Durban Chronicle* die meistgelesene Zeitung in Natal und Timothy Robertson ein Mann, auf dessen Meinung gehört wurde.

Mit ebenso großem Fleiß hatten die Robertsons ihren beachtlichen Beitrag zum Bevölkerungswachstum geleistet. Zwölf Kinder hatte Mary-Jane geboren, neun waren noch am Leben. Sie war immer dünner und leichter geworden, als hätten ihre Kinder sie ausgesaugt, was wohl auch der Fall war, Tim dagegen immer schwerer und breiter. Die Ehe schien außerordentlich glücklich. Verstanden hatte Catherine das nie.

Johann legte ihm die Hand auf den Arm. »Tim, schreib nicht solchen Unsinn. Keiner, der den Kopf richtig herum aufgeschraubt hat, kann Krieg wollen. Das solltest du schreiben.«

»Johann, ich schau dem Volk aufs Maul und schreib auf, was ich höre, das weißt du.« Timothy Robertson kratzte die sonnenverbrannte Haut auf seiner langen Nase. Die Stelle war schon ganz wund.

»Wer hat das mit dem Gold gesagt, möchte ich wissen«, beharrte Johann.

»Andrew Sinclair soll es gesagt haben.«

»Was hat mein sauberer Schwiegersohn schon wieder angestellt?«, tönte eine angenehme, tiefe Stimme vom Eingang. »Ich grüße dich, Catherine, Johann. Timothy, du Schmierfink, ich protestiere gegen das, was du über mich geschrieben hast. Sieht so ein hochbetagter Mann aus?« Justus Kappenhofer krempelte einen Ärmel hoch und zeigte beeindruckende Bizeps, schlug dann dem Journalisten herzlich auf die Schulter. Er beugte sich galant über Catherines Hand. »Meine Liebe, du wirst jeden Tag schöner. Ein Vögelchen hat mir zugezwitschert, dass ihr beide in der Stadt seid, und ich bin gekommen, um euch für die Nacht zu uns einzuladen. Mir scheint, dass es schon zu spät ist, um in den Lobster Pott zurückzukehren, und bei uns ist es sicherlich bequemer als im Hotel. Bleibt am besten gleich ein paar Tage, dann hat meine Maria wenigstens etwas von euch. Sie jammert, dass sie euch so selten sieht. Außerdem hat sie einen neuen Koch, mit dem sie angeben möchte, einen mit Schlitzaugen, der gutes Essen in winzige Stücke schneidet und fast roh serviert.«

Catherine musste lachen und sah Johann an. »Eigentlich hat Justus Recht, nicht wahr? Es ist schon spät, und ehrlich gesagt bin ich ziemlich müde. Wir kommen gern, Justus. Du kannst Maria schon warnen, dass ich ihrem Koch auf die Finger sehen werde, vielleicht lerne ich noch etwas für die Küche im Lobster Pott, und wenn er gar zu gut ist, werde ich ihn abwerben.«

Justus strahlte erfreut. »Wunderbar, abgemacht. Wir sehen uns also nachher. So, nun verlange ich zu wissen, was Sinclair wieder ausgeheckt hat.«

»Andrew soll angeblich gesagt haben, dass es Gold am Mhlatuze gibt«, erzählte Tim Robertson. »Sie wissen doch, wie das bei uns in Natal zugeht, Mr Kappenhofer. Nichts Genaues weiß man nicht, aber das weiß jeder.«

Der rotgesichtige Offizier mischte sich ein. »Was halten Sie davon, Mr Kappenhofer?«

»Wenn mein Schwiegersohn so was sagt, würde ich es mit großer Vorsicht behandeln. Wenn ich wüsste, wo der Kerl gerade steckt, könnten wir ihn ja fragen. Es gibt ohnehin einige Dinge, die ich liebend gern mit ihm diskutieren möchte. Mir scheint, dass jedes Mal, wenn sich Schmeißfliegen um Aas sammeln, dieser Herr mittendrin ist.« Er strich sich den dichten, weißen Haarschopf zurück. »Am Mhlatuze, sagen Sie? Wenn ich mich nicht täusche, ist das doch wohl das Hoheitsgebiet der Zulus, nicht wahr? Dort haben wir ohne Erlaubnis nichts zu suchen. Das Gesetz ist da ganz klar.«

»Aber darum geht es doch, Sir. Die Kaffern respektieren unsere Grenzen nur, wenn es ihnen passt. Sie erinnern sich sicherlich an den Vorfall mit Häuptling Sihayo kaXongo im Juli? Das war barbarisch, gegen jedes Gesetz und alle Abmachungen, und wenn Sie mich fragen, hätten wir längst handeln müssen. Das war so gut wie eine Kriegserklärung.« Der Offizier wischte sich den Bierschaum vom Mund.

»Um es einmal klar zu sagen …« Justus Kappenhofer zeigte seine Abneigung gegen den Offizier deutlich. Sihayo kaXongo ist von zwei seiner Frauen betrogen worden, beide erwarteten ein Kind von einem anderen Mann …«

»Sie wurden von diesen Heiden der Hexerei beschuldigt«, unterbrach der Offizier. »Sie sollen ihre Männer verhext haben. Also, das ist doch unglaublich, in unserem aufgeklärten Zeitalter …«

Justus Kappenhofer bedachte ihn mit einem ungeduldigen Blick. »Wie dem auch immer sei, die Frauen sind über die Grenze nach Natal geflohen und wussten genau, dass das Gesetz der Zulus für untreue Frauen und deren Liebhaber die Todesstrafe vorsieht. Abgesehen davon hat Cetshwayo Gouverneur Bulwer angeboten, einen Betrag von fünfzig Pfund als Ausgleich für den Übergriff zu zahlen. Das waren Zulus, Untertanen des Zulukönigs, sie haben gegen das Gesetz ihres eigenen Volks verstoßen. In England werden Leute für alle möglichen Vergehen hingerichtet, und dagegen höre ich keine Proteste.«

»So ist schließlich das Recht in unserem Land … Sir.« Der jüngste Offizier aus der Runde, ein fleischiger Mann, tiefbraun gebrannt, fixierte Justus mit eigentümlich hellen Augen.

»Danke, besser hätte ich das auch nicht sagen können!« Der Offizier lief rot an.

Wie jedem in der Kolonie war Catherine der Vorfall nur zu gut bekannt. Sihayo kaXongos Sohn, ein groß gewachsener, intelligenter Mann, der hervorragend schießen konnte und ein so guter Geschäftsmann war, dass die weißen Händler einen Bogen um ihn machten, wollte die Schmach nicht auf seiner Familie sitzen lassen, sammelte seine Brüder und Freunde um sich, passierte mit dreißig berittenen Männern und ein paar Dutzend zu Fuß, ausgerüstet mit traditionellen Waffen, aber auch Gewehren, mitten am Tag die Grenze nach Natal. Sie stöberten eine der Frauen auf, zerrten sie hinüber nach Zululand und erschossen sie, während sie lauthals ihren Kriegsgesang anstimmten. Das gleiche Schicksal ereilte die andere Frau spät am Abend.

Nach dem Vorfall hatte die Kolonie Kopf gestanden. Die Kolonialregierung verlangte von König Cetshwayo, dass er die Rädelsführer dieses Überfalls preisgeben und nach Natal schicken sollte, damit ihnen dort der Prozess gemacht werden würde. Bisher hatte der König der Zulus sich taub gestellt, obwohl ihm einige seiner eigenen Indunas nachdrücklich rieten, dem Wunsch der weißen Regierung zu folgen, weil sie im Gegensatz zu den ungestümen jungen Männern einem Krieg mit den Briten mit größtem Unbehagen entgegensahen.

»Du erlaubst doch, Catherine?« Francis Court zog einen Stuhl heran, setzte sich rittlings darauf und legte seine Arme auf die Rückenlehne. Im perlgrauen Anzug mit Weste und Uhrenkette war er trotz der Hitze wie immer wie aus dem Ei gepellt. So hatte sie ihn und seine junge Frau damals an Bord der *White Cloud* kennen gelernt. Sein Englisch war Upper Class, seine Manieren geschliffen, und ansonsten war er einfach ein netter Kerl. Sie mochte ihn sehr.

»Die Mörder sind nie bestraft worden, Cetshwayo lässt sie unbehelligt«, sagte Francis Court jetzt, dessen Mittelname Hannibal war. »Es ist allgemein bekannt, dass Sihayo kaXongo sein Günstling ist. Er schont ihn ganz offensichtlich, und das erscheint mir nicht recht zu sein, denn auf der anderen Seite verhängt er Todesurteile für die geringsten Vergehen. Meine Kaffern zittern schon, wenn sie nur Cetshwayos Namen hören.«

Der rotgesichtige Offiziere klatschte mit der Hand auf den Tisch. »Gewissenlose Waffenschieber verkaufen Gewehre an die Eingeborenen, das wissen wir«, sagte er mit gewichtiger Miene. »Es ist offensichtlich, dass der Zulukönig aufrüstet, und bald werden wir uns einer waffenstarrenden Armee von blutrünstigen Kaffern gegenübersehen. Die schwarzen Horden werden unser Land überrollen, unser Eigentum vernichten, unsere Frauen vergewaltigen und alles niedermetzeln, was sich ihnen in den Weg stellt! Wir müssen dazwischenschlagen, bevor es zu spät ist.« Beifall heischend blickte er in die Runde.

Jetzt platzte Johann der Kragen. »Welch hanebüchener Unsinn!«, sagte er heftig. »Keiner von euch Rotröcken kennt die Zulus. Sie leben nach strengen Gesetzen, und zumindest der heutige König ist nicht im Geringsten kriegslüstern.«

»Man muss Cetshwayo endlich zur Raison bringen«, rief der rotgesichtige Offizier. »Wird keine große Sache werden. Was verstehen die Schwarzen schon von der Kriegskunst.«

Johann musste laut lachen. »Schon Shaka Zulu war ein gewiefter Stratege. Haben Sie schon einmal von der Büffelhornformation gehört? Darum sollten Sie sich kümmern, ehe Sie einen Krieg vom Zaun brechen. Sie wissen doch nicht einmal, wie viele Truppen er hat. Vierzig- oder sechzigtausend? Sechzigtausend Zulus, die ihr Land kennen, wie Sie und ich unsere Wohnzimmer, die Spuren lesen können, als wäre es eine Zeitung, die seit Anbeginn der Dinge mit der Natur leben und sie sich zunutze machen können. Sie aber kommen vermutlich gerade aus England und würden einen Löwen nicht erkennen, wenn er Ihnen an die Kehle springt. Sie wissen doch gar nicht, wovon Sie reden und worauf Sie sich da einlassen.« Er war zornesrot geworden.

Catherine legte ihm beruhigend die Hand auf den Arm.

Der Offizier beäugte ihn voller Abscheu. »Darüber haben Sie, Gott sei Dank, nicht zu entscheiden, Sir. Wenn es mehr von Ihrer Sorte gäbe, wär's ums Empire schlimm bestellt. Es ist unsere Pflicht, den Eingeborenen christliches Rechtsempfinden beizubringen. Auf die Königin!« Damit hob er seinen Humpen und trank.

»Ja, Herr im Himmel, Mann – entschuldige, Catherine –, stellt ihr Einfaltspinsel euch doch vor, die Franzosen würden der Königin von England in die Geschäfte ihres Landes hineinreden, ihre Rechtsprechung infrage stellen … Cetshwayo ist der Souverän seines Volks, ver…« Er ballte die Fäuste.

»Auf die Königin«, murmelten die anderen und tranken auch. »Drückeberger«, murmelte einer mit unterdrückter Stimme. »Feigling«, setzte der Leutnant hinzu, vermied es aber, Johann dabei anzusehen.

»Und ich sag, dass es Gold da draußen gibt. Hab selbst schon was gefunden.« Der sich einmischte, war ein Buschläufer, ein tiefbraun gebrannter, abgerissen aussehender Mann mit enormen Muskeln. »Lohnt sich also, mal draufzuhauen.« Seine Fäuste öffneten und schlossen sich.

Außer Johann wendeten sich alle Augen dieser willkommenen Unterbrechung zu.

»Würden Sie es als reiche Goldvorkommen bezeichnen?«
Timothy Robertsons Stimme. Der Stift schwebte über dem Papier.

»Oh, verdammt, Tim, hör auf, das Feuer zu schüren! Tut mir
Leid, Catherine.«

Catherine hörte nicht mehr zu. Der Stimmenbrei rauschte an
ihren Ohren vorbei. Ihre innere Unruhe hatte eine andere Dimension bekommen, und jetzt zeigte sie einen flackernden Rand
von Angst. Krieg. Es durfte nicht sein. Inqaba würde verloren
sein.

Sie stützte ihren Kopf in beide Hände, verbarg ihr Gesicht. Sie
hatte das alles so satt. Immer war es ein Kampf gewesen, immer
ging es nur ums Überleben. Immer hatte sie es gerade eben geschafft. Nie war es ihr vegönnt gewesen, einmal Luft zu holen,
konnte keinen Weg mit Vorbedacht wählen, war nur gerannt und
oft geflohen. Sechsundvierzig Jahre war sie. Es wäre Zeit, innezu-
halten, sich umzusehen. Das hier ist mein Leben, das einzige, das
ich habe! Ist das hier mein Leben?

»Möchtest du noch einen Kaffee?«

Sie fuhr zusammen. »Kaffee?« Wie konnte er jetzt an Kaffee
denken, wenn alle Welt von Krieg redet und ihr Leben drohte
auseinander zu brechen? Sie schaute sich um.

Um sie herum herrschte munteres Geplauder. Das Wort Krieg
war nicht zu hören. Die Offiziere waren gegangen, auch den gold-
gierigen Buschläufer konnte sie nicht mehr sehen. Alle redeten,
lachten und scherzten, gerade so, als hätte niemand irgendwelche
Sorgen. Die Kaffeekanne in der Hand, lächelte Johann sie an,
grüßte über ihren Kopf hinweg eine unsichtbare Person, lachte
laut, als jemand einen rauen Witz machte. Sie wischte sich über
die Augen. Hatte sie das alles falsch verstanden? War alles nur
Geplänkel gewesen?

»Nun? Möchtest du noch eine Tasse?«

Sie presste die Lippen zusammen und schob ihm ihre Tasse
hin.

Der Kaffee war inzwischen lauwarm, aber stark genug, um ihr ganzes System auf Hochtouren zu bringen. Sie trank in langsamen Schlucken, versuchte, sich dabei ins Gedächtnis zu rufen, was sie vom Leben erwartet hatte.

Ausziehen wollte ich und mein Glück suchen, entsann sie sich. Damals war ich noch klein, war noch nicht zwischen die Mühlsteine des Lebens geraten, habe gewusst, wie es aussehen würde. Aber was wäre heute Glück? Sollte sie sich glücklich schätzen, allein weil sie und die, die sie liebte, Afrika überlebt hatten?

»Jenseits des Horizonts wirst du es finden, es wird funkeln und schimmern, und dein Herz wird singen«, hörte sie ihren Vater sagen. Er hatte das Glück gemeint.

Hatte sie diesen funkelnden Schatz je gefunden? Oder hatte sie den Horizont nie erreicht? Ihre Gedanken hüpften über die Oberfläche ihrer Erinnerungen wie ein flacher Stein, der übers Wasser springt.

Doch, dachte sie, doch, es hat gefunkelt. Als Johann zu ihr zurückkehrte, als sie ihn schon seit Tagen tot glaubte und ihr Leben wie eine steinige Straße ins schwarze Nichts vor ihr lag. Auch später gab es hier und da Augenblicke – als die Kinder geboren wurden, Momente, in denen Johann und sie sich so nah waren, dass sie zu verschmelzen schienen, der Tag, als sie in der Kühle des afrikanischen Morgens der Welt beim Aufwachen zusahen und Viktorias süße Stimme vernahmen, die, vor Lebensfreude jubelnd, wie klingende Tropfen in der klaren Luft hing, ihnen eine Geschichte über das erzählte, was ihrem Kind als Wunder in dieser Welt erschien. Augenblicke wie goldene Blitze über der zornigen, kargen Landschaft Afrikas.

Aber reichte das für ein ganzes Leben? Sie war dankbar für diese funkelnden Momente, dankbar, dass sie diese überhaupt erkannt hatte, denn die meisten Menschen waren in dieser Hinsicht blind. War es das, was das Leben ausmachte? Diese wenigen lichterfüllten Augenblicke, die die Dunkelheit der Jahre erhellten? Mechanisch führte sie ihre Tasse zum Mund, aber sie war leer.

»Endlich, Annie kommt mit unserem Essen«, brach Johann in ihre Gedanken ein und räumte den unbenutzten Aschenbecher und sein Bierglas zur Seite. »Ich bin kurz vorm Verhungern.«

Annie, genannt die schottische Annie, die allerdings keine Schottin war, die vollbusige, ständig gut gelaunte Aushilfe, die überall einsprang, wenn es eng wurde, und dadurch eine sehr beliebte Person in Durban war, bahnte sich mit ihrem Essen einen Weg zwischen den dicht gestellten Tischen hindurch. Die Teller waren hoch aufgehäuft mit zerkochten, in dunkelbrauner Soße schwimmenden Kartoffeln, matschigen Erbsen und einem großen, faserig wirkenden Bratenstück.

Annie setzte die Teller vor ihnen ab. »Minzsoße gefällig?« Ohne abzuwarten, klatschte sie je einen großzügigen Klecks grünlichen Breis auf den Tellerrand, der Catherine fatal an einen Kuhfladen erinnerte. »Einen guten Tag wünsche ich, Mr und Mrs Steinach. Sie sehen müde aus, Schätzchen. Zu viel gearbeitet oder zu viel gefeiert?« Sie wischte sich die öligen Hände an der Schürze ab. Ihr fettes Lachen lief wie ein Beben durch ihren Körper.

Johann grinste. »Sie wissen doch, dass meine Frau arbeitet und ich ihr dabei zusehe.«

»Ich könnte jemanden gebrauchen, der mir beim Lobster Pott hilft«, sagte Catherine, einem plötzlichen Impuls folgend. Annie Block war als resolute, tatkräftige Frau mit robuster Gesundheit bekannt und sie hatte das gebärfähige Alter offenbar hinter sich, denn, nachdem sie jedes Jahr ein Kind zur Welt gebracht hatte, hatte sich seit zwei Jahren bei ihr nichts Kleines mehr eingestellt. 1873 waren sie und ihr Mann mit dem Emigrantenschiff von St. Helena zusammen mit mehreren Dutzend ihrer Landsleute in Durban eingetroffen. Ihre Passagen wurden von ihren zukünftigen Arbeitgebern bezahlt, und Annie fing bei einer wohlhabenden Dame in Pietermaritzburg als Haushaltshilfe an. Georg Block verdingte sich bei einem reichen Farmer in derselben Gegend. Drei Kinder hatten sie mitgebracht, drei weitere bekommen. Ihre Älteste führte den Haushalt und passte auf die Kleineren auf, sodass ihre Mutter sich um den Broterwerb kümmern konnte. Das hatte ihr Annie alles selbst erzählt.

Jetzt stemmte Annie ihre kräftigen Arme in die Hüften. Lange sah sie Catherine an. Dann kratzte sie sich mit einem Löffel in den Haaren. »Lordy, Mrs Steinach, ich würd's ja gern machen, aber was würde mein Georgie anfangen, wenn ich ihn allein ließe? Verhungern würde er.«

Und verdursten, dachte Catherine und stieß Johann unterm Tisch an. »Ich bin sicher, dass wir für Ihren Georgie auch einen Job hätten, nicht wahr, Johann?« Catherine lächelte süß.

»Äh, nun, richtig«, stotterte dieser, während er fieberhaft überlegte, wo der versoffene George Block am wenigsten Unheil anrichten könnte. Blitzartig schuf er eine neue Position. »Einen Aufseher beim Bündeln des Zuckerrohrs könnte ich gebrauchen, es würde mich sehr entlasten. Wird nicht schlecht bezahlt, so etwas.«

Annie Block schürzte ihre Lippen. »Ich werd's mir durch den Kopf gehen lassen, Mr Steinach. Klingt wie ein guter Vorschlag. Wäre da auch Unterkunft dabei?«

»Aber sicher. Johann?«

Dieser nickte hastig und zog dabei seine Beine aus der Gefahrenzone. »Sicher, Unterkunft ist dabei.«

Darauf zog Annie, über beide Apfelbäckchen grienend, mit hüpfenden Schritten von dannen.

Johann säbelte mit energischen Bewegungen ein Stück vom Hammel herunter und wälzte es in der Minzsoße. »Du wirst ihr das ›Schätzchen‹ abgewöhnen müssen.«

Catherine schob ein großes Stück Fett zur Seite. »Wenn sie ordentlich arbeitet und pünktlich ist, kann sie mich von morgens bis abends Schätzchen nennen.« Sie kaute angestrengt auf einem

Stück Fleisch und verzog das Gesicht. »Wenn der Springbock Großvater war, dann ist der Hammel hier Urgroßvater. Der hammelt ganz schön.«

»Tunk das Fleisch in die Minzsoße, die verdeckt den Geschmack, und denk dran, dass uns ein erlesenes Dinner bei Kappenhofers erwartet. Im Übrigen bin ich froh, wenn du endlich Hilfe bekommst. Das wird dir Gelegenheit geben, dich mit anderen Sachen zu beschäftigen. Vielleicht findest du Zeit, ein paar Bilder für die Wohnhalle zu malen, das hattest du doch vor.« Und wärst dann viel ausgeglichener, setzte er für sich hinzu.

Sie schaufelte Kartoffelbrei mit Soße auf die Gabel, führte sie aber noch nicht zum Mund. Wie um aller Welt waren sie vom Krieg aufs Malen gekommen? Die Soße tropfte herunter, und sie steckte den Bissen hastig in den Mund. Wenn sie doch nur wüsste, warum Maria nichts von sich hören ließ!

Ein Besuch bei den Kappenhofers kam fast einem Ausflug nach Europa gleich. Betrat man das Haus durch das prachtvolle, von Säulen eingerahmte Portal, empfing einen elegante Kühle. Dann fiel die Tür mit sattem Flüstern ins Schloss, und man befand sich in einer anderen Welt. Afrika blieb draußen. Großbürgerliche, leise Kultiviertheit legte sich wie ein kostbarer Mantel um sie. Maria Kappenhofer, die einst mit ein paar Seidenraupen experimentiert hatte, um eine Seidenproduktion aufzubauen, damit aber am Klima und Afrika gescheitert war, hatte ihre ganze Energie in den Bau und die Ausstattung dieses Hauses gelegt. Das Geld schaffte Justus heran. Jedes Detail atmete Liebe und Sorgfalt. Viel blinkendes Silber, blau gemustertes Porzellan aus der Ming-Dynastie, das von einem Wrack vor der Hafeneinfahrt Durbans stammte, Möbel aus kostbaren Hölzern und in mattem Gold glänzende Fußböden aus Yellowwood, schwere Brokatvorhänge und hauchzarte Seidengardinen, die das grelle Licht von draußen zu einem weichen Schimmern filterten.

Maria Kappenhofers neuer Koch Wang hielt alles, was Justus versprochen hatte. Er häckselte alle Zutaten mit einem riesigen Hackmesser in feine Streifen, schwenkte sie in einer Pfanne mit rauchendem Öl, warf ein paar Kräuter hinein, goss braune Soße hinzu, die er aus fermentierten Bohnensprösslingen hergestellt hatte, und schüttete das Gemisch über schneeweißen, flockigen Reis.

»Köstlich«, murmelte Catherine und überlegte, ob sie ihre Drohung wahr machen sollte, Wang abzuwerben. Sie nippte an ihrem Jasmintee und schaute sich um.

Neun Personen saßen an dem langen, überreich gedeckten Tisch, und hier hörte der Vergleich zum sanften, gediegenen Europa auf. Justus, Johann, Pierre Dillon, Tim Robertson und Per Jorgensen, fünf Männer, die nichts weiter als ihre Träume mit nach Afrika gebracht hatten, um sich ein neues Leben aufzubauen. Das hatte ihre Gesichter geprägt, ihre Züge gemeißelt, als hätte ein Bildhauer mit einem scharfen Messer daran gearbeitet. Ihre Unterhaltung war laut und lebhaft und sehr direkt, nicht das gekünstelte, mit versteckten Anspielungen gespickte Geplauder der feinen, europäischen Salons. Sie redeten laut und ungeniert, lachten noch lauter, benutzten Worte, die klar und hart waren, sie strotzten vor Energie, und aus ihren Augen blitzte der Pioniergeist, der sich Afrika untertan machte. Justus beugte sich vor und füllte ihr halb leeres Weinglas wieder auf.

»Catherine, ich habe Wunderdinge über Lionel gehört. Geschäftstüchtiger Kerl. Hut ab. Auf den Diamantenminen von Kimberley redet man über ihn. Er ist dabei, ein Vermögen durch seine Wasserpumpen zu verdienen, wusstest du das? Dabei macht er sich nicht einmal die Hände schmutzig.«

Catherine schaute ihn verdutzt an. »Das ist mir neu. So genau bin ich über die Geschäfte meines Schwiegersohns nicht unterrichtet. Ich habe nur gehofft, dass Viktoria in komfortablen Umständen lebt. Wieso kann man mit Wasserpumpen mitten in der Wüste Geld verdienen?«

»Wenn die Frühlingsregen die Minen unter Wasser setzen, halten seine Pumpen sie offen, und im Sommer, während der Trockenheit, wenn das Land verglüht und jeder um einen Tropfen Regen betet, verkauft er Eis und Eiscreme, obwohl ich nicht weiß, wie er die herstellt. Sollte ich vielleicht einmal herausfinden. Müsste auch hier lukrativ sein.« Justus, selbst einer der gewieftesten Geschäftsleute der Kolonie, war sichtlich beeindruckt von Lionel Spencers Geschäftstüchtigkeit. »Er akzeptiert als Zahlung nur Diamanten, und kann einer nicht zahlen, lässt er sich dessen Claim überschreiben. So avanciert er zu einem der reichsten Minenbesitzer, ohne je selbst im Boden gegraben zu haben. Ich wünschte, ich hätte einen solchen Schwiegersohn.«

Catherine war perplex. Nie hätte sie vermutet, dass Lionel einen solchen Kopf fürs Geschäft besaß. Im Gegenteil, insgeheim hatte sie sich Sorgen gemacht, ob er seine Frau und die Familie, die er und Viktoria planten, überhaupt würde ernähren können, und als sie gehört hatte, dass er auf den Diamantenfeldern sein Glück versuchte, hatte sie das sehr beunruhigt. Die meisten Diamantensucher scharrten Jahre im Boden und fanden kaum genug, um sich am Leben zu erhalten. Diese Sorge konnte sie sich wenigstens sparen. Sie prostete sich selbst schweigend mit Justus' vorzüglichem Rotwein zu und lehnte sich zurück und hörte der Unterhaltung zu.

»Kein Wort über Krieg heute Abend«, hatte Maria Kappenhofer befohlen, als sie zu Tisch bat, und alle hielten sich daran. Bis jetzt zumindest. Pierre und Johann neben ihr fachsimpelten über den Zuckerrohranbau, Justus neckte Mila, Per schwieg wie immer. Catherine hatte den Verdacht, dass er weniger als zehn Worte im Monat von sich gab, aber Cilla schien glücklich und zufrieden zu sein. Sie hatten vier Kinder, also musste die Kommunikation zwischen den Eheleuten irgendwie klappen.

»Wie geht es Mary-Jane? Warum ist sie nicht hier?«, fragte sie Timothy, den Zeitungsmann, der eben seinen Teller mit einem Stück Brot leer wischte.

»Der Kleinste ist krank, Bauchgrimmen oder so, schreit ständig, Mary will ihn nicht mit dem Mädchen allein lassen.«

»Ich werde ihr etwas von dem Essen einpacken lassen.« Maria Kappenhofer schob Catherine zum dritten Mal die Schüssel mit Orangenmousse hin, doch diese wehrte lächelnd ab. Ihre Gastgeberin erhob sich. »Dann kommt, meine Lieben, wir lassen die Männer in Ruhe ihre grässlichen Zigarren rauchen.« Damit schritt sie den Damen voraus. Maria Kappenhofer war eine beeindruckende Erscheinung, hochelegant in einem tief ausgeschnittenen, honiggelben Moiréseidenkleid, ihr aufgestecktes Haar glänzte in dem strahlenden Weiß der ehemals Dunkelhaarigen und wurde von einer glitzernden Diamantspange gehalten.

Cilla Jorgensen, die erst vor wenigen Wochen aus Europa zurückgekehrt war, beendete schnell noch die putzige Anekdote über ihren Per und den französischen Kellner und erhob sich ebenfalls. Catherine reichte Mila ihren Arm und geleitete sie hinüber in Kappenhofers blauen Salon, einen wunderschönen Raum, dessen hohe Fenster den Blick vom Berea herunter über die Stadt zum Meer freigab. Der Butler der Kappenhofers, ein Inder, der exzentrisch anzusehen war in schwarzem Frack mit Goldknöpfen und gestreiften Hosen, aber barfuß lief, reichte Konfekt und schenkte süßen Dessertwein und Sherry in hauchdünne Kristallgläser.

Catherine erkundigte sich bei ihrer Gastgeberin nach Lilly, vermied es, auch nur ein Wort über deren Auftritt in Pettifers Laden zu verlieren. »Als ich sie kürzlich traf, schien es ihr … nicht sehr gut zu gehen«, begann sie vorsichtig. »Ich mache mir Sorgen um sie.«

Maria Kappenhofers fröhliches Gesicht verschloss sich, ihre dunklen Augen wurden undurchsichtig. »Ja, natürlich. Du hast Recht, es geht ihr nicht so gut, ihre Gesundheit ist etwas angegriffen. Aber nun berichte, Catherine, was macht deine süße Maria? Ich wette, sie verdreht den steifen Deutschen reihenweise die Köpfe.« Liebenswürdig lächelnd, ganz die vollendete Gastgeberin, reichte sie die Konfektschale herum, und Catherine erzählte ihren Freundinnen, welche Sorgen sie um Maria plagten.

Die Herren, die sich mit den Damen erhoben hatten, warteten, bis diese die Tür hinter sich geschlossen hatten, bedienten sich dann alle aus Justus' beachtlichem Vorrat von Havannas, krempelten die Ärmel hoch, bedeuteten dem Butler, der eben aus dem Salon kam, dass es nun Zeit für etwas Kräftigeres sei, einen guten Maltwhisky oder auch einen Brandy vom Kap, und machten sich daran, die Tagesgeschäfte zu besprechen.

»Es geht um die Van-Dongen-Sache und Andrew Sinclair. Wie ihr wisst, hat er den Antrag gestellt, dass sein Anspruch anerkannt und registriert wird«, begann Justus Kappenhofer, biss das Ende seiner Zigarre ab und spuckte es in hohem Bogen in einen Palmenkübel. Der Butler machte schmale Lippen, bückte sich schweigend und klaubte es heraus. Justus entschuldigte sich mit einer Handbewegung. »Wenn ich von meinem Schwiegersohn rede, vergesse ich offenbar meine Manieren. Um ehrlich zu sein, ich will den Kerl loswerden. Ich will, dass er aus dem Leben meiner Tochter verschwindet. Leider ist sie so verblendet, dass sie sich weigert zuzugeben, was für ein Schweinehund er ist.«

Timothy Robertson zog sein Notizbuch hervor, blätterte eine leere Seite auf, leckte seinen Stift an und wartete.

»Kein Vertrag, keine Eintragung. Ganz einfach.« Per Jorgensen bewies seine Neigung zu kurzen, unmissverständlichen Worten. Er ließ den goldenen Maltwhisky in seinem Glas kreisen, ehe er einen Schluck nahm. »Gut«, sagte er.

»Er schwört Stein und Bein, dass van Dongen ihm sein gesamtes Land verkauft und den Kaufvertrag unterschrieben hat. Van Dongen behauptet das Gegenteil.« Justus zündete die Zigarre an und sog heftig daran, bis sie glomm.

Johann Steinach wählte eine Zigarre aus dem Kasten, den ihm der Butler anbot, und wedelte sie in der Luft. »Wehe, Catherine merkt, dass ich geraucht habe. Sie hasst es, wenn ich nach Zigarrenrauch stinke.«

»Kipp dir einen Whisky über die Weste, das kaschiert, dann denkt sie nur, dass du blau bist«, riet ihm Pierre grinsend und bediente sich ebenfalls.

»Van Dongen ist ein versoffener Kerl, der keine Ahnung hatte, auf welchen Schätzen er sitzt. Kein Wunder, dass er Zeter und Mordio schreit. Tät ich auch.« Auch Johanns Zigarre begann zufrieden stellend zu glühen. Das Ende deponierte er sorgfältig im Aschenbecher.

»Dass ihn Andrew nach allen Regeln der Kunst übers Ohr gehauen hat, steht ebenfalls außer Frage, auch wenn er zehnmal einen gültigen Kaufvertrag hätte. Hat er aber nicht. Behauptet, der wäre verbrannt. Ich möchte ihn daran aufhängen. Am liebsten wortwörtlich.« Grimmig musterte Justus seine Freunde einen nach dem anderen. Bei Tim Robertson blieb sein Blick hängen. »Das hier ist Privatsache, Timothy, wenn du auch nur eine Zeile über dieses Treffen schreibst, kauf ich dein lausiges Blatt und setz dich vor die Tür!«

Der Zeitungsmann grinste, steckte aber Notizblock und Stift weg. Er brauchte ihn ohnehin nicht. Sein Gedächtnis war sein größtes Kapital. »Welch brutale Drohung, lieber Freund, aber völlig unnötig, kann ich dir versichern.«

Justus akzeptierte die Versicherung mit undurchdringlicher Miene, sodass es zumindest Johann schien, dass er jedes Wort genau so gemeint hatte. »Es gibt Gerüchte, dass er Waffen an die Kaffern verkauft.«

»Nun, das ist doch was! Das ist schließlich strafbar.« Der Zeitungsmann hielt sein Brandyglas dem Butler hin, der geräuschlos herantrat und nachschenkte. »Danke«, sagte er und trank. »Wenn das aktenkundig wird, werde ich darüber auch schreiben, egal ob du drohst, mich zu Wurst zu verarbeiten«, warnte er. »Das ist von großem öffentlichem Interesse.«

»Aber nicht eine Minute früher«, knurrte sein Gastgeber.

Johann runzelte die Stirn. »Waffen an die Zulus. Das wäre eine wirklich ernste Sache, gefährlich für uns alle.«

»Verdammt gefährlich. Sollten was unternehmen«, sagte Per.

»Wo hast du das gehört? Bist du sicher, dass es stimmt?« Johann schnippte die Asche vom Ende seiner Zigarre.

»Einer seiner Zulus schätzt meine Zuwendungen«, sagte Justus Kappenhofer lakonisch.

»Ich hoffe nur, du hast stichhaltige Beweise.«

Sein Gastgeber senkte seine Lider kurz, warf Johann dann einen kühlen, grauen Blick zu. »Worauf du dich verlassen kannst, lieber Freund. Worauf du dich verlassen kannst.« Dann hob Justus sein Glas, der Whisky funkelte im Licht der Petroleumlampen, die der Butler vor kurzem entzündet hatte, und prostete seinen Freunden zu. Andrew Sinclairs Schicksal war entschieden, jetzt blieb nur noch, seine Tochter davon zu überzeugen, ihrem Mann den Laufpass zu geben. Bei einem Scheidungsverfahren würde er Georgina Mercer, von der er seit Jahren wusste, vor Gericht aufmarschieren lassen. Die Dame würde wissen, was gut für sie war. Bei der Scheidung hatte Andrew keinen Pfennig zu erwarten. Im Gegenteil, er würde von Sinclair die verschleuderte Mitgift Lillys einfordern. Und dann würde er ihn aus der Kolonie jagen, oder noch besser gleich vom Kontinent. Für einige Augenblicke gönnte er sich die Vorstellung, seinen verhassten Schwiegersohn gewaltsam auf ein Schiff nach China oder in ähnlich unwirtliche Gegenden zu verfrachten. »So, und nun möchte ich von euch hören, wie wir uns den kommenden Krieg zunutze machen können. Maria hört ja nicht zu.«

Später begaben die Herren sich in den Salon, um den Damen Gesellschaft zu leisten. Man plauderte angeregt, Cilla unterhielt sie mit Geschichten von ihrer Europareise, und Catherine besprach mit ihren Freundinnen, welche Bücher sie für das erste Treffen ihres geplanten Literaturkreises lesen würden und wer die erste Besprechung halten sollte. Von den anwesenden Herren zeigte sich außer Tim Robertson keiner interessiert.

Am nächsten Morgen, nach einem gepflegten Frühstück unter blühenden Wisterien auf der Terrasse hoch über Durban, verabschiedeten sich die Steinachs, holten die Bücherkiste im Hafen ab, die nur etwas feucht geworden war, und machten sich unverzüglich auf den Heimweg. Im Lobster Pott angekommen, packte Catherine die Kiste sofort aus, entdeckte zu ihrer großen Freude, dass Elizabeth tatsächlich eine weitere Ausgabe des *Grafen von Monte Christo* mitgeschickt hatte. Leider war auch dieses Buch feucht geworden. Behutsam pellte sie die Seiten der Bücher auseinander, die sich zum Teil vom Buchrücken gelöst hatten, und breitete sie zum Trocknen in der Halle aus. Tika und Tika hockten oben auf dem Bord und sahen interessiert zu, Bobo hatte sich hochzufrieden, seine Menschen wiederzuhaben, zu ihren Füßen niedergelassen.

Bevor sie zu Abend aßen, ließ sie Bhubezi aus seinem Käfig und nahm ihn auf einen Spaziergang ans Meer mit. Der kleine Löwe, der etwa so groß war wie ein mittelgroßer Hund, raste wie ein Irrwisch durch die Wellen, soff Salzwasser, wälzte sich im Sand, bis er aussah wie eine panierte Wurst, und sauste wieder ins Wasser, haschte nach herumflitzenden Fischchen, zog bedauernswerte Einsiedlerkrebse mit einer Kralle aus ihrem Gehäuse und spielte sie tot.

Bhubezi, der tropfnass war, schoss an ihr vorbei, jagte die Düne hinauf über die Treppen auf die Veranda und verschwand im Haus. Siedend heiß fielen Catherine ihre zum Trocknen ausgelegten Buchseiten ein und die Tatsache, dass nasse, kleine Löwen vollkommen durchdrehen. Sie rannte los.

Aber sie kam zu spät. Bhubezi stürmte durch die Halle, dabei Sand verspritzend, wirbelte die trocknenden Buchseiten durcheinander, sprang danach, fing eine, kaute sie zu einem eingespeichelten, grauen Ball und machte sich über die nächste hochflatternde Seite her. Papierfetzen flogen, Bhubezi knurrte und fauchte vor Vergnügen, Bobo galoppierte herein und beteiligte sich hysterisch bellend an dem Spaß.

Catherine tobte, schrie ihn an und versuchte vergeblich, ihn einzufangen. Bhubezi fegte aus dem Zimmer ins Schlafzimmer und verschwand unter dem Bett. Johann hörte den Aufruhr, lugte um die Ecke, sah die Bescherung und entschied, dass es unklug wäre, jetzt im Haus aufzutauchen. Stattdessen pfiff er Bobo an seine Seite und machte sich auf den Weg zu seinen Arbeitern, um dort nach dem Rechten zu sehen.

Catherine rannte hinter Bhubezi her, legte sich auf den Bauch, packte den jungen Löwen am Nackenfell und zerrte ihn unter dem Bett hervor. Die kleine Raubkatze fauchte und spuckte, fuhr ihre Krallen aus, rollte sich auf den Rücken, aber es nutzte ihr gar nichts. Sie beförderte das Tier unnachgiebig wieder ins Gehege, schlug die Tür zu und schob knallend den Riegel vor. Wütend wandte sie sich zum Gehen. Bhubezi maunzte, und sie zögerte, öffnete dann das Gehege wieder. Sie kniete sich vor Bhubezi in den Staub, kraulte ihm die Ohren und fütterte ihn mit Grillen, die sie geschickt aus dem kärglich sprießenden Gras fing. Es war nicht die Schuld des kleinen Löwen gewesen, sondern ihre eigene.

Sie kehrte nicht wieder ins Haus zurück, um die restlichen Seiten zu retten, sondern rannte hinunter zum Strand und lief mit wehenden Röcken in den auslaufenden Wellen so lange nach Süden, bis der Lobster Pott hinter ihr im Dunst versank. Es war Ebbe, und das Riff lag frei. Sie raffte ihre Röcke, watete über seepockenverkrustete Steine und durch flache Felsenteiche, bis ihr Felsen vor ihr aufragte. Schlafwandlerisch sicher fanden ihre Füße Halt in Mulden, die sie schon viele Male vorher benutzt hatte, und mit wenigen Schritten war sie oben, klemmte ihre wehenden Röcke unter ihren Knien fest und setzte sich auf den gewaltigen Sandstein. Er war fast körperwarm, hatte die Hitze des Tages noch gespeichert. Das Tosen der Brandung umfing sie, es roch nach Seetang und Meer. Die Sonne versank Funken sprühend hinter den Hügeln, und letzte Lichtpunkte tanzten auf dem stillen, glasklaren Felsenteich unter ihr. Die Fische waren bereits im Schatten auf den Grund gesunken und schliefen mit offenen Augen. Der Wind hatte aufgefrischt, trieb einen Schleier von Feuchtigkeit über den Strand. Er legte sich auf ihr Gesicht und vermischte sich mit ihren Tränen. Mutlosigkeit lastete wie ein schwerer Mantel auf ihren Schultern.

Es war nur ein Buch, nur eine Kopie, die es hundertfach zu kaufen gab – wenn auch nicht in Natal –, doch für sie war es eine weitere Niederlage. Afrika lachte sich wieder einmal ins Fäustchen. Sie leckte sich die Salzkruste von den Lippen, starrte hinaus in die dunstige Weite des Ozeans und wartete, dass der Zauber wirkte.

Aus der Unendlichkeit marschierte als kaum wahrnehmbare Wölbung eine riesige Woge unter der Meeresoberfläche heran, türmte sich an der Barriere des Riffs zu einer gläsern grünen Wand auf, wurde höher und höher, eine sahnig weiße Schaumkrone bildete sich, und schließlich brach sie, und der Wasserberg warf sich donnernd auf die Felsen. Er rüttelte gierig an allem, was darauf lebte, bis das Meer mit tiefem Tosen einatmete, die Welle zurücklief und dabei Ströme von Sand mit sich saugte. Im ablaufenden Wasser öffneten sich die Seeanemonen auf den Felsen, stießen winzige Wasserfontänen aus, ein knisternder Laut erfüllte die Luft, als wisperten die Felsen untereinander, erzählten sich Geschichten aus der Zeit, als sie noch nicht zu Stein geworden waren, sondern als Millionen Sandkörner durch die Meere wanderten. Hoch über ihr schwebten die Schreie der Seeschwalben.

Und der Zauber wirkte wie schon unzählige Male vorher. Ärger und Spannung lösten sich allmählich, tröpfelten aus ihr heraus wie Wasser aus einem Gefäß. Unter ihr brach sich die nächste Welle an ihrem Felsen, der Wasserschwall ließ den Teich überfließen. Die Flut drückte herein. Es war Zeit, nach Hause zu gehen. Der Dunst der Ferne hatte sich verdichtet, die Nacht zog als dunkelblauer Samtvorhang über den Himmel, lediglich der Widerschein des versinkenden Tags zeigte ihr den Weg. Bald würde nur flimmerndes Sternenlicht sie leiten. Aber ganz dunkel wurde es am Meer nur selten, denn die unendliche Fläche des Ozeans fing jeden noch so schwachen Lichtstrahl ein, bündelte ihn, sodass das Meer selbst zu leuchten schien.

Gedankenverloren wanderte sie am Wellensaum zurück. Durch eine derartige Lappalie würde sie sich nicht unterkriegen lassen, denn eine ihrer herausragendsten Eigenschaften war die Sturheit, wie sich Johann so häufig beklagte. Stur wie ein schlecht gelauntes Maultier, sagte er. Mit einem eleganten Satz sprang sie einer Welle aus dem Weg, die den Strand weit hoch leckte. Nun, sei's drum, dachte sie. Irgendwo werde ich sicher eine weitere Kopie des Buchs finden.

Sie hob einen flachen, glänzend schwarzen Stein auf und ließ ihn über die Wellen hüpfen. Bei jedem Aufschlag spritzte das Wasser, und tausend Sterne funkelten in den Tropfen. Sie löste ihr Haar aus dem Knoten und schüttelte es frei, der Wind blies es ihr aus dem Gesicht und fuhr ihr unter die Röcke. Der schwere Mantel, der sie niedergedrückt hatte, flog davon.

Gelöst breitete sie die Arme aus und wirbelte mit ein paar Tanzschritten über den Sand. Gegen den hellen Sternenhimmel sah sie die Silhouette eines hoch gewachsenen Mannes vom Norden her auf sich zukommen. Überall auf der Welt hätte sie Johann an seinem Gang erkannt. Sie rannte los.

12

Schläfrig zog er Catherine zu sich heran und küsste sie. »Du schmeckst so gut«, murmelte er und streifte ihr den Träger ihres Nachthemds von der Schulter, während seine Lippen ihre Kehle liebkosten, dort genießerisch verweilten, um ausgiebig dieses schattige Grübchen unter ihrem Kinn zu erkunden, ehe sie sich schmetterlingszart auf den Weg zu ihrer Brust begaben.

Catherine kicherte im Schlaf, wedelte träge mit den Händen, als wollte sie Fliegen verscheuchen, und traf dabei Johann. Mit geschlossenen Augen tastete sie sich zu seinem Gesicht. »JohanneslassmichinFriedendieSonneistnochnichteinmalaufgegangenwillindieOper«, murmelte sie, zog sich das Laken über den Kopf, das sie im Sommer als Zudecke benutzte, und sank zurück in den Traum, der sie nach Wien in die Oper entführt hatte.

Johann öffnete die Augen. Es war tatsächlich noch dunkel, und außerdem war er eigentlich auch noch hundemüde. Willig ließ er sich wieder vom Schlaf übermannen.

Ein rosa Widerschein lag über dem Meer, als lautstarkes Hundegebell, untermalt von Pferdewiehern und einer dröhnenden, menschlichen Stimme, die Catherine trotz des unablässigen, alles übertönenden Donnerns der Brandung in ihrem Traum erreichte, erst Halluzinationen von Wolfsrudeln auslöste, denen sie auf einem Pferd zu entkommen suchte, sie aber kurz darauf unsanft in die Wirklichkeit riss. Sie setzte sich auf. Tika und Tika, die zu ihren Füßen aufgerollt geschlafen hatten, sprangen vom Bett und brachten sich darunter in Sicherheit. Bobo, der nachts in die Halle eingesperrt wurde, bellte los und warf sich gegen die Tür.

»Was war das? Johann, da ist jemand.« Sie rüttelte ihn an der Schulter. »Wir bekommen Besuch, entweder zweibeinig oder vierbeinig, aber ich glaube eher, zweibeinig.«

»Besser als ohne Beine, wie diese Kobra kürzlich in meinem Bett«, brummte es unter dem Kissen neben ihr hervor. Von Johann war nur ein grau melierter, brauner Haarschopf zu sehen.

»Die hat nur Glück gehabt, dass Dan nicht in der Nähe war, sonst hätte ich jetzt schöne, neue Schlangenlederschuhe.« Sie hob ihr Haar hoch und rieb ihren Nacken mit einem Zipfel des Lakens trocken. Die Nacht war sehr warm gewesen, und bald würde selbst das dünne Tuch zu viel sein.

»Holla, holla, jemand zu Hause hier?«, brüllte es vom Fenster her. »Wo ist die schöne Catherine? Etwa noch im Bett? Macht ihr etwa was Unanständiges, Kinder? Mitten am Tag? Runter, ihr Tölen …« Im glaslosen Fensterrahmen erschien ein grinsendes, haariges Ungeheuer. »Ich meine nicht euch, meine Turteltäubchen, sondern meine Köter. Tula!«, donnerte Dan de Villiers, genannt der Schlangenfänger, und seine Hunde – fünf gelbe Tiere mit mächtigen Köpfen und einem dunklen Strich auf dem Rücken, wo das Haar in Wirbeln wuchs – klappten die Mäuler mit einem deutlichen Schnappen ihres beeindruckenden Gebisses zu und sanken zu seinen Füßen zusammen.

Catherine erkannte ihn nur an der Stimme. »Dan! Ach du liebe Güte, ich hab nicht genug zu essen im Haus für deinen Appetit.« Lachend schwang sie ihre Beine auf den Boden, warf ihre Haare über die Schulter, die sich in der hohen Luftfeuchtigkeit zu üppigen Locken kringelten, und trat ans Fenster. Die Hunde knurrten vernehmlich, und sie fuhr zurück. »Meine Güte, was für Monster. Die Rasse kenne ich nicht. Wo hast du die her?« Sie blieb ein paar Schritt vom Fenster weg. Sehr freundlich sahen die Tiere nicht aus, und sie wollte nicht herausfinden, wie hoch sie springen konnten.

»Sie werden Afrikanische Löwenhunde genannt. Mein Freund

hat seit vielen Jahren halb wilde Jagdhunde der Hottentotten mit allen Hunden gekreuzt, die die frühen Siedler ins Land gebracht haben, und das ist das Ergebnis. Tolle Tiere, völlig ohne Furcht, mächtiges Gebiss, daher der Name Löwenhunde, Nase wie Bluthunde. Den Strichwirbel haben sie von den Hottentottenhunden. Tula!«, brüllte er noch einmal. Die Hunde setzten sich wieder winselnd auf die Hinterbeine, ließen ihren Herrn aber nicht aus den Augen.

»Wie schön, dich zu sehen. Wo kommst du her?« Sie hielt dem Schlangenfänger ihre Wange zum Kuss hin, vermied es aber, dabei zu atmen. Kam er, wie jetzt ganz offensichtlich, direkt aus dem Busch, umgab ihn eine Wolke von scharfem Körpergeruch, der mit dem jeder Raubkatze konkurrieren konnte.

»Du kannst wieder Luft holen«, grinste Dan de Villiers und zauste ihr die Locken. »Reingelegt.« Er lachte dröhnend und wedelte ihr süßlichen Veilchenduft in die Nase. »Ich hab Rosa vorher einen Besuch abgestattet.«

Catherines Nase kräuselte sich, allerdings nicht aufgrund der Erwähnung von Rosa Delaporte. Madame Rosa, wie sie jeder nannte, war mit ihrem Etablissement der erste Anlaufpunkt eines jeden Buschläufers, wenn er in die Zivilisation zurückkehrte, und nicht wenige ihrer Durbaner Freundinnen hatten sich erleichtert darüber geäußert, dass ihre ausgehungerten Männer ihren ersten stürmischen Appetit bei den willigen Mädchen von Madam Rosa stillten. »Nimm nächstes Mal eine Seife, die nicht nach Veilchen riecht. Ist zu süß für dich. Sonst verwechselt man dich noch mit einer von Rosas Damen oder wohlmöglich mit einem jener Herren, der keiner ist. Nun verkrümle dich, ich möchte aufstehen.«

Johann, nur mit einer Unterhose bekleidet, wälzte sich vom Bett, warf sich ein Handtuch über die Schulter und wählte den kurzen Weg auf die Veranda, indem er aus dem Fenster flankte. »Ich wasch mich draußen.«

Dan begrüßte ihn mit einem gewaltigen Hieb auf die Schulter. »Hallo, Johann, alter Junge. Fast Sonnenaufgang, und du bist noch im Bett? Du wirst fett und faul werden bei diesem Lotterleben.«

Johann knurrte eine Erwiderung. Vor seinem ersten Kaffee war er selten ansprechbar. Dan grinste und wandte sich der Hausherrin zu. »Zauberhafte Catherine, hast du eine Schere für mich, ich möchte dieses Unkraut entfernen.« Er zog an seinem wallenden, grauen Bart und dem schulterlangen, verfilzten Haar. »Wird mir zu heiß darunter, und die Läuse haben schon Enkel.«

Sie lachte und holte eine Schere von der Kiste, die ihr vorläufig als Nachttisch diente, und reichte sie ihm. »In einer Stunde gibt es Frühstück.«

Dan trollte sich folgsam, gefolgt von seinen aufgeregt herumwuselnden Hunden.

»Ich springe ins Meer, sonst wache ich nicht auf«, brummte Johann.

»Nimm Bobo mit, aber steck ihn hinterher in den Zwinger, sonst gibt es hier eine hündische Massenschlägerei.«

Catherine zog die gelben Musselinvorhänge zu und wusch sich in Windeseile an ihrem Waschtisch, stäubte sich Reispuder unter die Achseln, schlüpfte anschließend in das dünnste Baumwollkleid, das sie besaß, dessen kräftiges Indigo durch die afrikanische Sonne und das häufige Waschen schon längst zu einem hellen Blau verblichen war, und ging hinaus.

Kurzerhand schob sie zwei Finger in den Mund und stieß ein paar gellende Pfiffe aus. »Jabisa, woza, hamba shesha, Frühstück, aber schnell! Nkosi Inyoka ist angekommen. Schau nach, ob wir noch etwas Hammel und Butternussmus haben.« Würde dem Hammel gut tun, noch einmal durchgeschmort zu werden, dachte sie und ging in den Gemüsegarten, den sie im Schatten einiger flachkronigen Bäume abseits des Kochhauses angelegt hatte. Aus den Augenwinkeln sah sie Jabisa im Trab aus ihrer Hütte zum Kochhaus laufen und lächelte.

Inyoka, die Schlange, war der Name, den die Zulus Dan gegeben hatten. Er war der beste Schlangenfänger südlich des Äquators, seine Pythonhäute bei der modebewussten Gesellschaft von Paris, London und New York heiß begehrt, und er war es auch, der die schillernde Haut der Grünen Mamba zum Statussymbol bei den Schönen und Reichen erhoben hatte. Gelegentlich brachte er ihr eine besonders junge, fette Python mit und bereitete sie auf höchst delikate Art eigenhändig mit Kräutern und Zitronenbutter zu. Ein beliebter Mann, Nkosi Inyoka, und jeder, der zwischen dem Umgeni und dem Pongola-Fluss lebte, kannte seinen legendären Appetit.

Am Rand des Gemüsegartens blieb sie zunächst bestürzt stehen und inspizierte dann entgeistert ihre Gemüsepflänzchen. Unzählige Keimlinge waren am Stiel verfault, dort, wo schon Blättchen gesprossen waren, verfärbten sie sich gelb, und die wenigen grünen zeigten große Löcher, die sie auf Schneckenfraß zurückführte. Mit bloßen Händen grub sie ein paar Kartoffeln aus, aber alles, was sie fand, waren winzige, matschige Knollen.

»Hölle und Verdammnis«, knurrte sie. In der Nähe des Meers schien nichts ordentlich zu wachsen. Die salzige Luft ließ nicht nur alles blitzschnell verschimmeln, sondern brachte offenbar auch bis auf die wilden Bananen und den verfilzten Küstenurwald alle Pflanzen um. Glücklicherweise war ihre Vorratskammer vom letzten Einkauf in der Stadt gut gefüllt. Für heute würde es reichen. Den Garten würde sie wesentlich weiter ins Inland verlegen müssen, aber bis dahin würde Gemüse nur auf den Tisch kommen, wenn sie in Durban auf dem Markt gewesen war oder eine Lieferung von den Farmen ihrer Freunde bekam. Wenigstens die Hühner waren fleißig gewesen. Zwanzig Eier fand sie im Stroh. Sie hatte den Korb vergessen, packte ihren Rock an Zipfeln, legte die Eier hinein und trug ihre Ausbeute zur Küche.

Jabisa schnippelte bereits Kürbis, und auf dem Feuer wurde Wasser heiß für den Kaffee. »Wir haben nicht genug Brot«, sagte die Zulu, die im Laufe der Jahre zu einem Abbild ihrer Mutter Mandisa geworden war. Breites Gesicht, breite Schultern, ausladendes Oberteil, sehr breite Hüften und ein Lachen, das einem die Seele wärmte. Eine stattliche Frau. Aber die Ähnlichkeit zu ihrer Mutter ging tiefer. Wie diese hatte sie ein großes Herz, besaß eine untrügliche Menschenkenntnis und eine gehörige Portion Geschäftssinn. Sie war lebensklug und bauernschlau. Catherine konnte sich ihren Tag ohne sie kaum vorstellen. Sie ging in die Vorratskammer, die sich auf der der Sonne abgewandten Südseite befand. »Wir haben noch vier Brote«, rief sie.

»Sag ich doch. Nicht genug für Inyoka.«

Seufzend holte Catherine mit einem Maß genug Mehl für drei Topfbrote aus dem großen Sack, der unter der Decke der Kammer hing, und schüttete es auf die blank gescheuerte Oberfläche ihres Arbeitstischs. Das Mehl muffelte schon etwas. Es war höchste Zeit, es zu verbrauchen. Durch die seit gut einem Jahr herrschende Dürre war Mehl unglaublich teuer geworden. Die Pflanzen wurden ständig von Rost befallen, der Ernteertrag war mehr als mickrig, und importierten Weizen musste man mit Gold aufwiegen. Sorgfältig sammelte sie die Mehlwürmer heraus, die sich voller Energie durch den grob gemahlenen Weizen fraßen, siebte ihn zur Vorsicht noch einmal durch. Ein Anzahl winziger, schwarzer Käfer blieb übrig. Sie warf sie mit den Würmern in ein Glas. Routiniert mischte sie das Mehl mit Wasser, Sauerteig, Salz und einer Prise Zucker, tat noch ein paar zerdrückte Koriandersamen dazu, knetete mit kräftigen Handgriffen den immer geschmeidiger werdenden Teig durch, ließ ihn in eine irdene Schüssel gleiten und deckte ihn mit einem Tuch ab. Dann schaute sie auf ihre Halsbanduhr und merkte sich die Zeit.

An einem Küchentuch wischte sie sich die bemehlten Hände ab und steckte den Kopf aus der Türöffnung. Eine Tür zum Verschließen hatte das Kochhaus noch nicht, und zu ihrem Leidwesen hatten die Affen diesen Zustand innerhalb weniger Stunden spitz gekriegt und ein Regal mit Marmelade leer geräumt, ehe sie ihren Vorrat in Sicherheit bringen konnte. Auch der große Backofen vor dem Kochhaus war noch unvollendet. Noch musste sie Brot in Tontöpfen backen, was umständlich war. Das Topfbrot war häufig klitschig und die Kruste das, was Norddeutsche als labberig bezeichneten. Sie seufzte. Darauf zu warten, dass Johann die Arbeiten erledigte, dauerte ihr zu lange. Sie würde sich selbst darum kümmern müssen. Es konnte doch nicht so schwer sein, ein paar Steine mit Mörtel zu einer Mauer zusammenzusetzen, überlegte sie und nahm sich vor, diese Arbeit bald mit Mangaliso in Angriff zu nehmen.

»Wo bleiben Tandani und Sisanda?«, fragte sie Jabisa, beschattete ihre Augen gegen die frühe Sonne und schaute hinüber zu den Hütten der Zulus, die Johann in einiger Entfernung hatte bauen lassen. Dort wohnten Mangaliso und seine Söhne und die Zulus und ihre Familien, die Johann von Inqaba mitgebracht hatte. Zwischen ihnen und den Hütten der Wanderarbeiter lagen rund dreihundert Yards.

Diese Leute waren wurzellos, ohne den Rückhalt ihres Stammes, zogen zusammen mit ihrer ganzen Familie von einer Farm zur anderen. Oft stammten sie aus dem Süden, aus dem Land der Xhosas, oder aus dem Norden, aus Tsongaland. Es war die einzige Möglichkeit, Arbeitskräfte zu bekommen, da die Zulus wenig Neigung zeigten, auf den Feldern der weißen Farmer zu arbeiten. In ihren Augen war das Frauenarbeit, außerdem bewirtschafteten sie ihre eigenen Höfe. Nahmen sie dennoch in der Fremde Arbeit an, diente es meist dazu, um schnell an genügend Geld zu gelangen, um sich eine weitere Frau kaufen zu können. Hatten sie dieses Ziel erreicht, verschwanden sie von der Farm. Als hätte eine nur für sie hörbare Stimme zu ihnen gesprochen, legten sie mitten in der Arbeit das Werkzeug nieder und machten sich auf den Weg in ihr Umuzi, wo sie dann im Baumschatten saßen, das Bier tranken, das ihre Frauen zubereitet hatten, palaverten und dabei den Frauen bei der Feldarbeit und beim Bierbrauen zusahen. Gelegentlich gingen sie auf die Jagd, schnitzten sich neue Kampfstöcke und trugen Stockkämpfe aus. Männersachen eben.

Von den Zulus von Inqaba tat keiner auch nur einen Handschlag auf dem Feld. Sie kümmerten sich um die Rinder, Ziegen und Pferde. Für die Feldarbeit mussten die Steinachs wie alle anderen weißen Farmer in Natal Inder einstellen. Die Unterkünfte für die indischen Arbeiter hatte Johann wohlweislich an der Grenze seiner Zuckerrohrfelder errichtet, auf dem Teil seines Landes, der am weitesten von den Hütten der Zulus entfernt war. Zwischen diesen beiden Volksgruppen herrschte tiefstes Misstrauen, das häufig in blutige Auseinandersetzungen ausartete.

Dabei lebten schon seit Ende 1860 Inder in Natal. An einem kalten, regnerischen Novembertag in jenem Jahr war die *Truro* aus Indien mit den ersten indischen Einwanderern im Hafen von Durban gelandet. Ladenbesitzer, Hausfrauen, Farmer, jeder, der sich seit Jahren über die Unzuverlässigkeit der Zulus ärgerte, war an der Pier erschienen, um sich möglichst als Erster die besten Arbeitskräfte unter den Neuankömmlingen zu sichern. Die Steinachs waren eigens deshalb von Inqaba nach Durban geritten. Aber auch eine große Gruppe Zulus hatte sich versammelt, die bis auf wenige Ausnahmen so gekleidet waren, wie sie üblicherweise herumliefen: die Männer mit Kuhschwanzschurzen, einige mit den buschigen Schwänzen der Ginsterkatze über dem Gesäß, die Frauen mit Lederröcken und Perlgehängen und bloßem Oberkörper. Erwartungsvolles Gemurmel erhob sich, als die Gangway herangeschoben wurde und die Luken aufgingen.

Die farbenfrohe, exotische Flut von braunen Menschen, die sich in einer hauchzart nach Patchouli duftenden Wolke aus dem Bauch des Schiffs ergoss, verblüffte alle Wartenden. Lachend, lebhaft wie ein Vogelschwarm durcheinander schnatternd, kamen sie an Land. Sie sahen so anders aus, sie waren so anders, wirkten nicht wie die ärmlichen Bittsteller, die man erwartet hatte. Im

Gegenteil: Die schillernden Saris, die winzigen Diamanten in den Nasenlöchern, der blitzende Goldschmuck, den manche Frauen trugen, gaben den Eindruck von gewissem Wohlstand. Es waren nicht nur Feldarbeiter, die nach Natal gekommen waren, um Arbeit zu finden, es waren Handwerker, Mechaniker und ganz besonders Händler. Mit blitzenden, schwarzen Augen schauten sich die Neuankömmlinge neugierig um, und was sie sahen, schien sie zu erfreuen. Ungeniert zeigten sie ihrerseits auf die Wartenden, begutachteten offensichtlich deren Erscheinung, und als sie der Zulus ansichtig wurden, kreischten sie vor Lachen.

Das war der Augenblick, als der Hass geboren wurde. Das Lachen schlug glühende Funken in den Herzen der stolzen Zulus.

»Ihre Haut ist schwarz, aber ihr Haar ist glatt, sie gehören nicht zu den Weißen und nicht zu den Zulus, und sie schnattern wie die Affen in einer Sprache, die kein Mensch verstehen kann«, empörte sich Sihayo, der an diesem Tag die Kuhschwänze an seinem Schurz frisch gebürstet hatte und wehenden Federschmuck trug. »Außerdem sind sie dürr und brüchig wie trockene Zweige. Sicher besitzen sie keine Rinder und höchstens eine Frau. Amakafulas!«, knurrte er und stakste in der Menge herum, betrachtete verachtungsvoll die dünnen, kleinen Frauen mit den langen, öligen Haaren und den bunten Stoffbahnen, in die sie sich eingewickelt hatten, die Männer, die endlose gedrehte Stoffwürste auf dem Kopf trugen und Röcke wie Frauen, die aber ihre spindeligen Beine freiließen. Finster starrte er die Kinder an, die so winzig und so mager erschienen, dass ein leichter Windstoß sie sicher hinaus aufs Meer blasen würde. Sie tanzten um ihn herum, zwitscherten in dieser merkwürdigen Sprache und machten sich ganz offensichtlich lustig über ihn.

»AmaKafulas!«, schleuderte er ihnen entgegen. »Diener ohne Land. Sie sind nicht wie wir, die Abantu, wir sind menschliche Wesen, wir haben Gefühle.« Damit schritt er würdevoll davon.

Johann sah ihm verdrossen nach. »Das gibt Ärger. Ich brauche dringend Arbeitskräfte, auch auf Inqaba, und ich fürchte, wenn ich Inder einstelle, gibt es einen Aufstand unter unseren Zulus.«

Er sollte Recht behalten. Es gab einen Aufstand. Nicht laut, nicht gewalttätig, aber sehr nachhaltig. In zwei Planwagen brachte er eine Gruppe von vierzig Indern mit nach Inqaba, und in derselben Stunde verschwanden alle Zulus vom Land, selbst Sihayo. Mit schwelenden Blicken, aber ohne ein Wort, Kampfstock, Assegai und Schild in den Händen stolzierte er durch den Busch heim in sein Umuzi. Den Rest seiner Habseligkeiten trug seine neueste Frau auf dem Kopf hinter ihm her.

Was folgte, war ein Kampf, ein zäher, schweigender Machtkampf. Die Zulus saßen vor ihren Hütten, rauchten, tranken das Bier, für dessen Nachschub ihre Frauen emsig sorgten, und diskutierten lange und ausgiebig darüber, wie lange wohl Jontani ohne Hilfe durchhalten würde.

Die Inder erwiesen sich als völlig nutzlose Hirten, hatten keinen Schimmer, wie sie mit Rindern umgehen mussten. Sie erklärten Johann, dass Rinder in ihrem Land heilig seien und gefüttert und verehrt wurden. Niemand würde es wagen, sie zu melken, geschweige denn zu töten. Johann knirschte mit den Zähnen und bestand darauf, dass es auf Inqaba so zuging, wie er es verlangte. Rinder wurden gemolken und Rinder wurden geschlachtet. Die Inder weigerten sich störrisch, und außerdem passierten merkwürdige Dinge. Immer wieder wurden die Tiere von etwas so verschreckt, dass sie in panischer Angst in den Busch liefen und Johann Tage brauchte, um sie wieder zu finden. Einige trugen dann unerklärlicherweise ein fremdes Brandzeichen über dem von Inqaba, und eine sich in Geburtsschmerzen windende Kuh verendete plötzlich ohne ersichtlichen Grund, andere wurden krank und fraßen nicht mehr. Die Erinnerung machte Catherine heute noch wütend. Der Sangoma des Stamms wurde wohlhabend in dieser Zeit.

Nachdem ein Inder, der für eine Summe, die an Bestechung grenzte, sich bereit erklärt hatte, eine Kuh zu melken, jedoch unglücklicherweise einen Bullen als Kuh angesehen hatte und von dem wütenden Stier erst aufspießt und anschließend zu Tode getrampelt wurde, verschwanden auch die Inder. Johann saß mit der Farm und Catherine mit der Arbeit im Haushalt und allem, was dazugehörte, allein da. In schweigender Wut krempelten sie die Ärmel auf.

Zwei Tage später wachte Johann bei Sonnenaufgang durch das Geschrei der Hadidahs und rhythmisches Singen auf. Er fuhr hoch und stieß Catherine an. »Hörst du es?«, flüsterte er. »Sie sind wieder zurück, diese vermaledeiten Halunken, mit ihren Frauen, also auch mit ihrem Hab und Gut. Sie sind tatsächlich zurückgekehrt. Gott sei's gepriesen!«

Weder die Zulus noch die Steinachs erwähnten die Vorkommnisse auch nur mit einem Wort, und kein Inder betrat danach je wieder Inqaba. Johann ließ die Felder bei Inqaba verwildern, stellte den Betrieb völlig auf Rinder- und Ziegenzucht um. Die Inder ließ er auf seinen Zuckerrohrfeldern arbeiten, und das hatte in all den Jahren kaum Probleme gegeben. Sie waren fleißig und darauf bedacht, ihren Status im Leben ständig zu verbessern, hatten Ambitionen, was Johann bei den Zulus nicht entdecken konnte.

Viele Rinder, genügend Land, viele Frauen, das war es, wovon ein Zulu träumte. Hatte er das erreicht, genoss er es. Wozu sollte er sich dann noch abrackern, wie es die Umlungus taten? Wozu? Sie arbeiteten und arbeiteten, von morgens bis abends, hatten keine Zeit, die Früchte ihres Tuns zu genießen, und das war doch nicht der Sinn, nicht wahr? Johann hatte lange darüber nachgegrübelt, aber nichts gefunden, was er dem entgegensetzen konnte.

Nach seinem Morgenbad stieg Johann aus dem Meer, hörte über dem Brausen der Wellen Catherines ungeduldigen Ruf nach Tandani und Sisanda und hoffte, dass die nicht ausgerechnet jetzt entschieden hatten, für unbestimmte Zeit in ihr Umuzi zurückzukehren. Insgeheim erfüllte ihn die Unabhängigkeit, die die Zulus für sich in Anspruch nahmen, mit Neid. Wenn er nach einem harten Arbeitstag mit schmerzenden Muskeln und einem stechenden Reißen im Rücken im Kerzenschein noch über seinen Zuchtbüchern saß, dachte er häufig über diese Geisteshaltung nach und fragte sich, ob der Zulu, der im Schatten in seinem Umuzi saß, seine Rinder zählte, Bier trank und dafür sorgte, dass seine Kinderschar sich vergrößerte und damit sein Wohlergehen im Alter gesichert war, der also eine überaus sinnliche Lebensart pflegte, nicht tatsächlich die bessere Lebensform gefunden hatte.

Immer öfter erwischte er sich dabei, dass er im Kopf die Anzahl seiner Rinder überschlug, feststellte, dass er längst genug für ein geruhsames Leben hatte, seiner Frau einen verlangenden Blick zuwarf und dabei dieses überirdisch schöne Fleckchen Erde vor Augen hatte, das Inqaba hieß und seins war. Dann war er versucht, seinen Stift hinzuwerfen, jetzt sofort, und mit Catherine den Rest seines Lebens auf Inqaba zu genießen. Auf sinnliche Weise.

Gedankenverloren rieb er sich den Oberkörper trocken. Langsam wurde es Zeit, ernsthaft darüber nachzudenken, und er musste mit Catherine darüber reden. Er schaute über die weite Sandfläche des Strands hinauf zu ihr. Bobo galoppierte ihr entgegen, sie hob eine Hand, und diese riesige Dogge setzte sich lammfromm auf die Hinterbeine und hielt ihr den Kopf hin, um gekrault zu werden. Wie wir alle liegt Bobo ihr zu Füßen, dachte er und fühlte dabei diese heiße, verzehrende, unerträglich süße Liebe für sie.

Catherine, die ihn von der Veranda aus entdeckt hatte, winkte ihm zu, schnippte mit den Fingern, dass Bobo ihr folgen sollte, und hielt ihm die Tür zu seinem Zwinger auf, der wie Bhubezis Gehege mit Pfählen aus Tambotiholz umzäunt war, der jedoch mehr dazu diente, die Dogge gegen Überfälle abenteuerlustiger Leoparden zu schützen, als den Hund gefangen zu halten. Bobo trabte hinein und warf sich in den Schatten eines ausladenden, niedrigen Baums.

Mit einem Blick aufs Kochhaus stellte Catherine verärgert fest, dass von Tandani und ihren Schwestern nichts zu sehen war, und schwor sich zum wiederholten Male, mehrere indische Frauen als Zimmermädchen für das Gästehaus anzulernen. Von Lilly hatte sie nur Gutes über Inderinnen gehört. Leise, geschickt und willig seien sie. Genau das, was man in einem gut geführten Gästehaus brauchte. Annie Block plante sie, zur Haushälterin auszubilden. Noch hatte sie es Jabisa nicht gesagt. Das schob sie vor sich her, weil ihr dafür bisher einfach der Mut gefehlt hatte. Jabisas Reaktion war nicht vorauszusehen, und sie wollte gar nicht daran denken, wie sie es schaffen sollte, ohne die Zulu auszukommen, sollte diese ebenso reagieren wie ihr Bruder Sihayo auf die Inder. Also musste sie sich vorläufig mit den drei Zuluschwestern begnügen, die dort drüben kichernd vor ihrer Hütte herumalberten, anstatt im Kochhaus zu erscheinen, wie es ihre Pflicht gewesen wäre. Wieder ließ sie ihren Pfiff ertönen. Die Mädchen hoben ihre Köpfe und schauten herüber.

»He, Sisanda, Fangana, Tandani, shesha, ihr werdet in der Küche gebraucht!«

Eins der Mädchen sagte etwas zu ihren Schwestern, alle drei bogen sich vor Lachen, dann setzten sie sich gemütlich in Bewegung. Catherine mühte sich, ihre Ungeduld zu bändigen, machte nur eine Handbewegung, die sie zur Eile antreiben sollte. Unbekümmert und nicht um einen Deut schneller schlenderten die Mädchen fröhlich schwatzend herbei. Sie hatten längst gelernt, die hektische Eile der Europäer zu ignorieren. Sie sahen keinen Sinn darin. Ein wenig später war doch fast so gut wie gleich.

Dan de Villiers schleppte ein bluttriefendes Stück Fleisch heran, an dessen ledriger, brauner Haut weiße Fettklumpen hafteten. »Hab dir was Anständiges zum Essen mitgebracht! Junges Hippo, ganz zart.« Er war frisch gewaschen und hatte sein Haar und den Bart gestutzt. An den Stellen, wo vorher Bart war, glänzten jetzt weiße Flecken auf seiner sonnenverbrannten Haut.

Catherine verzog ihr Gesicht. Das Fleisch von Flusspferden gehörte nicht zu ihren Lieblingsspeisen. Egal, wie intensiv man es würzte, immer schmeckte es leicht fischig. »Wie aufmerksam von dir. Ich werde heute Abend Curry daraus kochen«, meinte sie und nahm sich vor, Jabisa ein gutes Stück davon abzugeben. »Wenn du nicht im Weg stehst und mich von der Arbeit abhältst, ist das Frühstück gleich fertig. Setz dich am besten schon auf die Veranda, ich bin sicher, Johann wird dir in Kürze Gesellschaft leisten.«

Dan de Villiers Augen leuchteten auf, als ihm Jabisa wenig später einen Teller mit einem Dutzend Spiegeleiern und Speck auf gerösteten Kartoffeln servierte. »Richtiges Essen kommt gleich«, sagte sie, während Dan das erste Ei in einem Bissen herunterschluckte.

»Woher kommst du gerade?« Johann, der nach dem Schwimmen immer einen Bärenhunger hatte, spießte eine Bratkartoffel auf.

»Ngoma.«

»Gibt's Neuigkeiten?«

Dan legte seine Gabel hin und kaute seinen Mund leer. Er achtete penibel darauf, dass seine Manieren im Busch nicht verwilderten. »Die Schwarzen sind unruhig, es gibt Gerüchte, dass Cetshwayo seine besten Sangomas aus dem ganzen Land zusammenruft, und es gibt noch ein weiteres Gerücht. Irgendein Schweinehund liefert Waffen an Cetshwayos Zulus, aber nicht nur an sie, sondern auch noch an seine mächtigsten Häuptlinge.«

»Andrew Sinclair«, sagte Johann und berichtete seinem Freund, was er in Durban erfahren hatte. »Ich trau dem Mistkerl zu, dass er einkalkuliert, dass die Häuptlinge, wie wohlbekannt ist, vor einem Königsmord nicht zurückschrecken würden. Das hat ja schließlich eine lange Tradition unter den Zulus.«

Catherine setzte sich auch. Die letzten Worte hatte sie gehört. »Wohl wahr.« Prinz Dingane hatte nicht nur seinen Bruder, König Shaka Zulu, ermordet, sondern ebenfalls die meisten seiner weiteren Brüder. Nur Mpande, den er als zu schwach ansah, um ihn ernst zu nehmen, verschonte er. Auch Dingane starb eines gewaltsamen Todes, und nur sein Nachfolger, König Mpande, erlag vermutlich den Folgen seines ausschweifenden Lebens friedlich in seiner Hütte. Zumindest nahm man das an. Insgeheim traute sie Cetshwayo zu, ihn umgebracht zu haben, wie er auch fast alle seine Brüder und Halbbrüder getötet hatte, Mpandes Sohn seiner jüngsten Frau, den er besonders liebte, direkt vor den Augen seines Vaters, es gab sogar Berichte, dass er ihn in dessen Armen zerhackt hatte. Cetshwayo tat es ganz bewusst. Wie der neue König eines Löwenrudels alle Jungen seines Vorgängers umbringt, hatte er seinem Vater so gezeigt, dass er ein alter, zahnloser Löwe war und er der neue Rudelführer. Es war das Gesetz Afrikas. Nur der Stärkste konnte überleben. Von dem Tag an galt Cetshwayos Wort mehr als das Wort des Königs.

»Warum sollte es hier anders zugehen als im alten England zum Beispiel?«, fuhr Dan de Villiers fort. »Aber ein riesiges Waffenarsenal in der Hand der Zulus – das bedroht uns alle …« Lautes Hundekläffen, grobe Stimmen und das Prusten mehrerer Pferde und Bobos wütendes Gebell, der in seinem Zwinger tobte, unterbrachen ihn. »Erwartet ihr Besuch?«

Johann sah an ihm vorbei. Vier Reiter erschienen auf dem Kamm der nächsten Düne, begleitet von einem Rudel belfernder Hunde und mindestens sechzig schwarzen Trägern und Spurenlesern. Ihr Anführer, der kahl war bis auf einen schulterlangen

Kranz fuchsroter Haare, trug ein Lederwams über einem verdreckten Baumwollhemd.

»Red Ivory und seine Bande«, murmelte Johann. »Dieses versoffene, irische Gesindel hat mir gerade noch gefehlt. Der kommt offensichtlich direkt aus dem Busch.« Er stand auf, wartete, bis die Gruppe näher gekommen war. »Was willst du hier, Red? Hier bist du nicht willkommen, das solltest du doch wissen.«

Red Ivory zeigte ein lückenhaftes Grinsen. »Das ist doch der Lobster Pott? Hab gehört, es soll ein Hotel sein. Wir sind müde und hungrig, kommen aus dem Inneren. Wir werden hier Station machen.« Er kaute auf einer Zigarre, die er ständig von einer Mundecke zur anderen schob.

»Wir haben noch nicht geöffnet«, sagte Johann ruhig. »Tut mir Leid, Leute, ihr müsst weiterziehen.«

»Na, na, Steinach, Sie werden doch wohl uns müden Reisenden Speis und Trank und ein Nachtlager nicht verweigern?«

Catherine, die mit einem Krug Bier von der Küche kam, konnte ihn eben noch vor Dan absetzen, ehe ihre Hände kraftlos herunterfielen. Noch war sie benommen von dem Schock, den ihr die plötzliche Konfrontation mit Nicholas Willington beschert hatte, das Auftauchen von dem Iren versetzte ihr einen weiteren Schlag. Er war ein Kumpan von Konstantin von Bernitt gewesen.

»Als Herrin des Hauses bestimme ich, wer unter meinem Dach weilt. Sie sind hier nicht willkommen, Red, aber ich achte das Gesetz des Buschs. Sie können etwas essen und trinken und dort unter den Bäumen übernachten. Morgen in der Früh aber verlassen Sie und Ihre Begleiter unser Land.« Ihr Ton war eisig, sie bekam kaum die Zähne auseinander.

»Hoa, hoa, hört ihr das? Man ist unfreundlich hier, ich frage mich, warum? Vielleicht wird man uns gleich zuvorkommender behandeln, wenn ich erzähle, was ich weiß!« Die Zigarre rollte immer schneller im Mund herum.

»Nichts, was Sie uns sagen könnten, kann von Interesse für mich sein.« Johann hätte Red Ivory am liebsten am Kragen gepackt und ins Meer befördert. Im Gegensatz zu Catherine wusste er vieles über den Elfenbeinjäger und seine Beziehung zu Konstantin von Bernitt, und das waren Dinge, mit denen er seine Frau nicht belasten wollte.

Red Ivory grunzte. »O doch, doch, tatsächlich bin ich mir todsicher, dass Sie das wissen wollen.« Die Zigarre rotierte. »Es betrifft nämlich ihr kostbares Inqaba.« Der Buschläufer warf ihm einen lauernden Blick aus seinen gelben, blutunterlaufenen Augen zu. Er sah Johann zusammenzucken und grinste. »Sieh an, sieh an, nun habe ich Ihre Neugier doch gekitzelt. Ist es Ihnen nicht ein Bier wert für mich und meine Freunde? Ein gutes Essen und ein Lager für die Nacht?«

Johann war erstarrt. Ihm wurde leicht schwindelig. Was war auf Inqaba los?

Catherines Herz klopfte hart. Bei der Erwähnung Inqabas war alle Farbe aus Johanns Gesicht verschwunden. Nur zu gut wusste sie, dass die Angst, sein Land zu verlieren, ihn in den Grundfesten seines Seins erschütterte.

Dan de Villiers neigte sich vor. »Er hat dich, alter Freund, schluck deine Wut herunter und hör ihm zu. Hinterher können wir ihn immer noch ersäufen«, raunte er seinem Freund ins Ohr und bleckte dabei seine verfärbten Zähne.

Catherine verstand ihn und reagierte. »Ich habe nur einen weiteren Stuhl, die anderen sind noch nicht fertig. Sie können sich zu uns setzen, Red, ihre Freunde müssen mit dem Sandboden zufrieden sein. Dort unter den Bäumen ist Schatten.« Gut genug für diese verlausten Kerle. Nicht ums Verrecken würde sie ihnen erlauben, auf ihren neuen Sesseln zu sitzen. »Ich werde veranlassen, dass alle etwas zu essen bekommen.« Sie hastete mit so energischen Schritten über die Veranda, dass die hölzernen Bohlen ins Schwingen gerieten, rannte die kurze Treppe herunter und ums

Haus herum zum Küchenanbau. Kaum war sie außer Sichtweite, musste sie sich an die Hauswand lehnen, und es dauerte Minuten, ehe sie sich gefasst hatte.

Nachdem sie Jabisa gesagt hatte, wer angekommen war, und die Zulu nur mit Mühe davon abhalten konnte, Red Ivory, den diese hasste, weil er sie vor vielen Jahren in volltrunkenem Zustand mit unmissverständlichen Absichten überfallen hatte, als sie sich allein am Fluss wusch, mit dem Messer vom Hof zu jagen, schaute sie noch kurz nach den Topfbroten.

Seufzend schaute Jabisa in den Topf. Selbst verdünnt mit derselben Menge Wasser würde das geschmorte Hammelfleisch nicht reichen. Sinnend rührte sie die sämige Soße um. Dann huschte ein ganz und gar unheiliges Lächeln über ihr Gesicht. Sie trocknete sich die Hände an ihrer Schürze ab, lief auf den Hof und rief Mangalisos Söhne heran, die im Feigenbaum herumturnten. Sie beugte sich vor und flüsterte eine Weile mit ihnen. Kichernd stoben die drei davon. Sie rief ihnen noch ein paar Worte nach.

»Yebo!«, schrie Sixpence und hüpfte über den Hof.

Kaum eine halbe Stunde später tauchte die Jungs wieder auf. In ihren Fäusten hielten sie jeder zwei fette Ratten an ihren nackten Schwänzen. Sixpence förderte noch einen Haufen Heuschrecken aus einem Beutel zutage, denen er allesamt die Beine ausgerissen hatte. Hoch erfreut belohnte Jabisa die drei mit Früchtekuchen. In Windeseile zog sie den noch warmen Nagetieren das Fell ab, schnitt ihr Fleisch samt Knochen in kleine Stücke, schwitzte mehrere Zwiebeln in Fett an, warf das Rattenfleisch, zwei Hand voll angeschimmelter Zulukartoffeln, die Heuschrecken und jede Menge Gemüseabfall hinterher, und würzte das Ganze großzügig mit Chilischoten und Curry. Auf der Suche nach weiteren Delikatessen entdeckte sie das Glas mit den Mehlwürmern und Käfern, und mit boshaftem Grinsen beförderte sie auch die in den Topf.

Catherine kam in die Küche und schnupperte. »Curry? Wir hatten doch gar kein Fleisch mehr …« Sie spähte in die brodelnde Masse. »Sieht aus wie Hühnchen … Um Himmels willen, Jabisa, du hast doch nicht etwa unsere Hühner für diese Kerle geschlachtet …?«

Jabisa tat, als hätte sie nichts gehört, sondern rührte emsig weiter.

Catherines stirnrunzelnder Blick fiel erst auf das leere Glas und dann auf den Abfalleimer, und was sie da sah, verursachte ihr einen Lachanfall, dass sie sich am Tisch festhalten musste. »Jabisa! Mehlwürmer und Ratten?«, japste sie.

»Ratten für die Ratten«, knurrte die Zulu und zerdrückte eine Heuschrecke mit dem Löffel, aber dann brach es aus ihr heraus wie ein Vulkan. Sie lachte und lachte, sie tanzte in der Küche herum, warf die Arme in die Luft, schlug sich auf ihre dicken Schenkel, stampfte in einem Triumphtanz um den Tisch und lachte, bis ihr die Tränen übers Gesicht liefen.

Mit einem seligen Lächeln auf dem Gesicht füllte Catherine einen Teller randvoll mit Schmorfleisch, Soße und Gemüse für Dan auf und kehrte, immer noch in sich hineinglucksend, zu den Männern auf die Veranda zurück.

Jabisa sah ihr nach, griff in den Beutel, den sie an ihrem Gürtel befestigt hatte. Drei braun gesprenkelten Samen lagen auf ihrer Handfläche. Mit dem Zeigefinger schob sie sie hin und her. Schließlich tat sie mit bedauernder Miene zwei zurück in den Beutel, einen zerdrückte sie zwischen zwei Löffeln zu Pulver, warf es in den Topf und rührte gründlich um. Ein böses Lächeln ließ ihre Augen funkeln.

Als Catherine um die Hausecke bog, hörte sie schon die Stimme ihres Mannes, die so wütend klang, dass sie erschrocken stehen blieb. Von böser Vorahnung erfüllt, beobachtete sie die Männer.

»Sagen Sie schnell, was Sie wissen, ehe ich es mir anders überlege und Sie den Haien zum Fraß vorwerfe«, grollte Johann.

Red Ivory war nicht im Geringsten beeindruckt. Er ließ seine kleinen Augen zwischen den Steinachs hin und her flitzen. »Aber,

aber. Das muss Ihnen doch was wert sein, Steinach. Wie wär's? Hatte ein bisschen Pech im Busch, und mein Geldbeutel ist augenblicklich etwas schmal. Ein paar Pfund würden ihm gut tun.«

»Psst«, machte Dan de Villiers und legte dem Elfenbeinjäger seine Pranke schwer auf die Schulter. »Nicht doch.«

Red Ivory versuchte vergebens die Hand abzuschütteln, musterte dabei mit scheelem Blick die Muskelpakete des Schlangenfängers. »Na ja, dachte mir das nur so. Ein Mann muss doch schließlich leben, oder? Hab was riskiert für die Information«, grunzte er unwillig.

Dan de Villiers sah ihn nur ausdruckslos an, was aber doch etwas bei Red Ivory auslöste, denn er verhaspelte sich fast in seinem Bestreben, die Frage Johanns nun schnellstens zu beantworten. »Die Eingeborenen sind unruhig«, quetschte er zwischen seiner Zigarre hervor.

»Das wissen wir«, sagte Johann.

Red blies einen Rauchring. »Die Briten haben am unteren Tugela bereits ein Zeltlager aufgeschlagen, direkt neben der Spelunke vom alten Jones, der prompt seine Preise für das lauwarme Bier und den Fraß, den er serviert und den ein Warzenschwein verschmähen würde, verdoppelt hat. Er wird sich seine dumme Säufernase vergolden, der Betrüger. Die Soldaten haben im Lager bereits Gemüsegärten angelegt und Hühnerställe gebaut, was die Vermutung nahe legt, dass sie länger dort zu bleiben gedenken.«

»Das weiß ich, und das heißt noch gar nichts. Erzählen Sie mir was Neues.«

»Dass Cetshwayo seine Sangomas zusammengerufen hat, um seine Krieger kugelfest zu machen, wissen Sie vermutlich auch, was Sie aber nicht wissen können, ist, dass Tulani, der Sohn von König Mpandes Hauptfrau, Anspruch auf Inqaba erhebt. Na? Wussten Sie das? Offenbar nicht! Sie sehen aus wie ein Fisch, der auf dem Trockenen gelandet ist.« Rechts und links von der Zigarre grinsten Zahnstummel. Red Ivory war wieder obenauf.

Johann war wie vom Donner gerührt. Tulani. Den Namen hatte er fast vergessen. Im Jahr 1848, als er ihn zum ersten und letzten Mal gesehen hatte, war der Junge erst etwa fünfzehn Jahre alt gewesen. Er war eins der vielen Kinder König Mpandes, die zu dieser Zeit am königlichen Hof lebten. Er hatte ihn nicht weiter beachtet. Sehr viel später hatte ihm Sicelo beiläufig erzählt, dass das Land, das ihm König Mpande aus Dankbarkeit für die Rettung von Sipho, seinem Lieblingssohn, überlassen hatte, zu den Ländereien gehörte, die Tulani einst erhalten sollte. Als junger Mann hatte sich Tulani mit seinem königlichen Vater zerstritten, den Königshof verlassen und sich weiter im Norden angesiedelt. Danach war Tulani in der Versenkung verschwunden, nicht einmal den Namen hatte er je wieder gehört, und nun kroch dieser plötzlich unter einem Stein hervor und wollte ihm Inqaba streitig machen.

Er räusperte sich. »Wo haben Sie das her?«

»Ach, Sie wissen ja, wie es im Busch ist. Überall raschelt es, wird geflüstert und getratscht. Gerüchte verbreiten sich schneller als Buschfeuer in der Trockenzeit.«

»Es ist also nur ein Gerücht?«

»Nein. Tulani hat im Laufe der Zeit ein Regiment von Elitekriegern zusammengestellt. Über zwölfhundert soll er haben. Zwölfhundert!«

»Wozu denn das?«

»Um die Swazis zu überfallen und ihnen Rinder zu stehlen, nehme ich an. Dieses Regiment hat er dem König versprochen und auch die Gewehre, die er von irgendeinem Waffenschmuggler gegen Elfenbein eingetauscht hat. Dafür will er das Land haben, das ihm ursprünglich zugedacht war, und Cetshwayo ist so heiß auf Tulanis Männer, dass er seinem Halbbruder Ihr Inqaba so gut wie zugesagt hat.«

Im Hintergrund bellten die Hunde des Schlangenfängers die der Elfenbeinjäger an, unter ihnen donnerte unablässig die Brandung, Affen keiften in den Bäumen, Zikaden schrillten. Aus den Augenwinkeln bemerkte Johann Catherine, die, einen mit Gemüse und Fleisch aufgetürmten Teller in der Hand, wie zur Salzsäule erstarrt stehen geblieben war. Die Soße lief über den Tellerrand und tropfte auf ihren Rock. Sie rührte sich nicht.

»Cetshwayo würde das nicht tun, und schon gar nicht, ohne mich zu warnen«, sagte Johann und ihm brach dabei der Schweiß aus, weil er nur zu genau wusste, dass der König auf ihn keine Rücksicht nehmen konnte, selbst wenn er wollte. Seine großen Indunas waren zu mächtig, und es gab nicht wenige unter ihnen, die mit Freuden alles unterstützen würden, was ihm schaden könnte. Er wischte sein Gesicht mit dem Hemdsärmel ab.

Red Ivory warf den Kopf zurück und lachte. »Warum nicht? Wer sollte ihn davon abhalten, Mann? Cetshwayo macht, was er will, er ist der König, zum Teufel noch mal, und er ist in Bedrängnis. Er wird um sein Königreich kämpfen. Da ist ihm doch jedes Mittel recht, und Loyalitäten gibt's dann nicht. Zu was dieser Kaffernmonarch fähig ist, kann ich aus eigener Anschauung erzählen. Im Dezember 1856 bin ich mitten in das wahnwitzige Getümmel der Schlacht von Ndondakusuka geraten, und das war was, kann ich Ihnen sagen! Mann, das war was!« Aufmerksamkeit erheischend schaute er in die Runde. »Es war kalt, neblig und nieselte, und aus dem Nebel kamen Furcht erregende Gestalten, brüllend, dass einem das Blut in den Adern gerann, mit wilden, starrenden Augen und blitzenden Schwertern.« Es war offensichtlich, dass er diese Geschichte schon oft zum Besten gegeben hatte. »Mann, o Mann, haben Sie schon mal gehört, wie das klingt, wenn über zwanzigtausend aufgeputschte Zulus ihren Kriegsschrei ›Usutu‹ herausbrüllen?«

Seine Augen glitzerten wie die eines Verrückten. »Ich hab selbst gesehen, dass sie vor der Schlacht Marihuana geraucht und gallonenweise den Trank der Sangomas in sich hineingeschüttet haben, der sie tollkühn und angriffslustig macht, dass sie Schmerzen nicht mehr spüren und erst aufhören zu kämpfen, wenn sie tot sind. Also, ich schwör's, dass einige noch standen und kämpften, während ihre abgeschlagenen Köpfe schon zu ihren Füßen herumrollten und schrien.«

Der Zigarrenstummel rotierte. »Das Wasser des Tugela war rot von Blut, und die Leichen schwammen Rücken an Rücken. Mann, ich konnte zu Fuß rüber nach Natal, ich bin einfach von Leiche zu Leiche gesprungen.« Er blinzelte Catherine an, und ein fieses Lächeln verzerrte seine Mundwinkel. »Und irgendwo, im tiefsten Busch, an einem geheimen Ort, schmieden sie jetzt ihre Assegais und Hackschwerter, und wissen Sie, warum die Kaffern das im Geheimen tun, Mrs Steinach? Wissen Sie, warum sie jeden ins Jenseits befördern, der zu neugierig ist?« Lauernd starrte er sie an. »Nun, Gnädigste?«

Catherine stand nur da, den Teller noch immer in der Hand. Ihre Kehle war wie zugeschnürt. Selbst wenn sie es gewollt hätte, sie hätte kein Wort herausbekommen.

Der Buschläufer senkte seine Stimme zu einem rauen Flüstern. »Sie benutzen Menschenfett, um die Klingen so scharf und so hart zu machen, dass sie durch Menschenfleisch hindurchschneiden wie ein heißes Messer durch Butter. Man sagt, dass ein einziger Schwerthieb genügt, um einen Mann mühelos in zwei Hälften zu hacken. Es stimmt. Ich habe es selbst gesehen.« Wieder fixierte er Catherine.

»Es gibt also doch Krieg?«, krächzte sie.

»Nein, wird es nicht«, fuhr Johann heftig dazwischen. »Ich glaube nicht, dass Cetshwayo kämpfen will. Außerdem ist Bulwer dagegen.«

Catherine beruhigten diese Worte nicht im Mindesten. Sie hatte den pingeligen, dickbäuchigen Sir Henry Bulwer, den Gouverneur von Natal, als einen Mann kennen gelernt, der trotz seiner berüchtigten Selbstgerechtigkeit durch und durch integer war, ihrer Meinung nach aber ein zu biegsames Rückgrat besaß.

Red grinste und zwirbelte seine schulterlangen, speckigen Haarsträhnen. »Ich will Ihnen mal was erzählen, Steinach. Erstens habe ich gehört, dass der gute König einer ganzen Herde von Säbelantilopen den Garaus gemacht hat, um aus ihren Hörnern Signalhörner für seine Armee fertigen zu lassen, und wie man weiß, braucht man die nur im Krieg, und zweitens hat John Dunn Lord Chelmsford gewarnt, dass Cetshwayos Entscheidung schon gefallen ist. Weiter hat er ihm erklärt, dass seiner Erfahrung nach Cetshwayo seine Regimenter sammeln und alles in einer großen Schlacht riskieren wird und er demnach raten würde, die britischen Bataillone in zwei Kolonnen aufzuteilen. Chelmsford hat ihn nur ausgelacht und getönt, seine einzige Sorge wäre, Cetshwayo nicht zum Kämpfen provozieren zu können. Dunn wollte wissen, was er zu tun gedächte, wenn er zur Residenz des Königs vorgerückt sei und der sich einfach weigerte, zu den Waffen zu greifen. ›Ihn in eine Ecke treiben, bis er sich wehren muss‹, hat der gute Lord geantwortet. Sie sehen also, der Krieg ist unausweichlich.«

»Woher wollen Sie denn das mit Dunn wissen?«

»Hat er mir selbst gesteckt. Und noch was will ich Ihnen verraten: Dunn will sich nach Natal absetzen und seine Rinder, Frauen, Kinder und alle seine Leute mitnehmen. Hat er mir auch geflüstert, ich schwör's. Seine Residenz Mangete gibt er preis. Ist nur ein Haufen Steine, die kann man hinterher ja wieder aufbauen, sagt er. Recht hat er.« Red Ivory machte eine Pause und spuckte den Zigarrenstummel auf den Boden. »Es wird Krieg geben, geht gar nicht anders.«

Die Worte trafen Johann wie Steine. Mit hochgezogenen Schultern starrte er auf seine geballten Fäuste. Falls stimmte, dass John Dunn vorhatte, Fahnenflucht zu begehen, und so konnte man das nur nennen, denn schließlich war er ein Zuluhäuptling und einer der einflussreichsten Ratgeber des Königs, auf den dieser sich jahrelang verlassen hatte, dann war die Lage tatsächlich sehr ernst. Ein Schauer von Vorahnung ließ ihn frösteln. Um nicht alles zu verlieren, was er besaß, um sicherzugehen, dass seine Familie überleben konnte, musste er seine Herde ebenfalls nach Natal treiben. Sofort.

Dreitausend Rinder, quer durch den Busch, durch reißende Flüsse, über steile Hügel, ständig bedroht von blutrünstigen Räubern, tierischen wie menschlichen, durch ein Land, das sich zum Krieg rüstete. Obendrein grassierte die Lungenkrankheit. Ted McLean, ein alter Freund von ihm, war mit vierundvierzig Ochsen im Winter zur Auktion in Durban aufgebrochen. Als er in Durban ankam, hatte die teuflische Krankheit nur acht verschont, und die waren natürlich unverkäuflich. Von diesem Schlag hatte er sich wirtschaftlich bis heute nicht erholt. Ihm wurde übel bei dieser Vorstellung; gleichzeitig war ihm klar, dass er Catherine lange Zeit allein lassen müsste. John Dunns Residenz Mangete lag in der Nähe der Grenze, Inqaba lag hundert Meilen nördlich, für einen Rinderauftrieb über einen Monat weiter weg. Ums Verrecken wollte er ihr das nicht zumuten, aber die Umstände würden ihn dazu zwingen …

Jabisa erschien mit einem Tablett mit zwei dampfenden Tellern auf der Veranda und stellte sie mit ausdrucksloser Miene auf den Tisch. »Die da«, sie wies mit dem Daumen auf Ivorys drei Begleiter, die unter dem Feigenbaum lagerten, »haben ihr Essen schon.« Mit einem langen Blick auf Catherine entfernte sie sich, legte trotz ihrer Körperfülle bei jedem zweiten Schritt einen kleinen Hüpfer ein.

»Curry, wie lange habe ich schon einen anständigen Curry nicht mehr gegessen! Sie sind doch eine Lady, Mrs Steinach.«

Catherine, die kaum imstande war, ihre Gesichtszüge unter Kontrolle zu halten, schob ihm den Curry hin. »Für dich hat Jabisa extra Hammelragout gemacht. Sie weiß, wie sehr du es liebst«, sagte Catherine zu Dan. »Ich hoffe, du wirst satt.«

Dan grunzte und machte sich über das fettglänzende Ragout her.

Der Buschläufer und seine Bande bestiegen ihre Pferde, zwar murrend, aber doch unverzüglich, besonders da ihnen Johann unmissverständlich klar gemacht hatte, dass er keinen von ihnen jemals wieder auf seinem Land antreffen wollte.

»Den wären wir los, und der kommt auch nicht wieder«, knurrte der Schlangenfänger.

Catherine kraulte ihm den gestutzten Bart. Sie wusste von Anfang an, was Dan für sie empfand, hatte gespürt, dass in den Jahren aus der wilden Liebe eine warme, tiefe Zuneigung geworden war, in die sie sich schmiegen konnte wie in ein schützendes Tuch, und war Johann länger abwesend, bewerkstelligte es Dan auf irgendeine Weise immer, sich in ihrer Nähe aufzuhalten.

Red Ivory und seine Kumpanen hatten zusammengepackt und ritten, begleitet von ihren Schwarzen, vom Hof. Der Elfenbeinjäger war ungewohnt still, sein Gesicht hatte eine gräuliche Farbe angenommen. Zusammengesunken hockte er im Sattel, einen Arm in den Leib gepresst.

Catherine sah, wie er sich krümmte, sah mit steigender Beunruhigung, wie er seine Wasserflasche ansetzte und in einem Zug leer trank und einer seiner Begleiter vom Pferd sprang und sich im Laufschritt seitwärts in die Büsche schlug. Extremer Durst, Bauchkrämpfe, heftiger Durchfall, konstatierte sie. Die Symptome waren deutlich. Jabisa, diese hinterlistige Hexe, musste ihnen Rizinussamen ins Essen getan haben. Ihr wurde schlecht bei dem Gedanken, dass es mehr als einer gewesen war. »Entschuldigt mich bitte einen Augenblick«, murmelte sie und hastete zum Kochhaus.

Die Zulu schrubbte fröhlich trällernd den Topf, in dem der Curry gewesen war. Der Rest des Currys war im Abfalleimer gelandet, wie Catherine bemerkte. Sie packte Jabisa am Arm und drehte sie um. »Sag mir auf der Stelle, wie viel Inhlakuva du in den Curry getan hast!«

Jabisa hörte auf zu trällern, entspannte ihre Gesichtszüge, bis ihre Unterlippe herunterhing und ihr Gesicht einen dümmlich abwesenden Ausdruck annahm. Stumpf ließ sie ihren Blick in unbestimmte Fernen schweifen und zuckte die Schultern mit einer Geste, die sagen sollte, dass sie nicht wusste, wovon ihre Umlungu redete.

Catherine musste widerwillig anerkennen, dass der Zulu die Parodie einer dummen, unwissenden Schwarzen perfekt gelang. Aber sie war zu besorgt und wütend, um sich darüber zu amüsieren. Drei zerdrückte Rizinussamen galten als ausreichend, um einen Menschen umzubringen. Das war Mord, und sie wäre verantwortlich. Sie würde in Teufels Küche kommen. »Jabisa, lass das! Mich kannst du nicht hinters Licht führen. Also, wie viele Rizinussamen hast du ins Essen getan? Raus mit der Sprache, und zwar schnell!« Sie schüttelte die Zulu kräftig.

Jabisa seufzte tief, starrte erst auf ihre breit getretenen Füße, dann an die Decke, seufzte wieder. Endlich spaltete ein schneeweißes Lachen ihr dunkles Gesicht. »Einen, Katheni, nur einen. Es wird ihnen schlecht gehen, Feuerschlangen werden ihre Därme zerfressen, aber sie werden noch nicht zu ihren Ahnen gehen …« Vor sich hinglucksend tauchte sie ihre Hände wieder in die Seifenlauge und schrubbte weiter.

Ein ganz und gar unheiliges Lächeln unterdrückend, kehrte Catherine zu Johann auf die Veranda zurück.

»Du musst die Herde in Sicherheit bringen, das ist wichtiger«, sagte sie sanft, »und du musst Ziko mitnehmen, ohne ihn lass ich dich nicht gehen.« Sie hatte seine Hand mit ihrer bedeckt.

Er sah sie an. Längst war er es gewohnt, dass sie seine Gedanken lesen konnte, kaum dass er sie gefasst hatte. Ihn überfiel das Verlangen, sie sofort in die Arme zu nehmen, ihr zu sagen, wie sehr er sie liebte, wie sehr er sie brauchte, dass er ohne sie nicht leben konnte, aber er begnügte sich mit einem Lächeln. »Danke«, sagte er, und noch einmal: »Danke.«

Catherine hatte natürlich Recht. Bei dieser herkulischen Anstrengung wäre er ohne den ruhigen Zulu, der auch das bockigste

Rind zähmen konnte, völlig verloren. Der hatte von seinem Vater Sicelo den sechsten Sinn geerbt, was die Rinderzucht anbetraf. Er redete mit den Tieren, blies ihnen sanft in die Nüstern, dass sie die Augen verdrehten, kraulte sie hinter den Ohren und umgarnte sie wie ein Liebhaber seine Angebetete. Auch der störrischste Ochsen wurde lammfromm unter seinen Händen. »Ich werde sie nach Stanger treiben und Francis Court bitten, sie auf seinem Land unterzubringen. Es ist die nächste Möglichkeit, und er hat ja weiß Gott genug Platz. Ich schicke gleich einen meiner Zulus mit einer Nachricht zu ihm.«

Er bewegte seine Lippen, als er die Strecke berechnete. »Ich werde die Kälber vorher noch gegen die Lungenkrankheit impfen müssen, sonst verlieren wir wohlmöglich sechs von zehn. Alles zusammen wird das gut vier Wochen in Anspruch nehmen, wenn alles glatt geht. So lange wirst du allein sein.« Es war eine Frage.

»Ich werde auf sie aufpassen«, brummte Dan, der Catherine seit dem Tag, als er sie auf der *White Cloud*, die die Steinachs und ihn von Kapstadt nach Durban brachte, zum ersten Mal traf, mit jeder Faser seiner zutiefst romantischen Seele liebte.

»Wie du hörst, werde ich bestens aufgehoben sein.« Catherine zwang sich, leicht und sorglos zu klingen, und sie hoffte, Johann damit täuschen zu können, ihm nicht zu verraten, wie schwer ihr diese Zeit werden würde.

Johann sandte noch am selben Tag Kuriere nach Stanger zu Francis Court und nach Inqaba. Bis zu seiner Ankunft mussten einige Dutzend guter Rinderhirten bereitstehen, um den Auftrieb einigermaßen zu sichern.

13

Sie standen lange vor dem Morgengrauen auf. Die Schatten waren noch schwarz, die Luft schmeckte kühl und salzig, und das Meer schimmerte gespenstisch im Mondlicht. Catherine nahm ihr Gewehr und lief im trügerischen Schein über die Veranda zum Kochhaus. Von den Hütten der Farmarbeiter klangen schläfrige Laute herüber, Feuerschein flackerte auf, ein paar helle Stimmen kamen näher, unverkennbar die von Sisanda und ihren Schwestern. Neben ihr im niedrigen Küstenurwald, hustete ein Leopard. Erschrocken fuhr sie zusammen, die angepflockten Pferde wieherten nervös, und sie packte ihr Gewehr fester. Schnell lief sie weiter. Nachts schliefen Schlangen oft auf den noch warmen Holzbohlen, und gelegentlich stattete ein Leopard aus dem Busch dem Hühnerstall einen räuberischen Besuch ab und verspeiste seine Beute an Ort und Stelle.

Im Kochhaus zündete sie eine Kerze an und war eben dabei, das Feuer im Herd zu entfachen, als ihre Mädchen lachend und schwatzend hereinkamen. Rasch gab sie ihnen Anweisungen, was sie zubereiten sollten, während sie Proviant für Johann zusammenstellte. Johann zündete inzwischen Fackeln an, befestigte mehrere am Verandageländer, steckte die übrigen zwischen die Steine vom Hof und packte in ihrem flackernden Licht seine Satteltaschen.

»Einen wunderschönen guten Morgen, alter Junge«, dröhnte Dan und knöpfte sich dabei sein Hemd über dem beachtlichen Bauch zu. »Hör zu, da gibt es etwas, was ich gestern vor Red Ivory nicht erwähnen wollte. Cetshwayo hat zu einer großen Jagd aufgerufen, vom Ncome-Fluss zum Mzinyathi und entlang des Tugela

286

bis hinunter zum Meer, und er hat seine Amabutho zum Kriegs-rat nach Ondini gerufen. Schon im September sind einige seiner Häuptlinge mit ihren Leute an der Grenze aufgetaucht. Sie tru-gen Kriegsschilder, Assegais und Gewehre. Das war keine normale Jagd. Das war ein Vorwand. Zululand klirrt vor Waffen, und du weißt, was das heißt.«

»Ja«, sagte Johann. »Cetshwayo macht buh!«

Dan de Villiers lachte laut. »So kann man's nennen. Aber sieh dich vor. Alle sind nervöser als Katzen auf einem heißen Blech-dach, eingeschlossen Bartle Frère und die Generäle.«

»Pass gut auf Catherine auf, lieber Freund.«

Der Schlangenfänger nickte, ergriff Johanns schwere Packta-schen und schwang sie über den Rücken des Packpferds, als wären sie leer. Aus den Tiefen seiner ausgebeulten Hose holte er eine Fla-sche hervor und verstaute sie in einer der Satteltaschen. »Feinster Brandy, zum Überleben. Hoffentlich gibt's in diesem Etablisse-ment bald was Anständiges zwischen die Zähne, ich bin hungri-ger als ein ausgehungerter Löwe«, knurrte er.

Johann sah hoch. »Essen ist schon im Anmarsch, genug, um eine Armee zu füttern, wie ich meine Frau kenne.«

Sie begaben sich zur Veranda. Catherine setzte eine Kanne dampfenden Kaffee auf dem Tisch ab, die drei Zulumädchen schleppten eine große Pfanne mit Rührei, Speck und Kartoffeln, aufgewärmtem Braten mit Süßkartoffeln und zwei Laibe Brot herbei. Schweigend nahmen die Freunde ihr Frühstück ein. Dann machte sich Johann fertig zum Aufbruch.

Sanftes Rosa verdünnte das Nachtblau des Himmels, verdich-tete sich allmählich zu kräftigem Rot, bis die Sonne aus dem Meer stieg und den Himmel in Brand setzte. Johann zurrte die Gurte von Umbanis Sattel fest. »Ich bin gleich da«, sagte er zu Dan und stapfte durch den kühlen Sand hinauf zu Catherine, die oben auf der Veranda auf ihn wartete. Er nahm sie in den Arm und küsste sie. Für eine flüchtige Sekunde kam ihm der Gedanke, dass alle seine Rinder es nicht wert waren, diesen Augenblick dafür aufzugeben, sehnte sich mehr als alles auf der Welt danach, sie aufzuheben, ins Bett zu tragen und ihr zu zeigen, wie sehr er sie liebte. Dann aber gewann seine Vernunft wieder Oberhand. Später sollte er sich dafür verfluchen, diesem Impuls nicht nachgegeben zu haben.

Er saß auf, und als er das Zeichen zum Aufbruch gab, stieg Catherine mit Dan auf die höchste Düne, und dort stand sie und sah ihm nach, bis das grüne Meer des Buschs ihn verschluckt hatte. Sie stand unbeweglich, ihren Blick fest auf die Stelle geheftet, wo sie ihn zum letzten Mal gesehen hatte. Sie stand so, bis der Schein der aufgehenden Sonne die Farben verwischte und ihren Blick täuschte. Erst jetzt erlaubte sie sich, ihren Tränen freien Lauf zu lassen.

Später, als sie aufgeräumt und mit Dan zusammen eine Tasse Kaffee getrunken hatte, um den Schmerz herunterzuspülen, Johann für eine derart lange Zeit entbehren zu müssen, gleichzeitig zu wissen, wie gefährlich sein Unterfangen war, fielen ihr beim Anblick des unfertigen Zauns Mangalisos Jungs ein. Sie machte sich auf die Suche und stöberte Sixpence, Tickey und Haypenny in der Nähe der Lagune am Rand des Küstenurwalds auf, wo sie um einen Dunghaufen herumsaßen, die blau schillernden Mistkäfer herausklaubten, sie knackten und auslutschten wie Muscheln.

»Woza, ihr drei kleinen Halunken!«, rief sie schmunzelnd, als die drei schuldbewusst aufsprangen und stramm standen. Sixpence, der Größte, zählte schon bald sechzehn Jahre. Tickey, nach dem Drei-Penny-Stück benannt, der Mittlere, war stolz, schon ein uDibi-Junge zu sein, Träger seines Vaters Lasten. Haypenny, der halbe Penny, der Umfan, der sonst die Rinder hütete, schaute sie mit großen Gazellenaugen an und schenkte ihr sein süßestes Lächeln, dessen Wirkung er genau kannte.

»Wer hat euch erlaubt, eure Arbeit zu verlassen? Kaum habt ihr ein paar Fuß von dem Zaun fertig, meint ihr, der Rest macht sich von allein!«, rief sie in gespielter Strenge.

Die Jungs kicherten, die beiden jüngeren sprangen munter wie Grashüpfer vor ihr her zum Haus, nur Sixpence wurde ernst. Catherine merkte, dass er etwas Wichtiges zu sagen hatte, blieb stehen und wartete geduldig, bis er die Worte fand.

»Nkosikazi, ich möchte nun Schilling genannt werden. Ein Sixpence ist klein, nicht viel wert, man bekommt höchstens eine Hand voll getrockneter Mopaniraupen dafür. Ich bin schon ein junger Mann, bald werde ich ein berühmter Krieger sein und Löwen für den König töten. Ich kann nicht mehr Sixpence heißen.«

Sie lächelte erstaunt. »Das verstehe ich gut. Ich werde dich also bei deinem Zulunamen nennen. Solozi. Wäre dir das recht?«

Der Junge überlegte eine Weile. »Nein, ich möchte, dass du mich Schilling nennst. Es ist dein Name für mich. Er gehört in deinen Mund. Solozi ist der Name, den mir mein Vater gab, als ich aus dem Bauch meiner Mutter gekrochen bin. Es ist der Name eines Zulus für einen Zulu. Du bist eine Umlungu, Nkosi. Du kannst mich nicht Solozi nennen.«

Catherine fühlte sich zurückgestoßen, und es machte sie traurig, sehr traurig sogar. Wie auch Lulamani hatte sie Sixpence auf die Welt geholfen, als seine Mutter zu schwach von den tagelangen Wehen war, ihn herauszupressen, und sie war es gewesen, die ihn bei seinem letzten Malariaanfall mit ihrem kostbaren Chinarindenpulver das Leben rettete, als er schon in jenen Dämmerschlaf zu verfallen drohte, der dem Tod vorausgeht. Es tat weh, aber sie bemühte sich, sich nichts anmerken zu lassen, fragte sich nur, ob es ihr jemals gelingen würde, diese letzte Kluft zwischen ihr und den Menschen zu überbrücken, die sie eigentlich als ihre Freunde ansah. »Nun gut, Schilling, wenn du es so möchtest, werde ich mich daran halten.«

Damit ließ sie ihn stehen, hatte vergessen, welche Aufgabe sie für ihn hatte. Erst als Tickey und Haypenny angerannt kamen, fiel ihr ein, dass auch der Hühnerstall ausgemistet werden musste. Sie beauftragte Schilling damit und ging durchs Haus in ihr Schlafzimmer, um die Betten zu machen.

Unvermittelt überfiel sie die Vorstellung, für die nächsten Wochen allein in diesem Bett liegen zu müssen, und da war dieser Schmerz wieder, dicht über ihrem Herzen, heiß wie ein Stück glühender Kohle. Sie schalt sich eine weinerliche Trine. Was waren schon ein paar Wochen aus der Zeit eines ganzen Lebens? Sie fröstelte in der Wärme. Ob es die Stille war, die über allem zu liegen schien, seit Johann fortgeritten war? Diese Abwesenheit der täglichen Geräusche, der Begleitmusik ihres Lebens? Johann beim Waschen, laut singend, Holz hackend, mit seinen Zulus scherzend, Johann beim Essen, Johann, der ihr staubtrockene Passagen aus seinem landwirtschaftlichen Rundbrief vorlas, Johann nachts im Bett. Sie würde es ertragen.

14

Ihre Fahrt nach Hamburg war kalt und anstrengend. Sie mussten früh aufstehen, um den ersten Zug zu erreichen, und Maria
entdeckte, dass es über Nacht überraschend einen verfrühten
Wintereinbruch gegeben hatte. Die Graupel verwandelten sich in
Schnee, der in dichten, nassen Flocken fiel, und alle jammerten
darüber, wie lang und schrecklich der Winter werden würde.
Maria aber streckte ihre Zunge aus und ließ den Schnee in ihrem
Mund schmelzen, versuchte, sich dabei vorzustellen, wie das Land
aussehen würde, wenn der Schnee es wie eine Zuckerschicht über-
krusten würde. Versackte man darin, und würde er ihr in den
Mund geraten, müsste sie dann ertrinken? Es beschäftigte sie
einige Zeit, fragen wollte sie keinen. Ihre Gespräche mit den Mellinghoffs beschränkten sich aufs Notwendigste.

In der Bahn war es außerordentlich ungemütlich, jedes Metall-
teil strömte Kälte aus, und sie mussten in Kleinen und Hagenow
lange auf den zugigen Bahnsteigen auf ihren Anschlusszug warten, weil der Schneematsch die Gleise blockiert hatte. Der eisige
Wind fuhr ihr unter die Röcke und trieb ihr die Tränen in die
Augen, und sie wünschte sich inbrünstig in die sommerliche
Hitze Zululands.

Es war schon Abend und stockfinster, als sie in Hamburg anka-
men, und es blieben ihr knapp zwei Tage Zeit, bevor die *Emilie
Engel* in See stechen würde.

Der Kutscher der Mellinghoffs fuhr Maria an diesem stürmischen
Morgen zum Hafen. Vorausgegangen waren zwei hektische Tage,
ausgefüllt mit Packen, letzten Einkäufen für die Familie und dem

fieberhaften Bemühen der Schneiderin von Elise Mellinghoff, für
Maria noch ein sommerliches Kleid zu nähen, das sie in südlichen
Breiten an Bord nötig haben würde. In der letzten Zeit hatte sie
so abgenommen, dass ihr die mitgebrachten Kleider um den Körper schlotterten. Sie hatte vergissmeinnichtblauen Baumwollstoff
gewählt. Er war billig, denn er war vom letzten Sommer übrig geblieben.

Ihren Eltern ein Telegramm zu senden, vergaß sie. In der Aufregung dieser Tage kam es ihr überhaupt nicht in den Sinn.

Bereits angetan mit Hut und Mantel verabschiedete sie sich
von der Familie, die sich im Salon versammelt hatte, in dem jetzt,
am frühen Vormittag, schon die Kerzen brannten.

Elise Mellinghoff drückte ihr zu ihrer Überraschung ein Päck-
chen mit Keksen in die Hand. »Für den kleinen Hunger«, sagte
sie und lächelte tatsächlich, wandte sich dann aber schnell ab.

Maria bedankte sich und schob das Lächeln auf die Erleichterung, den ungebetenen Hausgast nun endlich los zu sein.

Ludovig Mellinghoff redete viel und trug ihr Grüße an ›die
liebe Mutter‹ auf. Auch er zeigte seine Freude über ihre Abreise
deutlich. Sie biss die Zähne zusammen und ertrug, dass er ihr die
Hand schüttelte, bis die Schulter schmerzte.

Leonore und Luise bettelten ihren Vater an, Maria zum Schiff
begleiten zu dürfen, bissen aber auf Granit. Maria vermutete, dass
er nicht riskieren wollte, dass Mitglieder seiner Familie öffentlich
mir ihr gesehen wurden. Es war ihr gleich. Die Mädchen weinten
ganz ungeniert, herzten und küssten sie und nahmen ihr das feste
Versprechen ab, wirklich, wirklich zu schreiben. »Afrikanische
Geschichten«, verlangten sie. »Von Löwen und Elefanten und
von Schwarzen Mambas. Versprich es!«

»Ich verspreche es euch«, sagte sie und wandte sich dann Leon
zu.

Seltsam hölzern stand er vor ihr, schaute ihr mit brennend
blauem Blick lange in die Augen, während er ihre Hand drückte

und verstohlen streichelte. »Auf Wiedersehen«, sagte er, und dann nach einer atemlosen Pause noch einmal: »Auf Wiedersehen. Meine Liebe. Vergiss das nie. Auf Wiedersehen.« Mehr nicht.

Mit dem magensauren Gefühl tiefster Enttäuschung zog sie ihre Hand zurück. Zumindest eine Erklärung hatte sie erwartet, gehofft, von ihm zu hören, dass dieser Augenblick in der Bibliothek auch für ihn eine besondere Bedeutung gehabt hatte. Sie zog sich ihre Handschuhe an und verließ das Haus. Draußen wickelte sie sich fester in ihren Schal. Mit gesenktem Kopf, ohne sich noch einmal umzudrehen, stieg sie in die Kutsche. Die Kutsche zog an, sie schaute auf ihre krampfhaft ineinander verschlungenen Hände, bis das Mellinghoff'sche Haus hinter den Bäumen des Parks verschwand.

Zügig trabten die Pferde durchs matschige, herbstkalte Hamburg, und sie versuchte sich die Begeisterung ins Gedächtnis zu rufen, die sie empfunden hatte, als sie die Stadt zum ersten Mal gesehen hatte, dachte an das Vogelgezwitscher in den Baumkronen, die Junidüfte von Jasmin und Rosen, Kinder in bunten Kleidern und die langen, hellen Nächte. Aber angesichts des eiskalten Abschieds, des düster verhangenen, frühwinterlich anmutenden Himmels, der schmutzigen Schneereste am Straßenrand und der dunkel gekleideten, vermummten Menschen fiel ihr das ungemein schwer, obwohl sich jetzt tatsächlich die blasse Sonnenscheibe durch die tief hängenden Wolken kämpfte und den frühen Schnee auf dem Hafengelände mit wässrigem Silberschein überzog.

Dieselbe Sonne schien jetzt auf Zululand, glitzerte auf der Weite des Indischen Ozeans, ging es ihr durch den Kopf, und plötzlich überwältigte sie das Verlangen nach der Helligkeit und Wärme ihrer Heimat. Ihr Herz hüpfte, und sie wünschte sich, mit dem Sonnenlicht reisen zu können, konnte kaum den Gedanken aushalten, dass sie erst in Wochen ihren Fuß auf den Boden Afrikas setzen würde. Doch sie würde die Zeit nutzen. Sie hatte sich in einer Buchhandlung, die sich auf Lehrbücher für die Universität spezialisiert hatte, alle Bücher über die medizinischen Wissenschaften gekauft, die sie finden konnte. Der verwirrte Buchhändler hatte gefragt, ob sie diese an einen Studenten der Medizin verschenken wollte. Sie hatte ihn angesehen, gelächelt und genickt.

Am Hafen angekommen, sprang sie voller Energie aus dem Wagen, gab dem Kutscher die Nummer ihrer Kabine und drängte, nur ihre kleinere Reisetasche tragend, durch die Menschenmenge, die sich zum Abschied der *Emilie Engel* auf dem Kai versammelt hatte. Sie entdeckte eine von Elise Mellinghoffs Freundinnen und grüßte sie mit einem Nicken, sonst fand sie kein bekanntes Gesicht. Im Grunde war ihr das auch lieber, obwohl sie sich schon ein wenig verlassen zwischen all diesen Abschiedsszenen vorkam. Unwillkürlich wanderten ihre Gedanken zu Leon, und zu ihrem Verdruss spürte sie ein Brennen in den Augen. Sie blinzelte energisch, zwang sich, die Bullaugen im Schiffsrumpf zu zählen, um sich abzulenken. Nachdem sie diese zweimal durchgezählt hatte, waren ihre Augen wieder trocken.

Hinter dem Kutscher, der ihren Koffer schleppte, stieg sie die Gangway hinauf. Sie hatte auf einer Außenkabine backbords bestanden, da sie vorhatte, die Reise über hauptsächlich in der Kabine zu bleiben, weil sie die Gesellschaft anderer Menschen im Augenblick nicht interessierte und weil die innen liegenden Kabinen in den tropischen Breiten so entsetzlich stickig wurden. Außerdem wollte sie jeden Morgen schon beim Aufwachen den Sonnenaufgang über dem Meer sehen und nicht verpassen, wenn Afrika sich endlich über den Horizont schob. Glücklicherweise hatte ihr Geld dafür noch gereicht.

Sie warf ihre Handschuhe und den Hut auf die schmale Koje, wickelte sich aus dem Schal, behielt aber den Mantel an, denn es war empfindlich kalt, selbst hier drinnen. Doch es störte sie nicht. Schon südlich der Biskaya würde es erträglicher werden, und spätestens wenn sie die spanische Küste hinter sich gelassen hatten, würden die Temperaturen schnell ansteigen und jeder an Bord über die Hitze stöhnen. Ich nicht, dachte sie, ich ganz bestimmt nicht. Rasch gab sie dem Kutscher ein Trinkgeld und schloss die Tür hinter ihm und damit auch das Kapitel Mellinghoff.

Von draußen schallten gebrüllte Kommandos, Gesang eines Chors, der einen Missionar verabschiedete, und die vielstimmigen Abschiedsrufe derer, die zurückbleiben mussten. Einem Impuls folgend, weil sie doch einen letzten Blick auf Hamburg werfen wollte, schlang sie sich den dicken Schal wieder um den Hals, ergriff Hut und Handschuhe und stieg an Deck.

Sie schlängelte sich durch die Menge, bis sie direkt an der Reling stand und in das rosa Meer der Gesichter tief unter ihr am Kai blickte. Der dröhnende Ruf des Schiffshorns hallte über den Hafen, Kommandos wurden gebrüllt, die Leinen gelöst, und ganz allmählich weitete sich der Spalt Wasser zwischen dem Anleger und der steilen Schiffswand. Unter ihr vibrierte das Deck, die Schiffsmotoren wummerten. Sie waren auf ihrem Weg.

Gelöst winkte sie hinunter in die Menge, auch wenn keiner der Abschiedsrufe ihr galt, und schaute ohne Bedauern zu, wie Hamburgs Silhouette im kalten Morgendunst versank.

Vor ihr lagen das Meer, das Licht, vor ihr lag Afrika.

»Ich kann es kaum erwarten, Afrika zu sehen«, sagte ein Mann neben ihr.

Sie wollte ihn ignorieren, wollte allein bleiben, doch irgendetwas in dem Nachhall der Stimme veranlasste sie, den Kopf zu wenden und den Sprecher anzusehen.

Da stand er und lachte, die himmelblauen Augen funkelten, seine Zähne blitzten, das blonde Haar wehte im Wind. Er schien zu platzen vor lauter Lebensfreude.

Maria starrte ihn an, klammerte sich an der Reling fest, um nicht umzufallen, schloss die Augen, zählte bis drei und öffnete sie vorsichtig wieder. Er stand noch immer da.

Mit beiden Händen packte er ihre und legte sie an seine Lippen. »Ich bin kein Geist«, sagte er. »Fühlst du es? Fühlst du, dass jede Faser meines Körpers dich liebt?«

»Leon«, brachte sie endlich hervor, aber zu mehr war sie nicht fähig.

»Du hast doch nicht ernsthaft geglaubt, dass mein Vater es schafft, mich mit dieser lächerlichen Drohung von dir fern zu halten?« Er packte die beiden Enden ihres Schals und zog sie zu sich heran. »Aber, aber, Liebling, ich kann in deinem Gesicht lesen, dass du das geglaubt hast. Ein wenig mehr Vertrauen könntest du schon in deinen zukünftigen Ehemann haben, oder?«

Immer noch sprachlos sah sie ihn an. Er war vollkommen verändert. Sie hätte schwören können, dass er größer geworden war und breiter. Seine hanseatische Steifheit war verschwunden, seine vormals bedächtigen, kantigen Bewegungen waren schnell, präzise und voller Tatkraft, seine Haltung geradezu verwegen. Die größte Veränderung aber zeigte der Ausdruck seiner Augen. Alles, was sie früher nur geahnt hatte, das Lachen, die Lebenslust, diese unglaubliche Energie, diese Kraft, war an die Oberfläche gekommen.

Jetzt legte er seinen Arm um ihre Taille und zog sie von der Reling weg. »Lass uns unter Deck in den Speisesaal gehen, sonst erfrierst du mir noch.«

Jetzt kam sie zu sich, und eine Welle von zornigem Protest stieg in ihr hoch. Energisch sträubte sie sich gegen seinen Griff. »Nicht so schnell. Das musst du mir erst erklären. Du kannst mich doch nicht so kalt verabschieden, ohne ein Wort, ohne einen Hinweis, mich in dem Glauben weggehen lassen, dass ich dir nichts bedeute, und dann hier auf dem Schiff auftauchen und dich als meinen zukünftigen Ehemann bezeichnen. Für wie leichtgläubig hältst du mich eigentlich? Also, heraus damit, was soll das Ganze?«

»Könnten wir bitte trotzdem unter Deck gehen? Es ist eiskalt, und ich denke, unser Gespräch wird ein wenig dauern.«

»Nein.« Sie stemmte sich gegen ihn. »Erst will ich wissen, was los ist. Ich nehme an, du wirst mit dem Lotsen von Bord gehen. Das Lotsenschiff wird in wenigen Minuten ablegen, und wenn du mir keine Erklärung für dein Verhalten geben willst, geh bitte sofort. Adieu, Leon.«

Aber er hielt sie auf, drehte ihr Gesicht zu seinem. »Du bist meine Liebe, und ich komme mit. Wir werden zusammen nach Afrika gehen.« Mit festem Griff steuerte er sie zu der schweren Eisentür, die ins Innere des Schiffs führte. »Meine Kabine ist ganz in der Nähe von deiner.«

Ihr fiel keine Erwiderung ein. Fassungslos ließ sie es geschehen, dass er sie durch die Tür schob, den langen Gang hinunterführte, bis er endlich vor ihrer Kabinentür anhielt, ihr den Schlüssel aus der erstarrten Hand nahm und ins Schloss steckte. Das Geräusch löste sie aus ihrer Erstarrung. Sie machte sich von ihm los. »Ich weiß nicht, was hier gespielt wird, aber ganz offensichtlich bist du verrückt geworden. Du verlangst doch wohl nicht ernsthaft, dass ich glaube, du hättest dein ganzes bisheriges Leben hinter dir gelassen, deine Familie, deine Heimat, deine Zukunft als angesehener Arzt in Hamburg, die finanzielle Sicherheit – das Geld, das dir dein Vater gegeben hat, um eine Praxis einzurichten …«

»Doch«, sagte er. »Genau das.« Er stieß die Tür auf. »Mein alter Herr hat nämlich nie festgelegt, dass die Praxis an einem bestimmten Ort sein soll. Am Nordpol, in Timbuktu, Hamburg – oder in Durban.« Schelmisch klopfte er sich auf die vorgewölbte Brusttasche. »Ich werde mit seinem Geld eine Praxis eröffnen, das habe ich versprochen und das werde ich halten. In Durban oder in Zululand.«

»Was hat dein Vater dazu gesagt?« Als er nicht antwortete, sah sie ihn enttäuscht an. »Du hast ihm nichts gesagt? Du bist einfach gegangen? Du hättest es ihm sagen sollen, von Angesicht zu Angesicht. Das wäre mutig gewesen.« Sie wandte sich ab, blickte aus schmalen Augenschlitzen durchs Bullauge über das grau verhangene Hamburg.

Er dachte, dass sie das schönste und klarste Profil besaß, das er je bei einem Menschen wahrgenommen hatte, und wünschte, er hätte seinem Vater seine Absicht offen ins Gesicht gesagt.

»Das wirst du lernen müssen«, sagte sie. »In Afrika kannst du dich nicht verstecken. Dort wirst du bekennen müssen, wer du bist.«

»Wie meinst du das?« Er wusste genau, wie sie das meinte, wollte nur diesen dünnen Gesprächsfaden zwischen ihnen nicht reißen lassen.

Sie drehte sich zu ihm. »Lass mich dir ein Beispiel geben: Du glaubst, du bist mutig, glaubst, du hast einen kühlen Kopf. Es gibt eine Situation, in der du das unzweifelhaft herausfinden kannst. Solltest du dich je einem heranpreschenden Nashorn gegenübersehen, brauchst du den Mut, den kühlen Kopf, stehen zu bleiben, ihm ins Gesicht zu sehen und zu warten, bis es nur dreißig Fuß von dir entfernt ist. Es hat keinen Zweck, wegzurennen, das Nashorn ist schneller, würde dich erst aufspießen und dann in den Boden rammen. Erst im allerletzten Moment musst du zur Seite springen. Es wird nicht rechtzeitig bremsen können, sondern vorbeirasen, und das verschafft dir das Quäntchen Zeit, um auf den nächsten Baum zu klettern. Dann bist du erstens mit dem Leben davongekommen und hast zweitens erfahren, ob du ehrlich mit dir selbst warst.«

Leon hielt ihrem bohrenden Blick stand und schwor schweigend, sich dem nächsten Nashorn, das er in freier Wildbahn antreffen würde, zu stellen. Behutsam schloss er die Kabinentür.

Die *Emilie Engel* ließ die Elbe hinter sich und dampfte mit heulenden Schiffssirenen an der Kugelbake von Cuxhaven vorbei in die Nordsee. Im weiten Bogen drehte das Schiff und machte sich durch das eisgraue, tobende Meer auf den Weg nach

Süden. Maria wickelte sich fest in ihren Schal und warf vom Deck aus einen letzten Blick zurück auf das Land ihrer Vorväter, spürte zu ihrem Erstaunen etwas wie melancholisches Bedauern. Oder war es gar das Gefühl, einen Verlust zu erleiden? Sie schniefte, aber natürlich nur, weil ihr in der Kälte die Nase lief.

»Lass uns in den Salon gehen und eine warme Brühe trinken«, schlug Leon vor, der neben ihr stand und die Kälte nicht zu spüren schien. Er legte ihr den Arm um die Schultern und wollte sie mit sich ziehen.

Sie schüttelte ihn ab, bohrte störrisch ihre blau gefrorenen Hände in die Manteltaschen. Es hatte begonnen zu regnen. »Nein, jetzt nicht. Ich muss erst zu Ende auspacken … Außerdem will ich allein sein …« Damit floh sie unter Deck.

Leon sah ihr nach, bemerkte nicht zum ersten Mal diesen unbeschreiblichen Goldton ihrer Haut, und fragte sich, ob das überall zutraf. Auf ihrem Bauch zum Beispiel, ihrer Brust oder an den Oberschenkeln? Hitze kroch ihm in die Glieder trotz der Eiseskälte. Er musste nur daran denken, diese seidige Haut zu berühren, und schon wurde ihm unwinterlich heiß. Auch ihre Augen waren braun. Nein, dachte er, die Beschreibung war läppisch. Braun war vieles. Aktentaschen, Kaffeebohnen, geteerte Holzbalken, Schokolade auch. Goldbraun waren sie, das klare Goldbraun von altem Cognac, und wie sollte er nur die Lichtpünktchen beschreiben, die wie Goldflitter darin funkelten, die aufleuchteten, wenn sie lachte, geradezu glühten, wenn sie zornig wurde? Während er sich mit diesem Problem beschäftigte, bewegten sich seine Beine ohne sein Zutun, und kurz darauf fand er sich vor Marias Kabine wieder. Er lehnte seine Stirn dagegen, hob die Hand und klopfte.

Als Antwort drehte Maria ungestüm den Schlüssel im Schloss herum, warf Schal und Mantel auf die Koje, kniete sich aufs Bett und starrte durch das Bullauge hinaus in die kalte, graue Welt. Sie starrte, bis ihr die Tränen kamen und sie sich sicher war, dass sie in der wirbelnden Gischt, weit, weit weg, am südlichen Horizont, einen hellen Lichtschein erkennen konnte.

Afrika!

Sie presste ihre Stirn ans kalte Glas, sehnte sich danach, dem wollenen Gefängnis der schweren Winterkleidung zu entkommen, Luft und Sonne an ihre Haut zu lassen, barfuß zu laufen, ihr Haar offen zu tragen, dass der Wind damit spielen konnte, sehnte sich nach der Wärme Afrikas.

Leises Klopfen an der Tür unterbrach erneut ihre Gedanken.

»Maria, bitte, darf ich hereinkommen?«

Leon Mellinghoff. Immer noch. Schon wollte sie ihn wegschicken, als etwas Seltsames geschah. Das Verlangen danach, seine Stimme zu hören, jetzt, auf der Stelle, überfiel sie. Ihr dürstete plötzlich danach wie einem Wüstenwanderer nach Wasser. Ihr wurde erst heiß, dann kalt, ihr Herz jagte wie damals in der dunklen Bibliothek, in diesem strahlenden Augenblick, als sie sich in ihn verliebt hatte. Hastig rutschte sie vom Bett und öffnete den Türriegel.

Er stand vor ihr, öffnete den Mund, blieb aber stumm wie ein Fisch, setzte wieder an, etwas zu sagen, aber auch das blieb nur ein Versuch. Flehentlich schaute er sie an, räusperte sich, probierte es noch einmal, und dann kam's heraus.

»Ich liebe dich.« Die Tür fiel ins Schloss.

Die Worte schwirrten auf schimmernden Flügeln durch den Raum. Maria spürte ihre hauchzarte Berührung. Ihr Atem kam zitternd. Sie musste ihren Kopf in den Nacken legen, um ihn anzusehen, und dann sah sie es wieder, dieses Mal ganz deutlich. Das Lachen, die Neugier, diese Lust auf Leben. Die Energie, die von ihm ausging wie Sonnenstrahlen.

»Leon«, sagte sie. Ohne dass ihr bewusst war, dass sich einer von ihnen bewegt hatte, war sein Gesicht jetzt dicht über ihrem. Sie hielt den Atem an.

Ihr Vater hatte ihr einmal ein Experiment gezeigt. Er streute eine Hand voll Eisenspäne auf ein weißes Papier und legte einen Magneten auf die Unterseite. Schwupp, richteten sich alle Späne in dieselbe Richtung aus, und wie ihr Vater den Magneten führte, folgten sie ihm. Bestand der menschliche Körper etwa auch aus Eisenspänen, und war der von Leon ein Magnet? Oder warum fühlte sie diese unwiderstehliche Anziehung, die sie dazu veranlasste, sich auf die Zehenspitzen zu erheben, um ihm noch näher zu sein? Und noch näher, immer näher. Sein Mund war nur einen Zoll entfernt, sie legte ihre Lippen auf seine, ganz vorsichtig, ganz leicht nur, leichter als der Kuss einer Elfe.

Seine Hände antworteten ihr, streichelten ihren Hals, knöpften das kratzige Wollkleid auf und fanden die zarte Haut ihrer Brüste. Nie hätte sie geglaubt, dass eine einfache Berührung so exquisit sein konnte, so köstlich, so ganz und gar süchtig machend.

»Warte«, flüsterte sie und schälte sich aus dem engen Oberteil, schmiegte sich an Leons Brust, während er ihr das Kleid über die Hüften streifte, bis es auf den Boden fiel. Sie schlang ihm die Arme um den Hals, und er hob sie auf, als wäre sie leicht wie eine Feder, und trug sie zum Bett. Die obersten Haken ihres weißen Leibchens hatten sich geöffnet. Neben ihr kniend, befreite er sanft ihre Brüste aus ihrem Käfig. Er öffnete die letzten Verschnürungen des Leibchens und stieß auf das Hindernis von drei Knöpfen, mit denen ihr seidenes Höschen geschlossen war. Eine Ewigkeit schien es zu dauern, ehe es ihm endlich gelang, diese aufzuknöpfen.

Und dann entdeckte er, dass ihre Haut auch am Bauch und weiter unten, selbst auf der Innenseite ihrer Oberschenkel, diesen herrlichen Goldton hatte. Er beugte sich hinunter und streichelte hauchzart mit den Lippen über ihren Bauch. Maria hielt still und wartete, ließ ihre Fingerspitzen über seinen Rücken gleiten, spürte, wie seine Muskeln vibrierten. Zitterte er, weil er sie berühren durfte? Noch nie hatte sie sich so kostbar gefühlt, noch nie hatte sie einem anderen Menschen gegenüber diese Zärtlichkeit gespürt.

Als er den Kopf hob und ihren Blick einfing, waren ihre Augen unnatürlich groß und klar, mit Goldflitter darin, und er schaute sie an und schob dabei seine Hand vom Knie höher, bis er Weiches, Pralles, Feuchtes spürte, und ein Finger einfach hineinglitt.

Maria zuckte kurz, streckte dann ihre Arme über den Kopf und gab einen Laut von sich wie ein schläfriges Kätzchen und wölbte ihren Körper.

»Warte«, flüsterte er, zog sich mit übermenschlicher Anstrengung zurück und stützte sich neben ihr ab. Er strich ihr das Haar aus der Stirn und küsste die zarte Haut unter ihren Augen. »Erst muss ich dich etwas fragen.«

15

Das Land verdorrte, die Zulus hungerten, und immer wieder verschwanden Menschen, meist junge, die noch Fleisch auf den Knochen hatten, und die Gerüchte um ihr Schicksal wurden immer unheilvoller. Erst als Rinder der königlichen Herde vor Durst und Schwäche umfielen und verendeten, stimmte König Cetshwayo zu, die Ahnen um Regen zu bitten, und kündigte die Regenmacherzeremonie an. Schweren Herzens ließ er eine Anzahl Rinder zusammentreiben, die dem Ausmaß dieser Dürre angemessen war, denn seit über zwölf Monden war kein Regen gefallen, und das Land lag im Sterben. Er rief die königliche Familie zusammen, die Häuptlinge und wichtigsten Männer aller Clans und ein großes Kontingent seiner besten Krieger. Mit wehenden Federkronen marschierten sie zum Ort der königlichen Gräber, stimmten den mächtigen mitreißenden Sprechchor der Zulunation an. Mit gewaltigem Brausen rollten die Stimmen über die Hügel, und als sie schließlich verstummten, senkte sich Totenstille übers Land.

Dann gab der König ein Zeichen, und die Lobsänger sprangen ins Rund und schrien den das Lob der Könige heraus, liefen dabei mit aufgeregten Armbewegungen herum. »Woza-ke! Woza-lapa! Komm! Komm her!«, brüllten die Krieger, und alle machten so viel Lärm wie möglich, um die Ahnen gebührend zu beeindrucken. Zum Schluss ergriff die Aufregung auch die großen Führer der Clans, und sie sprangen ins Rund.

Die Opferrinder wurden erst später, immer zu zweit, in den einzelnen Umuzis geschlachtet, und die nasse Haut dem König dargebracht.

Schon während der Zeremonie begannen sachte, einzelne Tropfen vom Himmel zu fallen, was die Krieger derart anstachelte, dass sie wie Springböcke herumsprangen und wilde Schreie ausstießen und ein Rudel Hyänen in die Flucht trieben. Als die Opferrinder in den Umuzis ihrem blutigen Schicksal ins Auge sahen, goss es in der Gegend um Ondini bereits wie aus Kübeln.

Die große Dürre, die Anfang 1877 begonnen hatte, war endlich gebrochen. Es regnete und regnete. Das Gras erholte sich, das Vieh bekam wieder glänzendes Fell, die Flüsse schwollen an, und allerorts wurde für Nachwuchs gesorgt. Frühling und neues Leben zog von Norden her über Zululand.

Stefan Steinach durchquerte im Morgengrauen mit einer Hand voll seiner Zulus und einem Packpferd das verkrustete, aufgebrochene Bett des Tugela. Nur noch ein Rinnsaal hatte die Sonne von dem stolzen Fluss übrig gelassen. Er stellte sich auf einen weiteren Tag mit Backofenhitze ein, kaute auf seiner Zunge, um wenigstens etwas Speichelfluss anzuregen. Wind raschelte im verdorrten Ried, seine Augen brannten, und auch die Schwarzen, die sonst munter schwatzten, trotteten in niedergedrücktem Schweigen neben ihm her. Er hatte vor, seine Mutter mit einem Besuch zu überraschen. Erstens hatte er sie seit Wochen nicht mehr gesehen, und zweitens gab es bei ihr sicherlich etwas Besseres zu essen als getrocknete Mopaniraupen und zähes, mit Würmern versetztes Kudufleisch oder geröstete Termiten, und der Gedanke an ein Bad im Meer munterte ihn ebenfalls auf. Die Sonne schob sich über die Baumwipfel, und der hohe, klare Gesang eines Vogels weckte ihn aus seiner Benommenheit.

»Wir bekommen Regen!«, schrie er. »Hört ihr den Paradiesschnäpper? Der Elefantenregen ist im Anzug!« Warum die ersten Frühlingsregen Elefantenregen genannt wurden, war ihm nicht ganz klar. Es war halt so. Vielleicht, weil sie das Gras so sprießen ließen, dass selbst ein Elefant darin verschwand, oder weil es Signal für die Dickhäuter war, sich zu paaren. Das war nicht wichtig.

Tausende schwärmender Termiten schwirrten in einer silbrigen Wolke auf ihrem Hochzeitsflug durch die Luft, gerieten Stefan ins Haar, krabbelten ihm in den Kragen und unter sein Hemd, verklebten Nüstern und Ohren der Pferde. Es machte ihm nichts aus, denn schwärmende Ameisen waren eins der sichersten Zeichen, dass ein Mordsgewitter im Anzug war. Seine Zulus fingen so viele fette, weiße Insekten, wie sie konnten. Kross geröstet galten sie als Delikatesse, die satt und stark machte.

Die Luft wurde schwer und roch feucht, schwarze Wolken ballten sich zusammen, Blitze zuckten, und schon prasselte der erste schwere Regenguss herunter. Die Zulus rissen sich jubelnd jeden Fetzen Kleidung vom Leib. Stefan breitete die Arme aus und hob sein Gesicht zum Himmel. Schweigend dankte er den Göttern für diese Gnade. Er nahm seinen Hut ab, drehte ihn um, um das Nass aufzufangen, und als er zur Hälfte gefüllt war, trank er ihn bis zum letzten Tropfen leer. Noch einmal ließ er ihn voll regnen und setzte ihn wieder auf. Das Wasser ergoss sich über sein Gesicht, in den Kragen, und im Nu war er völlig durchnässt. Welch ein köstliches, köstliches Gefühl! Er stieß einen Jodler aus, der seine Zulus zu Heiterkeitsstürmen hinriss und einen Schwarm Perlhühner in kreischende Aufregung versetzte.

Reaktionsschnell packte Stefan den Isagila, seinen Kampfstock, mit dem er ebenso geschickt umgehen konnte wie jeder Zulukrieger, und ließ ihn durch den aufgescheuchten Schwarm wirbeln. Acht tote Hühner konnte er hinterher einsammeln. Er band sie an den Hälsen fest und hakte die Beute über den Sattelknauf des Packpferds. Seine Mutter würde sich freuen, und ihm lief das Wasser im Mund zusammen, dachte er an ihr Perlhuhnrezept mit Kräutern und mildem Curry. Dazu würde es ihr berühmtes Chutney aus Mangos und Ingwer geben. Noch vor Minuten war er müde gewesen, geschafft von dem anstrengenden

Ritt, jetzt strömte frische Energie durch seine Adern, und er beschloss, bis zum Lobster Pott durchzureiten. »Ho, ho!«, schrie er, trieb seine Stute Inyoni an, schwenkte dabei den Arm und wies den Weg nach Süden.

Der Pfad vor ihm war noch nicht vom Regen aufgeweicht, sondern hart und in gutem Zustand. Es war die alte Zuluhandelsstraße, die von der Bucht von Durban bis hinauf nach Mosambik führte. In grauer Vorzeit hatten riesige Elefantenherden diesen Pfad getrampelt, und seitdem benutzten ihn auch die Menschen. Er schaute über das staubig grüne Land, und es war ihm, als könnte er zurück in die Zeit blicken, sähe die mächtigen Dickhäuter vor sich, die alten Leitkühe, die bedächtig ihre Füße setzten, mit ihrem Rüssel die Luft schmeckten, ehe sie ihre Schar weiter durch die üppige Landschaft führten. Instinktiv fanden sie stets den sichersten Weg über Hügel, durch Täler, Flüsse, Sümpfe und dorniges Dickicht, verweilten dort, wo sie Fressen im Überfluss fanden oder flaches Wasser, in dem sie sich kühlten und ihren Durst stillten.

Südlich von Lourenço Marques streiften sie durch die Sümpfe, rasteten an den Ufern der vielen, namenlosen Seen von Tongaland, ehe sie entlang der Lebombo-Berge hinein nach Zululand wanderten. Hier entstand eine Weggabelung. Manche Herden marschierten in weitem Bogen westwärts, überwanden den Hluhluwe-Fluss, der sich wie ein glitzerndes Band durch Palmenhaine schlängelte, und kreuzten kurze Zeit später erst den Schwarzen, dann das felsige Bett des Weißen Umfolozi und später den Mhlatuze-Fluss, manche suchten sich ihren Weg geradewegs durch die Hügel. Etwa am unteren Lauf des Mhlatuze vereinigten sich die Pfade wieder, und die Elefanten zogen unbeirrt weiter, trafen hier und da schon auf die ersten Spuren von Menschen. Im Tal des majestätischen Tugela ruhten sie sich aus, standen bis zu den Bäuchen in saftigem Gras, ehe sie den Fluss überquerten und Meilen südlich endlich an das Ufer einer weiten, von einer Klippe gegen das brüllende Meer geschützten Bucht gelangten. Dort kalbten sie und genossen ihr Elefantenleben, um irgendwann – und Stefan konnte sich nicht erklären, was sie dazu veranlasste – auf demselben Weg wieder nach Norden zu wandern. Dieser Kreislauf wiederholte sich, seit der erste Elefant im Morgengrauen der Geschichte seinen Fuß auf dieses fruchtbare Land gesetzt hatte.

Wie Adern durchzogen ihre Pfade die Landschaft, und allmählich übernahmen die Menschen das Land, erst die Buschmänner, die später von den Ngunivölkern vertrieben wurden. Bienenkorbhütten entstanden, die Menschen benutzten die Elefantenpfade, um Handel mit weit entfernten Siedlungen zu betreiben. Später kamen Weiße über das große Wasser, landeten in dieser paradiesischen Bucht, die sie Port Natal nannten, und benutzten die alten Elefantenstraßen, um das Land zu erkunden und es sich untertan zu machen.

Und eines Tages, dachte Stefan, während er sich den Hut gegen den Regen ins Gesicht drückte, eines Tages werden Lokomotiven durch die Hügel fahren, und geteerte Straßen werden sich von Durban nach Lourenço Marques ziehen, und es wird sich kaum ein Mensch, der diese Straßen benutzte, daran erinnern, dass er sich auf dem Pfad der Elefanten befand. Ihm lief ein Schauer über den Rücken, als hätte sich für den Bruchteil einer Sekunde ein Fenster in die Zukunft aufgetan.

Das Gewitter war kurz und heftig, und als es versiegte, dampfte die Erde. Stefan fühlte sich pudelwohl. Seine Haut atmete die Feuchtigkeit mit jeder Pore ein. Als er mit seinen Zulus den Tugela nach Natal durchquerte, trug die kräftige Brise schon die salzige Frische des Meers übers Land.

Er trieb Inyoni an und preschte seinen Leuten voraus, dann aber zog er die Zügel an und schlug einen weiten Bogen zurück zu seinen Leuten. »Hoa, hoa«, schrie er. »Shosholoza! Bewegt euch!« Damit galoppierte er wieder davon.

Der Weg lief jetzt parallel in so geringer Entfernung zum Meer die Küste entlang, dass er gelegentlich die Brandung hören konnte. Die Schwarzen waren in jenen mühelosen Trott verfallen, den sie, wie Stefan wusste, viele Stunden lang, auch durch unwegsames Gelände, durchhalten konnten. So kamen sie gut voran. Die kurze Dämmerung zog von Süden über den Himmel, als er das Dach des Lobster Pott zwischen dem Grün des Küstenurwalds leuchten sah.

Catherine lehnte müde in ihrem Stuhl auf der Veranda und beobachtete den Flug der weißen Ibisse nach Norden zu ihren Nistplätzen. Es war ein anstrengender Tag gewesen. Morgen sollte das Glas für die Fenster aus Durban kommen, und nachdem sie alles Holz mit alten Teeblättern poliert hatte, war sie die restliche Zeit im Gemüsegarten und ihrer Küche beschäftigt gewesen. Annie Block hatte sich erst in vier Wochen angesagt.

Mit einem Haufen stinkender Häute, die von zwanzig Haien stammten, hatte Dan de Villiers einen seiner Zulus nach Durban geschickt und war gestern über den Tugela ins Innere gezogen, um Tauschgeschäfte mit den Zulus zu machen. Natürlich hatte sie ihn reichlich mit Essen ausgestattet, aber dafür musste sie heute fast den ganzen Tag backen und kochen, um ihre Vorräte aufzufüllen. Man wusste schließlich nie, wer hungrig an ihre Tür klopfen würde. Nebenbei hatte sie im Garten die Erde für die Setzlinge vorbereitet, die ihr Mila mit einem Brief geschickt hatte, in dem sie Catherine schrieb, dass Pierre von einem hartnäckigen Frühlingsfieber und trockenem Husten geplagt wurde und sie ihren Besuch auf unbestimmte Zeit verschieben müsste.

»Es tut mir sehr Leid, aber du kennst Pierre«, hatte sie geschrieben. »Er betrachtet Kranksein als persönliche Beleidigung und arbeitet doppelt so schwer, nur um sich zu beweisen, dass alles Einbildung ist. Ich gebe ihm alle drei Stunden einen Aufguss von deinem Schlaftee, seitdem ist er brav wie ein Kätzchen. Ich hoffe nur, dass er mir nicht auf die Schliche kommt.«

Catherine schmunzelte. Die gleiche Strategie wendete sie gelegentlich bei Johann an, wenn der zu unvernünftig mit seiner Gesundheit umging. Die Kombination aus Johanniskraut, der wilden Datura, ein paar zerdrückten Samen vom Hanf und Pfefferminze zähmte auch den stärksten Mann. Milas Setzlinge hatte sie in einen Eimer mit Wasser gestellt. Spätestens morgen mussten sie gepflanzt werden. Missmutig betrachtete sie ihre Hände. Ihre Nägel waren abgebrochen, und darunter hatte sich in der schrundigen Haut rostrote Erde festgesetzt. Afrikas Erde. Auch wenn sie schrubbte, bis das Blut kam, das Rostrot ließ sich nicht mehr entfernen. Es waren die Hände einer hart arbeitenden Frau. Die Hände einer Afrikanerin.

Natürlich halfen ihr Schilling und seine Brüder, aber sie war oft ungeduldig, vieles ging ihr zu langsam. Ihre Hände mochten afrikanisch sein, aber ihre europäische Ungeduld hatte sie auch in den vielen Jahren nicht ablegen können. Also hatte sie selbst gejätet, die Beete umgegraben, gehackt, gepflanzt und Wasser im Eimer vom Reservoir herangeschleppt, und heute spürte sie jeden Knochen. Sie weigerte sich zu akzeptieren, dass das ein Zeichen des nahenden Alters sein konnte. Alt wurden andere, sie nicht.

Eine Hand in ihren schmerzenden Rücken gestützt, ging sie ins Haus, um ihren verdreckten Hosenrock auszuziehen. In der Küche bearbeitete sie ihre Hände mit der Bürste, trocknete sie ab, rieb zerlassenes Hippopotamusfett in die rissige Haut, ordnete ihr Haar, das sie, zu einem dicken Zopf geflochten, am Hinterkopf aufgewickelt hatte, zog sich einen Rock über, weil ihr heute danach war, und holte sich ein Windlicht. Wenigstens für die Länge einer halben Kerze wollte sie noch lesen. Mila hatte ihr zusammen mit den Setzlingen den Roman *Die Frau in Weiß* von Wilkie Collins geschickt. Laut Mila sollte das Werk außerordentlich spannend sein, und sie hoffte, dadurch ein wenig von ihrer Sorge um Johann abgelenkt zu werden.

Eigentlich galt es noch, die Vorhänge für die Gästezimmer zu säumen, aber für heute würde sie sich den Luxus von ein wenig Muße gönnen. Sie seufzte. Von Elizabeth Simmons, die gerade von einer Europareise zurückgekehrt war, hatte sie gehört, dass es dort jetzt Nähmaschinen gab. Kaum vorstellbar, wie die funktionierten, aber sie wünschte, sie besäße einen solchen Apparat. Als sie vor mehr als zwei Dekaden nach Afrika kam, glaubte sie, eine Zeitreise zurück ins Mittelalter gemacht zu haben, musste sie doch unter ebenso primitiven Umständen leben wie die Menschen in grauer Vorzeit. Alles mussten sie selbst herstellen, und als sie ihr mitgebrachtes Nähzeug verloren hatte, hatte sie mühselig eine Nadel entweder aus den Stacheln eines Stachelschweins oder einer kräftigen Fischgräte anfertigen müssen, benutzte in Ermangelung etwas Besseren als Faden entweder gewalkte Pflanzenfasern oder Fäden, die sie aus dem Innensaum ihrer Kleider zog.

Es hat sich nicht viel geändert, dachte sie, jedenfalls nicht auf Inqaba. In Durban legten immerhin Dampfschiffe an und brachten Dinge, die neu waren, und es gab stinkende Lokomotiven, die eine endlose Schlange von Waggons durch Natal zogen. Durchaus Verbesserungen, doch auf Inqaba hatten sie nichts davon. Inqaba hätte ebenso gut auf dem Mond liegen können.

Süßer Amatunguluduft wehte von den Büschen herüber, die sie selbst aus Ablegern von Inqaba gezogen hatte. Sie nahm sich vor, morgen nachzusehen, ob sie bereits Früchte trugen. Das Gelee aus Amatungulus war delikat. Johann liebte es. Sie stellte das Windlicht auf den Tisch. Petroleumlampen waren schon vor Jahrzehnten in der Kolonie angekommen. Johann hatte die erste in Kapstadt gekauft, die allerdings im Bauch der *White Cloud*, die vor den Felsen von Durban im Meer versunken war. Natürlich konnte man diese Lampen ein Jahr später auch in Durban erstehen, trotzdem benutzten sie doch hauptsächlich ihre selbst gefertigten Bambuskerzen ab. Glücklicherweise wuchs der Rohstoff Bambus in rasender Geschwindigkeit nach, wenn sie auch mit dem Rindertalg immer noch sparen musste. Allerdings war das während des vergangenen Jahres für kurze Zeit anders geworden, denn ein Nebeneffekt der Dürre war, dass mehr Rinder als üblich geschlachtet wurden, also gab es auch mehr Talg. So war der zumindest billiger geworden. Sie zwirbelte den Baumwolldocht der Kerze hoch, zündete sie an und stellte den Glaszylinder darüber.

Bobos Krallen klickten über den Holzboden. Mit einem zufriedenen Seufzer rollte sich der große Hund zu ihren Füßen zusammen. Auch Tika und Tika saßen plötzlich neben ihr, starrten sie aus ihren unergründlichen Sphinxaugen an und vergnügten sich damit, nach den Insekten zu haschen, die ins Kerzenlicht flogen. Sie rückte den Stuhl so hin, dass der Kerzenschein auf ihr Buch fallen würde.

Dann zauderte sie, überlegte, ob sie ihre Flöte holen sollte, die ihr Pierre zum Geburtstag geschnitzt hatte und die sie seit dem Winter nicht mehr gespielt hatte. Ihr herrlicher, glasklarer Ton, schöner noch, als der ihrer anderen Flöte, die sie auf einem Ritt ins Innere im Fluss verloren hatte, half ihr meist wieder, zu sich zu finden. Sie lief ins Haus, fand das Instrument im Schlafzimmer und setzte sich damit an den Verandatisch. Ihre Gelenke knackten, als sie die Finger dehnte und massierte, um sie geschmeidig zu machen. Sie atmete tief ein und hob die Flöte zum Mund.

Das tiefe C knarrte, das hohe quietschte, Bobo jaulte, Tika und Tika verschwanden wie schwarze Blitze in die dunklen Schatten zwischen den Amatungulus. Sie ließ die Flöte sinken. Die feuchte Seeluft hatte das Holz des Instruments aufquellen lassen und den Klang zerstört, weil sie es versäumt hatte, es in den luftdichten Kasten zu legen, den Pierre gebaut hatte. Afrika verzieh nie einen Fehler. Zornig auf sich selbst legte Catherine die Flöte beiseite und nahm das Buch. Sie hielt es weit von sich, weil die Buchstaben aus der Nähe unscharf erschienen. Wieder ein Anzeichen dafür, dass ihr Körper begann, sie zu verraten.

Nicht jetzt. Später.

Über den Buchrand erkannte sie im violetten Licht der kurzen Dämmerung die Umrisse von Häuptling Mahakane auf seinem Felsen. Beruhigt schlug sie die erste Seite auf. Die Palme neben ihr, die tagsüber flirrenden Schatten spendete, knatterte im Wind. Dik und Dikkie, die Duiker-Zwillinge, trippelten auf ihren zierlichen, bleistiftdünnen Beinchen herbei, dabei ihre winzigen Hufe graziös wie Ballerinas voreinander setzend. Suchend beschnupperten die kleinen Antilopen ihre Hand, fanden nichts Nahrhaftes und rollten sich zu ihren Füßen, eng an die Wärme der großen Dogge geschmiegt, zusammen. Sie hatte sie als winzige Kitze neben ihrer verendeten Mutter gefunden und mit der Hand großgezogen. Es schien den Tierchen bei ihr und in ihrem Gemüsegarten wesentlich besser zu gefallen als draußen in der freien Wildbahn. Sie tätschelte ihnen das glänzende hellbraune Fell und begann zu lesen.

»Ich grüße dich, Mama«, sagte eine Stimme dicht neben ihr, gleichzeitig schoss Bobo wütend bellend hoch.

Sie erschrak fürchterlich, das Buch polterte auf den Boden, und für Sekunden starrte sie völlig verwirrt in das grienende Gesicht ihres Sohns. »Stefan! Du ungezogener Junge, wenn ich einem Herzanfall erliege, hast du Schuld!« Sie sprang auf und warf sich in seine offenen Arme. »Wie wunderbar! O wie wunderbar! Wo kommst du her?«

»Aus dem Norden, und ich muss auch spätestens übermorgen weiter. Ich habe eine weitere Safari angenommen. Das Geld war einfach zu verlockend.« Er lachte mit blitzenden dunklen Augen auf sie hinunter. Seine Haut war walnussbraun, das schwarze Haar über schulterlang, und seine Muskeln spannten sich unter dem schwarzen Baumwollhemd.

»Meine Güte, du siehst aus wie ein Waldschrat.« Liebevoll strich sie ihm das Haar aus dem Gesicht und kratzte mit dem Fingernagel über seine Bartstoppeln. »Du lässt dir doch nicht etwa einen Bart stehen? Du weißt, ich kann Gestrüpp im Gesicht nicht leiden.«

»Lulamani liebt es. Unter den Zulus gelte ich damit als besonders männlich. Zulumädchen bekommen weiche Knie bei meinem Anblick. Reihenweise, kann ich dir versichern.« Er schmunzelte, bemerkte nicht ihr Stirnrunzeln bei der Erwähnung seiner Frau. »Wie geht es euch? Wo ist Papa?«

»Er ist vor zwei Wochen nach Inqaba aufgebrochen, um die Rinder in Sicherheit zu bringen. Wir befürchten, es gibt Krieg.« Ein plötzlicher Windstoß peitschte ihr den Rock um die Beine und verwirbelte die Seiten ihres Buchs. Schnell klappte sie es zu.

Stefan winkte ab. »In Zululand gibt es mehr Kriegsgerüchte als Mücken. Da höre ich gar nicht hin …«

»Solltest du aber. Jeder Europäer, der in Zululand unterwegs ist, könnte in Gefahr sein …«

»Ich bin kein Europäer, ich bin ein weißer Zulu, mir tut keiner was.«

»Johann will unsere Herde nach Stanger treiben. Ich fürchte, die Lage ist wesentlich ernster, als du denkst.« Sie erzählte ihm die Sache mit Tulani, und je länger sie sprach, desto sorgenvoller wurde sein Ausdruck.

»Himmeldonnerwetternocheinmal, diese diebische Bande!« Es war nicht ganz klar, wen er damit meinte. »Hat er Ziko mitgenommen?«

»Hat er, und er hat einen Boten vorausgeschickt, um mindestens zwei Dutzend Hirten zur Verfügung zu haben.«

Stefan stieß seine Hände in die Taschen seiner ledernen Hose und lief mit langen Schritten auf der Veranda hin und her. Der Holzboden erzitterte unter seinen festen Tritten. Endlich blieb er am Geländer stehen. Mit zusammengezogenen Brauen starrte er in die Dunkelheit, der zunehmende Sturm blies ihm das Haar ins Gesicht und blähte sein Hemd. »Papa ist sechsundfünfzig, also wirklich nicht mehr der Jüngste, auch wenn er es nicht wahrhaben will …«

»Lass ihn das bloß nicht hören …«

»Ich bin doch nicht lebensmüde. Trotzdem sollte er so einen Gewaltmarsch nicht allein machen. Aber ich kann diese Safari nicht absagen.« Er hieb mit der Faust aufs Geländer.

»Sind die Leute, die du mit auf Safari nehmen sollst, denn schon in Durban?«

»Allerdings. Im Augenblick trinken sie wohl das Royal Hotel trocken und träumen von kommenden Heldentaten.«

»Du hast einen Kontrakt mit ihnen, du wirst ihn erfüllen müssen. Papa wird ohne dich zurechtkommen, obwohl ich gestehen muss, dass es mir eine große Beruhigung wäre, euch beide zusammen zu wissen.«

»Wann erwartest du ihn zurück?«

Sie zuckte mit den Schultern. »Wenn alles glatt läuft, könnte er Ende dieses, Anfang nächsten Monats zurück sein, wenn nicht – du weißt selbst, was alles passieren kann. Ich kann nur hier sitzen und abwarten. Außerdem hat es vorhin einen kurzen Schauer gegeben, und jetzt riecht es stark nach Regen. Die Flüsse werden anschwellen, und dann wird es völlig unvorhersehbar, wann er wiederkommt. Ich möchte mir gar nicht vorstellen, was es bedeutet, mit über dreitausend Rindern einen reißenden Strom zu durchqueren.«

Stefan, der sich das sehr gut vorstellen konnte, nickte düster. »Ich hoffe wenigstens, er nimmt Sihayo und Maboya auf den Trek mit.«

Die Kerzenflamme unter dem Glaszylinder flackerte heftig, die Palmenwedel knatterten im Wind. Catherine musste ihren Rock festhalten. »Er hat vor, Sihayo mit nach Stanger zu nehmen und ihn dort bei der Herde zu lassen, aber Maboya muss auf Inqaba bleiben. Wir können die Farm nicht völlig allein lassen. Denk an Tulani.«

Ein Blitz zuckte über den Himmel, und der Donner krachte fast zur selben Zeit. Im selben Augenblick öffnete sich der Himmel, der Regen rauschte herunter, und das Windlicht erlosch mit einem scharfen Zischen. »Da, was hab ich gesagt!«, rief Catherine, ergriff ihr Buch und rannte ins Haus. »Hoffentlich wäscht der Regen meine frischen Setzlinge nicht fort. Bitte, bring das Windlicht mit.«

Stefan nahm das Windlicht und folgte ihr. »Der Regen ist in letzter Sekunde gekommen. Zululand ist vertrocknet. Der Mais am Halm verdorrt, Menschen und Tiere haben großen Hunger gelitten. Ganze Herden sind verendet und nicht wenige Menschen. Hoffentlich ist es noch nicht zu spät. Nach so einer Trockenheit ist der Boden hart wie Stein und nimmt kein Wasser auf. Es wird in die Flüsse strömen, die werden alsbald über die Ufer treten, und dann gibt's Überschwemmungen. Herrgott, kann nichts in Afrika je in Maßen geschehen?« Mit finsterem Gesicht sah er sich in der Wohnhalle um.

»Nein, dann wäre es nicht Afrika, und das würde dir auch nicht gefallen. Denk an deine Reise nach Deutschland. Du hast dich zu Tode gelangweilt. Alles ist so wohlgeordnet hier, es gibt keinen Raum für Freiheit, der Regen ist sanft, der Wind säuselt, die Sonne ist blass. Es gibt überhaupt keine Extreme. Das hast du geschrieben, und dann bist du Wochen früher nach Hause gekommen.« Sie lächelte über ihre Schulter.

Er aber blieb ernst. »Hast du es nie satt? Sieh dir doch deinen Alltag an. Die meiste Zeit bist du allein, schuftest wie eine Sklavin von morgens bis abends, trägst Kleidung, die keine Magd in Europa anziehen würde. Welch ein Leben könntest du in Europa führen ... Kunst ... Kultur ... schöne Kleider ...«

»Hör auf!« Mit einem Ruck hielt sie in ihrer Bewegung inne. Unversehens wirbelten in ihrem Kopf Lichter, hörte sie Musik und gepflegtes Geplauder, das Rascheln von Seide und das erwartungsvolle Gemurmel vor einer Theaterpremiere, roch Parfüm und den Duft teurer Zigarren. Emotionen schossen in ihr hoch, versengten ihre Seele, füllten ihren Kopf, ließen ihr Herz jagen. Sie lehnte sich an die Wand und schloss die Lider. Die Anfälle gingen vorbei, das hatte sie gelernt, sie musste sie nur aushalten.

Sie öffnete die Augen und stieß sich von der Wand ab. »Inqaba ist mein Kosmos, meine Heimat, und ich habe den Lobster Pott. So ist es.« Sie durchschritt die Halle. »Nun komm herein und schau dir das Haus an.«

Er nahm ihren stocksteifen Rücken wahr, die zurückgenommenen Schultern, und ihm schossen vor Mitleid die Tränen in die Augen. »Hoffentlich ist das Dach dicht«, murmelte er, hielt das Windlicht hoch und musterte die offen liegende Holzkonstruktion, unter der lange Bahnen von Kattun gespannt waren. »Habt ihr Ratten?«

»Vermutlich nicht, denn kürzlich hat mich eine Grüne Mamba besucht, die offenbar dort oben lebt und uns zumindest die Ratten und Mäuse vom Hals hält. Es war dunkel, und ich habe das Biest im Schein meiner Kerze erst so spät gesehen, dass ich fast draufgetreten wäre. Darauf hat Johann den Kattunstoff mit Leisten angenagelt, sodass sie keine Möglichkeit hat, ihren Besuch zu wiederholen.«

»Dann hoffe ich, dass kein Loch im Stoff ist.«

Sie zuckte die Achseln. »Jetzt muss ich mich sputen, sonst bekommst du heute nichts zu essen, und ich nehme an, du hast Hunger.«

»Wie ein Rudel ausgehungerter Hyänen. Ich schau mal, ob die Pferde abgerieben und gefüttert sind.« Damit drückte er sich den Hut auf den Kopf und verschwand im dichten Regen. Nachdem er sich vergewissert hatte, dass seine Zulus gut untergebracht waren, hievte er sich die Satteltaschen auf den Rücken. Seine Mutter verschwand eben im Kochhaus.

Er deponierte seine Satteltaschen in der Wohnhalle, holte eine Flasche Wein heraus, lief, geduckt gegen den treibenden Regen, zum erleuchteten Eingang der Küche. Seine Mutter tauchte aus der Vorratskammer auf, trug einen Laib Brot unter den Arm geklemmt, in den Händen eine flache Schüssel mit einer Schweinskeule. Tika und Tika rannten miauend neben ihr her. Sie hatte ihn noch nicht bemerkt, und er beobachtete sie einen Augenblick. Sie sah erhitzt und gleichzeitig besorgt aus. Etwas schien sie sehr zu beschäftigen, denn ihr Blick war nach innen gekehrt, ihre Lippen fest zusammengepresst.

Vielleicht sollte er sie dazu bewegen, mit ihm nach Durban zu kommen. Er könnte sie ins Royal ausführen. Die letzte Safari war sehr einträglich gewesen, nicht nur, dass seine Gäste prompt und gut gezahlt hatten, sondern er hatte zwei Leopardenfelle, einige Antilopenhäute und die Haut eines besonders großen Krokodils erbeutet, die er gut würde verkaufen können. Eine Einladung ins Royal war genau das, was sie aufheitern und von ihrer Sorge um seinen Vater ablenken würde.

»Da bin ich wieder, Mama. Ich habe uns einen guten Wein zum Abendessen mitgebracht.« Er stellte die Flasche auf den Tisch.

Seine Mutter schaute hoch, sie lächelte, sie strahlte geradezu, und doch schien es ihm, als wäre eine Maske über ihr wahres Gesicht gefallen. »Wunderbar, mach du sie bitte auf. Ich bin da immer etwas ungeschickt.« Sie reichte ihm den Korkenzieher.

Während er ihn in den Korken schraubte, kam Jabisa in die Küche. »Jabisa, meine Güte, heute ist ja doppelt so viel von dir da wie letztes Mal. Lass dich ansehen …« Er stellte die geöffnete Flasche hin und nahm die Zulu an der Hand und drehte sie um sich selbst, bis diese hilflos kichernd gegen den Tisch sank. »Welch eine stattliche Frau du bist. Ich wette, alle Männer sparen schon seit Jahren, um deinen Brautpreis bezahlen zu können, eh? Wie viele Rinder will dein Vater für dich haben? Fünfzig?«

»Ah, Setani, was soll ich mit einem Mann? Er würde unter einem Baum sitzen, Bier trinken, unnützes Zeug reden, und ich müsste auf seinen Feldern arbeiten und seine Kinder bekommen.« Sie warf den Kopf zurück und lachte aus vollem Halse, bis ihr Körper bebte. »Ich möchte eine Lady sein …« Sie spreizte ihre Arme und wackelte mit dem Hinterteil.

»Dann musst du Schuhe tragen, lange Röcke und einen Hut, und du musst wie eine Lady gehen«, rief Catherine. »Schau her!« Mit gezierten Schritten, die Hände affektiert haltend, stolzierte sie durch die Küche. »Und du musst mit der Gabel essen.«

Jabisa kreischte vor Lachen. »Hoho, mit der Gabel, warum denn, wenn man Finger hat, eh? Und Schuhe vielleicht, wenn meine Füße hart wie ein Stück Holz sind?« Sie hob einen Fuß und zeigte die stark verhornte Sohle. »Umlungus! Was haben die nur im Kopf!«, rief sie vergnügt und setzte einen Kessel mit Suppe auf das schon munter flackernde Feuer. Noch immer in sich hineinglucksend, schnitt sie emsig Butternusskürbis, nierenförmige Zulukartoffeln und die ersten, jungen Bohnen in die Suppe.

Nach einem prüfenden Blick auf Stefan schlug sie noch ein paar Eier hinein. Setani war dünn geworden, dachte sie. Lulamani konnte sicherlich immer noch nicht ordentlich kochen, und außerdem hatte ihre Nichte nur Flausen im Kopf, kleidete und benahm sich, als wäre sie eine Umlungu. Bei nächster Gelegenheit würde sie ein ernstes Wort mit dem Mädchen reden müssen.

Catherine schnitt das frische Brot auf und nahm sich die Schweinekeule vor. Sorgfältig schabte sie die grüne Schmierschicht von der Schwarte, schnitt den gammeligsten Teil davon ab, warf die Stücke den Katzen hin und teilte das Fleisch in große Scheiben.

Stefan nahm den Hut ab, schüttelte sich wie ein junger Hund, dass die Tropfen flogen, und fuhr sich mit beiden Händen durch das schwarze Haar, das ihm bis auf die Brauen hing. »Was hörst du von Maria?« Er lehnte sich mit einer Schulter an die Türöffnung.

Mit dem Unterarm wischte Catherine sich übers schweißglänzende Gesicht. Die Luft war so nass, dass sie meinte, Wasser zu atmen. »Nichts.« Sie biss sich auf die Lippen. »Ich habe schon Anfang September über Kapstadt und Madeira ein Telegramm an den Anwalt Puttfarcken nach Hamburg geschickt. Ich erwarte die Antwort jeden Tag.«

Das war es also, was ihr solche Sorgen bereitete! »Ich werde morgen in Durban nachfragen. Vielleicht ist die Antwort schon da. Was ist nur in mein kleines Schwesterchen gefahren? Sonst schreibt sie doch mindestens so viel wie sie redet.« Der gequälte Blick, den ihm seine Mutter zuwarf, hielt ihn von weiteren Bemerkungen über Maria ab. Um sie von ihrem Kummer abzulenken, erzählte er ihr von seiner letzten Safari und schaffte es, dass sie ein paarmal hell auflachte.

Aus den Tiefen seiner Packtaschen fischte er eine Hand voll, in eine alte Zeitung eingewickelte, getrocknete Mopaniraupen und warf sie Jabisa hin. »Hier, die kannst du mit in die Suppe tun.«

Jabisa wickelte das Paket aus und betrachtete die bräunlichen Raupen kritisch. Durch die Feuchtigkeit waren ihre Ränder aufgeweicht, und winzige, weiße Maden mit schwarzen Köpfen krochen darauf herum. Essbar, entschied sie und schüttete sie mit einem Ruck in die kochende Suppe. Die Zeitung glättete sie und legte sie beiseite. Katheni hatte ihr Lesen beigebracht, und sie war begierig zu erfahren, was die Weißen als so wichtig ansahen, dass sie es in eine Zeitung schrieben.

Sie nahmen ihr Abendessen in der Wohnhalle ein. Stefan hatte den Tisch von der Veranda hereingetragen, einen anderen gab es noch nicht. Die Katzen saßen zu ihren Füßen, leckten sich die Pfoten und putzten ihr glänzendes Fell, Dik und Dikkie steppten im Gleichschritt mit leise klickenden Hufen durchs Zimmer, Bobo schnarchte, über ihm lugte ein Gecko mit schwarzen Knopfaugen von einem Mauervorsprung herunter und kicherte. Stefan seufzte zufrieden. Er war zu Hause.

»Mama, möchtest du mich morgen nicht nach Durban begleiten? Du ziehst dein schönstes Kleid an, und ich lade dich ins Royal ein. Es ist mal wieder an der Zeit, dass die Banausen in unserem Kaff eine Schönheit wie dich zu sehen bekommen.«

Catherines Gabel schwebte in der Luft, sie strahlte. »Das ist sehr lieb von dir. Könnten wir bitte morgen darüber reden, heute bin ich zu müde, um darüber nachzudenken. Lass uns überlegen, wo du heute Nacht schlafen kannst. Ich habe leider noch keine Bettgestelle, sondern nur ein paar Matratzen.« Sie wischte sich den Mund mit der Serviette ab, faltete sie und zog sie durch den Holzring, den er ihr zum letzten Geburtstag geschnitzt hatte. »Ich zeige dir dein Zimmer. Es ist unser schönstes.«

Mit schnellen Schritten ging sie ihrem Sohn voraus in das einzige Gästezimmer, das ein Fenster zum Meer hatte. Dort ließ sie Tandani und Sisanda ein Nachtlager für ihn herrichten, während sie sich daran machte, die Vorhänge provisorisch mit ein paar Nägeln vor dem glaslosen Fenster zu befestigten.

Er nahm ihr den Hammer aus der Hand. »Lass mich das machen, Mama, du haust dir nur auf die Finger.«

In sich hineinlächelnd überließ sie ihm den Hammer. Natürlich war sie sehr wohl im Stande, damit umzugehen, aber man durfte den Männern das Gefühl der Überlegenheit nicht nehmen. Das verwirrte sie zu sehr. »Wenn ich dich nicht hätte«, murmelte sie, stellte sich auf die Zehenspitzen und küsste ihn auf die Wange. »Gute Nacht, es ist so schön, dass du bei mir bist.« Sie ordnete die Vorhänge, prüfte noch einmal, ob er alles hatte, was er brauchte. »Schlaf gut, mein Großer.« Mit diesen Worten zog sie sacht die Tür hinter sich zu.

Hämmern, laute Stimmen, Bobos wütendes Gebell und rauer Gesang rissen Stefan bei Sonnenaufgang aus dem Schlaf. Verschlafen taumelte er aus seinem Zimmer. »Welch ein infernalischer Lärm! Lässt du das Haus abreißen?«, fragte er seine Mutter gähnend.

Catherine stand in der Türöffnung des Nebenzimmers und schaute schuldbewusst drein. »Es tut mir Leid, mein Lieber, ich hätte dich warnen sollen. Der Boden in den restlichen Gäste-zimmern muss gelegt und abgehobelt werden, ich liege bald zwei Wochen hinter meinem Zeitplan. Wenn ich alles picobello bis zur Eröffnung haben will, muss ich mich ranhalten.«

Stefan gähnte noch einmal ausgiebig und kratzte sich am Oberarm, wo ein geschwollener, roter Mückenstich saß. »Macht nichts, sonst hätten es die Hadidahs getan.«

Catherine lachte herzlich. »Diese Mistviecher. Jeden Morgen landen sie um dieselbe Zeit auf dem Geländer und schreien so lange herum, bis jeder wach ist. Vielleicht sollte ich das als Weck-service berechnen?«

»Wäre auf jeden Fall etwas Neues. Pünktlich sind sie ja.« Er fuhr sich mit beiden Händen durchs verfilzte Haar. »Ich nehme erst mal ein Bad im Meer, das wird mich aufwecken.«

»Sei vorsichtig, um diese Zeit jagen die Haie. Schwimm nur innerhalb des Felsenriffs. Versprichst du das? Nimm Bhubezi mit, er liebt es, im Meer zu spielen.«

Sein Brummen bewertete sie als zustimmende Antwort und beschloss, in der Zwischenzeit das Frühstück vorzubereiten. Zu ihrer Freude entdeckte sie, dass Jabisa, die Stefan heiß liebte und ihn schon als Kind restlos verwöhnt hatte, bereits in der Küche war und das Feuer angezündet hatte. Für einen Augenblick blieb sie stehen, schaute von der Tür des Kochhauses aus zu, wie er mit dem jungen Löwen in der Brandung tobte. Eine Welle brach schäumend über ihnen zusammen und spülte sie weit hinauf auf den Strand. Bhubezi rollte sich sofort im Sand, Stefan sprang auf und rannte wieder ins Wasser, gefolgt von dem sandverkrusteten Löwen. Ihre funkelnde Kraft und Lebensfreude steckte sie an. Ihr Blut floss schneller, ihre Wangen röteten sich, die Farben erschienen ihr plötzlich leuchtender, Konturen schärfer. Leise vor sich hinpfeifend setzte sie Pfannkuchenteig an. Stefan liebte Pfannkuchen zum Frühstück.

Später, während sie den Speck für die Eier anbriet, streifte Stefan auf dem Grundstück herum, gefolgt von Bobo und den Duikern. Mit einem gezielten Steinwurf erjagte er eine fette Ratte und warf sie Bhubezi in den Käfig. Das Nagetier war noch nicht ganz tot, und die kleine Raubkatze spielte vergnügt mit dem bedauernswerten Geschöpf, ehe sie ihr das Genick durchbiss und es zerfleischte. Kurz darauf hörte Catherine ihren Sohn in dem Lagerraum neben dem Küchenhaus rumoren. Sie warf frische Tomaten und blättrig geschnittene Kartoffeln in die Pfanne, wendete sie mit deftigen Bewegungen, bis die Kartoffeln goldbraun waren, und schlug dann die Eier hinein. Als alles langsam brutzelte, schüttete sie Mehl auf den Küchentisch. Sie musste noch Brot backen.

Stefan war am Lagerraum vorbeigeschlendert, hatte neugierig den Kopf hineingesteckt und war hineingegangen, angezogen von den verschiedenartigen Gegenständen, die dort herumstanden. Besonders einige Kisten hatten es ihm angetan. Erwartungsvoll öffnete er eine verstaubte Packkiste, erwartete einen Blick in die Vergangenheit zu tun, musste aber schnell feststellen, dass er sich geirrt hatte. Nur ein paar Bücher waren darin gestapelt, unter denen ein Packen alter Ausgaben des *Durban Chronicle* lag. Mit einer Hand den Deckel haltend, hob er die Bücher und Zeitungen an, aber fand darunter nichts als den nackten Kistenboden. Enttäuscht ließ er den Deckel fallen. In letzter Sekunde bemerkte er, dass sich auf der Innenseite eine Zeichnung befand, die jemand offenbar mit Kerzenruß direkt aufs Holz gezeichnet hatte. Neugierig beugte er sich vor.

Schnell erkannte er, dass er eine Karte von Zululand vor sich hatte. Sie war mit der Hand gemalt, sehr grob, teilweise verwischt, oft kaum leserlich. Inqaba aber konnte er erkennen, auch den Pfad durch die Hügel hinunter zum Meer und Linien, die offenbar den Schwarzen und Weißen Umfolozi darstellen sollten. Ein schraffierten Bereich im Osten am Meer stellte mit Sicherheit den St.-Lucia-See dar. Zwischen Inqaba und dem schmalsten Zipfel des Sees, dort wo er zum Sumpfgebiet wurde, entdeckte er zwei Kreuzmarkierungen. Neben der ersten Markierung, die südlich vom St.-Lucia-See lag, direkt an einem Fluss ohne Namen, konnte er das Wort ›Donna Elenas Höhle‹ entziffern. Seine Finger wanderte weiter zu dem zweiten Kreuz, das auch unmittelbar neben einer Linie, die offensichtlich einen Fluss darstellen sollte, gesetzt war. ›Goldkäferknopf‹ stand da. Diese Markierung lag näher an Inqaba als die erste.

Während er nach einem Hinweis suchte, was diese Karte zu bedeuten hatte, blitzte vage eine Erinnerung auf. Das Wort ›Goldkäferknopf‹ hatte er schon einmal gehört, da war er sich sicher. Er setzte sich auf den Rand der Kiste und dachte nach. Goldkäferknopf?

Hatte es etwas mit den Kindergeschichten zu tun, die seine Mutter ihm und seinen Schwestern früher jeden Abend erzählt hatte? Sie handelten von Fabelwesen, die durch die Lüfte flogen, geheimen Königreichen, die sich am Grund des Meeres befanden und deren Bewohner auf geflügelten weißen Einhörnern an Land ritten und sich von Perlen ernährten. Aber auch eine Höhle und Goldmünzen waren darin vorgekommen, fiel ihm ein, und ein unermesslicher Schatz.

»Er liegt über ganz Zululand verstreut, man muss ihn nur finden«, hatte seine Mutter ihm erzählt.

Zu dieser Geschichte gehörte das Wort ›Goldkäferknopf‹. Natürlich hatte er das damals für ein Märchen gehalten. Langsam schwebte seine Fingerspitze über die Zeichnung auf dem Kistendeckel, bis er über der ersten Markierung hielt. Er merkte, dass sein Puls sich beschleunigte.

Donna Elenas Höhle. Den Namen Donna Elena meinte er früher schon gehört zu haben. Er schloss die Augen, versuchte sich zu erinnern, erhaschte im Dunkel der Vergangenheit einen flüchtigen Blick auf ein wunderschönes Märchenwesen, eine Prinzessin in goldenem Kleid, die der Wind über den weiten Strand wehte.

Donna Elenas Höhle. War es ein Märchen?

Der Deckel war nicht mit Scharnieren an der Kiste befestigt, sondern mit starken Streifen eines groben Stoffs, die angenagelt waren. Schnell entschlossen zog er sein Jagdmesser aus der Scheide, schnitt die Streifen durch und hob den Deckel ab, hielt ihn vorsichtig, damit der nur schwach haftende Ruß nicht abfiel, schloss die Tür mit einem Fußtritt und ging ins Kochhaus.

Catherine sah hoch. Stefan stand in der Küchentür. Spinnweben hingen ihm im Haar, und quer über sein Gesicht war ein rußiger Strich. In der Hand hielt er ein Brett. »Mama, was ist das?« Erwartungsvoll hielt er das, was Catherine als Deckel irgendeiner Packkiste erkannte, in die Höhe. »Ich habe es im Lagerraum gefunden. In der Kiste waren alte Bücher und ein Packen uralter *Durban Chronicles* gestapelt.«

Sie wischte sich ihre bemehlten Hände ab und nahm ihm das Brett ab. »Ach, du meine Güte, wo hast du denn das gefunden?«

»Wie ich sagte, im Lagerraum. Kannst du das Geheimnis lüften?«

Vor sich hin lachend, vertiefte sie sich in die Karte, fuhr mit dem Finger über die Linien, gluckste in sich hinein, als sähe sie etwas, was ihm verborgen blieb. »Gott, ist das lange her«, murmelte sie.

»Mama«, mahnte er. »Das hat mit dem Schatz zu tun, von dem deine Märchen immer handelten, habe ich Recht? Gibt es den etwa tatsächlich?«

Sie hob die Hände, zuckte gleichzeitig mit den Schultern und lächelte. »Wie man's nimmt.«

»Du treibst mich zur Verzweiflung, Mama! Gibt es den Schatz nun, oder nicht? Da gibt es doch nur zwei Möglichkeiten, das zu beantworten. Ja oder nein.«

Sie sah ihn an, seine dunkle Haartolle fiel ihm ins Gesicht, die Wangen waren vor Aufregung gerötet, die dunklen Augen blitzten, und plötzlich stand vor ihr der kleine Stefan. Amüsiert stellte sie fest, dass er sich mit dem Fieber angesteckt hatte, das seit Beginn der Zeit die Menschen fasziniert hat. Die Suche nach einem verborgenen Schatz. »Oh, es gibt ihn schon, er ist vom Umzimvubu-Fluss im Süden bis zur Delagoa-Bucht in Mosambik verstreut. Es gibt nur ein Problem. Er liegt da seit gut dreihundert Jahren. Man muss ihn nur finden.«

»Da kann man ja ein Sandkorn am Strand suchen! Aber du hast etwas gefunden. Den Goldkäferknopf, nicht wahr?«

Sie nickte. »Ja, und ich werde den Augenblick nie vergessen. Es war unglaublich. So lange hatte ich danach gesucht. Ein Sonnenstrahl traf das Wasser, es war glasklar, musst du wissen, nicht wie üblich lehmgelb, gerade in diesem Moment sah ich hin und erhaschte diesen grünen Blitz am Grunde des Flusses. Ich bin sofort ins Wasser und habe genauer hingeschaut. Der Knopf lag im hellen Sand, der Smaragd in der Mitte funkelte … Es war furchtbar aufregend.« Sie lächelte versonnen.

Stefan verdrehte ungeduldig die Augen. »War das alles, hast du je noch etwas anderes gefunden? Was bedeutet Donna Elenas Höhle? Ich habe die Dame immer für eine Märchenprinzessin gehalten. Ich wollte sie unbedingt finden, vor dem Drachen retten und sie auf meinem weißen Zelter in mein Schloss entführen …«

»Dann müsstest du eine Zeitreise antreten. Donna Elena de Vila Flor war ein Mädchen aus Fleisch und Blut, und sie hat in der Mitte des sechzehnten Jahrhunderts gelebt. Wann und wie sie gestorben ist, habe ich nie herausgefunden, aber sie starb in Zululand …« Sie verstummte.

»Mama!«

Jabisa drückte Stefan einen Becher mit heißer Milch in die Hand, in der sie einen Löffel Honig aufgelöst hatte.

»Yabonga«, murmelte Stefan abwesend. »In Natal schwirren Gerüchte von Goldfunden am Mhlatuze herum …«

Catherine lachte. »Das ist wie mit dem Osterhasen, man muss nur daran glauben …« Träumerisch blickte sie ins Nichts. »Ich habe einmal einen Sack voll mit Goldmünzen gefunden«, sagte sie.

Stefan starrte seine Mutter an, als hätte sie ihn gebissen. »Du … hast … einen … Sack … voll … Goldmünzen gefunden?« Das letzte Wort schrie er fast. »Wo, verdammt, und wann?«

»Hör auf zu fluchen, das gehört sich nicht. Ich habe die Münzen in Donna Elenas Höhle gefunden, vor vierundzwanzig Jahren, während des Tornados, der Inqaba kurz vor deiner Geburt zerstört hat, sie sind vom Sturm in alle Himmelsrichtungen verteilt worden. Ich nehme an, irgendwann wurden sie von den Regenfällen den Hang hinunter in den Fluss gespült und verschwanden.«

Er starrte sie an. »Hast du weitergesucht?«

Sie schüttelte den Kopf. »Schatzsuche kommt in Märchen vor, und Märchen sind für Kinder. Ich war so jung damals, eigentlich tatsächlich noch ein Kind, lebte in den Büchern, die ich verschlungen hatte. Für eine kurze Zeit habe ich mich in dem Märchen verloren, dann hat mich die Wirklichkeit eingeholt. Kinder«, sie kicherte, »die Farm, so etwas, weißt du. Ich habe es, wenn ich ehrlich sein soll, schlicht vergessen. Vergiss es, mein Lieber, Schatzsuche ist nur für Fantasten.«

»Du bist nie zurückgegangen zu dieser Höhle? Das kann ich nicht glauben.«

»Natürlich sind wir das, aber sie war überflutet worden, die Decke eingestürzt. Der Schatz der Vila Flors liegt unter Wagenladungen von Sand und arbeitet sich ständig tiefer. Denk doch nur daran, wie lange du nach dem Schilling gesucht hast, den du am

Strand verloren hast. Er ist dir direkt vor die Füße gefallen, und trotzdem hast du ihn nicht wieder gefunden. Vermutlich ist er entweder zwischen den Sandkörnern zu Metallstaub geschliffen worden, oder er versinkt langsam. Regen, Trockenheit, Wind, Flut, alles trägt dazu bei, dass er tiefer und tiefer wandert. Irgendwann kommt er dann auf der anderen Seite der Weltkugel zum Vorschein. In China oder Polynesien … stell dir nur vor, in hunderten von Jahren, wenn es uns Menschen da noch gibt, spielt ein kleiner chinesischer Junge im Sand und findet deinen Schilling oder ein Goldstück, dass Dom de Vila Flor 1555 in Afrika verloren hat.« Sie musste lachen.

Stirnrunzelnd musste er ihr Recht geben. Er wippte auf seinen Fußballen. »Ich hoffe, du erlaubst trotzdem, dass ich mir eine Skizze von diesem Plan mache? Ich habe gerade beschlossen, meine Safarigäste in die Nähe des St.-Lucia-Sees zu führen. Es gibt jede Menge Hippopotamus und Krokodile dort, die die Herren abknallen können, und wunderschöne Vögel, die die Damen entzücken werden.«

»Natürlich kannst du das.« Mit dem Handrücken strich sie sich ihr Haar aus dem Gesicht. »Es gibt auch ein Buch, das du vielleicht gern lesen würdest. Durch einen Bericht darin bin ich erst auf den Schatz gekommen. Es müsste in einer der Kisten sein. Es handelt von der Entdeckung Afrikas durch die Portugiesen. Ein sehr altes Buch. Es stammt noch von meinem Vater und war eins meiner Lieblingsbücher. Aber hoffentlich hast du einen unempfindlichen Magen. Es ist eine unvorstellbar grausige Geschichte. Ich habe mich dabei übergeben müssen. Zum Schluss las ich nur noch das, was mit dem Schatz zu tun hatte.« Sie versenkte ihre Finger wieder in dem warmen, blasigen Teig. »Ich muss mich beeilen, sonst bekommst du kein frisches Brot zum Mittagessen.«

Er wandte sich zum Gehen, drehte sich aber noch einmal um. »Sag mal, hast du ein größeres Stück Stoff für mich, leichten Baumwollstoff möglichst?«

»Wofür brauchst du den?«

Er seufzte unhörbar. Eine typische Mutterantwort, wenn ein Ja oder Nein genügt hätte. »Für dies und das. Er müsste so groß sein wie zwei Bettlaken, mindestens.«

Sie hielt mit dem Kneten inne und warf ihm einen misstrauischen Blick zu. »Stefan, du willst doch nicht wieder eins deiner völlig verrückten Flugexperimente starten?«

Wieder seufzte er, dieses Mal laut. Er hatte noch nie etwas vor ihr verheimlichen können. Er machte eine wegwerfende Handbewegung. »Und wenn. Lass mir doch das Vergnügen …«

»Glaubst du, ich unterstütze es noch, wenn du dein Leben aufs Spiel setzt?«

»Ach, Mama, nun komm schon. Ich verspreche, dass mein erster Startplatz nicht höher ist als ein kleiner Termitenhügel.« Er hielt die Hand etwa drei Fuß über den Boden und bot sein strahlendstes Lächeln auf.

Es nützte ihm gar nichts. »Erstens habe ich keinen Stoff, nicht einmal alte Bettlaken, und zweitens würde ich dir dieses Abenteuer verbieten, wenn ich könnte. So bitte ich dich nur inständig darum, dir eine andere Leidenschaft zu suchen. Diese ist lebensgefährlich. Verleg dich doch aufs Schatzsuchen.«

Er beschloss, das Thema fallen zu lassen. Er sah, wie es sie besorgte, und den läppischen Stoff würde er auch woanders bekommen. »Vielleicht hast du Recht«, sagte und zog pfeifend von dannen.

Catherine sah ihm misstrauisch nach. Es war nicht seine Art, kampflos aufzugeben. Schon als Junge hatte er ständig irgendwelchen Unfug im Kopf. Fliegen lernen wie ein Albatross, tauchen wie die Pinguine mit einem Beutel aus gewachstem Ziegenleder, den er mit Luft füllte und mit einem Stöpsel verschloss. Er war erst zwölf, als er diese Idee hatte. In einer Hand den prallen Ledersack haltend, hangelte er sich mit der anderen an Felsvorsprüngen in die Tiefe. Als ihm die Luft ausging und er den Sack aufstöpselte, um einen tiefen Schluck Luft zu tun, brauste die ihm mit einem Schwall in den Mund, die Luftblasen schossen nach oben, er musste husten, verschluckte sich, atmete Wasser ein, und nur der Tatsache, dass er wirklich schwamm wie ein Fisch, war es zu verdanken, dass er es lebend an die Oberfläche schaffte. Fast wären ihm noch zwei hungrige Haie zum Verhängnis geworden, die durch all das Gezappel und Geschäume angezogen wurden, aber ein gezielter Speerwurf seines Freunds Shikashika in letzter Sekunde rettete ihn. Er traf einen der Haie, worauf der andere sich mit großem Appetit auf seinen verletzten Kameraden stürzte und Stefan entkommen konnte. Der Schreck hatte ihr lange in den Knochen gesteckt. Sie nahm sich vor, ein ernstes Wort mit ihm zu reden, und wandte sich schleunigst wieder dem Teig zu, der schon begann zu gehen.

16

Später saßen sie zusammen auf der Veranda in den ersten Strahlen der jungen Sonne und nahmen ihr Frühstück unter dem filigranen Schatten der Palme ein. Ein Schwarm winziger schwarzköpfiger Vögel trank aus der weißblauen Kranichblüte der wilden Banane.

»Entzückend, nicht wahr?«, bemerkte Catherine. »Möchtest du noch eine Papaya? Jabisa hat sie heute extra für dich geerntet.«

»Hm.« Er schob ihr den Teller hin, blätterte dabei in einem zerfledderten Buch, dessen Seiten deutliche Spuren von Insektenfraß zeigten. »Wie ärgerlich, da haben wohl die Termiten ihren Hunger gestillt. Hier fehlt ein ganzer Teil.« Er sah sie an. »Das ist doch das Buch, das du meinst?«

Sie warf einen Blick darauf. »Ja, genau das, und mit den Termiten hast du Recht. Sie haben von unten ein Loch in meine Bücherkiste gefressen und sich über den Inhalt hergemacht. Ich hätte heulen können. Wir hatten so wenig Geld damals, weißt du, ich konnte mir kein neues Papier leisten. Wäre auch schwierig gewesen, denn nicht einmal in Durban gab es ein Geschäft, das Papier verkaufte.«

»Worauf habt ihr denn geschrieben?«, fragte er neugierig.

»Auf allem. Auf Zeitungsrändern, zwischen den Zeilen alter Briefe, auf Kistendeckeln, wie du selbst gesehen hast. Dan brachte mir einmal ein getrocknetes Elefantenohr als Pergamentpapierersatz, und meine Rezepte habe ich auf die Küchenwand geschrieben. Mit Tinte aus zerstoßener Kohle, Holzasche, Wasser und einem Leim, den ich durch Kochen aus Rinderhufen gewonnen habe.«

»Na, so was«, brummte er verlegen, wie immer, wenn ihm seine Mutter von den harten Zeiten früher erzählte. Irgendwie war ihm das immer ein wenig peinlich, als müste er sich dafür entschuldigen, dass er es so viel leichter hatte.

Catherine zog das Buch zu sich heran. »Es beschreibt die Entdeckungsfahrten der Portugiesen in Afrika, und eine davon handelt von Dom Alvaro de Vila Flor und seiner Familie.«

Stefan wendete behutsam die vergilbten, brüchigen Seiten. »Hier hab ich's. 1555 hat dieser Dom Alvaro mit seiner Galeone am Umzimvubu-Fluss Schiffbruch erlitten, über zweihundert Mann der Besatzung überlebten zusammen mit dem guten Dom, seiner Frau, zwei Söhnen und seiner Tochter«, murmelte er. »Donna Elena? Meine Märchenprinzessin?« Er sah seine Mutter fragend an, und sie nickte.

»Sie muss ein zähes, kleines Ding gewesen sein, obwohl sie erst vierzehn Jahre alt war zu der Zeit. Den juwelenbesetzten Mantel, den sie trug, riss ihr ein Schwarzer von den Schultern, sodass sie nur noch eine dünnes, goldenes Seidenkleid gegen die Winterstürme unserer Küste schützte. Wie jämmerlich muss sie gefroren haben, das arme Kind …«

Langsam blätterte er zurück. »Mein Gott, hör dir das an: Sie segelten von Goa und hatten Millionen in Gold und Edelsteinen geladen, mehr als irgendein anderes Schiff vor ihnen seit der Entdeckung Indiens … Da läuft mir eine Gänsehaut über den Rücken!«

»Mir ist es damals genauso gegangen. Schau her, was ich hier habe.« Sie zog den schmalen, mit rosa Perlen besetzten Goldreif vom Finger und hielt ihn Stefan hin. »Lies die Inschrift!«

Er nahm den Ring und hielt ihn in die Sonne. »L. de Vila Flor«, buchstabierte er. »Da brat mir einer 'nen Storch«, platzte er heraus.

»Schmeckt tranig«, kicherte seine Mutter.

»Woher hast du den Ring?«, schrie er.

»Dein Vater hat ihn in einem Fluss gefunden, lange bevor ich ihn kennen lernte, zusammen mit einigen, offenbar vom Flusssand glatt polierten Goldmünzen. Er hat unsere Eheringe aus dem Gold schmieden lassen.« Sie spreizte die Finger ihrer rechten Hand, auf dem Mittelfinger blitzte ein breiter, schwerer Goldring mit feinen Ziselierungen. »Hübsch, nicht?«

Kopfschüttelnd sah er seine Mutter an. Er warf in Verzweiflung die Hände hoch.

Catherine brach in schallendes Gelächter aus. Das unverkennbare Geräusch von quietschenden Wagenrädern unterbrach die Unterhaltung. »Besuch«, rief Catherine unwirsch. »Ausgerechnet, wenn du da bist.« Sie stand auf, strich ihren dunkelblauen Hosenrock glatt und prüfte, ob die Knöpfe ihrer kragenlosen, geblümten Bluse korrekt geschlossen waren. »Vielleicht nur ein Händler mit völlig überteuerten Waren. Den werde ich gleich wieder wegschicken.« Damit verschwand sie ihm Haus, aus dem Hämmern und der rhythmische Gesang aus rauen Zulukehlen schallte.

Durch die offene Tür erblickte sie den Rücken eines eleganten, breitschultrigen Mannes, der vom Pferd stieg und mit einer jungen Dame sprach, die, ihr Gesicht hinter einem weißen Sonnenschirmchen mit Seidenfransen verborgen, im Damensitz auf einer tänzelnden Rappenstute saß. Ein Händler war es also nicht. Die pflegten nicht in Damenbegleitung zu reisen. Sie wollte ihnen eben zurufen, dass Besuch jetzt sehr ungelegen sei, als der Mann sich halb zu ihr umdrehte. Der Ruf blieb ihr in der Kehle stecken, und wie an dem Tag in Durban, als sie ihn zum ersten Mal erblickt hatte, blieb ihr auch jetzt fast das Herz stehen.

Reiß dich zusammen! Es ist Nicholas Willington, nicht Konstantin! Aus den Augenwinkeln nahm sie wahr, dass die Willingtons in großer Begleitung angekommen waren. Im Nu war der Platz vor ihrem Haus angefüllt mit zwei Planwagen, Dutzenden von schwarzen Begleitern, Ersatzpferden, Hunden, und was sonst noch zu einer offenbar bestens ausgerüsteten Jagdgesellschaft gehörte. Um ein paar Sekunden Zeit zu gewinnen, strich sie über ihren Hosenrock, ordnete kurz ihr Haar, dann trat sie hinaus.

»Guten Tag, mit wem habe ich die Ehre?«, quetschte sie hervor, schließlich waren sie einander noch nicht vorgestellt worden. Ärgerlich registrierte sie, dass ihre Stimme schwankte, vermutete, dass man ihr vom Gesicht ablesen konnte, wie sehr sie hoffte, dass die Geschwister auf der Stelle umdrehen und ihr Land und möglichst ihr Leben verlassen würden. Sie hatte nur einen Gedanken: Stefan und Nicholas Willington durften nicht aufeinander treffen.

Der junge Mann nahm seinen Hut ab und verbeugte sich. »Ich bin Nicholas Willington, und Sie sind, so nehme ich an, Mrs Steinach?« Und als Catherine wortlos nickte, verbeugte er sich noch einmal, dieses Mal deutlich tiefer. »Guten Tag, gnädige Frau, darf ich Ihnen meine Schwester …«

»Wer ist es, Mama?« Stefan stand plötzlich neben ihr.

Catherine schloss entsetzt die Augen, hoffte inständig, dass sich unter ihr die Erde auftun würde.

Über ihnen im Baum rauschte es, ein struppiger Affe fegte herunter, entriss Benita Willington den Sonnenschirm und entwischte, den Schirm heftig schwenkend, mit keifendem Gelächter in den Busch. Benita Willington schrie auf, ihre Stute stieg und schlug mit dem Kopf. Stefan war mit einem Satz neben ihr, bändigte ihr Pferd mit energischer Hand und ruhigem Zureden. Dann hob er den Kopf, um die Reiterin zu begrüßen, doch ihm blieb das Wort im Hals stecken, glaubte er doch, eine Erscheinung zu sehen. Glänzend dunkles Haar, hochgesteckt zu einer weichen Welle, grün schimmernde Augen, volle Lippen, blitzende Zähne. Er erwischte sich dabei, dass er sie auf die unhöflichste Art und Weise anglotzte, und so heftig war ihre Wirkung auf ihn, dass ihr Anblick das Bild von Lulamani völlig auslöschte.

»Stefan Steinach«, stellte er sich stammelnd vor. Zu mehr war er nicht fähig.

»Mein Sohn«, ergänzte Catherine.

»Darf ich Sie mit meiner Schwester Benita bekannt machen, Mrs Steinach.« Nicholas Willington trat vor und legte seine Hand auf die seiner Schwester.

Catherine nickte wie betäubt, Stefan machte ein Gesicht wie ein Boxer, den gerade ein Schlag auf die Bretter geschickt hatte. »Angenehm«, murmelte er, ohne dabei seinen Blick von Benita zu wenden.

»Wie schön, Sie kennen zu lernen, Mrs Steinach«, sagte Benita mit samtiger Stimme, sah dabei Stefan an und lächelte ein Lächeln, bei dem diesem die Knie weich wurden.

Catherine merkte von all dem nichts. Sie war vollauf damit beschäftigt, ihre rasenden Gedanken zu ordnen, fürchtete jede Sekunde, dass ihr Sohn sich in Nicholas Willington wiedererkennen könnte, fürchtete, dass nach vierundzwanzig Jahren das Lügengebäude ihres Lebens wie ein Kartenhaus in sich zusammenfallen würde. Entsetzt hielt sie die Luft an, als Willington Stefan einen langen, prüfenden Blick zuwarf und die Stirn runzelte. Dann schweifte sein Blick ab, und Catherine atmete durch. Offenbar wirkte Stefans wuchernder Bart und die langen, ihm in die Augen fallenden Haare wie eine Tarnung. Stefan hingegen schien völlig gefangen von Benita Willington. Catherine bezweifelte, dass er den Bruder wahrgenommen hatte.

Nicholas Willington schlug seine tadellos geschnittene, taubengraue Jacke zurück, nestelte an der Innentasche und zog endlich einen Briefumschlag heraus, den er Catherine mit einer leichten Verbeugung reichte. »Der Grund unseres Besuchs. Der Postmeister bat mich, Ihnen diesen Brief zu überreichen. Er ist heute gekommen, und es scheint, dass er dringend ist.«

Befremdet nahm Catherine den Umschlag entgegen, und als sie das Wort Telegramm las, riss sie ihn mit fliegenden Händen auf, zog das Schriftstück heraus und überflog es mit ängstlicher Miene. »Ach, du meine Güte«, murmelte sie. Die Angst vor Entdeckung war im Augenblick vergessen.

Bei ihrem Ton kam Stefan zu sich. »Was ist es, Mama?«

»Anwalt Puttfarcken ist tot, und sein Bürovorsteher kann keine Unterlagen zu diesem Vorgang finden. Marias Besuch bei den Mellinghoffs meint er damit. Er bedauert, mir nicht helfen zu können, und lässt mich wissen, dass die Kanzlei Puttfarcken aufgehört hat zu existieren. Hölle und Verdammnis, nun muss ich mich doch an die Mellinghoffs wenden«, knirschte sie, kümmerte sich nicht um das erschrockene Gesicht Benita Willingtons, die sicherlich noch nie eine Frau so hatte fluchen hören. »Stefan, du reitest doch heute noch nach Durban. Ich werde sofort eine Antwort schreiben, die du mitnehmen und dem Postkutscher nach Pietermaritzburg geben kannst. Dann ist das Telegramm in zwei oder drei Tagen in Kapstadt … Stefan? Hast du gehört, was ich gesagt habe?«

»Bitte? Ach ja. Allerdings werde ich heute etwas später reiten. Mir ist gerade etwas dazwischengekommen.« Sein verträumter Blick glitt an ihr vorbei hinüber zu Benita Willington.

»Ich wäre dir sehr dankbar, wenn du, sobald ich das Telegramm an die Mellinghoffs aufgesetzt habe, aufbrechen würdest.« Ihr Tonfall hatte eine gewisse Schärfe. Dann besann sie sich auf ihre Gastgeberinnenpflichten. »Kann ich Ihnen eine Erfrischung anbieten?«, fragte sie die Willingtons und hoffte inständig, dass diese ablehnen und so schnell wie möglich von ihrem Hof verschwinden würden. Aber die Hoffnung blieb unerfüllt.

»Sehr gern, danke, Mrs Steinach. Wenn ich um ein Glas Saft oder Tee bitten dürfte?« Benita Willingtons schönes Gesicht war rosig überhaucht. Catherine führte das auf die feuchte Hitze nach dem Mordsgewitter der Nacht zurück.

Stefan half ihr behutsam vom Pferd, als wäre sie aus zerbrechlichstem Glas. »Auf der Veranda sitzt es sich sehr schön. Man hat einen Blick aufs Meer, und mit etwas Glück, können Sie die Delphine in den Wellen spielen sehen.«

»Delphine«, girrte Benita. »Wie entzückend.«

Stefan lief eine Gänsehaut über den Rücken. Er hatte das deutliche Gefühl, von ihr gestreichelt worden zu sein. Seine Mutter und Nicholas Willington aufs Unhöflichste ignorierend, führte er sie hinaus auf die Veranda.

Catherine sah ihm irritiert ob seines ungehörigen Benehmens nach, war auf der anderen Seite froh darüber. Je weniger Stefan auf Nicholas Willington achtete, umso besser. »Ich werde in der Küche Bescheid sagen. Bitte nehmen Sie doch so lange in der Halle Platz, Mr Willington.« Stefan stand mit der Schwester auf der Veranda und hatte nur Augen für sie. Blieb Willington im Haus, könnte es ihr gelingen, das Aufeinandertreffen zu verhindern. Sie lief zum Kochhaus, gab einer brummig dreinschauenden Jabisa ihre Anweisungen und hastete darauf hinüber zu Stefans Leuten, beschied ihnen, Inyoni zu satteln, da Nkosi Setani in Kürze aufbrechen würde. Zurück im Haus, beeilte sie sich mit dem Telegrammtext, wedelte die Schrift trocken und rief ihren Sohn, der sich erst auf ihren zweiten Ruf hin zögerlich von der Seite Benitas löste und zu ihr kam. »Wenn du dich sputest, geht der Brief noch mit der letzten Postkutsche ans Telegrafenamt in Pietermaritzburg.« Sie hielt ihm das Schriftstück hin. Für eine Sekunde schien es, dass er sich weigern würde. Sie legte ihre Hand auf seinen Arm. »Bitte, ich sorge mich so um Maria.«

Das genügte, dass er sich zusammenriss. »Gut. Ich komme sofort.« Damit trat er wieder zu Benita Willington. »Es tut mir unendlich Leid, aber ich muss Sie verlassen.«

»Wie gern hätte ich noch mehr von Ihren Abenteuern im Busch gehört. Wir werden zu Weihnachten wieder in Durban sein, vielleicht sehen wir Sie dann wieder?«, fragte Benita und ließ ihre Wimpern flattern.

Darauf kannst du Gift nehmen, und wenn ich auf allen vieren durch den Busch von Zululand hierher kriechen muss, dachte Stefan. »Ich werde hier sein und auf Sie warten, bis Sie kommen, egal wie lange es dauern mag«, versprach er leidenschaftlich und streifte waghalsig ihren Handrücken mit den Lippen. Benita errötete bis zu ihren dunklen Haarwurzeln.

Catherine sah von einem zum anderen, traute kaum ihren Augen.

»Auf Wiedersehen, Mr Steinach«, hauchte Benita und schenkte ihm ihr schmelzendes Lächeln und einen umwerfenden, meergrünen Augenaufschlag.

Hingerissen öffnete dieser den Mund, schien etwas sagen zu wollen, klappte ihn wieder zu, starrte sie für einen langen Moment stumm an und küsste ihr endlich stattdessen zum wiederholten Male die Hand. Erst nach einer Ewigkeit ließ er sie frei. Seine Mutter sah zu und fand, dass er ziemlich beschränkt aussah. Dann wandte er sich ihr zu und hielt sie fest, ganz fest, als wollte er ihr etwas mitteilen. »Ich muss mich noch von Mr Willington verabschieden. Wo ist er?« Suchend sah er sich um.

Catherine bemerkte, dass Nicholas Willington eben in einem seiner Planwagen verschwand, und packte geistesgegenwärtig die Gelegenheit beim Schopfe. »Ich werde dich entschuldigen.« Energisch schob sie ihn vorwärts. »Ich werde sofort wieder bei Ihnen sein, Miss Willington. Bitte setzen Sie sich doch.« Eile tat Not, denn der Bruder kletterte gerade vom Planwagen herunter, bürstete seinen Rock ab und näherte sich der Veranda. »Komm, mein Lieber«, drängte sie, Willington dabei nicht aus den Augen lassend. Sie schaffte es tatsächlich, Stefan zu seinem Pferd zu lotsen, ohne dass die beiden Männer aufeinander trafen. Langsam löste sich ihre Anspannung. Das Schicksal gewährte ihr offenbar noch einmal Pardon.

Stefan küsste ihr die Wange und saß auf. »Mach dir um Papa keine Sorgen, ich werde auf jeden Fall nach ihm Ausschau halten, wenn ich in Zululand bin, und dir einen Boten schicken, falls es etwas zu berichten gibt. Wenn du etwas von ihm hörst, schicke mir einen Boten.« Damit nahm er die Zügel auf, warf noch einmal einen Blick zu Benita Willington hinüber, riss Inyoni herum und galoppierte in der Haltung eines siegreichen Ritters vom Hof. Kurz darauf schallte seine Stimme über die Palmen. Absurderweise sang er aus vollem Halse die Marseillaise.

Catherine sah ihm nach. Sie war gerade noch einmal davongekommen. Ganz schwach vor Erleichterung musterte sie Benita Willington, die mit ihrem Bruder auf der Veranda sprach. Die junge Frau schien plötzlich von innen zu strahlen, als trüge sie einen Umhang aus Licht. Catherine schluckte trocken. Es gab keinen Zweifel. Die Zeichen waren mehr als deutlich. Stefan hatte sich bis über beide Ohren verliebt.

»Es wird gemunkelt, dass er ein ehemaliger Sträfling ist. Der Reverend Peters behauptet, dass die Kirche diese Ehe nicht anerkennt«, drängte Milas Stimme ihre Gedanken in eine andere Bahn.

»Jede Frau, die meinen Sohn glücklich macht, werde ich lieben«, hörte sie ihren eigenen Ausspruch, den sie oft verkündet hatte, als Stefan noch auf der Suche nach einer Frau war.

Eines Tages dann brachte er ihr Lulamani. Die junge Zulu stand vor ihr, in ein einfaches Kleid aus fein gewebter Jute gekleidet, barfuß, mit dem verängstigten Ausdruck einer gehetzten Gazelle in ihren schönen Augen, der sie geradewegs ins Herz traf. Spontan hatte sie ihre Arme geöffnet und Lulamani an sich gezogen, wie man ein Kind in die Arme nimmt, das man trösten möchte, so wie sie ihre eigenen Töchter in den Arm genommen hätte und wie sie es auch mit der kleinen Lulamani oft getan hatte.

Eine große Traurigkeit lag über der schönen Zulu, und es dauerte Wochen, ehe diese von der jungen Braut wich. Sosehr sie sich bemühte, gelang es Catherine nicht, herauszufinden, was diese verursacht hatte. Am Ende schob sie es auf die Tatsache, dass Lulamani, obwohl sie die Lebensweise der Weißen auf Inqaba bis zu einem gewissen Maße kannte, Schwierigkeiten hatte, sich im täglichen Leben dieser anzupassen.

Stefan blühte vor ihren Augen auf, war so glücklich, dass sich ihre herzliche Zuneigung für Lulamani in Liebe verwandelte, die die junge Zulu vertrauensvoll erwiderte. Dass Lulamani gewissermaßen ein Geschenk des Königs war, erfuhr sie am Tag der Hochzeit von Andrew Sinclair.

Es war ein herrlicher afrikanischer Sommernachmittag gewesen, heiß und still, der Himmel weit und von tiefem Blau. Catherine hörte es als Erste. Ein tiefer, rhythmischer Gesang, den sie als die Hymne von Lulamanis Clan erkannte.

»Sie kommen«, flüsterte sie.

Stefan straffte seine Schultern, Johanns Miene verriet nichts, Catherine musste sich eingestehen, dass sie Herzklopfen hatte. Sie kannte die Hochzeitszeremonie der Zulus gut genug, um zu wissen, was Lulamani heute erlebt hatte. Nach wochenlangen Vorbereitungen, ständigem Hin und Her, was den Tag betraf, an dem sie ihr Elternhaus endgültig verlassen würde, ein Zeitpunkt, den ihr Vater der Tradition gemäß so lange hinauszögerte wie möglich, nach ausgedehnten Feiern im Umuzi ihrer Eltern in der vergangenen Woche war vor wenigen Tagen die Botschaft gekommen, dass heute, am Morgen nach dem vollen Mond, der große Tag sein würde. Lulamani würde ins Haus ihres Bräutigams kommen.

Zum Fest seiner Tochter hatte Sihayo einen Ochsen geschlachtet. An dem anschließenden Festgelage nahmen Lulamani und ihre Freundinnen teil, aber nicht ihre Eltern, um ihr das Verlassen ihres Elternhauses und ihrer Jugend nicht noch schwerer zu machen. Später wurde sie von ihren Brüdern und ihrem Vater liebevoll eingekleidet, und zu der traurigen Abschiedsweise, die ihre Brautjungfern sangen, hatte Sihayo seine Tochter aus dem Tor seines Umuzis geführt, wo ihre Begleitung auf sie wartete. In ihrem Brautstaat, ihr Gesicht versteckt hinter einem langen Fransenschleier aus besonderen Blättern, nahm Lulamani ihren Platz in der Mitte des Brautzugs ein, und sie machten sich auf den Weg.

Die Clan-Hymne singend, marschierte die Brautgesellschaft Stunden später mit erhobenen Schildern auf den Hof von Inqaba. Eine Ziege wurde getötet, indem man ihr das Maul zuhielt und den Hals umdrehte, ein Ritus, gegen den sich Stefan gewehrt hatte, aber letztendlich doch zustimmen musste. Die Ziege war als Imbiss gedacht, von einem reichen Mann wie Stefan aber wurde erwartet, dass er auch einen Ochsen schlachten würde. Seit den frühen Morgenstunden drehte sich dieser bereits am Spieß und duftete, dass Catherine das Wasser im Mund zusammenlief.

Nach dem Festmahl zogen sich die Zulufrauen in den Busch zurück, um sich für das kommende Fest anzukleiden und Lulamanis Körper mit Hippopotamusfett und duftenden Kräutern einzureiben. Stefan, seine Eltern und viele Freunde, die Farmarbeiter und Zuschauer, die zufällig vorbeigekommen waren, tranken Bier und Wein und warteten im Hof auf die Tanzdarbietungen.

Jubelschreie und schrilles Trillern ausstoßend, stolzierten die Frauen in den Hof, nach ihnen kamen die Männer. Alle setzten sich, und die unverheirateten Mädchen, mit Lulamani in ihrer Mitte, bewegten sich in einem schlängelnden Tanz vorwärts, vor und zurück, fächerten auseinander, bildeten einen offenen Kreis, und dann tanzte Lulamani allein den Brauttanz vor ihrem zukünftigen Mann.

Ihre braune Haut glänzte, der Blätterschleier flog, silberweiße Kuhschwänze an ihren Oberarmen und der Kalbslederrock, der mit zehn kunstvoll geflochtenen Grasgürteln gehalten wurde, hüpften im Takt, an ihren Handgelenken trug sie etwas, was Catherine erst beim zweiten Blick als die aufgeblasenen Gallenblasen der Ziege und des Ochsen erkannte, die geschlachtet worden waren. Mit jeder Bewegung wippten die blauschwarzen Schwanzfedern des Paradieswitwenvogels auf ihrem stolz erhobenen Kopf.

Unter den Zuschauern fiel Catherine ein Mann auf, ein großer, muskulöser Zulu. Er stand allein, hielt sich im Hintergrund, trug sein Schild und den Kampfstock in den Fäusten. Seine Miene war voller Wut und Trauer, und er ließ Lulamani nicht für eine Sekunde aus den Augen. Befremdet beobachtete sie ihn eine Weile, dann neigte sie sich zu ihrem Sohn. »Siehst du den Mann dort, der Schild und Kampfstock trägt? Kennst du ihn? Er starrt Lulamani auf ziemlich unverschämte Weise an.«

Stefan lachte. »Würde ich auch. Ist sie nicht bildschön?« Suchend schaute er hinüber. »Wen meinst du? Ich sehe niemanden.«

Der Mann war verschwunden, aber Catherine war sich sicher, dass er dort gestanden hatte. Später tauchte er wieder auf, starrte wieder nur Lulamani an. Catherine bahnte sich ihren Weg durch die Menge, doch wieder verschwand er, bevor sie ihn erreichen konnte, und in dem folgenden Trubel vergaß sie ihn. Stefan neben ihr, in Frackschößen, weißem Hemd und Krawatte, ein Glitzern in seinen Augen, wie sie es noch nie gesehen hatte, feuerte seine Braut mit lauten Rufen und Klatschen an.

Lulamanis Begleiter gerieten in Ekstase. Sie stampften, sie trillerten, wanden und drehten sich. Ihr Gesang schwoll an. Die jubelnden, weiblichen Stimmen übernahmen die Führung, voll und weich in den Tiefen, brillant und strahlend in den Höhen, dann fielen die Männer ein, ihre Stimmen tief und vibrierend wie Bassgeigen, und im Hintergrund schlugen die Trommeln, zwangen alle Herzen in ihren Takt. Einer nach dem anderen nahmen die Gäste den Rhythmus auf, die weißen wie die schwarzen, summten, trampelten oder klatschten, die hölzerne Veranda bebte, und zum Schluss hielt es Stefan nicht mehr aus.

Mit einem Triumphschrei sprang er vor, seine Füße schlugen einen Trommelwirbel auf dem Boden, er hob die Arme und umtanzte seine Braut in einer Art, die Catherine sehr an das Werben eines Flamencotänzers erinnerte. Seine Frackschöße flogen,

341

er riss sich die Krawatte vom Hals, und bald folgte sein Jackett, er juchzte und gockelte, zeigte deutlich, dass er hierher gehörte, ein Sohn der roten Erde Afrikas war. Er war Afrikaner, noch nie war Catherine das so klar geworden. Ihr rann ein Schauer nach dem anderen über den Rücken, und sie hielt Johanns Hand fest in ihrer.

Am nächsten Tag war die christliche Hochzeitszeremonie angesetzt. Alle ihre Freunde aus Durban waren eingeladen, und alle waren gekommen. Zehn Planwagen standen auf der Farm, und sämtliche Zimmer im Haus waren belegt. Zufrieden schaute Catherine in die Runde. Inqaba beherbergte fast so viele Gäste wie zur Hochzeit von Viktoria und Lionel Spencer. Die meisten waren schon eine Woche vorher angereist. Die Männer gingen auf die Jagd, die Damen blieben meist auf Inqaba, es wurden Spiele gespielt, gut gegessen, Neuigkeiten ausgetauscht und voller Hingabe der saftigste Klatsch der Kolonie zerpflückt. Natürlich würde diese Hochzeit das Gesprächsthema auf allen Zusammenkünften der nächsten Monate sein. Bis hinunter nach Kapstadt, dachte Catherine und musste lächeln. Was würden sich alle die Mäuler zerreißen!

Zu der Trauung und dem anschließenden Festmahl waren auch Sihayo und Nomiti als die Eltern Lulamanis eingeladen, weigerten sich jedoch anfänglich, weil das gegen ihre Sitte war.

»In unserer Kultur sind die Eltern der Brautleute Ehrengäste«, hatte ihnen Catherine erklärt, Nomiti hatte genickt, und nach einigem Überreden hatte auch Sihayo zugestimmt. Nach dem Brauttanz erschien er mit seiner Familie und einem Tross von Freunden auf dem Hof von Inqaba.

Catherine ließ gerade für ihre Gäste eine kleine Stärkung auf der Veranda servieren, als der Zulu die kleine Treppe zu ihnen heraufstieg. In einem Wirbel von weißen Kuhschwanzquasten und silberblauen Affenpelzstreifen, die wie ein weiter Mantel fast den Boden fegten, das Leopardenfell um die Schultern gehängt, die Federn des blauen Kranichs wie eine Krone auf dem Kopf tragend, betrat Sihayo, seit heute Schwiegervater ihres Sohns, die Veranda. Sein Kriegsschild, das seinen Körper fast vollständig deckte, in der linken Hand haltend, in der rechten seinen verzierten Tanzstock, kam er auf sie zu. Schwere Messingmanschetten glänzten an seinen Oberarmen, um den Hals lag eine Kette von Löwenzähnen.

Sein Auftreten versetzte die Weißen in summende Aufregung. Nomiti, die zu Catherines Überraschung europäische Kleidung trug, folgte ihm, wirkte wie das trist gewandete Weibchen eines prachtvollen Paradiesvogels. Für einen irren Moment fühlte sich Catherine an den bayerischen Fasching erinnert, an ein Kostümfest. Energisch rief sie sich zur Ordnung, trat vor und begrüßte ihren langjährigen Freund, den Bruder Sicelos, und seine Frau, die einmal Sicelos Frau gewesen war.

Zur kirchlichen Trauung, die unter dem weiten Himmel Zululands auf der Veranda stattfand, trug Lulamani ein elfenbeinfarbenes Kleid aus zartestem, fein glänzendem Batist, auf ihrem Kopf einen Kranz aus duftenden Amatungulublüten, der den Spitzenschleier hielt. Catherine hatte es für sie nähen lassen und musste zugeben, dass die junge Zulu atemberaubend darin aussah.

»… bis dass der Tod euch scheidet«, tönte der Priester und schaute streng über den Bibelrand auf die beiden Brautleute.

»Ich will«, sagte Stefan stolz und steckte seiner Braut seinen Ring an den Finger.

»Ich will«, flüsterte Lulamani auf Englisch und hob ihr Gesicht zu dem Mann, mit dem sie den Rest ihres Lebens verbringen sollte. Ihre Augen glänzten vor Tränen. Nur kurz ertrug sie es, ihm in die Augen zu sehen, dann glitt ihr Blick an ihm vorbei und heftete sich auf einen Punkt am Rande des Buschs.

Catherine sah es, folgte ihrem Blick, meinte, für Sekunden das dunkle Abbild des geheimnisvollen Fremden im grünen Flirren zu erkennen, aber als sie genauer hinschaute, standen da nur Freunde und Nachbarn, und Lulamani lächelte ihrem brandneuen Ehemann zu. Offenbar hatte sie sich getäuscht.

»Möge Gott sie schützen«, murmelte Johann, der während der Zeremonie ihre Hand so fest gehalten hatte, dass ihr die Knochen knackten, und in seiner Stimme schwang die gleiche Angst, die sie insgeheim verspürte. Aber heute war nicht der Tag, darüber zu sprechen.

Stefan und nahm seine junge Frau an der Hand und führte sie seinen Eltern zu.

Catherine nahm erst ihre Schwiegertochter und dann ihren Sohn in den Arm. »Werde glücklich, mein Liebling, und bleibe es, so lange du lebst«, flüsterte sie ihm ins Ohr, und er drückte sie wortlos.

Als Sihayo vortrat, wichen alle anderen zwei, drei Schritte zurück. Er stand vor dem jungen Paar, hoch aufgerichtet, prächtig und stolz anzusehen. Sein Federbusch wehte wie ein Banner, der Affenpelzumhang glänzte blausilbern in der Sonne. Lange schaute er seiner Tochter in die Augen, die völlig von diesem Blick gebannt schien, dann wandte er sich Stefan zu, der genauso groß wie er war. Auge in Auge standen sie sich gegenüber, keiner blinzelte. Dann erhellte ein langsames Lächeln das Gesicht des Zulus. »Eh«, sagte er. »Willkommen, Setani, indodana lami kaUmlungu, mein weißer Sohn … mach mir schwarze Enkelkinder.« Seine Stimme war wie dickflüssige Sahne, sein Lachen, dieses herrliche, afrikanische Lachen kam direkt aus seinem Bauch.

Beifall von denjenigen, die ihn verstanden hatten, begrüßte seine Worte, fröhliches Gelächter schwirrte durchs Rund. Nun trat Nomiti vor und gratulierte ihrem weißen Schwiegersohn in wohlgesetztem, wenn auch etwas gestelztem Englisch, und er küsste ihre Wange.

Heute ist die Welt ganz, dachte Catherine, ohne Sprung. Gott gebe, dass es so bleibt. Hier und da fing sie ein paar geflüsterte, anzügliche Bemerkungen auf, tat aber so, als hätte sie nichts gehört.

Die Europäer unter ihren Gästen zogen sich in ihre Planwagen und Zimmer zurück, um sich vor dem großen Fest an diesem Abend etwas auszuruhen, die Zulus versammelten sich unter den hohen Schattenbäumen am Rande des Hofplatzes, und den ganzen Nachmittag schallten ihre Gesänge, das Klatschen und Trommeln zum Haus hinüber. Andrew wartete bis zum Abend, bis zum Hochzeitswalzer, ehe er die Bombe platzen ließ.

In königsblaue Seide gekleidet, schimmerndes Gold am Hals und Handgelenk, glühende Smaragde in den Ohren, stand Catherine und beobachtete zufrieden lächelnd die jungen Zulumädchen, die sie eigens für diesen Tag ausgebildet hatte und die aufs Anmutigste die Tabletts mit Champagnergläsern durch die Menge trugen, ihre schlichten gelben Baumwollkleidchen waren leuchtende Farbkleckse. Es hatte sie einige Überredungskunst gekostet, die Mädchen dazu zu bewegen, diese Gewänder, die Mrs Smithers angefertigt hatte, anzulegen, aber auf ein Machtwort Sihayos hin hatten sie es getan. Nun stimmten die drei Musiker, die sie engagiert hatte, den Hochzeitswalzer an, und Stefan führte stolz seine junge Braut auf die Tanzfläche.

Andrew Sinclair gesellte sich zu Catherine. Einen Augenblick sah er dem dahinwirbelnden Hochzeitspaar schweigend zu. Dann lächelte er ein eigentümliches, bösartiges Lächeln, das sie sofort in Alarm versetzte. »Nun, Catherine, du bist von Cetshwayo ja reich beschenkt worden«, sagte er und deutete auf Lulamani, die in Stefans Arm lag und zu ihm aufschaute. Eine Wolke von elfenbeinfarbener Spitze umwogte sie, die Röcke ihres hauchzarten Hochzeitskleids flogen, ließen ihre schlanken, braunen Beine mit den nackten Füßen blitzen, die Goldkette mit den schillernden Türkisen, die ihr Mann ihr als Brautgeschenk angelegt hatte, schimmerte an ihrem Hals. Ihre Verwandlung war frappierend, ihr Schritt von einer Kultur zur anderen größer als über die tiefste Schlucht, und Catherine zollte ihr dafür große Bewunderung.

Sie wandte sich wieder Andrew zu, fing seinen gehässigen Blick auf, und ihr wurde plötzlich kalt, obwohl der Abend drückend warm war. »Was meinst du damit, Andrew? Hör auf, in Andeutungen zu reden. Wenn du mir etwas sagen willst, sage es.«

Andrew lächelte maliziös. »Aber hast du das denn nicht gewusst? König Cetshwayo selbst hat bestimmt, dass die Kleine deinen Stefan heiratet. Vorher war sie einem Zulu versprochen. Sie ist ein Geschenk des Königs an deine Familie. Weiß der Himmel, was ihr dafür tun musstet.«

Sie hatte es nicht einmal geahnt, und am liebsten wäre sie hinaus in die samtige Nacht gerannt, um mit dieser Neuigkeit allein fertig zu werden und um alles in der Welt zu verhindern, dass Stefan das herausbekam, aber der lauernde Ausdruck in Andrews Augen sprach Bände. Er würde es Stefan bei der nächsten Gelegenheit unter die Nase reiben. Sie musste wenigstens verhindern, dass er ihrem Sohn damit seinen Hochzeitstag verdarb. »Ich habe es nicht gewusst, aber es macht keinen Unterschied, nicht wahr?«, beschied sie ihm kühl. »Man sieht doch, wie die beiden sich lieben.«

Andrew stieß ein grobes Lachen hervor. »Ja, ganz entzückend ist das. Ist denn schon was Kleines unterwegs? So ein kleiner Schokoladenkeks? Ich hoffe doch nicht, dass sich Stefan jetzt auch der Vielweiberei ergibt, wie das bei den Schwarzen so üblich ist, sozusagen zu einem weißen Kaffern wird.« Die letzten Worte hatte er laut in die Stille gesprochen, die nach seinen ersten Sätzen schlagartig einsetzte.

Sihayo erstarrte zur Statue, Stefan, Johann und Dan de Villiers stürzten mit geballten Fäusten auf ihn zu.

»Nicht«, sagte Catherine laut. »Nicht heute. Lasst mich das machen.« Sie fixierte Andrew Sinclair mit frostigen Augen. »Du verlässt sofort unser Haus. Du bist hier nicht mehr willkommen. Wage es nicht, je wieder hier aufzukreuzen.«

Andrew warf einen Blick in die Runde und zog es offensichtlich vor, der Aufforderung nachzukommen. Man musste wissen,
wann ein Rückzug klug war. Mit einer ironischen Verbeugung
verließ er die Veranda. Eisiges Schweigen begleitete ihn, bis er
seine Sachen gepackt hatte. Lilly weigerte sich, ihren Mann zu
begleiten, und legte sich mit Kopfschmerzen und einer Flasche
Cognac ins Bett.

Als er kurz darauf in den Hof ging, um sein Pferd zu satteln,
sah er sich der geballten Wut der Steinachs und aller ihrer männlichen Freunde gegenüber. Wie eine Mauer bauten sie sich vor
ihm auf. Neben Stefan, seinem Vater und Dan de Villiers stand
Christian Kappenhofer, der ältere Bruder seiner Frau, der Stefans
engster Schulfreund war, Pierre, Justus Kappenhofer und Rupert
Farrington.

Catherine sah, dass er heimlich nach seinem Jagdmesser tastete
und sein Gewehr fester packte. Blitzschnell ging sie dazwischen.
»Hau ab, aber schnell«, fauchte sie. »Und komm nie wieder.«

Unter ihren stählernen Blicken war er in die Nacht geritten.

Timothy Robertsons Stift flog während der ganzen Szene über
die Seiten seines Notizbuchs. Dan de Villiers bemerkte das, trat
auf ihn zu und streckte schweigend seine Hand aus. Tim zögerte,
dann riss er die Seiten heraus und zerknüllte sie.

»In Ordnung«, murmelte er. »Kein Wort in meiner Zeitung.«

Das unterbrochene Fest ging weiter, aber bald zerfiel die
Menge in Grüppchen, die Fröhlichkeit versickerte, wie eine Giftwolke schienen Andrew Sinclairs Worte die Stimmung zu zer-
setzen. Die Hochzeitsfeierlichkeiten kamen zu einem abrupten
Ende. Besorgt beobachtete Catherine ihren Sohn, den Schlangenfänger und Christian Kappenhofer. Ihre Mienen und Gesten waren eindeutig. Sie hatten vor, mit Andrew Sinclair abzu-
rechnen. Die drei gingen hinüber, wo Sihayo, Shikashika und
Ziko standen. Stefan redete, sie konnte seine Worte nicht verstehen, aber das war auch nicht notwendig. Seine Gestik war dras-

tisch, und sie konnte sehen, dass sie Funken in den Herzen der Zulus schlug.

Andrew Sinclair würde darauf achten müssen, was hinter seinem Rücken passierte. Catherine fröstelte es.

Die Neuigkeit von dem Eklat verbreitete sich wie ein Lauffeuer. Die Kolonie geriet in entzückte Aufruhr. Bis nach Kapstadt schwirrten die Gerüchte, sammelten am Wegrand neue auf, wurden größer und farbiger, erreichten die entlegensten Ecken des südlichen Afrikas. Einen derartig deliziösen Skandal hatte es seit langem nicht gegeben. Stefan flüchtete sich für Wochen in den Busch, Lulamani begriff nicht, was geschehen war, und Catherine vermutete, dass es ihr ohnehin gleich wäre. Johann tobte, und sie hatte ihre liebe Mühe, ihn davon zu überzeugen, dass Stefan am meisten damit gedient war, wenn er die Sache auf sich beruhen ließe.

Beharrlich verbot sie es sich, über die Folgen dieser Verbindung nachzudenken, doch in unbedachten Momenten musste sie zugeben, dass sie darüber nicht mehr unbeschwert froh sein konnte, und das hatte nichts mit der Person Lulamani zu tun, die liebenswert und entzückend war, sondern einzig und allein mit ihrem Abbild, das sie in den Augen der weißen Kolonisten sah. Bei ihrem nächsten Besuch in Durban schien sie auf der Straße ständig Menschen zu begegnen, denen man ihre gemischte Abstammung nur zu deutlich ansah, und sie konnte es kaum aushalten, zu sehen, wie diese Menschen, waren es Kinder oder Erwachsene, einer solchen Verbindung behandelt wurden.

Von den Weißen wie von den Zulus wurden sie nicht als die ihrigen anerkannt, irrten zwischen den Grenzen, befanden sich in emotionalem Niemandsland. Ihre Seelen schienen zu verkümmern, sie wirkten niedergedrückt und melancholisch, und ihr war bekannt, dass nicht wenige freiwillig aus dem Leben gingen. Der Prozentsatz unter den Farbigen, wie sie euphemistisch genannt

wurden, war ungleich höher als unter den Weißen. Den Zulus
war Selbstmord ohnehin so gut wie fremd.

Es war grausam, ungerecht, verachtenswert und noch vieles
mehr, dass diese Menschen in ihrem eigenen Land gedemütigt
wurden, nur weil ihre Haut braun war oder milchkaffeefarben,
oft auch nur getönt wie altes Elfenbein, viel heller als die der europäischen Buschläufer, die jahrelang von der afrikanischen Sonne
verbrannt worden waren, und oft heller als die der Einwanderer
aus Südeuropa, nur eben anders. Aber die Realität war so.

Ihr fielen John Dunns zahlreiche Abkömmlinge ein, die er mit
seinen Zulufrauen hatte. Sie lebten mit ihren Müttern in Bienenkorbhütten auf Mangete und blieben völlig im Hintergrund,
führten das Leben von Zulukindern. Nur seine Kinder mit
Catherine Pierce Dunn, die Tochter eines Engländers und einer
Kap-Malayin war, durften sich im Haupthaus aufhalten, aber
auch sie wurden nie europäischen Besuchern vorgestellt, und das
weiße Natal ignorierte und verspottete sie offen. Es war nicht das
Schicksal, das sie sich für ihre Enkelkinder wünschte, und sie
hatte sich geschworen, dafür zu sorgen, dass ihre Enkelkinder
nicht derartig unwürdig behandelt werden würden.

»Mrs Steinach«, Nicholas Willington unterbrach ihren Gedan-
kenfluss, »ich weiß, dass Sie ihr Gästehaus noch nicht eröffnet
haben, aber dürften wir Sie bitten, dennoch die Nacht hier verbringen zu können? Ich möchte meiner Schwester nicht zumuten, dass wir uns in der Dunkelheit einen Lagerplatz für die Nacht
suchen müssen. Wir werden Ihnen nicht zur Last fallen, ja, wir
würden Sie sogar gern zu einem schönen Abendessen einladen.
Wir haben eine reiches Sortiment an Speisen und einen ausgezeichneten Koch dabei. Einen wirklich ausgezeichneten Koch!«
Er lächelte dieses magische Lächeln, das geradewegs durch ihren
inneren Panzer schnitt und alle ihre Befürchtungen an die Oberfläche spülte.

Sie zögerte, sehnte sich danach, allein zu sein und Herr ihrer Gefühle und Gedanken zu werden. Aber sie dachte an Stefan und zwang ihre Züge zu einem freundlichen Lächeln. »Natürlich können Sie hier bleiben. Sie sind mir willkommen, und ich nehme Ihre Einlandung gern an. Möchten Sie auf der Veranda essen? Es ist heute nicht sehr windig, und dort werden wir wenigstens nicht von Mücken geplagt.«

Zwei Stunden später stand ein kerzengeschmückter, mit schwerem, weißem Damast gedeckter Tisch auf ihrer Terrasse. Hinter jedem Stuhl wartete ein schwarzer Diener in weißer Uniform, rotem Fez und weißen Handschuhen, keine Zulus, sondern ihren feinen Zügen nach zu urteilen Eingeborene aus dem Nordosten Afrikas. Schweigende, ebenholzschwarze Statuen.

Das Essen verlief auf äußerst angenehme Weise. Ein Consommé vorab, dann frische Langusten in aufgeschlagener Mayonnaise – Nicholas Willington selbst hatte sie in den Felsen gefangen und dafür Catherines offene Bewunderung geerntet –, später Geflügel, scharf gewürzt, und eine wunderbar zarte Lammkeule mit frischem Gemüse. Es war fast zu viel für Catherines entwöhnte Sinne.

Es stellte sich heraus, dass Benita Willington eine sehr belesene, weit gereiste junge Dame war und wie ihr Bruder locker und charmant plaudern konnte. Catherine, längst verführt von diesen unerhörten Genüssen, unterhielt sich blendend, genoss es, ihre Sprache endlich einmal wieder wie ein Florett zu benutzen. Mit einem genussvollen, wenn auch damenhaft unterdrückten Stöhnen aß sie den letzten Löffel des Sherrytrifles und lehnte sich in ihrem Stuhl zurück.

»Das war ganz ausgezeichnet, und ich muss mich meiner guten Erziehung besinnen, um nicht zu versuchen, Ihnen diesen wunderbaren Koch abspenstig zu machen. Ich höre, er ist indischer Abstammung?«

Benita nickte. »Ein sehr würdevoller Herr namens Sanjay mit endlos langen Haaren, die er unter einen Turban stopft, und

350

einem ungeheuer explosiven Temperament. Ich kann Ihnen nur raten, sich vorteilhaft über seine Gerichte zu äußern, sonst greift er zum Fleischermesser.« Sie kicherte fröhlich.

Die Vorstellung eines in Rage geratenen Sikhs, der mit fliegenden Turbanzipfeln messerschwingend auf sie losging, reizte auch Catherine zum Lachen. »Nun erzählen Sie mir doch bitte, wohin Sie Ihre Reise führen wird.«

»Ins Gebiet des St.-Lucia-Sees. Es soll dort die märchenhaftesten und seltensten Vögel und Schmetterlinge geben.« Benitas Vorfreude war offensichtlich.

Catherine dachte daran, dass auch Stefan dorthin unterwegs war. »Sie werden dort voll auf ihre Kosten kommen«, bestätigte sie, beschrieb, was die Willingtons dort zu erwarten hatten, bis Benita vor Begeisterung glühte. Im Lauf ihrer weiteren Unterhaltung stocherte Catherine diskret in dem Vorleben ihrer beiden Gäste herum, arbeitete sich behutsam zu der alles entscheidenden Frage vor. »Darf ich fragen, woher Sie stammen?«, fragte sie endlich.

»Aus Kapstadt«, antwortete Benita. »Unser Vater hat dort Besitztümer.«

Catherine hielt die Luft an. Hat, nicht hatte. »Lebt er noch?«

»O ja, sicherlich. Mutter und Vater haben sich nach Wynberg zurückgezogen und züchten Rosen. Darf ich Ihnen noch etwas von dem Trifle anbieten?« Sie bedeutete einem der Bediensteten, die Schale ihrer Gastgeberin zu reichen.

Die Willingtons stammten aus Kapstadt, ihre Eltern waren noch sehr lebendig, Konstantin von Bernitt lauerte nicht im Schatten ihres Stammbaums. Catherine war so erleichtert, dass sie Herzjagen bekam und für einen langen Augenblick nicht antworten konnte. »Danke, sehr gern«, stotterte sie endlich. »Dieses Trifle ist wirklich himmlisch. Ich werde Ihnen das Rezept entlocken müssen.« Sie verhaspelte sich, lachte verlegen, während sie sich von der dargereichten Süßspeise nahm.

Nicholas Willington schüttelte vergnügt den Kopf. »Auch wenn Sie ein Höllenfeuer unter unserem Koch anzünden, wird er es Ihnen nicht verraten, und ich habe keine Ahnung, was er hineintut. Ich bin mir sicher, dass es irgendein Kraut ist, das süchtig macht.«

Catherine lächelte abwesend und ließ das Trifle auf der Zunge zergehen, zerlegte es dabei in die verschiedenen Geschmacksnuancen und schob mit dem Löffel die Zutaten auseinander. Es sollte nicht schwer für sie sein, das Rätsel zu knacken. »Ihre erste Safari?«, fragte sie leichthin.

Benita Willington antwortete ihr. »Ja, das wird es. Ich war noch nie wirklich im Busch, nur im Fynbos von Kapstadt und den Wäldern in England. Nicholas erzählte mir, dass es dort eine ungeheure Menge wilder Tiere gibt, ja sogar Löwen und viele Schlangen.« Sie schüttelte sich. »Nun weiß ich nicht, wie ich mich verhalten sollte, wenn ich einem dieser schleimigen Tiere begegne …«

»Schlangen sind nicht schleimig«, warf Catherine ein. »Ihre Haut ist glatt und trocken, gar nicht unangenehm.« Insgeheim musste sie über die Vorstellung schmunzeln, wie dieses feine Fräulein, das nach jedem Essensgang die Fingerspitzen in ein Schälchen mit Zitronenwasser tauchte, sich im Busch zurechtfinden würde. Eine Bewegung an der Kante des Rieddachs zog ihren Blick auf sich. Eine leuchtend grüne Schlange hing wie ein Fragezeichen vom Balken herunter und züngelte. Mit einem kleinen Lächeln machte sie Benita Willington darauf aufmerksam. »Wir haben hier sehr viele Schlangen, sehr hübsche, übrigens, aber auch sehr giftige. Sehen Sie, dort am Dach, wo es auf dem Gebälk aufliegt. Das ist eine Grüne Mamba.«

Zu ihrer Überraschung jedoch fiel Benita Willington weder in Ohmacht, noch bekam sie hysterische Anfälle. »Ich habe ja gar nicht geahnt, wie wunderschön diese Reptilien gefärbt sind. Ist es sicher, sie von der Nähe aus zu betrachten?«, rief sie und machte eine Bewegung, als wollte sie aufstehen und hingehen.

Catherine hielt sie zurück. »Nein, nein, es ist besser, Sie halten sich außer Reichweite. Diese Sorte ist tödlich giftig und meist sehr schlecht gelaunt.« Sie konnte ihr Erstaunen über die Reaktion der jungen Frau kaum verbergen. Hinter diesem ausnehmend hübschen Gesicht steckte offenbar kein verwöhntes, zimperliches Fräulein. Sie beschloss, noch ein wenig zu stochern. »Im Busch wird es natürlich seltener Kaviar oder Austern geben, auch die Zutaten für Sherrytrifle werden nicht so leicht aufzutreiben sein. Da ist es gut, wenn man sich zu helfen weiß. Wenn Sie es wünschen, werde ich Ihrem Koch mein Rezept für Python à la Conger Aal geben, vielleicht auch das für Flusspferdsteak, und natürlich unbedingt die Zubereitung für Elefantenfuß, im Ganzen geröstet.« Mit unheiligem Vergnügen wartete sie die Wirkung ihrer Worte ab.

Sie war enttäuschend. Benita hörte aufmerksam zu, nickte und bedankte sich artig. »Ich habe gehört, dass man sogar Krokodil essen kann?« Ihr Augenaufschlag war umwerfend.

Catherine sah sie scharf an. Wurde sie hier auf gekonnte Art vorgeführt? Doch das makellose Gesicht der jungen Frau war offen und ohne Arg. Oder glomm da doch ein Funke schierer, ungetrübter Belustigung in diesen schönen Augen? »Ja«, antwortete sie zögernd, »ja, das stimmt. Geräuchert ist es besonders gut, gut gewürzt natürlich, sonst schmeckt es etwas fischig ...«

Die langen Wimpern senkten sich über die grünen Augen. Ein winziges Lächeln, wirklich nur ein Hauch, umspielte die vollen Lippen. »Wenn Sie mir die Rezepte aufschreiben könnten, wäre ich Ihnen sehr dankbar. Ich werde sie Sanjay zum Ausprobieren geben.« Sie nippte an ihrem Weinglas. »Ich habe schon in Kapstadt von ihrer Farm in Zululand gehört. Sie sind geradezu berühmt. Jeder kennt die Geschichte von Inqaba. Wie ich Sie beneide, wie romantisch muss es sein, diese grandiose Natur, die wilden Tiere ... wie das verlorene Paradies. Sie müssen es sehr lieben ...«

353

Catherine nippte an ihrem Wein. Sie nahm sich Zeit mit der Antwort. Wie sollte sie dieser jungen Frau erklären, die alles hatte, was man sich wünschen konnte, die ein Leben im Luxus mit großer gesellschaftlicher und intellektueller Abwechslung gewohnt war, was man vermisste, wenn man auf der romantischen Farm im Herzen Afrikas lebte? Alle Klischees vom funkelnden afrikanischen Sternenhimmel über die paradiesische Tierwelt zu den noblen, edel gesinnten Wilden fielen ihr ein.

»Wenn Sie den Tugela überschreiten, werden Sie die Welt, die Sie bisher kannten, zurücklassen. In einer Zeitspanne von Minuten und mit wenigen Schritten wandern Sie hundert Jahre und mehr zurück in der Geschichte und fast ein Jahrtausend, soweit es die einheimische Bevölkerung betrifft. Von diesem Augenblick an gibt es zwischen Ihnen und Afrikas Natur keinen Schutz, allenfalls die dünne Plane ihres Ochsenwagens.« Sie lächelte in sich hinein. »Mussten Sie schon einmal buschen?«

Benita schüttelte verneinend den Kopf. »Buschen? Was soll ich darunter verstehen?«

Jetzt konnte Catherine einen teuflischen Anfall von Schadenfreude kaum unterdrücken. »Wenn Sie das Bedürfnis haben, sich zu erleichtern, müssen Sie dafür in den Busch gehen. Aus langer Erfahrung würde ich Ihnen empfehlen, immer ein Gewehr mitzunehmen. Es sind weniger ungebetene Zuschauer, die Sie fürchten sollten, sondern die Schlange, die sich just dort versteckt hat, der Büffel, in dessen Schlafzimmer Sie gestolpert sind, von dem der Raubkatzen gar nicht zu reden. Sie werden sich bald nach der Zivilisation sehnen.«

Benita Willington schenkte ihr einen langen, schweigenden, beunruhigend direkten Blick, wobei Catherine irritiert feststellte, dass die Augen der jungen Frau von Grau zu Grün wechselten wie die Oberfläche eines sturmgepeitschten Meeres. Ein leichtes Lächeln umspielte die vollen Lippen, als Benita Willington antwortete. »Oh, ich denke, darauf werde ich mich einstellen können. Sie müssen diesen Dessertwein probieren, Mrs Steinach, er ist wirklich sehr delikat.«

Touché, dachte Catherine. Die Kleine hat Format und ist nicht auf den Mund gefallen.

»Täuschen Sie sich nicht in meiner Schwester, Mrs Steinach, gar so zerbrechlich, wie sie scheint, ist sie nicht, im Gegenteil, sie hat eine recht robuste Einstellung dem Leben gegenüber.« Bei seinen Worten hatte er sich vorgebeugt und massierte mit dem Daumen das Schuhleder über den äußeren Zehen seines rechten Fußes.

»Schmerzt es wieder?«, fragte seine Schwester und beugte sich fürsorglich herunter.

Er richtete sich auf. »Wie immer, wenn ich viel gelaufen bin. Entschuldigen Sie bitte mein laxes Benehmen, Mrs Steinach.« Er schob seinen Fuß wieder unter den Tisch.

»Du solltest wirklich mit deinem Schuhmacher sprechen, dass er deine Schuhe besser anpasst. Es kann doch nicht sein, dass sie so arg drücken, dass du dich immer wieder wund läufst«, sagte Benita energisch.

Catherine schaute hin und fand an dem Schuh nichts auszusetzen. Er war spiegelblank, schien aus feinstem Leder und hatte exakt gesteppte Nähte. Ein wenig ausgebeult war er im Vorderfuß. Vielleicht war das Material für die harte Beanspruchung im Busch einfach zu weich.

Sie äußerte diese Vermutung. »Als ich nach Natal kam, gab es hier nirgendwo Schuhe zu kaufen, und die lächerlichen Dinger, die ich mitbrachte, waren denkbar ungeeignet für den Busch. Es dauerte nur wenige Wochen, und ich lief auf meinen Fußsohlen, was eine sehr schmerzhafte Erfahrung war. Daniel de Villiers, den man den Schlangenfänger nennt, einer unserer besten Freunde, tötete eine Python für mich, ließ seine Zulus das Leder so lange kauen, bis es weich war – eine schreckliche Vorstellung, nicht wahr? –, und nähte mir eigenhändig Schuhe daraus. Später habe ich seinen Rat angenommen und bin meist barfuß gelaufen, um Schuhwerk zu sparen. Es ist gar nicht so schlimm, wenn man erst einmal eine dicke Hornhaut hat«, fügte sie fröhlich hinzu, als sie die entsetzte Miene Benitas sah. Die Robustheit der jungen Frau hatte also doch Grenzen.

So plauderten sie angeregt, Nicholas Willington war ein amüsanter Tischgenosse, Benita Willington wirklich liebenswert, wie sich Catherine eingestehen musste. Bevor sie es verhindern konnte, tauchte sogar ein kurzer Gedanke an eine Verbindung zwischen ihr und Stefan auf, aber sie unterdrückte ihn im selben Moment. Das war ein unsinniger Traum und würde einer bleiben. Stefan würde sich nie von Lulamani trennen. Allerdings wurde sein Name öfter erwähnt, meist von Benita Willington, und meistens stellte sie Fragen über das, was er tat. Der Name von Konstantin fiel überhaupt nicht. Natürlich nicht. Warum auch? Die Willingtons kannten ihn nicht, und sie wollte ihn vergessen.

Erst als der frühe Schimmer des Morgens die funkelnden Sterne verblassen ließ, sank sie endlich in ihr Bett und musste insgeheim zugeben, dass sie lange nicht mehr so gut gespeist und sich so angeregt unterhalten hatte.

17

Lilly Sinclair ging es schlecht. Ihr Kopf dröhnte, ihr Gehirn schien stetig anzuschwellen, und in ihrem Magen schwamm flüssige Säure. Sie warf einen kurzen Blick in ihren Handspiegel und legte ihn dann angeekelt weg.

»Ich muss dir ein Kompliment machen«, sagte Andrew, während er in sein Hemd schlüpfte, »deine Vorstellung gestern Abend war bühnenreif.« Mit geschickten Fingern befestigte er seine Manschettenknöpfe.

Lilly blickte ihn unsicher an. »Ich weiß nicht, was du meinst ...«

Er lachte böse. »Du meinst, du kannst dich nicht mehr erinnern?«, fragte er mit vor Spott triefender Stimme. »Du hast einen Cancan auf dem Tisch getanzt, und alle anwesenden Herren haben dir unter den Rock geschaut.«

Lilly zog die spitzenbesetzte Bettdecke höher und stopfte sich ein Kissen in den Rücken, presste ihre Handballen auf die Augen und versuchte, die Mauer ihrer Kopfschmerzen zu durchdringen und sich ins Gedächtnis zu rufen, was wirklich geschehen war. »Das glaube ich nicht, du willst mich nur ärgern.« Verstohlen griff sie in ihre Nachttischschublade und tastete nach dem silbernen Flachmann, der stets, mit gutem Cognac gefüllt, dort lag. Ihre Finger glitten über ein Glasfläschchen, das Laudanum enthielt, über knisterndes Papier – Briefe ihrer Mutter –, die kühle, seidigglatte Oberfläche einer Goldkette, den Flachmann aber fand sie nicht. Unruhig schaute sie sich um.

Hämisch beobachtete Andrew ihre immer hektischer werdenden Handbewegungen. »Ich dich ärgern? Aber nein, meine Liebe, wo denkst du hin? In Paris, von einer Kokotte getanzt, wäre es amüsant gewesen. Aber du bist Mrs Andrew Sinclair, und ich werde dafür sorgen, dass so etwas nie wieder passiert. Deinen Flachmann wirst du vergebens suchen und auch alle anderen Flaschen, die du im Haus versteckt hast. Was? Du glaubst, ich würde das nicht merken?« Er lachte auf eine Art, die ihr einen Schauer den Rücken hinunterjagte. »Ab heute gibt es Fruchtsäfte, klares Wasser, Milch, alles, was du möchtest, aber keinen Schluck Alkohol. Schlag dir auch gleich aus dem Kopf, dass du dir welchen besorgen kannst. Für die nächste Zeit wirst du im Haus bleiben, Fred und Grete haben den Auftrag, jeden Tropfen Alkohol aus dem Haus zu schaffen und aufzupassen, dass du keinen mehr in die Finger bekommst.«

Lilly fuhr hoch wie von der Tarantel gestochen. »Was? Du willst, dass ich das tue, was unser teutonischer Hausdrachen und ein schwarzer Wilder, der sich als Butler verkleidet, mir befehlen?«, schrie sie mit überschlagender Stimme. »Du musst den Verstand verloren haben. Ich werde mit meinem Vater reden.« Damit schlug sie die Decke zurück und sprang aus dem Bett. Schwankend, käseweiß, mit strähnigen Haaren stand sie da.

»Du warst stockbetrunken, du hast mich vor der ganzen Gesellschaft unmöglich gemacht, ich habe mich noch nie so gedemütigt gefühlt, und das, liebe Lilly, wird nicht noch einmal vorkommen.« Damit gab er ihr einen leichten Stoß. Sie fiel der Länge nach aufs Bett und blieb mit einem Schluchzer liegen. Er sah auf sie hinunter. Sie war eine Schönheit gewesen, so temperamentvoll und voller Esprit, wie man es den Rothaarigen nachsagte, und jetzt lag da nur eine aufgedunsene, fett gewordene Frau mittleren Alters. Angewidert verzog er sein Gesicht, wünschte, dass er noch Zeit hätte, Georgina Mercer einen Besuch abzustatten. Er konnte sich nicht von Lilly scheiden lassen, er brauchte ihr Geld und er brauchte das Prestige ihrer Familie. Ein Umstand, der ihn jederzeit in hilflose Wut versetzen konnte. Also hatte er beschlossen, Lilly vom Alkohol zu trennen.

»Ich habe Großes vor, musst du wissen. Wie würde dir der Titel Lady Sinclair gefallen?« Er sah das kurze Aufblitzen in den glanzlosen Augen und lächelte grimmig. »Siehst du, das habe ich mir doch gedacht. Stell es dir nur vor! Lady Sinclair. Vielleicht eines Tages die First Lady von Natal ...« Seine Stimme wurde einschmeichelnd. Er wusste genau, welchen Knopf er bei ihr zu drücken hatte.

»Was heckst du jetzt schon wieder aus?« Ihre Stimme war scharf und voller Misstrauen. Sie wusste schon lange, dass ein Titel sein Traum war, aber First Lady von Natal?

»Vertrau mir, meine Liebe. Ich weiß genau, was ich tue. Um zurückzukommen auf dich. Du wirst außerdem deine Essgewohnheiten ändern. Es wird ab jetzt keine Süßigkeiten mehr geben, keine fetten Soßen, aber viel Gemüse und kannenweise Tee. Ich werde dir ein Abführmittel besorgen lassen, und das wirst du jeden Morgen vor dem Essen einnehmen. Es wird deinen Darm reinigen. Du wirst sehen, in einigen Monaten wirst du mir dankbar sein, dass ich einen ganz neuen Menschen aus dir gemacht habe. Du musst dir nur vorstellen, was am Ende steht. Lady Lilly Sinclair in großer Balltoilette, die gesellschaftlich mächtigste Frau in Natal. Tu es für mich, mein Herz ... du würdest mich so stolz machen.« Er beugte sich über sie und drückte einen Kuss auf ihre Stirn. In der Tür wandte er sich noch einmal um. »Ach ja, leider kann ich dich zwar nicht aus dem Haus lassen, weil ich befürchte, dass du dir dann wieder Fusel besorgst, aber in den Garten darfst du natürlich. Grete wird dir dort Gesellschaft leisten können, und natürlich können dich deine Freundinnen besuchen. Sie wird auch darüber wachen, dass keine von ihnen Alkohol ins Haus schleppt.« Er küsste sie noch einmal, dann schloss er die Tür hinter sich, und Lilly hörte zu ihrem abgrundtiefen Entsetzen, dass er den Schlüssel im Schloss herumdrehte.

Pfeifend ging Andrew in den Frühstücksraum. Das hatte gut getan. Jetzt würde er Nägel mit Köpfen machen. »Grete, du kannst das Frühstück servieren«, rief er fröhlich und setzte sich an den mit feinem Porzellan, Kristall und frisch gestärktem Leinen gedeckten Tisch. Lillys Mitgift in dieser Hinsicht war ebenfalls üppig gewesen. Dieses Mahl würde er besonders genießen, denn heute warteten drei Ehepaare aus England im Royal Hotel, die ihn für eine Jagd gebucht hatten, und für die nächsten Wochen würde er seine Mahlzeiten unter freiem Himmel und unter nicht ganz so komfortablen Umständen einnehmen müssen. Außerdem saßen dann wohl drei geschwätzige Frauen mit am Tisch, die die Nase rümpften, wenn er rauchte, und ihm, dem Großen Weißen Jäger, Avancen machen würden, nicht zu vergessen die drei dazugehörigen Ehemänner, die womöglich eifersüchtig werden und zu unüberlegten und für ihn vermutlich schmerzhaften Handlungen neigen könnten.

Die Aussicht, mit drei Frauen auf Jagd zu gehen, erfüllte ihn mit Grauen, aber die Summe, die ihm geboten worden war, war astronomisch gewesen. Sein Ziel vor Augen, hatte er zähneknirschend zugestimmt. Während er mit schwungvoller Bewegung seine Serviette entfaltete, fiel ihm die perfekte Lösung ein. Er würde Georgina mitnehmen und den glücklichen Ehemann spielen, was die anderen Damen auf Abstand halten würde. Seine Stimmung stieg beträchtlich. Herrliche Wochen der Freiheit lagen vor ihm. Und Georgina, kicherte er in sich hinein. Bildlich gesehen.

»Guten Morgen, Sir«, schnaufte Grete, die deutschstämmige Haushälterin, und servierte ihm Eier mit Speck, Bratkartoffeln und kleinen Bratwürstchen.

Er ließ seinen Blick über die übergewichtige Frau gleiten. »Guten Morgen, Grete. Du solltest zusammen mit meiner Frau den Versuch machen, ein wenig abzunehmen. Du wirst zu fett, bald wirst du nicht mehr ordentlich arbeiten können. Mir würde das gar nicht gefallen.« Zufrieden sah er die furchtsame Miene der Frau, als sie verstand, was er von ihr verlangte. Gut so, dachte er und schob sich eine Gabel mit Bratkartoffeln in den Mund.

Ein warmer Wind wehte durch die geöffneten Türen herein. Es war ein angenehmer, klarer Oktobertag, aber die Sonne brannte bereits, und das verhieß einen heißen Sommer. Vorläufig aber war es ideales Wetter zum Jagen. Es hatte nur kurz geregnet bisher, der Busch war noch nicht dicht und bot den Tieren kaum Schutz. Er schaute auf die Uhr, wischte sich den Mund ab und warf die Serviette auf den Tisch. Im Hinausgehen holte er seine Jacke aus Antilopenleder und seine Gewehre und begab sich im Laufschritt nach draußen. Es war schon nach halb sieben, er musste sich sputen. Die Herrschaften im Royal Hotel warteten sicherlich schon ungeduldig auf ihn. Es gab viel zu besprechen. Sie würden die Nacht in den Planwagen auf seinem Anwesen verbringen, denn morgen wollten sie noch vor Sonnenaufgang aufbrechen.

Doch bevor er zum Hotel ritt, kletterte er auf einen der Planwagen, die ihn begleiten würden, und öffnete eine Kiste, nachdem er sich vergewissert hatte, dass ihn niemand beobachtete. Die Kiste enthielt Gewehre. Er nahm eins in die Hand und ließ seinen Daumen über den Schlagbolzen gleiten. Zufrieden legte er es dann zurück. Er hatte gute Arbeit geleistet. Den Bolzen hatte er eigenhändig um nur wenig mehr als eine Haaresbreite abgeschliffen, aber genug, um ihn seiner Funktion zu berauben. Mit dieser Flinte würde niemand eine Kugel abfeuern, aber nur eine eingehende Inspektion würde die Manipulation aufdecken. Natürlich führte er einige funktionstüchtige Gewehre zur Demonstration mit. Er war ja schließlich nicht dumm. Die Zulus für leichtgläubig zu halten, war ein Luxus, den er sich nicht erlauben konnte.

Er legte die nutzlose Waffe zurück und nahm ein durch Ölpapier geschütztes Gewehr zur Hand. Es war auf Hochglanz poliert, der Kolben mit Messing verziert, viel zu üppig für seinen Geschmack, aber diese Waffe war für König Cetshwayo bestimmt. Er würde sie ihm schenken als Bonus für ein großes Geschäft, denn die gesamte Waffenladung war für ihn bestimmt. Der Schlagbolzen war nicht abgeschliffen, und nur ein sehr genaues Auge konnte erkennen, dass der Lauf um einen Hauch gebogen war. Nach seiner Berechnung würde die Kugel im Lauf stecken bleiben, die Explosion nach hinten losgehen. Er sah es vor sich und schmunzelte. Ein Knall, und schon wäre das gewichtigste seiner Probleme aus der Welt geschafft. Seine größte Sorge war, dass der König darauf bestehen würde, das Gewehr auszuprobieren, während er noch in Reichweite war. Mit leichtem Schaudern dachte er daran, was mit ihm geschehen würde, sollte Cetshwayo Lunte riechen. Aber es war die zweite Waffenladung eines halben Jahres, und die erste war von bester Güte gewesen. Es gab also für den König keinen Grund, Verdacht zu schöpfen. Sorgfältig wickelte er das Gewehr wieder ein und verschloss die Kiste mit einem Schloss, dessen Schlüssel er einsteckte.

Die Zeit war knapp geworden. Er wies einen seiner Stallburschen an, seinen Wallach zu satteln, während er im Gewimmel seiner zahlreichen Treiber, Läufer, Häuter, Gewehrträger und Spurensucher Nisaka, seinen zuverlässigsten Läufer, suchte. Als er ihn gefunden hatte, redete er lange und eindringlich auf ihn ein. Dann begab er sich wohlgemut zum Hotel, um seine Gäste zu begrüßen.

Vor dem Eingang zum Royal Hotel erkannte er zu seinem Leidwesen die schlohweiße Mähne Justus Kappenhofers, der sich mit ein paar Leuten unterhielt. Gesenkten Kopfes wollte er an ihm vorbeischlüpfen, doch der alte Herr schien Augen im Hinterkopf zu haben. Er zog Andrew am Ärmel etwas abseits in den tanzenden Schatten des riesigen Flamboyantbaums.

»Andrew, gut, dass ich dich treffe, sonst wäre ich heute noch zu euch hinausgekommen.« Justus Kappenhofer hatte eine Stimme wie das Grollen eines Löwen. »Die Van-Dongen-Sache ist gestorben. Du kannst den Vertrag nicht vorweisen, und deine Behauptung, er wäre verbrannt, wird nicht von allen geglaubt. Wir haben dem Einspruch stattgegeben. Offenbar bist du etwas sehr lasch mit fremdem Eigentum umgegangen ...«

»Was willst du damit sagen?«

»Was ich damit sagen will, mein lieber Junge, ist, dass du van Dongen Diamanten geklaut hast. Wir können dir das nicht schlüssig nachweisen, aber du und ich, wir wissen genau, dass es so war.«

Andrew war tomatenrot angelaufen. »Sieh dich vor, was du sagst, Justus. Das lass ich mir nicht bieten. Auch nicht von dir.« Nichts hasste er mehr als diese herablassende Art, ihn als ›mein lieber Junge‹ zu bezeichnen.

»Ach, das wäre aber besser, Andrew. So kommst du wirklich glimpflich davon, und das hast du, auch wenn du es nicht glauben wirst, mir zu verdanken. Schließlich bist du der Mann meiner Tochter. Grüß sie übrigens herzlich, ich komme in den nächsten Tagen vorbei. Sie gefällt mir momentan nämlich gar nicht. Außerdem gibt es da noch eine Sache, die ich mit dir erörtern muss.« Das Verfahren wegen der Waffenlieferungen an die Zulus hatte er bereits angestrengt. Sinclairs Tage in Natal waren gezählt. Jetzt musste er nur noch Lilly überzeugen.

Andrew blinzelte. Justus Kappenhofer hatte diese wirklich unangenehme Art, einen anzustarren. Diese kühlen, grauen Augen bohrten sich in seine, als wären sie aus Messerstahl. Völlig ohne Humor. Reflexartig wischte er sich übers Gesicht und betrachtete verstohlen seine Hand, erwartete fast, Blut daran zu sehen. Aber die Hand war nur schweißnass. Zornig über sich selbst steckte er sie in die Hosentasche. »Ich werde mir überlegen, ob ich einen Anwalt bemühen muss. Derartige Unterstellungen sind wirklich ungeheuerlich. Jetzt entschuldige mich, meine Gäste aus Übersee warten.« Damit duckte er sich an seinem Schwiegervater vorbei und hastete in die Hotelbar, tröstete sich damit, dass er in den nächsten Wochen nicht in dessen Reichweite sein würde. Seine Gäste entdeckte er schon von weitem.

»He, Sinclair, wird aber langsam Zeit!«, brüllte ein rundlicher, bebrillter Mann mit Schlapphut, von dem ein Waschbärenschwanz baumelte, und schwenkte überschwänglich sein Glas, sodass der Whisky auf den Boden schwappte.

Andrew atmete tief durch. Gottlob hatten sich seine Gäste nicht gelangweilt. »Einen kleinen Moment Geduld noch. Ich muss eben über die Straße laufen, um sicherzustellen, dass wir nur den besten Whisky mitnehmen.« Er zwinkerte dem Mann verschwörerisch zu. »Sonst wird's im Busch zu trocken.«

»Notfall also. Gehen Sie, gehen Sie, wir warten!« Der Mann nahm einen tiefen Schluck.

Andrew hob eine Hand zum Gruß und machte sich auf den Weg. Georgina Mercer wohnte im Haus gegenüber.

Im Morgengrauen des nächsten Tages machte sich Nisaka bereit für eine gefährliche Aufgabe. Er entledigte sich des Khakihemds und auch seiner europäischen Hosen, die er auf Geheiß seines Herrn, Nkosi Sinzi, stets trug. Nur noch mit einem Kuhschwanzschurz bekleidet, füllte er mehrere Hand voll getrockneter Mopaniraupen und ein paar gekochte Zulukartoffeln in einen Beutel und spießte ein großes Stück Fleisch als Vorrat auf seinen Assegai. Seine zusammengerollte Schlafmatte schulternd, begab er sich auf den gepflasterten Hof des großen Hauses. Sein Arbeitgeber wartete schon ungeduldig.

»Wo bleibst du denn? Die Sonne geht schon auf. In vier, höchstens fünf Tagen musst du in Ondini sein. Verlange, den König sehen zu dürfen. Bestehe darauf, als sein Untertan hast du das Recht.« Andrew rieb sich heftig seine Magengegend. Die Begegnung mit seinem Schwiegervater hatte er noch nicht verwunden. »Wiederhole, was ich dir gestern gesagt habe«, verlangte er.

»Lulamani, die der König dem Umlungu Setani zur Frau gegeben hat, trifft sich heimlich mit Madoda, dem Induna, und liegt bei ihm in seiner Hütte wie seine Frau. Damit verrät sie ihren Mann und auch den König«, deklamierte Nisaka.

»Gut. Vergiss es nicht. Wenn man dich fragt, woher du das weißt, erwähne nie, unter keinen Umständen, meinen Namen. Sag, du hast die beiden zufällig gesehen und bist empört darüber, dass Lulamani, die ein Geschenk des Königs war, ihn so hintergeht. Hast du das verstanden? Vielleicht heimst du sogar eine Belohnung dafür ein.«

»Yebo, Nkosi, ich habe es selbst beobachtet«, nickte der Mann, ergriff Beutel, Speer, Kampfstock und Schild und lief davon, leichtfüßig und leise wie eine Katze.

Lilly schloss das Fenster im Obergeschoss ihres Hauses, so geräuschlos sie konnte, konnte sich keinen Reim auf das machen, was sie gesehen und die Wortfetzen, die sie gehört hatte. Lulamani? Diese Zulufrau von Stefan Steinach? Was hatte Andrew mit ihr zu tun? Sie presste beide Hände gegen die Schläfen. Himmel, ihr Schädel drohte zu platzen. »Grete!«, schrie sie und warf sich aufs Bett. »Bring mir kaltes Wasser und einen Waschlappen«, befahl sie der Haushälterin, als diese die Tür aufschloss. »Und wage ja nicht, die Tür wieder zu verschließen, oder ich sorge dafür, dass man dich zurück in dein kaltes, grässliches Deutschland schafft.« Die Tür fiel ins Schloss, aber das Ratschen des Schlüssels blieb aus.

Vom Hof drang das Klirren der Ochsengeschirre, Andrew brüllte Befehle, seine Jagdhunde kläfften. Erleichtert atmete sie auf. In Kürze würde sie allein im Haus sein. Grete kehrte eben im Laufschritt mit einer Schüssel kalten Wassers zurück. Lilly tauchte ein Tuch hinein, wrang es aus und legte es sich auf die Stirn. Was war das mit Lulamani und diesem Madoda, und was hatte der König damit zu tun? Sie war sich ziemlich sicher, dass sie ›König‹ verstanden hatte.

Es passt hinten und vorn nicht, dachte sie. Unschlüssig nagte sie an ihrer Unterlippe. Unsinn, was sollte Andrew mit Lulamani zu schaffen haben? Nach dem Krach bei der Hochzeit durfte niemand im Haus diesen Namen erwähnen. Ihre Ohren hatten ihr einen Streich gespielt. Das Tuch an ihre Stirn pressend, stand sie auf und wanderte im Zimmer umher. Vor dem Spiegel in der Kleiderschranktür blieb sie stehen. Vor Schreck ließ sie das Tuch zu Boden fallen. Was sie da erblickte, ließ sie alles andere vergessen und eine Welle von Übelkeit in ihr aufsteigen.

Eine fette alternde Frau mit glanzlosen Haaren, zerstörter Haut, müden Augen und einem zynischen Zug um den Mund. Schreckensstarr zwang sie sich zum ersten Mal seit Jahren, wirklich wahrzunehmen, wer sie geworden war. Was Andrew Sinclair aus ihr gemacht hat. Die Erkenntnis warf sie mit einem wütenden Weinkrampf aufs Bett. Als er vorbei war, wusch sie sich das Gesicht und rief Grete.

»Ich will mich anziehen, mach mir die Haare«, wies sie die Frau an. »Wenn du damit fertig bist, wirst du Folgendes erledigen.« Sie sprach für ein paar Minuten, bis Gretes wässrige Augen vor Entsetzen aus dem Kopf traten. Dann knickste diese hastig und verschwand, so schnell sie konnte. Lilly trat ans Fenster und sah hinunter. Ihr Mann ritt eben, umringt von der aufgeregt herumwuselnden, jaulenden Hundemeute, vom Hof. Möge er in der Hölle brennen, dachte sie, mögen ihn Löwen zerreißen und Aasgeier die Augen auspicken. Mit diesen frommen Wünschen wandte sie sich ab, um ihre Morgentoilette zu beginnen.

Aber tief in ihrem Innersten, wo ihre Gefühle, begraben unter Jahren von Demütigungen, ungeschützt durch Vernunft und kühles Denken offen lagen, da weinte sie. Um ihre Ehe, um sich, um ihre Liebe, um Andrew. Und nachts, wenn ihre Seele, die tagsüber von diesem Wall aus Hass und Trotz und Angst abgeschottet wurde, wehrlos war, träumte sie von den ersten Tagen ihrer Liebe, die unbeschwert und voller Leidenschaft waren, wie es sein sollte, und sie träumte davon, dass Andrew zu ihr zurückfinden würde. Wenn sie aufwachte, verwirrt, verschwitzt und aufgewühlt, und ihr langsam klar wurde, dass sie allein war in ihrem Bett und in ihrem Herzen, dann schüttelte sie sich vor Angst.

Andrew war sich ihres Hasses wohl bewusst, ebenso der Tatsache, dass sie ihn noch liebte, aber beides kümmerte ihn nicht. Was konnte sie ihm schon antun? Eine Scheidung würde er zu verhindern wissen. Er würde sich nach seiner Rückkehr mit ihr befassen. Jetzt lag die Jagd vor ihm. Sein Puls wurde schneller, sein ganzes System lief auf Hochtouren, das Jagdfieber schärfte seine Sinne. Er konnte besser sehen, besser riechen, selbst die lautlosen Schreie der Fledermäuse, die den aufziehenden Tag flohen und ihre Höhlen aufsuchten, hörte er, und als hundert Yards entfernt im Busch, der sein Grundstück begrenzte, ein größeres Tier lautlos davonrannte, spürte er die Erschütterung unter seinen Füßen. Es war ein Rausch, aber ohne die Abstumpfung der Sinne, die Alkohol bringt. Es war ein Höhenflug, und er war süchtig danach. Nur noch der Augenblick, da seine Kugel ihr Ziel fand, die Beute erlegt war, war erregender. Nicht einmal Georgina Mercer, die auf dem Bock seines Planwagens saß, konnte diese Gefühle in ihm erwecken. Und heute war der Tag, an dem er seinen Traum beim Schopf gepackt hatte. Er würde ihn nicht wieder loslassen. Wenn Nisaka seine Aufgabe erledigt hatte, brauchte er sich nur noch zurückzulehnen und zu warten.

Seine Männer fragten sich für den Rest des Tages, warum Andrew Sinclair in Hochstimmung war, denn an diesem Tag verloren sie nicht nur eine der Zuluköchin, die beim Überqueren des Umgeni über ein hungriges Krokodil stolperte, und einen der Jagdhunde, der es verbellen wollte, sondern schossen nicht ein einziges Tier, nicht einmal das gefräßige Krokodil.

Die Laute jedoch, die während der Nacht aus dem rostroten Zelt Nkosi Sinzis drangen, waren eindeutig. Die Männer lauschten kurz, zuckten die Schultern, grübelten flüchtig darüber, was die Umlungus an kleinen, gelbhaarigen Frauen fanden, und schliefen weiter.

18

Ein Warzenschwein brach vor ihr aus dem Busch, für einen kurzen Augenblick war der Rhythmus ihres Laufs gebrochen, und Lulamani strauchelte, fing sich aber und hetzte weiter über den Weg, sprang von Stein zu Stein, sicher und geschwind wie eine Antilope, denn sie rannte um ihr Leben. Als sie vor sich einen alten, verschlungenen Feigenbaum erblickte, kletterte sie blitzschnell bis in die Krone und klammerte sich fest. Zitternd knotete sie die Kordel fester um das Hemd, das ihr in nassen Falten am Körper klebte, und wischte sich mit dem Handballen die Augen trocken. Heftig kratzte sie die infernalisch juckenden Mückenstichen an Hals und Armen. Dann wechselte sie den Griff an dem Ast und lehnte sich vor. Nach einem Wolkenbruch war der Wildpfad unter ihr verschwunden, stattdessen plätscherte dort ein Bach, und Schlamm und Geröll hatten ihre Spur verwischt. Für einen Augenblick verspürte sie Erleichterung, die aber sogleich verflog, als sie daran dachte, wer sich an ihre Fersen geheftet hatte.

Die besten Spurenleser des Landes verfolgten sie, dessen war sie sich sicher. Der König schickte nur die Besten, und hatten diese Männer erst ihre Fährte gefunden, würden sie die nicht einmal in einem reißenden Fluss verlieren, und der Trick, dass sich ihr Opfer über eine weite Strecke durch die Bäume hangelte, war ihnen nicht neu. Ihre Angst würden sie als hauchzarte Erschütterung der Luft wahrnehmen, als wäre sie ein Schmetterling, der sich in einem unsichtbaren Spinnennetz verfangen hatte und heftig mit den Flügeln schlug. Sie würden diese Angst riechen und sie mit unerbittlicher Zielstrebigkeit einkreisen. Letztlich konnte sie ihnen nicht entkommen. Die Spinne würden den Schmetterling fressen.

Das Wissen sickerte wie lähmendes Gift durch ihre Adern. Ein Zittern erfasste ihren Körper, ein tiefes Beben, das von innen kam und sich in Wellen in ihr ausbreitete. Sie glitt auf der glatten, grauen Rinde aus, verlor den Halt, rutschte am Baum herunter und fiel in einen Busch. Ein großer Ast brach unter ihrem Aufprall, und fingerlange Dornen bohrten sich in ihr Fleisch. Sie schluckte einen Schmerzensschrei herunter, löste sich vorsichtig von den Dornen und rappelte sich wieder auf. Sie sah an sich herunter. Aus einem tiefen Riss im Arm und vielen kleineren Wunden strömte ihr Blut, auch auf dem durchnässten Hemd blühten rote Flecken. Sorgfältig schmierte sie erst Schlamm auf ihre Wunden, um die Blutung zu stoppen, und dann auf die frische Bruchstelle am Baum, um sie zu verstecken. Das Blut auf den Dornen wischte sie mit einem Hemdzipfel ab. Doch sie zweifelte, ob ihre Jäger sich so täuschen ließen.

Seit gestern war sie auf der Flucht, hatte außer einer Hand voll Mopaniraupen nichts gegessen und kaum getrunken, aber in den Pfützen stand Regenwasser. Sie legte sich der Länge nach hin und schlürfte vorsichtig, um den Grund nicht aufzuwühlen, das klare Oberflächenwasser. Als sie getrunken hatte, horchte sie mit geneigtem Kopf, ob sie noch allein im Busch war. Zikaden schrillten, schläfrige Vogelrufe waren zu hören und das eintönige Lied der Baumfrösche. Buschmusik, nichts Ungewöhnliches. Sie richtete sich auf.

Aber dann hörte sie es. Ein Geräusch, das nicht zu dieser Buschmusik gehörte. Es war nicht mehr als ein leichtes Knacken und dann flüchtiges Schlurfen. War sie entdeckt worden? Sie drückte sich tief ins Gestrüpp, ertrug es mit zusammengebissenen Zähnen, dass Dornen ihr die Haut aufrissen. Dieser Schmerz war nichts gegen den, der sie erwartete.

Sie kannte die Strafe für das, was sie getan hatte, und sie wusste, dass es keine Gnade für sie geben konnte. Es war nur ein göttlicher Augenblick gewesen, in dem sie sich vergessen hatte, jetzt musste sie dafür bezahlen.

Der Preis, den man von ihr verlangte, war ihr Leben. So lautete das Gesetz ihres Volkes. Sie senkte den Kopf.

Ein Vogel rief im Busch, ein Bokmakiri. »Bok-bok-kik. Bok-bok-kik-kikii.« Ein paar Augenblicke herrschte tiefe Stille, und dann hörte sie es noch einmal: »Bokok-kikii.« Ihr stockte der Atem. Der letzte Ruf hatte es ihr verraten. Das war kein Vogel gewesen, diese Laute kamen aus einer menschlichen Kehle, und nun gab es für sie keinen Zweifel, wer hinter ihr her war.

Kikiza, der Hyänenmann des Königs. Der Beste der Besten.

Ihr Verfolger befand sich ganz in der Nähe. Sachte zog sie sich noch tiefer in den Busch zurück. Sonnenflecken tanzten über ihre Haut, das Blättergewirr warf grünliche Schatten, löste ihre Umrisse auf, machte sie für menschliche Augen so gut wie unsichtbar. Geräuschlos bedeckte sie sich mit trockenen Blättern, verwandelte sich in etwas, was dorthin zu gehören schien. Ein brauner Felsen im Laub vielleicht, eine verfärbte Stelle im Boden. Vollendete Tarnung. Ihr Herz raste, aber ihr Atem kam lautlos, denn sie war listig und schlau wie eine Katze, und die Kunst der Jagd und Tarnung hatte sie bei einem Meister gelernt, Setani, ihrem Mann. Doch jetzt war sie das Wild, und ihr Jäger war grausam.

Einzig ihr Mann, der sie liebte und dessen Hemd sie trug, konnte sie retten. Wie bei dem weißen Häuptling Jantoni Simdoni, den die Weißen John Dunn nannten, war sein Haus und auch sein Ochsenwagen Zuflucht für jeden Verfolgten. Dort waren die Hyänenmänner machtlos und mussten unverrichteter Dinge abziehen. Aber auch wenn sie es schaffen sollte, ihren Mann zu erreichen, würde er keinen Finger für sie rühren, davon war sie überzeugt. Kein Mann würde das. Nicht nachdem, was sie ihm angetan hatte.

Es war ein kalter Wintertag gewesen, als ein schwarzer Schatten sich auf ihr Leben senkte. Ihr Vater hatte ihr mitgeteilt, dass König Cetshwayo sie als Frau des Umlungu Setani bestimmt hatte. Seit Monaten war sie heimlich mit Madoda verlobt, und die Angst vor Setani, dessen Hände und Hals fast so braun waren wie ihre, der Rest seines Körpers aber weiß war wie der Unterbauch eines Fischs und die Haut so durchsichtig, dass sie befürchtete, sein Herz schlagen zu sehen, fraß sie auf. Sie verging schier bei der Vorstellung, die weiße Körperhaut Nkosi Setanis berühren zu müssen.

»Sie ist schleimig und kalt wie die eines Aals«, riefen ihre Freundinnen und schüttelten sich vor Ekel.

Bei dem nächsten Besuch ihres zukünftigen Manns hatte er sein Hemd abgestreift, und sie hatte zu ihrem Entsetzen entdeckt, dass ihm Haare auf seinem Körper wuchsen, auf seiner Brust, die bei Madoda so glatt und seidig war, wucherte ein dichter Pelz, der sie an Paviane denken ließ. Als Junge war auch seine Brust glatt gewesen. Würde alsbald sein ganzer Körper haarig werden? Wie bei den Affen?

Die Erinnerung an die Tage ihrer Hochzeit waren ein bunter Wirbel in ihrem Kopf, einzelne Bilder aber waren wie eingebrannt. Ihr Tanz vor ihrem Bräutigam, Madoda im Schatten der Büsche, die seltsame Szene mit Nkosi Sinzi, der Zorn ihres Mannes und ihres Vaters auf diesen Mann, das schnelle Ende der Feier, und was dann geschah.

Der Alltag auf Inqaba unterschied sich drastisch von dem im Umuzi ihrer Familie. Sie war oft allein und sehnte sich nach der lebhaften Gesellschaft ihrer Geschwister, nach dem beruhigenden Blöken der Rinder im Viehgatter ihres Vaters, wünschte sich, mit ihren Freundinnen an den Fluss zu gehen, wo sich immer die jungen Männer herumtrieben und nach ihrer Liebsten Ausschau hielten. Aber das war ihr verwehrt, natürlich, denn sie war eine verheiratete Frau. Ihre Schwiegereltern waren weiß und verbrachten seit einigen Jahren den Sommer am Meer, die Schwestern ihres Mannes, ihre Kindheitsfreundinnen Viktoria und Maria, lebten weit weg von ihrer Heimat, weiter, als jener Spalt am Ende des Himmels, durch den die Sonne jeden Abend verschwand. Viel weiter. Unvorstellbar weit. So fühlte sie sich oft einsam.

Bis zu jenem Tag in diesem Frühling. Allenthalben stiegen die Säfte, die Bullen begatteten die Kühe, die Hähne ihre Hühner, und aus der Ferne schallte das tiefe Gebrüll eines Löwen herüber, der ein Weibchen gefunden hatte. An diesem Tag, als sie wieder allein war, die Zeit lang und sie nichts zu tun hatte, außer das Haus in Ordnung zu halten und auf Setani zu warten, stand Madoda auf dem Hof. Wie ein Blume im Wind zitterte sie, als sie seine stattliche Gestalt entdeckte. Er war lange im Busch gewesen und hungrig. Sie kochte ihm Maisbrei mit viel Fleisch, brachte ihm einen großen Krug Bier, setzte sich zu seinen Füßen und ließ sich von ihm erzählen, was es Neues in den Hügeln gab. Sie redeten und redeten, und als die Hyänenzeit sich übers Land senkte und blaue Schatten in die Täler krochen, zündete sie ein Feuer an und redeten weiter.

In der Nacht jedoch, als sie, wie schon viele Nächte, allein in ihrem Ehebett lag, weil ihr Mann draußen im Feld bei den Rindern übernachtete, kam Madoda zu ihr. Welch eine Lust war es gewesen, glatte, haarlose Haut unter den Finger zu spüren, volle Lippen auf ihren, den rauchigen Geruch einzuatmen, den er ausströmte. Als die Hitze zwischen ihren Beinen sie überwältigte, schloss sie die Augen und wölbte sich ihm entgegen.

Als wäre ein Damm gebrochen, war er danach immer wieder gekommen, immer wieder. Selbst wenn er zwei Tage und zwei Nächte brauchte, um zu ihr zu gelangen, kam er. Wie im Rausch ließ sie es geschehen. Und dann, vor wenigen Tagen, hatte ihr Nomona, ihre beste Freundin, gesteckt, dass der König von ihrer Untreue erfahren und sie dazu verurteilt hatte, mit dem Bärtigen verheiratet zu werden. Fast hätte sie der Schreck auf der Stelle getötet, wusste sie doch, was das hieß. Die Hyänenmänner des Königs, diese hünenhaften, grausamen Männer, würden sie jagen, bis sie sie gefunden hatten, packen, zum Hügel der Knochen schleifen, und dort würde sie getötet und den Impisi, den Hyänen, zum Fraß vorgeworfen werden.

In derselben Stunde, als sie das erfuhr, war sie davongelaufen, so wie sie war, nur mit einem Hemd ihres Umlungu-Mannes bekleidet. Sie konnte nicht auf Gnade hoffen, auch nicht auf die Hilfe Setanis. Selbst Nkosi Jantoni Simdoni, der weiß war und trotzdem Zuluhäuptling und der mehr schwarze Frauen besaß als Finger an den Händen – selbst wenn man die Zehen dazu nahm, reichte das bei weitem nicht aus, ihre Anzahl auszudrücken –, hatte zwei seiner Frauen, die sich mit einem anderen eingelassen hatten, zum Tode verurteilt und hinrichten lassen.

So hing ihr Leben allein davon ab, ob es ihr gelang, die ferne Landesgrenze im Süden zu erreichen. Ihr Häscher würde es nicht wagen, diese zu überschreiten. Dazwischen lagen viele Sonnenaufgänge und lange Nächte. Der Mond war in der vergangenen Nacht gestorben. Bis er wiedergeboren wurde, würde sie ihre Deckung verlassen und tagsüber marschieren müssen. Heute war der dunkle Tag, der dem Tod des Monds folgte, an dem alle Arbeit und alles Vergnügen in den Umuzis der Zulus ruhte, und doch hatte sich Kikiza auf ihre Spur gesetzt. Auch sie brauchte sich nicht nach der Tradition zu richten. Ihr Schicksal war bestimmt. Auch wenn sie noch atmete, war sie schon tot, und Tote unterlagen keinen Regeln. Kikiza würde nicht rasten, er würde ihr keinen Vorsprung gewähren. Er schien nie zu schlafen, seine Ausdauer war legendär, und sein Vermögen, seine Beute zu erschnüffeln, nährten die Gerüchte, dass er sich in mondhellen Nächten in Impisi verwandelte.

Ein Schauer lief ihr über die Haut, sodass die Blätter, die sie bedeckten, raschelten. Der Mond der Schaumzikaden neigte sich dem Ende zu, und Frühlingsstürme fegten durch die grünen Hügel Zululands, viele Flüsse hatten ihr Bett verlassen und waren über die Ufer gestiegen. Schon waren die meisten Furten unpassierbar. Bald würde ihr der Weg nach Süden für die nächsten Wochen verwehrt sein. Erst im Mond der paarenden Hunde, wenn die Sonne die Mittagsschatten verschluckte, das Gras verdorren ließ und die Erde in roten Stein verwandelte, wenn ihr Mann und die anderen Menschen weißer Haut die Geburt ihres Gottes feierten, würden die Regen versiegen und der Wasserstand sinken. So lange würde sie sich nicht verstecken können. Mutlos vergrub sie ihr Gesicht in den Händen. Es war sinnlos, sie konnte nicht entkommen.

Mit jeder Pore lauschte sie auf die Stimmen des Buschs, schmeckte die Gerüche, zerlegte sie auf ihrer Zunge, bis sie sich ein genaues Bild ihrer Umgebung machen konnte. Wieder rief der Bokmakiri, doch dieses Mal war er weit entfernt. Die Minuten verstrichen. Sie wartete geduldig, sicher, dass ihre Tarnung perfekt war wie die einer Puffotter unter trockenen Blättern. Es wurden Stunden, und sie rührte sich noch immer nicht. Aber es war still und es blieb still. Lulamani atmete tief durch. Ihr Verfolger hatte sich entfernt.

Für weitere zwei Stunden verharrte sie noch, dann schüttelte sie die Blätter ab, orientierte sich mit einem kurzen Blick am Sonnenstand und glitt ins flirrende Grün des Buschs.

Der Mann, der auf den Wurzeln eines Tambotibaums hockte, hatte seine dunkelbraune Haut mit Staub eingerieben. Bewegte er sich nicht, war er unsichtbar. Dann stand dort ein Baumstamm oder lag ein Felsen, oder er war ein Schatten im Busch. Auch er hatte die vergangenen Stunden geduldig gewartet, alle Geräusche durch sich hindurchfließen lassen, Gerüche aufgesogen, die leiseste Schwingung der Luft aufgefangen. Jetzt wurde er belohnt. Er bemerkte die Veränderung des Buschschattens, erhaschte kurz darauf das hauchzarte Rascheln von Lulamanis vorsichtiger Bewegung. Geräuschlos erhob er sich, packte seinen Kampfstock fester und folgte ihr mit lautlosen Katzenschritten.

Lulamani konnte ihren Arm kaum noch bewegen. Der lange Riss war verkrustet und angeschwollen, ihre Augen brannten fiebrig, und die Zunge lag wie ein totes Tier im Mund. Die roten Flecken auf ihrem Hemd waren braun geworden. Erschöpft lehnte sie ihren Rücken an die Felswand. In letzter Sekunde erst hatte sie einen eigenartigen Geruch wahrgenommen, und ihr Instinkt hatte sie gewarnt. Wie eine fliehende Gazelle war sie über den Boden geflogen, war ihrem Verfolger nur durch einen gewagten Sprung in eine Felsspalte entkommen. Dort saß sie, wagte kaum einen Atemzug und lauschte.

In der Ferne, kaum von dem hohen Schrillen der Zikaden zu unterscheiden, hörte sie den Bokmakiri rufen. Sie hob den Kopf, schloss die Augen, konzentrierte sich ganz auf ihren Gehörsinn, nahm jeden Laut und jede Schwingung in sich auf. Da war es wieder!

»Bok-bok-kik-kikii.«

Sie verschluckte einen Schreckenslaut, als ihr klar wurde, dass der Meister der Fährtensucher des Königs ihr wieder auf der Spur war. Zoll für Zoll schob sie sich hoch, bis sie ebenen Boden erreicht hatte und stand. Mit einer Hand beschattete sie ihr Gesicht, schaute zurück über das Tal. Einzelne Akazien ragen aus dem wogenden Gras, der Schatten, den sie warfen, war so tief, dass sie ihn mit ihrem Blick nicht zu durchdringen vermochte. Weiter glitten ihre Augen den gegenüberliegenden, buschbewachsenen Hang hoch, sie untersuchte jede Felsformation, jede Verfärbung, aber das flimmernde Licht täuschte Farben und Formen vor, die es nicht gab. Vier Geier, die auf den abgestorbenen Ästen eines alten Kiaatbaums hocken, schwangen sich in die Luft, schraubten sich mit langsamen Flügelschlägen höher und höher, wiegten sich im warmen Aufwind, der am Hügel hochstrich. Ihre Schatten huschten über das Grasmeer auf sie zu und umkreisten sie. Immer enger wurden die Kreise, und dann landete der erste auf einem nahen Baum. Mit hochgezogenen Schultern starrte er aus kalten Augen zu ihr herüber.

Eine Gänsehaut lief ihr über den Rücken. Die großen Vögel hatten sie schon erspäht. Hatten sie gemerkt, dass sie verwundet war? Ahnten sie ihren baldigen Tod? Sie bückte sich und riss ein paar Blätter vom wilden Rizinus ab, zerdrückte sie zu einer breiigen Masse und strich sie auf ihre Wunde, verwünschte sich dabei selbst zum wiederholten Mal für ihre Nachlässigkeit, weder Wasser noch ihren kleinen Beutel mit gestoßener Borke des Umsinsi mitgenommen zu haben, der die beste Medizin gegen solch böse Wunden war.

»Bokok-kikii …«

Sie fuhr zusammen. Dieser Ruf kam ganz aus der Nähe. Sie hielt sich nicht damit auf, herauszufinden, ob es Kikiza war, der ihr erneut auf den Fersen war, sondern schlängelte sich zwischen den Büschen hindurch hinunter zum Fluss. Angeschwollen durch die Wolkenbrüche, schäumten schlammig gelbe Wassermassen, wo sonst ein seichtes, versandetes Flussbett kaum knietiefes Wasser führte. Ihr Blick flog über das Wasser. Von den Fluten mitgerissene Äste, Buschkronen, sogar ganze Baumstämme hatten sich ineinander verkeilt, in der Flussmitte aufgetürmt und verursachten gefährliche Strudel. Kurze, harte Wellen fraßen tiefe Löcher ins Ufer, und nirgendwo entdeckte sie eine Furt, durch die sie sicher ans andere Flussufer gelangen konnte.

Nicht weit hinter ihr flog kollernd ein Schwarm Perlhühner auf. Ihr Herz tat einen Sprung. Was hatte sie aufgescheucht? Kam Kikiza näher? Hastig hangelte sie sich durch die Büsche entlang der steilen, rutschigen Uferböschung, bis sie hinter der Biegung fand, was sie suchte. Eine Ausbuchtung, wo sich der Fluss ausruhte. Das Wasser hier war spiegelglatt, Libellen sirrten im glitzernden Sonnenlicht, Mückenschwärme tanzten dicht über der Oberfläche, und ein Hammerkopfvogel wartete reglos auf einem flachen Sandsteinfelsen auf Fische. Rasch brach sie einen langen, hohlen Teichrohrhalm, pustete ihn einmal durch und watete durch den Riedgürtel in den Teich. Sachte, um den Grund nicht aufzuwühlen, zog sie sich in den tiefen Schatten unter einem überhängenden Feigenbaum zurück und ließ sich, den Halm als Atemrohr benutzend, langsam hinuntersinken. Das Wasser schloss sich über ihrem Kopf, bis von dem Halm nur noch eine Handbreit herausrage. Sie atmete langsam und gleichmäßig und wartete.

Kikiza erreichte den Fluss etwas später. Der aufgedunsene, graurosa Kadaver eines Flusspferds wurde von der Strömung herangetragen, verfing sich in der Gestrüppbarriere, drehte sich und driftete langsam in die kleine Bucht. Kikiza vernahm das leise Klatschen, mit dem mehrere Krokodile ins Wasser glitten. Schon tauchten ihre langen Schatten im Wasser auf, stürzten sich auf den Kadaver, packten zu, drehten sich in rasender Schnelle um ihre eigene Achse, bis sie große Stücke herausreißen konnten. Fleischklumpen flogen, es spritzte und schäumte.

Kikiza schaute nachdenklich hinunter, wo zu seinen Füßen ein einzelner, zitternder Rohrhalm im lehmgelben Wasser konzentrische Wellen verursachte. Ein paar silbrige Luftblasen zerplatzten an der Oberfläche. Schon wollte er sich abwenden, als sich das verrottete Hinterbein des Flusspferd löste und in die Nähe des Ufers trieb. Ein Krokodil schoss hinterher.

Der tellergroße, dreizehige, harte Fuß kratzte über Lulamanis Bein und schlitzte die Haut auf. Eine Blutwolke quoll hervor. Das Krokodil fuhr mit einem gewaltigen Schlag seiner Schwanzes herum. Von Todesangst getrieben, stieß sich Lulamani kraftvoll vom Sandboden ab, schnellte aus dem Fluss und auf die Uferböschung zu. Fieberhaft griff sie nach allem, was sie zu fassen bekommen konnte, erwischte die glatte Wurzel des Feigenbaums und, in einem Schwall von orangefarbenem Schlamm, um Haaresbreite nur den zuschnappenden, zähnestarrenden Kiefern entkommend, zog sie sich hoch.

»Sawubona, Lulamani«, sagte eine raue Stimme über ihr. »Ich sehe dich.«

Sie zuckte zusammen, dann hob sie langsam ihren Blick. Als sie erkannte, wer vor ihr stand, senkte sie den Kopf.

Doch Lulamani hatte sich geirrt. Kikiza schleppte sie nicht zum Hügel der Knochen. Er erledigte den Auftrag seines Königs mit einem kraftvollen Hieb seines Kampfstocks gleich am Flussufer. Sorgfältig wischte er danach den verschmierten Kugelkopf des Kampfstocks mit einem Grasbüschel sauber, ruhte nicht eher, bis jede Blutspur entfernt war, setzte sich dann hin und holte seine Schnupftabakdose heraus, die ihm seine neue junge Frau aus der getrockneten Frucht des Schnupftabakdosenbaums gefertigt hatte. Mit spitzen Fingern nahm er eine Prise. Während er gedankenverloren die Krokodile beobachtete, die sich heftig um das tote Flusspferd balgten und dabei die Oberfläche der kleinen Lagune mit ihren Schwänzen zu rotem Schaum schlugen, schniefte er den Tabak tief in seine Nasenlöcher. Es war ein guter Tag gewesen.

Inzwischen war die Sonne hervorgebrochen, und ihre Strahlen so heiß, dass er sie spürte, als wären es Messerstiche. Aus den großen Upandosi-Blättern flocht er sich einen Kranz, wie ihn seine Mutter gelehrt hatte. Grübelnd starrte er das Gebilde an. Die aus der fest geflochtenen Borte herunterhängenden Blätter würden zwar sein Gesicht schützen, aber sein Oberkopf wäre schutzlos der gleißenden Sonne preisgegeben. Zögernd, sich im Geiste die Kopfbedeckungen der Umlungus vorstellend, befestigte er ein paar der breiten Blätter so, das sein Gebilde nun tatsächlich einem Hut glich, wie ihn auch gelegentlich der König trug. Von einem der Umlungus, die es auf sein Elfenbein abgesehen hatten, hatte der König einen weißen Hut aus hartem, feinem Gras als Geschenk überreicht bekommen, den er zu besonderen Anlässen trug.

Vorsichtig setzte der Hyänenmann den Blätterhut auf, nahm sich insgeheim jedoch vor, ihn zu vernichten, ehe er nach Ondini zurückkehrte. Es war nicht ratsam, den Neid des Königs zu erregen. Zufrieden mit sich kaute er ein paar Streifen getrockneten Antilopenfleischs und aß eine Hand voll frittierter, fetttriefender Mopaniraupen. Nachdem er auch seinen Durst gestillt hatte, hob er den leblosen Körper der schönen Zulu hoch, warf ihn sich über die Schulter, wandte sich nach Norden und trottete los. Zu der Zeit, wenn die Sonne vom Himmel in die Nacht fiel, wollte er bei seiner jungen Frau am Feuer in seiner Hütte sitzen.

An der Stelle, wo der breite Elefantenpfad sich mit einem anderen vereinigte, legte er Lulamani ab. Er arrangierte ihren Körper so, dass er wie schlafend quer über dem Weg lag, ein Hindernis, das niemand übersehen konnte. Ein paar Schritt weiter fand er einen kleinen Felsen. Mit ganzer Kraft stemmte er sich dagegen und rollte ihn auf die Tote. Nicht mal ein Löwe würde sie darunter wegzerren können.

Bevor er ging, klaubte er einen faustgroßen Stein auf, spuckte drauf und legte ihn ganz oben auf den übermannshohen Isivivane, den Generationen von Zulus hier an dieser Weggabelung hatten entstehen lassen. Im Morgennebel der Geschichte hatte ein Mann den ersten Stein dorthin gelegt, und danach hatte jeder seiner Vorfahren, der hier vorbeigekommen war, einen Stein aufgenommen, ihn dem wachsenden Berg der Wunschsteine hinzugefügt und die Ahnen gebeten, dass auch ihm das Glück auf seinem Weg hold sein würde.

»Bayete«, grüßte er die Seelen seiner Ahnen und machte sich zufrieden auf den Heimweg.

19

Johann drehte den Verschluss seiner Trinkflasche auf, trank ein paar tiefe Züge und überlegte, wie er es anstellen sollte, seinen Besuch beim König so kurz wie möglich zu halten und nicht wie sonst Cetshwayo eine ganze Woche mit Geschichten unterhalten zu müssen. Er konnte nicht genug von seinen Abenteuern hören, über seine Fahrten über das Meer, von dem er früher glaubte, dass es nie endete, von seiner Welt, wo Winter und Sommer vertauscht waren, der Winter kälter war als jede Nacht in Zululand, und der Sommer nicht wärmer als der Winter hier, Regen vom Himmel fiel, der weiß war wie Maismehl und an den Fingern stach, aber der sich auflöste, wenn die Sonne ihn berührte.

»Erzähle mir noch einmal, wie es ist, wenn Wasser so hart wird, dass man darauf gehen kann«, hatte der König das letzte Mal verlangt.

Ein Rind brach vor ihm aus der Herde aus, Johann schlug seine Hacken in Umbanis Flanken, galoppierte vor und drängte es zurück. Er wollte den König davon unterrichten, dass er seine Rinder nach Natal treiben würde. Lange hatte er überlegt, ob er riskieren sollte, die Herde, ohne es Cetshwayo offiziell mitzuteilen, aus dem Land zu bringen, und hatte sich dagegen entschieden. Der König hatte seine Augen überall, wusste über jeden, der sich in seinem Land aufhielt, Bescheid. Es war vollkommen ausgeschlossen, eine Herde von dreitausend Rindern von ihm unbemerkt quer durch Zululand zu treiben. Außerdem dachte er schon an die Zeit nach dem Krieg, und im Gegensatz zu den arroganten britischen Offizieren war er sich überhaupt nicht sicher, wie dieser Krieg ausgehen und die Landverteilung danach aussehen würde. Es war besser, sich die Gunst des Königs zu erhalten.

Er trieb seinen Hengst an, ritt an der brüllenden, schiebenden Masse Rinder vorbei, bis er Sihayo fand, der ebenfalls zu Pferde war. Sein Oberkörper war schweißnass und mit Staub paniert, der Ring des verheirateten Mannes glänzte auf seinem Oberkopf, die Wildkatzenschwänze an seinem Gürtel hüpften im Takt. Johann lehnte sich hinüber zu ihm, um sich verständlich zu machen.

»Ich werde heute nach Ondini reiten und mindestens bis zum Tag nach morgen oder dem Tag danach bleiben. Du führst das Kommando, wenn ich weg bin. Bleibt die Nacht über diesseits des Weißen Umfolozi, versucht nicht, heute noch den Fluss zu überqueren. Die Herde ist zu groß, es würde zu lange dauern und zu spät werden. Denk daran, die Leoparden wetzen schon ihre Klauen! Ich werde euch bald einholen«, schrie er über den höllischen Lärm.

Ondini lag weiter westlich. Er würde durchreiten, um morgen schon das Königsdorf zu erreichen.

Sihayo stieß einen gellenden Pfiff aus, drängte ein paar Rinder, die aus dem Strom der sich schiebenden Leiber auszubrechen drohten, zurück, brüllte die Treiber an, die zu Fuß die Herde umkreisten. Dann galoppierte er zurück. »Hamba gahle, mein Freund. Gib Obacht«, rief er Johann zu und hob die Hand zum Abschiedsgruß. »Umuntu oyisilima«, schrie er und trat einem der Hirten ins Kreuz, der unaufmerksam schien. »Du Vollidiot!«

Der Junge, der vielleicht sechzehn Jahre alt war und nur einen kurzen, an ein paar Schnüren befestigten Schurz um die Mitte trug, stob davon.

Johann wendete Umbani westwärts. »Hoa, alter Junge, vorwärts, wir haben es eilig.« Noch lange klangen ihm das Gebrüll der Herde und die hohen Pfiffe der Hirten in den Ohren, und kreisende Geier verrieten ihm für Meilen die Position seiner Herde.

Am Mittag des nächsten Tages lag Ondini, das Dorf des Königs, auf dem flachen Hügel vor ihm. Die immensen Ausmaße beeindruckten ihn jedes Mal erneut. Fast eineinhalb Meilen maß es im Umfang, weit über tausend Hütten standen in Dreierreihen zwischen dem inneren und den äußeren Zäunen, und auf dem höchsten Punkt hatte Cetshwayo seine Unterkünfte und die seiner sehr umfangreichen Familie gebaut, eine Hütte für jede seiner Frauen und genügend für ihre Kinder. Außer dem berühmten Schwarzen Haus konnte Johann die zahllosen Hütten für die Mädchen des Isigodlo, aus denen der König auch seine Leibwache rekrutierte, erkennen. Außerhalb des Dorfs lagen zwei weitere Krals. In einem wurden die königlichen Kühe gemolken, der andere diente als Vorratslager. Im Isibaya, dem Viehgatter, das gute neunzig Morgen Fläche einnahm, standen tausende der besten Rinder Afrikas, der Reichtum der Zulus.

Er beschattete seine Augen und spähte hinüber. Es erschien ihm ungewöhnlich still. Sonst wimmelte es dort wie in einem Ameisenhaufen von Mensch und Tier. Jetzt hing ein schweres, bedrückendes Schweigen wie eine Glocke über dem Hügel von Ondini.

Sein Instinkt ließ ihn absitzen. Er band Umbanis Zügel an einen Baum, nahm seinen Hut ab, damit ihn die schwarzweiße, weithin sichtbare Straußenfeder nicht verriet. Für einige Zeit verharrt er regungslos, stimmte seine Ohren auf die Geräusche im Busch ein, während er sorgfältig seine Umgebung mit den Augen absuchte. Minutenlang starrte er auf den länglichen Schatten neben einem Baum, glaubte, einen Wächter des Königs vor sich zu haben, bis ein Sonnenstrahl den Schatten auflöste und da nichts weiter war als hohes Gras. Er packte sein Gewehr, hielt es schussbereit und schlich geräuschlos vorwärts, froh, dass er das braune Hemd trug. Die Farbe machte ihn schon auf kurze Entfernung so gut wie unsichtbar.

Zwei volle Stunden benötigte er, ehe er sich so weit dem gewaltigen Umuzi nähern konnte, dass er Einzelheiten zu erkennen vermochte. Es gelang ihm, eine Lücke in dem dicht gesteckten Tamboti-Staketenzaun zu finden, die ihm einen Blick auf den Paradeplatz erlaubte. Der fruchtige Duft des Holzes stieg ihm in die Nase, als er mit einem mulmigen Gefühl im Magen auf einen umgebrochenen Baumstamm stieg und durchs Loch spähte.

Im weiten Rund des riesigen Paradeplatzes waren tausende von Menschen versammelt, und soweit er erkennen konnte, handelte es sich ausschließlich um Männer. Die Hütten des Isigodlo und die der Königsfrauen schienen verlassen, jedenfalls zeigte sich dort niemand, keine Frau fegte den Hof, stampfte Hirse oder war mit dem Brauen von Bier beschäftigt, kein Kind rannte herum. Die Männer auf dem Platz hockten in versteinerter Reglosigkeit und in absolutem Schweigen am Boden, und dann sah er, warum es so still war.

Zwischen den Reihen der Hockenden bewegten sich mehrere, in lange Leopardenfelle gehüllte Männer. Ihre Haut war von rituellen, mit roter und schwarzer Erde eingefärbten Narben übersät, eingefettete Haarzotteln schwangen um ihre vernarbten Gesichter, an den Beine schlängelten sich blutgefüllte Tierdärme, und um ihre Hälse klapperten Ketten von Menschenzähnen.

Die Sangomas des Königs waren bei der Arbeit. Begleitet wurden sie von hünenhaften Kerlen mit gewaltigen Muskeln und grimmigem Gesichtsausdruck. Die Hyänenmänner. Ihm wurde eiskalt.

Auf einem aufgeworfenen Hügel stand der geschnitzte Thronsessel. Der König saß nach vorn gelehnt, das Kinn auf eine Faust gestützt, während er das Geschehen betrachtete. Seine Miene spiegelte Härte und Entschlossenheit. Johann nahm an, dass ein Mitglied des Königshauses plötzlich und unerwartet verstorben war, was üblicherweise auf Hexerei geschoben wurde. Die Sangomas sollten nun die Personen, die den Tod der betreffenden Person verursacht hatten, aus der Menge erschnüffeln. Nur aufgrund ihres Geruchs wären sie dann der Hexerei überführt und würden zum Tode verurteilt werden.

Ein Schauer lief Johann über den Rücken, und er wünschte sich weit, weit weg, wagte gar nicht daran zu denken, was geschehen würde, sollte man ihn hier entdecken. Keine noch so lange Freundschaft mit Cetshwayo würde ihn schützen. Aber ein Rückzug war zu gefährlich. Unendlich vorsichtig legte er eine Hand auf den Zaun, um sich abzustützen und zu verhindern, dass er vom Baumstamm abrutschte und sich verriet.

Ihren Stab mit der Quaste eines Gnuschwanzes in der Hand, schlichen die Sangomas zwischen den Reihen der Hockenden auf und ab, halb geduckt, fast wie Tiere. Es war so leise, dass das helle Geklapper ihrer Zahnkragen laut und drohend klang. Selbst die Natur schien den Atem anzuhalten. Jetzt blieb der Größte der Sangomas stehen. Er hatte sich den Kopf des Leoparden so aufgesetzt, dass sein eigenes Gesicht aus dem Rachen schaute. Seine Augen bohrten sich in die des Unglücklichen, auf den seine Wahl gefallen war, und er begann, ihn zu beschnuppern. Von oben bis unten, unter den Armen, am Hals und am Bauch, wie ein Hund. Der Mann saß da wie versteinert, war vor Angst wie von Sinnen, seine Augen rollten im Kopf zurück, dass Johann nur noch das Weiße sehen konnte. Laut schnüffelte der Sangoma, dann senkte sich langsam der Stab und zeigte auf den Mann. Die Menge atmete erschrocken ein, das Zischen aus tausenden von Kehlen lief wie eine Welle durch das weite Rund.

Johann stand wie gelähmt, starrte durch die Lücke im Zaun auf diese Welt, die von seiner weiter entfernt war als der Mond von der Erde und doch so nah lag, dass er nur die Hand auszustrecken brauchte, um einen der gebeugten Rücken der Männer zu berühren.

Nun ging alles rasend schnell. Auf ein Zeichen stellten sich die Helfer des Sangomas, die Hyänenmänner des Königs, hinter den Verdammten, griffen mit beiden Händen zu und brachen ihm blitzschnell das Genick. Johann konnte das Knacken in der Stille deutlich hören und zuckte zusammen. Gallebittere Übelkeit stieg

384

ihm in den Schlund. Gleich darauf hatten die anderen Sangomas einen weiteren Schuldigen erschnüffelt, und auf ein Wort des Königs wurde der Verurteilte auf den Hügel zum Hinrichtungs- platz gezerrt. Johann wagte sich nicht zu rühren. Er wusste, dass der arme Kerl dort gefoltert werden würde, ehe man ihm gestat- tete zu sterben. Die grausame Faszination des Schauspiels hielt ihn gefangen. Er konnte seine Augen nicht abwenden. Der Ver- urteilte hing schlaff wie eine ertrunkene Katze in den Pranken der Hyänenmänner, aber er lebte, das konnte er sehen. Er würde der Folter nicht entgehen.

Er geriet in heftigsten Widerstreit mit seinem Wissen, warum der König der Zulus sich so verhielt, und dieser ungezügelten, weiß glühenden Wut auf diese Grausamkeiten, diesen willkürli- chen Wahnsinn. Der Impuls, auf den Paradeplatz zu stürmen und wild um sich zu schießen, war übermächtig. Bitter verhöhnte er sich selbst für seine Argumente anderen gegenüber, die sich über die blutrünstigen Riten der Zulus empört hatten, dass man nur an die Bauernkriege und die Hexenverbrennungen zu denken brauchte, um eine Verhältnismäßigkeit herzustellen.

Warum konnte er es sich nicht leicht machen wie so viele in der Kolonie? Die zuckten mit den Schultern, meinten, das sind eben barbarische Wilde, was soll's? Es berührt uns nicht, wir sind weiß, wir sind zivilisiert. Dann brachten sie dem König Geschenke von billigen Glasperlen und Stoffbahnen, befriedigten sein Verlangen nach Kaffee, kristallisiertem Zucker und anderen Genussmitteln, verlangten dafür die Erlaubnis, seine Elefantenherden abzuschie- ßen, um an das kostbare Elfenbein zu gelangen, diese verlogene Bande. Der Rest kümmerte sie nicht.

Mochte er sich auch noch so häufig König Cetshwayos ausge- prägtes Rechtsverständnis in Erinnerung rufen, seine oft so über- raschend klugen Entscheidungen, sich vor Augen führen, dass der König nur das herrschende Gesetz seines Volks angewandt hatte, dass es in den Augen der Zulus Recht war, was da geschah, und sie das auch so anerkannten, so drehte sich ihm beim Anblick der blutrünstigen Szene der Magen um.

Der Schrei des Verurteilten holte ihn in die Wirklichkeit zurück. Aller Augen waren auf das Schauspiel auf dem Hügel der Knochen gerichtet, und Johann beschloss, dass jetzt ein günstiger Moment gekommen sei, sich aus dem Staub zu machen. Es war nicht die passende Gelegenheit, König Cetshwayo davon zu unterrichten, dass er das Land verlassen wollte, das ihm Jahrzehnte Gastfreundschaft gewährt und ein wunderbares Leben erlaubt hatte. Das Gewehr schussbereit, glitt er lautlos von dem Baumstamm, knickte dabei um, eine glühend heiße Lanze schien ihm in die Lenden zu fahren, und er konnte einen Schmerzenslaut nicht unterdrücken, biss aber die Zähnen zusammen und rannte geduckt weiter den Hügel hinab, egal wie sehr der Schmerz wühlte.

Ein untersetzter, muskulöser Schwarzer, einer der Wachtposten des Königs, hörte den Laut, sah den Schatten des weißen Mannes, lief ihm ein paar Schritte nach und stieß dann einen kurzen, bellenden Ruf aus, den ein anderer aufnahm und weitergab.

Johann hörte nichts, sondern rannte, sein hämmerndes Herz ließ ihn in kurzen Stößen atmen, erinnerte ihn daran, dass das Alter begann, seinen Tribut zu fordern, aber er zwang sich, weiter zu laufen, bis er Umbani erreichte. Mit fliegenden Händen band er ihn los, schwang sich hinauf und trieb ihn mit leisem Schnalzen zur Eile an. Erst als er einige Meilen zwischen sich und das grausige Schauspiel gelegt hatte, zügelte er den Hengst, beugte sich hinunter und zog die Brandyflasche aus seiner Satteltasche, die ihm Daun mitgegeben hatte. Den Zügel mit einer Hand haltend, trank er drei, vier tiefe Züge, um den Geschmack seiner eigenen Angst loszuwerden, wartete auf das angenehme Brennen, das sich von seinem Magen aus im ganzen Körper ausbreitete, und spürte dankbar, dass sich sein Puls endlich beruhigte. Aber der scharfe, säuerliche Geruch der Todesangst, den er sogar an sich selbst gerochen hatte, hatte sich in seiner Nase festgesetzt und wollte nicht weichen.

So schnell jagte er sein Pferd durch den Busch, dass es ihm tatsächlich gelang, Sihayo und die Herde einzuholen, die am Morgen den Weißen Umfolozi an einer seichten Stelle überquert hatte. Es hatte den ganzen Vormittag gedauert, aber sie verloren kein Tier an die Krokodile oder die Raubtiere, die an Land lauerten. Auch die Geier mussten mit knurrendem Magen abziehen.

Sihayo, der eben das Lagerfeuer entzünden ließ, musterte ihn mit vorgestrecktem Kopf, schien zu schnuppern wie die Sangomas. »Dein Gesicht verrät mir, dass etwas geschehen ist. Was hat der König gesagt?«

Johann erwog, Sihayo zu berichten, was vorgefallen war, aber die Zulus waren alle von großer Furcht vor den Sangomas besessen, also entschied er, das Geschehen für sich zu behalten. »Der König war nicht anwesend. So bin ich weitergeritten«, antwortete er, beschäftigte sich damit, Umbani den Sattel abzunehmen und zu untersuchen, ob der Hengst Zecken hatte.

Er sah nicht den dunklen, bohrenden Blick, mit dem ihn Sihayo bedachte. »Eh, Jontani, deine Worte sind wie Rauch, der mir die Sicht versperrt, aber ich kann das Feuer dahinter riechen. Was war es, das dich erschreckt hat?«

Johann sah wieder die verdrehten Augen des Mannes vor sich, kurz bevor ihm das Genick gebrochen wurde, und konnte ein Schaudern nicht unterdrücken, hörte den Schrei des Folteropfers. »Jemand ist gestorben. Die Sangomas des Königs haben Schuldige gesucht …« Das Entsetzen in Sihayos Augen bewog ihn, den Rest zu verschweigen.

»Ich habe Hunger«, verkündete er stattdessen und machte sich auf die Suche nach seinen Packpferden, um sein Zelt für die Nacht aufzuschlagen.

Als das Zelt stand und er eine Zikade eingefangen hatte, die sich in seiner Schlafmatte eingenistet hatte und nur darauf wartete, ihn die ganze Nacht wach zu halten, machte er die Runde unter seinen Rindern, die friedlich in dem weiten Tal grasten. Er untersuchte verletzte Tiere, begrüßte ein frisch geborenes Kälbchen, sprach mit den einzelnen Treibern und befahl ihnen, besonders auf Zecken zu achten.

»Ich habe ein neues Muthi für die Zecken, holt es euch bei mir ab und zündet Feuer an, viele, denn Ingwe ist hungrig.«

»Yebo«, murmelten seine Männer und ließen ihren Blick durch die Bäume schweifen, immer darauf vorbereitet, die sprungbereite Silhouette eines Leoparden zu sehen.

Johann stellte ein paar zusätzliche Wachen ab, die nur die Baumkronen im Auge behalten sollten. Die Nacht zog schon auf, als er endlich zu dem riesigen Lagerfeuer zurückkehrte, das Sihayo inzwischen entfacht hatte. Er war hundemüde und so hungrig, dass er sich einige Hand voll gerösteter Termiten in den Mund stopfte, ehe er die Energie aufbrachte, ein frisch geschossenes Perlhuhn zu braten. Neben Sihayo sitzend, den Rücken gegen einen Felsen gelehnt, kaute er stumm. Seine Zulus lagerten abseits im Kreis um ein weiteres Feuer herum und aßen ebenfalls. Sonst ging es lebhaft und fröhlich zu, alle redeten durcheinander, zogen sich gegenseitig auf, prahlten überschwänglich mit ihren Heldentaten, doch jetzt gab es nur erschöpftes Schweigen. Nur gelegentlich war das kurze, trockene Knacken zu hören, wenn einer von ihnen eine Laus zerdrückte. Es war ein beinharter Tag gewesen, und sie hatten von dem gehört, was in Ondini geschehen war.

Die Hitze des Feuers lockerte Johanns schmerzende Glieder, der Schmerz in seinem Rücken zog sich zu einem dumpfen Pochen zusammen, flammte nur auf, wenn er sich bewegte. Mühsam stemmte er sich auf die Füße, um schlafen zu gehen. Um die anderen Feuer lagen bereits zahlreiche, in Schlafmatten eingewickelte Gestalten, und lautes Schnarchen erfüllte die Luft. Er stapfte zu seinem Zelt.

Vor Anbruch des Tages jagten die Hirten die dösenden Rinder hoch, und die riesige Karawane setzte sich wieder in Bewegung. Die Qual in seinem Rücken war zu neuem Leben erwacht, und Johann stellte fest, dass er nur noch halb vornübergebeugt gehen konnte. Versuchte er sich aufzurichten, schoss ihm ein solcher Schmerz in die Lenden, dass er sofort wieder die gebückte Haltung annahm. Er kam sich entsetzlich alt vor.

»Du hast einen Hexenschuss, alter Junge, das kommt so mit dem Alter. Sieh dich vor, der Mann mit der Sense lauert schon«, röhrte eine raue Stimme hinter ihm.

Als er sich im Sattel umdrehen wollte, zerriss ihn der Schmerz schier in zwei Teile. Vor Schreck biss er sich auf die Zunge, dass sie blutete. Er spuckte das Blut aus. Aus der Staubwolke, die seinen Trek auf Meilen begleitete, erschien ein Geist hoch zu Ross, der ihm sehr bekannt vorkam. »Dan, du alter Gauner, was treibst du dich in dieser gefährlichen Gegend herum? Du solltest dich schleunigst über den Tugela begeben«, presste er erfreut, aber vorsichtig hervor. Alles andere tat einfach zu weh, selbst das Atmen.

Dan de Villiers lenkte sein Pferd auf gleiche Höhe mit Johanns Hengst Umbani. Er deutete auf sein Packpferd, auf dessen Rücken sich Tierhäute türmten und dessen eine Satteltasche prall voll gestopft war. Aus der anderen ragte irgendetwas Blutiges. »Ich sahne schnell noch ein wenig ab. Hier ein paar Pythons, dort ein schönes Leopardenfell. Man muss mitnehmen, was man bekommen kann. Außerdem hab ich meine Höhle bis nach dem Krieg geschlossen.« Er musste schreien, um sich bei dem infernalischen Lärm des Auftriebs verständlich zu machen.

Johann wendete unter Mühen den Kopf, streifte das bluttriefende Stück Fleisch in der Satteltasche mit einem flüchtigen Blick und musterte dann seinen Freund. Es war nicht das erste Mal, dass sie sich im Busch über den Weg liefen, und er freute sich. Es hieß zumindest für diesen Abend muntere Unterhaltung und, wenn er das richtig erkannte, ein gutes Mahl. »Was passiert mit deinem Elfenbein? Kannst du es in deinem geheimen Lagerraum lassen oder hast du es weggeschafft?«

Seit Jahrzehnten hauste Dan in einer luftigen Felsenhöhle, die er mit allem eingerichtet hatte, was das Leben angenehm und gemütlich machte. Er hatte sogar fließend Wasser, denn im hinteren Teil hatte sich, gespeist von einer unterirdischen Wasserader, ein kleiner, klarer Teich gebildet. Hinter dem Teich befand sich noch eine Höhle, viel kleiner als die Wohnhöhle. In der verstaute Dan alles, was er an Wertgegenständen besaß, hauptsächlich Dutzende von makellosen Stoßzähnen, und hatte die Öffnung so mit Steinen zugemauert, dass nur ein Eingeweihter sie zu erkennen vermochte. Nur durch einen Spalt in den Steinen mit der Außenwelt verbunden, lebte hier schon seit vielen Jahren eine Kobra, die jeden potenziellen Dieb davon abhalten würde, sich an Dans Elfenbein zu vergreifen.

»Meine Hauskobra passt auf. Vermutlich ist es längst die Ururenkelin der Urururenkelin der ursprünglichen Wächterin meiner Schätze.« Dan zog eine Zigarre aus seinem Wams, biss das Ende ab, spuckte es in den Busch und grinste. »Schon seit Monaten bringe ich das Zeug geradewegs unter der Nase unseres verehrten, blutrünstigen Königs nach Natal.« Er lachte. Es war ein tiefes Rumpeln, das aus seinem Bauch kam. »Was hat denn der dicke Monarch dazu gesagt, dass du mit deiner gesamten Herde das Hasenpanier ergreifst?« Er sah ihm ins Gesicht, dann schüttelte er ungläubig seinen Kopf, dass die Zottelhaare flogen. »Du bist so abgehauen, ohne Cetshwayo Bescheid zu sagen, ich seh's dir an! Johann, Johann, das war keine gute Idee. Das könnte er glatt übel nehmen.« Nun war seine Miene ernst, die unangezündete Zigarre hielt er noch zwischen den Fingern.

Johann zog eine Grimasse. Den Anblick eines königlichen Wutanfalls hatte er vor Jahren einmal genossen und konnte für den Rest seines Lebens darauf verzichten. »Weiß ich doch, verdammt! Ich wollte es ihm mitteilen, bin aber davon abgehalten worden«, knurrte er und erzählte seinem Freund dann, was er in Ondini mit anschauen musste.

»Arme Schweine«, brummte Dan. »Hat schon ein Händchen mit seinen Leuten, der Gute, sie fressen ihm aus der Hand. Vielleicht sollte man sich ein Beispiel nehmen.« Er grinste, fing Johanns missbilligenden Blick auf und zuckte entschuldigend die Achseln. »Scheußliche Sache, natürlich, aber nicht viel, was wir machen können. Deswegen will ihn Shepstone ja auch vom Thron fegen, vermutlich hat er Angst, dass die Sangomas an ihm herumschnüffeln. Er hasst Cetshwayo, besonders nachdem er Shepstone diesen Brief geschrieben hat, in dem er unmissverständlich klar macht, dass er der König der Zulus ist und das Recht in seinem Land bestimmt. Womit er tatsächlich und eindeutig Recht hat.« Wieder das Rumpeln. Umständlich riss er ein Streichholz an seiner Schuhsohle an und entzündete die Zigarre. Er sog daran, bis der Kopf schön aufglühte. »Hab Hunger. Ich koch uns was.«

Meilen entfernt machte sich ein Trupp Zulus auf den Weg. Angeführt wurden sie von einem Mann, dessen narbenübersätes Gesicht aus einem Leopardenkopf herausschaute.

»Ich brauche einen Termitenhügel«, sagte Dan, der Schlangenfänger, am frühen Nachmittag, »einen schönen, großen Termitenhügel. Heute faulenzen wir, wir brauchen unsere Kraft zum Schlemmen.«

Gehorsam rannten mehrere seiner schwarzen Begleiter los und machten sich auf die Suche. Es dauerte nicht lange, und ein passender Termitenbau war gefunden. Dan saß ab, betrachtete fachmännisch die zylindrische Form und die Größe, die eineinhalb Manneslängen maß, und befahl einem seiner Zulus, Wasser und Holz heranzuschaffen.

»Kruzitürken, so ein verfluchter Mist«, hörte Dan seinen Freund fluchen und wandte sich um, dann lachte er laut los.

391

Johann hatte vergeblich versucht, das Bein über den Sattel zu schwingen, um absteigen zu können, und hing wie ein Mehlsack von seinem Pferd herunter. »Lach nicht, hilf mir, du Saukerl! Es tut gottverdammt weh!«, quetschte er hervor.

Dan packte Johann, der ein gutes Stück größer war als er und sicherlich mindestens so schwer, um die Mitte und hob ihn herunter, als hätte er kaum Gewicht. »Ich hab Senf da.« Er gab Johann ein mit einer Gallenblase verschlossenes Glas. »Mach dir einen Wickel damit. Das zieht den Schmerz heraus und wärmt. Nun wollen wir mal dafür sorgen, dass sich hier nichts herumtreibt, was Giftzähne oder Krallen hat, und dann geht's an die Arbeit.« Er packte einen Stock und stocherte im Dickicht herum. Zufrieden klatschte er dann in die Hände.

Ein Schwarzer machte sich daran, mit einem scharfkantigen Stein in Kniehöhe ein großes Loch in den steinharten Termitenhügel zu hacken. In die innen entstandene Fläche grub er mühevoll ein Vertiefung.

»Fürs Feuer«, erklärte Dan seinem Freund, doch der war zu sehr damit beschäftigt, seinen Rücken mit Senf einzureiben. Dan gluckste fröhlich in sich hinein, schichtete pfeifend Holz und trockenes Gras in die Mulde und zündete es an. Als es lichterloh brannte und dicker Rauch aus hunderten von Löchern der porösen Lehmstruktur des Termitenhügel quoll, legte er mehrere Holzscheite darauf. Dann zog er das blutige Fleisch aus der Tasche, das sich als Elefantenfuß herausstellte.

»Hm« schnurrte er. »Lecker, lecker.« Aus einem Beutel zog er ein Bündel trockener Kräuter, einen Beutel Salz und sogar einen mit kostbaren Pfefferkörnern. Pfeffer, Salz, Kräuter und ein dickes, weißes Stück Hippopotamusfett stopfte von oben in den blutigen Stumpf, schob den vorsichtig in seinen improvisierten Ofen und schmierte die Öffnung mit Lehm zu, nur unten ließ er einen breiten Spalt offen, damit das Feuer etwas Luft ziehen konnte.

»Nun warten wir und versüßen uns die Zeit mit einem schönen Weinchen«, verkündete er und zauberte eine Rotweinflasche aus seinen unergründlichen Packtaschen.

»Ich muss sehen, dass die Tiere und meine Leute in Ordnung sind«, knurrte Johann, halb vornübergebeugt. »Hack mir einen Ast von dem Baum da ab, ich brauch einen Stock, und wenn du auch nur ansatzweise deinen Mund zu einem Lächeln verziehst, erschlag ich dich damit.«

Dan versuchte ernst zu bleiben, tat, worum er gebeten wurde, und Johann humpelte stöhnend von dannen. Als er viel später zurückkehrte, war er grau vor Schmerzen, und seine Nasenfalten saßen wie Klammern um seinen Mund. Ächzend ließ er sich neben Dan nieder. »Erzähl mir von meiner Frau. Ich hoffe, ihr habt nichts getan, was ich nicht auch täte?«

»Sei froh, dass ich nicht das getan habe, was du sonst tätest«, konterte sein Freund trocken. »Du würdest sofort das klassische Verbrechen aus Leidenschaft begehen und mich in Stücke reißen vor Eifersucht.« Grienend kaute er auf seiner Zigarre. »Die schöne, ganz und gar anbetungswürdige Catherine war wohlauf, als ich sie verließ, wenn auch nicht erfreut von der Aussicht, wochenlang allein zu sein. Sieh dich vor, lieber Freund, sonst vergesse ich meine guten Manieren und mache ihr den Hof, und dann bist du sie los. Meinem Charme kann sie nicht widerstehen, das weißt du.«

Nachdem Johann aufgehört hatte zu lachen, fragte er: »Wohin wirst du von hier aus ziehen? Nach Durban?«

»Hier hin und dort hin. Ich bin auf der Suche nach besonders großen Felsenpythons und die eine oder andere Gabunotter. Aus ihrer Haut lassen sich viele, hübsche Schuhe für die feinen Herren und Damen in Paris und London machen. Allerdings werde ich mich bemühen, keinem kriegslüsternen Zulu in die Quere zu kommen, und wenn's brenzlig zu werden droht …«, er zeigte mit dem Daumen nach Süden, »verkrümle ich mich über die Grenze, und zwar shesha.« Er ließ sich zurücksinken, legte sich seinen Schlapphut aufs Gesicht. »Du könntest mir übrigens den Gefallen tun und die Ladung, die mein armes Packpferd mit sich herumschleppt, mit nach Stanger nehmen. Wie ich gesehen habe, hast du mindestens zwei Ersatzpferde dabei. Sollte also kein Problem darstellen. Leg sie Francis Court ins Lagerhaus, achte aber darauf, dass sich keiner daran vergreift.« Seine Stimme verebbte.

Johann wartete, dass der Schlangenfänger weiterreden würde, aber nur lautes Schnarchen kam unter dem Hut hervor. Nach kurzem Zögern entschied er sich, es Dan gleichzutun. Wer weiß, wann er sich diesen Luxus, am Nachmittag ein Nickerchen zu halten, wieder leisten konnte, außerdem tat es seinem gequälten Rücken gut. Rasch rieb er sich noch eine Portion Senf auf den Rücken, wo die Haut ohnehin schon feuerrot war, und streckte sich neben dem Schlangenfänger aus.

Eine gute Weile später wachte er von einem lauten Geräusch auf und sah, dass sein Freund seinen Termitenofen aufhackte und den gebackenen Elefantenfuß mittels zweier Äste herausbugsierte. Die Haut war hart und verkohlt, die Nägel glänzend schwarz, das Innere des tonnenförmigen Fußes aber war eine aromatische, ziemlich klebrige Masse. Dan fächelte sich mit geschlossenen Augen den Duft in die Nase und stöhnte voller Vorfreude.

»Johann, lass dich nieder, das Essen wird serviert.« Damit setzte er den Elefantenfuß zwischen sie, reichte seinem Freund einen Löffel, nahm selbst einen und häufte eine großzügige Menge des Inhalts auf seinen Blechteller. Mit gespitztem Mund und viel Geschmatze prüfte er, ob es gut genug gewürzt war, fügte ein wenig Pfeffer hinzu, stäubte Curry über das Ganze und machte sich schnurrend ans Essen.

»Schmeckt annehmbar, fehlt ein bisschen Salz«, sagte Johann kauend und spülte den Bissen mit Dans vollmundigem Rotwein hinunter.

»Es ist eine verdammte Delikatesse, du Banause, und es ist perfekt gewürzt«, fauchte Dan.

Johann griente.

Kurz nach sieben war es dunkel, der Mond stieg hinter den Baumkronen auf und tauchte das Lager in ein unwirkliches, bläuliches Licht. Harte, tiefe Schatten täuschten die Augen, der flackernde Schein des Lagerfeuers tanzte geisterhaft über Zelte, Ochsengespanne und die Gesichter der Zulus. Ging einer vorbei, huschte seine riesenhafte Silhouette über den Busch. Ein Pferd schnaubte unruhig, abseits hörten sie das Rupfen und Kauen der grasenden Rinder, Zikaden schrillten, der Ziegenmelker rief, es raschelte hier, dort knackte ein Zweig. Ein Tier hustete.

Johann sah hoch, verspürte eine unerklärliche Beklommenheit. »Das ist so eine Nacht, wo ich mir nicht sicher bin, ob es nicht doch den Tokoloshe gibt, den bösen Wassergeist, das Teufelswerkzeug der Sangomas oder den intelligenten Mantindane, der von Menschenfleisch lebt. In diesen Nächten tanzen die Meeresgeister über die goldenen Strände, ich habe ihre Spuren schon gesehen. Es sind Spuren, wie sie kein lebendes Wesen macht«, flüsterte er und ließ seinen Blick rasch über seine Umgebung gleiten.

Der Schlangenfänger gluckste vergnügt. »Dann solltest du heute Nacht nicht aus deinem Zelt kommen, wenn du gerufen wirst. Es könnte Isidawane sein ...«, er rollte die Augen, merkte, dass einige Zulus zuhörten, wechselte sofort ins Zulu und setzte noch eins drauf. »Du weißt doch, wer das ist? Man darf seinen Namen nicht laut aussprechen, sonst wird deine Zunge zu einer schwarzen Schlange. Es ist ein wolfähnliches Wesen, das nachts in die Umuzis schleicht, scheinheilig anfragt, ob jemand zu Hause ist, und wenn sich dann ein Mensch zeigt, packt ihn der Isidawane und schleift ihn in seinen Bau, wo er ihn am Leben erhält, bis er ihn Stück für Stück verspeist hat ...«

Die Zulus hatten entsetzt aufgehört zu essen, einige sprangen auf. Dan röhrte vor Lachen. »Keine Angst, er frisst nur Kinder«, rief er ihnen in ihrer Sprache nach. »Abergläubischer Haufen«, raunzte er und wischte sich seine Hände an einem Tuch ab. »Jetzt bin ich satt«, stöhnte er.

Johann, der gut im Dunkeln sehen konnte, entdeckte sie als Erster, aber da waren sie schon durchs Lager geschwärmt und kamen im Schein der Flammen auf ihn zu, ein Trupp schwarzer Gespenster mit weißen Augen und weißen Mündern. Ein kaltes Prickeln lief über seinen Rücken, als liefen tausende von Ameisen darüber. Erst als sie näher kamen, als er das Gesicht, das aus dem Leopardenkopf hervorsah, erkannte, wurde ihm klar, wen er vor sich hatte.

»Dan«, krächzte er.

»Ja, mein Freund, willst du noch mehr von diesem köstlichen Zeug?« Dan schaufelte sich einen Löffel voll in den Mund und brachte es fertig, dabei noch zu grienen. Als er keine Antwort erhielt, schaute er hoch. »Teufel, doch«, flüsterte er.

»Rühr dich nicht«, warnte Johann, seine Stimme nur ein Hauch.

Der große Sangoma machte vor ihnen Halt, schlug mit seinem Gnuschwanzstab nach ihnen und zischte. Seine Begleiter tanzten brüllend einen satanischen Reigen um die beiden Weißen. Es waren durchweg unangenehm kräftig aussehende Krieger, die bis zu den Zähnen mit Assegais und Kampfstöcken bewaffnet waren. Wie auf ein unhörbares Kommando, sprangen sie davon und strichen durch die Reihen der vor Schreck wie versteinerten Zulus. Johann sah Sihayo mit dem Rücken zum Planwagen stehen und hinter seinem Rücken unter die Plane fassen, um ein Gewehr in die Finger zu bekommen. Der Sangoma musste es irgendwie gesehen haben, schoss auf ihn zu, wedelte mit seinem Stab vor Sihayos Gesicht herum und beschnüffelte ihn. Sihayo wurde zu einer Statue aus braun glänzendem Stein, und Johanns Herz setzte aus.

Doch ebenso überraschend ließ diese Grauen erregende Erscheinung von Sihayo ab, und bevor Johann es sich versah, stand der Sangoma wieder vor ihm, seine Begleiter folgten, stellten sich im Kreis um ihn auf, senkten ihre Assegais, bis die messerscharfen Spitzen kaum zwei Fuß von ihm entfernt waren. Johann vergaß zu atmen.

Der Sangoma streckte seinen Hals vor und schnaufte wie ein Tier, das wittert. Tödliche Stille senkte sich über das Lager, der Schlangenfänger wagte kaum, auch nur zu blinzeln. Ganz langsam, mit vorgestrecktem Hals, näherte sich der große Medizinmann Johann und schnüffelte die Luft um seinen Kopf. Dieser verschluckte sich fast an dem Gestank, der von dem Mann ausging. Er verfluchte seine Unvorsichtigkeit, sein Gewehr aus der Hand gelegt zu haben. Die Menschenzähne am Kragen des Zulus klickten leise, die Assegais blinkten im Widerschein des Feuers. Der Sangoma schnüffelte den Hals herunter zu Johanns Achselhöhlen, über den Bauch zum Unterkörper. Sein heißer Atem prickelte auf Johanns Haut. Der musste an den Verurteilten denken, als er auf den Hügel der Hinrichtungen geschleift wurde, sah die namenlose Angst in seinem Gesicht, und ihm wurde so überwältigend schlecht und schwindelig, dass ihm schwarz vor Augen zu werden drohte. So mussten sich Menschen im Mittelalter gefühlt haben, die man als Hexen jagte und verbrannte. Seine Kopfhaut zog sich bei der Vorstellung zusammen, wieder tanzten schwarze Flecken vor seinen Augen, ein stechender Schmerz fuhr in seinen Rücken, als steckte schon einer der Kampfspeere darin, und er verspürte das zutiefst beschämende Bedürfnis, Wasser lassen zu müssen.

Der Sangoma knurrte, bohrte seinen flackernden, schwarzen Blick in Johanns Augen. Dieser zwang sich mit aller Kraft, die er aufbringen konnte, dem standzuhalten, diesem Menschen mit Furchtlosigkeit zu begegnen, zwang sich, diesen unsäglichen Gestank zu ertragen, während die Krieger nur darauf warteten, ihre Assegais in seinen Leib zu rammen.

Dann wirbelte der Sangoma herum und glitt auf Dan zu und unterzog ihm der gleichen grausigen Zeremonie. Das Gebrüll der

Krieger wurde lauter und schriller, ihr Anführer im Leopardenfell gebärdete sich immer verrückter, sprang von Dan de Villiers zu Johann und wieder zurück, bis die beiden Weißen das Gefühl hatten, von einer Horde wahnsinniger Derwische umringt zu sein, und während der ganzen Zeit schnüffelte und zischte der große Sangoma, schlug mit seinem geschwänzten Stab, ließ das Leopardenfell fliegen, und die grotesken, blutgefüllten Tierdärme um seine Beine wurden im flackernden Feuerschein lebendig und ringelten sich wie Schlangen.

Es schien eine Ewigkeit, ehe der Sangoma den Stab hob, den Gnuschwanz flattern ließ und im Busch verschwand. Minuten später war der Spuk vorbei.

Johann sank vor Erschöpfung einfach zusammen. Keiner schlief in dieser Nacht, und noch vor Sonnenaufgang, als sich die ersten Konturen aus dem Nachtblau schälten, brachen sie auf. Kurze Zeit später verabschiedete sich Dan, ganz uncharakteristisch ohne dumme Sprüche, und tat etwas, was er noch nie getan hatte: Er nahm seinen Freund Johann Steinach fest in die Arme und drückte ihn.

»Gott beschütze dich«, murmelte er, ehe er seinem Pferd die Fersen in die Flanken schlug.

Nie zuvor hatte Johann gehört, dass Daniel de Villiers mit seinem Gott sprach.

Abends schrieb er im lodernden Schein des Lagerfeuers einen Brief an Catherine. Er berichtete vom Fortschritt des Auftriebs, beschrieb das Wetter, die schwierigen Überquerungen der Flüsse, erzählte von hungrigen Krokodilen und Leoparden, die ungewöhnlicherweise auch am Tag jagten, und von dem großen Glück, das er gehabt hatte, als er in eine mit Zweigen und Blättern getarnte Fallgrube der Zulus fiel, die mit zugespitzten Pfählen gespickt war, sich im letzten Augenblick aber an einer freiliegenden Baumwurzel festhalten und daran herausziehen konnte, aber mit keinem einzigen Wort, nicht mit der geringsten Andeutung erwähnte er das, was er an diesem Tag in Ondini beobachtet hatte, und schon gar nicht das, was in seinem eigenen Lager vorgefallen war.

Zu aufgewühlt, um weiterzuschreiben, steckte er den Brief ein. In den nächsten Tagen würde er ihn vollenden und absenden.

Stunden später ritt er an einem Umuzi vorbei. Hier hatten der Sangoma und seine Begleiter ganze Arbeit geleistet. Nur ein Kind war noch am Leben, alle anderen waren tot, als der Hexerei für schuldig erschnüffelt und umgebracht. Das Kind war ein Säugling, der unter seiner toten Mutter lag. Er hob es vor sich aufs Pferd, untersuchte es auf Verletzung, fand es unversehrt und flößte ihm ein wenig Wasser ein. Im benachbarten Umuzi lebte eine dicke, resolute Frau, die selbst gerade ein Kind geboren hatte und den Säugling ohne Umstände gleich an die Brust legte.

Stefan stocherte im Feuer. Das erste Licht des Tages schimmerte über dem Fluss, und er war allein, wofür er sehr dankbar war. Für gewöhnlich schnarchten seine Safarigäste zu dieser Tageszeit noch vernehmlich in ihren Zelten, aber er hatte sie vor einer Woche in Durban abgeliefert, und jetzt war er auf dem Weg nach Hause. Seine Zulus lagen um ein Feuer bei den Pferden, eingerollt in ihre Schlafmatten, und rührten sich noch nicht. Es war die Tageszeit, die er am meisten liebte, wo er zur Ruhe kam, Probleme überdenken, Gedanken ordnen konnte. In seinem Kopf drehten sich die Worte, die er in jenem Buch gelesen hatte und die ihn seitdem nicht mehr losließen.

»Sie segelten von Goa und hatten Millionen in Gold und Edelsteinen geladen, mehr als irgendein anderes Schiff vor ihnen seit der Entdeckung Indiens.«

Flüsternd wiederholte er den Satz, und wieder jagte er ihm einen Schauer über den Rücken. Er schob die glühenden Holzscheite auseinander, die Funken sprühten. Sie fielen als goldglühender Regen ins Gras. Lagen so die Goldmünzen aus Dom Alvaros Schatz übers Land verstreut? Zog sich vom Umzimvubu-Fluss bis nach Mosambik quer durchs südliche Afrika eine Spur aus Gold und Edelsteinen? Wieder bekam er eine Gänsehaut, rief sich ins Gedächtnis, wie viele Schiffe im Laufe der Jahrhunderte vor dieser wilden Küste untergegangen waren, hatte plötzlich die Vision von einem Strand, der unter einer dünnen Schicht von Sand aus purem Gold und Edelsteinen bestand. Sein Herz begann zu hämmern, es fehlte nicht viel, und er wäre auf der Stelle losgejagt und hätte sich daran gemacht, das Flussufer umzugraben. Aber er beherrschte sich. Er durfte sich nicht verführen lassen, so eine Schatzsuche musste methodisch angegangen werden.

Er holte die Karte aus dem Zelt, die er selbst von Zululand gezeichnet hatte. Mit der Geschichte der Vila Flors im Kopf hatte er die Stationen ihrer abenteuerlichen Odyssee durchs südliche Afrika darauf eingetragen. Nur zwei Sklaven hatten den qualvollen Marsch überlebt. Zu Skeletten abgemagert tauchten sie eines Tages in Lourenço Marques auf, berichteten, dass der Schmuck der toten Donna Eleonora verschwunden und der Dom, kurz bevor er durch den Tod seiner Familie wahnsinnig geworden war, in den Busch gerannt war, um die verbliebenen Säcke mit Gold irgendwo zu verstecken. Obwohl man sie intensiv und gelegentlich handgreiflich befragte, konnten sie sich nicht an den Ort erinnern.

»Weit südlich von hier, in der Nähe eines Sees, entlang der Küste.« So wurde ihre Antwort überliefert.

Er glättete die Karte, hielt sie so, dass er sie im Feuerschein gut erkennen konnte. Es war anzunehmen, dass die Vila Flors und ihre Begleitung, die aus der Schiffsbesatzung, einigen Offizieren und einer großen Anzahl Sklaven bestand, am Strand entlanggewandert waren und dass ihre Schwierigkeiten erst in der Nähe der

Bucht von Port Natal begannen. Sein Finger wanderte nach Durban. Wasser und Nahrung musste ihr größtes Problem gewesen sein. Nahrung konnten sie aus dem Meer holen, aber Süßwasser gab es nur weiter im Inneren, die Flussmündungen führten alle Brackwasser.

Sorgfältig markierte er die Stelle, wo portugiesische Händler Anfang des siebzehnten Jahrhunderts am Finger eines alten Eingeborenenhäuptlings mehrere juwelenbesetzte Ringe entdeckten, deren Gravur zweifelsfrei belegte, dass sie aus dem Besitz der Vila Flors stammten. Der nächste überlieferte Fund waren die Ringe und Goldstücke gewesen, die heute seine Mutter trug.

Die Einzelheiten der Geschichte, das Blutbad, das Eingeborene unter den geschwächten Menschen aus dem fernen kalten Land anrichteten, der grausige Tod Donna Eleonoras, die, vollkommen nackt bis zur Taille im Sand eingegraben, mit ihren Söhnen verhungert war, ließen ihn kalt. Obwohl es ihn schon interessierte, was aus der Tochter, Donna Elena, geworden war. Flüchtig stellte er sich eine zierliche Gestalt in goldener Seide vor, die wie ein goldener Schmetterling durch den Busch irrlichterte. Der Sack mit Münzen, den seine Mutter in der Höhle am Fluss gefunden hatte, war der erste Hinweis, aber dort verlor sich die Spur des jungen Mädchens. Von ihrem Schicksal war nichts bekannt.

»Donna Elenas Höhle«, murmelte er und tippte mit dem Finger auf die Markierung. Wenn er keinen Fehler gemacht hatte, musste sie sich am Umiyane-Fluss befinden, der ganz in der Nähe war. Das war der Grund gewesen, warum er diesen Umweg gewählt hatte. Er würde erst morgen oder übermorgen nach Inqaba reiten.

Die ersten Sonnenstrahlen glitzerten auf der Wasseroberfläche, Sonnenflecken huschten über den Flussgrund, gaukelten ihm vor, dass dort Goldstücke leuchteten. Energisch wischte er sich über die Augen, faltete die Karte zusammen und stieß einen schrillen Pfiff aus. Die schlafenden Gestalten am Feuer regten sich.

Er fand nicht einmal die Höhle. Stundenlang ritt er an dem Fluss auf und ab, der aus offensichtlichen Gründen den Namen Umiyane trug, was so viel wie Moskito hieß, aber nirgendwo entdeckte er eine Felsformation, unter der sich ein Hohlraum, der mindestens mannshoch war, verstecken konnte. Immer wieder rief er sich die Beschreibung seiner Mutter ins Gedächtnis. Es war ein mit Steinen übersätes, ausgetrocknetes Flussbett gewesen, Bienenfresser hatten ihre Neströhren in den steilen Uferhang gebaut, der von einem Urwald aus Palmen, wilden Bananen und dichtem Busch gekrönt war.

Aufmerksam sah er sich um.

Das Flussbett war überflutet, die Uferkante weder steil noch von Bienenfressernistgängen durchlöchert, allerdings wucherten Palmen, wilde Bananen und anderes Grünzeug bis hinunter ans Wasser, aber das war so bei fast allen Flüssen in Zululand. Wieder und wieder glitt sein Blick über krustig getrockneten Uferschlamm, angeschwemmte Baumstämme, wogendes Ried, einen weißen Reiher, der lustlos im Schlick nach Futter stocherte, Wolken von tanzenden Mücken, aber ein Felsdach fand er nicht. Die einzige Erklärung, die ihm einfiel, war, dass Fluten im Laufe der Jahre Berge von Sand herangeschwemmt hatten, die das Flussbett anhoben und endlich die Höhle unter sich begruben. Er lenkte sein Pferd nahe ans Ufer, ritt im Schritttempo eine Viertelmeile flussaufwärts nach Westen, kreuzte das Rinnsal und ritt die gleiche Strecke den Flusslauf hinunter, hielt dabei Ausschau nach Verfärbungen im Sand, die auf eine Felsplatte hinwiesen.

Tatsächlich fand er eine Stelle auf seiner Seite der Uferböschung, die deutlich heller war als die Umgebung. Mit neuer Energie sprang er vom Pferd, packte seinen Spaten, den er extra in Durban erstanden hatte, und stiefelte hinüber. Erregt hackte und kratzte er und stieß schließlich auf Stein, aber es waren nur kleinere Brocken, die sich relativ leicht herausstemmen ließen. Darunter war nichts als Sand. Wütend stieß er den Spaten hinein,

402

stocherte hier, grub da, gab endlich frustriert auf und dachte nach.

Er erinnerte sich dunkel, dass nach dem Tornado, der über Inqaba hergefallen war, viele Flüsse, die die Ufer überschwemmt hatten und sich auf Wanderschaft begaben, nicht wieder in ihre alten Betten zurückgekehrt waren, sondern sich neue Wege gesucht hatten. Also musste er lediglich eine Karte, die vor 1854 von Zululand gezeichnet worden war, auftreiben und sie mit den heutigen Gegebenheiten vergleichen. In Durban würde er so etwas vielleicht finden, obwohl die Karten aus der Zeit meist von irgendwelchen Buschläufern angefertigt worden waren, die die Strecken- und Größenverhältnisse in abenteuerlicher Weise verfälschten. Vielleicht konnte ihm Tim Robertson weiterhelfen, und natürlich musste er sich mit seinem Vater unterhalten, der erstens ein sehr gutes Gedächtnis hatte und zweitens ein nüchterner Mensch war und kaum zu Fantastereien neigte.

Der Gedanke heiterte ihn auf. Fröhlich vor sich hinpfeifend, schleuderte er den Stein weit in den Fluss hinaus, wo er mit einem Platschen verschwand. Der Hammerkopfvogel, der am anderen Ufer auf Beute gelauert hatte, schnarrte empört und erhob sich schwerfällig in die Luft.

Seine selbst gezeichnete Schatzkarte faltete er zusammen und steckte sie in seine Hosentasche. Nach einem frugalen Mahl aus Maisbrei, getrocknetem Antilopenfleisch und den Resten des mageren Perlhuhns, das er am Vortag geschossen hatte, machte er sich auf den Weg nach Inqaba. Lulamani wartete, und er freute sich auf sie.

Jedes Mal, wenn Stefan das weizengelbe Dach von Inqaba im Grün schimmern sah, beschleunigte sich sein Puls. Der Ort der Zuflucht, so hieß das Wort Inqaba auf Deutsch, und das war es für ihn, seitdem er denken konnte, ein Ort voller Ruhe, innerer Wärme und Geborgenheit. Als seine Mutter noch ständig auf

Inqaba lebte, grüßte ihn meist der Duft von frisch gebackenem Brot, und wenn er ihren Namen rief, kam sie aus der Tür gelaufen, die Arme ausgebreitet, und die blanke Freude in ihren Augen ließ sein Herz hüpfen. Seit ihrem fast tödlichen Malariaanfall blieb die Tür geschlossen. Nur der berauschende Duft der Blüten des großen Frangipani, den seine Mutter einst von einem indischen Kaufmann geschenkt bekommen hatte, erinnerte an sie.

Nun war Lulamani die Herrin auf Inqaba. Nun ja, korrigierte er sich selbst, in seinem Haus auf Inqaba, das er und Lulamani bewohnten. Es lag etwas abseits zur Linken, dort, wo eine flache Felsnase aus dem Hang wuchs. Er hatte es eigenhändig an der Stelle gebaut, an der Pierre Dillon einst seine Bienenkorbhütte gesetzt hatte. Später hatte Pierre, der eines Tages mit seinem Hund Napoleon aus dem Busch aufgetaucht und einfach geblieben war, daneben ein winziges Haus errichtet, das er bewohnte, bis er zu Mila Arnim zog und sie schließlich heiratete. Das Häuschen diente Lulamani noch heute als Kochhaus.

Bei seinem kurzen Besuch in Durban hatte er, um Lulamani eine Freude zu machen, neue Möbel und Kristall bestellt, weißes Porzellan und silbrig glänzendes Besteck. Erstens hatte er wegen Benita Willington ein schlechtes Gewissen, und zweitens waren die Geschäfte in der letzten Zeit gut gelaufen, und drittens hat sein letzter Besuch bei John Dunn ihm gezeigt, was Lebensart war. Der Mann residierte in einem prächtigen Haus mit unerhörtem Luxus, hatte einen Weinkeller, der dem Royal Hotel Konkurrenz machen konnte, und seine Dienerschaft war liviert und bestens erzogen. Das hatte ihm Appetit gemacht.

Seit er vor einiger Zeit das Geschäft seiner Mutter übernommen hatte und wie sie alle sechs Monate sämtliche größeren Hofstätten Zululands mit bis zum Rand gefüllten Planwagen besuchte, das verkaufte, was bestellt worden war, und Bestellungen für die nächste Fuhre aufnahm, am Ende selbst mit wohlgefülltem Wagen nach Inqaba zurückkehrte, hatte sich seine finanzielle

Situation verbessert. Außerdem hatten seine Rinder bei der letzten Auktion in Durban einen sehr guten Preis erzielt.

Seinen zuletzt florierenden Waffenhandel nach Lourenço Marques hatte er eingestellt. Er wusste sehr genau, dass es Männer gab, unter anderem John Dunn, die diese Waffen von Mosambik wiederum ins Land einführten und den Zulus verkauften und damit das Verbot der Regierung in Natal, die Zulus mit Waffen zu versorgen, umgingen. Es wurde gemunkelt, dass Dunn und seinesgleichen in den vergangenen sechs Jahren über zwanzigtausend Gewehre an König Cetshwayo und seine Untertanen veräußert hatten.

Der Planwagen mit der Ladung, der von sechzehn Ochsen gezogen wurde, würde erst wesentlich später eintreffen. In dem unwegsamen Gelände kamen sie nur sehr langsam voran. Seine Sehnsucht nach Lulamani hatte ihn dazu getrieben, nur begleitet von einigen seiner Schwarzen, voranzureiten. Shikashika hatte er zur Aufsicht bei dem Planwagen zurückgelassen. Lulamani würde Augen machen, und Stefan freute sich schon auf die gelungene Überraschung.

»Shesha!«, brüllte er und trieb seine Läufer an. Er wollte Inqaba noch vor Sonnenuntergang erreichen, denn so würde er genügend Zeit haben, nach dem Rechten zu sehen, und ein ausgiebiges Wiedersehen mit Lulamani feiern. Seine Haut brannte vor Verlangen, sie zu berühren. Diese seidige, feste Glätte, diese Lippen! Wie er sich danach sehnte, jeden Zoll ihres duftenden Körpers zu küssen, ihre Lippen, ihren Hals, die pralle Brust, die sanfte Rundung ihres Bauchs, bis er spürte, dass auch sie ihn wollte. Er schluckte hart, als er daran dachte, wie bereitwillig sie ihm sich öffnete, ihm Zugang zu diesem geheimnisvollen, schattigen Ort gewährte, in dem er sich so völlig verlieren konnte, dass er manchmal um seinen Verstand fürchtete.

»Heja, heja!«, schrie er wild, ließ im Galopp seine Zulus weit zurück, bis er endlich durch tiefe Rinnen und Löcher zu einer langsameren Gangart gezwungen wurde und sie aufholen konnten.

Am Tag zuvor hatte er einen Springbock geschossen, der jetzt quer über dem Sattel seines Lastpferds gebunden war, und er hatte von der Safari ein paar Flaschen Wein aufgespart, die er heute Abend mit seiner Frau trinken würde. Wieder musste er lächeln. Alkohol stieg Lulamani schnell zu Kopf, und wenn sie einen Schwips hatte, war sie besonders entzückend. Alles, was er an ihr liebte, zeigte sie dann im Übermaß.

Er wich einem Elefantendunghaufen aus, der von blau schillernden Pillendrehern wimmelte, und summte frohgemut einen Wiener Walzer vor sich hin. Seine Mutter hatte ihm diese Melodie immer in seiner Kindheit vorgesungen und oft von dem Tag erzählt, als sie Jikijiki, ihrer Zulufreundin, diesen Tanz auf der Veranda beigebracht hatte.

Vergnügt schmetterte er aus vollem Hals die Walzermelodie in den Wind. Er konnte es kaum erwarten, ihren anschmiegsamen, biegsamen Körper im Tanz im Arm zu halten. Ihm wurde heiß. In den letzten fünf Wochen war er selten zu Hause gewesen. Es hatte immer nur für Stippvisiten gereicht. Auch kurz nach dem großen Feuer, nachdem er die eine Jagdgesellschaft bei John Dunn abgeladen hatte, die andere jedoch schon ungeduldig in Durban auf ihn wartete, konnte er nur wenige Tage auf Inqaba verbringen.

Ein großer Geröllhaufen lag im Weg. Kürzlich musste es in dieser Gegend starke Regengüsse gegeben haben, denn die Pfade waren von tiefen Furchen durchzogen, manche durch aufgetürmtes Buschwerk sogar völlig unpassierbar, Schlammlawinen hatten Schneisen in den dichten Busch gerissen und Bäume umgeschoben. Er war an mehr als einem verrottenden Kadaver vorbeigekommen, auch jetzt stieg ihm intensiver Verwesungsgeruch in die Nase, sagte ihm, dass in der Nähe ein totes Tier liegen musste.

Hoffentlich war Inqaba von dem Unwetter verschont worden. Im Jahr vor seiner Geburt hatte ein Tornado das Land verwüstet, das Haus selbst war abgedeckt und fast völlig zertrümmert worden. Seine größte Angst war, dass auch Lulamani, wie seine Mutter damals, von einer solchen Katastrophe allein auf der Farm überrascht werden würde. Energisch trieb er sein Pferd an, doch die zerstörten Wege zwangen ihn zu Vorsicht. Wollte er nicht, dass sein Pferd sich ein Bein brach, musste er sich gedulden.

Über ihm kreisten drei Geier im warmen Aufwind der sonnengebackenen Hügel. Ohne einen Flügelschlag zu tun, schraubten sie sich höher und höher, segelten dahin in die unendliche Freiheit, und Stefan lief ein fast wollüstiger Schauer den Rücken herunter. Fliegen zu können, diese Freiheit zu kosten, die Schwerelosigkeit, den Blick von oben auf sein Land und sein Leben – davon träumte er, solange er denken konnte, hatte alles verschlungen, was darüber geschrieben worden war. Sogar aus Europa hatte er sich Bücher kommen lassen.

Schon als er ein kleiner Junge war, hatte ihm seine Mutter von Ikarus erzählt, ihm das Prinzip der Montgolfiere erläutert, und seitdem hatte ihn die Vorstellung, fliegen zu können, den Schwalben zu folgen, die Möwen hinaus aufs Meer zu begleiten oder wie ein Albatross tagelang gewichtslos dahinzugleiten, nicht mehr losgelassen.

Albatrossen begegnete er ausschließlich beim Angeln weit draußen vor der Küste, und auch da nur vereinzelt. Einmal hatte er schon einen über Kimme und Korn im Visier, ließ dann sein Gewehr wieder sinken. Er brachte es nicht über sich, diesen majestätischen Vogel abzuschießen. Bei einem Jagdausflug in die Drakensberge – er war vierzehn Jahre zu der Zeit – schoss er einen riesigen Lämmergeier, dessen Flügelspannweite fast das Doppelte seiner Körperlänge maß. Wochenlang studierte er danach den komplizierten Aufbau der Schwingen, die großen und kleinen Armdecken, die Handschwingen und Schirmfedern und die zarten, wie Finger gespreizten Federn an den Flügelenden, die sich im Flug nach oben bogen, die so schwach und instabil wirkten, aber doch offensichtlich von größter Wichtigkeit für die Steuerung waren. Fasziniert untersuchte er die vielen Lagen unterschiedlich großer Federn, deren Funktionen so präzise ineinander griffen wie die Zahnräder einer Uhr. Ihm wurde bald klar, dass er dieses Wunder der Natur nie so nachbauen konnte.

Mühsam, da Mathematik nicht seine Stärke war und er sich eher die Zunge abgeschnitten hätte, als seinen Vater um Hilfe zu bitten, versuchte er die Tragkraft der Schwingen im Verhältnis zum Gewicht des Vogelkörpers zu kalkulieren. Schließlich hatte er einen Wert berechnet, der ihm auch nach Augenschein und Handgewicht richtig erschien, und den legte er seiner Konstruktion zugrunde. Er machte sich ans Werk, verarbeitete alles, was leicht war. Federn, Stoff, Papier und dünnste Bambusstöcke. Endlich entschied er, dass seine Flügel ihn nach seiner Berechnung tragen müssten. Aus Antilopenlederstreifen bastelte er Schlaufen, brachte sie unter den Flügeldecken an und probierte sogleich, ob er seine Arme bequem hindurchstecken konnte. Zu seinem Stolz saßen sie perfekt.

Der große Tag kam, er stand auf der steilen, verwitterten Felswand, die im nördlichen Teil Inqabas lag. Zu seinem Erstaunen und Verdruss mussten die Zulus sein Vorhaben gerochen haben – vermutlich hatte Shikashika nicht dichthalten können –, denn, in sicherer Entfernung auf der anderen Seite des Flusses, der am Fuß der Felsformation entlangfloss, hatten sich die Mitglieder mehrerer Umuzis versammelt. Lautstark diskutierten sie, ob dem jungen Umlungu hinterher wohl eigene Flügel wachsen und er statt eines Mundes dann einen Schnabel hätte, aber trotz intensiven Studiums der Knochen, die sie wieder und wieder warfen, konnte keiner der anwesenden Sangomas diese Frage beantworten. Die meisten waren der Ansicht, dass er geradewegs ins Reich seiner Ahnen fliegen würde, hofften nur, dass diese ihn in seiner seltsamen Verkleidung auch erkennen würden. So war die Spannung unter den aufgeregten Zuschauern greifbar.

Mit einem kurzen Gebet auf den Lippen stieg er in den Sitz, war froh, dass er seine Eltern wohlweislich nicht informiert hatte, steckte seine Arme in die Schlaufen unter den Flügeln, holte tief Luft und stieß sich ab. In der letzten Sekunde nahm er am Rande seines Gesichtsfelds wahr, dass sein Vater zu Pferd herangaloppierte, aber da war es schon zu spät. Der Wind pfiff, es rauschte gewaltig, und wenige Augenblicke später landete er krachend in der Krone des alten Tambotibaums unterhalb der Felswand. Seine Arme wurden ihm von dem jähen Windwiderstand fast aus den Kugeln gerissen, er machte einen Salto nach hinten und fiel hinunter wie ein Stein auf die harte Erde.

Die Flügel waren gebrochen, seine Arme auch. Der Aufschrei seines Vaters und das brüllende Gelächter der Zulus schmerzte noch heute in seinen Ohren. Sein Stolz und seine Knochen brauchten lange, um zu heilen, und die Standpauke, die ihm sein Vater hielt, konnte er heute noch fast wörtlich zitieren. Immer noch erinnerte ihn eine gewisse Wetterfühligkeit in seinen längst verheilten Knochen an dieses Abenteuer.

Doch letztlich, auf seinen langen Ritten durch den Busch, hatte er im Kopf eine neue Konstruktion erdacht und beabsichtigte, sie in Kürze in die Tat umzusetzen. Irgendwann, das hatte er sich geschworen, würde er dieses Gefühl auskosten, dort oben in der klaren afrikanischen Luft über Inqaba zu fliegen, losgelöst von aller Erdenschwere, über sich den unendlichen Himmel, unter ihm die grünen Hügel von Inqaba, das glitzernde Band des Krokodilflusses, das wogende, gelbe Gräsermeer und in der Ferne das Blau des Indischen Ozeans.

20

Vor ihm lag der mannshohe Stein, der die Auffahrt zum Haus markierte, die letzte Meile hatte er sich schon auf Inqaba befunden. Unter den weit ausladenden, mit leuchtend gelben Blüten übersäten Kiaatbäumen ritt er, jeden Zoll genießend, hinauf zum seinem Haus. Das Rieddach war noch nicht nachgedunkelt, weizengelb leuchtete es durch die Bäume. Der betäubende Duft der unzähligen, pfirsichrosa Blüten des Frangipani begrüßte ihn, als er den Hof erreichte. Inqaba lag seltsam still vor ihm. Er schaute sich um, konnte aber keinen Menschen entdecken, Lulamani nicht, und auch Maboya war nicht zu sehen, nicht einmal einer der schwarzen Arbeiter. Das aber war nicht verwunderlich, da sein Vater die meisten mit auf den Viehtrieb genommen hatte.

Flüchtig berührte Sorge sein Herz, es könnte etwas passiert sein, aber, so sagte er sich, was wohl nur fehlte, war seine strenge Hand. Er konnte von seiner jungen Frau nicht erwarten, dass sie ihre Stammesgenossen mit strikter Disziplin führte. Sie war eine Zulu, eine Frau, und auch noch jung. Kein Mann würde sich ihrer Autorität beugen. Er saß ab, ging herum ums Kochhaus auf die Veranda und tankte Kraft aus dem atemberaubenden Blick über das Tal hinunter zum Wasserloch und den sanften Hügeln Zululands, deren sattes Grün sich in der Ferne mit dem Blau des Himmels vermischte. Jedes Mal, wenn er hierher zurückkehrte, war es seine erste Handlung.

Dann nahm er seinen Hut mit dem langen Nackenschutz ab, stieß einen gellenden Pfiff aus und wartete, dass Lulamani im Wirbel ihres wehenden Rocks angelaufen kam, mit schimmernden, braunen Beinen, strahlenden Augen und seinem Namen auf ihren vollen Lippen. Doch es erschien nur Maboya, sein Vertrauter und Stellvertreter, wenn er im Busch war, der seine Herde betreute und zusammen mit Sihayo die Arbeiter überwachte, also praktisch die Farm leitete, fast ebenso gut wie ein Europäer es tun würde.

»Sawubona, Maboya, mein Freund, wie steht's denn so?«, rief Stefan fröhlich und wischte sich mit einem Tuch den Schweiß von Gesicht und Hals. Auch sein grob gewebtes Baumwollhemd war dunkel vor Nässe. Er knöpfte es auf, zog es aus seiner Hose und ließ es lose über seine Hüften hängen. Die Hände verschränkt, dehnte er ausgiebig seine müden Armmuskeln.

»Wo ist meine Frau? Im Stall oder im Garten?« Suchend schaute er hinüber zum Hühnerstall und dann zum Gemüsegarten, erwartete, ihre grazile Gestalt unter dem großen Sonnenhut zwischen den sauber gesetzten Pflanzenreihen zu entdecken. Aber außer zwei Zulufrauen, die schwatzend Bohnen ernteten, war da niemand. Er runzelte die Brauen. »Ich hoffe doch, dass sie nicht gerade ihrer Familie einen Besuch abstattet?«

Erst dann fiel ihm auf, dass Maboya bisher kein Wort gesagt hatte. Er drehte sich um, und als er Maboya ansah, wusste er, dass etwas geschehen war. Das dunkles Gesicht war wie aus braunem Stein gehauen, die schwarzen Augen glänzten verräterisch, und seine Lippen waren verzerrt, als würde ihn etwas quälen. Stefan wurde trotz der drückenden Hitze kalt. »Maboya, sag es mir, was ist geschehen?« Mit zusammengebissenen Zähnen wartete er auf das, was sein Freund ihm zu berichten hatte.

Der Zulu starrte auf seine Füße. »Lulamani, Tochter von Sihayo, war einst Madoda versprochen, als der König entschied, sie in dein Umuzi als deine Frau zu schicken.«

Stefan nickte ungeduldig. Das hatte er von Andrew Sinclair erfahren, mochte der dafür in der Hölle schmoren, der Schweinehund. »Woher weißt du das?«

»Jeder wusste das, und Madoda war mein Freund.«

»War?«

»Madoda ist zu seinen Ahnen gegangen«, erwiderte der Zulu mit belegter Stimme.

Stefan verstand auf Anhieb. »Wer hat ihn getötet?«

Angestrengt schob der Schwarze den Stein zu seinen Füßen hin und her. »Kikiza«, murmelte er, ohne seinen Freund anzusehen.

»Der Hyänenmann? Aber der ist der Henker des Königs …« Stefans Stimme verlor sich, als ihm klar wurde, was das hieß. »Der König hat es befohlen? Warum und was hat das mit Lulamani, meiner Frau, zu tun?« Eine unbestimmte Vorahnung packte ihn. Sein Herz hämmerte mit schweren, schmerzenden Schlägen gegen seine Rippen.

»Du hast Lulamani lange allein gelassen, viele, viele Nächte lang war sie allein in ihrem Bett. Eine junge Frau …« Maboya holte tief Luft und machte eine Pause, um seine Worte sorgfältig zu wählen. »Eines Tages kam Madoda, der Berater von Nkosi Sinzi. Er ist viele Nächte geblieben.« Er warf seinem Freund einen Blick zu, senkte aber seine Lider gleich wieder.

»Ich verstehe«, vermochte Stefan nach einer Weile hervorzupressen. »Was geschah dann?«

»Jemand hat es dem König gesagt. Lulamani war ein Geschenk an dich, er konnte nicht dulden, dass sie dich betrügt.« Er biss sich auf die Lippen. »Er hat sie dazu verurteilt, mit dem Bärtigen verheiratet zu werden.« Den letzten Satz stieß er schnell hervor und sah seinen weißen Freund dabei nicht an.

Stefan wurde kittweiß. »Wo ist sie, Maboya? Schnell, sprich. Vielleicht kann ich sie noch retten!« Die Panik machte seine Stimme schrill.

Der Zulu bewegte nur seine muskulösen Schultern und schüttelte den Kopf. Es war klar, was er ausdrücken wollte.

Auch Stefan verstand, und es schien ihm, als würde die Sonne sterben. Die Welt verdunkelte sich, eine beißende Kälte ließ ihm die Haare zu Berge stehen. Er packte seinen Freund an den Oberarmen und zwang ihn, ihm ins Gesicht zu sehen. »Wo ist sie, Maboya, wo, sag's mir! Ich bitte dich.«

Erst dann bewegte sich Maboya und führte Stefan zu der Stelle, an der ihm vorhin der starke Verwesungsgeruch aufgefallen war. Er fand sie in einer Wolke von blauschwarzen Fliegen. Der Gestank war überwältigend, Myriaden von schwarz glänzenden Aaskäfern krochen auf dem rottenden Fleisch, dass es schien, als würde sich die Leiche bewegen.

Stefan starrte auf seine Frau hinunter, sah, dass ihre Beine und Arme bis auf Stümpfe verschwunden waren, und langsam sank er in die Knie. »Warum hast du sie liegen lassen?«, fragte er tonlos.

Maboya trat rasch einen Schritt zurück und schüttelte den Kopf. »Jeder, der sie wegbringt und beerdigt, wird von Kikiza getötet. So hat der König es bestimmt. Denk an die Hochzeit von Ingcugce.«

Stefan stand auf. Mit geballten Fäusten sah er seinen Freund an. »Ich werde jetzt meine Frau bergen und sie auf Inqaba beerdigen, und wenn du mir nicht dabei hilfst, bist du nicht mehr mein Freund.«

Maboya rollte die Augen wie ein verängstigtes Pferd und hob abwehrend die Hände. »Cha! Nein! Ich bin ein toter Mann, wenn ich Lulamani berühre. Es ist nur ihr Körper, Setani, nichts weiter, ihre Seele habe ich ins Haus zurückgebracht, wie unsere Ahnen es verlangen.«

»Aus dem Weg«, knurrte Stefan Steinach und stieß den Zulu zur Seite. Dann stemmte er sich gegen den Stein, der auf Lulamanis Mitte lag, und mit einer gewaltigen Kraftanstrengung wuchtete er ihn zur Seite. Ihre Leiche war aufgedunsen, sodass er sie eigentlich nur an dem Stoff seines eigenen Hemds erkannte, das noch an ihrem blauschwarz angelaufenen Oberkörper hing. Wut explodierte in ihm, wie von Sinnen schlug er um sich. Die Fliegen kümmerte es nicht, und die heruntergefallenen Käfer krabbelten flugs wieder hinauf auf ihre Mahlzeit.

»Bring mir eine Decke«, befahl er Maboya rau. Ihm war klar, dass er die Leiche in diesem Zustand nicht anheben konnte, ohne dass sie zerfiel.

Zwei Stunden später stützte er sich auf den Spaten, mit dem er die Erde auf Lulamanis Grab geschaufelt hatte, und schaute in die Ferne, wo sich Zululands Hügel in der Unendlichkeit verloren. Er stand im Schatten des uralten Büffeldornbaums, in dem schon sein kleiner Bruder ruhte, der vor achtundzwanzig Jahren viel zu früh geboren worden war. Der Kaffirbaum, den seine Mutter einst gepflanzt hatte, trug noch seine roten Blütenkrönchen. Es war ein guter Platz. Hier fand man Ruhe, das Gras auf dem langen Abhang raschelte in der leichten Brise, Zikaden sangen, hier und da rief ein Vogel, und über allem wölbte sich der strahlende, afrikanische Himmel.

Eine Bank werde ich hierher stellen, dachte er, und Lulamani jeden Tag besuchen. Mit einer zärtlichen Geste legte er eine Hand auf das Grab. »Lalagahle«, flüsterte er. »Schlaf in Frieden.« Mit schleppenden Schritten stieg er den Hügel wieder hinunter, durchquerte das flache, kleine Tal und stapfte den Abhang zum Haus hinauf.

Als er später im Kerzenschein auf der Terrasse saß und an einem Kreuz für Lulamanis Grab schnitzte, plante er die Rache an König Cetshwayo. König Cetshwayo, der ihn seinen Freund nannte, denn nach seinem Vater und abgesehen von John Dunn war er der wichtigste weiße Berater des Zulukönigs.

Am liebsten hätte er seine Elefantenbüchse genommen, sein Pferd gesattelt, wäre schnurstracks nach Ondini in die Residenz des Königs geritten und hätte ihn umgebracht. Vor aller Augen, ohne Rücksicht auf das, was danach mit ihm geschehen würde. Aber selbst ihm würde das nie gelingen. Die Wächter des Zulukönigs, die jedem Weißen gegenüber außerordentlich misstrauisch waren, würden verlangen, dass auch er seine Waffen niederlegt, bevor er zu Cetshwayo vorgelassen werden würde. Obendrein war auch er nicht ohne Feinde unter den königlichen Indunas, die ihm seine Sonderstellung beim König neideten.

Er schlug einen Nagel in den Querbalken des Kreuzes. Dann ließ er den Hammer sinken. Den Großteil des Tages verbrachte Cetshwayo im Schwarzen Haus, dem rechteckigen Gebäude mit vier Räumen aus Ziegelsteinen, das sogar Glasfenster besaß und mit europäischen Möbeln und Tapeten ausgestattet war. Dort empfing er seine Ratgeber und die Stammesoberhäupter. Das Schwarze Haus hatte kräftige Schlösser und wurde Tag und Nacht von Mitgliedern seines Frauenregiments bewacht. Einen Angriff auf das Indlu Mnyama würde er nicht lange genug überleben, um sein Vorhaben auszuführen, dessen war er sich sicher.

Einige Minuten konzentrierte er sich darauf, Lulamanis Namen in das Kreuz zu schneiden. Immer wieder musste er sich den Schweiß abwischen, der ihm in den Haaren juckte und den Hals herunterlief. Der Tag war der bisher heißeste dieses Frühlings gewesen und ließ darauf schließen, dass eine Hitzewelle im Anmarsch war. Mit heftigen Bewegungen wedelte er sich die Mückenschwärme aus dem Gesicht.

Sollte er einen Wagen voll mit Geschenken beladen und unter dem Vorwand, dem König diese selbst überreichen zu wollen, sich ihm nähern? Eigentlich widerstrebte ihm das, er war immer für den direkten Weg. Sorgsam verlieh er dem Kreuz mit der rauen Seite einer getrockneten Haifischhaut, die er über ein handliches Stück Holz gezogen hatte, den Feinschliff und rief sich ein Ereignis ins Gedächtnis, von dem Maboya erzählt hatte und das deutlich zeigte, wie erbarmungslos Cetshwayo handeln konnte.

Wie Shaka Zulu, sein großer Vorfahr, glaubte der König, dass nur Männer ohne Familie wirklich gute Krieger wurden. Jeder seiner Soldaten musste Junggeselle bleiben, bis er ihm gnädig die

Erlaubnis zur Heirat gab. Ungehorsam wurde mit dem Tod bestraft. Auch die Mitglieder seiner Frauenregimenter unterlagen diesen Regeln.

Endlich muckten die Männer zweier seiner Regimenter auf. Sie waren bereits im fortgeschrittenen Alter und warteten noch immer auf die Erlaubnis, den Isicoco, den polierten Kopfring, tragen zu dürfen, der den verheirateten Männern vorbehalten war.

Nach wochenlangem Nachdenken fällte der König im August 1876 eine listige Entscheidung, die das Problem in seinem Sinne bestens löste. Er gab seinen Männern, unter anderem des Uthulwana-Regiments, die Heiratserlaubnis, bestimmte aber gleichzeitig, dass diese Männer nur die Mitglieder des Ingugucgce-Regiments heiraten durften, das ausschließlich aus sehr jungen Mädchen bestand.

Die Männer waren entzückt, die Mädchen wütend. Sie hatten nicht die geringste Absicht, Männer zu heiraten, die in ihren Augen alt waren, mindestens siebenunddreißig Jahre, manche sogar schon über vierzig. Dahinter steckte auch, wie schnell bekannt wurde, die Tatsache, dass mehrere der jungen Zulufrauen bereits heimlich mit Männern der jüngeren Regimenter verlobt waren. Sie weigerten sich, dem Befehl nachzukommen, und flohen entweder nach Natal oder auch Transvaal, ein paar begingen sogar aus Angst Selbstmord.

Cetshwayo bekam einen seiner berüchtigten Wutanfälle, und für ihn gab es nur eine Strafe für die Abtrünnigen. Seine Häscher schwärmten aus, erwischten noch einige der Mädchen und töteten sie, und wie bei Lulamani befahl der König, einige der Leichen als Abschreckung für die anderen abtrünnigen Mädchen quer über die Hauptwege zu legen, die anderen wurden an die Stelle im Fluss geworfen, die vor Krokodilen wimmelte. Fünf Monate dauerte das Schlachtfest. Den Eltern der toten Mädchen wurde unmissverständlich klar gemacht, dass sie ebenso getötet

werden würden, der König ihr Vieh und ihre gesamte Habe kon-
fiszieren würde, sollten sie versuchen, ihre Töchter zu beerdigen.

Dann schickte er wieder seine Henker aus, um die jungen Männer, die sich mit den Mädchen des Ingugucgce-Regiments eingelassen hatten, ebenfalls zu ermorden und den Panzerechsen zum
Fraß vorzuwerfen. Einige der jungen Frauen, die mit den jungen
Mitgliedern des Ingobamakhosi-Regiment verlobt gewesen waren,
heirateten die alten Männer, um dem Tod zu entkommen, und
eines Tages gerieten die zwei Regimenter aneinander. Die kriegs-
erfahrenen Uthulwana jagten die Ingobamakhosi quer durch die
königliche Rinderherde, durch den Ntukwini-Fluss und gegen die
Hügel. Der König, vor dessen Augen das geschah, tobte, schickte
Männer, um den Kampf zu beenden, aber keiner wagte einzugrei-
fen. Am Abend waren rund siebzig seiner Krieger tot, davon mehr
als zwei Drittel der jungen Ingobamakhosi.

Tief in Gedanken strich Stefan über den matten Glanz des
Holzkreuzes. Es hatte einen Riesenaufruhr in der Kolonie gege-
ben, als diese Neuigkeit über Zululands Grenze sickerte, und
Theophilus Shepstone hatte in einer vehemt formulierten Bot-
schaft an Cetshwayo eine Erklärung verlangt, die er durch einige
Männer nach Ondini bringen und dort ausrichten ließ.

Was er entweder nicht wusste oder sich nicht darum kümmerte, vielleicht sogar bewusst einsetzte, war der unglückliche
Umstand, dass einer der Boten Matshonga war, ein Erzfeind
Cetshwayos, der unverzüglich als Verräter vom Leben zum Tode
befördert werden würde, sollte er sich Ondini nähern. Aber in
diesem Fall schützte ihn sein Status als Regierungsbote aus Natal.
Der Ton der Botschaft, die von Matshonga verkündet wurde, und
die Tatsache überhaupt, dass man Matshonga als Gesandten gewählt hatte, empfand König Cetshwayo als tiefe persönliche Beleidigung.

Er sandte einige seiner Indunas mit einer außerordentlich
scharfen Antwort nach Natal. Die Botschaft wurde mündlich an

den Minister für Eingeborenenangelegenheiten übermittelt und dann von ihm oder einem seiner Untergebenen niedergeschrieben. Jeder, der in dieser Nachrichtenkette mitwirkte, hatte wohl dem Wortlaut seine eigene Färbung gegeben. Vielleicht um sich wichtig zu machen, oder aus Unkenntnis der Zulusprache, das wird nie geklärt werden können.

Stefan war mit seinem Vater dabei gewesen, als Shepstone dieses Dokument in kleiner Runde vorlas.

Shepstone stand am Fenster, um besser lesen zu können. »Hier, hören Sie sich das an, was der König zu sagen hat. Es ist wirklich unglaublich«, rief er. Sein Gesicht drückte höchste Empörung aus, als er begann. »›Habe ich je Mr Shepstone versprochen, dass ich nicht töten würde‹, schreibt der König, ›ich töte, aber bin nicht der Ansicht, dass ich bis jetzt wirklich getötet habe.‹ – Das ist ja …!« Shepstone fehlten die Worte, und er ließ das Papier sinken, nahm es dann aber wieder auf. »›Warum regen sich die Weißen über Nichtigkeiten auf? Ich habe noch gar nicht angefangen, wirklich zu töten. Das ist das Brauchtum unseres Volkes, und ich werde nicht davon abweichen! Meine Leute gehorchen nicht, es sei denn, sie wissen, dass sie sonst den Hyänenmann treffen werden‹, sagt Cetshwayo – dummer Ausdruck das, Euphemismus für Mord«, knurrte Shepstone und ließ seinen Blick über das Dokument gleiten. »Weiter unten dann schreibt er: ›… und habe ich die Engländer nicht seit dem Tode meines Vater Mpande gebeten, mir zu gestatten, meine Speere in Blut zu waschen, und haben sie nicht mit mir gespielt, haben mich wie ein Kind behandelt?‹«

Shepstone schwenkte das Dokument. »Hier, das ist der letzte Satz von diesem schwarzen Bastard.« Theatralisch hob er seine Stimme. »›Der Gouverneur von Natal und ich sind gleich; er ist der Gouverneur von Natal, und ich bin Gouverneur meines Landes, Zululand.‹«

Stefans Vater hatte damals mit milder Stimme darauf hingewiesen, dass Cetshwayo durchaus Recht hatte. Er war der abso-

418

lute König der Zulus, und sein Wort war Gesetz. So war die Lage, und man konnte Cetshwayo nicht dafür verurteilen, dass er gemäß der Gebräuche seines Volkes regierte.

Damals hatte Stefan seinem Vater zugestimmt. Jetzt aber war die Lage anders. Lulumani war seine Frau, er war Weißer, und sie war ihm von dem König in seine Obhut übergeben worden. Sie unterlag nicht mehr den Gesetzen der Zulus, und deswegen war das, was Cetshwayo angeordnet hatte, in seinen Augen ein Verbrechen.

Der Vorfall, der als die Hochzeit von Ingcugce in die Geschichte eingegangen war, war bis heute nicht vergessen, die Empörung schwelte noch immer unter der Oberfläche. Gouverneur Bulwer hatte damals nur mühsam einige Hitzköpfe davon abhalten können, sofort aufzubrechen und über die Zulus herzufallen. Vielleicht konnte er sich gerade das zunutze machen. Es bedurfte sicherlich nur einiger Bemerkungen in den richtigen Ohren, und das Feuer würde wieder auflodern. Sollte er ein paar dieser Männer für sich gewinnen und gemeinsam nach Ondini ziehen?

Grübelnd trocknete er seine verschwitzten Hände an seiner Hose ab, schnitzte mit einem feinen Messer ein Herz unter Lulamanis Namen und schliff liebevoll die Kanten mit der Haifischhaut seidenglatt. Dort, wo ihr Kopf zum Sonnenaufgang zeigte, würde er es aufstellen und einen Baum pflanzen, der bald seine schützenden Zweige über sie breiten würde, und er auf der Bank, die er dort plante, in seinem Schatten sitzen konnte. Vielleicht einen Kiaatbaum wie jene, die die Auffahrt nach Inqaba säumten und jetzt im Frühjahr strahlend gelben Blütenflor trugen, oder eine der herrlichen Wilden Birnen, deren weißrosa Blütenpracht wie ein duftender Schleier über ihren Ästen lag. Lulamani hatte sie alle geliebt.

Sein Herz war ein kalter Stein in seiner Brust. Er legte das Kreuz beiseite und kratzte den Holzstaub von seinen klebrigen Fingern. Er hatte der Order des Königs zuwidergehandelt, als er die Leiche

Lulamanis nach Inqaba gebracht und beerdigt hatte, und mit absoluter Sicherheit hatte es jemanden gegeben, der ihn dabei beobachtet und dem König umgehend Bericht erstattet hatte.

Das hatte er in seinen Jahren im Busch gelernt. Auch wenn weit und breit kein anderer Mensch außer ihm zu sein schien, die Spione des Königs waren überall. Auch wenn Cetshwayo ihn als persönlichen Freund bezeichnete, zweifelte er nicht für eine Sekunde, dass Kikiza mittlerweile den Befehl erhalten hatte, sich auch an seine Fersen zu heften. Er würde aufpassen müssen, was in seinem Rücken geschah.

In dieser Nacht schlief er im Zimmer seiner Eltern im Haupthaus. Er konnte es nicht ertragen, sich in sein eigenes, leeres Bett zu legen. Die Schatzkarte zerknitterte in seiner Hosentasche. Er hatte sie vergessen.

Noch vor Sonnenaufgang wachte er auf. Sein Kopf schmerzte. Offenbar hatte er im Schlaf seine Zähne derart aufeinander gepresst, dass seine Kinnmuskeln hart wie Stein geworden waren. Einen Augenblick hockte er auf der Kante seines Betts, rieb sich den Kiefer und war sich nicht sicher, ob er die Ereignisse, die noch überscharf vor seinem inneren Auge standen, nicht vielleicht doch geträumt hatte. Den Augenblick hinauszögernd, der ihm so oder so Gewissheit bringen würde, stand er vor dem Fenster, die Hand nach den Musselinvorhängen ausgestreckt. Endlich packte er den dünnen Stoff, zog die Vorhänge mit einem heftigen Ruck zurück und blickte hinüber zum Hügel.

Er hatte nicht geträumt. Dort, unter dem alten Büffeldornbaum, vom ersten Licht des nahenden Morgens in sanftes Rosa getaucht, lag Lulamanis Grab.

Erst Minuten später hatte er sich so weit gefasst, dass er sich aufraffte, ein Handtuch um die Schultern hängte und, nur mit Unterhose bekleidet, sich auf den Weg über den Hof und den kleinen Abhang hinauf zu Inqabas gemauertem Wasserreservoir machte. Eine

Gruppe lärmender Hadidahs saß auf dem Rand und nahm einen Morgentrunk, blutrote Kardinalweber hingen in dem mannshohen Ried am Fuß der Mauer und stritten sich ohrenbetäubend um die besten Nistplätze. Hoch über ihm segelte ein Adler nach Osten zum Meer. Es war ein himmlisch schöner Morgen wie fast jeder Morgen auf Inqaba. Der erste von so vielen, die Lulamani nicht erleben wird, dachte er, und sein kalter Zorn wurde noch kälter.

Er warf das Handtuch auf den Boden und sprang kopfüber ins Wasser. Mit ausholenden Bewegungen kraulte er immer im Rund an der Mauer des Beckens entlang, verausgabte sich, bis seine Lunge stach und sein Herz raste. Aber es half ihm, seinen Kopf freizubekommen. Rasch trocknete er sich ab, um möglichst keine Mücken, die früh am Morgen noch unterwegs waren, anzuziehen, und stieg hinunter zum Haus.

Als er eben über die Veranda in sein Schlafzimmer gehen wollte, um sich frische Kleidung aus dem Schrank zu holen, hörte er laute Rufe, Hundebellen, Peitschenknallen, das tiefe Brüllen von Zugochsen und das unverkennbare Rumpeln mehrspänniger Planwagen. Wütend schleuderte das nasse Handtuch in die Ecke. Wer zum Henker kam jetzt auf Besuch? Ein einzelner Planwagen hieß schon, dass es mehrere Leute waren. Leute, die erwarteten, verköstigt zu werden, ihre Tiere tränken und füttern zu können. Es war das Letzte, was er jetzt gebrauchen konnte, aber er würde nicht darum herumkommen, ihnen seine Gastfreundschaft anzubieten. Das war das Gesetz im Busch.

Gereizt hob er das Handtuch auf, schlang es sich um die Hüften und lief auf den Hof. Mit etwas Glück war es ja nur ein Händler oder irgendwelche Zulus, die er auf der Stelle wieder fortschicken konnte. Er hatte den Gedanken noch nicht zu Ende gedacht, als diese Hoffnung zerstört wurde. Ein Hunderudel tobte auf den Hof, schoss kläffend auf ihn zu, als wäre er ein Wild, das sie gestellt hatten. Drei Ochsengespanne folgten ihnen, begleitet von mehreren Weißen hoch zu Ross. Hinter ihnen strömte

421

eine Meute von schwarzen Treibern, Fährtensuchern und Häutern. Stefan stöhnte auf, während er einem besonders aufdringlichen Hund einen Tritt versetzte. Eine ganze Jagdgesellschaft versammelte sich vor seiner Tür.

Er traute seinen Augen nicht, als er Andrew Sinclair sah, der in seiner großspurigen Art grüßend die Hand hob. Die Unverfrorenheit von diesem Kerl! Blanken Hass im Herzen, stürmte er auf ihn zu, um ihn vom Hof zu jagen. Doch Sinclair ritt ihm entgegen, ein unterwürfiges Lächeln auf den Lippen.

»Wir bitten untertänigst um Unterschlupf für eine Nacht«, rief er und schwenkte seinen Hut, für dessen Schmuck er einem Eisvogel die kupfergrünen Brustfedern und einem Witwenvogel die prächtig blau schillernden Schwanzfedern ausgerupft hatte.

Das machte Stefan noch wütender. Seiner Ansicht nach kleideten diese Federn niemanden besser als die dazugehörigen Vögel. Verächtlich zog er die Mundwinkel herunter. »Sinclair, Sie scheinen kein Englisch zu verstehen. Sie sind hier nicht willkommen. Verschwinden Sie, und zwar auf der Stelle, ehe ich Sie wie einen räudigen Hund mit der Nilpferdpeitsche von meinem Land jage!«

»Es ist ein Notfall. Freiwillig wäre ich nicht hierher gekommen, darauf können Sie Gift nehmen. Einer meiner Leute ist für mindestens zwei Tage transportunfähig. Er hat sich mit einem Nashorn angelegt, liegt da im Ochsenwagen, und die Wunde reißt vom Geschaukel ständig wieder auf. Ich hoffe, Sie nehmen mir meine Worte von damals nicht mehr so übel und lassen das an diesem armen Kerl aus. Muss wohl zu viel Wein getrunken haben, obwohl es eigentlich keine Entschuldigung gibt. Ich hoffe, Sie akzeptieren meine demütigste Bitte um Vergebung.« Sinclair wartete, musterte Stefan Steinach.

Sein Mann hatte sich zwar wirklich verletzt, aber in keinster Weise so ernst, wie er das darstellte, und sie hätten ebenso gut auf einer Lichtung in der Nähe eines Flusses kampieren können.

Die drei englischen Ehepaare, die ihn eigentlich für die nächsten Wochen gebucht hatten, hatte er bereits nach einer Woche zurück nach Durban bringen müssen. Drei von ihnen mussten etwas Verdorbenes gegessen haben, jedenfalls waren sie innerhalb kürzester Zeit an Brechdurchfall erkrankt, dem mit keinem ihm zur Verfügung stehenden Mittel beizukommen war.

Stefan nickte schließlich widerwillig. »Nun gut, weil es ein Notfall ist. Ihre Pferde können Sie dort drüben bei den Ställen tränken und im Hof kampieren.« Die Abneigung in seiner Stimme war nicht zu überhören.

Er stieß einen gellenden Pfiff aus, und im selben Moment erschien Maboya neben ihm.

Mit kurzen Worten erklärte er seinem schwarzen Freund die Lage. »Mach Feuer im Kochhaus und lass die Frauen Wasser holen. Ich habe einen Springbock geschossen. Er hängt bei den Ställen. Er ist für euch bestimmt, sorge dafür, dass Nkosi Sinzi ihn nicht in die Finger bekommt.« Der Bock war für das Festessen mit Lulamani bestimmt gewesen. »Schau in der Speisekammer nach, was wir vorrätig haben, lass aber die Finger vom Eingemachten meiner Mutter, sonst gibt es großen Ärger.«

»Fang eine Ziege ein und schlachte sie, aber nicht eine von den jungen, wähle eine, die schon das Ende ihres Weges erkennen kann«, rief er Maboya nach.

Damit machte er auf den Fersen kehrt und ließ die Tür zu seinem Schlafzimmer heftig ins Schloss fallen. Er hatte keine Wahl. Wollte er nicht dumme Fragen herausfordern, musste er also wohl oder übel hier schlafen, bis Sinclair sich bequemte weiterzureisen. Je früher er sich daran gewöhnte, dass eine Hälfte seines Ehebetts von nun an leer bleiben würde, desto besser. Knurrend ballte er das nasse Handtuch zusammen, schleuderte es auf den Fußboden und griff nach seiner Hose.

Als er die Stufen zur Veranda wieder hinaufstieg, folgte ihm Sinclair. »Mein Gott, Steinach, wir haben erfahren, was passiert ist! Ihre arme Frau. Barbarisch, wirklich barbarisch. Es ist an der

Zeit, dass wir diesem arroganten Zulu das Handwerk legen. Was sagen Sie? Wir sind gekommen um Ihnen zu helfen.«

Stefan starrte Sinclair unter finster zusammengezogenen Brauen an. »Das ist meine Sache«, brummte er schroff. »Mit Ihnen hat das gar nichts zu tun.« Keine Sekunde lang glaubte er, dass das Mitgefühl von diesem heuchlerischen Hund echt war.

»Natürlich, alter Junge, natürlich, aber ich wäre ein schlechter Freund, wenn ich Ihnen jetzt nicht helfen würde. Was sagen Sie, meine Herren.« Er wandte sich an seine Jagdgesellschaft, die ihm gefolgt war, breitete die Arme aus, als wolle er sie segnen. »Was würden Sie unternehmen, wenn jemand Ihre Frau bestialisch ermorden und dann hinterher zur Schau stellen würde, als wäre sie eine Jagdtrophäe? Die Frau eines weißen Bürgers, zwar schwarz, und somit natürlich einer Europäerin nicht gleichzustellen, aber ist es nicht eine Affront gegen die Republik Natal und uns alle und ein Beweis für die Gesetzlosigkeit der Eingeborenen? Unter den Gesetzen Ihrer Majestät, der Queen Victoria, wäre das nicht möglich! Nun?«

Stimmengewirr antwortete ihm.

»Hängt Cetshwayo auf!«, brüllte ein Mann und nahm einen tiefen Zug aus einer Flasche. Sein Haar und Bart waren pechschwarz und lang, überwucherten sein Gesicht, ließen nur Augen, Nase und Mund frei.

Stefan erkannte einen Buschläufer, den er noch nie nüchtern gesehen hatte. Ein weiterer Grund, diese Meute schnellstens loszuwerden.

»Werft ihn den Krokodilen zum Fraß vor«, lallte ein anderer. »Auf diese Weise beseitigt er doch auch seine Gegner.« Auch er hielt eine offene Flasche in der Faust.

»Halten Sie sich da raus!«, sagte Stefan, aber seine Stimme ging in dem allgemeinen Gebrüll unter.

»Hört, hört!«, rief Andrew begeistert und wedelte mit den Händen. Insgeheim schmunzelte er. Steinach sah aus, als würde er gleich einen Tobsuchtsanfall erleiden. Er war knallrot im Gesicht. Sein Plan ging also auf. Es war an der Zeit, Nisaka loszuschicken, um seine Nachricht zu überbringen. Heute war der Tag, an dem er den Grundstein zu seinem Vermögen legen würde. Mit erhobenen Armen drehte er sich im Kreis.

Sinclair erschien ihm wie einer dieser fanatischen Prediger, die ihre Anhänger aufpeitschten.

»Cetshwayo tanzt uns allen schon viel zu lange auf der Nase herum. Wir werden ihm eine Lektion erteilen, o ja! Und wir, Steinach, sind natürlich dabei. Sie können über uns verfügen.«

Stefan verabscheute diese blutrünstigen, schießwütigen Kerle, und abgesehen davon würden sie ihm nur in die Quere kommen. Mit geballten Fäusten unterdrückte er seine Erregung. »Sehr freundlich von Ihnen, aber ich löse meine Probleme allein, und das ist mein letztes Wort.«

Etwa zur gleichen Zeit dampfte die *Emilie Engel* langsam vom offenen Meer in die Tafelbucht. Kapstadt präsentierte sich von seiner schönsten Seite. Der Himmel war von durchsichtigem Azurblau, die Sonne glitzerte auf dem Wasser, die schmucken Häuser glänzten weiß, und als das Schiff sich dem Anleger näherte, konnte Maria das frische Frühlingsgrün der Bäume erkennen. Möwen kreischten, Schiffssirenen heulten, und Leon neben ihr redete unablässig, deutete hierhin und dorthin, konnte offenbar die Fülle der Eindrücke nicht auf einmal verarbeiten, sondern musste sie gleich wieder von sich geben.

Doch sie hörte kaum hin, zu sehr fieberte sie dem Augenblick entgegen, endlich Afrika wieder unter ihren Füßen zu spüren. Obwohl nur eine Nacht Aufenthalt am Kap geplant war und sie an Bord schlafen konnten, wollte sie gleich mit Leon einen Landspaziergang machen und am Hafen essen.

»Siehst du es?«, rief er jetzt aufgeregt. »Meine Güte, siehst du es!«

»Was soll ich sehen?«

Die hellblauen Augen strahlten, seine Hand beschrieb einen Bogen, der die Welt umfasste. »Alles, diese ganze Herrlichkeit, das Wunderbare an sich, sieh doch nur …« Seine Stimme versiegte, er hob die Hände, Handflächen nach oben, als würde er eine Opfergabe darbieten. Offenbar fehlten ihm buchstäblich die Worte. »Die afrikanische Erde ist tatsächlich rot«, brachte er endlich hervor.

Maria lächelte und freute sich auf seine Reaktion, wenn sie in die Bucht von Durban segeln würden. Kapstadt war schön, ja überwältigend, aber die Küste von Natal war paradiesisch, der Garten Eden, erschien unberührt seit Adams und Evas Zeiten, und Zululand war pures, sinnliches Gefühl.

»Die Adderley Street soll so elegant sein, ganz international, sagt man. Die Pariser Mode wird dort schon getragen, bevor sie in den Salons in London erscheint.« Ihre Augen glänzten. »Zu schade, dass die Zeit nicht reicht, um Viktoria aufzusuchen. Im Sommer wohnt sie mit ihrem Mann hier, im Winter, wenn die Winde heulen und es so ungemütlich und kalt in Kapstadt ist wie der Herbst in Hamburg, zieht sie mit ihrer Familie auf die andere Seite vom Kap, an die Küste des Indischen Ozeans. Sie müsste also in der Stadt sein. Du würdest sie sehr mögen …«

»Jeden, der mit dir verwandt ist, werde ich lieben …« Seine Augen streichelten sie.

»O Leon!« Maria verdrehte die Augen. So etwas hatte sie sich in den letzten drei Wochen ständig anhören müssen. Es war wie zu süßer und zu klebriger Sirup. Nur gut, dass sie ihre geradezu unstillbare Leidenschaft für Sirup, klebrig, süß und möglichst viel davon, entdeckt hatte.

Die Ankerkette rasselte, das Heck schwang herum, Seile wurden geschleudert und von muskulösen Hafenarbeitern an Land aufgefangen, die Schiffsschrauben liefen langsamer und stoppten. Die Gangway wurde angelegt. Neugierig schaute Maria hinunter auf den Pier. Kutschen waren vorgefahren, Leute winkten, aber ein Mann drängte sich rücksichtslos durch die Menge und schob sich gegen den Strom der an Land gehenden Passagiere an Bord.

»Welch ein Rüpel«, kommentierte sie und zeigte auf ihn.

Leon spähte hinunter. »Ach herrje, das ist Böttcher, der Agent meines Vaters. Er hat ein ganz rotes Gesicht. Er muss schrecklich echauffiert sein. Mein Vater scheint ihm eine inhaltsvolle Depesche geschickt zu haben.«

»Was wird der wollen? Das kann nur Unangenehmes bedeuten.« Besorgt schaute sie ihn an.

Leon wedelte mit einer Hand. »Mein Vater wird ihm ein Dutzend Telegramme geschickt und ihn völlig verrückt gemacht haben«, spottete er. »Pass auf, er wird sagen, dass ich auf der Stelle umkehren muss, dann würde mir verziehen, sonst enterbt er mich, und das auch auf der Stelle. Vermutlich droht er mir noch ewige Verdammnis an.« Erwartungsvoll sahen sie dem Mann entgegen.

»Einen guten Morgen, Herr Mellinghoff.« Herr Böttcher wischte sich mit einem großen Taschentuch schwer atmend die Schweißperlen vom Gesicht. »Gnädiges Fräulein.« Er verbeugte sich knapp vor Maria. »Können wir unter vier Augen sprechen?«, wandte er sich wieder an Leon. »Was ich Ihnen zu sagen habe, ist privat.«

Leon zog Maria an sich. »Sagen Sie es nur, lieber Böttcher. Nur zu, immer frisch von der Leber. Die Dame kann alles hören, ich habe keine Geheimnisse vor ihr.«

Der Agent presste die Lippen zusammen, dann zuckte er die Achseln. »Nun gut. Wie Sie es wünschen. Also, Ihr Herr Vater bittet mich, Ihnen mitzuteilen, dass Sie auf der Stelle nach Hamburg zurückkehren sollen …«

»… dann wird er mir verzeihen, und sonst werde ich enterbt und in der Hölle schmoren?«, ergänzte Leon den Satz. »Sagen Sie ihm, ich werde zurückkehren, aber erst wenn ich mich hier als Arzt etabliert habe.«

»Aber …«

»Mehr habe ich nicht zu sagen, danke, Herr Böttcher. Komm, Maria, wir wollen an Land gehen.« Damit nahm er Maria am Arm und strebte an dem Mann vorbei mit ihr der Gangway zu. Nach ein paar Schritten drehte er sich noch einmal zu dem Agenten um. »Ach, Herr Böttcher, bitte grüßen Sie meine Eltern und besonders meine Schwestern von Herzen, wenn Sie ihnen telegrafieren. Sagen Sie ihnen, dass ich sehr glücklich bin. Glücklicher als je zuvor in meinem Leben. Vergessen Sie das bitte nicht. Das ist eine Order.«

Zu Stefans Verdruss ritt nachmittags auch noch Dan de Villiers auf den Hof. Der Schlangenfänger war der ständige Begleiter seiner Kindheit gewesen, voller Schnurren und Anekdoten, und hatte ihm unter anderem alles über Schlangen beigebracht, und für gewöhnlich hätte er ihn mit offenen Armen begrüßt. Aber heute würde er unbequeme Fragen nach Lulamani stellen, das wusste er, denn Dan mochte sie sehr, nannte sie seine kleine Mohrenpuppe, brachte ihr jedes Mal ein Geschenk mit, und Lulamani lachte über seine Scherze.

»Seid gegrüßt, Herr von Inqaba«, dröhnte Dan und nahm mit den verbleibenden drei Fingern seiner linken Hand den Schlapphut mit dem buschigen Wildkatzenschwanz ab. Den Zeigefinger hatte er sich einst selbst abgehackt, als ihn eine Puffotter gebissen hatte. So hatte er verhindert, dass das Gift sich im Rest seines Körper verteilte. Danach hatte er jeder Schlange den Krieg erklärt und war bald der beste Schlangenfänger der Kolonie. Manche behaupteten sogar, dass es in ganz Afrika keinen Mann gab, der besser war. Er hatte eine besondere Weise, die Häute weich und geschmeidig zu machen, und die erreichten Spitzenpreise in den europäischen Großstädten. Bei den Londoner Dandys und Pariser Fatzkes, wie er sich prägnant ausdrückte. Jetzt nahm er den Hut ab. Er schüttelte seine zottige Haarmähne.

Stefan hielt die Luft an. Der Schlangenfänger musste längere Zeit im Busch gewesen sein. Er stank wie ein Warzenschwein und war behaart wie ein Löwe, sein Bart dicht genug für mehrere Mäusenester, und seine Kleidung bestand aus Fetzen, die allerdings sorgfältig geflickt waren. Um seine Schultern lag eine fast oberschenkeldicke Felsenpython, deren Kehle durchtrennt war. Der Schwanz und der an wenigen Sehnen baumelnde Kopf lagen gegeneinander gekreuzt über dem Sattel und hingen trotzdem rechts und links hinunter bis zu den Steigbügeln. Es war ein Riesenvieh, bemerkte Stefan beeindruckt, und musste höllisch schwer sein. Wo immer Dan aufkreuzte, brachte er das Abendessen meist mit.

»Stefan, alter Halunke, hab 'ne feine Python zum Abendessen dabei und eine Flasche von Mila Dillons legendärem Obstler! Hol mir mein Mohrenpüppchen her, damit ich ihr alles zu Füßen legen kann«, dröhnte der Schlangenfänger und klatschte der toten Schlange auf den Leib. »Ich kann dir außerdem berichten, dass deinen Vater die Hexe getroffen hat, er hat's überlebt, aber er schleicht herum wie einer, der schon auf die Neunzig zugeht!« Er röhrte vor Lachen. »Spaß beiseite, es ging ihm einigermaßen, als ich ihn seinem Schicksal überließ, er müsste bald den Mhlatuze kreuzen, und wir wissen ja, dass es von da aus nur noch ein Katzensprung von ein oder zwei Wochen nach Stanger ist. Höchstens drei«, setzte er nach einigem Überlegen hinzu und rieb sich die Nase.

»Was macht die Herde? Haben wir viele Verluste?«, wollte Stefan wissen, der verzweifelt überlegte, wie er Dan von Lulamani ablenken konnte.

»Ach, nur der übliche Tribut an die Wegelagerer des Buschs. Es gibt momentan ein paar wohlgenährte Kroks und Raubkatzen in der Gegend, aber es ist nicht zu schlimm.«

»Und die Pest?«

Dan nahm seinen Hut ab, streichelte abwesend den Wildkatzenschwanz und schüttelte den Kopf. »Hab keine Anzeichen

gefunden, dass eure Herde die Lungenpest hat. Wo ist Lulamani?«
Jetzt hörte er den Krach. »Zur Hölle, welche Barbaren sind denn
über dich hergefallen?«

»Andrew Sinclair mit seiner Meute«, brummte Stefan.

Dan pflanzte sich den Hut wieder aufs verfilzte Haar und
gluckste. »Na, der hat Nerven! Kann nur von Glück sagen, dass
deine Mutter nicht hier ist. Sie würde ihn frikassieren.«

»Sawubona, Iququ«, grüßte Maboya, der von den Pferdeställen
kam. »Ich sehe dich, der du stinkst wie ein Ziegenbock.«

Dan grinste. Sicelo hatte ihn eines Tages so genannt, und seitdem war er unter diesem Namen in ganz Zululand bekannt.
Beleidigt fühlte er sich nicht, er fasste ihn als eine Art Auszeich-
nung auf. »Ich sehe dich, du hässlicher Kerl, dessen Gesicht nur
seine Mutter lieben kann.« Erwartungsvoll sah er den Zulu an.
Für gewöhnlich würde jetzt zwischen ihm und Maboya ein amüsanter Austausch gegenseitiger Beleidigungen folgen, wobei jeder
versuchte, den anderen an Farbigkeit zu übertrumpfen. Beide
hatten es im Laufe der Jahre zur wahren Meisterschaft gebracht.

Aber Maboya nickte nur. »Yebo«, murmelte er und ging den
Weg hinunter ins Farmarbeiterdorf.

Dan sah ihm verblüfft nach. »Welche Laus ist dem denn über
die Leber gelaufen?«, murmelte er, zog dabei einen Lederbeutel
aus der Tasche und schnürte ihn auf. »Wo ist deine Kleine? Ich
habe ihr etwas mitgebracht.« Er zog einen glänzenden Stein heraus, durch den er ein Loch gebohrt und ein dünnes Lederband
gezogen hatte. Er hielt ihn hoch, dass er das Sonnenlicht einfing.
Der Stein schimmerte wie flüssiges Gold. »Tigerauge, prachtvoll,
was?« Seine Zähne blitzten durch den dichten Bart. »Nun, wo ist
Lulamani, die Schöne?« Er reckte sich im Sattel und schaute sich
um.

»Nicht hier, weggegangen. Zu ihrer Mutter.« Stefan beschäftigte sich damit, Dans Pferd die Ohren zu kraulen, darauf bedacht, dem Schlangenfänger nicht in die Augen sehen zu müssen.

Zu seiner Erleichterung wurden sie von brüllendem Gelächter unterbrochen. »Was zum Teufel und seinem Pferdefuß ist denn das?«, röhrte die trunkene Stimme des behaarten Buschläufers.

Stefan sah unwillkürlich hinüber und fluchte. Der Mann hielt in der einen Faust einen abgeschnittenen Flügel des Lämmergeiers in die Höhe, mit der anderen Stefans Flugmodell, mit dem er bruchgelandet war. Mit wenigen Sätzen war Stefan bei ihm. »Leg das hin«, sagte er, aber sein Ton war so, dass der Ire alles sofort fallen ließ. Wütend vernahm Stefan das feine Reißen des dünnen Papiers. Dieser betrunkene Tölpel hatte seinen Segler beschädigt, außerdem fühlte er sich wie ertappt. Keinen Menschen ging es auch nur einen gequirlten Furz an, welche Träume er hatte!

Der Buschläufer sprang ein paar Schritt außer Reichweite von Stefans Armen. »Was soll das sein?«, höhnte er. »Sieht aus wie Flügel. Bildest du dir ein, ein Vogel zu sein?« Mit den Armen schlagend, rannte er mit wilden Bocksprüngen im Kreis wie ein Vogel, der vergeblich versuchte abzuheben.

»Nutze den Schwung deines Feinds. Das verunsichert sie«, hörte er die Stimme seiner Mutter. »Das hat mir dein Urgroßvater, mein Grandpère, beigebracht.«

Innerlich musste er grinsen. Seit seiner frühesten Kindheit begleiteten ihn die schlauen Sprüche seiner Mutter. Manches Mal hatten sie ihn fast bis zur Weißglut gereizt, aber er hatte gelernt, sie zu respektieren, einfach aus dem Grund, dass sie meist den Kern der Sache trafen.

»Natürlich nicht«, erwiderte er mit wegwerfender Handbewegung. »Wo denkst du hin. Ich warte doch erst noch darauf, dass mir endlich Flügel und ein Schnabel wachsen!« Er spitzte die Lippen. »Sieh, da ist schon ein Ansatz.«

Die Lacher hatte er auf seiner Seite, der Buschläufer wurde Zielscheibe für derbe Spottrufe, und in diesem Durcheinander konnte er seinen Flugapparat unbemerkt in seinem Schlafzimmer in Sicherheit bringen. Als er wieder herauskam, lehnte Dan lässig an der Wand des Gangs, stocherte mit einem Zahnstocher in seinen Zähnen und musterte ihn unter schweren Lidern.

»Erzähl's mir«, knurrte Dan an dem Zahnstocher vorbei. »Und zwar in allen Einzelheiten, wenn ich bitten darf. Als Erstes, was es mit Lulamani auf sich hat. Warum ist sie nicht hier?«

Stefan öffnete den Mund, um ihn mit einer weiteren erfundenen Geschichte über Lulamanis Verbleib abzuspeisen, aber Dan hob nur eine Hand.

»Versuch gar nicht erst zu lügen, mein Junge.« Dabei nagelte er den jungen Mann vor sich mit einem Blick fest, den der nicht missverstehen konnte.

Stefans Schultern fielen nach vorn. Er befürchtete, die Fassung zu verlieren, wenn er in Worte fassen müsste, was hier geschehen war. Für einen Augenblick starrte er auf seine Schuhspitzen. »Sie ist ermordet worden«, sagte er schließlich, und dann berichtete er Dan alles, in wenigen, dürren Worten, nur wie er sie vorgefunden hatte, verschwieg er. Warum sollte er seinem Freund noch mehr Schmerz zufügen?

»Dieser gottverdammte schwarze Bastard«, knirschte Dan. »Lulamani! Mein Gott, Stefan …« Er brach ab. Seine Augen glänzten nass, seine Fäuste öffneten und schlossen sich. »Demzufolge hat Cetshwayo dich jetzt auch auf dem Kieker. Na, prost Mahlzeit!« Er spuckte den Zahnstocher in hohem Bogen aus und hakte seine Daumen unter seinen breiten Schlangenledergürtel. Dann kratzte er sich im Bart, ganz langsam, als könne er dabei besser nachdenken. »Du solltest Zululand so schnell wie möglich verlassen, das ist schon mal klar. Noch heute.« Er hob seine Stimme auf dem letzten Wort, machte es damit zu einer Frage, fixierte Stefan dabei mit funkelnden Augen.

Stefan hielt seinen Blick, stellte fest, dass er die Farbe von Dans Augen nicht beschreiben könnte. Sie waren hart und glänzend wie nasse Kiesel, und wie diese changierten sie in vielen Farbschattierungen. »Natürlich werde ich Zululand verlassen«, antwortete er in der Stimme, mit der er den Frauen seiner Jagdgäste erzählte, dass ihnen in seiner Obhut nichts passieren könnte und dass er mit Löwen reden konnte.

»Heute.«

»Nein, wohl nicht heute, aber bald, und ich werde aufpassen, das verspreche ich.« Das werde ich wahrlich, damit ich so lange am Leben bleibe, bis ich meine Lulamani gerächt habe, versprach er sich selbst.

Der Schlangenfänger stieß sich von der Wand ab. »Ich bleibe so lange hier, bis du die Farm verlässt.« Sein Ton duldete keinen Widerspruch.

Stefan hörte es und seufzte.

Andrew Sinclair wartete noch eine Weile, bis die ersten Schüsseln mit Essen auf die Veranda getragen wurden und alle mit ihrer Mahlzeit beschäftigt waren. Er schaute sich verstohlen um, ob ihn jemand beobachtete, und drückte sich im Schatten des Hauses vorbei zu den Pferdeställen, wo er seinen Läufer am Feuer fand. Nisaka riss eben mit seinen kräftigen weißen Zähnen ein großes Stück Fleisch von einem Kuduknochen. Zu seinen Füßen stand ein mit Bier gefüllter Ukhamba. Andrew ging neben ihm in die Hocke und gab ihm leise Anweisungen, befahl ihm dann, den Satz zu wiederholen, den er ihm eben eingebläut hatte.

»Setani, der Mann von Lulamani, ist unterwegs, den König zu töten. Er wird von mehreren Männern begleitet, die viele Waffen tragen«, sagte der Zulu die Worte auf. Der rote Schein des Lagerfeuers flackerte über sein dunkles, ausdrucksloses Gesicht, ließ das Weiß seiner Augen und die ebenmäßigen Zähne aufleuchten.

»Gut. Nun iss so viel du kannst, dann mach dich auf den Weg. Sei auf der Hut. Wenn du Umlungus siehst, verstecke dich vor ihnen und sage diese Worte nur dem König persönlich. Wie das letzte Mal, hörst du? Wenn du deinen Auftrag erledigt hast, komme an die Furt am Unterlauf des Tugela. Dort wirst du mich finden und mir berichten.« Damit verschwand er ebenso unauffällig, wie er gekommen war, in die Dunkelheit.

Nisaka sah ihm kauend nach, mischte dabei zwei Hand voll gekochter Maiskörner sorgfältig in einen Tontopf mit geronnener saurer Milch. Nachdenklich stopfte er sich den Brei in den Mund. Ob Nkosi Setani seinem König tatsächlich nach dem Leben trachtete, wusste er nicht, und die Tatsache, dass es vor allen Augen verborgen bleiben musste, wer der Absender der Botschaft war und wer dem König verraten hatte, dass Lulamani mit Madoda unter einer Schlafmatte schlief, stank wie ein verrotteter Kadaver. Nkosi Sinzi war ein Mann, hinter dessen Schatten sich ein zweiter Schatten verbarg. Er beschloss, Nkosi Sinzi darauf hinzuweisen, dass er dringend ein Bullenkalb brauchte. Zumindest würde er darauf bestehen, zwei Ziegen als Belohnung zu erhalten und nicht nur eine extra Portion Fleisch für die Familie wie letztes Mal.

Dass Nkosi Sinzi je erfahren würde, dass ihm bei seinem letzten Auftrag der Zutritt zum König verwehrt und er gewaltsam genötigt worden war, das, was er zu sagen hatte, einem der königlichen Räte des inneren Kreises, dem mächtigsten der Induna, ins Ohr zu flüstern, war so gut wie ausgeschlossen. Ja, doch, so dachte Nisaka, ein Bullenkalb wäre angemessen.

Im flackernden Feuerschein spülte er sich den Mund mit Wasser aus, suchte sich darauf einen bestimmten Busch, brach einen kräftigen Zweig ab und säuberte sich mit dem zerfransten Ende seine Zähne. Darauf rückte er die Wildkatzenschwänze über seinen Genitalien mit deftigen Bewegungen zurecht und zog das zerlöcherte Khakihemd aus. Auf die Spitze seines Assegais spießte er ein großes Stück Fleisch, das ihm unterwegs als Proviant dienen würde, packte Kampfstock und Schild und glitt, ohne ein weiteres Wort zu verlieren, in die Schwärze der Nacht.

Sein Auftraggeber, der ihn aus dem Schatten heraus beobachtete, gesellte sich zufrieden zu den anderen.

Stefan aß mit Dan im Haus. Die Python war zart und schmackhaft, und der Wein, den Dan aus seinen Satteltaschen mitgebracht hatte, süffig. Aber er hätte ebenso gut Pappe essen können und fauliges Wasser trinken. Es war ihm gleich.

Nach dem Essen gingen beide früh ins Bett. Stefan brachte Dan im Wohnraum seines Hauses unter, er selbst rückte auf die äußerste Kante seines Ehebetts. Das betrunkene Johlen von Sinclair und seinen Leuten schallte noch lange durch die Nacht.

Stefan legte sich ein Kissen auf den Kopf und rollte sich auf die Seite, aber schlafen konnte er nicht. Er beschäftigte sich mit dem Gedanken, wie er unbemerkt von den Wachen an König Cetshwayo herankommen konnte. Auf seinen Lippen kauend beobachtete er die geheimnisvollen Schatten, die in den bläulichen Mondstrahlen über die Wand seines Zimmers huschten.

Und während er so lag, keimte in ihm eine Idee. Fliegen, alles von oben sehen, Hindernisse überwinden, wie ein Adler aus dem Blau des Himmels herunterschießen und zuschlagen, bevor das Opfer ihn bemerkte. Er schloss die Augen und stellte sich vor, wie es sein müsste, durch die Luft über das Land zu gleiten, mit dem Wind im Gesicht und dem Himmel über ihm.

Lange vor Sonnenaufgang jedoch wurde er jählings aus seiner Traumwelt gerissen. Von den Hütten der schwarzen Farmarbeiter schallte lautes Geschrei herüber. Frauen kreischten, Männer brüllten, Holz splitterte, und gleichzeitig hämmerte jemand gegen die Verandatür.

»Was, zum Henker, ist nun wieder los?« Aufgebracht riss er die Tür auf.

Es war Noningo, eine der Frauen von Maboya, die in eine Decke gehüllt aus der Dunkelheit kam. »Der Leopard besucht unseren Hühnerstall. Ich denke, er hat Hunger«, verkündete sie mit aufreizender Gelassenheit.

»Himmelherrgottnocheinmal, ich dreh dem Kerl den Kragen um, der die Stalltür aufgelassen hat! Maboya!«, röhrte er, schnappte sich sein Gewehr, das griffbereit neben seinem Bett lehnte, und stürmte in die Dunkelheit. Es war eine sternenklare, mondhelle Nacht, so konnte er zumindest den Weg gut erkennen. Maboya hatte ihm berichtet, eine der großen Raubkatzen hätte schon mehrfach diesen Monat die Farm heimgesucht, und wie es aussah, war es immer dasselbe Männchen gewesen, das, den Spuren nach zu urteilen an einer Verletzung litt. Der Leopard hatte offenbar schnell begriffen, dass im Hühnerstall eine reiche Mahlzeit auf ihn wartete. Jedes Mal hatte er mehrere Hühner gerissen, und kürzlich hatte er noch bei den Ziegen vorbeigeschaut und sich eine als Wegzehrung mitgenommen.

»Welcher Umuntu oyisilima, welcher Vollidiot, hat die Stalltür wieder offen gelassen?«, schrie er, als er in Sichtweite des Hühnerstalls kam. Er bekam keine Antwort und lief hinüber, wo Andrews Zulus abseits in ihre Schlafmatten eingewickelt um ein Feuer herumlagen. Einer jedoch war bereits wach und briet Fleisch am Spieß. Als er des Hausherrn ansichtig wurde, warf er den Spieß ins Feuer. Es zischte, Funken sprühten, eine kleine Stichflamme schoss hoch, es stank nach verbranntem Huhn.

Misstrauisch starrte Stefan den Mann an, der sich unauffällig verdrücken wollte. Mit wenigen Schritten war er am Feuer, schaffte es, den Stock herauszuziehen, und untersuchte die schwelenden Fleischreste. Sie stammten eindeutig von einem Huhn.

Stefan hielt ihm das verkohlte Huhn unter die Nase. »Was ist das?«, donnerte er.

Der Mann duckte sich ängstlich wie unter Prügeln. Seine Kumpane wachten von dem lauten Wortwechsel auf. Als sie die Situation erfassten, steuerte jeder lautstark seinen Kommentar bei, und bald wachte auch Andrew Sinclair auf. Seine hellen Beinkleider zuknöpfend, trat er in den Feuerschein. »Was, in Teufels Namen, ist hier los?«, verlangte er ungehalten zu wissen.

Stefan hielt ihm den rauchenden Hühnerkadaver hin. »Einer Ihrer Leute hat ein Huhn aus meinem Stall gestohlen und hat obendrein dabei vergessen, die Tür wieder zu verriegeln, und das hat ein Leopard zum Anlass genommen, hineinzuspazieren und meine fettesten Legehennen zu fressen! Sie scheinen Ihre Leute nicht im Griff zu haben.« Diese letzte Bemerkung bereitete ihm eine diabolische Freude. »Bringen Sie das in Ordnung, Sinclair. Ich erwarte Kompensation, und zwar ebenfalls für die Vögel, die der Leopard gerissen hat.« Er warf den Stock mit den Fleischresten ins Feuer, das hoch aufflammte, und marschierte zurück zum Haus. Sollte sich Sinclair mit dem Missetäter befassen.

Mittlerweile zeigte sich ein sanftes Licht am östlichen Horizont. Die Sonne kündigte sich an. Es hatte keinen Sinn mehr, zurück ins Bett zu gehen. Er wusch sich gründlich an seinem Waschtisch, rasierte sich und ging hinüber zum dunklen Kochhaus. Mit einem Stich im Herzen dachte er an die Morgen, an denen Lulamani singend das Feuer angefacht und Wasser für seinen Morgenkaffee aufgesetzt hatte, während er als Erstes nach den Pferden schaute. Heute würde er das selbst machen müssen, heute und den Rest seiner Tage, denn er konnte sich keine andere Frau an seinem Herd vorstellen. Er schaute hinüber, wo Lulamanis Grab noch in der Morgendämmerung verborgen lag, musste den Kopf senken und die Zähne aufeinander pressen, um den Schmerz aushalten zu können.

Rasch machte er Feuer und setzte das Wasser auf, suchte dann in der Vorratskammer nach Essbarem. Er fand jedoch lediglich einen Klumpen grünlich verschimmelter Materie, von der er annahm, dass es einmal kalter Braten gewesen war. Sinclairs Leute hatten ihn kahl gefressen. Angewidert warf er das Zeug in die Büsche. Er würde Maboya beauftragen müssen, ein paar Hühner zu schlachten und alle vorhandenen Eier einzusammeln.

Falls der Leopard und diese Kerle genügend Federvieh übrig gelassen haben, dachte er grimmig und ging in sein Schlafzimmer. Vielleicht konnte er Noningo überreden, für ihn zu kochen. Seine eigenen Kochkünste waren eher rudimentär und beschränkten sich auf seine Spezialität, alles, was er an Essbarem auftreiben konnte, in einem großen Kessel mit Wasser und Salz zu einem dicken Eintopf zusammenzukochen.

Im Schlafzimmer zündete er eine Kerze an und vermied, sein leeres Ehebett anzusehen, während er eine frische Hose aus dem Schrank zog. Missmutig untersuchte er einen langen Riss am Bein, den Lulamani noch nicht geflickt hatte. Sein Nähzeug war noch in den Packtaschen verstaut, die noch unausgepackt im Eingang lagen, so wie er sie bei seiner Ankunft hingeworfen hatte. Es musste auch so gehen.

»Setani, woza! Schnell, es ist etwas passiert!«

Maboyas Stimme. Beunruhigt ging er zur Tür. Maboya neigte nicht zu Aufgeregtheiten, und jetzt klang er überaus erregt. Er zerrte die Hose hoch und öffnete die Tür. Gebrüll aus Männerkehlen und hohes Frauenkreischen schallten durch die perlgraue Dämmerung. Er runzelte die Stirn. Was ging da vor?

»Nkosi Sinzi – schnell.« Der große Zulu schien außer sich zu sein. Er deutete hinüber, wo das Lagerfeuer von Sinclairs Leuten durchs Gebüsch schimmerte.

Stefan packte sein Gewehr und folgte befremdet seinem schwarzen Freund durch das schattige Gelände. Je näher er kam, desto lauter wurde das Kreischen. Das war keine Frau, das wurde ihm schnell klar, das war ein Mann, der in Todesangst schrie. Mit langen Schritten hastete er den Weg hinunter. Als er noch eine Strecke entfernt war, erblickte er im Feuerschein eine Szene, die ihm das Blut in den Adern gefrieren ließ.

Andrew Sinclair hatte dem Hühnerdieb breite, pfundschwere Eisenbänder um Hals, Hände und Füße gelegt, hatte die Ketten im Rücken miteinander verbunden und am Sattelkopf eines Pferds festgemacht, sodass der Mann halb kniend, in gebückter Haltung, die Arme nach hinten und oben verdreht, in den Ketten hing. Eine Schwarze kniete, die Hände ringend, laut lamentierend, in Abständen ohrenzerreißend schrille Schreie ausstoßend, hinter ihm. Die Frau des Mannes offenbar, schloss Stefan.

Andrew Sinclair stand breitbeinig über dem Unglückseligen und schwang die Nilpferdpeitsche. Dem Mann strömte das Blut aus tiefen Striemen, sein Kreischen war zu einem lang gezogenen Wimmern geworden. Jetzt ließ Andrew Sinclair von ihm ab und trieb das Pferd mit einem Peitschenhieb an. Das machte aufwiehernd einen Satz nach vorn, der Mann wurde rücklings hochgerissen und stieß einen markerschütternden Schrei aus.

»Sind Sie wahnsinnig, Sinclair?«, brüllte Stefan, während er herbeistürmte. »Lassen Sie den Mann sofort frei! Maboya, halt das Pferd fest.«

Maboya, der von Jugend auf gelernt hatte, mit Pferden umzugehen, packte das Pferd am Zaumzeug. Voller Angst, verrückt durch die Peitschenhiebe und das Geschrei, stieg der Hengst und schlug mit den Vorderläufen, riss wiehernd am Zaumzeug, um freizukommen. Doch der Zulu schaffte es mit brutaler Kraft, ihn zu beruhigen. Schaumgefleckt, heftig schnaubend und mit zitternden Flanken stand das Pferd da. Der blutüberströmte Dieb lag reglos im Staub, Arme und Beine nach hinten verdreht, die Augen geschlossen.

»Halten Sie sich da heraus«, keuchte Andrew Sinclair, der sich beim Auspeitschen verausgabt hatte. »Das sind meine Leute, ich bestrafe sie, wie ich es für richtig halte.«

»Nicht auf meinem Grund und Boden!«, schrie Stefan und legte das Gewehr an. »Peitsche weg, Sie blutrünstiger Schlächter! Machen Sie den Mann los. Auf der Stelle!«

Schwer atmend, starrte ihn Sinclair an. »Das wagen Sie nicht.«

»Wollen Sie es herausfinden?« Stefan zielte, zog den Hahn durch, und die Peitsche flog aus Andrew Sinclairs Hand. Sie war in zwei Teile zerbrochen. Es war ein Meisterschuss. Schweigend dankte er seinem Vater, der ihn gelehrt hatte, so zu schießen.

Mittlerweile war jeder im Lager wach und stand im Kreis ums Geschehen herum. Alle hatten die Schmach Andrews gesehen, und das ließ den in weißglühende Wut geraten. Er röhrte wie ein verletzter Büffel. »Sie Mistkerl, das werden Sie mir büßen.«

»Mit Ihrer Rache werden Sie warten müssen. Sie werden jetzt auf der Stelle mein Land verlassen, und gnade Ihnen Gott, wenn ich Sie hier noch einmal wiedersehe, und wenn Sie mit dem Kopf unterm Arm im Staub hierher kriechen. Der Mann –«, er zeigte auf den immer noch bewegungslos daliegenden Dieb, »– der Mann bleibt hier, und Sie werden sich in Natal vor Gericht verantworten müssen.«

Andrew Sinclair starrte ihn schwer atmend an. Dich kriege ich, du teutonischer Schweinehund, wütete er innerlich, beschloss, dem König noch eine zweite Nachricht zu schicken, eine, die so formuliert war, dass Cetshwayo nicht anders konnte, als seine Hyänenmänner loszuschicken, und zwar auf der Stelle. Er bedauerte nur, dass er nicht zusehen konnte, wie dieser arrogante Bauer um sein Leben winselte. Seine Schreie wären Musik in seinen Ohren.

Maboya band das Pferd an den Baum und untersuchte den Mann mit leichten Fingern. »Ich werde Noningo bitten, ein Muthi, eine Medizin, für seine Wunden zu kochen.« Seine Stimme war leise, seine Hände ruhig, aber seine glühenden Augen ließen Andrew Sinclair nicht los, und Stefan wusste, dass Maboya den Engländer töten würde, sobald er eine Gelegenheit dazu bekäme. Sinclair musste Inqaba auf der Stelle verlassen, sonst würde eine Katastrophe geschehen. Er hatte keine Lust, der Polizei in Natal erklären zu müssen, wie ein weißer Bürger der Provinz auf seinem Land zu Tode kommen konnte.

»Hauen Sie ab, Mann«, knurrte er und machte eine scheuchende Handbewegung, »sofort!«

Für einen Augenblick schien es, als wolle Andrew Sinclair ihm an die Gurgel gehen, aber dann drängte er sich, seine vor Schmerzen pochende Hand haltend, durch die Menge und stakste zurück in sein Zelt.

Der Morgen zog auf, die Sonne begann ihre feurige Bahn über den Himmel. Grimmig stand Stefan daneben, bis Andrew Sinlairs Jagdgesellschaft endlich reisefertig war. Seine Geduld war von diesen kruden Leuten aufs Schlimmste strapaziert worden, und dieser Vorfall hatte das Fass zum Überlaufen gebracht. Endlich schaukelte der letzte Planwagen um die Biegung am Fuß der langen Einfahrt und verschwand. Andrew Sinclair schwenkte noch einmal spöttisch seinen federgeschmückten Hut, die Eisvogelfedern blitzten auf, und dann war auch er weg. Stille senkte sich über Inqaba.

21

Stefan hatte Glück. Noch am gleichen Tag ratterte die geschäftstüchtige Frau eines Missionars mit einem Planwagen voller Waren auf den Hof, die, um die Mäuler ihrer Kinder mit mehr als frommen Worten stopfen zu können, mit den Zulus einen schwungvollen Handel trieb.

»Ich werde nicht mehr kommen können, die Eingeborenen sind sehr unruhig«, sagte sie, als sie die Plane zurückschlug, um ihre Waren darzubieten. Sie war ganz in Schwarz gekleidet und ließ Stefan an einen mageren, schwarzen Vogel denken. »Cetshwayo hat alle Weißen, besonders die Missionare, des Landes verwiesen, so auch uns. Ich nehme nur mit, was ich kriegen kann.«

Stefan rief eine der Zulufrauen und wies sie an, der Frau einen Krug mit Bier und ein gutes Frühstück zu bringen. Er saß bei ihr, während sie aß, fragte sie vorsichtig aus, ob sie im Busch Ungewöhnliches gesehen hatte und was so erzählt wurde an den Lagerfeuern. Die Frau war eine lebende Zeitung, und wie immer erstaunte es ihn, dass in einem so dünn besiedelten Land Gerüchte herumflogen wie Schmeißfliegen um Aas.

Er hörte ihr aufmerksam zu, während er einen leichten und doch dichten Baumwollstoff auswählte, den sie anbot. Unglücklicherweise war der Stoff rot und gelb und mit weißen Schmetterlingen bedruckt. Nicht gerade Farben, die mit denen des Buschs verschmelzen würden. Doch er hatte von seiner Mutter gelernt, aus der zerquetschten Baumrinde des Kaffirbaums, schlammiger Erde vom Flussufer, gewissen Früchten und zerdrückten Blättern einen Sud zu kochen, der den Stoff in jenes schmutzige Braungrün einfärben würde, das ihn im Busch unsichtbar machen würde.

Gern hätte er dünne Seide genommen, aber die Frau hatte die letzten Yards schon an eine wohlhabende Inderin für ihren neuesten Sari verkauft. Er fand noch Fischbeinstäbe, die eigentlich für ein Korsett bestimmt waren, Metallösen und ein paar Yards kräftiges, aber dünnes Seil. Die neugierigen Fragen der Frau wehrte er ab.

»Maboya«, brüllte er. Als der Zulu erschien, gab er ihm den Auftrag, alle Zutaten zu sammeln, die er zum Färben brauchte. Im Haus schloss er die Tür hinter sich und suchte eine alte, viel gelesene Ausgabe des *Durban Chronicle* hervor, auf der er mit schwungvollen Strichen einen doppelflügeligen Rahmen entwarf, der die groben Umrisse der Vogelschwingen hatte. Lange brütete er über den Details, aber endlich war er zufrieden. Der Stoff würde reichen, auch wenn er im Färbebad um gut zehn Prozent eingehen würde.

»Was soll denn das werden?«

Stefan fuhr zusammen, als Dan de Villiers zottiger Kopf im offenen Fenster auftauchte.

»Ach, nichts.« Er faltete die Zeitung, dass die Zeichnung verdeckt war. »Nur so eine Idee, die ich für eine Art Gewächshaus hatte.«

Der Schlangenfänger starrte ihn argwöhnisch an. »Gewächshaus? Das sah eher wie ein Vogel aus als ein Gewächshaus.« Aufgeregt zog er sich am Bart. Dann schien ihm zu dämmern, dass hier etwas ganz anders im Gange war. »Du hast doch nicht vor, dich an Cetshwayo zu rächen, mein Junge, oder?« Lauernd spähte er ihm ins Gesicht.

»Bin doch nicht lebensmüde«, grollte Stefan. Das hatte ihm gerade noch gefehlt, dass Dan sich jetzt einmischte. Der Schlangenfänger würde ihn zurückhalten, und wenn er ihn an die Wand nageln müsste, dessen war er sich sicher, und deswegen musste er ihn irgendwie loswerden. »Wann musst du weiter?«

»Willst du mich aus dem Weg haben?« Dans Stimme stieg misstrauisch. »Was hast du vor, raus mit der Sprache. Ich bin dein

Patenonkel und habe ein Recht darauf, zu wissen, was du so planst.« Er griff nach der Zeitung, doch Stefan zog sie schnell weg.

Er verdrehte seufzend die Augen und lehnte sich aus dem Fenster. »Dan, lieber Patenonkel, ich möchte einfach mit Lulamani allein sein. Das wirst du doch verstehen. Sie war meine Frau, ich habe sie geliebt, ich will sie betrauern. Allein.«

Offenbar hatte er das Richtige gesagt, denn obwohl dem Schlangenfänger anzusehen war, dass sich sein Misstrauen noch nicht gelegt hatte, stimmte er grollend zu. »Ich glaube dir kein Wort, aber ich stecke in der Bredouille.« Er wies auf das pralle Bündel von streng riechenden Häuten, das zu seinen Füßen lag. »Die müssen so schnell wie möglich nach Kapstadt. Ich kann dich doch allein lassen, Stefan? Du wirst doch keinen Unsinn machen?« Sein Ton war bittend und verriet seine tiefe Zuneigung zu dem Sohn seiner Catherine.

»Nein, natürlich nicht«, log dieser, wenn auch nicht leichten Herzens. »Du kennst mich doch.«

»Eben«, war die lakonische Antwort.

Zusammen besuchten sie Lulamanis letzte Ruhestätte, und Dan hängte das Tigerauge in den Kaffirbaum über dem frisch aufgeworfenen Grab. Es pendelte im sanften Wind, die Sonnenstrahlen entzündeten ein goldenes Feuer in der Tiefe des Steins. Er sprühte goldene Blitze.

»Es hätte Lulamani so sehr gefallen«, flüsterte Stefan.

Nachdem der Schlangenfänger endlich von Inqaba aufgebrochen war, nicht ohne Stefan noch einmal das Versprechen abzunehmen, die Farm schleunigst und vor allen Dingen heimlich zu verlassen, wandte dieser sich wieder seinem Vorhaben zu. Für die Konstruktion seines Flugapparats verwendete er biegsame und doch kräftige Bambusschösslinge und die Fischbeinstäbe, die er im Muster richtiger Federn als Verstärkung einsetzte. Im

Schuppen fand er ein Glas mit Knochenleim und kleine Nägel. Fieberhaft arbeitete er den ganzen Tag und später bei Kerzenschein bis in die Nacht, verwarf nach reichlicher Überlegung sein Vorhaben, die Lagen der Federn mit ebensolchen Lagen von Baumwollstoff nachzuahmen und dann Federkiele einzunähen. Es dauerte einfach zu lange. Zeit hatte er nicht.

Zum Schluss bastelte er einen Sitz aus einer alten Hose und den Seilen, die er von der Missionarsfrau gekauft hatte. Als Vorbild nahm er einen Bootsmannstuhl. So ähnelte sein Flugapparat am Ende mehr einem kleinen Boot mit zwei geschwungenen Auslegern als einem Apparat, der sich in die Lüfte erheben konnte, aber er war zuversichtlich. Die Flügel hatten eine große Fläche, sie würden ihn tragen.

Maboya hatte erwähnt, dass Cetshwayo zu einer großen Jagd aufgebrochen war. Er frohlockte, denn das würde seine Chance sein. Cetshwayo jagte meist nördlich von Ondini, dorthin hatten sich die großen Elefantenherden zurückgezogen, und dort gab es Anhöhen, die den Namen Berg verdienten, Felsen, die die Landschaft überragten – alles perfekte Orte, von wo aus er mit seinem Flugapparat starten konnte.

Vorsichtig, um sein Vorhaben nicht zu verraten, hörte er sich um. Es stellte sich heraus, dass Cetshwayo nicht im Nordwesten, sondern im Südosten jagte. Nun, auch da würde er zu seinem Ziel gelangen. Zur Not würde er auf einen hohen Baum klettern. Er würde den Tod von Lulamani rächen.

Während er die Packtaschen füllte, nahm er einen rauchigen Geruch wahr, vermischt mit dem von Bier und Schweiß. Als er aufblickte, sah er Shikashika. Gehört hatte er nichts. »Was hast du vor?«, fragte der Zulu und nahm die offene Tasche zu Stefans Füßen in Augenschein.

Stefan verschloss sich. »Wo kommst du her? Du solltest beim Wagen sein.«

Sein Freund starrte ihn aus schwelenden Augen an. »Die Hyänen reden von Setani.«

Kikiza, dachte Stefan. Er ist auf dem Weg. »Ich habe etwas zu erledigen«, sagte er laut. »Es wird nur ein oder zwei Tage in Anspruch nehmen. Ich brauche dich nicht dabei.« Sein Ton war abweisend.

Abends, kurz bevor es dunkel wurde, lud Stefan seinen Flugapparat und die gefüllten Packtaschen auf das zweite Pferd, steckte noch eine Flasche Wein aus dem Vorrat seines Vaters, der in dem dunklen, kühlen Schacht unterhalb des Wasserreservoirs lagerte, hinein und legte sich ins Bett, um wenigstens ein paar Stunden zu schlafen.

Nach einer kurzen Nacht, lange vor Morgengrauen, lange bevor ihn aufgeregtes Vogelgezeter hätte verraten können, lange bevor irgendjemand auf der Farm wach war, packte er beide Tiere am Zügel und machte sich lautlos davon. Nach einer halben Meile saß er auf und lenkte seine Stute im ersten, wässrigen Morgengrauen nach Südosten.

Das alles geschah ungefähr zu der Zeit, als Johann überlegte, nicht sofort zu Catherine, sondern erst zurück nach Inqaba zu reiten. Der drohende Krieg erfüllte ihn mit tiefer Sorge. Er spürte, dass ihm nur noch wenig Zeit blieb, sein Haus gegen Plündereien abzusichern und seinen Leuten zu helfen, die über die Grenze nach Natal flüchten wollten. In großer Eile schrieb er einen langen Brief an seine Frau. Sie würde es verstehen.

Nisaka erreichte Cetshwayos Lager, aber wie beim ersten Mal bekam er den König nicht zu Gesicht. Der König trauerte um eines seiner Kinder, und so richtete Nisaka die Botschaft seines Herrn, Nkosi Sinzi, demselben Induna aus, der nicht nur die Stimme des Königs war, sondern auch sein Ohr.

Kikiza, der Hyänenmann, verließ noch in derselben Stunde das Lager.

Die Ereignisse, die Andrew Sinclair losgetreten hatte, wurden zu einer Lawine, die nicht mehr aufzuhalten war, und keiner der unmittelbar Beteiligten ahnte etwas davon.

Die Schiffssirene heulte, während sich Catherine ihren Weg entlang der Pier zwischen Kutschen, schwarzen Gepäckträgern und den vielen Zuschauern bahnte, die sich einfanden, wenn ein Schiff aus Europa auf dem Weg nach Indien Port Natal anlief. Der Dampfer glitt in die ruhigen Gewässer der Bucht, gleichzeitig hielt inmitten dichter Dampfwolken der Zug aus Durban am Landungssteg. In den Waggons wurden nicht nur die Schiffspassagiere, sondern auch große Mengen Fracht nach Durban befördert, die dann direkt vor den Läden abgeladen wurden. Das führte zum Unmut aller dazu, dass die Hauptstraßen der Stadt tagelang mit Ladung blockiert wurden.

Catherine unterdrückte ein Kraftwort, als eine Gruppe dahinschlendernder, schwatzender Damen ihr den Weg versperrte. Sie hatte es wahrlich eilig, hatte sie Mila doch versprochen, sie bei der Schneiderin abzuholen, um gemeinsam zu ihrem Haus auf der Berea zu fahren, wo sie heute übernachten würde. Es war ihr einfach zu anstrengend, den Ritt vom Lobster Pott nach Durban und zurück an einem Tag zu bewältigen. »Dürfte ich bitte …« Sie schob sich an der Gruppe vorbei und hastete weiter zum Büro des Hafenmeisters.

Der Hafenmeister war nicht da. Sie musste noch warten. Nervös rannte sie auf und ab. Sie fühlte sich etwas träge von dem unerwartet schwülen Wetter, setzte sich auf die Bank, die vor dem Gebäude stand, und sah hinüber zu dem Dampfer, der vor der Hafeneinfahrt Anker geworfen hatte. Trauben aufgeregter Menschen hingen an der Reling. Noch mehr Einwanderer, dachte sie. Gut so. Natal brauchte Leute, Handwerker vor allen Dingen und Männer, die etwas von Ackerbau und Viehzucht verstanden.

Sie beschattete ihr Gesicht gegen die grelle Sonne. Das Landungsboot mit den ersten Passagieren näherte sich der Pier, noch zu weit weg, um Einzelheiten zu erkennen, aber in der vordersten Reihe stand ein Paar, jung offenbar, der Mann überdurchschnittlich groß und mit wehendem blondem Haar, die Frau in einem leuchtend vergißmeinnichtblauen Kleid, die sie in ihrer kerzengeraden Haltung in gewisser Weise an sich selbst erinnerte, als sie vor vierundzwanzig Jahren ihren Fuß auf diesen Strand gesetzt hatte.

Das einzige Gebäude, das damals diesen Namen verdiente, war ein größerer Schuppen mit lückenhaftem Dach gewesen. Die einzige Möglichkeit, an Land zu gelangen war, draußen auf hoher und meist außerordentlich unruhiger See von Bord des Seglers in ein kleines Boot umzusteigen, das für Passagiere nur den winzigen, lichtlosen Frachtraum bot, der sonst zum Transport zerlegter Wale benutzt wurde und bestialisch stank. Nachdem das Boot die meterhohen Brecher über der Sandbank bewältigt hatte, die die Bucht von Durban zum Meer hin verschloss, und über die spiegelglatte Oberfläche dieser paradiesischen Bucht vorbei an dösenden Flusspferden, Schwärmen von fischenden Pelikanen, springenden Delphinen und im Uferschlamm staksenden Flamingos geglitten war, um rund zweihundert Fuß vom Ufer Anker zu werfen, musste man auf den Rücken kräftiger Zulus steigen, die außer ein paar Tüchern, die sie zwischen ihren Beinen durchgezogen hatten, nackt waren. Nun erst konnte man seinen Fuß auf den sandigen Boden Natals setzen. Dann aber war das Abenteuer durchaus noch nicht zu Ende und Durban noch weit.

Der Neuankömmling musste sich meist bei schwüler Hitze über einen breiten, von Bäumen und Dornengestrüpp überwucherten Weg weiter durch weichen losen Sand, später über felsiges Gestein und wenn es geregnet hatte durch bodenlosen Morast kämpfen und sich dabei Schwärme gieriger Mücken erwehren, die sich gnadenlos auf jeden Zoll nackter Haut stürzten. Hatten sie bis jetzt ihren Humor nicht verloren, waren sie keiner neugierigen Schlange begegnet, begrüßten sie als erste Lebewesen ein paar grunzende Schweine, die Mrs Smithers gehörten, der Schneiderin, die damals allerdings noch keine Schneiderin war, sondern eine halb verhungerte Fischhändlerin aus London. Auch Mrs Smithers damalige Behausung, eine aus Grasmatten und alten Packkisten zusammengebastelte Hütte, war nicht dazu geeignet, die Stimmung der Einwanderer zu heben, die nicht ahnten, dass diese Unterkunft nicht unbedingt ungewöhnlich war.

Auf einem Ochsenwagen war sie mit Johann in dieses unsägliche Nest gefahren, das man d'Urban nannte und das aus nichts mehr als ein paar Zelten, primitiven Hütten und mehreren Schweineställen bestand, und sie hatte noch Glück, die meisten anderen ihrer Mitpassagiere mussten zu Fuß durch die Wildnis stolpern. Meine Güte, dachte sie, das war wirklich noch etwas damals. Keine Toiletten, man musste seine Notdurft hinter dem Haus im Busch verrichten, es gab kein Glas in den Fensterlöchern, dafür stinkende Seegrasmatratzen, Ratten und Schlangen im Haus und Fußböden aus festgestampfter Termitenhügelerde mit Kuhdung poliert. Wie wütend war sie gewesen, schon fast entschlossen, ihren Mann zu verlassen und sich nach Kapstadt einzuschiffen.

Sie blinzelte zur Sonne hinauf. Schon der halbe Vormittag vorbei. Die Zeit drängte. Zu ihrer Erleichterung entdeckte sie den Hafenmeister, der in einer Gruppe wild gestikulierender Seeleute stand. Ungeduldig mit den Fingern trommelnd wartete sie, bis er endlich wieder sein Büro betrat. Nach kurzer Begrüßung fragte sie nach der Fracht, die sie aus Kapstadt erwartete. Geschirr, Petroleumlampen, Bettwäsche und einen Satz gußeiserner Töpfe enthielt sie.

Mit dem Daumen blätterte er einige Unterlagen durch, schüttelte dann den Kopf. »Ihre Kisten sind noch nicht angekommen, Mrs Steinach. Aber wenn sie da sind, werde ich persönlich dafür sorgen, dass Sie schnellstens Nachricht bekommen. Ich kann sie Ihnen schicken lassen.« Er streckte die Hand aus und nahm ihr den Brief ab. »Noch heute läuft ein Schiff nach Kapstadt aus.« Er wies auf einen Dampfer, der an der Pier beladen wurde. »Der Kapitän ist ein Freund von mir. Er wird den Brief sofort an Ihre Freundin weiterleiten.«

»Danke, das ist wunderbar. Aber ich werde Mr Gresham beauftragen, die Kisten an mich weiterzuschicken. Bitte senden Sie ihm die Papiere.« Lloyd Gresham war ein alter Freund und auf solche Transporte spezialisiert. Er würde pfleglich mit der kostbaren Fracht umgehen. Mit einem Nicken verließ sie das stickige Büro.

Der Wind strich vom Berea über die Stadt hinunter zum Meer, wehte den Klang ferner Musik herüber. Wie jeden Mittwoch fand ein Konzert auf dem Marktplatz statt. Die Töne brachten ihre Seele zum Schwingen, weckten in ihr ein unbestimmtes, unerklärliches Verlangen nach sanften Farben, sanften Tönen, nach wechselnden Jahreszeiten, einem Winter mit Schnee und einer Natur ohne Bedrohung. In diesem Augenblick hätte sie die neuen Fenster im Lobster Pott, ohne zu zögern, gegen hübsche Schuhe und einen Besuch im Kaffeehaus mit Gesprächen über Kunst und die letzte Inszenierung im Theater hergegeben.

Sehnsüchtig starrte sie zur Stadt hinüber, aber die Zeit drängte. Mangaliso wartete mit dem Ochsengespann vor Pettifers. Dort stand auch Cleopatra. Mangaliso würde sich gleich nach Mittag auf den Heimweg machen müssen, und bis dahin musste sie alle Einkäufe getätigt haben. Die Zeit wurde knapp. Immer wieder wurden die Arbeiten am Lobster Pott unterbrochen, weil Arbeiter nicht erschienen, Werkzeuge verschwanden, Baumaterialien fehlerhaft waren oder die üblichen afrikanischen Katastrophen über sie hereinbrachen, und in etwas mehr als vier Wochen sollte Einweihung sein.

Ihren breitkrempigen Hut festhaltend hastete sie hinüber zu den Mietdroschken, von denen mehrere warteten, um die Schiffs-

450

passagiere in die Stadt zu befördern, erwischte gerade noch die, wo der Kutscher eben auf den Bock stieg und das Zeichen zur Abfahrt gab. »Haben Sie noch einen Platz frei?«, rief sie hinauf.

»Aber sicher doch, die Dame«, antwortete eine ältere Frau mit schwieligen Händen, frisch eingewandert offenbar, ihrem für Natal so untauglichen, hochgeschlossenen, schwarzen Wollkleid nach zu urteilen. Sie rückte zur Seite, nicht ohne einen fassungslosen Blick auf Catherines Hosenrock zu werfen.

Aufatmend warf diese sich auf den harten Sitz, lächelte ihrer Sitznachbarin dankend zu und reichte dem Kutscher einen Tickey für die Fahrt. Während sie im Kopf ihre Einkaufsliste durchging, rumpelte die Kutsche entlang der festgefahrenen Sandstraße vorbei an der Point Tavern, dem einzigen und ständig überfüllten Gasthaus am Hafen, auf dessen Blechdach die hier ansässige Affenherde hockte und Nüsse über das Blech kullern ließ, und kreuzte dann die Eisenbahnschienen. Rechts und links hing verfilztes Buschwerk über den Weg, das Grün war überwuchert von leuchtend blauen Trichterwinden, Schwärme bunter Schmetterlinge stoben vor ihnen auf, und ein winziger, grün schimmernder Vogel flirrte um eine der prächtigen Blüten und entlockte ihrer Nachbarin einen Ausruf des Entzückens. Catherine sah es ebenfalls, aber sie war nicht ganz bei der Sache. Die Sorge um Maria beschäftigte sie zu sehr.

Hätte sie sich umgewandt, hätte sie gesehen, wie der hoch gewachsene, blonde Mann die junge Dame im vergissmeinnichtblauen Kleid fürsorglich über die schmale Landungsbrücke geleitete und sich mit leuchtenden Augen umschaute.

Im Geschwindschritt erledigte Catherine alles, verstaute endlich die Einkäufe mit Mangalisos Hilfe in dem Planwagen. Er hatte Cleopatra einen Eimer mit Wasser von Pettifers besorgt, und sie konnte sich bald auf den Weg zur Schneiderin machen, wo sie sich mit Mila verabredet hatte. Mila stand am Tresen und wandte ihr den Rücken zu. Sie legte der alten Dame den Arm um die Schultern und küsste sie. »Mila, verzeih, wenn ich dich habe warten lassen. Aber in der Stadt ist kaum ein Durchkommen.«

Mila trug ein flaschengrünes Stadtkleid ohne Pariser Steiß, den sie lächerlich fand, das glänzend mit ihren weißen Haaren und strahlend blauen Augen harmonierte. Sie hob die Hand. »Immer mit der Ruhe, mein Kind. Keine unziemliche Hast. Ich musste ohnehin mein Kleid erst anprobieren. Ich werde dir auf der Einweihungsfeier Ehre machen.« Eine rundliche Inderin mit einem roten Punkt auf der Stirn packte das mitternachtblaue Kleid vorsichtig ein. Aus dem Hintergrund hörte man leises Stimmengewirr, Rascheln, dann eine laute Frauenstimme, die empört aufschrie. »Du ungeschicktes Ding, pass doch auf!« Der Vorhang des Ankleideraums wurde zurückgerissen, und eine rothaarige Frau mittleren Alters fegte heraus.

»Meine Güte, ist das Lilly? Sieh doch mal«, flüsterte Mila.

Catherine drehte sich um. Es war tatsächlich Lilly Sinclair, obwohl sie ihre Freundin wirklich kaum erkannte. Es war gar nicht lange her, da war Lilly auf einem großen Fest vollkommen betrunken auf einen Tisch geklettert und hatte, bevor irgendjemand reagieren konnte, einen wilden Cancan hingelegt. Andrew hatte sie gepackt, sie sich wie einen Kartoffelsack über die Schulter geworfen und nach Hause befördert. Catherine wollte sie am nächsten Tag, bevor sie zum Lobster Pott aufbrach, besuchen, war aber von diesem teutonischen Drachen, der Haushälterin, nicht eingelassen worden. So war ihr nichts anderes übrig geblieben, als ihre Karte zu hinterlegen. Sie musterte ihre Freundin.

Lilly hatte eine erstaunliche Wandlung durchgemacht. Innerhalb dieser kurzen Zeit hatte sie sichtlich an Gewicht verloren, die frühere Lilly hatte sich gewissermaßen aus den Fettmassen herausgeschält, ihre Knochenstruktur war wieder hervorgetreten. Sie war frisch frisiert, herausgeputzt in einem Kleid aus blauem Moirétaft und ausladendem Hut mit riesiger Kinnschleife. Im

Hintergrund drückten sich ihr Hausdrache herum, düster gekleidet mit wollenem Schultertuch, und Lillys indisches Mädchen Fatima, deren roter Sari wie eine exotische Blüte leuchtete.

»Mila, ich begrüße dich, meine Liebe.« Lilly beugte sich hinunter zu der alten Dame und küsste die Luft neben ihrer Wange. »Catherine, wie schön, dich zu sehen.« Wieder knallten kleine Küsschen.

Die alte Dame betrachtete sie kritisch. »Was hat du nur angestellt? Du bist mager wie ein verhungerter Hering.«

»Alles nur eine Sache des Willens.« Lilly machte eine wegwerfende Handbewegung.

Die alte Dame musterte sie argwöhnisch. »Das sieht mir eher danach aus, als hättest du einen Bandwurm geschluckt, meine Liebe. Wenn du nicht aufpasst, frisst er dich völlig auf, bis nur noch deine Hülle übrig ist.«

»Welch eine amüsante Vorstellung. Dann könnte ich mich ja ausstopfen lassen, und die liebe Seele hätte Ruh.« Lillys grüne Augen funkelten vergnügt.

»So etwas will ich nicht hören! Begleite mich nach Hause, dann werde ich dir einen Granatapfeltee machen, und den wirst du trinken, bis dein Untermieter sich verabschiedet.«

»Werde ich nicht, und ich will auch nicht darüber reden.« Sie griff in einen Stoffhaufen und hob ihn hoch. »Seht mal, Seide und Baumwolle von French & French aus Italien. Sind die Stoffe nicht wunderbar? Ich lasse mir eine komplett neue Garderobe machen. In meine alten Kleider passe ich jetzt zweimal hinein.«

Nachdem ihre erste Wut auf Andrew und seine Anordnungen abgekühlt war, hatte sie der Gedanke beschlichen, dass Andrew sie aus Sorge zwang abzunehmen. Aus Sorge um sie! Ein heißer Glücksfunken zündete in ihrem Herz, ihr Hass auf ihn verflog wie Rauch im Wind. Er liebte sie doch noch, und an ihr war es, sich diese Liebe zu verdienen. Je dünner sie wurde, desto mehr freute sie sich auf den Moment, wenn Andrew zurückkehren, ihre Verwandlung sehen und das Aufleuchten seiner Augen ihr bestätigen würde, dass seine Liebe zu ihr noch nicht erloschen war.

Wie beschwingt war sie an diesem Morgen aus dem Bett gesprungen, hatte die zierliche Fatima angewiesen, ihr eine besonders modische Hochfrisur zu machen, die im *Durban Chronicle* als der letzte Schrei aus Paris abgebildet gewesen war. Fatima war ihrer Wange dabei mit dem Brenneisen zu nahe gekommen, aber selbst das hatte sie heute nicht erschüttern können. Doch während sie noch vergnügt einen ausgedehnten Besuch bei der Schneiderin plante, war ihr, völlig ohne Grund, die Sache mit Lulamani wieder eingefallen.

Widerwillig hatte sie darüber nachgedacht, aber kam einfach damit nicht weiter. Später hatte sie ihre Hausdiener und den Stallburschen ausgefragt, den Andrew ihr hier gelassen hatte, was es mit Lulamani und einem Zulu namens Madoda auf sich hatte. Alle beteuerten vehement, nichts davon zu wissen, und ihr war schon der Gedanke gekommen, sich verhört zu haben. Sie stand in der mit Palmen und Blumenpodesten, ausladenden Farnen, viel dunklem Holz und blinkendem Messing dekorierten Eingangshalle, die sie detailgetreu nach dem Foto eines der großen Pariser Salons hatte einrichten lassen, bunte Glasscheiben aus Frankreich filterten das Tageslicht in vielfarbigen Reflexen, die so kostbar aussahen, wie sie waren, als ihr Blick an der Tür zu Andrews Zimmer hängen geblieben war. Nach kurzem Zögern drückte sie die Klinke herunter und streckte neugierig den Kopf in den Raum, den Andrew als seine Höhle bezeichnete und den sie eigentlich nur auf seine Einladung betrat, und das hieß so gut wie nie.

Es war dunkel im Zimmer und stank nach abgestandenem Rauch. Energisch zog sie die Vorhänge zurück, um das Tageslicht hereinzulassen, und schaute sich um. Ein schwerer, lederbezogener Ohrensessel stand am Fenster, daneben ein Tisch mit Andrews Pfeifenständer. Sie strich über das rotgoldene, lebhaft gemaserte Holz der Pfeifenköpfe. In dem Bücherbord, das eine ganze Wand ausfüllte, war eine Lücke. Andrew nahm immer Lesestoff mit auf seine Safaris. Nichts Ungewöhnliches hier. Hinter dem Sessel entdeckte sie eine Kiste, trat neugierig näher, öffnete den Riegel und hob den Deckel.

Gewehre. Langweilig, dachte sie. Männersachen. Trotzdem hob sie ein Gewehr heraus. Eins der neumodischen Schnellfeuergewehre. Spielerisch zog sie den Hahn zurück, rutschte ab, der Hahn schnellte zurück und schlug auf ihren Daumen. In Erwartung eines scharfen Schmerzes, denn die Zündnadel war gemein spitz, jaulte sie schon auf. Doch zu ihrem Erstaunen piekte es nur. Vorsichtig rieb sie ihren Daumen über die Nadel und stellte erstaunt fest, dass die Spitze abgeschliffen war. Stirnrunzelnd untersuchte sie auch die anderen Gewehre. Bei jedem einzelnen war die Zündnadel stumpf. Beunruhigt legte sie die Waffen zurück. Die Gewehre waren völlig nutzlos. So viel verstand sie davon, schließlich war sie früher häufig genug auf Jagd gegangen.

Sie ließ sich in den Ohrensessel sinken und starrte blicklos aus dem Fenster. Woher hatte Andrew diese manipulierten Gewehre? Die einzige Antwort, die ihr einfiel, war, dass sie ihm untergeschoben worden waren. Sie wusste längst, dass Andrew gelegentlich illegal Waffen an die Zulus verkaufte, und wenn die herausfinden würden, dass er ihnen nicht funktionierende Waffen verkauft hatte, wäre das lebensbedrohlich für ihn. Jemand würde ihn warnen müssen. Aber wer?

Ihr Vater würde Rat wissen. Immer wusste er Rat und was zu tun war, und immer brachte er alles in Ordnung. Tatsächlich hatte er sich für das letzte Wochenende bei ihr angemeldet, wollte etwas mit ihr besprechen, merkwürdigerweise allein, ohne ihre Mutter, hatte aber unerwartet abgesagt, da er mit ihrem Bruder wegen irgendeines dringenden Geschäfts überstürzt nach Transvaal gerufen wurde. Ihr jüngerer Bruder, mit dem sie sich hätte beraten können, lebte in Pietermaritzburg, ihre Schwestern waren am Kap verheiratet. Sie würde warten müssen, bis ihr Vater wieder zurück war.

Nervös war sie zur Tür gegangen, hatte im Hinausgehen sorgfältig kontrolliert, ob alles wieder so aussah wie vorher, und unwillkürlich die Tür sehr vorsichtig ins Schloss gleiten lassen, damit Grete nichts davon mitbekam. Sie traute der Deutschen ohne weiteres zu, dass sie Andrew über alles unterrichtete, was in seinem Haus passierte. Mehr als alles andere fürchtete sie Andrews Zorn und noch mehr seine Verachtung.

Unentschieden zupfte sie jetzt an der Korkenzieherlocke vor ihrem Ohr und sah dabei Mila an. »Ich habe ein etwas kompliziertes Problem.« Wenn jemand Licht in das Dunkel bringen konnte, dann war es Mila Dillon. Die alte Dame wusste alles von jedem, und was sie nicht wusste, konnte sie in kürzester Zeit herausfinden. Sie und ihr erster Mann gehörten zu den ersten Siedlern des Landes, und ihre Kontakte reichten nicht nur bis in den Gouverneurspalast, sondern auch in jedes Umuzi Zululands. Ihr jetziger Ehemann, Pierre Dillon, hatte sein früheres Leben auf Martinique verbracht, und seine Verbindungen waren wie ein riesiges Wurzelgeflecht in der französischen Kolonialgemeinschaft gewachsen und reichten von Martinique über Mauritius bis hinunter nach Kapstadt. Die Dillons hatten dadurch eine Macht, die in anderen Händen sehr gefährlich hätte sein können.

»Gut«, sagte Mila. »Keinen Granatapfeltee, ich verspreche es.« Es gab noch eine sehr wirksame Alternative, der bittere Ampfer, der aber eben bitter schmeckte. In ihrem Aprikosenlikör mit einem großzügigen Löffel Zucker würde Lilly sicher nichts davon merken. Sie unterdrückte ein Lächeln. »Kommst du auch? Du bist doch mit allem fertig geworden, Catherine?«

»Ich müsste noch Farbe besorgen und Papier …« Catherine zögerte. Sie plante, die Wände ihres Gästehauses mit eigenen Malereien zu dekorieren. »Wenn ich das heute statt morgen erledige, kann ich morgen einen Bogen um Durbans verstopfte Straßen machen und direkt nach Hause reiten …«

»Dann geh du nur. Wir werden mit frischem Tee auf dich warten.«

Lilly winkte ihrer Haushälterin. »Grete, ich werde Mrs Dillon begleiten. Du und Fatima, ihr müsst nach Hause laufen. Das wird euch ganz gut tun«, fügte sie hinzu, als sie die verdrossene Miene der Frau sah. Sie wühlte in ihrer Handtasche, bis sie ihren Geldbeutel fand, entnahm ihm einige Münzen und reichte sie Grete. »Hier ist ein halber Schilling, besorge mir doch ein Pfund von Mrs Grants Karamell.« Dann nahm sie Milas Arm. »Wir können fahren. Lass uns meine Kutsche nehmen, deine Männer können uns mit deiner Sänfte folgen.«

Das Wetter war angenehm, nach den heftigen Regenfällen der vergangenen Zeit herrschte milde Wärme. Das von Palmen umstandene Haus der Dillons lag auf dem Berea, dem Hügelrücken im Westen der Stadt, von wo aus das Land stufenweise und allmählich zu den Drakensbergen anstieg.

»Welch ein grandioser Ausblick, ich kann ja heute fast bis nach Madagaskar sehen«, rief Lilly vom äußersten Punkt der Veranda. Zu ihren Füßen fiel das grüne Land in Wellen bis hinunter zum Strand, der wie ein goldenes Halsband die Küste einfasste. Die Dächer, eingebettet in rot blühende Flamboyantbäume, glänzten in der Sonne, und in der Ferne schimmerte der Ozean, gefleckt vom Schaum der schneeweißen Brandung, blitzten weiße Segel auf der Bucht von Durban. Über allem wölbte sich der kristallblaue Himmel.

Urplötzlich rauschte ein starker Windstoß durch die Palmen und ließ Lillys Röcke flattern. »Wir sollten uns ins Wohnzimmer setzen, da kommt ein Gewitter.« Lilly zeigte auf die schwarze Wolkenwand, die vom Süden hinter dem Bluff heraufzog. Schon schäumten Katzenköpfe auf dem offenen Meer, und alle kleineren Segelboote nahmen Kurs auf die schützende Bucht, bei den größeren fielen bereits die Segel.

Nach einem prüfenden Blick über den Ozean schüttelte Mila den Kopf. »Das wird einen Haken landeinwärts schlagen, wir werden kaum etwas davon abbekommen. Aber der Wind ist ungemütlich.« Sie ging Lilly voraus ins Haus, wies mit einer Handbewegung auf einen niedrigen Korbstuhl, auf dem ein klumpiges Kissen lag. »Setz dich.« Sie selbst ließ sich auf dem hochlehnigen Holzstuhl daneben nieder. »Mein Rücken, weißt du. Aus dem Korbstuhl komme ich nie wieder hoch.«

Ein adrett in ein königsblaues Kittelkleid mit weißer Schürze gekleidetes, schwarzes Mädchen brachte Tee und Kuchen.

»Danke, Fiki. Sag der Köchin, sie soll einen zweiten Aufguss von den Teeblättern machen.« Mila zerteilte dann den frisch gebackenen Kuchen mit Passionsfruchtcreme. Sie legte Lilly ein Stück auf den Teller. »Dein Bandwurm wird die Creme lieben. Sie ist aus reiner Sahne. Nur zu, iss alles auf, dann wird er schnell groß und fett und ringelt sich in deinem Hirn zusammen.« Sie ignorierte Lillys wütenden Blick. »Du hast vorhin in der Kutsche diese Sache mit Lulamani erwähnt. Ich kann dir erzählen, was mir gestern zugetragen wurde. Es wird dir aber nicht gefallen.«

»Hat das etwas mit Andrew zu tun?«

»Wie man's nimmt. Lulamani, Stefans Zulufrau, hat ihren Ehemann mit Madoda, Andrews Induna, betrogen. Nun war Lulamani praktisch ein Geschenk von König Cetshwayo an Stefan, und da sie diesem untreu geworden ist, hat sie auch den König betrogen. Der hat das getan, was er nach seinem Verständnis tun musste. Er hat sie töten lassen. Das Gesetz seines Volks verlangt diese Strafe für Ehebruch.«

Lillys Hand flog an den Mund. »O mein Gott, nein! Das darf nicht wahr sein.« Ihre Stimme versagte, als ihr die Wahrheit dämmerte. Entsetzt sah sie die alte Dame an. »Andrew hat Nisaka zu ihm geschickt, und der hat es ihm gesteckt, nicht wahr?«, flüsterte sie. »Wann ist das passiert?«

»Das soll schon eine Woche her sein oder etwas mehr vielleicht. Kikiza, der Hyänenmann, hat sie erwischt, ganz in der Nähe von Inqaba ...«

»Wer hat dir das gesagt?«

Mila winkte ab. »Jemand.«

»Weiß es Stefan schon?« Lilly sprang auf. »Grundgütiger Himmel! Er ist ein Hitzkopf. Er würde versuchen, sich an Cetshwayo zu rächen ...!«

»Bravo, noch sitzt dein Untermieter nicht in deinem Gehirn«, bemerkte Mila trocken. »Ich glaube, genau das bezweckt Andrew. Er will, dass Stefan sich am König rächt. Wenn ich nur wüsste, welchen Vorteil er davon hätte. Darf ich dir einen Schluck meines selbst gebrauten Aprikosenlikörs anbieten?«

Lilly hob abwehrend die Hand. »Ich trinke nicht mehr«, bemerkte sie abwesend, während sie sich achtlos das zweite Stück Cremetorte in den Mund stopfte und dabei über das nachgrübelte, was Mila gesagt hatte. Etwas in ihr weigerte sich zu glauben, dass Andrew ein solcher Schuft sein sollte. »Es kann nicht sein, Mila. Entweder hat Andrew einen triftigen Grund gehabt, so zu handeln, oder es war nicht er, der Lulamani verraten hat.« Ihre Stimme wurde zuversichtlicher. »Bestimmt, so ist es! Ich habe mich geirrt. So etwas würde mein Mann nicht tun.«

Mila zögerte nur einen Augenblick. »Sicher, meine Liebe. So wird es gewesen sein.« Es hatte keinen Sinn, Lilly darüber aufzuklären, dass ihr Mann den Charakter eines Lumpen hatte und dass, wie sie erfahren hatte, Georgina Mercer ihn offenbar auf der Jagd begleitete. Es würde Lilly zerstören, aber sie würde den Lauf der Dinge nicht ändern können.

»Außerdem würde selbst Stefan Steinach, der ein Freund des Königs ist, nie an ihn herankommen, denn der wäre ja vorgewarnt«, sagte Lilly. »Die Wachen würden ihn vorher abfangen ...« Dann starrte sie Mila aus aufgerissenen Augen an. »Und wenn er erwischt wird, wird der König nicht zögern, seinen Tod zu befehlen«, platzte sie heraus. »Jetzt brauche ich doch ein Glas von deinem Likör.«

Mila schenkte ihr schweigend ein. Lilly kippte die goldene Flüssigkeit in einem Zug. »Merkwürdig, der schmeckt bitter …«

»Bitter?« Mila hob die Brauen. »Ach wo, das muss ein Nachgeschmack durch die Passionsfrüchtecreme sein.« Sie erhob sich mit raschelnden Röcken, ging hinüber zu einem Stapel Zeitungen, blätterte ihn kurz durch und zog endlich eine Zeitung hervor. Schweigend hielt sie ihr Lorgnon vor die Augen und las einen Absatz durch. »Ich möchte dir etwas vorlesen. Es ist Tim Robertsons neuer Leitartikel. Er sagt, dass Lord Chelmsford und Bartle Frère, unser Hochkommissar, schon lange nach einem Grund suchen, um in Zululand einmarschieren zu können. Sie brauchen nur noch einen Funken, um die Lunte zu zünden, wobei die meisten Leute die Meinung vertreten, dass der Vorfall mit Sihayo kaXongo Anlass genug wäre, schreibt Tim.« Sie spähte über den Rand der Zeitung zu Lilly hinüber. »Davon hast du sicher auch gehört? Die Frauen, die ihren Männern untreu waren und nach Natal geflohen sind? Gut, ich sehe, du weißt, wovon ich rede. Wenn das also schon genügen würde, um einen Krieg zu beginnen, was würde passieren, wenn Cetshwayo einen Weißen, noch dazu einen so angesehenen wie Stefan Steinach, töten lässt? Mir scheint das genau das Ereignis zu sein, was das Pulverfass Natal zum Explodieren bringen wird. Jeder Mann, der eine Waffe hat, wird nach dem Blut Cetshwayos schreien. Das gibt ein Gemetzel!«

Die beiden Frauen sahen sich entgeistert an.

»Ich begreife einfach nicht, was Andrew davon hätte, wenn wir gegen die Zulus in den Krieg ziehen«, murmelte die alte Dame nach einer Weile. »Wo läge sein Vorteil?«

»Wenn er denn wirklich dahinter steckt, das wissen wir ja gar nicht«, verteidigte Lilly ihren Mann, gleichzeitig aber dröhnten ihr seine Worte im Ohr: »Lord Sinclair und Lady Sinclair. Wie würde dir das gefallen?« Je mehr sie darüber nachgrübelte, desto

460

rätselhafter erschien ihr die ganze Sache. Sie verzog ihr Gesicht. Ihr Mitbewohner hatte erneut einen Bauchkrampf ausgelöst. Während sie versuchte, ihn wegzureiben, verwünschte sie ihren Einfall, auf diese Weise schlank zu werden. Hätte sie geahnt, was dieser verwünschte Wurm in ihr anrichten würde – Leibschmerzen und diese unaussprechlichen, mehlweißen, sich ringelnden Scheußlichkeiten, die immer häufiger aus ihr herauskrochen – hätte sie sich die Sache noch einmal überlegt. Sie schüttelte sich, zwang ihre Gedanken zurück zu ihrem Mann.

Lord Sinclair. Diesen Titel konnte man nicht kaufen, den musste man sich erdienen. Für welche Tat erhoffte er sich einen solch hohen Lohn? Wofür verlieh die Königin einen Titel? Für Verdienste um das Empire, nichts weniger.

»Wir stehen vor einem Krieg«, murmelte Mila. Sie starrte auf die Zeitung. »Jetzt wird mir das wirkliche Motiv dieser Kriegshetzer klar. Sie wollen sich Zululand unter den Nagel reißen, dieses herrliche, grüne Paradies, und es dem britischen Empire einverleiben …« Ihre Stimme wurde dünn vor Schmerz.

Lilly war es, als hätte ihr jemand mit Schwung in den Bauch getreten. Lord Sinclair! Wenn Andrew es schaffen würde, Zululand für die britische Krone zu erobern, würde ihm die Königin sicherlich diesen Titel verleihen. Sie umklammerte die Lehne ihres Korbsessels. Lulamani. Stefan. Die Gewehre. Ihre Gedanken liefen Amok. Lulamani tot, Stefan übt Rache, Cetshwayo lässt Stefan töten, die Briten greifen an, die Zulus haben nutzlose Gewehre, würden bei einem Angriff dem Feuer der britischen Soldaten schutzlos ausgeliefert sein. Ihr Herz hämmerte. Könnte Andrew so perfide handeln? Gleichzeitig mit der Erkenntnis, dass das durchaus im Charakter ihres Mannes wäre, schlug eine Welle von Enttäuschung über ihr zusammen.

Ihr Verdacht, dass Andrew ihr gegenüber nicht aus Fürsorge gehandelt hatte, sondern aus Eigennutz, verdichtete sich. Er brauchte sie, weil ein geschiedener Mann in der hauchdünnen

Oberschicht ihrer kolonialen Gesellschaft nichts werden konnte. Nur eine Hand voll Familien durfte sich dazuzählen, und die Frauen bestimmten im Hintergrund, wer zu ihrem exklusiven Kreis zugelassen wurde und wer nicht. Ihre Familie, die Kappenhofers, gehörten von Anfang an dazu. Würde Andrew sie verlassen, wäre seine Karriere in Natal zu Ende. Dafür brauchte er sie.

Das junge Mädchen in ihr, die lebenslustige, sprühende Lilly, die sie einmal gewesen war, die sich in Andrew Sinclair verliebt hatte, diesen schneidigen, gut aussehenden Mann mit dem Charme und Temperament eines Südländers, den Mann, der mit Worten Schlösser bauen und Träume malen konnte, diese Lilly weinte hemmungslos. Aber Mila merkte nichts davon, niemand merkte es je, denn es flossen keine Tränen, und ihr Gesicht blieb dabei unbewegt. Darin hatte sie viel Übung.

»Möchtest du noch Tee?«

Lilly tauchte aus den kalten Tiefen ihrer Gedanken auf. »Ja, bitte – der Wurm muss ja schließlich schwimmen, nicht?« Sie lachte, aber es klang dünn und brüchig.

Vom Eingang her klang Fikis Stimme und dann die von Catherine, die die Zulu in ihrer Sprache begrüßte.

»Vorerst kein Wort zu Catherine«, warnte Mila schnell. »Erst will ich mich vergewissern, ob das alles wirklich den Tatsachen entspricht.«

Lilly nickte nur, denn schon stand Catherine in der Tür und knöpfte ihre dunkelblaue Schößchenjacke auf. Darunter trug sie eine weiße Bluse. »Ich habe Hunger und ich habe Durst«, rief sie. Sie blickte ihre Freundinnen an. »Nanu, was ist? Ihr schaut aus, als wäre jemand gestorben. Welche Laus ist euch denn über die Leber gelaufen?«

Mila und Lilly warfen sich einen verschwörerischen Blick zu. »Gar keine«, antworteten beide wie aus einem Mund.

Zu Hause angekommen, ließ sich Lilly von Grete die Tüte mit Karamell aushändigen und machte sich auf den Weg in ihr Schlafgemach. Sie zögerte, als sie an Andrews Zimmer vorbeiging, hatte schon die Hand gehoben, um die Klinke herunterzudrücken, wandte sich dann aber ab und ging ins Schlafzimmer. Sie schob den mit buntem Chintz bezogenen Stuhl ans Fenster, setzte sich und schaute hinaus. Doch sie nahm die üppige Pracht ihres Gartens nicht wahr. Ihr Blick ging ins Leere, während sie den ersten Karamellbonbon lutschte.

Lange saß sie reglos da. Eine Kirchenglocke läutete, ihr Gärtner sang die traurige Ballade seiner Freundin, die ihn verlassen hatte, Pferde wieherten. Die Sonne wanderte nach Westen, der Nachmittag brach an, die Karamelltüte war leer. Noch immer saß sie da. Plötzlich stand sie auf und knüllte die Tüte zusammen. Sie hatte einen Entschluss gefasst. Sofort begann sie mit den Vorbereitungen.

22

Hölle und Verdammnis«, schrie Catherine, als es laut klirrte und das Glas aus dem im Seewind hin- und herschlagenden Fenster eines Gästezimmers fiel. Aufgebracht fegte sie ins Haus, nahm an, dass einer ihrer Arbeiter nachlässig das Fenster offen gelassen und nicht mit dem Sturmhaken gesichert hatte. »Könnt ihr Tölpel nicht aufpassen? Wer hat das Fenster offen gelassen?«

Jabisa, die mit frisch gepflückten Mangos über den Hof zur Küche ging, zuckte zusammen. Sie konnte zwar die Worte nicht verstehen, aber der Tonfall sagte ihr, dass man heute Katheni besser aus dem Weg ging. Sie blieb stehen und horchte in sich hinein. Etwas in ihr verlangte, dass sie in ihr Umuzi in Zululand zurückkehrte. Es lag in der Nähe von Inqaba, und dort lebte ihre Sippschaft. Schon seit Tagen zog sie etwas dorthin.

Es hatte etwas mit dem Raunen zu tun, das seit einiger Zeit durch den Busch lief und lauter und vernehmlicher geworden war, bis es in ihren Ohren dröhnte. Es würde Krieg geben. Nicht den üblichen, bei dem es lediglich darum ging, ein anderes Umuzi zu überfallen und das Vieh wegzutreiben, sondern den großen Krieg. Der König hatte befohlen, einen Bullen, den die Sangomas mit geheimen Mitteln besprengt hatten, damit ihm eine unsichtbare Schutzhaut gegen die Kugeln der Weißen wachse, zu töten und das Fleisch an seine Krieger zu verteilen. Es war eine sehr starke Medizin, die der König da einsetzte, und die Krieger würden danach lechzen, ihre Speere im Blut der Weißen zu waschen. Sie kannte ihre Stammesbrüder, im Kampfesrausch war nichts vor ihnen sicher, und sie gedachte, sich mit ihrem Hab und Gut

464

an einen sicheren Ort zu begeben. Es gab da eine Höhle, die sie entdeckt hatte, als sie mit zwei Freundinnen Feldfrüchte gesucht hatte.

Sie kratzte sich unter dem Baumwollkleid, das sie auf Bitten Kathenis trug. Es scheuerte und juckte, und sie sehnte sich danach, so herumzulaufen wie eine anständige Zulufrau. Mit einem tiefen Seufzer legte sie die Mangos in der Küche auf den Tisch, wählte ein frisches Brot und etwas Fleisch aus der Vorratskammer, wickelte sie in eine alte Ausgabe des *Durban Chronicle* ein und begab sich zu ihrer Hütte. Dort zog sie das kratzige Kleid aus und holte ihren Rindslederrock hervor.

Die Haut hatte sie selbst mit Amasi, geronnener Milch, eingerieben, später dann Erde vom Termitenhaufen in die Innenseite massiert, das Leder geknetet und wieder eingerieben, bis es wunderbar weich war und sie es in Dreiecke schneiden konnte, die sie so zusammennähte, dass der untere Rocksaum ausgestellt war. Wieder hatte sie ihn mit Rinderfett eingeschmiert, eine Woche hängen lassen, mit Grasasche glänzend schwarz gefärbt und mit Kräutern parfümiert.

Inbrünstig schnupperte sie an dem weichen Leder, dessen würziger Geruch sie in ihr heimatliches Umuzi versetzte. Sie legte ihn an. Wohlig dehnte und streckte sie sich, genoss die Luft auf ihrem nackten Oberkörper. Nun war sie gekleidet, wie es sich für eine respektable Zulufrau gehörte. Vorsichtig schob sie die Kuhhaut vor dem niedrigen Eingang ihrer Hütte beiseite, blickte sich um, vergewisserte sich, dass weit und breit niemand zu sehen war, besonders nicht Katheni, und schlüpfte hinaus. Eine Minute später hatte sie der Busch verschluckt.

Catherine ahnte nichts davon. Sie stand, die Arme in die Seiten gestemmt, in dem leeren Gästezimmer und schob die Glasscherben, die unter dem zerbrochenen Fenster den Boden bedeckten, mit dem Fuß zusammen. Von den zwei schwarzen Arbeitern, die die Wände weißen sollten, war nichts zu sehen.

»Diese faulen, tölpelhaften Dummköpfe«, machte sie ihrer Wut Luft. Glas war kostbar in der Kolonie, noch immer, obwohl es schon Kutschen mit Glasfenstern gab, und es war eine verdammte Plackerei, es heil bis zum Lobster Pott zu transportieren. Jetzt würde sie mit Mangaliso und einem Packpferd erneut nach Durban reiten und die Scheibe bestellen, ein oder zwei Tage warten und sie dann hier auch noch selbst einsetzen müssen. Das hatte sie noch nie gemacht, denn diese Arbeiten erledigte sonst Johann, und der sollte eigentlich schon vor einiger Zeit wieder zu Hause sein. Stattdessen hatte er ihr eine Nachricht geschickt, dass seine Ankunft sich verzögern würde. Mit einer Mischung aus Enttäuschung und Besorgnis hatte sie seinen Brief gelesen.

»Morgen erst werden wir den Mlalazi überqueren. Gebe Gott, dass wir eine Furt finden«, schrieb er. »Es hat Wolkenbrüche gegeben, die Wege sind aufgeweicht, und die Flüsse treten über die Ufer. Es ist die reinste Hölle, diese unübersehbare Masse von blökenden, bockenden, verängstigten Rindern an all den tierischen Wegelagerern vorbei ohne allzu große Verluste durch die Flüsse zu treiben. Es gibt jetzt einige sehr wohlgenährte Krokodile entlang unseres Wegs!«

Catherine konnte sich das nur zu gut vorstellen. Dutzende von schreienden Männern, die die riesige Herde ständig zu Fuß oder zu Pferd umrundeten. Jaulende Hyänenrudel und hungrige Löwinnen, die ihre Jungen zu füttern hatten, lauerten an den Flüssen, wo es für sie am leichtesten war, ein unachtsames Tier zu erwischen. Nachts saßen die Wachen im lodernden Feuerschein und hielten Ausschau nach den zwei glühenden Punkten, der Reflektion des Feuerscheins in den Augen eines Leoparden, der sich im Baum zum Sprung geduckt hatte, oder die Augen der Hyänen, die wie flackernde Kerzenflammen durch den Busch tanzten. Keiner schlief mehr als eine Stunde am Stück in diesen Nächten, tagsüber hatten sie keine Zeit, Rast zu machen, aßen im Sattel, und manchmal fielen sie vor lauter Erschöpfung vom Pferd.

»Schon unser Aufbruch von Inqaba ging nicht so glatt, wie ich es erhoffte«, schrieb er weiter. »Ich bin überzeugt, dass es Krieg gibt, und unsere Leute verlangten, mit mir zu reden. Die meisten von ihnen wollen im Fall des Kriegsausbruchs über die Grenze nach Natal gehen. Sie fürchten um ihr Leben, weil sie für mich gearbeitet haben, wobei sie in Wahrheit wohl eher ihr Hab und Gut vor Plünderungen in Sicherheit bringen wollen. Was ich ihnen natürlich nicht verdenken kann, ich habe ja gerade das Gleiche gemacht. Es könnte sein, dass es deswegen noch einmal nach Inqaba zurückkehren muss.«

Der letzte Satz traf sie härter als ein Keulenschlag. Würde er tatsächlich noch einmal umdrehen müssen und seine Leute auf dem Weg nach Natal begleiten, würde sie ihn für Wochen nicht zu Gesicht bekommen. Zum wiederholten Mal rechnete sie nach. Wie lange würde er für die Strecke vom Mlalazi nach Stanger benötigen? Zehn Tage? Zwölf? Würde er nicht nach Inqaba zurückreiten, wäre er wohl schon auf dem Weg zu ihr und müsste innerhalb der nächsten paar Tage bei ihr eintreffen, doch sicher war das nicht. Machte er sein Vorhaben allerdings wahr, dann stand es in den Sternen, wann sie ihn wieder zu Gesicht bekommen würde.

Feuerheiße Wut raste unkontrolliert durch ihre Adern, schlug über ihr zusammen wie eine Welle. Wie immer war sie allein. Es würde ihr also nichts anderes übrig bleiben, als das Glas aus Durban zu holen und es selbst einzusetzen. Sie lehnte sich aus dem Fenster. »Wer hat das gemacht? Ich dreh ihm den Kragen um«, schrie sie ihren Zorn hinaus.

Als Antwort hörte sie ein aufgebrachtes Schnattern und drehte sich um. Hinter zwei aufeinander gestapelten Stühlen, unter einem Schopf weißer Haare hervorschielend, starrten sie blutunterlaufene Augen an. Ihr wurde der Mund trocken. Ihr Gewehr stand im Schlafzimmer. Erst auf den zweiten Blick erkannte sie, was sie vor sich hatte. Einen Pavian.

Der Affe war beunruhigend groß, sein Gesichtsausdruck bösartig und sein Gebiss, das er ihr entgegenbleckte, Furcht erregend. Sein Fell sträubte sich, er zog die Schultern hoch und machte einen Satz auf sie zu. Catherine sprang rückwärts, schlug mit dem Rücken gegen das Mauerwerk und schrie auf. Der Affe antwortete mit wütendem Kreischen. Jetzt erst bemerkte sie das Blut, das aus einem tiefen Schnitt über seinem Handgelenk strömte. Sein Kopffell hatte er sich mit der noch nassen, weißen Wandfarbe verschmiert.

Er gehörte zu einer Herde Paviane, die im Busch am Haus wohnte und sie mit ihrem Schabernack ständig zum Narren hielt. Erst kürzlich war sie während einer mondhellen Nacht von einem Höllenlärm aus dem Bett gejagt worden. Mit mulmigem Gefühl im Magen hatte sie daran gedacht, dass sie einige Tage zuvor die Überreste einer Antilope in der Astgabel des großen Feigenbaums entdeckt hatte, der in Sichtweite des Lobster Potts in der Nähe eines sumpfigen Tümpels wuchs. Ein sicheres Anzeichen, dass ein Leopard in der Umgebung lebte.

Eben jenen Leoparden vermutend, der nun offenbar versuchte, in den Hühnerstall einzudringen, war sie mit rasendem Puls hinausgerannt, das Gewehr im Anschlag, bereit, ihr Leben und das ihres Federviehs gegen die Raubkatze zu verteidigen. Doch statt des Raubtiers sah sie sich einer Gruppe halbwüchsiger Pavianmännchen gegenüber, die wie ungezogene Jungs durch den dicht belaubten Feigenbaum tobten, kreischend vor Vergnügen geklaute Hühnereier auf das Blechdach des Stalls warfen und sich an dem Knall, dem anschließenden Zerplatzen der Eier und dem empörten Gegacker der Hennen lautstark ergötzten. Und dieser Affe, es war ein Männchen, wie sie mit schnellem Blick feststellte, war einer von ihnen. Das bewies ein Riss in seinem Ohr.

Das Tier streckte seinen Unterkiefer vor und presste ein hohes Wimmern heraus. Im Nu war Catherines Zorn verflogen. Vermutlich hatte das Affenmännchen in der Fensterscheibe sein eigenes

Spiegelbild entdeckt, es als Rivalen angesehen und hatte sich verteidigt. Ohne an die Gefahr zu denken – nicht umsonst nimmt sogar ein Leopard vor einer Herde rabiater Paviane Reißaus –, ging sie in die Hocke, streckte ihre Hand aus und begann, das Tier mit sanften, gurrenden Tönen zu locken. Der Affe bleckte noch einmal seine Zähne, wandte seinen Kopf zur Seite, schnatterte schrill und kratzte sich am Kinn. Er war sichtlich irritiert.

»Komm«, flüsterte Catherine, »komm schon, ich tu dir nichts, aber du wirst sterben, wenn ich dir nicht helfe.« Sie schnalzte sanft mit der Zunge, der Pavian jammerte leise.

Es dauerte eine gute halbe Stunde, ehe sich das Tier so weit vorwagte, dass sie es berühren konnte, und weitere fünfzehn Minuten, ehe es ihr gestattete, die Wunde anzuschauen. Catherine war betroffen. Der Schnitt sah übel aus. Eigentlich musste er verbunden werden, und natürlich kannte sie jede Menge Mittelchen und Kräuter, die sie ihm auf die Wunde schmieren könnte, aber der Affe würde vermutlich keine zwei Minuten brauchen, um einen Verband zu lösen. Sie kaute auf ihrer Unterlippe, wünschte, sie hätte Karbolsäure im Haus, wie sie Ma Cullen in großen Mengen in ihrem Hospital verwendete.

Cognac, dachte sie, schon ihr Vater hatte auf ihren Schiffsreisen mangels anderer Mittel an Bord kleinere Wunden mit Cognac benetzt und meinte, sie würden dann nicht so leicht mit den Fäulnisbakterien befallen werden, die sich angeblich überall in der Luft befanden und nur darauf warteten, sich in Wunden einzunisten. Die Blutlache zu Füßen des Affen vergrößerte sich, er sackte sichtlich in sich zusammen. Irgendwie musste sie die Blutung stoppen. Langsam erhob sie sich, zog sich zur Tür zurück und rannte ins Schlafzimmer, wo ein paar Flaschen Wein und auch eine halb leere Cognacflasche und Vorräte ihrer Kräutermedizinen lagerten. Sie klemmte sich die Cognacflasche unter den Arm und wählte den irdenen Topf mit zerstoßener Umsinsiborke, der sie noch einige Kräuter und Honig beigemischt hatte. Ein hervorragendes Mittel gegen Wundbrand, wie sie herausgefunden hatte. Im Hinausgehen fiel ihr Blick auf ihr Nähzeug. Warum nicht?, dachte sie und nahm es mit.

Der Pavian hockte noch an derselben Stelle und hielt wimmernd seinen verletzten Arm. Als er der Menschenfrau ansichtig wurde, drückte er sich in die Zimmerecke, stieß ein angsterfülltes Jammern aus, blieb aber sitzen, doch vermutlich mehr aus Schwäche, denn aus Vertrauen. Der Widerstand in den dunklen Augen war so gut wie erloschen.

Catherine öffnete die Flasche, näherte sich vorsichtig und brachte es fertig, ein wenig des Alkohols über seine Pfote zu gießen. Der Affe leckte die Flüssigkeit sofort ab, stutzte, schnaubte erfreut, dann schleckte er den Cognac bis zum letzten Tropfen vom Fell. Catherine beobachtete ihn fasziniert.

Nach rund zehn Minuten war die Flasche fast leer, und der Pavian stockbetrunken. Er lag auf dem Rücken, die Augen verdreht, das Maul zu einem glücklichen Lächeln verzogen und schnarchte, und Catherine hatte Muße, die Wunde zu reinigen. Danach rieb sie den Schnitt sorgfältig mit der Kräuterhonigmischung ein, presste ihn mit zwei Fingern zusammen und nähte ihn mit festen kleinen Stichen einfach zu. Zum Schluss packte sie den Affen unter den Achseln. Er war viel zu schwer für sie, als dass sie ihn hätte tragen können, so schleifte sie ihn aus dem Haus und bugsierte ihn vorsichtig die Treppenstufen hinunter. Unter dem Feigenbaum beim Hühnerstall würde er seinen Rausch ausschlafen können, und sie hätte ihn so weit im Auge, dass sich kein ungebetener Gast an ihm zu schaffen machen konnte.

»Mama.«

Die Stimme kam von rechts, und Catherine vernahm sie, hörte aber nicht hin, denn es gab niemanden hier, der sie so nennen konnte. Viktoria war bei Lionel, Stefan in Zululand, und Maria … Sie presste ihre Lippen zusammen, packte den Affen fester, um ihn durch den weichen Dünensand zu schleppen.

»Mama.«

Wieder dieses dünne Stimmchen. Catherine ließ den Pavian los und stand plötzlich stockstill. Hatte sie akustische Halluzinationen? Ihr Herz begann mit langsamen, harten Schlägen zu hämmern. Langsam drehte sie sich um.

Sie war dünner geworden, schien irgendwie erwachsener und eigentlich sah sie gut aus, aber ihr Gesicht trug einen Ausdruck, den Catherine an ihr noch nie gesehen hatte. Es waren ihre Augen. Als sie sich im Mai verabschiedet hatte, waren es die eines Kinds gewesen, jetzt schaute sie eine Frau an. Eine bildschöne, junge Frau, die etwas erlebt hatte. Und neben ihr stand ein großer, schlanker Mann mit hellblauen Augen und dichten, dunkelblonden Haaren, der einen absurden, karierten Sportanzug und feine Schnürstiefel trug.

»Mama«, sagte diese schöne Fremde. »Mama, was tust du da?«

Der Affe zu ihren Füßen grunzte, wälzte sich auf die Seite und entblößte sein Gebiss.

Der junge Mann machte einen Satz rückwärts. »Achtung, der lebt ja!«

Irritiert sah ihn Catherine an. »Ja, natürlich, er ist nur verletzt. Ich will ihn dort hinbringen«, sie zeigte auf den Feigenbaum, der jetzt in der Mittagssonne einen dichten Schatten warf, »damit er sich erholen kann.« Ein Teil von ihr weigerte sich, die Tatsache anzuerkennen, dass es Maria war, ihre Tochter, die eigentlich in Europa weilte, die hier auf dem Hof des Lobster Potts stand, in Begleitung eines ihr gänzlich unbekannten Mannes, der ein Gesicht zog, das deutlich ausdrückte, dass er die beiden Frauen für verrückt hielt.

»Schimpansen sind gefährlich, habe ich gehört«, bemerkte er.

»Das ist ein junger Pavian, und die sind meist noch gefährlicher«, sagte Catherine ungeduldig. »Treten Sie zurück, sonst frisst er Sie wohlmöglich.«

Maria ging in die Hocke und untersuchte die vernähte Wunde.

»Was hast du in die Wunde getan?« Es war, als wäre sie nie weg gewesen.

»Umsinsi, Honig und einige Kräuter. Vorher habe ich ihn mit Cognac betäubt und den Rest über die Wunde gekippt.«

Marias Begleiter reckte den Hals. »Die Naht ist nicht ganz richtig, gnädige Frau. Sie haben die Wunde gewissermaßen gesäumt, wissen Sie, als hätten Sie ein Taschentuch gesäumt. Bei einer chirurgischen Naht wird jeder Stich mit einem Knoten gesichert.«

Catherine musterte ihn von oben bis unten. »Und woher können Sie das beurteilen?«

»Er ist Arzt«, antwortete Maria für ihn, und ihr Stolz war offensichtlich.

Catherine richtete sich auf. Ihr Blick flog zwischen ihrer Tochter und diesem jungen Mann hin und her, als begriffe sie erst jetzt, wer vor ihr stand. »Maria, Himmelherrgottnocheinmal, Kind, wo kommst du her?« Ihre Stimme stieg um eine halbe Oktave.

»Erzähle ich dir gleich, jetzt lass uns erst deinen Patienten wegbringen. Wenn der aufwacht, wird er einen dicken Kopf haben und äußerst schlecht gelaunt sein. Dann möchte ich ihm nicht in die Quere kommen.«

Es war ein vernünftiger Vorschlag. Catherine packte den Affen unter den Achseln. »Du nimmst die Füße«, befahl sie, und gemeinsam mit ihrer Tochter schleppte sie den betrunken lallenden Pavian in den Schatten, und sie legten ihn ab. Schwer atmend standen sich die beiden Frauen gegenüber, keine sagte ein Wort, sie tasteten sich gegenseitig mit den Augen ab. Langsam streckte Catherine ihre Hand aus und berührte ganz sachte Marias Wange mit den Fingerspitzen, als fürchtete sie, sie würde sich als ein Trugbild herausstellen und wie Nebel auflösen. Ihre Hand glitt über die Wange zu den Schultern und über den Rücken ihrer Tochter, der gerade und steif war, als hätte sie einen Stock verschluckt.

»Kleines.« Sie presste Maria an sich, streichelte ihr Gesicht, hielt sie fest, bis sich die Muskeln unter ihrem Streicheln entspannten und sie die Arme ihrer Tochter um sich spürte.

»Ich bin so froh, ich bin so froh«, flüsterte Maria. »Mama, ich bin so froh.« Sie löste sich, trat einen Schritt zurück und nahm die Hand des jungen Mannes und holte tief Luft. »Mama, darf ich dir meinen Mann, Leon Mellinghoff, vorstellen?«, strahlte sie.

Die Stille, die ihren Worten folgte, war von der Art, wie sie auf eine Explosion folgt. Catherines Ohren dröhnten, alle Geräusche schienen sich zu entfernen, und für Sekunden spürte sie ihren Körper nicht mehr, als triebe sie gestalt- und gewichtslos mit der Brise hinaus aufs Meer.

»Mama?«

Erst als Maria sie berührte, kehrte sie zurück in die Wirklichkeit. »Was hast du gesagt, ich habe das nicht verstanden.« Ich kann das unmöglich richtig verstanden haben! Sie merkte, dass sie am ganzen Körper zitterte, bis ins Zentrum ihres Seins.

»Wir haben geheiratet, der Kapitän des Schiffs hat uns getraut …«

Bevor Catherine reagieren konnte, trat der junge Mann zu ihr, nahm ihre Hand, küsste sie und richtete diese unglaublich blauen Augen auf sie. »Gnädige Frau, ich bitte Sie nachträglich um die Hand Ihrer Tochter.«

Mein Gott, muss ich stinken, nach Pavian und Cognac und weiß der Himmel, nach was sonst noch, war alles, was ihr durch den Kopf ging. Es war höchst selten, dass Catherine um Worte verlegen war, aber jetzt hatte es ihr restlos die Sprache verschlagen. »Aber … wieso seid ihr … wer sind Sie …«, stotterte sie endlich.

»Mama, bitte hör mir zu.« Maria ergriff ihre beiden Hände. »Es ist eine lange Geschichte, und die werde ich dir in Ruhe nachher erzählen. Du musst nur wissen, dass wir rechtmäßig als Mann und Frau leben. Wir haben uns vom Kapitän trauen lassen und den Segen der Kirche von einem Pfarrer empfangen, der an Bord war, ehe wir … damit uns keiner voreheliche Unzucht vorwerfen kann …«

Catherine zuckte bei diesem Wort heftig zusammen, wollte etwas sagen, machte aber dann nur eine schwache Handbewegung, die Maria bedeutete, fortzufahren.

»Mama, wir sind Mann und Frau. Hast du mich verstanden?«

Jetzt erreichte sie ihre Mutter. »Was ist passiert?«, fuhr Catherine sie heftig an. »Was ist passiert, mein Kind, dass du deinem Vater und mir keine Nachricht schicken konntest? Was ist passiert, dass du auf diese Art … dass ihr …« Mit einer hilflosen Handbewegung verstummte sie, vermochte nicht das Wort ›Heirat‹ in den Mund zu nehmen. »Warum haben wir so lange nichts von dir gehört? Warum?«

Maria zögerte nur einen winzigen Augenblick, dachte zurück an den Weg, den sie bisher gegangen war, dann fasste sie sich ein Herz. »Alles fing mit Bartholomew an«, begann sie.

»Bartholomew.« Ihre Mutter fixierte sie mit einem Blick, in dem ihre ganze Qual, so lange nichts von ihrer Tochter gehört zu haben, ihre Erleichterung, sie gesund zu sehen, aber auch Verständnislosigkeit und Schmerz lagen. Wie zur Abwehr hob sie die Hand. »Wieder ein Name, der mir unbekannt ist, der aber, so scheint's, zu deinem Leben gehört. Wer ist Bartholomew?«

Maria studierte ihre Schuhspitzen, sie brachte es nicht fertig, dem anklagenden Blick ihrer Mutter zu begegnen. »Er ist tot …« Sie verstummte.

Catherine wartete, ob sie weiterreden würde, aber Maria schien die Worte nicht herauszubekommen. Sie stand da, starrte auf ihre Schuhspitzen und malte Muster in den Sand.

»Nun gut, deine Antwort wird offensichtlich ausführlicher. Lass uns etwas essen, dabei kannst du mir alles detailliert berichten. Und, mein Kind, ich erwarte, jede Einzelheit zu erfahren, hörst du?«

Stummes Nicken, ein weiteres Muster im Sand.

Catherine wandte sich zum Gehen, bemerkte dabei, dass Leon Mellinghoff ihren Hosenrock mit einem Blick streifte.

Er zuckte nicht einmal mit der Wimper.

Sieh an, dachte sie erstaunt, zumindest gute Manieren hat er und einige Selbstbeherrschung. Gut. Ein Pluspunkt für den Herrn Leon Mellinghoff. »Wo ist euer Gepäck? Wie seid ihr überhaupt hierhergekommen?«

»Wir haben im London Hotel übernachtet und den darauf folgenden Tag damit verbracht, zwei Reitpferde und ein Packpferd vom Besitzer der Mietdroschken zu leihen und unser Gepäck im Durban Club unterzubringen. Da kennt ja jeder unsere Familie, sie werden gut auf unsere Sachen achten.«

»Gut«, nickte Catherine und wünschte, dass Johann bei ihr wäre. »Ich werde Mangalisos Ältesten gleich nach Durban zum Glaser schicken, um Ersatz für die zerbrochene Scheibe zu bestellen. Die wird hoffentlich rechtzeitig fertig, dass sie mit eurem Gepäck hergebracht werden kann. So erspare ich mir wenigstens den Ausflug in die Stadt. Jetzt aber muss ich erst Jabisa erzählen, dass du wieder da bist. Ihr möchtet euch sicher etwas frisch machen, nicht wahr? Geht schon ins Haus. Ich komme gleich nach.«

Catherine legte die Hand an die Wange ihrer Tochter, Maria schmiegte sich hinein, wusste, dass alles gut war.

Maria hob den Rock ihres vergissmeinnichtblauen Kleids mit einer Hand, mit der anderen ergriff sie die von Leon. »Komm, ich kenne dieses Haus nur als Hirngespinst meiner Mutter. Ich bin gespannt, was daraus geworden ist.«

Er hielt sie zurück. »Da stehen zwei winzige Antilopen auf der Veranda«, flüsterte er.

Maria schnalzte mit der Zunge. »Ach, das sind nur Dik und Dikkie. Die sind handzahm. Meine Mutter hat immer ein Sammelsurium von Haustieren. Nun komm schon!«

»Jabisa!«, rief Catherine und stürmte durch die Türöffnung des Kochhauses. »Wir haben Gäste. Sieh mal, wer hier ist. – Jabisa?«, fragte sie, als ihr die Küche leer entgegengähnte und nur ein paar frisch gepflückte Mangos davon zeugten, dass die Zulu hier gewesen war. Ein schneller Blick bestätigte ihr, dass Jabisa weder das Frühstücksgeschirr abgewaschen noch das Abendessen vorbereitet hatte. Sie biss sich auf die Lippen. »Wo ist dieses Weib wieder«, murmelte sie, und ein ungutes Gefühl breitete sich in ihrem Magen aus.

»Ich bin gleich wieder da«, rief sie ihrer Tochter und Leon zu, lief in ihr Schlafzimmer, ergriff ihr Gewehr, eilte über den Hof und den überwachsenen, schmalen Weg zu den Unterkünften der Farmarbeiter, wo auch Jabisa ihre Hütte hatte.

Leon sah ihr perplex nach. »Wozu braucht deine Mutter ein Gewehr?«

»Ach, hier gibt es allerlei unangenehmes Viehzeug, Schlangen, Leoparden und in den Tümpeln auch Krokodile, aber keine Angst, die sind nicht in unmittelbarer Nähe«, antwortete Maria. »Komm, lass uns die Stühle aus dem Haus bringen.«

Leon Mellinghoff aber blieb stehen und sah Catherine nach. »Leoparden, Krokodile«, murmelte er für sich. »Afrika! Oh, wie wunderbar.«

Catherine hatte mittlerweile die Arbeiterunterkünfte erreicht und blieb vor einer Bienenkorbhütte stehen. »Jabisa«, rief sie. »Darf ich eintreten?« Als sie keine Antwort erhielt, schlug sie die Kuhhaut zurück und versuchte, in dem Halbdunkel des Hüttenrunds etwas zu erkennen. Doch außer dem Baumwollkleid, das in einem Häufchen mitten auf dem Boden lag, war weder von Jabisa noch von ihren Sachen etwas zu sehen. Die Hütte war leer geräumt, und eine Welle von Enttäuschung traf sie. Jabisa, die sie kannte, seit sie dreizehn Jahre alt war, die ihr seitdem im Haus half, natürlich dafür bezahlt wurde, aber trotzdem zur Familie gehörte, die mit ihr den Lobster Pott aufgebaut hatte – Jabisa hatte sie einfach im Stich gelassen.

Alle Zulus verspürten nach einigen Monaten in der Ferne das dringende Bedürfnis, nach Hause zu gehen und bei ihrer Familie zu sein. Natürlich war das nichts Verwerfliches, und Catherine

476

verstand es nur zu gut. Nur verschwanden sie ohne Vorankündigung, sie legten einfach alles aus der Hand, was sie gerade taten, und gingen. Für ein paar Tage oder ein paar Monate oder für immer. Das wusste man nie. Doch Jabisa war anders. Auch sie besuchte regelmäßig ihre Zulufamilie, aber immer hatte sie das angekündigt, und immer war sie wiedergekommen. Das zurückgelassene europäische Kleid erschien ihr wie die Haut, das ein Reptil abstreift, wenn ihm eine neue gewachsen war, und das erfüllte sie mit der schlimmen Vorahnung, dass Jabisa nicht nur für einige Zeit in ihr Umuzi gegangen war. Wie es schien, hatte sie nicht vor zurückzukehren.

Das sah ihrer langjährigen Gefährtin nicht ähnlich. Dahinter steckte mehr, etwas Unheilvolles. Sie bekam eine Gänsehaut, befürchtete, dass es etwas mit den Kriegsgerüchten zu tun hatte. Aber im Augenblick konnte sie nichts daran ändern. Sie hob das Kleid auf, zerknüllte es in einer Aufwallung von Frustration und warf es gegen die Hüttenwand.

Es gab wenig, was sie mehr hasste, als plötzlich ohne Haushaltshilfe dazustehen. Mühsam ihren Zorn zügelnd, marschierte sie hinüber zu den Hütten der übrigen Farmarbeiter. Fröhlich miteinander schwatzend und mit Säuglingen auf dem Rücken gingen die Frauen ihren Arbeiten nach. Eine stampfte laut singend Mais im großen Holzmörser, das winzige Köpfchen, das aus dem Tuch auf ihrem Rücken lugte, hüpfte dabei auf und ab. Die nächste zerrieb getrocknete Körner auf einem Steinmörser, wieder eine andere werkelte an der kunstvollen, lehmverschmierten Frisur ihrer Freundin. Es war eine so gesellige, friedliche Szene, dass Catherine für eine Sekunde Neid verspürte. Als die Frauen die Weiße erblickten, verstummten sie.

»Sawubona, wie geht es euch?« Für die üblichen, höflichen Floskeln nahm sich Catherine die Zeit, ehe sie nach Jabisa fragte, das gebot die Etikette. Außerdem würde sie sonst überhaupt keine Informationen bekommen. Aus der Reaktion der Frauen merkte sie sofort, dass diese genau wussten, wo die Zulu steckte, aber alle beteuerten, keine Ahnung zu haben.

»Sie ist weg«, konstatierte die mit der kunstvollen Frisur.

Und das war es. Jabisa war weg. Catherine knirschte mit den Zähnen. Wohin sie gegangen war, wie lange sie wegzubleiben gedachte, ob sie überhaupt vorhatte wiederzukehren, würde sie nicht erfahren, also fragte sie erst gar nicht, stattdessen erkundigte sie sich, wo Tandani und ihre Schwestern steckten.

»Auf dem Feld«, wurde ihr beschieden.

»Schickt sie zum Haus, sobald sie wieder da sind.« Catherine tätschelte einem der Säuglinge, einem entzückenden Kind mit riesigen, schwarzen Kirschaugen, die weiche Wange, wartete geduldig, ob eine von den Frauen noch eine Bemerkung machen würde, die auf Jabisas Aufenthaltsort hinweisen könnte, aber die Zulufrauen tauschten schnelle, heimliche Blicke untereinander, lachten ein wissendes Lachen, der armdicke Stößel fuhr mit dem vertrauten Tok-tok auf den Mais hinunter, der Hirsemörser schabte wieder über den Stein.

Als hätte sich eine Tür verschlossen, stand Catherine außen vor. Du gehörst nicht zu uns, hieß das, und sie verstand das wohl. Bedrückt ging sie zurück zum Haus. »Jabisa ist fort«, sagte sie kurz darauf zu Maria und hängte das Gewehr an einen Haken im Hauseingang, »Tandani und ihre Schwestern sind noch auf dem Feld, und wir sitzen zumindest vorläufig mit der Arbeit allein da. Ich habe zwar Annie Block als Haushälterin engagiert, aber die wird erst in einiger Zeit anfangen.«

»Diese Jabisa ist das Hausmädchen?«, fragte Leon. »Wie kann sie einfach ihre Arbeit verlassen?«

Catherine schnaubte. »Ohne mit der Wimper zu zucken. Wenn einen Zulu das Verlangen überkommt, ein wenig in seinem Umuzi bei seiner Familie zu sitzen, wie er das nennt, dann geht er, und zwar in derselben Minute, egal, was er gerade tut.«

»Alle? Immer?«

»Alle. Immer«, bestätigte Catherine.

»Wie lange wird sie wegbleiben?«

»So lange, wie es dauert. Ich werde versuchen, eine der Frauen der Farmarbeiter zu bekommen, denn Tandani und ihre Schwestern sind alberne, verspielte, kleine Mädchen, die völlig unzuverlässig sind. Aber heute müssen wir das Essen allein machen. Doch jetzt werden wir ein paar Stühle auf die Veranda stellen, und du wirst mir erzählen, was geschehen ist. Von Anfang an.«

Es zeugte von Catherines eiserner Selbstbeherrschung, dass sie Maria ihre Geschichte bis zum Ende erzählen ließ, ohne sie einmal zu unterbrechen. Ihre Augen fest auf den inzwischen aus seinem alkoholisierten Schlaf erwachten und lallend herumtorkelnden Affen gerichtet, der vergeblich versuchte, den Feigenbaum zu erklimmen, hörte sie zu. Nur gelegentlich streifte sie Leon Mellinghoff mit einem verstohlenen Blick. Mein Schwiegersohn, dachte sie dann, der Mann meiner Tochter.

»Wir werden uns also in Durban niederlassen«, schloss Maria nach mehr als einer Dreiviertelstunde. »Wir suchen uns ein Haus, das genügend Platz für uns und die Praxis bietet, die Leon eröffnen wird.«

»Nicht, bevor ihr richtig geheiratet habt.«

»Mama, begreifst du nicht, wir sind …«

Leon drückte ihre Hand, und sie verstummte. »Davon träumen wir, Frau Steinach. Unsere Hochzeit auf Inqaba zu feiern. Ich habe so viel von diesem Ort der Zuflucht gehört, dass ich manchmal glaube, dass ich schon da gewesen bin. Würden Sie uns das gestatten?«

Geschickt ist der junge Mann also auch noch, dachte Catherine, und er weiß, mit Worten umzugehen. »Ihr werdet eure Hochzeit im Lobster Pott feiern müssen, kein Mensch weiß, wie lange der Krieg dauern wird.«

Maria wurde weiß. »Krieg!«, rief sie.

Schnell berichtete ihr Catherine von dem drohenden Krieg, und dass sich Johann auf dem Weg nach Inqaba befand, nachdem er die Herde in Stanger in Sicherheit gebracht hatte.

»Du meinst, wir müssen gegen die Zulus kämpfen?« Marias Stimme schwankte.

Ihre Mutter nickte. »Obwohl mir nichts ferner liegt, als je eine Waffe gegen einen Menschen zu erheben, wird dieser Krieg auch in meinem Namen geführt werden. Und in deinem. Ob wir dagegen sind oder nicht.« Sie starrte für einen Moment blicklos übers Meer. »Es wird hart und blutig werden und schrecklich und das Ende unseres bisherigen Lebens bedeuten«, sagte sie endlich mit dünner Stimme. »Insofern werden Sie der richtige Mann am richtigen Ort sein, Leon. Es wird viele Verwundete geben, auch wenn die Herren Regimentskommandeure meinen, es wäre ein gemütlicher Nachmittagsspaziergang, die Zulus zu besiegen. Was für dumme Männer das doch sind.«

Für einen Augenblick versank sie in Gedanken. »Und wenn dieser Krieg vorbei ist, wird das Land verbrannt sein und die Erde blutgetränkt, und nichts wird mehr so sein wie vorher«, wisperte sie. »Unser Land wird seine Unschuld verloren haben.«

»Mama, was wird aus Inqaba?«

Ihre Mutter zuckte resigniert die Achseln. »Deswegen ist Papa dort. Er will Fenster und Türen vernageln, um es Plünderern schwerer zu machen …«

»Plünderern … wer …?« Marias Stimme stieg. Leon nahm ihre Hand in seine und hielt sie fest.

»Solche Sachen passieren im Krieg, Kleines.« Wenn es nur das wäre, wenn es doch nur beim Plündern bliebe, dachte Catherine, das wäre nicht weiter schlimm. Sachen kann man ersetzen, Häuser kann man wieder aufbauen. Tief in ihrem Innersten glaubte sie nicht, Inqaba je wieder zu sehen, und sie glaubte auch nicht, je wieder die Erlaubnis zu bekommen, dort zu leben. Wenn es Krieg gab, würde König Cetshwayo als Erstes alle Weißen des Landes verweisen. Verständlicherweise. Aber damit würde er Johann und ihr das einzige Fleckchen Erde nehmen, das sie Heimat nennen konnten.

Mit erstaunlicher Ruhe wurde ihr plötzlich klar, dass sie und

480

Johann das wohl nicht überleben würden. Ihre Wurzeln in Inqabas Boden waren stärker, als sie geahnt hatte, und manchmal bedurfte es einer Katastrophe, um zu wissen, wohin man gehörte. Vor ihrem inneren Auge sah sie dieses mächtige Wurzelgeflecht, das tief hinunter ins warme Herz Inqabas reichte. Kappte man die Wurzeln, so würden sie und Johann sterben. Sie würden eingehen wie ein alter Baum, verhungern, verdursten, verdorren.

Mit Mühe beherrschte sie sich so weit, dass Maria ihren inneren Aufruhr nicht bemerkte. »Sie werden sich als Erstes erkundigen müssen, ob man Sie hier als Arzt überhaupt zulässt, Herr Mellinghoff«, sagte sie, um Maria abzulenken. »Dann sollten Sie Doktor O'Leary Ihre Aufwartung machen. Seien Sie nett zu ihm, er ist ein alter, müder Mann, hören Sie sich seine langweiligen Geschichten geduldig an, und weigern Sie sich um Himmels willen nicht, seinen Fusel zu trinken. Wenn Sie das alles ertragen, könnte es sein, dass er zumindest darüber nachdenkt, Sie als seinen Stellvertreter oder sogar Nachfolger zu engagieren.« Sie schob den Stuhl zurück und stand auf. »Und nun schauen wir, wer wo übernachtet. Maria, du kannst bei mir in Johanns Bett schlafen. Dein … Herr Mellinghoff, in dem einen Zimmer liegt noch die Matratze, auf der mein Sohn übernachtet hat, die können Sie haben.«

Maria schob rebellisch ihre Unterlippe vor, verschluckte aber einen Protest, als ihr Leon die Hand fest auf die Schulter legte.

Tandani und ihre Schwestern tauchten bis zum Abend nicht mehr auf, und nachdem sie zu dritt abgewaschen hatten und sich Catherine insgeheim über Leons weiche Hände amüsiert hatte, die offensichtlich noch nie ein schwereres Werkzeug als einen Stift gehalten hatten, fielen sie todmüde in die Kissen.

Maria öffnete die vielen kleinen Knöpfe ihres Oberteils und legte sich, nur mit einem Unterhemdchen bekleidet, aufs Bett. »Meine Güte, ist das herrlich heiß. In Deutschland ist es jetzt so kalt, dass einem die Haut schmerzt.« Sie schaute aus dem Fenster, dessen Ausschnitt ein Bild von wilder Schönheit rahmte. Vorn wippte ein

Wedel der Palme, die vor der Veranda wuchs, die riesigen Blätter einer wilden Banane standen wie ein Scherenschnitt vor der Kulisse der schäumenden Brandung, die langsam im Nachtdunst versank. Sie seufzte und beobachtete entzückt einen kleinen Gecko, der über dem Fenster kopfüber die grob verputzte Wand herunterlief und Mücken fing. All die vertrauten Sachen erschienen ihr neu und wunderbar. »Wir sind im Übrigen am Sinclair-Haus vorbeigeritten und haben Lilly gesehen, gesprochen haben wir sie nicht.«

Catherine nickte. »Sie wird geglaubt haben, dass sie so etwas wie weiße Mäuse sieht, denn eigentlich bist du ja noch in Deutschland. Aber vielleicht hört sie dann endlich auf zu trinken. Es ist tragisch mit ihr. Der Alkohol hat sie aufgehen lassen wie ein Hefekloß, nun hat sie einen Bandwurm geschluckt, um dünner zu werden.«

»Sie schien sich auf eine längere Reise zu begeben, denn einige ihrer Zulus waren dabei, einige Packpferde zu beladen. Sah aus, als wollte sie in den Busch reiten.«

Catherine schüttelte kategorisch den Kopf. »Lilly? Niemals. Lilly hasst jede Form von Bewegung. Außerdem ist Andrew im Busch. Es ist Jahre her, dass sie mit ihm auf Jagd gegangen ist. Du musst dich getäuscht haben.« Sie begann ihr Haar mit kräftigen Strichen zu bürsten.

Maria zuckte mit den Schultern. »Vielleicht habe ich mich geirrt. Aber ich glaube schon, dass es Lilly war.«

Catherine legte ihre Bürste beiseite, nahm ihr Haar im Nacken zusammen und schlang ein Band darum. »Jetzt möchte ich nur noch wissen, warum wir Bartholomew nie kennen gelernt haben. Schließlich schickt es sich, dass du einen Mann, den du liebst, deinen Eltern präsentierst.«

Maria setzte sich auf und lief flammend rot an, wollte etwas sagen, biss sich auf die Lippen, schluckte. Schwieg. Dann stand sie auf und ging ans Fenster, drehte ihrer Mutter dabei den Rücken zu.

Draußen war es jetzt stockdunkel, und alles, was Maria im Schein der Petroleumlampe, die auf einem Tisch stand, erblickte, war ihr eigenes Spiegelbild und das ihrer Mutter, die sich jetzt umwandte und sie befremdet musterte.

»Maria!«

Maria ballte die Fäuste, schloss kurz die Augen, dann ging ein Ruck durch ihren schlanken Körper, sie drehte sich um und sah ihrer Mutter in die Augen. »Er war kein Europäer.«

»Ja, und?«, fragte Catherine sichtlich befremdet.

»O, verstehst du denn nicht, Mama, er war nicht weiß! Seine Mutter war eine Kap-Malayin, ihr Großvater war Franzose, ihre Großmutter war halb Äthiopierin und halb Malayin vom Kap, ein betrunkener Bure machte ihrer Tochter ein Kind, und das war Bartholomew.«

»Warum glaubst du, dass wir ihn abgelehnt hätten? War er gewalttätig und hat dich geschlagen? War er ein Dieb?«

»Nein, natürlich nicht! Er war ein wunderbarer Mann, er hat nie einem Lebewesen etwas zuleide getan …!« Ihre Stimme versagte.

»Dann hätten wir ihn mit offenen Armen willkommen geheißen«, sagte Catherine fest und schämte sich abgrundtief, ihre Tochter so zu belügen, aber sie tat es bewusst und nur, damit Maria es leichter hatte, über ihren toten Freund zu reden, sich nicht mehr zu verstecken brauchte. Es würde keine Konsequenzen mehr nach sich ziehen. Bartholomew gab es nicht mehr. Sie war sich sicher, dass sie den Menschen Bartholomew genauso in ihr Herz geschlossen hätte, wie Maria es tat. Aber als Schwiegersohn? Sie dachte an Lulamani, an Kinder, die nicht weiß und nicht braun waren und nirgends hingehörten, und ein zentnerschweres Gewicht legte sich auf ihr Herz. Aber als sie sich Maria zuwandte, war ihr nichts anzumerken.

Mit leuchtenden Augen küsste sie ihrer Mutter zärtlich die Wange. »Danke, Mama, danke.« Sie ließ sich wieder aufs Bett fallen. Einen Augenblick war nur das Rauschen des Meeres zu hören. Beide Frauen hingen ihren Gedanken nach.

»Ich habe noch gar nicht nach Stefan gefragt«, bemerkte Maria nach einer Weile. »Wo ist er? Ich wünschte, er wäre hier.«

»Vor einigen Wochen tauchte er überraschend hier auf, musste aber gleich wieder fort, weil er eine Safari angenommen hatte.« Plötzlich hätte sie ihr gern von Benita Willington erzählt und ihrer absurden Hoffnung, aber dazu war jetzt nicht die richtige Zeit. Nicht, nachdem ihr Maria von Bartholomew erzählt hatte. Irgendwann später vielleicht, wenn es dann überhaupt noch von Belang war. Schließlich war Stefan verheiratet, und er und das Fräulein Willington hatten sich nur einmal gesehen, und die Wahrscheinlichkeit, dass das wieder geschehen würde, besonders in diesen unsicheren Zeiten, war nicht sehr groß. So lehnte sie sich hinüber und küsste ihre Tochter auf die Wange. »Schlaf gut, mein Kind.«

»Geht es Stefan gut? Ich vermisse ihn sehr.« Marias Stimme wurde schläfrig.

»Es geht ihm prächtig.«

Zufrieden seufzend drehte sich Maria auf die Seite.

Catherine konnte nicht gleich einschlafen, zu sehr kreisten ihre Gedanken um den drohenden Krieg und ihre ungewisse Zukunft. Irgendwann tief in der Nacht schwamm sie mit dem Gedankenstrom fort, dachte noch einmal an Stefan und verlor sich in ihren Träumen.

Drei Zimmer weiter lag Leon auf der harten Matratze, sah dem Mondstrahl zu, der durchs Zimmer wanderte, lauschte dem Donnern der Brandung und dem zarten Kichern der Geckos und dachte über seine Schwiegermutter nach, die einen wilden Affen wie einen Menschen behandelte und ebenso selbstverständlich mit einem Gewehr hantierte wie mit dem Kochlöffel. Er sah seine eigene Mutter vor sich und fühlte zum ersten Mal Mitleid mit ihr, auch wenn er sich nicht erklären konnte warum. Er beschloss, ihr bald zu schreiben.

23

Es bereitete Stefan keine Mühe, den König aufzuspüren. Die Jagdgesellschaft Cetshwayos hatte keinerlei Anlass, ihre Anwesenheit zu verschleiern, und so konnte Stefan ihren Spuren, die so breit und auffällig waren wie die einer sorglosen Elefantenherde mit größter Leichtigkeit folgen. Mangaliso hatte ihn schon als Kind in den Busch mitgenommen und Spuren lesen gelehrt. Heute war er so gut wie sein bester Spurenleser, er konnte aus den kleinsten Zeichen am Wegesrand eine Geschichte lesen.

Am dritten Tag hörte er in der Nähe von Kwabulawayo, der ehemaligen Residenz König Shakas, das hohe Schreien der Treiber und die dumpfen Schläge der Pangas auf den Schilden, mit denen sie die Elefanten zusammentrieben. Cetshwayos Lager musste unmittelbar vor ihm liegen. Da es sicher war, dass der König Wachposten im Busch verteilt hatte, saß er ab und ging langsam zu Fuß weiter. Seine Pferde waren die Jagd gewohnt. Sie setzten ihre Hufe fast lautlos, kein Schnauben verriet sie. Das Gelände war felsig, mit dichtem Busch überwuchert. Den ersten und den zweiten Kreis der Wachen passierte er unbemerkt. Es dauerte länger, als ihm lieb war, aber er schaffte es.

Endlich erreichte er eine Felsnase, schob sich langsam auf dem Bauch so weit vor, dass er über die Kante hinuntersehen konnte. Der Felsen, auf dem er lag, ragte im Rücken von Cetshwayos Jagdlager auf, der Abhang fiel scharf unter ihm ab. König Cetshwayo und sein Gefolge lagerten an einem kleinen See. Stefans Augen waren scharf genug, um den König zu erkennen, der auf seinem geschnitzten Stuhl in der Mitte seiner Jäger saß. Er ließ seine Augen weiter wandern. Die Jagd musste bereits erfolgreich gewesen sein. Die Häuter waren mit mehreren riesigen Kadavern beschäftigt, und die ersten Feuer brannten, in denen Elefantenfüße rösteten.

Rasch suchte er die Wächter in der wimmelnden Menge der Zulus und entdeckte sie schnell. Sie waren in mehreren, immer weiter entfernten Kreisen aufgestellt. Es gab einen inneren Kreis der königlichen Leibwächter in unmittelbarer Nähe des Königs und mindestens drei weitere, die bis zu einer halben Meile entfernt das Lager absicherten. Cetshwayo saß in ihrer Mitte wie eine Spinne im Netz.

Zwei äußere Kreise mit Wächtern hatte Stefan hinter sich gelassen. Sein verrücktes Vorhaben, einfach mit seinem Fluggerät wie ein Geier mitten hineinzuschweben, erschien ihm jetzt nicht mehr so verrückt. Außerdem rechnete er damit, dass das Überraschungsmoment sein größter Verbündeter sein würde.

Er grinste in sich hinein. Vielleicht genügte ja schon der Anblick, wie er halb nackt, nur mit umgeschnallter Pistole als urweltlicher, geflügelter Dinosaurier unbeholfen vom Himmel herabschwebte, um Cetshwayo zu Tode zu erschrecken. Er verdrängte die Vorstellung, dass er, nachdem er sich mit dem umgeschnallten Flugapparat von der äußersten Kante dieses Vorsprungs abgestoßen hatte, wie ein Stein in die Tiefe stürzen könnte, weigerte sich, den Gedanken zuzulassen, dass er jetzt mit großer Wahrscheinlichkeit seine letzten Minuten durchlebte.

Der König hatte für sich eine Bienenkorbhütte errichten lassen, seine Gefolgschaft schlief im Freien. Auf Anhieb konnte er erkennen, warum Cetshwayo diesen Ort gewählt hatte. Ein breiter, ausgetrampelter Wildtierpfad führte direkt hinunter zum See, der an beiden Seiten von felsigem Gelände eingeschlossen war. Die Zulus warteten hinter Buschwerk versteckt am oberen Ende des Sees, dass die Treiber die Herden in diesen Kessel treiben würden. Es würde ein Leichtes für sie sein, den Zugang zum See mit einer lärmenden Menschenkette zu verschließen wie eine Flasche mit einem Korken. Von hier oben sah er gelegentliche Lichtblitze, wo das Sonnenlicht von Gewehrläufen reflektiert wurden. Die Tiere würden in ihren Tod fliehen. Es würde ein blutiges Gemetzel geben.

Leise stemmte er sich hoch und zog sich von der Kante zurück. Er würde dafür sorgen, dass es nicht dazu kam. Unter einer breit gefächerten Akazie pflockte er seine Pferde an. Die herunterhängenden Zweige hielten nicht nur die Sonne ab, sondern die flirrenden Schatten der fedrigen Blätter lösten die Konturen der Tiere auf und machten sie schon aus kurzer Entfernung so gut wie unsichtbar. Mit wenigen Handgriffen lud er sein Fluggerät ab und legte es auf den Boden. Er zog seine Jacke aus, um freier arbeiten zu können, und fügte die Einzelteile mühelos und schnell zusammen. Jede einzelne Flügelverstrebung prüfte er akribisch, ganz besonders den kräftigen Bambusstab, der beide Flügel miteinander verband. Daran hing buchstäblich sein Leben.

Plötzlich sah er Benitas Gesicht vor sich, hörte ihre Stimme, und in diesem Augenblick wurde ihm schlagartig klar, dass es ihm keineswegs mehr gleich war, ob er sterben würde oder nicht. Sein Plan war Irrsinn, reiner Selbstmord. Er richtete sich auf, das Fluggerät fiel ihm aus der Hand.

Eine leichte Brise raschelte hinter ihm durch den Busch, und strenger Katzengeruch wehte herüber. Ein Zweig knackte.

Es war das letzte Geräusch, das er wahrnahm. Der polierte Kopf von Kikizas Kampfstock traf ihn über dem Ohr. Ohne einen Laut kippte er zur Seite.

Kikiza legte seinen Kampfstock beiseite und drehte den leblosen Weißen zu seinen Füßen um. Er atmete rasselnd. Ein zäher Bursche, dieser Setani, dachte er mit Hochachtung. Nicht viele hätten diesen Schlag überlebt. Aber umso besser, denn er hatte den Befehl erhalten, dass der tote Setani eine Warnung an alle Weißen sein sollte, und er, Kikiza, hatte sich bereits etwas ausgedacht. Dazu war es besser, wenn Setani noch lebte. Krokodile wurden am ehesten von lebender Beute angezogen.

Nachdem er die Wasserflasche des Weißen geleert hatte, zerstörte er dieses eigenartige Gebilde, mit dem sich Setani, wie er selbst vor vielen Jahren beobachtet hatte, in die Lüfte erheben konnte wie ein Vogel. Nach einigem Überlegen beschwerte er es zur Vorsicht noch mit Steinen, falls es versuchen sollte, allein fortzufliegen. Seine gewaltigen Muskeln spannten sich, er hob den Bewusstlosen auf und schwang ihn sich über die Schulter. Mühevoll, denn Setani war sehr schwer, machte er sich an den Abstieg. Da er unbemerkt bleiben musste, kam er nur langsam vorwärts. Nicht jeder im Lager wusste, dass Kikiza, der Hyänenmann, unterwegs war.

Eine gute Stunde später legte er den Weißen, den er inzwischen mit gedrehten Schnüren aus Lianen so fest verpackt hatte, dass dieser kein Glied mehr rühren konnte, am hohen Ufer eines großen Tümpels ab, trieb ein paar starke Pfähle in den Boden und schlang die Lianenschnüre mehrfach erst um Setani und dann um die Pfähle. Vor einiger Zeit war Setani zu sich gekommen, hatte sich unter größter Kraftanstrengung bemüht, seine Fesseln zu sprengen, aber sie hielten ihn wie Eisenklammern, und dem Weißen war das Bewusstsein wieder geschwunden.

Abschätzend trat er einen Schritt zurück und besah zufrieden sein Werk. Er hatte die Stelle sorgfältig gewählt. Der Weg, der dorthin führte, wo der Mhlatuze sich zu einem großen Teich weitete, führte unmittelbar an dieser Stelle vorbei. Es platschte im Tümpel, Wasser spritzte auf, und mit einem zufriedenen Grinsen stellte er fest, dass die ansässigen Krokodile wohl noch nicht gefressen hatten. Drei von ihnen schwammen schnurstracks auf ihn zu. Bald würden nur noch Kleiderfetzen und ein paar Knochen von Setani übrig sein, und wer immer diesen Weg entlangkam, würde die Überreste sehen und wissen, was Setani zugestoßen war. Sie würden wissen, dass er, Kikiza, der Hyänenmann des Königs, hier gewesen war.

Wie ein Schatten verschwand er zwischen den Bäumen, und Stefan Steinach war allein.

Starker Moschusgeruch stieg ihm in die Nase und holte ihn aus den Tiefen seiner Bewusstlosigkeit zurück an die Oberfläche. Er nieste und schrie auf, weil er meinte, ein Messer sei ihm durch den Kopf gefahren. Er wollte die Hand zur Schläfe heben, merkte aber zu seiner Verwirrung, dass er dazu nicht imstande war. Er schielte an sich hinunter und stellte fest, dass er zusammengeschnürt war wie ein Rollbraten. Kein Glied konnte er rühren. Er hatte es also nicht nur geträumt. Mit wachsendem Schrecken zerrte er an den Fesseln, spannte seine Muskeln, um sie zu lockern, aber nichts passierte. Er verrenkte den Kopf, um seine Umgebung besser zu erkennen.

Der Moschusgeruch war so intensiv geworden, dass er ihn schmecken konnte, gleichzeitig hörte er ein Fauchen, und sein Blut gerann zu Eis. Wieder schrie er, ohne dass er sich dessen bewusst war. Nun war ihm klar, was auf ihn zukam, er hatte keine Vorstellung, wie er hierher gekommen war, aber er wusste, dass er nur noch Minuten zu leben hatte und dass diese Minuten so entsetzlich werden würden, dass er es vorzog, mit der Aussicht, lebendig im Höllenfeuer zu schmoren, sich umzubringen.

Langsam und methodisch begann er, seine eigene Zunge herunterzuwürgen. Schon fühlten sich seine Lungen an, als würden sie jeden Augenblick bersten, rote Feuer tanzten vor seinen Augen. Mit dem letzten Rest von Bewusstsein betete er, dass es schnell gehen würde. Ehe die Panzerechsen ihr Mahl begannen.

Durch das Rauschen seinen Blutes drang ein scharfes Fauchen, das Ufergestrüpp vor seinen Augen teilte sich, und das erste Krokodil schob sich auf ihn zu. Die kalten, gelben Reptilienaugen fest auf ihn gerichtet, wölbte es seinen mächtigen Hals, öffnete sein zähnestarrendes Maul und stieß zu.

Er konnte den Schrei nicht zurückhalten. Er kam aus seinem Innersten, explodierte in seiner Kehle, schleuderte durch den

Druck seine Zunge heraus und schrillte über den See. Der Schrei schmerzte.

Ich bekomme eine Erkältung, dachte er, dann traf ihn der Moschusatem wie ein Feuerstoß.

Benita Willington zügelte ihr Pferd und horchte mit schräg gelegtem Kopf. »Da hat jemand geschrien.«

Nicholas Willington wandte sich im Sattel um. »Ach was, Schwesterchen, das war ein Vogel, den wir aufgeschreckt haben.«

Sie schüttelte den Kopf. »Es war ein Mensch, und er muss in höchster Not sein. Da, hörst du es nicht?«

Gutmütig lächelnd lauschte Nicholas Willington, hörte nichts, und schüttelte den Kopf. »Das war ein Vogelschrei, der eines Raubvogels vermutlich, glaub mir. Du bist nervös, und das ist ja kein Wunder nach dieser bösen Überraschung heute Morgen.«

»Meine Ohren sind sehr gut. Es war ein Mensch«, murmelte seine Schwester und zog die Krempe ihres Straußenfederhuts tiefer ins Gesicht.

Kurz vor Sonnenaufgang war sie von einem ungewöhnlichen Geräusch geweckt worden, hatte sich den Morgenmantel übergeworfen und war vor ihr Zelt getreten und hatte sich umgesehen.

Wie aus dem Boden gewachsen, erschienen drei Zulus vor ihr, so dicht, dass sie das ranzige Hippopotamusfett riechen konnte, mit dem sie ihre braunen Körper eingerieben hatten. Sie schrie gellend auf.

Regungslos starrten die Männer die weiße Frau an, ihre Augen dunkel und unergründlich, ihre Miene ohne jeden Ausdruck. Ihre hohen Federkronen wehten im Wind, Kuhschwanzquasten und Ginsterkatzenschwänze hingen ihnen bis zu den Kniekehlen. In der linken Faust hielt jeder sein fellbezogenes Schild und den Assegai, in der rechten seinen Kampfstock.

Nicholas Willington hatte den Schrei seiner Schwester gehört und stürzte, noch den Rasierschaum im Gesicht, mit dem Gewehr in der Faust vor sein Zelt. Die drei Zulus wandten ihre Köpfe, rührten sich aber sonst nicht, und Nicholas bemerkte sofort, dass ihre Haltung zwar Wachsamkeit zeigte, aber nichts Bedrohliches hatte. Er atmete innerlich auf.

»Sawubona, ich sehe euch«, begann er vorsichtig. Doch als keiner der drei die Höflichkeitsfloskel erwiderte, packte er sein Gewehr fester, kümmerte sich nicht darum, dass ihm die Rasierseife am Hals herunterlief. Mit einer Handbewegung scheuchte er Benita zurück ins Zelt.

Der größte Zulu, ein langer Kerl von weit über sechs Fuß und einem Körper, der nur aus Muskeln und Sehnen zu bestehen schien, trat vor, senkte dabei sein Schild nicht, und begann zu sprechen. Seine Ansprache war lang und gewunden. Nicholas hörte mit versteinerter Miene zu.

»Und so fordert König Cetshwayo kaMpande, der König aller Zulus ist, dass alle Umlungus das Land verlassen haben, bevor die Sonne sechsmal gestorben ist«, beendete der Zulu die im Singsang vorgetragene Botschaft. Er streckte seinen Kampfstock hoch, seine zwei Begleiter machten zackig kehrt, und hintereinander verließen sie das Lager. Eine Antwort des Weißen erwarteten sie nicht. Sie hatten einen Befehl übermittelt.

Für lange Minuten stand Nicholas Willington stockstill, starrte den Männern nach, die längst im flirrenden Grün verschwunden waren, während er in monotoner Stimme und mit Hingabe die saftigsten Flüche murmelte.

»Was wollten die?«, fragte Benita und spähte, immer noch auf der Hut, durch den Schlitz ihrer Zeltplane.

Nicholas drehte sich um. »Es gibt Krieg. Der König hat allen Weißen befohlen, das Land zu verlassen. Sofort.«

»Sofort? Du meinst, jetzt gleich? Wir sind doch gerade erst angekommen, wir wollen doch zum St.-Lucia-See … Ich wollte doch die Vögel …«

»Jetzt gleich«, unterbrach er sie heftig. »Sag deinem Mädchen Bescheid, es soll packen. Wir werden die wichtigsten Sachen auf Packpferden mitnehmen und vorausreiten, mit dem Rest können meine Leute nachkommen. Bitte, tu einmal, was ich sage. Ich erkläre es dir später«, setzte er hinzu, als sie aufbegehren wollte.

Nach kurzem Zögern verschwand sie in ihrem Zelt, und eine Stunde später, in kühles Perlgrau gekleidet mit weißen Rüschen am Hals, den breitkrempigen Straußenfederhut keck in die Stirn gezogen, das mahagonifarbene Haar hochgesteckt, wartete sie neben ihrem Pferd. Nicholas gab seinen Männern in stockendem Zulu genaue Anweisungen, kontrollierte noch einmal, ob ihr Hab und Gut sicher in den Planwagen verstaut war, und gab dann das Zeichen zum Aufbruch.

»Seid wachsam«, sagte er leise in einem ostafrikanischen Dialekt zum Anführer seiner Karawane. »Sie werden versuchen, sich aus dem Staub zu machen«, flüsterte er und meinte seine Treiber und Spurenleser, die alle Zulus waren und deren König sie jetzt aus ihrem Land verjagte. »Hambagahle!«, rief er laut, und ächzend legten sich die Ochsen ins Geschirr, die Zulus setzten sich in Trab.

Benita saß auf und drängte ihr Pferd neben seins. »Jetzt erklär mir bitte, warum wir unsere Safari abbrechen müssen. Was ist passiert? Stimmt etwas mit unserer Erlaubnis nicht? Du hast sie doch vom König direkt, oder?«

»Es gibt offenbar Krieg …«

»Mit dem Zulukönig? Aus heiterem Himmel? Warum?«

Ein Schatten lief über sein Gesicht. »So aus heiterem Himmel ist das nicht. Die Anzeichen häufen sich seit Monaten. Wenn du mich fragst, wird Cetshwayo von den Briten dazu getrieben.« Mit zusammengezogenen Brauen starrte Nicholas ins Leere. »Irgendjemand schürt das Feuer … Irgendjemand kocht da sein eigenes Süppchen …«

Ein Schrei schrillte über den See und riss Nicholas Willington aus seinen Gedanken, brachte sein Pferd zum Tänzeln.

»Verflucht, was war das?«, knurrte er. »Entschuldige, Benita. Du hast doch Recht, da schreit jemand. Bleib hier, ich seh nach, was da los ist.« Mit einer Handbewegung winkte er zwei seiner Männer heran, bedeutete dem Anführer seines Zugs zu warten, und trieb sein Pferd mit energischem Schenkeldruck hinunter zum Seeufer.

Benita war bleich geworden, ihre Zügelhand bebte. Der Schrei war so grauenvoll gewesen, wie sie noch nie einen von einem lebenden Wesen gehört hatte. Ein Geier strich dicht über ihren Kopf, sie fuhr zusammen, und ihr Pferd schlug ängstlich mit dem Kopf. Sie wartete, die Zeit dehnte sich, angestrengt versuchte sie zu hören, was am See geschah, wurde aber nur durch einen Schwarm auffliegender Wasserhühner erschreckt.

Dann knallte ein Schuss. Sie schrie, als eine ganze Salve von Schüssen über den See rollte. In größter Angst um ihren Bruder nahm sie kurz entschlossen ihr Gewehr vom Sattelknopf und lud es mit zitternden Fingern. Vorsichtig sich unter überhängenden Zweigen duckend, lenkte sie ihr Pferd in die Richtung der Schüsse, dachte nicht einen Augenblick darüber nach, dass sie sich selbst in höchste Gefahr begab.

»Nicholas, wo bist du?« Sie stellte sich in den Steigbügeln auf, war froh, dass sie darauf bestanden hatte, im Herrensitz zu reiten. Ihr Argument, dass Catherine Steinach das tat, hatte bei Nicholas den Ausschlag gegeben.

Zu Benitas Erleichterung kam Nicholas ihr eben entgegen, zu Fuß, quer durch den dornigen Busch. »Benita!« Sein Gesicht war fahl unter der tiefen Sonnenbräune, die Hand, die sein Gewehr hielt, flog. »Bleib, wo du bist!«

Sie war schon aus dem Sattel geglitten. »Um Gottes willen, Nicholas, was ist geschehen? Bist du verletzt?« Sie streckte die Hand nach ihm aus.

»Stefan Steinach«, presste er durch blutleere Lippen. »Er liegt da unten, ein Krokodil hat ihn erwischt …«

Seine Worte trafen sie wie Schläge, und sie krümmte sich zusammen. »Lebt er?« Mehr bekam sie nicht heraus.

»Noch, aber …«

Unsanft schob sie ihn zur Seite. »Bring meine Tasche mit«, schrie sie ihm über die Schulter zu und bahnte sich, wild um sich schlagend, einen Weg durchs Gestrüpp, achtete nicht darauf, dass ihr Reitkleid in Fetzen gerissen wurde und ihr Hut im Gebüsch hängen blieb, ihr Haar sich löste.

»Benita, bleib hier!«, brüllte ihr Bruder.

Aber sie erreichte schon den Rand des Buschs und rannte, so schnell sie ihre Beine trugen, auf das Ufer zu. Sie erblickte das riesige tote Krokodil in einer Blutlache, verstand sekundenlang nicht, was geschehen war. Erst dann sah sie den blutigen, länglichen Klumpen daneben, und es dauerte noch einige Augenblicke, ehe sie begriff, dass das ein Mensch war. Schwarze Flecken tanzten vor ihren Augen, sie fühlte sich plötzlich gewichtslos, und die Welt um sie herum wurde neblig. Mit letzter Kraft klammerte sie sich an einen Baumstamm, tastete in ihrer Jackentasche nach dem Riechsalz, erinnerte sich aber sogleich, dass das Fläschchen zusammen mit den Laudanumtropfen und Leinenbinden in ihrer Satteltasche steckte.

An den Baum gelehnt wartete sie, bis sich ihre Sicht wieder klärte, erst dann konnte sie sich zwingen, das blutige Menschenbündel zu ihren Füßen genauer in Augenschein zu nehmen. Lange starrte sie auf Stefan Steinach hinunter, meinte, eine winzige Atembewegung gesehen zu haben, war sich aber beileibe nicht sicher. Vorsichtig ging sie neben ihm in die Hocke und hob einen Zipfel der durchgebluteten Hose an, aber außer einem See von Blut und Fleischfetzen, die aussahen wie die, die ihr indischer Koch sonst in die Pfanne tat, konnte sie nichts erkennen. »Wir bräuchten Karbolsäure oder so etwas«, murmelte sie.

»Wozu denn das?«, fragte ihr Bruder, der beladen mit ihrer Satteltasche, herankeuchte.

»Ich habe gehört, dass man das im Krankenhaus zum Waschen der Wunden gebraucht … Es verhindert den Wundbrand.«

»Kann ich mir nicht denken, muss doch höllisch brennen. Verdünnter Essig wäre gut.« Nicholas Willington konnte seine Augen nicht von den bluttriefenden Händen seiner Schwester lassen. Soweit er sich erinnern konnte, hatte er sie noch nie mit verschmutzten Händen gesehen, geschweige denn mit blutigen. Im Gegenteil. Er hätte erwartet, dass sie schon beim Anblick des Verletzten in Ohnmacht fallen würde.

Ein Klatschen lenkte ihren Blick auf den See. Ein über zehn Fuß langes Krokodil war ins Wasser gerannt und schwamm zielstrebig auf sie zu. Benita stieß einen Schrei aus, sprang auf ihren Bruder zu, entriss ihm sein Gewehr, hob es, zielte und schoss. Das Krokodil bäumte sich hoch auf, fiel zurück, schlug mit seinem Schwanz das Wasser zu rotem Schaum. Benita schoss noch einmal und traf wieder. Das Reptil wurde auf der Stelle von seinen Genossen in Stücke gerissen. Keuchend hielt sie ihrem Bruder das Gewehr wieder hin. Ohne das blutige Geschehen auf dem See eines Blickes zu würdigen, kniete sie wieder neben dem Sterbenden.

Nicholas nahm es hin und konnte sie nur sprachlos anstarren. Was um alles in der Welt war mit seiner zarten Schwester geschehen? Noch nie in ihrem Leben hatte sie ein Gewehr auch nur angefasst, geschweige denn den Hahn durchgezogen. Wo hatte sie so schießen gelernt?

Eine der Zulufrauen, die ihren Zug begleiteten, stand plötzlich neben ihnen. »Es ist Setani, Lulamanis Mann« flüsterte sie. »Die Ahnen warten auf ihn.« Sie beugte sich vor. »Sie werden nicht mehr lange warten müssen.«

Benita musterte die Schwarze mit der roten, hochgezwirbelten Frisur und dem Rindslederrock einer verheirateten Frau. »Frag sie, ob sie sich mit Heilkräutern auskennt«, wandte sie sich an ihren Bruder.

»Das hat doch keinen Sinn, er ... er ist doch ... Sieh ihn dir doch nur an.« Eine hilflose Handbewegung zeigte auf den roten, pulsierende Strom, der aus dem zerfetzten Oberschenkel floss. »Er wird sterben, und zwar bald. Lass ihm seinen Frieden.«

»Er wird nicht sterben!«, schrie sie ihn so laut an, dass er zusammenzuckte. »Sag das nie wieder, hörst du? Er ... wird ... nicht ... sterben!« Ihre Augen glühten. »Ich will es nicht! Frag sie, sofort!«

Er fuhr zurück, als hätte sie ihn geschlagen. »Ist gut, in Ordnung.« So hatte er sie noch nie kennen gelernt. Was war bloß in sie gefahren? Beschwichtigend hob er die Hände und übersetzte langsam der gewichtigen Zulu ihre Worte. Diese hörte aufmerksam zu. Dabei ruhte ihr Blick auf der weißen Frau, aber ihr dunkles Gesicht verriet nichts. Als er geendet hatte, nickte sie mit wichtiger Miene.

»Yebo, Nkosi.« Damit drehte sie sich um und verschwand im Busch.

»Die sehen wir nicht wieder«, murmelte Nicholas.

»Ich denke doch«, widersprach seine Schwester. Sanft legte sie ihre Fingerspitzen seitlich an Stefan Steinachs Hals. »Er lebt noch«, wisperte sie. »Solange sein Herz schlägt, ist noch Hoffnung.« Unendlich zart streichelte sie ihm über das Haar, stockte, als sie hinter seinem Ohr eine hühnereigroße Schwellung spürte. Was war hier geschehen?

»Gib mir deine Wasserflasche.« Sie streckte die Hand aus.

Er hakte die Flasche von seinem Sattel los, schraubte sie auf und reichte sie ihr.

Sanft spülte sie die klaffende Oberschenkelwunde aus, musste sich auf die Lippen beißen, um nicht aufzustöhnen, als sie das Ausmaß Stefan Steinachs Verletzungen erkannte. »Du schaffst es, du schaffst es, du musst es nur versuchen, ich helfe dir«, murmelte sie, ohne dass es ihr bewusst geworden wäre, während sie eine Leinenbinde entrollte, direkt in der Leistenbeuge um das verletzte

Bein schlang und fest zuzog. Der Blutstrom wurde zu einem Rinnsal, tröpfelte nur noch, und endlich versiegte er so gut wie ganz. »Gib mir mein Riechsalz«, kommandierte sie.

Nicholas zögerte. »Ich glaube, es wäre besser, wenn er das Bewusstsein nicht mehr wiedererlangt ...«, wagte er zu sagen, aber als sie sich umdrehte und ihn aus seltsam glühenden Augen ansah, beeilte er sich, ihrem Wunsch auf der Stelle nachzukommen.

Sie zog den Glasstopfen aus dem Fläschchen und wedelte es unter Stefan Steinachs Nase hin und her, während sie seinen Kopf festhielt. Die stechenden Dämpfe stiegen ihm in die Nase, und mit einer schwachen Bewegung versuchte er, den Kopf wegzudrehen, doch sie zwang ihn, den scharfen Salmiakdunst weiter einzuatmen. Endlich flatterten seine Lider, ein Stöhnen drang zwischen seinen Lippen hervor.

»Wasistpassiert ...«, murmelte er fast unhörbar.

»Gut so«, flüsterte sie. »Gut so. Alles in Ordnung. Ich bin bei dir.«

Durch den feuerroten Nebel von Schmerzen und Schock war ihre weiche Stimme wie eine rettende Hand. Immer wenn er wieder in den schwarzen, kalten See der Bewusstlosigkeit zu sinken drohte, klammerte er sich mit jeder Faser seines Lebens daran. Wie schwer er verletzt war, ahnte er nicht, auch nicht, dass sein Leben an einem sehr dünnen Faden hing. Ab und zu kam er wieder zu Bewusstsein, sah undeutlich Benitas dunkel gerahmtes Gesicht, ihre meergrünen Augen, glaubte, dass er träumte, und glitt wieder zurück in die Schwärze. Er war nicht imstande zu reden, und so erfuhren die Willingtons nicht, wie es dazu gekommen war, dass er als Paket verschnürt am Ufer als Köder für die Krokodile ausgelegt worden war.

Benita kratzte alles, was sie je über Wundversorgung gelernt hatte, aus der Tiefe ihres Gedächtnisses zusammen. »Meinst du, wir können sein Bein retten?«, flüsterte sie ihrem Bruder zu.

Nicholas starrte auf die blutige Masse, die Stefans linker Oberschenkel gewesen war, biss die Zähne zusammen, als ihm dämmerte, dass das Weiße, das dort hervorschimmerte, der Knochen war und dass dieser eine tiefe Scharte hatte, die nur von einem Krokodilzahn stammen konnte. Mitleidig wedelte er die Fliegen weg, die sich auf der Wunde niedergelassen hatten. Insgeheim wünschte er dem armen Mann nur, dass er das Bewusstsein nicht wiedererlangen und schnell sterben würde. So eine Wunde konnte doch kein Mensch überleben. Natürlich musste das Bein amputiert werden. Aber wie sie das bewerkstelligen sollten, war ihm schleierhaft. Man müsste es dem armen Steinach praktisch in der Hüfte abtrennen wie einen Hähnchenoberschenkel, dachte er, das geht doch gar nicht. Ohnehin zeigte die fahle Gesichtsfarbe des Mannes, dass er schon fast ausgeblutet war. Er hatte genügend Tiere verbluten sehen und erkannte es an den grauweißen Schleimhäuten. Eben wollte er antworten, Benita die brutale Wahrheit sagen, als sein Blick das totenblasse Gesicht seiner Schwester streifte, dessen weicher Ausdruck unmissverständlich verriet, wie es um sie stand. Auch das noch! Er unterdrückte einen Fluch.

»Wir müssen ihn von hier wegbringen. Auf einem Planwagen dauert es zu lange, und das Geschaukel würde er sowieso nicht überleben. Wir werden eine Trage für ihn bauen und genug Lastenträger mitnehmen, dass sie sich abwechseln können.«

Seine Schwester trat zu ihm. »Wir müssen vorerst hier bleiben. Einen Transport wird er nie und nimmer überstehen. Du musst einen Boten an seine Mutter schicken. Sie ist doch sicher nicht mehr als vier oder fünf Tage von uns entfernt. Ich habe gehört, dass sie in medizinischen Dingen bewandert ist. Wir brauchen sie.«

»Hier können wir kein Lager aufschlagen, aber nicht weit von hier kenne ich einen guten Platz.« Zum Henker mit Cetshwayo, dachte er. Wenn die Sonne sechsmal untergegangen war, sollten sie das Land verlassen haben, so hatte ihm der König bestellen lassen. Das würden sie mit den schwerfälligen Ochsengespannen, die im Busch keine fünf Meilen pro Tag bewältigten, ohnehin nicht schaffen. Die Grenze war zu Pferd knapp drei Tage entfernt. Da blieben ihnen drei Tage in Reserve. Steinach würde seiner Einschätzung nach morgen nicht mehr am Leben sein, also würde es keine Probleme geben. Das Mindeste, was er für ihn und seine Schwester tun konnte, war, den Mann in Frieden sterben zu lassen und nicht auf einer harten, schwankenden Trage.

Er beugte sich über den Verletzten, sah die tief in ihre Höhlen gesunkenen Augen, den graubleichen Schimmer der Haut und korrigierte seine Annahme. Stefan Steinach würde den Sonnenaufgang des nächsten Tages nicht mehr erleben, das war sicher.

Er trug immer Notizbuch und Stift bei sich. So schrieb er eine kurze Botschaft an Catherine Steinach und schickte seinen schnellsten Läufer los, einen sehnigen Mann, dessen hohe Wangenknochen seine Buschmannvorfahren verrieten. »Lauf zu Katheni, der Mutter von Setani, die in ihrem Haus am Meer ist, wo wir auf der Hinreise Station gemacht haben, und gib ihr diesen Brief. Lauf schnell, mein Freund. So schnell, als ginge es um dein Leben.«

Der Zulu sah hinunter auf den Mann, der eine weiße Haut hatte, aber einer von ihnen war, der das Ohr des Königs besaß und die Tochter von Sihayo zur Frau genommen hatte. Er ging vor ihm in die Knie und legte eine Hand auf die geschlossenen Augen des Weißen. »Salagahle, Setani«, flüsterte er. »Ich werde der Wind sein, der schneller ist, als wir denken können, der überall ist, hier und dort, mit ihm wird die Botschaft durch die Bäume über die Flüsse und Täler zu Katheni fliegen.« Damit richtete er sich auf und rannte los.

Benita zog ihre Jacke aus, warf sie achtlos beiseite und krempelte die Ärmel ihrer ehemals blütenweißen und jetzt blutverschmierten Bluse hoch. Zu ihrer Erleichterung kehrte die Zulufrau alsbald aus dem Busch zurück, kniete neben ihr nieder und breitete ihre Schätze auf dem Boden aus. Runzlige Baumborke, eine fast kürbisgroße Zwiebel mit schuppiger Haut, Blätter, frische, grüne Kräuter. Mit abgewendetem Blick, wie es sich für eine

Zulufrau geziemte, richtete sie einige Worte an Nicholas, von denen Benita nur Umlilo verstand. Feuer.

»Topf, sie braucht offenbar einen Topf«, übersetzte ihr Bruder. »Sie muss etwas erhitzen.«

»Sanjay«, rief Benita ihren Koch. »Gib der Frau einen Topf.«

Zögernd händigte der Mann mit Turban einen seiner geheiligten Töpfe aus, beäugte dabei die Zulu mit deutlichem Misstrauen, als wolle die Frau sich damit davonmachen.

Unter Benitas wachsamen Augen fachte die Frau ein Feuer an, in dem sie mit schnellen Drehungen die Baumborke verkohlte. Noch rauchend legte sie die Stücke zur Seite. Von der Zwiebel löste sie die Schuppen, zerrieb sie zwischen zwei Steinen und mischte die Masse mit wenig Wasser zu einem steifen Brei. Zum Schluss zerquetschte sie die Kräuter, fing den heraustretenden Saft in der hohlen Hand auf und träufelte ihn auf die Wunde. Mit dem Handrücken prüfte sie, ob die verkohlte Borke abgekühlt war. »Yebo«, murmelte sie mehr zu sich selbst und zerstieß die Rinde zu Pulver, das sie unter den Zwiebelschuppenbrei mischte.

Nicholas berührte die Zwiebel mit der Fußspitze. »Ist das nicht eine Buschmann-Giftzwiebel?«

»Was?« Benita fuhr herum, ihr Haarknoten wackelte. »Bist du sicher?« Als er nickte, stieß sie die Frau blitzschnell weg. »Lass das, du Gifthexe, willst du ihn umbringen?«

Die Frau kreischte wie abgestochen und kugelte in den Uferschlamm. Aufgebracht stieß sie eine Flut von stakkatoschnellem Zulu hervor, endete ihre Tirade mit einem lang gezogenen Zischen und starrte die weiße Frau aus schwelenden Augen an.

Nicholas stellte ihr einige Fragen, zog ein Gesicht, als er verstand, was die Frau meinte. »Du hast sie zutiefst beleidigt. Sie besteht darauf, dass dieser Brei das beste Heilmittel für eine derartige Wunde ist. Lass sie gewähren, Benita, du hast keine andere Wahl. Oder weißt du etwas Besseres?« Und sterben wird er sowieso, und zwar bald. Aber das dachte er nur. »Mach weiter«, sagte er zu der Zulu.

Diese bedeutete Benita, die Leinenbinde zu lockern. Zögernd kam sie der Aufforderung nach, zuckte zusammen, als das Blut verstärkt hervorquoll. Schnell und mit überraschend zarten Fingern strich die Frau den Brei auf die klaffende Wunde. Anschließend nahm sie Benita die Leinenbinde ab und wickelte sie mit straffem Druck um das verletzte Glied. Stefan Steinach, der kurz vorher wieder zu sich gekommen war, schrie auf und verlor erneut das Bewusstsein. Die Zulu grunzte zufrieden, bröselte Wurzeln und Blätter einer langblättrigen, hässlichen Pflanze in etwas Wasser, setzte den Topf aufs Feuer und rührte den dampfenden Sud eifrig um. Mimisch teilte sie der Weißen mit, dass der Kranke die grünliche Flüssigkeit trinken sollte.

Benita wollte aufbegehren, fügte sich dann aber und flößte Stefan das Gebräu mit dem Löffel ihres Reisebestecks ein, fing sorgfältig die Tropfen auf, die vorbeirannen. Ängstlich beobachtete sie dabei sein Bein, erwartete, dass der Verband in kurzer Zeit blutgetränkt sein würde. Bald blühte tatsächlich ein roter Fleck auf dem Verband, aber zu ihrem Erstaunen blieb der begrenzt, und seine Ränder trockneten allmählich ein. »Gott sei's gedankt«, murmelte sie und zollte der Kräuterheilerin widerwillige Hochachtung.

Während er sein Gewehr ständig in Bereitschaft hielt und ein sehr wachsames Auge auf die im Wasser und auf Sandbänken dösenden Krokodile hatte, erläuterte Nicholas seinen Treibern und Trägern, wie die Trage für den Verwundeten aussehen sollte. Die Zulus schwärmten in den Busch, und bald waren sie emsig damit beschäftigt, biegsame Zweige zu einer stabilen Fläche zu verflechten, die sie mit zusammengedrehten Lianen an starren Tragebalken befestigten.

Nicholas ging zu seiner Schwester. »Die Trage ist fertig. Wir sollten ihn von hier wegbringen. Es wird dunkel, wir müssen uns sputen.« Bewundernd sah er zu, mit welch kühler Beherrschung und Geschicklichkeit sie Stefan Steinachs Oberschenkel verband.

Sie erhob sich. »So, fertig. Ihr könnt ihn drauflegen. Aber sag deinen Leuten, sie sollen vorsichtig sein, sehr vorsichtig.« Mit Argusaugen überwachte sie die Umbettung des Verletzten auf die Tragbahre und schob ihm ihr eigenes Kissen unter den Kopf, das sie stets mit sich führte. Dann kontrollierte sie eigenhändig, dass die vier Träger gleich groß waren, und trat zurück, während die vier auf Nicholas' Kommando die Trage anhoben. »Passt doch auf«, rief sie wütend, als der Verletzte laut stöhnte. »Wartet.« Sie rannte zu ihrer Satteltasche, zog das Fläschchen mit Laudanum hervor, hockte sich neben den Schwerverletzten und träufelte eine gute Dosis zwischen seine ausgetrockneten Lippen. »So, das wird ihm helfen, die Schmerzen zu ertragen.« Sie wollte aufstehen und zurücktreten, als sie Stefans Finger auf ihrer Hand spürte. Er versuchte, etwas zu sagen, und sie beugte sich über ihn, um ihn verstehen zu können.

Mit übermenschlicher Anstrengung hob er ihre Hand zu seinen Lippen. »Danke«, sagte er.

Es kam zwar kein Ton hervor, aber sie konnte das von seinen Lippen ablesen. Ihr wurde heiß und kalt, als seine Mundwinkel zuckten und sich zu einem winzigen Lächeln hoben. Dann fielen ihm die Augen wieder zu.

Es war nur wie ein Sonnenblitz hinter dunklen Wolken gewesen, aber sie hatte es gesehen. Es war die schönste Liebeserklärung, die sie je erhalten hatte, und für den Rest des Tages lag ein Abglanz seines Lächelns auf ihrem Gesicht.

Stefan Steinach erstaunte Nicholas damit, dass er nicht nur wie ein Berserker um sein Leben kämpfte und die erste Nacht überlebte, sondern dass das wütende Fieber, das noch am Abend eingesetzt hatte und Benita zu Tode erschreckte, am Morgen des zweiten Tages nicht weiter stieg. Nicholas fühlte seine Stirn und stellte fest, dass diese nicht mehr so glühend heiß war. Das Fieber sank eindeutig. »Er hat eine Pferdenatur«, sagte er zu Benita. »Beachtlich.«

»Er hat etwas, für das sich zu leben lohnt«, sagte sie mit leuchtenden Augen und einem irritierend wissenden Lächeln, legte dabei ihre Lippen auf die Stelle ihres Handrückens, die Stefan Steinachs berührt hatten.

24

Leon erschrak bis ins Mark, als er, durch ein leises Geräusch geweckt, die Augen öffnete und in ein schwarzes, breit grinsendes Gesicht blickte, das sich dicht über ihn beugte.

»Tee, Master!«, rief Tandani fröhlich und stellte die Tasse mit dem dampfenden Getränk neben ihn. Dann marschierte sie zum Fenster und riss den Vorhang zurück. Sonnenlicht flutete herein und stach ihm in die Augen. Die Brandung donnerte, Möwen schrien, und von draußen schallte die laute Stimme einer Frau, die er als die von seiner Schwiegermutter erkannte, und jetzt fiel ihm wieder ein, wo er sich befand.

»Gutes Wetter«, stellte Tandani fest. »Master aufstehen, Sonne schon alt.« Sie hob seinen karierten Anzug hoch, befingerte ihn neugierig, wendete ihn hin und her und fuhr mit den Fingern in die Taschen. Staunend zog sie seine Taschenuhr hervor, schüttelte sie, hielt sie mit ungläubigem Ausdruck ans Ohr. »Was?«, fragte sie und streckte ihm die Zwiebel hin.

»Eine Uhr«, stammelte er, sah aber, dass sie das Wort nicht kannte. »Zeit«, erklärte er und hielt die Uhr ans Ohr, dann reichte er sie dem Mädchen.

Auch das Wort schien für sie keine Bedeutung zu haben, und Leon überlegte verblüfft, wie er jemandem diesen Begriff verständlich machen sollte, der seine Sprache nicht verstand. Er setzte sich auf, zeigte auf die Sonne, beschrieb mit dem Finger dann einen Kreis ums Ziffernblatt, bis er die Zahl sechs erreicht hatte. »Zeit«, rief er laut und legte beide Hände zusammen und mimte den Schlafenden.

Tandani starrte ihn fasziniert an, lauschte dabei mit großen

Augen dem Ticken. »Master isicebi«, meinte sie, und damit verließ sie, fröhlich vor sich hinträllernd, den Raum.

Leon verstand kein Wort, versuchte ihre ungenierte Art mit seinem bisherigen Bild schwarzer Diener zu vereinen. Offenbar traf es zumindest auf die der Familie Steinach nicht zu. Die schienen gegenüber ihrer Herrschaft keine Hemmungen zu haben. Er rollte sich von der Matratze herunter, ging gähnend zum Fenster und blickte hinaus. Gleißende Helligkeit blendete ihn. Die Sonne war aus dem Meer gestiegen, das Morgenrot verblasste vor ihrer Kraft, und das Wasser glitzerte, als wäre es mit rosa Diamanten besetzt. Der Ausblick war wirklich grandios, das hatte er gestern nicht richtig wahrgenommen. In dieser blendend weißen Strandwelt entdeckte er seine Frau, die mit der Dogge am Saum des Wassers entlanglief. Ihr helles Kleid wirbelte um ihren schmalen Körper, ihr Haar flatterte wie ein schwarzes Banner im Wind. Sein Herz hüpfte.

Er bemerkte, dass Tandani ihm einen Krug mit Wasser zum Waschen hingestellt hatte, machte, so schnell er konnte, seine Morgentoilette, zog seinen Sportanzug an und lief hinaus. Er stolperte über ein großes gelbes Tier, das ihn wütend anfauchte. Entsetzt schlug er die Tür wieder zu, glaubte nicht, was er gesehen hatte. Es war ein Löwe gewesen, ein kleiner zwar, aber eindeutig ein Löwe. Er hatte genügend Bilder dieser Raubkatzen studiert, um das zu erkennen. Noch überlegte er, wie er sich verhalten sollte, als er amüsiertes Lachen vom Fenster her hörte. Catherine Steinach stand da.

»Guten Morgen, Herr Mellinghoff. Das ist Bhubezi, er ist völlig harmlos, gefährlich wird er allenfalls Ihren Schuhen, wenn Sie diese herumliegen lassen. Kommen Sie, wir wollen frühstücken.«

Vorsichtig wagte sich Leon nach draußen, fragte sich, was außer betrunkenen Pavianen, verrückten Löwen, zahmen Liliputanerantilopen und einer riesigen Dogge noch an Tierzeug auf ihn wartete. Aber außer zwei pechschwarzen Katzen blieb er auf dem Weg zu seiner Frau unbehelligt.

»Ich erwarte deinen Vater eigentlich jeden Tag zurück«, sagte Catherine und führte ihre Kaffeetasse zum Mund. »Eigentlich hätte er schon vor ein paar Tagen hier sein sollen. Möchten Sie noch ein wenig Bratkartoffeln, Herr Mellinghoff? Sie müssen mir übrigens sagen, ob Sie morgens lieber Tee oder Kaffee hätten.«

Leon wischte sich den Mund. Bratkartoffeln zum Frühstück war er nicht gewöhnt, und er hatte jetzt nach sechs Spiegeleiern mit Speck, einem Berg dieser fettigen Knollen, Fleischpastete, frischem Brot und leicht ranzig schmeckender Butter das Gefühl, er würde nie wieder etwas essen können. Tapfer schluckte er seinen Widerwillen herunter, aß, was man ihm vorsetzte, um die Mutter seiner Braut nicht von Anfang an gegen ihn aufzubringen. Sie machte auf ihn den Eindruck eines Menschen, der nicht viel Sinn für Mätzchen hatte. Bisher hatte er auch nicht gewagt zu erwähnen, dass er kein Fleisch aß. Die Fleischpastete konnte er nur herunterwürgen, da nicht mehr nachzuvollziehen war, welches Tier dafür sein Leben gelassen hatte und er somit kein genaues Bild vor Augen hatte. Außerdem hatte er in den vergangenen zwei Tagen Essensmengen zu sich genommen, die ihm in Deutschland mindestens eine Woche gereicht hätten. Er spürte flüchtiges Mitleid mit Gänsen, die genudelt wurden. Sie mussten sich ähnlich fühlen.

»Danke, gnädige Frau. Es geht nun nicht mehr. Ich werde bald zu fett sein, um mich zu bewegen.«

»O, das glaube ich nicht. Afrika zehrt und macht äußerst hungrig.« Langsam begann Catherine dieser junge Mann zu gefallen, der auf diese eigenartige Weise ihr Schwiegersohn geworden war. Auch wenn sie ganz und gar nicht mit dieser überstürzten Heirat einverstanden war. Zumindest würde sie darauf bestehen, dass die beiden hier noch einmal in der Kirche heiraten würden.

»Erlauben Sie, dass ich mich meines Jacketts entledige?«, fragte Leon, dem der Schweiß aus den Haaren in den hohen Kragen seines karierten Sportanzugs lief.

»Natürlich«, sagte seine Gastgeberin und freute sich über die hervorragenden Manieren des jungen Mannes. Die meisten Männer, mit denen man in Afrika in Berührung kam, hatten mit der Zivilisation auch ihren Anstand in Europa gelassen.

Leon erkannte das und nutzte es sofort. »Darf ich Sie bitten, mich Leon zu nennen? Herr Mellinghoff ist mein Vater.«

Catherine sah ihn an. Eigentlich war das noch viel zu früh, denn nannte sie ihn beim Vornamen, bedeutete das eine gewisse Nähe, zu der sie sich im Grunde noch nicht bereit fühlte. Noch hatte sie ihm nicht vergeben, dass er ihr Maria genommen hatte.

»Mama«, sagte Maria und sah sie an. Ihr Herz lag offen in diesem Blick. »Er gehört zu mir.«

»Nun gut. Leon.« Sie bot ihm nicht an, sie mit Catherine anzusprechen.

»Danke.« Leon verbeugte sich leicht, zog dann seine Jacke aus und hängte sie über den Stuhl. Dabei verspürte er ein unangenehmes Jucken am Arm, sah verstohlen nach, was ihn so ärgerte, und entdeckte zu seinem Entsetzen das unverkennbare Muster von Flohbissen. Er hatte Flöhe! Er! Am liebsten wäre er vor Scham versunken.

»Was ist mit dir los? Du machst ein Gesicht, als hättest du ein Gespenst gesehen.« Maria, die zutiefst erleichtert merkte, dass ihre Mutter begann, weich zu werden, sah ihn fröhlich an, während sie eine Scheibe Fleischpastete zerteilte.

Er lief tiefrot an, stammelte, wusste nicht, was er sagen sollte, kratzte sich unwillkürlich. Maria bemerkte es und lachte mit vergnügter Schadenfreude. »Dich hat ein Floh gebissen, nicht wahr? Der stammt vermutlich von dem Pavian. Mach dir nichts draus, hier hat jeder Hund Flöhe und die meisten Menschen auch.« Sie kicherte.

Leon grinste gequält. »Was heißt Isicebi?«, fragte er, sprach das Zuluwort langsam aus.

»Reiche Person«, beschied ihm Maria. »Warum?«

Leon berichtete ihr von der Faszination, die die Uhr auf Tandani ausgeübt hatte, und seinem vergeblichen Versuch, ihr das Wort Zeit zu erklären.

»Es gibt keinen festen Begriff, der die Zeit bezeichnet«, erläuterte Maria. »Es gibt aber sehr viele Worte, die eine Zeitspanne beschreiben, und alle Tätigkeiten werden so berechnet. Etwas dauert so lange, wie es braucht, eine Kuh zu melken, zum Beispiel.«

»Ich habe keine Ahnung, wie lange das dauert!«

»Das kann ich dir schnell beibringen. Wir haben sicher eine Kuh in Reichweite.« Maria amüsierte sich königlich. »Sonst kannst du die Zeit ja in Herzschlägen messen.«

Leon kratzte diskret seinen Flohbiss. »Ich glaube, ich muss Zulu lernen«, bemerkte er. »Gibt es hier eine Schule?«

»O ja«, antwortete Catherine. »Das Leben da draußen, Leon, Sie müssen nur genau hinhören.«

Am nächsten Morgen war Leon schon aufgestanden, als Tandani mit dem Kaffee ins Zimmer kam. »Sawubona, Master«, krähte sie vergnügt.

»Sawubona, Tandani«, erwiderte er, sprach das Zuluwort langsam aus.

Tandani schien das restlos zu begeistern. Ihre Antwort ergoss sich wie ein Wasserfall über ihn.

Er hob in einer Geste komischer Verzweiflung die Hände. Dann zog er seine Uhr hervor, rief sich die Worte ins Gedächtnis, die Maria ihm beigebracht hatte. Er zeigte auf die Ziffer sechs. »Khati«, sagte er. Es ist jetzt, hieß es laut Maria. »Se-li-Phumila. Es ist nach Sonnenaufgang.« Er hoffte, dass er es richtig betont hatte. Dann ließ er seinen Finger ums Zifferblatt marschieren, bis er die Sechs erreicht hatte. »Umkhati«, sagte er. Das Wort sollte eine vorgegebene Zeitspanne bezeichnen. »Se-li-ya-Shona, nun geht sie unter.« Das letzte hatte er gestottert.

Tandanis Augen wurden immer größer. »Aiih«, schrie sie und zeigte auf die Uhr. »Aiihh!« Sie brach in lauten Gesang aus und tanzte aus dem Zimmer.

Leon sah ihr verblüfft nach, fragte sich misstrauisch, ob er wirklich das gesagt hatte, was er beabsichtigte. Als er aus dem Haus kam, entdeckte er in einiger Entfernung eine Gruppe schwarzer Farmarbeiter, die, als sie seiner ansichtig wurden, in aufgeregtes Geschnatter ausbrachen.

Verlegen fragte er Maria danach. »Ich hoffe, ich habe nichts Falsches gesagt?«

Die kicherte nur hilflos. »Du bist das Tagesgespräch bei unseren Zulus. Du hast Tandani gesagt, dass du bankrott bist und bald sterben wirst. Jetzt warten sie gespannt darauf, dass du umfällst.«

Leon raufte sich die Haare. »Bist du sicher, dass du mir nicht etwas Falsches beigebracht hast? Um mich lächerlich zu machen?«

»Ach, Lieber, mach dir nichts draus. Es ist leicht, sich in Zulu lächerlich zu machen. Als meine Mutter erst kurze Zeit hier lebte, befahl sie einmal ihren Zulus, sie sollten alle zusammen den Planwagen anschieben. Zu ihrer Verblüffung warfen sie sich alle auf den Boden und wälzten sich vor Lachen. Erst viel später, als sie Zulu fließend sprach, erkannte sie, dass sie ihnen befohlen hatte, im Chor zu furzen.« Kichernd eilte sie ihm voraus auf die Veranda.

Leon stählte sich für erneute Berge von gebratenen Kartoffeln, Spiegeleiern, Fleischpastete oder sonstige Attacken auf sein Verdauungssystem, und er wurde nicht enttäuscht.

Sie saßen nach dem Frühstück noch eine Weile zusammen, tranken Kaffee, und Maria erzählte von Deutschland.

»Warst du auch im Theater und in Konzerten?« Sehnsucht klang aus Catherines Stimme.

»Ja, natürlich. In Hamburg trifft man sich zur Premiere ... weniger, um zuzuschauen, als um gesehen zu werden, denn es werden immer dieselben alten Stücke aufgeführt ...«

Sie schaute an ihrer Mutter vorbei, und ihre Augen weiteten sich. »Was um alles in der Welt kommt denn da? Sieh doch, Mama!«

Catherine drehte sich um, und der Anblick, der sich ihr bot, war so grotesk, dass es ihr die Sprache verschlug.

Ein Maultier rannte in schneller Gangart den schmalen Weg aufs Haus zu, auf seinem Rücken saß ein turbantragender, dunkelhäutiger Mann, der so groß war, dass er die Beine weit abspreizen musste, damit diese nicht am Boden schleiften. Ihm folgte ein zweites Maultier, auf dem ein rotes Schleierwesen hockte, das sich bei näherem Augenschein als zartgliedrige Inderin in einem wogenden, roten Sari herausstellte. Ihnen folgte ein schlammverschmierter, hohlwangiger Geist in Röcken, der kraftlos auf seinem Pferd hing. Der Geist hatte schlappe rote Locken und lächerlicherweise funkelnde Diamanttropfen im Ohr. Verblüfft erkannte Catherine ihre Freundin Lilly Sinclair, die im Damensitz so auf dem Pferd hockte, dass sie sofort vermutete, dass sie sich aufgeritten hatte. An ihrem Sattel waren die Zügel zweier Packpferde befestigt, die hoch beladen müde hinter ihr hertrabten.

»Ich fasse es nicht«, flüsterte Catherine. »Das ist Lilly Sinclair.« Sie schob ihren Stuhl zurück und ging ihrer Freundin entgegen. »Wo kommst du denn her, um Himmels willen?«

Stöhnend rutschte Lilly aus dem Sattel. »Aus dem Busch«, knurrte sie und rieb sich ihr Hinterteil. »Ich hab mich durchgeritten, verflixt. Ich hoffe, du hast ein Muthi für meinen Allerwertesten.« Sie zerrte ihren Hut herunter und schien erst jetzt Maria und Leon zu bemerken. »Sag mal, ich muss wirklich angeschlagen sein, ich glaube, ich habe schon Halluzinationen. Dabei habe ich seit Wochen keinen Cognac mehr angerührt. Ich sehe da Maria, aber die ist doch im kalten Deutschland und studiert Medizin. Was ist geschehen? Was haben dir die eisernen Deutschen angetan, meine Kleine?«

Maria lächelte verlegen. »Ach, Tante Lilly, das ist eine lange Geschichte. Ich bin also wieder hier.«

»So, so, das ist nicht zu übersehen«, bemerkte Lilly und ließ ihren Blick auf Leon ruhen. »Und dieser außerordentlich gut aussehende junge Mann, wer ist das?«

Leon war aufgesprungen, stand geradezu stramm. Catherine stellte ihn vor. »Leon Mellinghoff, Frau Sinclair.« Er machte einen tiefen Diener und streckte seine Hand aus, die Lilly nach einem kurzen Zögern ergriff.

»Ein Händeschüttler, also ein Europäer, ganz offensichtlich. Kein Mann hier würde sich so schön zackig verbeugen.«

Maria machte Anstalten, etwas zu bemerken, Catherine schüttelte unmerklich den Kopf, und sie klappte ihren Mund wieder zu. Catherine geleitete ihre Freundin zum Tisch. »Du kommst gerade noch rechtzeitig zu einem verspäteten Frühstück. Essen für deine zwei Begleiter müssen sie allerdings selbst machen. Jabisa ist verschwunden.«

»Meinen Koch würde ich am liebsten frikassieren und verspeisen.« Mit finsterer Miene schickte Lilly Singh in die Küche, damit er für sich und Fatima Essen zubereiten konnte, und trug ihm auch auf, die Tiere zu versorgen. »Ich möchte mich ein wenig frisch machen«, sagte sie.

Catherine brachte sie in ihr eigenes Schlafzimmer. »Dort ist Wasser.« Sie deutete auf den Krug neben dem Waschtisch.

»Danke.« Lilly warf ihren Hut aufs Bett und begann, ihr Kleid aufzuknöpfen.

Catherine ließ sie allein. Sie war entsetzt über das ausgemergelte Aussehen ihrer Freundin, das sich, seit sie sich bei Mila getroffen hatten, weiter drastisch verschlimmert hatte. Sie fragte sich, was vorgefallen war. Vermutlich steckte Andrew dahinter, dachte sie und nahm sich vor, das herauszubekommen. Lilly brauchte Hilfe, das war offensichtlich.

Nachdem Lilly sich kurz frisch gemacht und ihre erste Tasse

Kaffee getrunken hatte, lehnte Catherine sich zurück. »Nun sag doch, was hat dich in den Busch getrieben?«

»Ich … ich muss Andrew erreichen. Ich habe eine dringende Nachricht für ihn.« Ausgerechnet Catherine konnte sie schließlich den tatsächlichen Grund nicht verraten. »Da ich weiß, dass er sich auf Jagd irgendwo zwischen Eshowe und dem Meer befindet, und niemanden hatte, den ich hätte schicken können, bin ich selbst losgeritten. Alles lief gut. Ich hatte Singh und Fatima dazu bewegen können, mich zu begleiten, um ehrlich zu sein, ich habe ihnen angedroht, sie auf dem nächsten Schiff wieder nach Indien schaffen zu lassen. Das hat sie dann bewogen, sich auf die Maultiere zu schwingen. Außerdem hatte ich mehrere Zulus bei mir. Aber nahe dem Tugela sind die Schwarzen verschwunden«, sagte sie wütend. »Die sind einfach weg und haben ein Packpferd und einen Teil meiner Vorräte mitgehen lassen!«

Catherine zuckte die Achseln. »Deine Zulus haben das Pferd und die anderen Dinge als gerechten Teil ihrer ausstehenden Bezahlung mitgenommen. Ich nehme an, sie haben die Situation eingehend untereinander erörtert, festgestellt, dass sie nicht Teil haben wollten an dem, was ihre Weiße wohl vorhatte, haben ihre Habseligkeiten gepackt und sind gegangen. Da sind die ganz konsequent.«

»Dumme Kaffern sind das«, fauchte Lilly, kümmerte sich nicht um die missbilligende Miene der Hausherrin. Catherine und sie hatten schon immer unterschiedliche Ansichten gehabt, was die eingeborene Bevölkerung betraf. »Aber ich hatte nicht vor, mich unterkriegen zu lassen, ich bin nicht das Zuckerpüppchen, für das ihr mich alle haltet. Nun, natürlich entschied ich, erst einmal umzukehren, und da kam mir die Idee, ob ich von dir ein paar Zulus haben könnte. Und nun bin ich hier. Wäre das möglich?«

Catherine trommelte mit den Fingerspitzen auf dem Tisch. »Das wird schwierig werden.« Sie erklärte Lilly ihre eigene Lage. »Du siehst also, dass ich nicht einmal mehr eine Köchin habe, und Mangaliso mit seinen Jungs brauche ich selbst. Es gibt noch sehr viel im Haus zu tun, ehe ich es eröffnen kann. Von den Farmarbeitern kann ich ebenfalls niemanden entbehren.«

Lilly öffnete den obersten Knopf ihres verschmutzten Reisekleids und fächelte sich mit beiden Händen Luft zu. »Meine Güte, es ist schon wieder so heiß, dass man sich fühlt wie ein Braten in der Röhre. Singh wird für uns kochen, und Fatima kann im Haus nach dem Rechten sehen. Danach reden wir weiter. Jetzt brauche ich noch einen Kaffee und etwas Ordentliches zu essen. Ich bin am Verhungern.«

Catherine goss ihrer Freundin Kaffee nach und schob ihr die restlichen Bratkartoffeln hin. »Warte zu Hause auf Andrew. Du kennst den Busch nicht, würdest in einer halben Meile Entfernung an ihm vorbeireiten und es nicht einmal merken. Ohne Spurenleser und Kundschafter findest du nicht einmal den Indischen Ozean.«

Tief in Gedanken häufte sich Lilly Bratkartoffeln auf den Teller. Sie nahm Catherine ihren Spott nicht übel, es war wirklich verrückt. »Du hast Recht. Ich würde mich gern einen Tag hier ausruhen, und morgen reite ich nach Hause …«

»Sawubona, Nkosikazi Katheni.«

Die Stimme drang vom Strand herauf. Catherine drehte sich um und entdeckte einen drahtigen Schwarzen, der ihr auf einem gespaltenen Stock ein zusammengefaltetes Papier entgegenstreckte. Post? Er kam offensichtlich aus dem Busch, trug keine Uniform, konnte also kein Abgesandter vom Postmeister Schonnberg sein.

»Sawubona, ich sehe dich«, antwortete sie automatisch. Beunruhigt beugte sie sich vor und zog den Brief aus der Stockspalte. Ihre Nerven vibrierten wie Geigensaiten vor Angst, dass Johann etwas zugestoßen sein könnte, denn wer sonst sollte ihr aus Zululand auf diese Weise eine Nachricht zukommen lassen. Sorgfältig strich sie den Bogen glatt und las sie mit klopfendem Herzen.

Maria beobachtete sie mit sichtlicher Unruhe. »Mama, um Gottes willen, du bist schneeweiß geworden. Ist was mit Papa? Nun sag schon.«

Catherine hob langsam ihren Kopf von dem Brief. »Nein, nicht Papa. Stefan.« Ihre Stimme war heiser. »Das ist eine Nachricht von einem Nicholas Willington, der mit seiner Schwester auf Safari ist. Sie haben Stefan am Mhlatuze schwer verletzt aufgefunden hat. Er schreibt, dass sie, sobald es Stefans Zustand erlaubt, hierher aufbrechen werden und bitten mich, ihnen entgegenzureiten. Sie haben nicht genug Medikamente.« Der Brief raschelte, so stark zitterte ihr die Hand. »Setz dich dort unter den Baum«, sagte sie auf Zulu zu dem Boten. »Ich werde dir etwas zu essen und zu trinken bringen lassen, während ich eine Antwort für Nkosi Willington schreibe. Maria, sei so gut, füll dem Mann einen Teller von unserem Essen auf und gibt ihm einen Krug Wasser. Milch trinken die Zulus nicht.« Sie wartete nicht auf eine Antwort, sondern eilte ins Haus.

Niemand bemerkte, dass Lilly Sinclair kreidebleich geworden war, sich am Tisch festhalten musste, um nicht umzufallen. »Ent… entschuldigt mich bitte, ich muss mich … einen Augenblick hinlegen.« Sie erhob sich schwankend. Leon sprang auf, zog ihr den Stuhl zurück, und sie schaffte es, ohne zu stolpern, ins Haus zu gelangen, wo sie sich im Gästezimmer auf ihr Feldbett fallen ließ, das Singh dort aufgebaut hatte. Sie versank in einem Strudel von Angst. Stefan war schwer verletzt. Hatte Andrew etwas damit zu tun? Verzweifelt bohrte sie die Fäuste in die Augen. Sie konnte keinen Gedanken klar zu Ende denken, nur einer schälte sich heraus. Sie musste mit Andrew sprechen. So schnell es irgend möglich war. Die Vorstellung, allein in ihrem großen, leeren Haus zu sitzen und nichts tun zu können als zu warten, erfüllte sie mit Panik. Mühsam stand sie auf.

Catherine indes schrieb in fliegender Hast ihre Erwiderung an Nicholas Willington, teilte ihm mit, dass sie heute noch aufbrechen und alles an vorrätigem medizinischem Material mitbringen würde. Sie ging ihren Bestand durch, stellte zähneknirschend fest, dass so gut wie alles fehlte, was sie in diesem Notfall brauchen würde, und hoffte inständig, dass sie gewisse Kräuter vor Ort finden würde.

Neben der Sorge um Stefan beschäftigte sie am meisten, dass sie kaum noch Chinarinde besaß, da sie nicht im Traum daran gedacht hatte, in der Fiebersaison nach Zululand reiten zu müssen. Das meiste hatte sie Johann mitgegeben. Sie würde auf ihrem Ritt einfach die Augen offen halten müssen, um die Fieberkrautpflanze, wie sie das Wermutkraut nannte, das den Hauptbestandteil ihrer Malariamedizin darstellte, am Wegrand zu entdecken. Ein Angstschauer prickelte ihr bei der Vorstellung über den Rücken, dass das Fieber schon auf sie lauerte. Das Bild des blutenden, vor Schmerzen schreienden Stefan schob sich davor, und das jammernde Kind in ihr verstummte.

Zu ihrer Erleichterung entdeckte sie in der hintersten Ecke ein Fläschchen mit Chlorodyne. Es würde zumindest Stefan helfen, die Schmerzen zu ertragen. Sie drehte das kobaltblaue Gefäß in den Händen. Ein Arzt in Indien hatte vor Jahrzehnten ein geheimnisvolles Gebräu gemischt, um Cholerapatienten damit zu heilen, das Rezept hatte er dann einem Londoner Apotheker überlassen, der in der Folge eine Medizin herstellte, die er unter dem Namen Chlorodyne und Paregoric herstellte. Weil es teuer war und nicht immer zu bekommen, hatte sie immer wieder versucht, die Zusammenstellung von Chlorodyne herauszubekommen.

Bisher vergeblich. Es enthielt Opium und Hanfextrakt, das wusste sie. Viele Leute, die es zu häufig nahmen, verwirrte es die Sinne, sie kamen davon nicht mehr los, lagen am Ende teilnahmslos mit glasigen Augen in einer Ecke wie die Opiumraucher in Asien, was in Stefans Fall mit Sicherheit das kleinere Übel wäre. Diese Leute waren völlig unempfindlich gegen Hunger und

Schmerzen. Schmerzen schwächten, und so konnten Schmerzen töten. Das hatte sie mehr als einmal erlebt. Sie verstaute das Fläschchen und eilte in den Gemüsegarten. Dort erntete sie sämtliche Fieberkrautpflanzen, die ihr reif genug erschienen und die die Dürre einigermaßen überstanden hatten. Es blieb ihr keine Zeit, sie zu Kräuterwürfeln zu verarbeiten, aber zu Bündeln gebunden würden sie, am Sattel des Packpferdes befestigt, sicherlich gut trocknen.

»Wozu brauchst du diese Pflanzen?«, fragte Maria, die dazugekommen war. Catherine sagte es ihr, strebte dabei dem Kochhaus zu. Sie legte die Pflanzen auf den Küchentisch, ging nach draußen, öffnete die quietschende Tür zum Lagerraum, die seit dem ersten Regen aufgequollen war. Auf einem Regal lagen zusammengefaltet mehrere Schlafdecken, Ölzeug, drei Sättel und die dazugehörigen Satteltaschen.

Sie schleppte ihren Sattel nach draußen, wischte anschließend den dünnen Schimmelpilzrasen von den großen, ledernen Taschen. In der Küche sah sie ihre Essensvorräte durch, stellte fest, dass auch da unerfreuliche Ebbe herrschte. Seufzend verstaute sie zwei Kochtöpfe, eine Dose mit Salz und eine mit Zucker in der einen Tasche. In die andere packte sie Ersatzkleidung, ihre Schlafdecke und in gewachstes Papier eingeschlagene Munition. Sie erwog, Ölzeug mitzunehmen, unterließ es aber dann. Zwar hielt das Ölzeug den Regen weitgehend ab, doch jetzt, da es täglich heißer wurde, würde sie darunter derart schwitzen, dass es einerlei war, ob sie vom Regen oder ihrer eigenen Perspiration durchnässt wurde.

Maria sah ihr entsetzt zu. Ihr dämmerte, was ihre Mutter vorhatte. »Du willst nach Zululand reiten? Heute noch? Es ist Malariazeit in Zululand. Das ist viel zu gefährlich für dich. Dein letzter Anfall hat dich schon fast das Leben gekostet, den nächsten überlebst du nicht, das sagen alle. Warte auf Papa, bitte.«

»Ich weiß nicht, wann er hier sein wird. Das kann noch eine Ewigkeit dauern.« Sie bemühte sich, ihre Verbitterung zu verbergen. Maria vergötterte ihren Vater, ein Wort gegen ihn würde sie zu sehr verletzen. »Ich werde ihm einen Brief schreiben und erklären, was passiert ist. Er wird uns sicher sofort folgen.«

»Mama! Du kannst nicht nach Zululand reiten. Es wird dich umbringen!«

Catherine schaute ihre Tochter gequält an. »Ich muss es riskieren. Stefan wurde von einem Krokodil angefallen, ich muss zu ihm.«

Schockiertes Schweigen senkte sich über sie. Maria wurde aschfahl. »Ein Krokodil … wie? Ist er etwa schwimmen gegangen? So blöd ist mein Bruder doch nicht!«

Catherine fiel es ungeheuer schwer, das, was sie hatte lesen müssen, laut zu wiederholen. »Man hat ihn gefesselt am Rande eines Krokodiltümpels gefunden, schwer verletzt … Offenbar hat ihn jemand niedergeschlagen und dort abgelegt. Wer es war und warum derjenige ihn nicht einfach getötet hat, weiß ich nicht.«

Maria starrte aus weit aufgerissenen Augen ins Leere. »Weiße tun so etwas nicht, das müssen …«

»Hör auf.« Catherines Ton war harscher, als sie beabsichtigte. »Hör auf, bitte. Ich kann es nicht ertragen.« Sie wollte sich nicht ausmalen, was es bedeuten würde, wenn Stefan von einem Zulu angegriffen worden war.

Ihre Tochter schien ihre Worte nicht gehört zu haben. »Was hat er ihnen getan? Das war doch ein gezielter Angriff, sie wollen uns damit etwas zu verstehen geben …«

Catherine fiel ihr ins Wort. »Wie ich sagte, ich weiß nicht, was tatsächlich vorgefallen ist. Jetzt lass uns keine Zeit mit nutzlosen Überlegungen vergeuden. Die Willingtons haben nicht genug Medikamente … Du verstehst also, warum ich sofort losreiten muss.«

»Leon und ich kommen mit! Es hat keinen Zweck zu protestieren, Mama. Stefan braucht einen Arzt, Leon ist Arzt, und ich falle auch nicht um, wenn ich Blut sehe, das weißt du.« Maria streckte rebellisch ihr Kinn vor.

»Ach, hier seid ihr …« Leon steckte den Kopf durch den Kücheneingang. »Kann ich helfen?«

»Gut, dass du kommst. Wir müssen heute noch nach Zululand aufbrechen. Mein Bruder ist verunglückt und braucht dringend einen Arzt. Pack alles ein, was du an Instrumenten und Medikamenten hast.«

Catherine sah Leon zweifelnd an, bemerkte dabei Blasen auf den Handflächen. Also war er kein geübter Reiter. Sie konnte einfach keine Rücksicht auf ihn nehmen, nicht auf diesem Ritt. Sie machte eine abwehrende Geste. »Wir haben nur eins der Packpferde übrig, und ich habe nicht den Eindruck, dass Reiten zu den bevorzugten Fortbewegungsarten deines …«, sie stockte, konnte sich nicht dazu bringen, den jungen Mann als Marias Gemahl zu bezeichnen, »von Leon gehört. Um es gelinde auszudrücken, ich kann auf ihn keine Rücksicht nehmen. Ich werde allein reiten.«

»Das werde ich schon schaffen, gnädige Frau, keine Sorge. Außerdem habe ich noch einige medizinische Vorräte. Leider habe ich den Großteil dazu gebraucht, um erkrankten Mitpassagieren zu helfen.«

»Haben Sie noch Chinarinde dabei? Die benötige ich am nötigsten.«

»Chinarinde? Warum ist es wichtig? Eine kleine Menge habe ich, es wäre aber besser, wenn wir noch etwas kaufen würden.«

Catherine warf ihm einen ironischen Blick zu. »Die Zeit, um nach Durban zu reiten, um irgendetwas zu kaufen, bleibt uns nicht. Abgesehen davon, ist Chinarinde sehr knapp, denn in Zululand kommt die Zeit des Fiebers. Da haben sich die, die es brauchen, längst eingedeckt.«

»Aber was tun die Eingeborenen gegen das Fieber? Sie überleben offenbar trotzdem seit vielen Jahrhunderten.«

Catherine überraschte der Gedanke. Er hatte Recht, und darüber hatte sie noch nie nachgedacht. Sie musterte ihn für einen

Augenblick schweigend. Was sie hörte und sah, gefiel ihr, hauptsächlich die ruhige Art, wie er ihren Blick erwiderte, und auf einmal konnte sie verstehen, dass sich ihre Tochter in ihn verliebt
hatte. Entfernt ähnelte er Johann, wenn er auch blond war und
Johann dunkel, seine Augen in hellem Blau strahlten, während
Johanns braun waren. Die Ähnlichkeit lag mehr in seiner Haltung. Verlässlichkeit, Ruhe, Ausgeglichenheit drückte sie aus.
Allerdings schien er zu feinnervig für Afrika, passte hierher wie
ein hochgezüchtetes Rennpferd auf einen Acker.

So dachte sie, bis ihr Blick seinen traf und ihr Humor und die
pure Lebensfreude entgegenfunkelte. Wie bei Johann. Ein winziges Lächeln huschte über ihr Gesicht.

»Nennen Sie mich Catherine, und ziehen Sie diesen albernen
Anzug aus. In Afrika überleben Sie damit keine zwei Tage. Wenn
Sie keine Hose aus widerstandsfähigem Material haben, werde ich
Ihnen eine von Johann überlassen, am besten die aus Antilopen-
leder. Die ist zwar speckig und riecht etwas streng, aber sie schützt
sogar gegen die Widerhaken des Wag-n-bietje-Buschs.«

Als sie sich abwandte, um ins Dorf der Farmarbeiter zu gehen,
erhaschte sie das Lächeln ihrer Tochter und den Blick, den sie
Leon zuwarf. In diesem Augenblick wusste sie, dass sie sich um
Maria nie wieder Sorgen zu machen brauchte. Trotz der schlimmen Situation wurde es ihr warm ums Herz. »Ich muss hinüber,
um mit Tandani und ihren Schwestern zu reden und Mangaliso
Bescheid zu sagen. Er wird uns begleiten. Ihr solltet schon packen.
Bitte erklär du Lilly, was hier los ist, Maria. Sag ihr, sie kann so
lange hier bleiben, wie sie möchte.« Catherine rannte im Laufschritt hinüber zu den Hütten der Familie, stöberte Tandani auf
und schärfte ihr und den beiden anderen Mädchen ein, wie sie
ihre Tiere versorgen mussten. Die Duiker-Zwillinge und auch
Tika und Tika konnten sich selbst ernähren, benötigten allenfalls
ein Schälchen Wasser, Bobo würde sie mitnehmen, sodass nur
Bhubezi gefüttert werden musste. Sie hatten kürzlich geschlach-

tet. Die Fleischabfälle würden einige Zeit vorhalten. Waren die zu Ende, mussten Tickey und Haypenny im Feld Ratten fangen.

»Ich stelle den Wassertrog so nahe an den Zaun, dass ihr ihn von außen füllen könntet. Das Fleisch werft ihr ihm einfach hinüber.« Um nichts in der Welt waren die Mädchen dazu zu bewegen gewesen, das Löwengehege zu betreten. Sie brachte dem jungen Löwen noch einen Ziegenkopf und ausnahmsweise eine große Keule, hoffte, dass er nicht alles auf einmal herunterschlingen würde.

Maria und Leon hatten nicht viel zu packen. Ihre Sachen lagerten noch in Durban. Leon steckte das Buch ein, das er gerade las. In allen Lebenslagen liebte er es, zu lesen. Dann schulterte er ihre Taschen und trug sie hinaus in den Hof.

Als sie ihre Pferde besteigen wollten, erschien auch Lilly, buchstäblich gestiefelt und gespornt. »Ich komme mit«, verkündete sie. »Singh und Fatima haben das Weite gesucht.«

Entsetzt starrte Catherine ihre Freundin an. »Das geht nicht. Ich kann mich nicht um dich kümmern.«

»Das brauchst du nicht. Du wirst mich gar nicht bemerken. Aber ich komme mit.«

Catherine hätte am liebsten etwas gegen die Wand geworfen. Nun hatte sie nicht nur Leon am Hals, sondern auch noch Lilly. Aber es blieb ihr keine Zeit mehr, irgendetwas dagegen zu unternehmen. In wütendem Schweigen zog sie ihre Reithosen an, dann brachen sie auf.

Nach zwei Meilen fiel Leon zum ersten Mal vom Pferd. Bobo sprang um ihn herum und bellte wie verrückt, wobei sein Schwanz so wedelte, dass sein Hinterteil hin und her flog. Catherine hatte den Eindruck, dass der Hund sich kaputtlachte. Auch Maria konnte nicht an sich halten und prustete los. Mangaliso kicherte, lief zu ihm hin und beäugte ihn mit vergnügt funkelnden Vogelaugen.

»Vielleicht wäre es besser, wenn dieser Mann sich aufs Pferd legt«, sagte er auf Zulu zu Catherine, ließ seine Arme nach vorn hängen und machte einen Buckel. »So. Wie ein totes Tier. Wir könnten ihn festbinden, damit er nicht wieder wie eine reife Frucht auf den Boden fällt.« Er verdrehte die Augen und schlug sich mit fettem Lachen auf die Schenkel. Tickey und Haypenny tanzten wie kichernde Derwische um den weißen Mann, der mit hochrotem Kopf auf dem Rücken lag. Schilling bemühte sich, nicht zu lachen.

Catherine schluckte den bissigen Kommentar, der ihr auf der Zunge lag, herunter, konnte sich trotz des Zeitdrucks, der ihr wie eine glühende Eisenklammer im Nacken saß, eines kleinen Lächelns nicht erwehren.

»Was hat er gesagt?«, ächzte Leon, während er sich den roten Staub von den steifen Lederhosen klopfte. Er packte den Sattel, wollte sich eben wieder hinaufschwingen, als das Pferd mit dem Hinterteil ausbrach und er dieses Mal ins Dornengestrüpp geschleudert wurde. »Bleib stehen, du dummes Vieh«, fluchte er. »Warum fährt hier bloß kein Zug!«

Maria kicherte, vergaß für einen Augenblick ihren verletzten Bruder. »Weil du hier in Afrika bist, und wir leben noch im Mittelalter.«

Leon grinste belämmert und machte sich stöhnend daran, erneut den Aufstieg auf sein Pferd zu probieren. Endlich saß er wieder oben, blutete aus mehreren Dornenstichen, sah aus, als hätte er eine Wirtshausschlägerei hinter sich, aber sie konnten weiterreiten.

Catherine tat es mit grimmigem Gesicht. Sie hatte beobachtet, wie Lilly in ihrem Sattel hin- und herrutschte. Ihr tat ihr aufgerittenes Gesäß offensichtlich weh, auch wenn sie keinen Klagelaut von sich gab. Der nächste ungewollte Aufenthalt war vorauszusehen, und dann hatte sie keine Wahl, als allein weiterzureiten. Jede Minute zählte im Wettrennen um Stefans Leben.

Aber zu ihrem Erstaunen hielten sich sowohl Lilly als auch ihr Schwiegersohn wacker. Zwar versiegte sein munteres Geplauder sehr bald, und seine Gesichtsfarbe wechselte ins Fahle, aber eine Klage kam nicht über seine Lippen. Catherine verspürte etwas wie Hochachtung, trieb aber ihre Schar trotzdem zur Eile an.

Plötzlich zügelte Leon sein Pferd. »Was um alles in der Welt ist das?«, rief er und deutete ins Tal.

Durch das hüfthohe, weizengelbe Gras jagte eine zweirädrige Kutsche, aus dieser Entfernung nur spielzeuggroß, die von sechs grauen Pferden gezogen wurde. Das Gefährt hüpfte und bockte, der Mann, der die Zügel hielt, saß wie festgenagelt. Vermutlich ist er angeschnallt, dachte Catherine. Begleitet wurde er von einem Tross Zulus, die wie ein schwarzer Ameisenschwarm hinter ihm her rannten, und in großer Entfernung folgten ihm mehrere Planwagen und noch mehr Schwarze.

Catherine beschattete ihre Augen. »Das ist John Dunn auf dem Weg nach Durban, ohne Zweifel. John Dunn ist Weißer, aber einer der mächtigsten Zuluhäuptlinge. Soweit ich weiß, ist er mit mindestens sechzig schwarzen Häuptlingstöchtern verheiratet. Er ist einer der engsten Berater von König Cetshwayo.«

»Ein weißer Zuluhäuptling«, flüsterte Leon andächtig. »Wie gern würde ich ihn kennen lernen. Wo lebt er?«

»Wir müssen weiter«, sagte Catherine und trieb ihr Pferd wieder an.

»Wenn John Dunn in Durban ist, residiert er mit seinen Leibwächtern im Royal Hotel. Das im Übrigen das teuerste ist, das es in ganz Natal gibt. Im Palm Court des Hotels bewirtet er dann Kaufleute, Unternehmer und alle, die seinen Geschäften Vorschub leisten. Dann fließt der Champagner in Strömen«, warf Lilly ein.

»Und seine Zulufrauen sind dabei?«

»Aber nein, die bringt er nie mit nach Natal. Die sitzen zu Hause in seiner Residenz in Mangete, und da bleiben sie ebenfalls im Hintergrund, wenn Weiße zu Besuch sind.«

»Wie aufregend! Waren Sie einmal dort? In Mangete meine ich? Kennen Sie ihn?«, fragte er seine Schwiegermutter.

Catherine amüsierte sich über seine Neugier. »Ich kenne ihn, auf Mangete jedoch war ich nie, aber mein Mann. Es soll ein prächtiges Haus mit einer breiten Freitreppe sein, wunderbaren Möbeln aus Mahagoni und anderen Edelhölzern. Wertvolle Teppiche soll es geben, feines Porzellan und Silberbestecke. Wenn er einlädt, so erzählte Johann, dann fährt er alles auf, was das Land zu bieten hat, bis sich die Tische biegen. Außerdem besitzt er einen der am besten bestückten Weinkeller im südlichen Afrika.« Sie schmunzelte. »Er ist ein berühmter Gastgeber, und seine Safaris sind legendär. Perfekt ausgerüstet mit hunderten von Dienern, die für die Bequemlichkeit und gutes Essen sorgen, und Trägern, Treibern, Gewehrträgern, und was man sonst noch als Personal auf Safaris unbedingt braucht. Er gilt als einer der Großen Weißen Jäger Afrikas. Abgesehen von Geschäftsleuten und Offizieren waren sogar Angehörige der britischen Aristokratie und Parlamentsmitglieder bereits seine Gäste, und alle sind von ihm begeistert.« Ihr Ton war voller Ironie.

»Welch ein Mann! Ich muss ihn einfach kennen lernen!« Leon warf einen Blick über die Schulter und verfolgte die auf und ab hüpfende Kutsche, bis sie sich allmählich in einer Staubwolke verlor.

»Gedulde dich«, sagte Maria. »Irgendwann wirst du ihn in Durban schon treffen. Mein Vater kennt ihn ganz gut, obwohl sie keine Freunde sind. Sag, Mama, werden wir auf der Compensation-Farm übernachten?«

»Um Himmels willen, nein. Ich will Compensation am frühen Nachmittag passieren, und um die Willingtons rechtzeitig zu erreichen, dürfen wir uns keinerlei Verzögerungen erlauben.«

Lilly zog ein Gesicht, sagte aber nichts, und Leon, der insgeheim gehofft hatte, die Nacht in einem richtigen Bett zu verbringen, gab sich alle Mühe, nicht enttäuscht dreinzublicken. Maria schwieg. Sie war müde, fühlte sich schwer und heiß, aber eigenartigerweise nicht krank. Muss die ganze Aufregung sein, dachte sie und wünschte sich nichts sehnlicher als ein Bad und ein weiches Bett. Sie seufzte, ahnte sie doch, was sie erwartete. Eine Matte in einem winzigen Schlafzelt auf hartem Boden, und wenn sie Glück hatte, ein Bad im Fluss, den sie mit einem Haufen hungriger Krokodile teilen musste.

Erst als der orangerote Mond schon durch die Baumkronen glühte, fiel Leon erneut vom Pferd. Catherine zügelte ihre Stute. »Es hat keinen Zweck, Leon. Sie halten uns nur auf. Wir werden hier unser Nachtlager aufschlagen, und morgen reite ich allein weiter.«

Mit verdutztem Gesicht rappelte Leon sich mühselig hoch. »Es tut mir Leid«, stammelte er. Er war hochrot angelaufen.

»Catherine, das ist verrückt ...« Lilly rutschte vom Pferd, biss sich auf die Lippen, um nicht zu stöhnen. »Was soll dann aus uns werden?«

»Keine Angst, ich lasse Mangaliso hier und nehme Schilling mit ...«

»Cha.« Mangalisos Gesicht war wie aus Stein. Er hatte die Arme vor der Brust verschränkt. »Ich begleite Katheni.«

»Nein, du bleibst bei meiner Tochter ...«

Maria hatte die Fäuste geballt, und es war deutlich, dass sie hin und her gerissen war zwischen ihrer Mutter und ihrem Liebsten. »Du kannst nicht allein mit dem Jungen reiten, Mama, das ist zu gefährlich.«

»Ach, und es ist weniger gefährlich, wenn du Grünschnabel mit Leon, der bisher allenfalls Expeditionen in den Stadtpark von Hamburg gemacht hat, dich zusammen mit einem halbwüchsigen Zulujungen durch den Busch schlägst?« Von Lilly redete sie vorsichtshalber nicht.

»Ich weiß sehr wohl, wie man sich im Busch verhält, ich kann schießen, Papa hat es mir schließlich beigebracht, und Mangaliso hat mich gelehrt, Spuren zu lesen!« Marias Augen schwammen in Tränen. »Ich lass dich nicht allein gehen, Papa wird mir nie verzeihen, wenn dir etwas zustößt ... und ich mir auch nicht ...«

524

Catherine zog sie an sich und zwang sich, einen sanften Ton anzuschlagen. »Hör auf, zu weinen. Beruhige dich. Wir bleiben zusammen, ganz bestimmt. Jetzt bauen wir erst mal das Lager auf und essen was.« Lieber Gott, dachte sie, vergib mir die Lüge, aber ich kann nicht anders.

»Wird er sterben, Mama?«

Die Antwort kostete sie ungeheure Anstrengung. »Nein, nein, er lebt, und du weißt, er ist stark …« Ihre Stimme brach. Wortlos legte sie ihre Hand an die Wange ihrer Tochter.

Bitte, Gott, hilf mir. Hilf Stefan.

Alle konnte sie täuschen, nur Mangaliso nicht. Noch verdünnte kein Morgenlicht die blauen Nachtschatten, der Busch war eine undurchdringliche, schwarze Masse, und nur das schwache Licht des verblassenden Monds zeigte Catherine, wo sie ihre Füße hinsetzen musste, da stand er plötzlich im Weg, schweigend, mit verschränkten Armen, ein schwärzerer Schatten noch als die Nacht. Cleopatra scheute, und Catherine, die ihr Pferd am Zügel führte, hatte ihre liebe Not, das Tier zu bändigen. Schweigend starrten sie sich an, der kleine Zulu und die Weiße, die er Katheni nannte.

»Lass mich vorbei, Mangaliso«, flüsterte sie in der Furcht, ihre Tochter und den jungen Mellinghoff zu wecken, denn sie hatte sich kaum hundert Yards vom Lager entfernt. Am Rande ihres Gesichtsfeld sah sie, dass Bobo, den sie angebunden hatte, damit er ihr nicht folgte, den Kopf hob.

Mangaliso antwortete nicht, doch ihr war, als würde er wachsen, sich vor ihren Augen in einen Fels verwandeln. Wie eine unüberwindliche Wand stand er vor ihr.

Er würde sie nicht passieren lassen. Natürlich hätte sie aufs Pferd springen und davonpreschen oder ihn mit dem Gewehr aus dem Weg fegen können, aber das kam ihr nicht einmal in den Sinn. Mangaliso war ihr Schatten, so lange schon, dass sie sich nicht mehr vorstellen konnte, wie es ohne ihn war. Er war gekommen, als Sicelo gestorben war, und manchmal, in den Stunden zwischen Nacht und Tag, wo nichts mehr sicher war, nichts Konturen hatte, alles flirrte und in Bewegung war, meinte sie dann, feinen Anisduft zu riechen, Césars Stimme zu hören, und wenn sie sich nach ihm umdrehte, stand da Mangaliso, aber er warf einen Schatten, so groß, wie Sicelos gewesen war. Sie rührte nicht daran, sog den Anisduft ein, nahm die Wärme, die ihr Herz unvermittelt erfüllte, mit in ihren Tag.

Nun stand Mangaliso hier, und sie musste die Worte finden, damit er ihr den Weg freigab. »Mangaliso, mein Freund, Setani braucht mich, seine Mutter, und ich brauche dich, damit du darüber wachst, dass meiner Tochter und ihrem Mann und auch der Frau von Nkosi Sinzi nichts geschieht. Doch du bist nur einer, nicht zwei, du kannst nicht hier bleiben und doch mit mir kommen.« Das erste Morgenlicht verdünnte das Blau der Nacht, der Widerschein ließ sie Mangalisos Züge erkennen, und zufrieden registrierte sie eine Reaktion auf dem honigbraunen Gesicht. »Gib mir Schilling mit, der von dir gelernt hat. An deiner Stelle wird er aus den Spuren lesen und mir den sichersten Weg zeigen. So wirst du bei mir sein, auch wenn du hier bist. Dein Versprechen an Jontani wird nicht gebrochen.«

Ohne seine Haltung zu verändern, stieß Mangaliso ein hohes Zwitschern aus, ähnlich das eines Geparden, der seine Jungen ruft, und ohne dass Catherine auch nur ahnte, woher, erschien Schilling neben seinem Vater. Er trug ein Bündel und seinen Kampfstock. Offenbar hatte er in unmittelbarer Nähe gewartet, und sie seufzte erleichtert. Mangaliso hatte sie ausgetrickst, und sie war sehr froh darüber. »Ich preise deine Weisheit, und ich danke dir, Hüter unserer Familie. Salagahle, Mangaliso, bleib auf diesem Weg, der geradewegs in die Mittagssonne führt. Auf diesem Weg werden Setani und ich dir entgegenkommen.«

Mangaliso hatte mit angespannter Aufmerksamkeit zugehört, ihre Worte mit sanftem Gemurmel begleitet, und dann, endlich, trat er zur Seite und gab ihr den Weg frei. Schilling hob seine Hand und grüßte seinen Vater, dann trottete er los. Catherine stieg auf und drückte Cleopatra die Hacken in die Seite. Schlamm, tiefe Rinnen und Geröll wechselten sich auf dem Pfad ab, im normalen Schritttempo wäre das kein Problem gewesen, aber sie hatte vor, noch heute den Tugela zu überqueren, und das würde ein harter Ritt werden.

Aus dem jungen Grün des Busch stieg hauchzart der Duft nach Anis. Trotz ihrer Angst um ihren Sohn lächelte sie. »Helft mir«, wisperte sie.

Johann hatte den Brief an Catherine, in dem er seine Rückkehr nach Inqaba ankündete, im letzten Augenblick nicht abgesandt und stattdessen entschieden, doch erst zu ihr zu reiten. Aus dem Norden von Stanger kommend, wo er seine Herde bei Francis Court in der Obhut Sihayos gelassen hatte, überquerte er gegen sechs Uhr in der Früh das heiße, dunstige Tal des Mvoti in südlicher Richtung. Catherine überschritt zu diesem Zeitpunkt nur ein paar Meilen entfernt den Mvoti nach Norden, und Maria wachte im Zelt auf und fand den Platz ihrer Mutter leer vor. Lilly stieß bei dieser Entdeckung einen völlig undamenhaften Fluch aus.

25

Ohne Rücksicht auf sich, Schilling oder ihr Pferd, ritt Catherine mit nur einer Pause den Tag durch und erreichte den unteren Lauf des Tugela noch vor Sonnenuntergang. Das Wasser war aufgewühlt, Schlammwolken verhüllten, was in seinen Tiefen lauerte. Offenbar hatte es hier vor kurzem heftig geregnet. Sie lenkte Cleopatra zur Mündung. Es war ablaufendes Wasser, und in der Mitte des breiten Flussbetts hatten sich unzählige Sandinseln gebildet. Sie zögerte, dachte an den Tag, als sie nur durch Johanns tollkühnen Einsatz dem Schicksal entkommen war, von einem Krokodil verspeist zu werden. Auch Schilling betrachtete das ins Meer strömende Wasser mit deutlichem Unbehagen. Sie schaute prüfend hinunter zum Strand.

Herangeschwemmtes Gestrüpp hatte die Strömung so abgeleitet, dass sich dort eine Sandbarriere aufgebaut hatte, die den Lauf des Flusses deutlich verlangsamte. An drei oder vier Stellen war der Damm gebrochen, dort strudelte der Tugela mit Macht ins Meer und hatte tiefe Rinnen in den Sand gefressen. Die Luft war erfüllt von einem tiefen Röhren, ein glitzernder Schleier von Wassertropfen hing über dem Strand. Sie runzelte die Stirn. Schilling konnte nicht schwimmen. Die Flut lief auf, und die Macht der Unterströmungen an dieser Küste war mörderisch. Trotzdem, es blieb keine Zeit, sie musste es wagen.

»Woza, Schilling, halte dich gut an dem Packpferd fest«, sagte sie und lenkte Cleopatra behutsam den abfallenden Strand hinunter und ins brodelnde Wasser.

Unmittelbar vor ihnen brach sich eine riesige Welle, schäumte weit hinauf, ergriff Schilling und verschluckte ihn. Er tauchte noch einmal auf, als die Woge ihn ausspuckte, die nächste sich auf ihn warf, packte und mit sich hinauszog in die Tiefe. Entsetzt trieb sie Cleopatra wieder auf festen Sand, sprang herunter, schlang dem Tier die Zügelenden als Fesseln um die Läufe, schleuderte ihre Schuhe von sich, zerrte sich die Hosen vom Leib und warf sich, nur mit flatternden Unterhosen und ihrer Bluse bekleidet, ins Meer. Von Schilling war in der tobenden Brandung nichts zu sehen.

Weiter draußen, hinter den weiß schäumenden Brechern, erwischte sie ihn, schlang ihren Arm um den Oberkörper des Jungen, der leblos in ihrem Griff hing, und ließ sich von der Strömung weiter nach Süden ziehen. Sie kannte die Tücken des Meeres vor dieser Küste. Kämpfte sie gegen den Sog, würden ihre Kräfte schnell erlahmen und sie beide ertrinken. Mehrere hundert Yards weiter südlich spuckte die Strömung sie endlich aus, eine heranrollende Welle warf sie auf eine Sandbank. Es gelang ihr, sich aufzurichten und Schilling, der wie eine ertrunkene Katze in ihren Armen hing, zum Strand zu zerren. Als sie spürte, dass die Strömung nicht mehr an ihr zog, merkte, dass sie festen Boden unter den Füßen hatte, ließ sie sich und Schilling einfach in den Sand fallen und blieb keuchend liegen. Langsam rollte sie ihren Kopf zur Seite. Schilling, mit Sand paniert wie ein Bratfisch, lag mit geschlossenen Augen da und schien nicht zu atmen. Erschrocken rappelte sie sich auf, packte den jungen Zulu um die Mitte, schüttelte ihn, dass er hin und her schlug wie ein Uhrenpendel. Das hatte zur Folge, dass dieser einen großen Schwall Wasser erbrach, hustete, spuckte, wieder erbrach und dann endlich, endlich einen zitternden Atemzug tat und die Augen aufschlug.

Als er begriff, dass seine Welt wieder richtig herum stand, er Luft atmete und nicht Wasser, stemmte er sich vorsichtig hoch. Mit gesenktem Blick stand er vor ihr und bewegte seinen Mund, als kaute er auf etwas herum. Schließlich holte er tief Luft und sah sie schüchtern aus seinen großen, schwarzen Augen an.

»Ich hätte es gern, dass du mich Solozi nennst, Nkosikazi, denn du bist meine Familie, und eines Tages wirst du zu meinen Ahnen gehören«, sagte er, den man Sixpence genannt hatte und der nun für die Umlungus Schilling hieß, und schenkte ihr ein Lächeln, das strahlender war als die Sonne nach einem Regenguss.

Kurz darauf stand sie mit Solozi auf dem Boden Zululands.

Am frühen Nachmittag öffnete der Himmel alle Schleusen, und ein Wasservorhang fiel herunter. Catherine war so gut wie blind in dem treibenden Regen, konnte den Weg vor sich nur erahnen. Zeitweilig musste sie sich an den Bäumen entlangtasten, aber sie weigerte sich, den Wolkenbruch im Schutz eines Felsüberhangs abzuwarten. Selbst Solozi verirrte sich einmal, sie kamen vom Pfad ab, mit fingerlangen Dornen bewehrte Zweige griffen nach ihnen, hakten sich in Kleidung und Haut, bis sie weder vor noch zurück konnten. Sie musste absitzen und ihre Stute am Zügel führen.

Die tief hängenden Regenwolken ließen die Nacht früher kommen und schwärzer werden. Nirgendwo war ein trockenes Plätzchen für ihr Nachtlager zu finden, sodass sie schließlich kurzerhand auf einen Baum stieg, ihren Körper so zwischen Ästen verkeilte, dass sie auch während des Schlafs nicht herunterfallen konnte. Glücklicherweise war es zu dunkel, um Höhenangst zu bekommen. Solozi kletterte nach kurzem Überlegen auf den Nachbarast. Schweigend teilten sie sich ihre Essensvorräte. Sie schlang seine Mopaniraupen herunter, er kaute auf dem Rest ihres Brots. Sie schliefen kaum in dieser Nacht und brachen morgens noch in der Dunkelheit wieder auf.

Es schüttete immer noch, als sie am nächsten Abend von den Wachen, die das Willington-Camp umstanden, aufgehalten wurde. Sie war kaum imstande, ihren Namen zu nennen. Jeder Muskel in ihrem Körper schrie, jeder Knochen schmerzte. Sie hatte sich,

Solozi und ihrem Pferd ein mörderisches Tempo aufgezwungen, hatte im Sattel gegessen und war nur abgestiegen, um ihre Notdurft zu verrichten.

Benita Willington kam ihr entgegengelaufen, schmutzig, blutbefleckt und mit aufgelöstem Haar. Nichts von der gepflegten, eleganten Frau war übrig geblieben. »Er lebt«, rief sie schon von weitem, und dabei strömten ihr die Tränen über die Wangen.

Catherine sprang vom Pferd und warf Solozi die Zügel zu. »Wie ist sein Zustand? Ist er bei Bewusstsein?«

Benita wischte sich müde mit dem Handrücken übers Gesicht. »Er hat ab und zu klare Momente, dann scheint er wieder verwirrt, weiß nicht, wo er ist und was mit ihm geschehen ist. Die Wunde ist entsetzlich … Wir haben zwar die Blutung stillen können, aber …« Ihre Hand flatterte. »Kommen Sie, ich bringe Sie zu ihm.«

»Nein, warten Sie, bitte … Wissen Sie, was geschehen ist? Hat er Ihnen sagen können, wer ihn niedergeschlagen und an die Pfähle gefesselt hat?«

Benita schüttelte hilflos den Kopf. »Wer tut nur so etwas? Was steckt dahinter?«

Catherine blieb ihr die Antwort schuldig, obwohl langsam eine böse Ahnung in ihr hochkroch. Es gab jemanden im Umkreis Cetshwayos, dem sie eine solche Scheußlichkeit zutraute. Kikiza, der grausamste aller Hyänenmänner. Aber sie weigerte sich, diesen Gedanken zuzulassen, würde es doch bedeuten, dass der Hyänenmann im Auftrag seines Königs gehandelt hatte. Sollte der Zulukönig tatsächlich einen solchen Befehl gegeben haben, wäre das Ausmaß der Auswirkungen auf die Kolonie und ganz Südafrika derartig immens, dass die Vorstellung ihre Kräfte überstieg. Zutiefst aufgewühlt, folgte sie der jungen Frau zum Zelt, bereitete sich innerlich auf den Anblick vor, der sie erwartete. Als sie sich endlich über ihren Sohn beugte, brauchte sie ihre ganze Selbstbeherrschung, um nicht zu zeigen, wie schockiert sie war.

531

Er lag auf einem Feldbett, sein verletztes Bein war mit einer grob gehobelten Planke und vielen Lagen Leinenbinden fixiert. Der Verband selbst war bräunlich gelb verfärbt. Vorsichtig berührte sie ihn. Er war nicht schmierig, sondern bereits angetrocknet. Ebenso wenig konnte sie frisches Blut entdecken. Vorsichtig schnupperte sie, konnte den Ekel erregenden Gestank von faulendem Fleisch nicht wahrnehmen. Offenbar stammte die Verfärbung nicht von Eiter, sondern von dem Blätterbrei, der unter der Binde hervorquoll. Noch aber wagte sie nicht, zu hoffen. Bei seinem Zustand war sie sich nicht sicher, ob das ein gutes Zeichen war, denn er sah aus wie ein Gespenst. Fahlgelb, die Haut fast durchsichtig und straff über seine Knochen gespannt, die Augen tief in die schattigen Höhlen gesunken.

»Hat er Chlorodyne bekommen?«, fragte sie leise.

»Nein«, antwortete Benita mit gequältem Gesichtsausdruck. »Mir ist die Flasche aus der Hand geglitten und zersprungen. Ich habe nichts tun können, um seine Schmerzen zu lindern. Ich hatte nur noch ein wenig Laudanum.«

Catherine händigte ihr ein Bündel Blätter aus. »Lassen Sie Tee davon aufbrühen. Das wird seine Schmerzen lindern, und ich habe eine Flasche Chlorodyne dabei.« Sie strich ihrem Sohn das dunkle Haar aus der Stirn. »Seine Haut ist trocken und warm, hat aber nicht die Hitze von hohem Fieber«, stellte sie erstaunt fest. Hoffnung flammte in ihr auf, als seine Lider flatterten. »Er scheint zu sich zu kommen.«

Stefan schlug langsam die Augen auf, brauchte lange, ehe er erkannte, wer sich über ihn beugte. »Mama. Sind dir Flügel gewachsen? Wo kommst du her?« Er sprach sehr mühsam und so leise, dass sie ihr Ohr ganz dicht an seinen Mund bringen musste. Es war offensichtlich, dass er furchtbare Schmerzen litt.

Catherine zog einen mit Segeltuch bespannten Stuhl heran und ließ sich darauf nieder. »Die Willingtons haben mir die Nachricht gesandt, dass sie dich zu einem Bündel verschnürt als

Köder am Rand eines Krokodiltümpels gefunden hätten.« Es kostete sie furchtbare Überwindung, ihre eigenen Worte zu ertragen. »Kannst du mir sagen, was geschehen ist? Du musst einen brutalen Schlag auf den Kopf bekommen haben, nach der Beule über deinem Ohr zu urteilen.«

Er schloss die Lider, während er versuchte, ihre Frage zu verstehen. War er überfallen worden? Wann? Und warum? Wo war er eigentlich? Von seinem Bein liefen Schmerzwellen durch seinen Körper, ihm war entsetzlich übel, höllische Hammerschläge füllten seinen Kopf, und Lichtblitze zuckten durch sein Blickfeld. »Wo bin ich jetzt?«, krächzte er.

»Etwas südlich vom Mhlatuze im Zeltlager der Willingtons. Benita und Nicholas Willington. Entsinnst du dich nicht?«

Ein lachender Mund, Haare wie dunkle Seide, eine Stimme, die ihn streichelte. »Benita.« Er probierte ein Lächeln. Doch plötzlich schwamm Lulamanis Gesicht aus der Erinnerung hoch, ihre Augen waren geschlossen, und da war Blut, viel Blut und ein Pelz von wimmelnden Käfern. Ihm wurde kalt. »Lulamani ist tot.« Der Satz brach von allein aus ihm heraus, und er schwieg verstört. Seine Haut war durchsichtig geworden, die Lippen blass, Nase, Wangenknochen, Kinn standen spitz hervor.

Catherine erbleichte, glaubte, sich verhört zu haben. »Lulamani? Mein Gott, was ist vorgefallen? Bist du dir sicher?«

»Lulamani ist tot«, flüsterte er noch einmal, »… habe sie gefunden … wollte Cetshwayo töten … warum …?« Ihm fielen die Augen wieder zu. Lange lag er so da, und Catherine glaubte, er wäre wieder ohnmächtig geworden, da öffnete er die Lider. »Es stank plötzlich nach Katze … einer großen Katze … dann … nichts …« Seine Stimme wurde immer schwächer, bis er ganz stockte.

Catherine und Benita Willington lauschten mit wachsendem Entsetzen. Benita war kreideweiß geworden.

»Wer war Lulamani?«, flüsterte sie.

Catherine schluckte. »Stefans Frau.«

»Seine Frau? Ich wusste nicht …« Benita brach verwirrt ab.

»Sie war eine Zulu.« Catherine konnte nicht weitersprechen. Durch einen Tränenschleier sah sie Lulamani vor sich, so schön, so jung, sprühend vor Lebensfreude. Hastig wischte sie sich über die Augen und stand auf. »Ich erkläre es Ihnen später. Jetzt braucht er etwas gegen die Schmerzen. Ich bin gleich wieder zurück.« Leise lief sie hinaus und räumte ihre Satteltaschen leer. Zurück im Zelt, legte sie die Sachen auf das leere Feldbett, das neben seinem stand. Sie schraubte das Fläschchen mit Chlorodyne auf.

Benita, die auf der Bettkante saß und seine Hand hielt, schaute hoch. »Er schläft, glaube ich.«

Bei dem Klang ihrer Stimme hob Stefan die Lider. »Bitte, Wasser«, wisperte er rau.

Eben betrat Benitas Mädchen mit einer Kanne Tee das Zelt. Catherine stand auf und nahm sie ihr ab. »Ich habe einen speziellen Tee für dich machen lassen. Er wird dich stärken und gegen die Schmerzen helfen.« Sie goss einen Becher voll, hob seinen Kopf und hielt ihn an seinen Mund.

Gierig schlürfte er das warme Getränk herunter, und zur Erleichterung seiner Mutter bekam sein Gesicht langsam wieder einen Hauch von Farbe. Dann ließ er sich ins Kissen zurücksinken. Er räusperte sich, und als er sprach, war seine Stimme deutlich kräftiger. »Meine Überreste am Pfahl … Kikiza, das ist seine Handschrift … ein Zeichen …«

»Wer ist Kikiza?« Benitas Augen waren schockiert geweitet.

»Der Hyänenmann des Königs«, antwortete Catherine. »Einer von Cetshwayos Henkern.«

Die junge Frau presste sich die Hand auf den Mund. »Entschuldigung«, würgte sie hervor und rannte hinters Zelt.

Stefan wartete, bis sie draußen war, dann richtete er seinen Blick auf seine Mutter. »Wie schlimm steht es um mich, Mama … sei ehrlich …«

Catherine kniff die Lippen zusammen, suchte nach Worten, die die brutale Wahrheit abmildern könnten. Zärtlich legte sie ihre Hand an seine Wange. »Die gute Nachricht ist, dass das Fieber gesunken ist …«

»Und die schlechte?«

Wie sagte man einem Menschen, dass er sein Bein bis zur Hüfte verlieren würde? Wie sagte man ihm, dass er diese Amputation mit ziemlicher Sicherheit nicht überleben würde? Wie sagt man so etwas seinem eigenen Sohn? Wie brachte man diese Worte über die Lippen? »Es war ein Krokodil … Es hat dich am Oberschenkel erwischt …«

»Werde ich es verlieren?« Die Frage kam hart und direkt.

Sie gab sich einen Ruck. Sie musste ehrlich mit ihm sein, ihm etwas vorzumachen, wäre grausam. »Schlimmstenfalls, ja. Aber ein Arzt ist auf dem Weg hierher, und ich habe Medikamente mitgebracht.« Sie maß eine großzügige Dosis Chlorodyne ab, füllte sie mit Tee auf, legte ihren Arm unter den Kopf ihres Sohns und flößte ihm die Mischung ein. »Bald werden deine Schmerzen nachlassen, mein Großer. Das wird deinem Körper die Ruhe verschaffen, Kraft für die Heilung zu schöpfen.« Ihre Stimme war fest. Darauf war sie stolz.

»Wie hast du es fertig gebracht, einen Quacksalber in den Busch zu locken?«, lallte er. »Hoffentlich nicht der alte O'Leary …« Er sank zurück. »Ich bin müde«, flüsterte er, schloss die Augen und war sofort eingeschlafen.

Besorgt prüfte seine Mutter, ob er nicht wieder in Bewusstlosigkeit abgeglitten war, war froh festzustellen, dass er tatsächlich nur schlief, und wandte sich an Benita, die eben wieder ins Zelt trat und sich auf die Bettkante des leeren Feldbetts setzte. Sie bemerkte die dunklen Ränder unter den schönen Augen, die Erschöpfung. Obwohl sie selbst völlig übermüdet war, hätte sie jetzt ohnehin keine Ruhe gefunden. »Sie gehen jetzt schlafen, Miss Willington. Ich bleibe bei ihm.«

Zögernd stand die junge Frau auf, strich ihren taubengrauen Rock glatt, dann nickte sie. Seit Stefan gefunden worden war, hatte sie an seinem Lager gewacht, hatte nur hier und da eine Stunde Schlaf bekommen, wenn Nicholas sie gelegentlich ablöste. Sie lehnte sich vor und drückte Stefan einen Kuss auf die Hand. »In ein paar Stunden bin ich wieder da.« Ihr Gesicht war von zarter Röte überzogen.

Catherine unterrichtete Nicholas Willington noch rasch, dass sie sowohl ihre Tochter, einen jungen Mann und Lilly Sinclair erwartete. Er wies seine Wachen sofort an, nach ihnen Ausschau zu halten. Dann machte sie es sich auf einem Klappstuhl neben Stefans Lager so bequem, wie es ging.

Johann hatte von einem Missionar erfahren, dass am Natalufer des Tugela ein Fort in der Nähe der Spelunke vom alten Jones errichtet worden war, jetzt konnte er bereits Dutzende kegelförmige, weiße Zelte erkennen, deren Spitzen von den ersten Sonnenstrahlen rosa gefärbt waren. Offenbar waren bereits Soldaten hierher verlegt worden. Als er sich dem Ufer auf der Zululandseite näherte, hörte er Hühner gackern, Schweine grunzten und die gebrüllten Kommandos eines untersetzten, vierschrötigen Sergeanten, der eine Gruppe junger Soldaten in vollem Marschgepäck über den Exerzierplatz scheuchte. Die blechernen Töne einer schlecht geblasenen Trompete schallten herüber, und irgendwo schlug jemand eine Trommel.

»Wie heißt das Fort?«, fragte er den Fährmann, während er Umbani vorsichtig auf die Fähre führte, die Zügel Ziko übergab und in seiner Rocktasche nach einer Münze suchte.

»Fort Pearson, nach Kommandeur Pearson. Die Grünschnäbel, die der Sergeant durch den Dreck jagt, sind erst vor ein paar Tagen angekommen. Alles Matrosen, kann man das glauben? Mitten im Busch von Afrika! Wenn die einen Elefant sehen, glauben sie doch, es ist ein Wal auf Landgang.« Er grölte vor Lachen über seinen eigenen Witz. »Hab eigentlich gedacht, dass die Königin ihre besten Regimenter schickt.«

»Marinesoldaten heißt das, und die sind gut«, sagte Johann und starrte mit abwesender Miene hinüber zum Fort. Einige Offiziere in roten Uniformröcken standen über einen Tisch gebeugt, der vor einem Zelt aufgebaut war. Offenbar studierten sie eine Landkarte. Die Briten schienen tatsächlich Ernst zu machen mit ihren Kriegsplänen. Eine hilflose Wut stieg in ihm auf. Er ballte die Fäuste. Außer Beten gab es nichts, was er tun konnte.

Der Fährmann beäugte ihn neugierig. »Na, Mr Steinach, auch auf der Flucht vor den schwarzen Horden, was?« Er schob seine Mütze ins Gesicht und steckte die Münze ein, die ihm Johann gereicht hatte.

»Hm«, grunzte Johann. Der Mann war ein versoffener alter Seebär, dessen Ansichten ihm zutiefst zuwider waren.

»Aber die radieren wir aus, sag ich Ihnen, kein Zweifel, bald sind diese Zulus Geschichte, und wir bekommen eine Menge schönes, grünes Land und endlich Leute, die auf den Feldern arbeiten können.« Er grinste an seiner Pfeife vorbei. »Erst müssen wir sie aber zähmen wie bockige Pferde, was? Zureiten, sozusagen.« Er stieß ein meckerndes Lachen aus und schielte hinüber zu Ziko, der neben Umbani stand, still und reglos, als wäre er aus Stein gehauen, aber seine Augen sprachen eine eindeutige Sprache. Der Fährmann lief rot an und ballte kampflustig die Fäuste.

»Denken Sie nicht einmal daran«, sagte Johann ruhig und wandte dem Mann demonstrativ den Rücken zu. Der Tugela zerrte am Fährboot, es wehte ein kräftiger Wind, und auf der Wasseroberfläche hatte sich gelber Schaum gebildet.

»Kaffernfreund, wirst schon sehen, wohin das führt«, zischte der alte Seemann.

Die Fähre erreichte das Natalufer, und Johann führte Umbani auf festen Boden. Während er sich in den Sattel schwang, überlegte er, ob er eine kurze Ruhepause im Fort einlegen sollte, um mehr über die Kriegspläne zu erfahren, entschied sich dann aber dagegen. Seine Einstellung zum Militär und den kriegerischen Absichten der Briten war allgemein bekannt und unmissverständlich. Es hatte ihn nicht gerade zum Liebling der in Durban ansässigen Militärs gemacht.

Zwei Stunden später landeinwärts, stieß er auf eine Abteilung der Stanger Mounted Rifles, die mit aufgeknöpften Uniformkragen im Schatten eines Palmenhains rasteten. Er erkannte den kommandierenden Offizier, einen Mann Mitte vierzig mit einem gewaltigen Walrossschnauzer, und grüßte ihn.

»Johann, kommst du oder gehst du?« Der Offizier klopfte auf den freien Platz neben ihm, bedeutete gleichzeitig seinem schwarzen Burschen, Umbani zu tränken. Ziko hielt sich abseits, obwohl einige Zulus unter dem Fußvolk war.

Johann saß ab und ließ sich mit gekreuzten Beinen nieder. »Angus, was zum Teufel ist hier los? Ich war im Inneren und höre die widersprüchlichsten Gerüchte. Gibt es Krieg?«

»Will ich doch hoffen,« polterte Angus Cameron. »Sonst verliere ich meine Daseinsberechtigung. Aber noch wird verhandelt. Shepstone will Cetshwayo zwingen, Zugeständnisse zu machen. Ich denke, der alte Fuchs wird die Forderungen so hoch setzen, dass Cetshwayo sie nicht erfüllen kann. Außerdem gibt es eine beunruhigende Neuigkeit. Angeblich hat Cetshwayo einen Weißen den Krokodilen zum Fraß vorgeworfen.«

»Was? Das kann ich nicht glauben. Ich kenne den König. Er würde sich nicht an einem Weißen vergreifen, und da er überhaupt nicht dumm ist, besonders nicht in Zeiten, wie diese es sind.«

»Aber dieser hat versucht, ihn zu töten. Sagt man zumindest. Hier, lies, dann weißt du so viel wie wir alle. Tim Robertson hat angeblich einen glaubwürdigen Informanten.« Er zog den zusammengefalteten *Durban Chronicle* hervor und warf ihn Johann hin.

Befremdet entfaltete Johann das Blatt und las.

»Wenn es stimmt, was uns heute berichtet wurde, dann kann der folgende Vorfall den Grund liefern, den die Obrigkeit braucht, um in Zululand einzumarschieren. Wir hörten aus glaubhafter Quelle, dass König Cetshwayo einen Weißen durch seine Hyänenmänner hat umbringen lassen. Angeblich haben sie den Mann den Krokodilen zum Fraß vorgeworfen. Es wird berichtet, dass der Weiße mit der Tochter eines Zuluchiefs verheiratet war, die auf Befehl Cetshwayos wegen ihrer Untreue hingerichtet wurde. Daraufhin soll der Mann, dessen Identität uns zwar bekannt ist, die wir aber noch nicht preisgeben können, versucht haben, den Zulukönig zu töten.«

»Quatsch«, brummte Johann, faltete die Zeitung und gab sie zurück. »Tim Robertson sollte sich solchen Unsinn nicht anhören, geschweige denn drucken. Wer soll dieser Mann denn sein? Ich kenne nur zwei Weiße, die Zulufrauen geheiratet haben. Meinen Sohn und John Dunn. Beide erfreuen sich meines Wissens nach bester Gesundheit.«

Der Offizier zuckte die Achseln und nahm einen Schluck aus seiner Feldflasche. »Keine Ahnung. Aber Durban summt wie ein Wespennest, alles schreit nach Rache. Angeblich hat Cetshwayo allen Weißen befohlen, das Land zu verlassen. Die weißen Händler sind dabei, sich fluchtartig aus Zululand zurückzuziehen, auch die zwei Jagdgesellschaften, die von Andrew Sinclair und diesem Willington, sind kurz vor der Grenze nach Natal. Kann gut sein, dass diese Sache das Fass zum Überlaufen bringt.« Er erhob sich, knöpfte seine Uniform zu und schnippte mit dem Finger. Sein schwarzer Bursche brachte sein Pferd im Laufschritt. Er saß auf und hob den rechten Arm. »Auf, Leute. Marsch, wir werden in Fort Pearson erwartet!«

Fehlt nur noch der Trompetenstoß, dachte Johann böse, verabschiedete sich, bestieg Umbani und lenkte ihn nach Süden. Ein unruhige Erregung hatte von ihm Besitz ergriffen. Er überlegte, wann er zuletzt von Stefan gehört hatte. War es Mitte oder Ende Oktober gewesen? Ein Händler, der in Zululand unterwegs war, hatte ihm erzählt, dass er Stefan getroffen hatte und dass dieser auf dem Weg nach Natal war. Er schüttelte sich, wie um sich von diesen schwarzen Gedanken zu befreien. Vor knapp drei Wochen also war Stefan noch putzmunter, und er selbst hatte Lulamani auf Inqaba angetroffen.

Er schnalzte, Umbani fiel in lockeren Trab. Die Unruhe war, trotz seiner Bemühung sie zu unterdrücken, an die Oberfläche gekommen und trieb ihn an. Catherine würde wissen, wo Stefan sich aufhielt und ob es ihm gut ging. »Shesha!«, schrie er.

Am späten Nachmittag erhob er sich in den Steigbügeln, erkannte die Krone des alten Feigenbaums, der bei den Hühnerställen vom Lobster Pott wuchs, und zwang sein übermüdetes Pferd in Trab. »Wir sind gleich da«, sagte er.

Ziko, der seit Stunden kein Wort von sich gegeben hatte, verfiel als Antwort ebenfalls in eine schnellere Gangart. Schweiß rann in Strömen an ihm herunter, zog dunkelbraune Furchen in die dicke, hellbraune Staubschicht, die ihn bedeckte, und verwandelte ihn in ein Gespenst. Der Regen, der vor Tagen gefallen war, war längst von der Gluthitze weggetrocknet worden.

Die weite, hart gebrannte Sandfläche vor dem Haus war leer, aus dem Schornstein des Kochhauses stieg kein Rauch, die Eingangstür zum Haus war geschlossen. Kein Mensch war zu sehen, keine menschliche Stimme zu hören, und auch Bobo, die Dogge, die ihn sonst mit enthusiastischem Gebell begrüßte, erschien nicht. Beunruhigt sprang er vom Pferd, warf Ziko die Zügel hin und strebte mit langen Schritten dem Haus zu. Er stieß die Tür auf. »Catherine! Jabisa!«

Aber nur das Rauschen des Meers und der Schrei einer einsamen Möwe antworteten ihm. Das Haus roch muffig, als hätte es schon einige Zeit leer gestanden, doch das hatte nicht viel zu sagen. In dem feuchten Meeresklima roch ein Haus leicht dumpf und modrig, auch wenn Fenster und Türen nur wenige Stunde geschlossen gewesen waren. Trotzdem stellten sich ihm die Haare im Nacken auf. Etwas war nicht in Ordnung. Es war zu ruhig.

Er betrat die große Wohnhalle. Das Erste, was er sah, war ein großes Stück Papier, das, mit Steinen beschwert, auf einem niedrigen Tisch lag. Flüchtig dachte er, dass der Tisch neu war, er kannte ihn noch nicht, zog das Blatt Papier unter den Steinen hervor und hielt es am ausgestreckten Arm, bis er es entziffern konnte.

Ihm lief ein Kälteschauer über den Rücken, als er begriff, was ihm Catherine mitgeteilt hatte. Stefan war verletzt worden. Wie sehr und wodurch, schrieb sie nicht. Cetshwayo hat einen Weißen den Krokodilen vorgeworfen, hatte Tim Robertson im *Chronicle* geschrieben. Stefan? Der Brief in seiner Hand bebte. Die Zeilen verschwammen ihm vor den Augen. Er presste die Lider zusammen, öffnete sie dann wieder. Verdammt, er brauchte eine Brille. Er hielt das Blatt so weit weg, wie die Länge seines Arms es erlaubte, und las die Zeilen noch einmal.

Stefan war so schwer verletzt, dass Catherine, die Malariagefahr missachtend, nach Zululand geritten war. Mit aller Macht schob er die Angst beiseite, die ihm diese Tatsache einjagte, und dachte an Stefan. Verletzt ist nicht tot, versuchte er, sich selbst zu beruhigen. Dann fiel ihm das Datum des Briefs auf. Er war vor drei Tagen geschrieben worden. Im Kopf überschlug er die Strecke, kalkulierte mit ein, dass die Willingtons ihnen entgegenkommen würden, und kam zu dem Resultat, dass Catherine heute bei Stefans Rettern eintreffen könnte.

Wenn alles glatt gegangen war. Wenn es unterwegs keine Schwierigkeiten gegeben hatte. Allein die Vorstellung, was seiner Frau im Busch alles passieren konnte, ließ ihm sein Blut gerinnen. Ein Unfall oder ein Unwetter oder … Sein Herz hämmerte. Catherine von Elefanten zertrampelt, zwischen den Kiefern eines Krokodils, von Banditen überfallen, im Visier eines jagenden Löwenrudels oder einfach nur allein und verletzt. Das schlimmste Bild aber war, dass sie einem kriegslüsternen, blutrünstigen, bis unter die Augenbrauen mit Marihuana voll gepumpten ZuluImpi in die Quere kommen könnte.

»Nein!«, schrie er und erschrak über die Lautstärke seiner eigenen Stimme, aber das hatte zur Folge, dass der wilde Gedankenstrom unterbrochen wurde. Er holte tief Luft und las weiter, und so erfuhr er, dass Maria, sein Nesthäkchen, aus Deutschland zurückgekehrt und zusammen mit einem jungen Mann namens Leon Mellinghoff Catherine begleitete. Er las diesen Absatz zweimal, um sich zu vergewissern, dass ihm seine Müdigkeit keinen Streich spielte. Aber da stand es. Maria war wieder da. Wer dieser Leon Mellinghoff war, interessierte ihn im Augenblick überhaupt nicht.

Besorgt ließ er den Brief sinken. Sie hatten einen Vorsprung von drei Tagen und drei Nächten. Sein erster Impuls war, sich wieder in den Sattel zu schwingen und sofort weiterzureiten, aber ihm war völlig klar, dass weder er, Ziko noch sein Pferd das aushalten würden. Eine Nacht zumindest brauchten sie alle Ruhe, Schlaf und ausreichend Essen.

»Ziko, woza!« Seine Stimme schallte über den Hof. Als der Zulu erschien, erklärte er ihm kurz die Lage.

Ziko schaute ihn aus rot geränderten Augen an, die schaurig aus seinem vom Staub gelb gepuderten Gesicht leuchteten. »Morgen?«, fragte er. »Yebo.« Damit machte er auf dem Absatz seiner verhornten Füße kehrt und trottete ins Dorf der Farmarbeiter, wo auch er seine Hütte hatte.

Johann sorgte dafür, dass sein Pferd Wasser und Futter bekam, und ging dann ins Schlafzimmer. Ihm war heiß, und er fühlte sich klebrig und schmutzig. Er zog sich völlig aus und lief über die Veranda hinunter zum Meer und warf sich in die Wellen. Es war ablaufendes Wasser, und die wuchtige Felsbarriere, die bei Ebbe aus den Fluten stieg, schützte ihn gegen die Haie, die hier in Schwärmen auftraten, wie er oft selbst feststellen konnte, wenn ihm wieder und wieder von einem großen Fisch, den er am Haken gehabt hatte, nur noch ein jämmerlicher Rest geblieben war und die Zahnabdrücke darin unverkennbar waren. Er kraulte durch die Brandung, bis ihm die Arme schwer wurden, aber sein

Kopf war wieder klar. Es galt jetzt, gut zu essen und gut zu schlafen, damit er die Kraft hatte, möglichst durchzureiten, bis er auf die Willingtons und seine Familie traf.

Auf einem Felsen ausgestreckt ließ er sich von den letzten Sonnenstrahlen trocknen, wusch dann Hose und Hemd in einem Bottich mit Salzwasser, dem er etwas Soda beigefügt hatte. Nur für die letzte Spülung benutzte er das kostbare Süßwasser aus ihrem Regenwasserreservoir. Er hängte die Sachen über die Leine, die Catherine zwischen dem Kochhaus und dem alten Feigenbaum gespannt hatte, zum Trocknen auf, musste erst einen aufdringlichen Pavian, der eigenartigerweise ein paar Stofffetzen um die Pfote gewickelt hatte, mit einem gezielten Steinwurf verjagen. Nach kurzem Zögern zog er sich zumindest seine Unterhose wieder an. Die war zwar auch nass, würde aber schnell auf der Haut trocknen. Man konnte schließlich nicht wissen, wer überraschend zu Besuch kommen würde. Splitterfasernackt wäre er dann wohl der Tagesklatsch in der Kolonie.

Dann würden diese Idioten wenigstens nicht ständig ans Kriegspielen denken, dachte er grimmig, ließ aber die Unterhose an. Aus Bhubezis Gehege kam aufgebrachtes Maunzen, und er öffnete die Tür, fürchtete, entdecken zu müssen, dass das Tier am Verhungern war. Während er den jungen Löwen hinter den Ohren kraulte, stellte er fest, dass der sich allenfalls zu langweilen schien. Nach den abgenagten Knochen zu schließen hatte er genügend Fressen, und auch Wasser war vorhanden. Offenbar hatte ihn Jabisa versorgt, obwohl er sich fragte, wo die Zulu steckte. Er nahm sich vor, nachher ins Dorf zu gehen, um nachzufragen, jetzt aber brauchte er selbst dringend etwas zwischen die Zähne. Sein Magen hatte sich gemeldet, und er hatte erstaunt festgestellt, dass er brüllenden Hunger hatte. Er schob Bhubezi zurück, schloss die Tür und ging hinüber zur Speisekammer.

Bis auf ein paar eingemachte Früchte und ein kleines schwärzliche, mit einer Schmierschicht bedecktes, gepökeltes Fleischstück, dessen Ursprung er nicht mehr erkennen konnte, fand er sie leer vor. Seufzend schätzte er nach dem Sonnenstand, dass ihm noch eine Stunde Tageslicht blieb, griff sich sein Gewehr und seine Angel, band die kleine Nussschale von einem Boot los, die unterhalb der Veranda des Hauses vertäut im Sand lag, und wuchtete es zum Saum der auslaufenden Wellen.

Mit kraftvollen Zügen ruderte er erst an der Felsbarriere entlang, die sich brechenden Wellen geschickt aussitzend, und dann durch das ruhige Wasser eines schmalen Korridors zwischen zwei parallel laufenden Felsen, die die Wucht der Brandung brachen, hinaus bis weit hinter die Brecher und warf seine Angel aus.

Er hatte Glück, die Fische bissen schnell, und zum Abendessen konnte er einen Felsendorsch von beachtlicher Größe und eine bronzefarbene Brasse braten. Während sie, das Innere ihrer Bäuche gesalzen und mit Kräutern gefüllt, auf dem Feuer schmorten, tauchte er im letzten Licht in den Tidenteichen und fing fünf kapitale Langusten. Zum Schluss brach er ein Dutzend großer Austern von den Felsen, erntete eine Zitrone aus Catherines Obstgarten und machte sich daran, die Schalentiere mit seinem Jagdmesser zu öffnen. Mit einer Prise Pfeffer und ein paar Tropfen Zitronensaft schlürfte er sie hinunter.

In seinen Jahren zur See war er auf den Geschmack gekommen, ungewöhnlich für einen Sägemüller aus dem tiefsten Bayerischen Wald. Seine Schwestern, die noch nie weiter aus dem Wald herausgekommen waren als nach Passau, würden sich wohl fürchterlich vor diesem Getier ekeln, aber sein Vater, der sein geheimes Leben in Büchern lebte, alles über fremde Länder wusste, doch noch nie eins gesehen hatte, sein Vater würde sich voller Begeisterung dieser neuen Erfahrung widmen. Da war er sich ganz sicher. Austern schlürfend schaute er über mehr als dreißig Jahre zurück in die Vergangenheit.

Seine Schwestern waren nur noch schemenhafte Bilder in seiner Erinnerung, nie gealtert, nie verändert, immer in ihren schweren dunklen Kleidern, immer die Köpfe mit den bleistiftgeraden Scheiteln sittsam gesenkt, immer folgsam. Von seiner Mutter erinnerte er sich an das Lachen, ihr herzliches, lautes Lachen, das sie mit zurückgeworfenem Kopf und weit geöffnetem Mund lachte, das so fehl am Platz schien in dieser Welt, wo nur gearbeitet und so selten gefeiert wurde.

Seine Heimat, die Sägemühle am Fuß des Rachel, im entlegensten Teil des Bayerischen Walds, wo um diese Jahreszeit schon der erste Schnee fiel, wo das Leben hart und eintönig dahinfloss, die Menschen knorrig und schweigsam wie die Bäume des Walds waren. Eine Welt, die weiter entfernt war als der Mond, der eben blass am Himmel erschien. Er hatte lange nicht mehr an seine Familie gedacht. Es erstaunte ihn, wie sehr er seine Mutter und seinen Vater vermisste, bei seinen Schwestern war es nicht so schlimm. Außer ihrer gemeinsamen Herkunft verband sie so gut wie nichts.

Während er die vorletzte Auster öffnete und die Zitrone mit der Hand darüber ausquetschte, fragte er sich, ob seine Eltern inzwischen alt und krank waren, vielleicht gar nicht mehr lebten. Gleichzeitig schämte er sich, dass er das nicht wusste, nahm sich vor, ihnen zu schreiben, sobald er Zeit dazu hatte. Das Jagdmesser rutschte von der Schale der letzten Auster ab und fuhr ihm in den Handballen. Er kehrte mit einem Ruck zurück in die Wirklichkeit, in die Wärme, in seine Welt, wo es jetzt Sommer war, spürte die salzige Gischt auf seinen Lippen, sah das Grün des Küstenbuschs, das Gold des Sands, den endlosen, kristallblauen Himmel und wusste, dass diese andere Welt nicht mehr seine Heimat war. Es war lediglich der Ort, an dem er geboren wurde und den er verlassen hatte. Vor so vielen Jahren, dass er nachrechnen musste, wann.

Er leckte den Blutstropfen von seiner Hand, schluckte die letzte Auster und warf die Schalen auf den Strand. Ein Zischen lenkte seine Aufmerksamkeit auf seine Fische. Behutsam wendete er sie, leckte die hängen gebliebenen Reste des schneeweißen Fleischs vom Löffel. Ein Blick auf die knallrot verfärbten Krustentiere sagte ihm, dass auch sie bald zur Perfektion gesotten waren. Ein Tigel mit geschmolzener Butter wäre jetzt perfekt, aber der Rest in Catherines Vorratskammer war so ranzig, dass ihn selbst die Ratten verschmäht hatten. Aber auch so würde ihm das Mahl munden. Er war hungrig wie ein Rudel Wölfe.

Mit einem kräftigen Schnitt teilte er die erste Languste der Länge nach durch, zog den schwarzen Darm heraus und steckte sich das weiße, leicht süßlich schmeckende Fleisch brockenweise in den Mund. Eben schleckte er jeden einzelnen Finger ab, als er durch das Rauschen der Brandung eine hohe Frauenstimme vernahm. Es war eine weiße Stimme, nicht die kehlige, melodiöse einer Zulu.

»Georgie gleich hast du es geschafft, mein Lieber, nur noch ein paar Schritte, so … nun … siehst du, da sind wir.«

Johann kannte niemanden, der Georgie hieß. Unmutig wischte er sich die Hände an seinen Hosen ab und ging den Stimmen nach, fand einen Mann zusammengesunken auf den Stufen zu seiner Haustür sitzend. Eine rundliche, schwarz gekleidete Frau beugte sich fürsorglich über ihn und tupfte ihm den Schweiß mit einem karierten Taschentuch vom hochrot angelaufenen Gesicht. Als sie sich aufrichtete, erkannte sie Johann.

»Annie, Mrs Block, was machen Sie denn hier?«

»Lordy, Mr Steinach, ich grüße sie. Heute soll ich doch anfangen, so hab ich es mit Mrs Steinach vereinbart. Sie ist wohl nicht anwesend?«

»Nein, das ist sie nicht. Aber ich bin sehr froh, dass Sie gekommen sind. Ich war lange weg und weiß nicht, was vorgesehen war und wo meine Frau Sie unterbringen wollte. Es wird einige Zeit dauern, bis sie wieder da ist, so muss ich Sie bitten, vorläufig eins der Zimmer im Haus zu benutzen. Ich habe gesehen, dass in einem noch eine Matratze liegt. Wird das genügen, bis wir zurückkehren?«

»Nun machen Sie sich keine Sorgen, Mr Steinach. Ich mach das schon. Zeigen Sie mir nur, was ich in der Zwischenzeit tun soll, dann können Sie sich beruhigt auf den Weg machen.«

Gott sei's gedankt für die schottische Annie, dachte Johann und führte die zwei ins Haus, zeigte ihnen das Zimmer und führte sie dann herum. Annie wischte mit einem Finger über die Bücherregale, stellte mit prüfendem Blick fest, dass sie stark verstaubt waren. »Wo finde ich Staubtuch, Besen und Scheuertuch?«

Johann brachte sie zu dem Lagerraum im Anbau des Kochhauses. »Hier finden Sie alles, Annie.«

Annie nahm das Gewünschte heraus, betrachtete missbilligend die abgenutzten Besenborsten. »Welche Arbeit hatten Sie für meinen George vorgesehen?«

Johann, der überhaupt noch nicht darüber nachgedacht hatte, überlegte fieberhaft. Sein Blick fiel auf Catherines Gemüse- und Obstgarten, der den Kampf mit dem Unkraut zu verlieren schien. Es war, als wetzte Afrika schon die Messer, um sich zurückzuholen, was Catherine ihm abgetrotzt hatte. Unkraut hacken war Knochenarbeit, man konnte kaum etwas falsch machen, und der Garten hatte es bitter nötig. »Meine Frau erwähnte, dass sie jemandem, der es wirklich kann – der ein Fachmann auf diesem Gebiet ist, verstehen Sie? –, ihren Garten anvertrauen möchte. Sie können sich ja vorstellen, dass ein Gemüse- und Obstgarten für ein Gästehaus ungemein wichtig ist. Sie dachte dabei an Ihren Mann. Wie ist es, George, kennen Sie sich mit Gärten aus?«

Amüsiert beobachtete er, wie Annie ihrem Mann gezielt in die Seite boxte. »Kann er, Mr Steinach, er ist geradezu ein Zauberer mit Gärten, nicht wahr, George?« Der Ellbogen trat wieder in Aktion.

»Jo«, stimmte George Block zu. Mehr schaffte er nach diesem Gewaltmarsch ohnehin nicht.

»Wunderbar, ganz hervorragend. Dann bleibt nur noch Bhubezi. Bitte kommen Sie mit.«

Annie Block folgte ihm, und er öffnete das Gehege. Annie

streckte ihren Kopf vor, ihre Apfelbäckchen röteten sich. »Meiner Treu, Mr Steinach, der Hund sieht aus wie ein Löwe!«

»Ist es auch, aber ein Löwenbaby, harmlos wie eine kleine Katze, das versichere ich Ihnen. Nie würde ich eine so wertvolle Arbeitskraft wie Sie einer Gefahr aussetzen, das wissen Sie doch, oder?«

Annie errötete geschmeichelt. »Nun sagen Sie mir, was ich tun soll, damit das Tierchen überlebt. Na, du kleines Miezekätzchen, wir werden schon miteinander auskommen«, gurrte sie, während ihr Mann sich dabei abwesend im Schritt kratzte.

Schnell wies Johann die Frau an, was sie tun musste, um den jungen Löwen zu versorgen. »Nehmen Sie ihn doch bitte regelmäßig mit an den Strand zum Spaziergang. Meine Zulus werden Ihnen das Futter liefern.« Wohlweislich verschwieg er ihr, dass das hauptsächlich aus Ratten bestehen würde. Er bedeutete ihr, ihm erneut zu folgen, stöberte Dik und Dikkie und Tika und Tika auf, stellte sie ihr vor und versicherte ihr, dass die Katzen genügend Mäuse, Schlangen, Grillen und ähnliches Getier zu ihrer eigenen Ernähung fangen würden. »Dik und Dikkie müssen Sie lediglich vom Gemüsegarten fern halten. Den haben sie zum Fressen gern.« Er zeigte Annie sein breitestes Lächeln, woraufhin diese kicherte wie ein albernes Schulmädchen.

An diesem Tag ging Johann mit der Sonne ins Bett und stand mit der Sonne auf. Ziko wartete bereits auf ihn, und als die Schatten der Bäume noch lang waren, die Spinnenweben im Morgentau glitzerten und die Hadidahs den Chor der Nachttiere mit ihren Schreien zum Schweigen brachten, machten sie sich auf den Weg nordwärts. Die Blocks schliefen offenbar noch den Schlaf totaler Erschöpfung. Er bekam sie nicht mehr zu sehen, aber er fand zu seiner Begeisterung ein halbes Dutzend Eier in der Küche vor und ein duftendes Brot. Wie lange musste Annie noch in der Küche gestanden haben, um das Brot für ihn zu backen! Noch einmal dankte er Gott für diese Perle ihrer Zunft.

26

Lilly bereute mittlerweile zutiefst ihren Impuls, Andrew doch zu suchen, hätte etwas dafür gegeben, jetzt in ihrem bequemen Heim zu weilen, umsorgt von Hausangestellten, mit gutem Essen und einem weichen Bett. Kurz hatte sie erwogen umzukehren, Catherine zu bitten, ihr Schilling mitzugeben, aber ihre gute Freundin hatte sich klammheimlich mit Schilling aus dem Staub gemacht und sie mit den zwei Turteltauben und dem schwarzen Giftzwerg Mangaliso im Busch allein gelassen. Darüber war sie noch immer außerordentlich aufgebracht. Sie war hundemüde, ihr Hinterteil brannte, als stünde es in Flammen, und ihr hing alles restlos zum Hals hinaus. Griesgrämig schnalzte sie, um ihr Pferd anzutreiben.

Die vielen Augen, die sie auf ihrem Weg beobachteten, blieben ihr natürlich verborgen. Die Späher des Königs hatten die drei Weißen längst entdeckt, hatten die Tochter Jontanis erkannt und auch die Frau Nkosi Sinzis. Da es ihre Aufgabe war, zu wissen, wo sich Fremde in ihrem Land aufhielten, wussten sie, dass der bereits auf dem Weg zur Grenze war und sich ganz in der Nähe befand. Morgen, so schätzten sie, sollten sie aufeinander treffen. Untereinander machten sie ein paar Bemerkungen über das Aussehen der Umlungufrau, verglichen sie mit einem Huhn in der Mauser, überlegten kurz, ob sie ihr das prächtige Kleid ausziehen sollten, das die Farbe des Abendhimmels hatte und aus dem man ein wunderbares Schultertuch fertigen könnte, betrachteten auch begehrlich die glänzenden Stiefel des gelbhaarigen Mannes, aber sie ließen sie in Frieden ziehen. Umlungus jetzt ihrer Sachen zu entledigen, wo sich der König und die Generäle der Weißen gegenüberstanden wie knurrende Hunde, wäre nicht klug. Von den dreien ging keinerlei Bedrohung für das Königreich aus.

Ein kurzer, zwitschernder Ruf erklang irgendwo hinter ihr im Gras. Lilly hörte kaum hin. Sie war nicht buscherfahren genug, um zu erkennen, dass eine Gepardin ganz in der Nähe ihre Jungen rief, was allerdings nicht weiter schlimm war. Geparden waren für gewöhnlich an Menschen als Beute nicht interessiert. Einen Säugling würden sie wohl nicht verschmähen, aber einen ausgewachsenen Menschen, dazu noch einen, der durch voluminöse Röcke besonders groß und beeindruckend aussah, würden sie in Frieden lassen.

Ihre Pferde jedoch hörten den Ruf und scheuten, sie hatte ihre liebe Mühe, die Packpferde, deren Zügel am Sattel ihres Pferds befestigt waren, zu bändigen. Ein schabendes Geräusch in ihrem Rücken veranlasste sie endlich, sich im Sattel umzudrehen und den Weg hinunterzuspähen. Der Wildpfad, der geradeaus weiter nach Norden parallel zur Küste lief, gabelte sich hier, führte nach links hinein nach Zululand. Im ersten Moment konnte sie im flimmernden Schatten der überhängenden Bäume nichts erkennen. Doch dann gewöhnten sich ihre Augen an das trügerische Licht, und sie schaute entgeistert auf das, was auf sie zukam.

Erst erschienen ein paar magere Rinder, die zwei völlig nackte Hirtenjungen mit schrillen Schreien vor sich hertrieben. Begleitet wurden sie von einer blonden, jungen Frau, die sich einen Säugling auf Zuluart auf den Rücken gebunden hatte und ein blond bezopftes Mädchen von etwa fünf Jahren an der Hand hielt. Hinter ihnen trottete eine ältere Weiße, die schwer an einem Rucksack schleppte, ihr folgten zwei halbwüchsige, weißblonde Kinder, ein Junge und ein Mädchen, die einen hochbepackten Leiterwagen zogen. Für einen Augenblick war Lilly überzeugt, eine Halluzination zu haben, bis die junge Frau sie anlächelte.

»Gott zum Gruß, meine Dame«, sagte sie fröhlich.

»Guten Tag«, antwortete Lilly perplex.

»Mein Name ist Meta Johannson, das sind meine Mutter und meine Geschwister. Mein Vater ist der Missionar Johannson. Wir sind sehr froh, Ihnen zu begegnen, brauchen wir doch dringend einen Bissen Brot und sauberes Wasser für unsere beiden Kleinen.« Sie legte ihre Hand liebevoll auf den blonden Kopf des kleinen Mädchens neben ihr. »Sie reisen doch sicherlich nicht allein?«

»Nein … nein, natürlich nicht. Maria! Holla, kommt zurück!« Sie wedelte mit den Armen, bis die anderen reagierten und ihre Pferde wendeten. »Wir sind zu dritt mit einem Schwarzen«, erklärte sie der jungen Frau. »Mein Koch und mein Mädchen haben sich aus dem Staub gemacht, meine übrigen Zulus sind mir schon vor Tagen abhanden gekommen, aber mit Wasser und Brot können wir Ihnen gern aushelfen. Doch mir scheint, dass auch Sie allein sind. Darf ich fragen, wohin Sie unterwegs sind?«

Erstaunt sah die junge Frau zu ihr hoch. »Nach Natal, natürlich, und das schnellstens. Sie haben doch sicher gehört, dass es Krieg gibt und Weiße auf Befehl des Königs das Land sofort verlassen müssen?«

»Krieg. Um Gottes willen.« Ihr sackte das Blut in die Beine. Erst Stefan, jetzt Krieg. Waren die Ereignisse so eingetreten, wie sie und Mila befürchtet hatten? »Ist es denn schon so weit, bisher war es doch nur ein Gerücht?«

»Der König hat uns nur wenige Tage gegeben, um über die Grenze zu gehen. Wir kommen aus der Gegend von Eshowe. Mein Vater transportiert mit unserem einzigen Ochsengespann Waffen für die Engländer zur Grenze. Als uns der Befehl Cetshwayos erreichte, blieb keine andere Möglichkeit, als uns zu Fuß aufzumachen.« Sie lächelte sonnig, als wäre es das Natürlichste auf der Welt, dass zwei Frauen, sechs Kinder – denn die beiden Hirtenjungen waren mit Sicherheit jünger als die älteren Geschwister von Fräulein Johannson – und ein paar Rinder allein durch den afrikanischen Busch wanderten.

»Was ist Lilly? Ist dir etwas passiert?« Maria sprang vom Pferd und rannte auf sie zu, blieb wie angewurzelt stehen, als sie sich der merkwürdigen Karawane gegenübersah. »Ach du lieber Himmel, wer sind denn Sie?«

Meta Johannson stellte sich und die anderen noch einmal vor und erklärte auch Maria, warum sie hier waren.

Auch Leon rutschte vom Pferd, froh, ein paar Schritte zu Fuß gehen zu können. Stirnrunzelnd starrte er die Frauen und Kinder an. »Sie wollen sagen, dass Sie ganz allein mit …«, er machte eine umfassende Handbewegung, »mit ihrer Frau Mutter und den Kleinen zu Fuß nach Natal laufen?«

»Ganz richtig, der Herr, es ging nicht anders.« Wieder das sonnige Lächeln.

Mangaliso stand derweil mit finsterem Blick im Hintergrund und brummelte bärbeißig vor sich hin. Maria trug ihm auf, mit den Hirtenjungen Wasser aus dem Bach zu holen, der ganz in der Nähe über den Weg strömte, und dort ließen sie sich auch nieder. Die Rinder wanderten durchs saftige Grün, fraßen und tranken, während die Hirtenjungen auf einen Baum kletterten, sich auf einem breiten Ast zusammenrollten und auf der Stelle einschliefen. Sie teilten ein gutes Mahl aus ihren Vorräten mit der Familie, das allerdings die Johannson-Frauen zubereiteten, denn sowohl Marias als auch Lillys Kochkünste erstreckten sich darauf, Wasser zum Kochen zu bringen, und Leon hatte nach eigenem Bekunden bisher höchst selten eine Küche von innen gesehen.

Nachdem sie gemeinsam ihr Geschirr in dem klaren Bachwasser gereinigt und die Hirtenjungen mit hohen Schreien die kleine Herde zusammengetrieben hatten, verabschiedeten sie sich von den Missionarsfrauen.

»Sie wollen doch nicht weiter nach Zululand rein?«, rief Meta Johannson besorgt.

»Ich muss meinen Mann finden. Es ist lebenswichtig«, antwortete Lilly.

»Mein Bruder liegt verletzt im Lager von Bekannten, und mein … Mann ist Arzt«, erklärte Maria. Noch stolperte ihre Zunge über das Wort.

»Von einem Hügel, der uns den Blick weit ins Land gewährte, sahen wir das Zeltlager einer großen Jagdgesellschaft, die von mehreren Ochsengespannen und weit über hundert Schwarzen begleitet wurde.«

»Wo genau war da?« Lilly konnte kaum ihre Aufregung verbergen.

»Wo war das, Mama?«, fragte Meta Johannson ihre Mutter. »Zwischen Eshowe und dem Meer, nicht wahr? Wo die Hügel in jenes lange Tal auslaufen.«

»Genau dort.«

»Konnten Sie vielleicht erkennen, ob sich ein rostrotes Zelt dazwischen befand?«

»Ja, tatsächlich«, rief Meta. »Ich habe eins gesehen.«

Lilly seufzte zufrieden auf. Andrew schlief stets in einem rostfarbenen Zelt. Die Wahrscheinlichkeit, dass es noch eins in Zululand gab, schien ihr äußerst gering. Plötzlich konnte sie es kaum erwarten, weiterzureiten, endlich Gewissheit auf ihre brennenden Fragen zu erhalten. Hoch zu Ross würde sie in sein Lager reiten. Sie, seine Frau, die den gefährlichen Weg zu ihm gewagt hatte, nur um ihn zu warnen. Er würde sehen, wie schön sie wieder geworden war, und er würde stolz sein auf sie. O, wie stolz würde er auf sie sein! Aufgeregt klaubte sie ein paar Münzen aus ihrem Geldbeutel. »Der Tugela ist zu einem reißenden Strom geschwollen, sie würden mit den Kindern keine Chance haben, ihn zu Fuß zu überqueren, und der Fährmann hat unverschämte Preise«, sagte sie und drängte der protestierenden Frau Johannson eine Hand voll Münzen auf, deren Summe, wie sie wusste, nicht nur reichen würde, um die ganze Familie übersetzen zu lassen, sondern auch noch für ein warmes Mahl auf der anderen Seite der Grenze. Die geflickte Kleidung der Familie, die Tatsache, dass die

Kinder barfuß liefen, und das, wie die dicke Hornhaut an den kleinen Füßen verriet, wohl das ganze Jahr über, die selbst gehäkelten Unterröcke, deren Garn sogar ihr sehr danach aussah, als wäre es ursprünglich zu Socken verstrickt worden, die später aufgetrennt wurden, sprachen eine deutliche Sprache.

»Bitte. Ich habe seit Tagen nicht mehr so gut gegessen ... und ich liebe Kinder«, setzte sie mit traurigem Lächeln hinzu.

Nachdem auch Maria sie drängte, sogar noch etwas drauflegte, akzeptierte Frau Johannson das Geld mit einem Handkuss, der Lilly die Röte ins Gesicht trieb. »Alles Gute«, murmelte sie beschämt. »Gute Reise und sichere Ankunft.« Damit trennten sie sich, und bald waren die drei wieder allein im summenden Busch.

Zu allem Überfluss zogen im Norden schwarze Gewitterwolken auf, die ersten Blitze zuckten, und dann marschierte eine massive Regenwand übers Land. In wenigen Minuten waren sie nass bis auf die Haut. Lilly dachte an Meta Johannson und ihre Familie, ertrug es mit Fassung und einem grimmigen Lächeln.

»Morgen sollten wir gegen Mittag auf die Willingtons treffen«, sagte Maria zu Leon und wischte sich mit dem Ärmel den Schweiß von der Stirn. »Ich muss mich waschen, ich ertrage es nicht, noch eine weitere Sekunde so verdreckt und verschwitzt herumzulaufen.« Mit geübtem Griff drehte sie ihr langes Haar zusammen und steckte es am Hinterkopf fest. »Ich werde ein Bad im Fluss nehmen. Du und Mangaliso müsst mich bewachen. Wir können dich doch eine Weile allein lassen, Lilly?«

Lilly nickte. Sie saß im Schatten eines Baums und kaute auf einem Grashalm. Um nichts in der Welt würde sie im Fluss baden, nur bewacht von zwei Grünschnäbeln und Catherines Buschmann. Lieber stank sie. Einer ihrer Zulus war vor ihren Augen von einem Krokodil ins Wasser gezogen worden. Das blutige Ballett der Panzerechse, die sich mit ihrem Opfer im Maul wie eine Spirale um sich selbst drehte, konnte sie einfach nicht vergessen.

Außerdem ging ihr das verliebte Getuschel der zwei auf die Nerven. »Ich reite schon voraus.«

Maria hielt Leon ihr Gewehr hin. »Hier ist der Abzug, und vorn ist das gefährliche Ende. Wenn du ein Krokodil siehst, zielst du damit und ziehst am Abzug.«

»Was meinst du damit?«, stotterte er. »Sollen wir etwa dabei sein? Ich meine, Mangaliso ist ein Schwarzer und noch dazu ein Mann … und ich …«

»Stell dich nicht so an, Mangaliso findet es höchstens eigenartig, dass wir weißen Frauen uns vom Kinn abwärts völlig verhüllen, findet mich bestimmt ohnehin zu dünn und zu weiß, und du bist mein Mann, auch wenn meine Mutter da anderer Ansicht ist. Ohne Schutz werde ich mit ziemlicher Sicherheit von Krokodilen gefressen werden, so wird dir nichts anderes übrig bleiben. Aber sei unbesorgt, ich lasse mein Hemd und meine Unterhose an.«

Der Fluss strömte träge durch übermannshohes Ried, weitete sich aber an einer Stelle zu einer stillen Bucht. Dorthin führte Maria die beiden Männer. Mit einem Seufzer der Erleichterung tauchte sie in das lehmige, mit Mückenlarven verseuchte Wasser. Leon stand am Ufer, das Gewehr hielt er mit beiden Fäusten umklammert, der Lauf zeigte in den Himmel. Er starrte verlangend seine Frau an, deren Hemdchen von der Nässe durchsichtig geworden war und höchst verführerisch auf ihrer Haut klebte.

Sie spürte seinen Blick, strich sich das tropfende Haar aus dem Gesicht und lachte. »Du sollst nicht mich ansehen, sondern mir die Krokodile vom Hals halten!«

Erschrocken schaute er sich um, ließ dabei den Gewehrlauf wild kreisen. »Wo sind sie, siehst du welche?«

Wortlos deutete sie hinüber aufs andere Ufer. »Siehst du diese eigenartigen Spuren dort? Die hat ein Krokodil gemacht.«

Beeindruckt richtete Leon seinen Blick fest auf diese Spur. Der Gewehrlauf zeigte in die gleiche Richtung. Mangaliso indessen hatte die Panzerechse, die in ungefährlicher Entfernung im Fluss trieb, längst entdeckt, ließ das Reptil aber nicht aus den Augen. Krokodile waren blitzschnell, im Wasser wie zuland.

Maria stieg ans Ufer, und nach einigem Drängen machte es ihr Leon nach, während sie und Mangaliso, die Gewehre in Bereitschaft, aufmerksam die Umgebung beobachteten. Maria vertrieb ein neugieriges Flusspferd mit einem Schuss.

Leon schoss aus dem Wasser, als wäre der Teufel hinter ihm her. Auf Händen und Füßen kraxelte er hastig die weiche Uferböschung hinauf. »Was war das? Ein Krok?«, rief er aufgeregt. Er fand es elegant, Krok zu sagen. Er sagte es häufig. Es gab ihm das Gefühl, dazuzugehören zu diesen rauen, mutigen Männern, die furchtlos durch den Busch streiften, Schlangen fingen, Krokodile schossen und stehen blieben, wenn ein Nashorn auf sie zuraste.

Mangaliso kicherte, grunzte dann, schlängelte seinen Körper, machte aus seinen Unterarmen und Händen einen Krokodilrachen und schnappte nach ihm. Die Parodie war perfekt. Leon zog ein Gesicht, als hätte er auf eine Zitrone gebissen.

»Ein Hippopotamus«, antwortete Maria. »War schön fett, wenn ich's erwischt hätte, gäb's heute was Anständiges zu essen. So gibt es nur Brot und die Tauben, die ich geschossen habe.« Unvermittelt blieb sie stehen, stützte sich auf ihr Gewehr und atmete mit geschlossenen Augen durch den Mund.

Leon war mit wenigen Schritten bei ihr. »Was ist mit dir? Ist dir nicht gut?« Er entdeckte einen geschwollenen Mückenstich auf ihrem Arm und untersuchte ihn. »Um Gottes willen, du wirst doch keine Malaria haben?« Mit der einen Hand fühlte er ihre Stirn, suchte mit der anderen nach ihrem Puls.

»Nein, nein, glaub ich nicht. Da wäre mir schrecklich kalt und ich hätte Fieber. Mir ist nur etwas übel. Ich habe wohl zu lange nichts gegessen.«

Mangaliso kicherte wieder und schüttelte den Kopf, zwitscherte ein paar Worte, die Leon natürlich nicht verstand, aber

Marias Gesicht strahlte plötzlich, sie glühte förmlich von innen heraus, antwortete Mangaliso auf Zulu und streifte dabei Leon mit einem neckenden Blick, sagte aber nichts.

»Nun, was hat er gesagt? Hat er eine Ferndiagnose gestellt, dieser neunmalkluge Herr Mangaliso?«

Aber Maria lachte nur, sah allerdings dabei so entzückend aus, dass Leon nicht widerstehen konnte, sie um die Taille zu packen, seinen Mund auf ihren zu pressen und sie zu küssen, bis sie nach Luft schnappte.

Bei ihren Pferden wieder angekommen, schaute er auf seine Uhr. »Verflixt, sie ist stehen geblieben. Wie spät mag es sein?« Er schüttelte die Uhr, kniff dann die Augen zusammen und starrte in die tief stehende Sonne.

»Ich brauche keine Uhr. Ich bin im Busch aufgewachsen, ich kann die Tageszeiten an der Länge der Schatten, der Intensität des Lichts ablesen, und wenn die Reiher ihre Nistplätze aufsuchen, muss es kurz vor sechs Uhr sein.« Sie deutete auf einen Schwarm der weißen Vögel, der mit langsamen Flügelschlägen dicht über die Baumkronen strichen. »In einer Dreiviertelstunde ist es pechschwarze Nacht. Wir müssen uns mit den Essensvorbereitungen sputen und ein großes Feuer machen, damit wir keinen Besuch bekommen.«

»Was meinst du mit Besuch?«

Maria zuckte mit den Schultern. »Na, Hyänen und Löwen, unter Umständen auch einen Leopard, so was eben.«

Leon musste seine Kehle freiräuspern, bevor er weiterreden konnte. »Löwen. Ich meine, was passiert, wenn uns ein Löwe besucht? Oder auch zwei?« Seine Stimme war hoch geworden.

Maria sah ihn an, ihre Augen sprühten. »Dann reden wir mit ihnen und bitten sie zu verschwinden.«

»Wir reden mit ihnen?« Sein Blick sprach Bände.

»Mein Bruder tut das. Er sagt, es seien ganz vernünftige Tiere, die obendrein noch zuhören können.«

»Das haben sie ihm also gesagt, und dann verschwinden die Viecher?« Ihm war nicht klar, ob sie sich lustig machte oder vielleicht doch verrückt war. Zumindest ein klein wenig.

»Genau so. Ich habe es selbst gesehen. Er steht vor ihnen und unterhält sich, und ich schwöre dir, die Löwen werden ganz friedlich. Mein Bruder wird dich sicher gern einmal zur Jagd mitnehmen. Dann wirst du es erleben. Es ist eine ziemlich aufregende Angelegenheit.«

Leon musterte sie scharf, konnte aber keinen Spott aus ihrer Miene lesen. Leidenschaftlich hoffte er, dass er nie auf Konversationsnähe an einen Löwen herankommen würde, fragte sich, in was für eine Familie er da geraten war. Seine Frau, die so vertraut mit dem Gewehr umging wie seine Mutter mit der Puderquaste, ihre Mutter, die Paviane betrunken machte und Hosen trug und trotzdem ohne Zweifel eine große Dame war, der Bruder, der mit Löwen redete … In seiner Vorstellung schossen Leute, die in Afrika lebten, Löwen beim ersten Anblick auf der Stelle tot, unterhielten sich nicht mit ihnen. Es brachte sein ganzes Bild ins Wanken. Auch konnte er sich nicht recht vorstellen, Tiere totzuschießen, obwohl er sich inzwischen selbst davon überzeugt hatte, dass ein Mann im Busch unmöglich nur von Gemüse leben konnte. Schließlich, so beruhigte er sein Gewissen, herrschten hier archaische Gesetze. Fressen oder gefressen werden. So war's doch. Er war sehr gespannt, Marias Vater kennen zu lernen.

»Redet dein Vater auch mit Löwen?«

»Iwo, der redet nur mit seinem Zuckerrohr und den Rindern.«

Ihm fiel keine intelligente Antwort ein.

Maria kicherte noch immer. Das Gewehr über die Schulter gelegt, ging sie vom Fluss zurück zum Rastplatz. Ihr Haar, das beim Baden nass geworden war, hing über ihren Rücken und trocknete zu einem schwingenden, glänzenden Vorhang. Ihre Bluse war hinten aus den weiten Hosen gerutscht. Buscherfahren wie sie war, hielt sie ihre Augen stets vor sich auf den Boden gerichtet.

Trotzdem knickte sie unvermittelt um und fiel hin, ehe Leon zugreifen konnte. Das Gewehr flog ihr aus der Hand und landete unweit vor seinen Füßen. Sie war in ein vom Gras verdecktes Loch geraten, das wohl ein Warzenschwein auf der Suche nach nahrhaften Wurzeln gegraben hatte.

»Hoppla«, rief sie, wollte wieder aufstehen, fiel aber zurück, weil sich ihre Bluse in einem trockenen Dornenzweig verhakt hatte.

Leon hörte das Schnauben, sie nicht. Es kam von schräg hinter ihm und klang, als hätte ein Pferd geprustet. Er drehte sich um, sein Blick flog über die weite Grasfläche hinüber zu dem dichten Busch, der um eine Schirmakazie wuchs und in dessen Mitte ein grauer Felsen aufragte. Er konnte nichts entdecken und wandte sich wieder ab. Ein Windstoß raschelte durch den Baum über ihnen, nahm ihren Geruch auf, tanzte über das Gras zur Schirmakazie, und er hörte das Schnauben erneut. Jetzt schaute er genauer hin und sah, dass das, was er für einen Felsen gehalten hatte, sich bewegte. Ein mächtiger Kopf erschien, die lange Nase bewehrt mit einem Doppelhorn, sog den Wind in die geblähten Nüstern, die langen Ohren waren steil in Richtung der Menschen aufgerichtet. Leon stieß einen Überraschungslaut aus. Alarmiert sprang das Nashorn aus seiner Deckung, senkte den Kopf, scharrte mit den Vorderhufen, schnaubte noch einmal und preschte los.

Leon erstarrte völlig, fand es unmöglich, sich zu bewegen, geschweige denn einen intelligenten Gedanken zu fassen.

»Das Gewehr, nimm das Gewehr«, flüsterte Maria zu seinen Füßen. »Schnell!«

Das gepanzerte Ungetüm brach durch den Busch, erreichte die freie Grasfläche und näherte sich mit dem Tempo einer heranrasenden Lokomotive.

Stehen bleiben, bis auf zwanzig Schritt herankommen lassen, dann zur Seite springen. Die Worte schossen in seinem Kopf herum wie Geschosse. Geht nicht, dachte er, Maria ist hinter mir. Sein Herz hämmerte.

Ein archaischer Impuls, zweifellos ererbt von Vorfahren, die einst in der Steppe jagten, der unter dicken Schichten von Zivilisation tief in seinem Inneren sein Leben lang geschlummert hatte, explodierte an die Oberfläche seines Bewusstseins. Mit einer einzigen Bewegung riss er das Gewehr hoch, rannte laut schreiend, die Waffe hin und her schwingend, seitwärts, weg von Maria. Das Nashorn, das ein sehr feines Gehör besaß, ortete ihn fünfzig, sechzig Schritt von seinem ersten Standort entfernt, schlug eine weite Kurve und raste weiter, geradewegs auf Leon zu.

Ohne den Gedanken bewusst gefasst zu haben, hob dieser das Gewehr und zielte auf den Kopf des heranstürmenden Tiers. Eine tiefe Ruhe und Gelassenheit überkam ihn, seine Hände waren absolut ruhig. Als das Rhinozeros etwa zwanzig Schritt entfernt war, drückte er ab. In diesem Bruchteil einer Sekunde wendete das Nashorn seinen Kopf nur um eine Handbreit. Der Schuss traf es seitlich unter dem Ohr, die Kugel pflügte durch sein Gehirn, und es war tot, bevor es wie gefällt zu Boden krachte.

Leon rührte sich nicht, die Finger, die das Gewehr umklammerten, waren weiß, er hechelte, sein ganzer Körper schien in eine Starre verfallen zu sein.

»Es ist vorbei«, flüsterte Maria.

Es dauerte eine Weile, ehe ihre Worte ihn wirklich erreichten. Er ließ die Waffe fallen, als sei sie rot glühend, und schaute sie an, brachte aber kein Wort hervor.

Mangaliso turnte dem toten Nashorn auf den Rücken, dabei in höchsten Tönen das Geschehene kommentierend. »Eh, Ubhejane!«, rief er. »Eh, Rhinozeros!« Als könne er keine Worte finden für das, was er gesehen hatte, brach er in Gesang aus, warf die Arme hoch und sprang um das Tier herum wie ein Derwisch.

Verständnislos schaute Leon ihm zu, dann löste sich die Spannung in seinem Körper in krampfartigen Wellen. Mit hölzernen

Schritten ging er zu seiner Frau und half ihr auf die Beine. Er musste sich mehrmals räuspern, ehe er seine Stimme unter Kontrolle bringen konnte. Sie klang wie etwas, das lange verrostet gewesen war. »Du hast Recht gehabt. Ich hätte es meinem Vater von Angesicht zu Angesicht sagen sollen …«

Maria hielt seine Hand, antwortete nicht, lauschte Mangalisos Gesang, dann glänzte ein Lächeln auf ihrem Gesicht. »Es ist ein Lobgesang auf dich, auf deinen Mut und deine Schnelligkeit … Er nennt dich den Bezwinger von Ubhejane, dem Donner der Täler. Unter diesem Namen wirst du fortan in den Legenden der Zulus weiterleben. Bayete, Ubhejane!«

»Der Donner der Täler«, wiederholte er mit unsicherem Lächeln. Sie sahen sich an und dann lachten sie, bis ihnen die Tränen herunterliefen und sie Seitenstechen bekamen.

Catherine wachte mit einem Ruck auf, schaute sich verwirrt um. Regen rauschte aufs Zelt herunter, schon leckten die ersten Pfützen ins Innere. Ihr Blick fiel auf Stefans Hand, die über die Kante seines Bettgestells hing, schlaff, totenblass, mit bläulich verfärbten Nägeln. Ihr fiel alles wieder ein. »Mein Gott, nein!« Sie glaubte die Worte geschrien zu haben, aber es war nur ein heiseres Flüstern gewesen. Unter Aufbietung all ihres Muts tastete sie nach seinem Puls. Nach einer Ewigkeit spürte sie ein zartes Pochen, noch schwach, aber zu ihrem Erstaunen regelmäßig. Nicht der fadendünne, unregelmäßige Herzschlag eines Sterbenden.

In diesem Moment hörte der Regen abrupt auf.

»Wie geht es ihm?« Benita Willington umklammerte mit weißen Knöcheln den Zeltpfosten, schlotterte, als stünde sie im eisigen Winterwind. Auch sie hatte die Hand gesehen.

Catherine wandte sich um und lächelte in das bleiche, übernächtige Gesicht. »Ich glaube, er wird es schaffen, sein Puls hat sich beruhigt. Wenn wir den Wundbrand von seinem Bein fern halten können, dann …« Ihre Stimme erstickte. Sie wischte sich die Augen. »Verzeihen Sie, die letzten Tage waren etwas anstrengend.«

Die junge Frau wandte sich diskret ab, wartete, bis Catherine sich gefasst hatte. »Unser Koch hat Ihr Frühstück zubereitet, Mrs Steinach. Ich werde so lange bei ihm wachen.«

»Danke, ich brauche einen Kaffee.« Steifbeinig stand Catherine auf und reckte sich verstohlen. Jeder Knochen tat ihr weh. Sie streckte ihren Kopf aus dem dämmrigen Zelt ins gleißende Morgenlicht. »Wird ein guter Tag heute«, murmelte sie.

»Hoffentlich«, flüsterte Benita Willington, während sie Stefans Hand sanft massierte, meinte aber nicht das Wetter.

Ein paar der angepflockten Pferde wieherten, Hunde bellten, lautes Stimmengewirr ertönte, dann setzte sich eine helle Frauenstimme durch. Catherine und Benita sahen sich an.

»Besuch«, sagte Benita. »Kommt reichlich ungelegen. Aber jeder, der Zululand verlassen muss, scheint unser Camp als Rastplatz zu benutzen. Es haben uns schon mehrere Buschläufer und ein Missionarspaar beehrt, aber die sind glücklicherweise bereits weitergezogen. Man sollte meinen, wir betreiben hier ein Gästehaus.«

»Meine Tochter und ihr ... ihr ... und Herr Mellinghoff können es eigentlich noch nicht sein, es sei denn, Herr Mellinghoff hat inzwischen reiten gelernt oder es sind ihm Flügel gewachsen. Aber man weiß ja nie. Ich schau nach, bleiben Sie hier.« Sie schlug die Plane, die den Zelteingang verdeckte, zurück und sah sich Lilly Sinclair gegenüber. Ein enormer Schrecken durchzuckte sie. »Lilly? Wo sind Maria und Leon? Um Gottes willen, ist ihnen etwas passiert?«

Lilly hatte nicht mehr die Kraft, höflich zu sein. »Kruzitürken, tut mein Hinterteil weh«, stöhnte sie und ließ sich vom Pferd gleiten. Sie musste sich am Sattel festhalten, weil ihre Beine drohten zu versagen. »Ein Königreich für ein heißes Bad, und ein zweites für ein weiches Bett.« Als sie ihre Hand hob, um sich ihr ins Gesicht hängende Haar zurückzustreichen, funkelte ihr Diamant-

562

ring in der Morgensonne mit ihren baumelnden Ohrringen um die Wette.

»Wo – ist – Maria?«, fragte Catherine und hätte ihre Freundin am liebsten geschüttelt.

»Beruhige dich, die Turteltauben sind auch im Anmarsch. Ich konnte ihr Geschnäbel nicht mehr ertragen. Wenn ich wieder aufnahmefähig bin, musst du mir verraten, wer dieser Leon eigentlich ist.« Sie sah sich suchend um. »Es ist wohl müßig zu fragen, ob mein lieber Gatte hier schon vorbeigeschaut hat?«

»Da musst du unseren Gastgeber fragen. Ich habe ihn nicht gesehen.«

Lilly nickte. »Kann ich mich irgendwo waschen?«

»Unten am Fluss«, sagte Benita, die dazugekommen war. »Willkommen in unserem Lager, Mrs Sinclair. Zwei Mann mit Gewehren werden Sie begleiten. Der Fluss wimmelt von Krokodilen, Hippos und blutrünstigen Mücken, deswegen haben wir unsere Zelte hier oben aufgeschlagen. Das Frühstück ist bereits fertig. Nehmen Sie Kaffee oder Tee? Und wie hätten Sie Ihre Eier gern?«

»Tee, bitte, und Rührei, wenn es möglich ist. Aber erst nach einem Bad, sonst verwechseln mich die Stinktiere noch mit ihresgleichen.« Sie lachte ein dünnes, trockenes Lachen.

Nicholas Willington kam dazu, begrüßte Lilly und befahl einem seiner weißen Jäger und einem baumlangen Zulu, sie zum Fluss zu begleiten, während Benita Willington Lillys Wünsche dem Koch mitteilte. »Ich gehe wieder zu Stefan, essen Sie in Ruhe zu Ende, Mrs Steinach«, sagte sie und verschwand in seinem Zelt.

Schweigend reichte Catherine dem Koch ihre Tasse und ließ sich Kaffee nachschenken. »Der Kaffee war ausgezeichnet, Mr Willington«, sagte sie, »und der Rest des Frühstücks superb. Bitte richten Sie das Ihrem wunderbaren Koch aus. Passen Sie gut auf ihn auf, sonst werde ich alle mir zur Verfügung stehenden Überredungskünste einsetzen, um ihn abzuwerben. Für den Lobster Pott wäre er ein Gottesgeschenk.«

Nicholas Willington lächelte. »Mein Koch wird entzückt sein, aber ich verlasse mich auf seine Loyalität. Sie ist teuer genug.«

Catherine musterte ihn kurz, dann senkte sie die Augen. Noch immer konnte sie sich nicht an seine Ähnlichkeit mit Stefan gewöhnen, auch wenn diese im Moment nicht ins Auge fiel, denn Stefan war in diesen wenigen Tagen so erschreckend abgemagert, dass jede Übereinstimmung verwischt war.

Lilly, tropfnass, eingewickelt in ein Leinenlaken, kam eben vom Fluss wieder herauf. Ein Schleier von hunderten winziger, grüner Blättchen klebte ihr auf Haut und Haaren. »Ich hatte ganz vergessen zu fragen, wie es Stefan geht. Das war sehr eigensüchtig von mir. Verzeih, bitte.«

Catherine schilderte ihr in kurzen, nüchternen Worten, wie sie Stefan gefunden hatten, was tatsächlich mit ihm passiert war und warum, erwähnte Lulamanis Tod, und dass Stefan sich am König rächen wollte. »Er schwebt noch zwischen Leben und Tod, aber … Himmel, was ist mit dir«, rief sie und packte Lilly am Oberarm. »Du bist weiß wie das Laken geworden. Beruhige dich! Im Augenblick haben wir allen Grund zu hoffen, außerdem weißt du doch, dass Stefan ein sturer Kerl ist, der lässt sich nicht diktieren, wann er abtreten soll.«

Lilly konnte nicht antworten, fürchtete, ohnmächtig zu werden. Lulamani. Stefan. Andrew. Nun war Andrews Verstrickung in dem Drama für sie Gewissheit. Kurz erwog sie, Catherine alles zu erzählen, fand aber vorerst nicht die Kraft. Doch sie musste Stefan unbedingt sehen, ihn berühren, sich vergewissern, dass er tatsächlich noch lebte. »Wann darf ich Stefan sehen?«, fragte sie und konnte das Zittern in ihrer Stimme kaum verbergen.

»Nach dem Frühstück, sonst fällst du mir noch um. Stefan schläft hoffentlich noch.«

»Danke. Miss Willingtons Mädchen wäscht gerade mein Kleid, ich werde mich ein wenig ausruhen, bevor ich weiterreite. Ich muss Andrew finden.« Lilly zupfte ein Blatt aus ihren noch nassen Locken.

»Wollen Sie nicht lieber hier auf Ihren Mann warten? Auch er wird den Befehl des Königs erhalten haben und auf dem Weg nach Natal sein. Die Flüsse führen Hochwasser, er wird zur Küste ausweichen. Selbst wenn er uns um ein paar Meilen verfehlt, würden ihn meine Wachen entdecken. Ich habe sie angesichts der letzten Entwicklungen im Land verdoppelt.« Nicholas Willington rückte die Manschettenknöpfe seines blütenweißen, frisch gepressten Hemds zurecht. Selbstverständlich führte er ein mit Kohle beheiztes Bügeleisen mit sich.

Lilly zögerte. Ihr Hinterteil brannte, die Blasen auf ihren Handflächen waren aufgebrochen, ihre Kleidung war ruiniert, und sie war hundemüde. Sie öffnete den Mund, um zu antworten, als ein markerschütternder Schrei aus dem Buschurwald drang, gerade so, als würde dort ein kleines Kind in höchster Not schreien. Verstört sprang sie auf. »Mein Gott, was ist das? Ein Kind? Catherine, war das ein Kind?«

»Lilly, deine Nerven sind wirklich angegriffen. Jetzt beruhige dich, das war nur ein Hornvogel.« Catherine blickte einem Schwarm kreischender, rotschnäbliger Finken nach, der aus dem Ried am Flussufer stob, und stand auf. »Es ist Zeit, Ihre Schwester bei Stefan abzulösen, Mr Willington. Du bleibst also hier im Lager, Lilly?« Ein Geräusch ließ sie aufmerken. Sie lauschte mit gesenktem Kopf. »Aber offenbar wird dir die Entscheidung gerade abgenommen. Ich glaube, Andrew ist schon da. Da ist eine halbe Armee im Anmarsch. Hörst du es?« Die lauten, bellenden Warnrufe eines Pavians unterstrichen ihre Worte.

Lilly war sichtlich erschrocken. »Ja, ja, aber was ist, wenn es nicht Andrew ist, sondern Cetshwayos Armee?«

Nicholas Willington schüttelte den Kopf. »Hören Sie nicht das

Klirren von Ochsengeschirr und das Hundegebell und jetzt das Wiehern eines Pferds? Cetshwayo wird kaum mit Ochsengespannen im Schlepptau Krieg führen, und Pferde hat er nur wenige. Mrs Steinach hat Recht, das ist eine weiße Jagdgesellschaft. Kein Zulu würde einen derartigen Radau machen.«

Es war tatsächlich Andrew. An der Spitze einer Karawane von Ochsengespannen, Reitern und umringt von Dutzenden von Schwarzen und einer schwanzwedelnden Meute kläffender Hunde ritt er ins Rund des Zeltlagers. Mit großspuriger Geste riss er sich den Hut vom Kopf und schwenkte ihn. »Gott zum Gruß, allerseits. Findet ein müder Wandersmann hier Rast für eine Nacht? Ah, Mr Willington«, rief er, sprang vom Pferd und ging diesem mit langen Schritten entgegen.

In diesem Augenblick trat Lilly vor, und Andrew blieb wie angewurzelt stehen. »Was zum Henker …? Lilly?«

Catherine sah die unverhohlene Freude auf dem Gesicht ihrer Freundin, die kindlich strahlenden Augen. Die nervösen Bewegungen, mit denen sie ihre Locken ordnete und das Laken um sich raffte, verrieten, wie sehr sie das Verlangen hatte, ihrem Mann zu gefallen. Lilly tat ihr entsetzlich Leid.

»Andrew, Liebling …« Atemlos blieb Lilly vor ihm stehen und hob ihr Gesicht, damit er sie küssen konnte.

Er aber schob sie von sich und ließ seinen Blick über ihre Figur wandern, die sich unter dem eng gewickelten Laken deutlich abzeichnete. »Donnerwetter, meine Liebe, wo ist denn die andere Hälfte von dir? Du musst ja mindestens einen Stone abgenommen haben …« Er räusperte sich, schien sich zu fangen. »Steht dir fantastisch, Liebste, wirklich, du siehst wieder aus wie ein junges Mädchen. Wie hast du das nur geschafft …« Während er so redete, bugsierte er sie energisch rückwärts zu dem Zelt der Willingtons.

Catherine sah ihm befremdet zu. Andrew schien ihr sehr nervös, verhaspelte sich mehrmals beim Reden und aus irgendeinem unerfindlichen Grund schien er versessen darauf zu sein, Lilly außer Sichtweite zu bringen.

»Andrew, Darling, wo sind wir hier?«, rief eine quengelige Stimme, die etwas unangenehm Schrilles hatte.

Catherines Kopf flog herum. Die Plane des ersten Wagens wurde zurückgeschlagen, eine Frau lehnte sich weit heraus, hielt dabei ihr Mieder über der Brust zusammen. Sie war klein, blond und hübsch auf eine etwas ordinäre Art. Catherine erkannte Georgina Mercer sofort, und nun war ihr Andrews eigentümliches Benehmen klar. Dieser verdammte Mistkerl!

Georgina Mercer, die jetzt auch die Ehefrau ihres Liebhabers entdeckte, zerrte erschrocken an der Plane, der Wind aber blies sie wieder beiseite und hob den Rock ihres Unterkleids an. Da stand sie, barfuß, ihre Beine bis übers Knie entblößt, das Mieder über der üppigen Brust nicht geschnürt, das weißblonde Haar in wirren Locken.

Lilly dagegen war erst totenblass geworden, dann hochrot. Mit einer Hand das Laken zusammenhaltend, schob sie Andrew mit einer Bewegung, als wollte sie sich von etwas Schmutzigem befreien, von sich. Sie sah die andere Frau an. Georgina Mercer! Um zehn Jahre älter, aber unzweifelhaft Georgina Mercer. Der Anblick spülte eine gründlich verschüttete Erinnerung an die Oberfläche ihres Bewusstseins. Georgina Mercer, die ihr am Strand begegnete, die rot geworden und ihr ausgewichen war, Andrew, der nicht am Wasser mit Emma spielte, sondern oben im Dünengrün stand und seine Kleidung ordnete.

Und Emma, die nicht da war und nie wieder kam.

Andrew und Georgina, und Emma war allein am Wasser.

Ein Schrei drang aus ihrer Kehle, der Catherine das Blut gefrieren ließ. Das Laken glitt Lilly aus den Händen, sie rannte, nun vollkommen nackt und unaufhörlich schreiend, an den schnaubenden Ochsen vorbei auf den Planwagen zu, packte Georgina Mercer am Fuß und riss sie mit einem Ruck herunter. Die landete mit weit ausgestreckten Armen im Dreck.

»Bist du wahnsinnig, lass Georgina in Ruhe, reiß' dich zusammen!«, schrie Andrew, war mit drei Schritten bei ihr und schlug ihr mit dem Handrücken ins Gesicht.

»Sinclair, beherrschen Sie sich!«, brüllte Nicholas Willington, lief auf ihn zu.

Catherines Blick flog zu ihrer Freundin.

Lilly stand da, auf ihrer kalkweißen Wange glühte der rote Handabdruck ihres Mannes, ihre Augen waren leblos wie polierte Steine. Ein schreckliches Lächeln umspielte ihren Mund, sie kümmerte sich nicht um die wimmernde Georgina noch um ihren Mann, der seine jaulende Hundemeute daran zu hindern suchte, sich auf die am Boden Liegende zu stürzen. Mit der kraftvollen Bewegung eines viel jüngeren Menschen zog sie sich auf die Plattform des Wagens, stürzte ins Innere, tauchte nach kurzer Zeit mit einem Gewehr in den Händen wieder auf und kletterte über das Wagenrad wieder hinunter. Ein Kreis von Neugierigen war aufmarschiert. Die Zulus hier, die Europäer da.

Ihr rotes Haar hing ihr in wilden Locken ins Gesicht, ihre Nacktheit schien sie nicht zu bemerken. Die Zulus verschwanden blitzschnell im Busch, die Weißen wandten sich verlegen ab. Andrew und Lilly standen sich Auge in Auge auf dem Platz gegenüber, Georgina Mercer lag zwischen ihnen und wagte nicht zu atmen, geschweige denn, sich zu bewegen.

»Leg das Gewehr hin, Lilly, mach keinen Unsinn. Es ist nicht so, wie du denkst. Und zieh dir um Himmels willen etwas an!« Andrew war mit wenigen Schritten bei ihr und griff nach der Waffe.

Lilly hob das Gewehr, das reich mit Messingornamenten auf poliertem Holz verziert war, und zielte auf Andrews Brust. »Bleib stehen!«

»Verdammt, Lilly, Finger weg von dem Gewehr, du verrücktes Weib …«, rief Andrew in Panik. Er hatte das Gewehr, das er eigentlich König Cetshwayo zugedacht hatte, sofort erkannt. Der Befehl, Zululand sofort zu verlassen, hatte sein Vorhaben vereitelt.

Lilly legte den Finger um den Abzug, und Catherine konnte sehen, wie sich ihre Muskeln spannten. »Nicht, Lilly«, schrie sie. »Du machst dich unglücklich!«

Lilly lachte. Es war ein grausiges Geräusch. »Weißt du, er hat Emma allein gelassen und sich mit diesem Flittchen beschäftigt, während meine Emma ertrunken ist«, sagte sie ohne jeglichen Ausdruck, nicht für eine Silbe hob sie den Ton. Die Worte flossen einfach aus ihrem Mund und fielen auf den Boden. »Dafür wird er jetzt bezahlen, jeder muss irgendwann seine Schuld begleichen!«

»Lass das, Lilly, nicht, du weißt nicht, was passieren wird.«

Aus den Augenwinkeln bemerkte Catherine, dass sich Nicholas Willington hinter den Planwagen geschlichen hatte, gut getarnt durch die nervösen Ochsen. »Lilly, Liebes, leg das Gewehr hin, lass uns reden«, rief sie hastig, um ihre Freundin abzulenken, während sie verstohlen beobachtete, wie er sich von hinten Lilly näherte. Keine zwanzig Schritt trennten ihn.

Es ging dann sehr schnell. Nicholas umfasste Lilly von hinten, Andrew stürzte vor, beide griffen nach dem Gewehr, Andrew erwischte es am Kolben und riss daran, Lillys Finger am Abzug krümmte sich gleichzeitig wie im Krampf. Der Schuss knallte, ein gellender Schrei ließ Schwärme von Vögeln aufflattern, Paviane in Panik schnattern und die angeschirrten Ochsen brüllend aufsteigen.

Wieder schrie jemand, dieses Mal ein Mann, wer es aber war, konnte Catherine, die auf das Menschenknäuel zurannte, nicht unterscheiden. Lilly war auf den Rücken gefallen, Gesicht, Hals Brust, alles war schwarz und mit Wunden übersät, Nicholas Willington kniete daneben auf dem Boden und presste beide Hände um seinen stark blutenden Fuß, Andrew lag still und äußerlich unverletzt neben dem Rad seines Planwagens, nur sein Kopf war merkwürdig verdreht.

»Nicholas, was ist geschehen?« Benita Willington stürzte aus Stefans Zelt.

»Der Schuss ging los, und dann schien das Gewehr zu explodieren«, quetschte Nicholas zwischen den Zähnen hervor, »ich wurde am Fuß getroffen, stolperte, fiel gegen Mr Sinclair, der wiederum auch stolperte und gegen das Wagenrad knallte. Er ist wohl bewusstlos.« Er zuckte hilflos die Schulter. »Es ging so rasend schnell … Was ist mit Mrs Sinclair?«

Catherine beugte sich über ihre Freundin. »Lilly, hörst du mich? Kannst du antworten?« Aber die einzig sichtbare Reaktion war ein Flattern der Lider. »Es geht ihr nicht gut … Wenn doch nur Maria und Leon schon hier wären. Er ist Arzt«, sagte sie und hob das geborstene Gewehr auf, das neben ihrer Freundin im Staub lag, zuckte zurück, als sie den Lauf versehentlich berührte. »Es ist glühend heiß … Was ist nur damit passiert?«

Nicholas Willington nahm es ihr ab und untersuchte es, peilte über Kimme und Korn. »Der Lauf ist verbogen. Jemand hat das Gewehr manipuliert, damit es nach hinten losgeht und derjenige, der es abschießt, die volle Ladung ins Gesicht bekommt.«

»Es … war … Andrew … seine Gewehre.«

Catherine fuhr herum und ging neben Lilly auf die Knie. »Sei still, Liebe, sprich jetzt nicht, gleich kommt Hilfe …« Ihre Stimme erstickte in plötzlichen Tränen, als sie erkannte, wie es um ihre Freundin wirklich stand.

Diese wehrte sich mit schwachen Bewegungen. »Du … verstehst … nicht … Andrew hat Lulamani … an Cetshwayo verraten … Stefan …«

Wie vom Donner gerührt starrte Catherine sie an. Endlich fand sie ihre Stimme wieder. »Stefan!«, schrie sie. »Willst du sagen, dass das, was ihm geschah, Andrews Schuld ist?«

Lilly fand nur noch die Kraft für ein Wort. »Ja.« Dann schlossen sich ihre Lider wieder. Sie erfuhr nie, dass Andrew sich bei dem Sturz das Genick gebrochen hatte. Sie starb in Catherines Armen, ohne das Bewusstsein noch einmal wiedererlangt zu haben. Weiß vor Schock standen Catherine und Benita vor dem

Lager der Toten. Mit einer weichen Geste legte Catherine ihrer Freundin die Hand auf die Augen, strich ihr die blutverschmierten Locken aus dem Gesicht und faltete mit liebevoller Geste die Hände der Toten. Dann holten sie Nicholas Willington.

Er humpelte, stützte sich dabei auf eine provisorische Krücke, die Solozi aus einem kräftigen, gegabelten Ast geschnitten hatte. Durch den dicken Verband an seinem linken Fuß sickerte Blut. »Ist sie …?« Als seine Schwester nickte, bekreuzigte er sich. »Wir müssen sie und ihren Mann noch heute begraben. Wir können sie nicht mit nach Durban nehmen. Es dauert zu lange und es ist zu heiß …« Er machte eine hilflose Handbewegung.

Catherine und seine Schwester nickten stumm.

Nicholas Willington gab den Befehl, am Rand des Zeltplatzes ein Doppelgrab auszuheben, ein hartes Unterfangen, denn der Grund war steinig und trotz der vorangegangenen Regenfälle nur an der Oberfläche weich. Die Schwarzen arbeiteten abwechselnd mit Spitzhacke und Spaten, bis das Grab so tief war, dass kein Raubtier es aufgraben würde, und so breit, dass das Ehepaar nebeneinander liegen konnte.

Catherine und Benita wuschen Lillys Leiche, bekleideten sie und nähten sie dann in Laken ein. Alle versammelten sich, um die Toten zur Ruhe zu betten, und auch Georgina Mercer erschien, sich dramatisch schluchzend auf einen der englischen Safarigäste stützend. Catherine warf ihr einen einzigen Blick zu, der die Frau auf der Stelle dazu veranlasste, sich in gebührende Entfernung vom Grab zurückzuziehen und ihr Schluchzen weitgehendst zu unterdrücken.

Sechs Zulus ließen die in Zeltplane gewickelten Leichen von Lilly und Andrew Sinclair an langen Stricken hinunter in ihr gemeinsames Grab. Dann traten sie zurück. Catherine und Benita lauschten mit gesenktem Kopf, als Nicholas Willington einen Psalm las. Dann beteten sie.

Catherine, noch so geschockt, dass sie nicht einmal weinen

konnte, trat als Erste hervor und ließ eine Hand voll der steinigen, rostroten Erde auf Lilly hinunterfallen. In der Tasche ihres Hosenrocks spürte sie den Diamantschmuck, den sie Lilly mit zitternden Fingern abgestreift hatte. Erst hatte sie gezögert, wollte ihre Freundin mit ihrem Schmuck beerdigen, denn Lilly hatte diesen Schmuck geliebt, ihn nie abgelegt. Die Ohrringe hatte sie schon getragen, als Catherine sie kennen gelernt hatte. Es war an jenem unglaublichen Tag gewesen, Catherines erstem auf Inqaba.

In einer Wolke frischen Frühlingsdufts war eine junge Frau neben ihr erschienen. »Ich bin Lilly Kappenhofer«, hatte dieses bezaubernde Geschöpf mit sprühenden, grünen Augen verkündet und ihre kupfergoldenen Locken geschüttelt, dass die Ohrringe flogen. »Wir sind nicht vornehm, dafür aber ziemlich reich.«

Es war der Beginn einer tiefen Freundschaft gewesen, die selbst dann keine Risse bekam, als Lilly immer mehr dem Alkohol verfiel.

Einer der weißen Jäger Andrew Sinclairs hatte die glitzernden Steine mit einem gierigen Blick fixiert, woraufhin sie den Schmuck an sich genommen hatte. Die Absicht, im Schutz der Dunkelheit das Grab zu öffnen und der Toten den Schmuck zu stehlen, stand ihm deutlich ins Gesicht geschrieben. Sobald sie nach Durban zurückgekehrt waren, würde sie die Diamanten den Kappenhofers aushändigen. Sie sah hinunter auf die schmale Figur unter dem Segeltuch. Eine rote Locke schaute oben heraus, und plötzlich brach der Damm, und die Tränen strömten ihr die Wangen herunter. Sie fühlte sich hohl und leer, als wäre ihr ein Loch in den Leib gerissen worden.

Erst als sie merkte, dass sie nicht mehr nur um Lilly weinte, sondern auch um die Zeiten, die für immer vergangen waren, die Menschen, die sie schon verloren hatte, um die Wunden, die ihr Afrika in den Jahren geschlagen hatte, als sie drohte, ihre Fassung völlig zu verlieren, riss sie sich mit letzter Kraft zusammen und trocknete ihr Gesicht. Die Angst um Stefan setzte ihr offenbar mehr zu, als sie sich selbst eingestehen wollte. Sie trat zurück, während die Zulus sich daranmachten, das Loch aufzufüllen. Zum Schluss schichteten sie Steine zu einem hohen Haufen darüber. Catherine suchte einen besonders schön gezeichneten Stein, küsste ihn und legte ihn ganz oben auf die Steinpyramide. Dann ging sie. Ihre Augen brannten, aber sie blieben trocken. Sie hatte sich wieder im Griff.

Nicholas Willington humpelte ihr entgegen. »Kommen Sie, Mrs Steinach, es gibt heißen Tee und Sandwiches. Das wird Ihnen gut tun.« Er stolperte, trat fest mit seinem verletzten Fuß auf und biss einen Schmerzenslaut zurück. Catherine sah, dass der blutige Fleck auf seiner Bandage sich schnell vergrößerte.

»Darf ich mir Ihren Fuß einmal ansehen? Ich habe ein Mittel, das ich auch auf Stefans Wunde streiche, es wird auch Ihnen helfen.«

»Ach, es wird schon«, murmelte Nicholas Willington.

»Unsinn, Nick, ich wäre froh, wenn Mrs Steinach sich deinen Fuß ansieht.« Benita reichte Catherine eine Tasse dampfenden Tees und goss sich und ihrem Bruder ebenfalls eine Tasse ein. Der Koch hatte den Tisch vor den Zelten gedeckt und kleine dreieckige Weißbrotsandwiches zubereitet. Catherine setzte sich, trank dankbar und aß auch zwei von den Broten, die mit Gurkenscheiben und kaltem Fleisch belegt waren. Für einen Augenblick lehnte sie ihren Kopf zurück und schloss die Augen, überwältigt von dem, was im Augenblick auf sie einstürzte.

Ihr ganzes Leben war aus den Fugen geraten. Ihr Sohn befand sich noch immer in kritischem Zustand, sie wurden von ihrem Land vertrieben, Johann war nicht bei ihr, und Maria und Leon Mellinghoff waren allmählich überfällig. Der einzige Lichtblick war, dass sie guten Grund zur Hoffnung hatte, dass Stefan überleben würde, denn der gefürchtete rote Strich, der zeigte, dass sein Blut vergiftet wurde, hatte sich noch nicht gebildet. Noch hatte sie den Wundbrand in Schach halten können. Sie setzte sich auf, strich sich das Haar zurück. »Mir fällt gerade ein, was Lilly noch sagte, ganz kurz, bevor es mit ihr zu Ende ging. Andrews Gewehre, sagte sie. Was hat das zu bedeuten, was hat dieser Lump gemacht?«

»Das Gewehr, das explodiert ist, ist unzweifelhaft manipuliert worden«, erklärte Nicholas Willington, »und es gibt schon seit längerem Gerüchte, dass den Zulus sabotierte Gewehre und taube Munition verkauft werden. Man beschuldigte schon Leute im Dunstkreis des Gouverneurs, aber nie ist etwas Konkretes dabei herausgekommen. Es scheint wohl so, dass Andrew Sinclair hinter der ganzen Sache steckte.« Er starrte stirnrunzelnd auf seinen verbundenen Fuß. Offenbar blutete die Wunde immer noch. Der rote Fleck war größer geworden. »Ein Mann begeht ein Verbrechen aus drei Gründen: Eifersucht, Rache und Habgier. Die ersten beiden fallen weg, also bleibt Habgier. Würde es zum Krieg kommen, wären uns die Zulus mit diesen Waffen im Kampf hoffnungslos unterlegen. Zululand würde an die Krone Englands fallen …«

»Er träumte von einem Adelstitel, schon lange. Lilly hat mir davon erzählt«, ergänzte Catherine.

»Sabotierte Waffen wären aber höchstens Anlass für ein Militärgerichtsverfahren.«

»Er hat Lulamani, Stefans Frau, an den König verraten. Stefan wollte den König töten, der wiederum hat ihn den Krokodilen vorwerfen lassen.«

Nicholas Willington pfiff durch die Zähne. »Das wäre den Briten ein höchst willkommener Anlass, ihre Kriegsvorbereitungen zu beschleunigen.« Er ballte die Fäuste. »Nun ist der Kerl tot, und trotzdem können wir den Lauf der Dinge nicht mehr aufhalten …«

Catherine wischte sich müde über die Augen. Ihr Blick fiel wieder auf seinen Fuß. Die Bandage war mittlerweile nass vor Blut. »Jetzt würde ich mir gern ihren Fuß ansehen. Bitten Sie doch ihren Koch, sauberes Wasser und ein Tuch zu bringen.«

Nicholas Willington krempelte sein Hosenbein hoch und legte seinen Fuß auf einen Hocker, und Catherine wickelte behutsam die blutgetränkten Binden ab. Mit spitzen Fingern legte sie diese beiseite und nahm den Fuß in Augenschein. Durch das Leder des Schuhs musste die Kugel verformt worden sein, jedenfalls hatte sie eine hässliche Wunde mit gezackten Rändern und einem massiven Bluterguss verursacht.

Der Koch hatte bereits einen Topf mit Wasser auf dem Tisch abgesetzt und reichte ihr ein Tuch. Mit größter Vorsicht wischte sie das dick verkrustete Blut ab.

»Tut es weh?« Sie sah hoch.

»Nein«, log Nicholas Willington und ballte die Fäuste.

Catherine beugte sich vor, um besser erkennen zu können, ob die Kugel noch im Fleisch steckte und ob der Knochen verletzt war. Es bedurfte einiger Sekunden, ehe sie tatsächlich erfasste, was sie sah, und dann traf es sie mit so brutaler Wucht, dass ihr schwarz wurde vor Augen.

27

Catherine starrte auf Nicholas Willingtons Fuß. Die Welt war weiß und still, von Horizont zu Horizont nichts als Weiß, es war eiskalt, und sie war allein in dieser tonlosen Wüste. Ihre Grenzen lösten sich auf, sie war nichts mehr als ein weißes Schemen, und wie sie sich auflöste, verlor sie alles Gespür für sich selbst. Eine bleierne Taubheit legte sich auf ihre Glieder. Sie schloss die Augen, ließ sich zurücksinken in das weiße, kalte Nichts, bis eine Stimme aus unendlicher Ferne kam und sich wie mit Widerhaken in ihre Haut krallte.

»Mrs Steinach, ist Ihnen nicht wohl? Ich bitte um Vergebung, dass ich vergaß, Sie zu warnen, dass ich sechs Zehen an jedem Fuß habe. Es ist erblich, wissen Sie, nicht des Teufels, wie manche meinen, und hat nichts zu besagen. Ich habe es von meinem Vater.« Nicholas Willington lächelte, aber das Lächeln erstarb, als Catherine Steinach ihr Gesicht hob. Vor seinen Augen verfiel diese schöne Frau, schien zu schrumpfen, ihre Haut wurde zu weißem Marmor, der Sprünge bekam und Risse, und ihr glänzendes Haar wurde stumpf und leblos. Zutiefst erschrocken streckte er seine Hand nach ihr aus.

Catherine starrte auf diese Hand, sah sie nicht. Sah nur den Fuß.

Zeig es nicht, reiß dich zusammen, verrate nicht, dass diese Worte deinem Leben eben ein Ende gesetzt haben! Die Stimme in ihrem Kopf war scharf und gebieterisch, und sie gehorchte. Sie dehnte ihre Marmorlippen zu einem schrecklichen Lächeln. »Ach«, sagte sie, und die Worte fielen wie Steine aus ihrem Mund, »nein, mir ist nur ein wenig schwindelig … der Schock, wissen

Sie … alles das hier … nur etwas schwindelig …« Sie machte eine vage Geste. Das stimmte sogar, und es war gar nicht unangenehm. Ein leichter nebliger Schwindel, der es ihr ermöglichte, das Geschehen aus weiter Ferne zu betrachten. »Es geht gleich wieder.« Damit beugte sie sich über den Fuß, zwang sich, die Paste aus Honig, Kräutern und dem Pulver aus Kaffirbaumborke dick auf die Wunde zu streichen. Sie trug sie großzügig auf, doch nicht über diesen knubbeligen kleinen Zeh. Den konnte sie nicht berühren. Nicht um alles in der Welt.

Sie verband den Fuß, ohne ihre Augen noch einmal zu heben, hatte aber nicht genügend Macht über ihre Glieder, um ohne Hilfe aufzustehen. Nicholas Willington half ihr mit einem kräftigen Griff unter den Ellbogen hoch. Sie nickte ihm ihren Dank zu – sprechen konnte sie nicht – und schleppte sich zu ihrem Zelt. Am Rande ihres Blickfelds bemerkte sie durch die zurückgeschlagene Plane von Stefans Zelt den dunklen Kopf Benita Willingtons, die neben ihm auf einem Hocker saß, beobachtete, wie sie seine Hand ergriff und an die Lippen führte. Stefan drückte sich im Kissen hoch und zog sie zu sich herunter. Catherine konnte sich nicht rühren, musste den Kuss mit ansehen, wünschte, dass sie der Schlag treffen oder ein Blitz vom Himmel niederfahren und sie vernichten würde. Aber nichts dergleichen geschah, nur ihr Herz verbrannte in ihrer Brust und hinterließ ein schwarzes, tonnenschweres Loch.

Fast war es ihr gelungen, zu vergessen, wer wirklich der Vater von Stefan war. Sie hatte ihr schmutziges Geheimnis in die dunkelste Ecke ihrer Seele eingeschlossen und den Schlüssel weggeworfen. Da rottete es vor sich hin, hinter einem Haufen von Erinnerungen, die sie über die Jahre sorgfältig davor aufgetürmt hatte. Erst lag es dicht unter der Oberfläche, kam ständig hoch, dann nur ein- oder zweimal am Tag, später vielleicht einmal in der Woche, und dann waren oft Monate vergangen, ohne dass sie daran denken musste. Zuletzt waren es die Begegnung mit Nicholas Willington und Milas dahingeworfene Bemerkung gewesen, wie sehr Stefan Nicholas ähnelte, die sie bis ins Mark erschüttert hatte.

Und nun hatte das Schicksal, diese schreckliche Hyäne, ihr Geheimnis unter dem Erinnerungsgeröll hervorgezerrt. Da lag es, bösartig, stinkend, und kläffte sie an. Das Geheimnis war kein Geheimnis mehr. Stefan und Nicholas waren Konstantin von Bernitts Söhne und Benita seine Tochter. Sie waren Geschwister, Halbgeschwister zwar, aber das änderte nichts. Stefan liebte seine Schwester, und das würde sie ihm sagen müssen. Ihm und Johann. Danach würde sie gehen. Wohin, das war ihr egal. Irgendwohin. Ins Wasser, in die Berge. Es war ihr gleich. Konstantin von Bernitt hatte seine Drohung wahr gemacht, er hatte ihr Leben zerstört, ihrs, Stefans, Johanns und nun auch das von Benita.

Jetzt musste sie die Muskeln ihrer Beine anspannen, sich vom Feldbett hochdrücken und die dreißig Schritte hinüber zu Stefans Zelt gehen. Dreißig Schritte. Sie fragte sich, wie sie die schaffen sollte. In der Spanne eines Lidschlags lebte sie ihr Leben noch einmal, rückwärts, bis zu dem Tag, als sie glaubte, Konstantin von Bernitt endgültig los zu sein. Für immer. Sechs Fuß unter der Erde. Nun war er wieder auferstanden. Vielleicht, so fuhr es ihr durch den Kopf, hätte sie ihn pfählen sollen wie einen Vampir.

Verzweifelt knetete, kniff und kratzte sie ihre Haut, um wieder eine Verbindung zu ihrem Körper zu bekommen. Sie zog sich am Mast hoch, der das Zeltdach hielt, und wagte einen Schritt. Gleich darauf lag sie auf Händen und Knien auf dem struppigen, trockenen Gras, das den Boden bedeckte.

Hölle und Verdammnis, heulte sie innerlich, reiß dich zusammen, du Memme. Du wirst doch einen Fuß vor den anderen setzten können, jedes Kleinkind kann das. Komm, hoch mit dir! Dein Sohn wartet.

Kann nicht.

Du musst.

Will nicht.

Halt den Mund, tu es.

Und sie tat es.

Sie setzte mechanisch einen Fuß vor den anderen, rund dreißigmal, Stunden schien es ihr zu dauern, ehe sie vor seinem Bett stand. Sie ging vor ihm auf die Knie, hielt den Kopf gesenkt. Dann sagte sie es.

»Benita ist deine Schwester, Nicholas ist dein Bruder. Du darfst sie nie wieder sehen.«

Er sah sie verständnislos an, begriff offenbar den Sinn ihrer Worte nicht.

»Es tut mir Leid«, flüsterte sie.

Stille breitete sich im Raum aus, schwarze, kalte Stille, die alles Lebendige erstickte, während sie zusehen musste, wie Stefan allmählich verstand, wie jeglicher Ausdruck aus seinem Gesicht sickerte, bis nur seine Augen im Dämmerlicht wie feurige Kohlenstückchen leuchteten. Sie hätte sich gern der Länge nach in den Staub geworfen, hätte glühende Asche über ihr Haupt gehäuft, sich gegeißelt, alles, nur um seinem Blick nicht begegnen zu müssen. Aber das erlaubte sie sich nicht. Sie hob ihr Gesicht zu ihm, zwang sich, ihn anzusehen. Schweiß lief ihr den Rücken hinunter, in ihren Ausschnitt, über ihren Bauch. Sie konnte sich riechen, und sie hatte sich noch nie derartig vor etwas geekelt wie vor dem Geruch ihrer eigenen Angst. Um Vergebung heischend streckte sie die Hand nach ihm aus.

»Fass mich nicht an«, fauchte er, zitterte, als stünde er im tödlichen Wind der ewigen Eiswüste.

Sie hätte den Rest ihres Lebens dafür gegeben, ihn in den Arm nehmen zu können, zu streicheln, ihn zu wärmen und das zu sagen, was Mütter ihren Kindern zum Trost sagen, wenn das Leben unerträglich für sie wird. Aber er war so weit von ihr entfernt, dass sie ihn nicht erreichen konnte. Nie wieder würde sie ihn erreichen können.

Seine Wut schien ihm Kraft zu verleihen. »Du hast Papa also betrogen ... hast ihn vierundzwanzig Jahre im Glauben gelassen, dass ich sein Sohn bin?«

Diese Stimme hatte sie noch nie von ihm gehört. Hart, kalt, messerscharf. Mühelos schnitt sie durch ihren Körper und verwüstete ihr Innerstes. Mit erhobenem Haupt hielt sie den Schmerz aus, sie musste das, denn sie hatte gewusst, wer sein Vater war. Seit dem Tag seiner Geburt. Sie hatte diesen sechsten Zeh an jedem Fuß in der Sekunde gesehen, als der Kleine aus ihr herausgeflutscht war. Ihr Kopf fiel nach vorn.

»Woran hast du es gemerkt, heraus mit der Sprache.«

Sie sagte ihm die Wahrheit. Über die sechs Zehen an jedem Fuß, und dass Konstantin von Bernitt und auch Nicholas Willington dieselbe Anomalie hatten. »Ich ... ich habe sie nach deiner Geburt abgebunden. Niemand hat es gemerkt.«

Schweigen, ätzend wie eine Giftwolke, senkte sich über sie. Stefan brach es endlich. »Sobald ich auf den Beinen bin, werde ich von hier weggehen, werde Benita nie wieder sehen ..., will dich nie wieder sehen ... du hast mein Leben zerstört und Benitas und das von Papa ... verdammt, er ist mein Vater, besser hätte kein leiblicher Vater sein können ...« Seine Stimme brach, und er musste einen Augenblick pausieren, um neue Kraft zu schöpfen. »... in meinem Beisein wirst du ihm sagen, wer mein Erzeuger ist, dass du ihn all diese Jahre getäuscht und belogen hast.« Er musterte sie mit Abscheu. »Wie war es denn? Hast du immer gewartet, bis dein Mann auf die Felder gegangen ist und für dich geschuftet hat, bevor du deinen Liebhaber gerufen hast?«

Das ist nicht wahr, das habe ich nicht, nein, nicht ... es war ganz anders ... Sie hob abwehrend die Hände, sagte aber nichts.

»Nun, hast du es in deinem Ehebett mit ihm getrieben?«

Sie schwieg.

»Hure. Eine Frau, die verheiratet ist und mit einem anderen ins Bett geht, ist eine Hure.«

Ein Wort wie ein Peitschenschlag.

Ihr Kopf flog hoch. »Das bin ich nicht«, sagte sie und war erstaunt, dass ihre Stimme fest war.

Sein Lachen war hart und jagte ihr eine Gänsehaut über den Körper. »Ach, und ich bin durch die unbefleckte Empfängnis entstanden?«

Ein Schwall von Worten drängte sich in ihrem Inneren hoch. Von dem Unwetter wollte sie ihm erzählen, von dem Tornado, der über Inqaba fegte, als Johann weit weg war und sie völlig allein, der Bäume ausriss, das Dach zertrümmerte, die Veranda den Hang hinunterspülte und den sie und die kleine Viktoria nur überlebten, weil sie sich in letzter Sekunde, verletzt und zu Tode geängstigt, in das Geheimversteck unter dem Fußboden im Wohnraum gezwängt hatten. Sie wollte ihm von der abgrundtiefen Verzweiflung erzählen, die sie überfallen hatte, als sie endlich aus dem Loch kroch, feststellte, dass Inqaba eine Schlammwüste war, wie sie trotz ihrer qualvollen Schmerzen versucht hatte, das Chaos zu beseitigen, wollte ihm erzählen, wie Konstantin von Bernitt aufgetaucht war, sie im Augenblick restloser Erschöpfung vorfand und sie in den Arm nahm. Du bist nicht mehr allein, ich bin jetzt da, hatte er gesagt, und da war sie zusammengebrochen. Sie hätte Stefan natürlich auch erzählen können, dass er ihr auf hinterhältige Weise den Saft der Datura, vermischt mit Laudanum und wildem Marihuana, eingeflößt hatte, der sie willenlos machte, und dass er ihr dann Gewalt angetan hatte, aber es wäre nicht die ganze Wahrheit gewesen.

Es gab einen Augenblick, bevor sie das Gebräu geschluckt hatte, diesen einen exquisiten, höllischen Augenblick, der in ihrem Gedächtnis bohrte wie ein eiternder Dorn, als sie sich nicht mehr wehrte, sich alles in ihr öffnete, sie willig ihren Halt an der Wirklichkeit lockerte und sich von dem Strom mitreißen ließ. Nur der Schmerz ihrer verletzten Hand hatte sie wieder zur Besinnung gebracht, und bis heute war sie sich nicht sicher, ob es wirklich nur der Rausch des Tranks war, der sie tun ließ, was sie dann getan hatte.

Sie konnte ihm das nicht erzählen. Er war ihr Sohn. So schwieg sie.

»Du wirst Buße tun und dich vor deinen Mann stellen und ihm sagen, dass du eine Hure bist.«

»Nein«, sagte sie leise, »das werde ich ihm nicht antun.«

Damals wollte Johann es nicht wissen.

»Es ist dein Kind, und es könnte meins sein. Genau werden wir es nie wissen. Es wird also unser Kind sein.«

Das hatte er erwidert, als sie ihm ohne Schnörkel gestand, wer vermutlich der Vater des Kinds war, das sie erwartete, und hätte sie ihm gleich nach der Geburt gesagt, was sie wusste, könnte sie das jetzt auch ihrem Sohn sagen. Wenigstens das.

»Du wirst es tun, und wenn ich dich eigenhändig zu ihm schleifen muss. Ich lass dich nicht so davonkommen, du musst dafür büßen«, schrie Stefan mit so viel Schmerz, als stecke ein Messer in ihm, und als Benita mit erschrockenem Gesicht ins Zelt trat, schrie er auch sie an. »Raus, verschwinde!«

Benita zuckte zusammen, als hätte er sie geschlagen. »Stefan …« Ihr Blick flog wild zwischen ihm und seiner Mutter hin und her.

»Geh weg, verschwinde einfach, lass mich in Frieden …« Schweißtropfen rollten ihm übers Gesicht den Hals herunter. Er atmete schwer. Er hätte freudig seinen rechten und auch seinen linken Arm dafür hergegeben, um ihr diesen Schmerz zu ersparen, um das ungläubige Entsetzen aus ihrem Gesicht zu löschen. Aber er durfte es nicht.

Die junge Frau ging, zögernd, aber hoch erhobenen Haupts. Noch einmal drehte sie sich um, öffnete den Mund, um etwas zu sagen.

»Geh«, flüsterte er.

Da ließ sie die Zeltplane fallen und ging.

Catherine floh aus dem Zelt, rannte hinüber zu Cleopatra, löste mit fliegenden Händen die Fußfesseln der Stute, schwang sich in den Sattel und jagte, sich unter den tief hängenden Zweigen der Schattenbäume duckend, aus dem Lager.

Aufgeschreckt durch das Pferdegetrampel stürzten Nicholas und Benita Willington aus ihrem Zelt, erhaschten eben noch einen Blick auf Pferd und Reiterin, ehe der Busch sich hinter ihnen schloss. Benita hastete mit fliegendem Rock zu Stefans Zelt, ihr Bruder humpelte, behindert durch seinen verletzten Fuß, fluchend zu den Pferden und befahl seinem Burschen, seins zu satteln. Als er endlich in den Sattel stieg und ihre Verfolgung aufnahm, hatte sich ihre Spur längst in der Wildnis verloren.

Solozi, der einst Sixpence genannt wurde, der erst von der Flucht Kathenis erfuhr, als Nicholas Willington allein und aufs Höchste beunruhigt ins Camp zurückkehrte, ballte die Fäuste, rief seine Ahnen um Hilfe, packte seinen Kampfstock und verschwand ohne ein Wort.

Dem Umstand, dass sich Leon sein Hinterteil derartig aufgeritten hatte, dass ihm das Blut die Beine hinunterlief, und er sich demnach nur noch zu Fuß, und auch das nur quälend langsam, fortbewegte, hatte es Johann zu verdanken, dass er und Ziko lediglich mit einer Stunde Abstand nach seiner Tochter am Abend das Camp der Willingtons erreichten. Ein junger Mann trat aus dem größten Zelt, dessen Bein dick bandagiert war, und obwohl er darauf gefasst war, glaubte Johann für eine Schrecksekunde, Halluzinationen zu haben. Doch dann fing er sich, war sich im Klaren, wem er gegenüberstand. »Ich bin Johann Steinach, Sie sind Mr Willington?« Dann stutzte er. Der junge Mann war über alle Maßen nervös und ziemlich blass. Eben wollte er nach Catherine fragen, als sein Blick auf den frischen Grabhügel unter den Bäumen fiel. Der Schreck, der ihn traf, trieb ihm den Atem aus dem Leib. Unter seinen Füßen schien sich die Erde in glühende Lava zu verwandeln.

»Meine Frau …?« Seine Stimme war nur ein Wispern.

Nicholas Willington folgte seinem Blick. »O nein, nein, nicht Ihre Frau«, rief er hastig. »Stefan auch nicht«, fügte er rasch hinzu, als das Gesicht seines Besuchers noch fahler wurde. Dann erklärte er Johann, was passiert war.

»Aber warum ist meine Frau davongeritten? Hat sie nichts gesagt? Sie würde doch Stefan nie allein lassen. Außerdem ist die Sonne fast untergegangen. Nie im Leben würde sie nachts allein in den Busch reiten.«

»Ich weiß es nicht, Mr Steinach, glauben Sie mir. Sie warf sich auf ihr Pferd und galoppierte davon. Ich bin ihr natürlich sofort nachgeritten, habe über eine Stunde nach ihr gesucht, aber keine Spur von ihr gefunden. Nichts …«

»Welche Ausrüstung hat sie mitgenommen?«

»Keine. Ich glaube, ein Gewehr, aber da bin ich mir nicht sicher.«

»Keine Ausrüstung? Dann muss etwas Entsetzliches passiert sein. Schildern Sie mir bitte noch einmal genau, was dem vorausging.« Er lauschte mit gesenktem Kopf, während Nicholas Willington ihm genau erklärte, dass sie seinen Fuß verbunden hatte, ihr etwas übel geworden war, sie aber seinen Fuß weiter verarztete, ehe sie sich in ihr eigenes Zelt zurückzog. »Kurz darauf aber sah ich sie in das Zelt Ihres Sohns gehen, wo sie eine Weile blieb. Sie redete mit Ihrem Sohn, es gab einen Streit, das konnte ich hören. Dann kam sie plötzlich herausgerannt, sprang aufs Pferd und verschwand im Busch.«

»Sonst ist nichts vorgefallen?«

»Nichts«, sagte Nicholas Willington, vergaß zu erwähnen, dass Catherine erst schlecht geworden war, als sie seinen verletzten Fuß gesehen hatte, und dass er annahm, dass es wegen seiner Missbildung gewesen war.

»Ich verstehe es nicht«, murmelte Johann. »Es ist gar nicht ihre Art …« Er stockte, als ihm einfiel, dass sie schon einmal einfach so in den Busch geritten war. Aber damals war sie achtzehn gewesen, war vor einer Situation geflohen, die ihr über den Kopf gewachsen war. Wovor mochte sie jetzt geflohen sein? »Ich will zu meinem Sohn. Vielleicht weiß er etwas. Wie geht es ihm?«

»Er ist sehr stark, und obwohl ich felsenfest davon überzeugt war, dass er keine zwei Stunden überleben würde, hat sich sein Befinden tatsächlich deutlich verbessert. Er kämpft.« Dann schlug er sich vor die Stirn. »Aber was ich vergaß zu sagen, ist, dass auch Ihre Tochter Maria mit einem Herrn Mellinghoff vor etwa einer Stunde zusammen mit ihrem Burschen Mangaliso eingetroffen ist. Bitte verzeihen Sie.«

»Maria?«, rief Johann aus. Er hatte sie völlig vergessen.

Maria hörte eine Stimme, die ihr bekannt vorkam, und steckte ihren Kopf aus dem Zelt, in das sie Benita Willington geführt hatte. Im Licht der Petroleumleuchte, die seine Silhouette über die Zeltwände tanzen ließ, erkannte sie ihren Vater und rannte ihm barfuß mit flatternden Blusenschößen über den dämmrigen Platz entgegen. Bobo galoppierte schwanzwedelnd hinter ihr her.

»Papa, o Papa, du bist da, wie wunderbar.« Sie warf sich in seine Arme. »Mein Gott, wie bin ich froh, dich zu sehen … Ich habe es eben erst erfahren, Mama ist allein dort draußen im Busch, und es ist schon dunkel. Was ist da nur passiert? Ich habe solche Angst!«

Er vergrub sein Gesicht in ihrem Haar und hielt sie so fest, als könne er nicht glauben, seine Tochter heil und unversehrt im Arm zu halten. »Wenn sie nicht schon längst wieder auf dem Rückweg ist, wird sie es sich in einem sicheren Schlafbaum gemütlich machen und den Morgen abwarten. Deine Mutter ist sehr buscherfahren, das weißt du. Du wirst sehen, morgen vor dem Frühstück ist sie wieder hier.« Wenn er das nur selbst glauben könnte! Wenn er nur wüsste, was wirklich vorgefallen war.

»Und es hat geregnet … die Malaria … Du weißt, was das für Mama heißt … Ih habe solche Angst«, wiederholte sie, ihr Gesicht an seine Brust gepresst.

Ich auch, hätte er am liebsten gesagt, aber das konnte er natürlich nicht zugeben. Nicht vor seiner kleinen Tochter. »Ich werde gleich mit Stefan reden, vielleicht weiß der Näheres. Warst du schon bei ihm?«

Maria schüttelte den Kopf. »Benita hat ihm Laudanum gegeben. Er schläft wohl noch.« Im Zelteingang tauchte Leon auf. Bobo warf sich herum, rannte auf den jungen Deutschen zu und verbellte ihn.

Johann spähte hinüber. »Wen versucht denn Bobo da zu frühstücken?«

Ihr stieg die heiße Röte ins Gesicht. Offenbar wusste ihr Vater noch nichts von Leon und ihr. Verlegen scharrte sie mit dem großen Zeh auf dem steinigen Boden. Sie hob ihre flackernden Augen zu ihm. »Papa … ich muss dir etwas sagen.« Heftig winkte sie Leon heran, schickte ein Stoßgebet zum Himmel, nahm allen ihren Mut zusammen und holte tief Luft. Sie zog Leon an der Hand zu sich. »Papa, das ist Leon Mellinghoff. Er ist …« Ihr versagte die Stimme. »Er ist … mein Mann«, stieß sie endlich hervor.

»Erfreut«, murmelte Johann mit abwesender Miene und reichte Leon seine Hand. Dann verstand er, was sie gesagt hatte. »Was ist er?«, sagte er und zog die Hand zurück. »Ich hab mich wohl verhört!«

»Nein«, flüsterte Maria. »Nein. Wir sind verheiratet, und du wirst Großvater.«

»Was?«, riefen Johann und Leon gleichzeitig.

»Ich bekomme ein Kind«, stotterte sie und lief nunmehr hochrot an, hätte die Worte am liebsten wieder heruntergeschluckt. Es war ihr einfach so herausgerutscht. Die Anzeichen in den letzten Tagen waren eigentlich nur zu deutlich gewesen, das morgendliche Unwohlsein, die unerklärliche Müdigkeit, aber schließlich war sie noch nie schwanger gewesen und sie hatte sich nichts weiter dabei gedacht. Mangaliso, der Sachen sehen konnte, lange bevor andere sie wahrnahmen, hatte es ihr gesagt.

Ein Stöhnen, das aus Stefans Zelt kam, ließ sie alle zusammenfahren. Johanns Blick flog zwischen seiner Tochter und Leon Mellinghoff hin und her. »Ich muss sehen, wie es Stefan geht, du kommst mit«, sagte er zu Maria. »Und mit Ihnen, junger Mann, werde ich mich nachher befassen. Mein Sohn geht jetzt vor.« Damit packte er Marias Hand, ließ Leon stehen und strebte dem Zelt seines Sohns zu. Er schlug die Eingangsplane zurück, ließ Maria vorgehen und trat dann ein.

Stefan war wach. Vor seinem Lager hockte eine außerordentlich schöne junge Frau auf den Knien, das dunkle Haar trug sie zu einem Knoten im Nacken verschlungen, die Ärmel ihrer weißen Bluse waren aufgekrempelt, der rehbraune Reitrock schleifte im Staub. Ihre Schultern bebten. Sie weinte. Lautlos tropften die Tränen aus den großen, graugrün schimmernden Augen auf ihre Bluse.

»Bitte, sag's mir, Stefan, mein Liebster. Ist es etwas, was ich getan habe? Warum schickst du mich weg? Ich liebe dich. Was ist zwischen uns gekommen?«

Über ihre zuckenden Schultern erblickte Stefan seinen Vater und seine Schwester. »Papa, Maria«, sagte er mit schwacher Stimme, zeigte kein Erstaunen über ihre Anwesenheit. »Papa, bitte schicke Maria raus, ich muss mit dir reden, und zwar allein. Fräulein Willington, bitte gehen auch Sie.«

Benita Willington war bei dieser Anrede kreidebleich geworden, selbst ihre Lippen wurden blass. Wortlos erhob sie sich, streckte noch einmal die Hand nach ihm aus, Stefan machte eine schwache, abwehrende Bewegung, sie zuckte zurück, wandte sich ab und hastete nach draußen.

Johann, der die Szene mit Verwirrung beobachtet hatte, trat näher ans Feldbett, musste die Zähne zusammenbeißen, als er im flackernden Kerzenlicht die fahle Gesichtsfarbe seines Sohns und den Verband um dessen Oberschenkel erblickte. Jedem, der Erfahrung mit Verwundungen hatte, musste klar sein, dass Stefan bei weitem noch nicht über den Berg war, wie Nicholas Willington glaubte. Er legte seinem Sohn sanft seine Hand auf die Stirn. Ein feiner Film kalter Feuchtigkeit überzog die Haut. Das konnte bedeuten, dass das Fieber heruntergegangen war, aber auch, dass er einen plötzlichen Rückfall bekommen hatte.

Maria zögerte am Ausgang, Ratlosigkeit auf ihren Zügen.

»Warte draußen auf mich«, sagte Johann. Mit kurzem Händedruck und einem Lächeln versuchte er, sie zu beruhigen. Er wartete, bis die Zeltplane hinter ihr zufiel, und zog dann einen mit Segeltuch bespannten Klapphocker heran, setzte sich zu Stefan. »Nun, mein Sohn, was willst du mir sagen, das Maria nicht hören darf?«

Stefan kämpfte mit den Tränen. Johann, der das auf die Schmerzen schob, streichelte seine Hand. »Wird schon wieder, halt durch.« Er nahm sich vor, ihm vorerst nicht zu sagen, dass seine Mutter Hals über Kopf völlig allein in den Busch geritten war und dort wohl die Nacht verbringen musste. »Willst du mir sagen, wie das passiert ist? Alles, was ich weiß, ist, dass ein Krokodil dich erwischt hat. Wie konnte das geschehen? Oder soll ich lieber später wiederkommen, wenn es dir besser geht?« Er machte Anstalten aufzustehen.

»Nein, nein … bitte, bleib …« Schweiß tränkte sein Haar. »Lulamani … Madoda …« Stockend berichtete er seinem Vater, welche Ereignisse dazu geführt hatten, dass er als Köder für Krokodile am Rand des Tümpels ausgelegt worden war.

»Kikiza«, flüsterte Johann, hörte Knacken, als würde einem Menschen das Genick gebrochen, fühlte den heißen Atem des Sangomas auf seinem Hals, hatte plötzlich seinen Gestank in der Nase.

Er erkannte, dass er seinen Sohn so schnell wie möglich über die Grenze in Sicherheit bringen musste. Ohne Zweifel war die Kunde, dass Stefan überlebt hatte, längst nach Ondini gedrungen, und der Hyänenmann würde alles daransetzen, sein Werk zu vollenden. Aber vorher musste er Catherine finden. »Deine Mutter ist einfach in den Busch geritten, jetzt, kurz vor Dunkelheit, was ist …?« Er biss sich auf die Lippen, verwünschte seine Unvorsichtigkeit. Stefan sollte nichts davon wissen, er brauchte seine Kraft, um gesund zu werden. Catherine konnte er ohnehin nicht helfen.

Stefans Miene zeigte keine Reaktion, aber ein erneuter Schweißausbruch durchnässte sein Kissen. Johann hob vorsichtig den Kopf seines Sohns an, schüttelte das Kissen mit einer Hand aus und drehte es auf die trockene Seite. Denn legte er Stefan sanft zurück. »Besser so, nicht wahr?«

Aber Stefan reagierte nicht. Seine Hand strich ziellos über die Decke. Seine Lippen bebten. »Papa, hast du … Mr Willington gesehen?« Er sah Johann bei den Worten nicht an.

Sein Vater nickte vorsichtig. »Ja, er hat mich begrüßt.«

»Ist dir nichts aufgefallen?«

»Was sollte mir aufgefallen sein? Sein Fuß ist verletzt, sonst macht er einen völlig normalen Eindruck auf mich.«

»Aber siehst du nicht die Ähnlichkeit zu mir?«

Alarmiert beugte er sich über seinen Sohn. »Die Ähnlichkeit? Was meinst du?« Aber er wusste genau, was Stefan meinte. Nicholas Willington war ihm ähnlich wie ein Zwillingsbruder, und doch konnte es nicht sein. Es konnte nicht sein! Es durfte einfach nicht sein.

»Er ist mein Halbbruder«, flüsterte Stefan.

Johann saß ganz still. Noch immer hielt er Stefans Hand. Das Schrillen von Millionen Zikaden hing wie ein Schleier in der Luft, eine Hyäne murrte, eine andere ließ ihr verrücktes Lachen hören, irgendwo bellte ein Pavian. Er fröstelte. Immer hatte er gewusst, dass dieser Augenblick irgendwann einmal kommen musste, und war längst darauf vorbereitet. Aber nie hatte er damit gerechnet, dass er es von Stefan hören würde. Ausgerechnet Stefan sollte es nie erfahren.

589

»Meine Mutter ist fremdgegangen, und ich bin ein Kuckuckskind. Du hast ein fremdes Kind als deinen Sohn aufgezogen.« Jetzt weinte Stefan.

Johann zuckte zusammen, machte eine heftige Bewegung, aber dann beherrschte er sich. Wie sollte er dem Jungen erklären, dass es gleich war, von wem er sein Erbgut tatsächlich hatte? Dass nur galt, wer ihn in all diesen Jahren geliebt hat. »Mein Sohn … nein, hör mir zu, Stefan. Ich habe es immer gewusst, aber du bist mein Sohn, unser Sohn, ich bin dein Vater. Ich habe dich großgezogen.«

»Papa«, unterbrach ihn Stefan. »Hast du nicht zugehört, meine Mutter ist …«, er zögerte, aber nur einen winzigen Augenblick, ehe er das Wort aussprach, »meine Mutter ist eine Hure.«

Es wurde totenstill. Selbst die Zikaden schwiegen. Johann starrte seinen Sohn an, und plötzlich begriff er. Ihm stieg das Blut in den Kopf. »Hast du das zu deiner Mutter gesagt?« Er packte Stefans Hand und presste sie so hart zusammen, dass der aufstöhnte. »Antworte mir auf der Stelle, hast du das zu deiner Mutter gesagt, was du eben zu mir gesagt hast?«

Stefan konnte nur nicken.

»Und daraufhin ist sie hinausgelaufen und in den Busch geritten?«

Seine Stimme war kalt und scharf, dass es Stefan schauderte. Wieder nickte er stumm, aber jetzt stand Angst in seinem Gesicht. Sein Vater schloss seine Augen für einen kurzen Moment. Als er sie wieder öffnete, erschrak Stefan bis ins Mark. Noch nie hatte er ihn so wütend gesehen.

»Ist dir eigentlich klar, was du gemacht hast?«, presste Johann zwischen zusammengebissenen Zähnen hervor. »Es ist stockdunkel, und deine Mutter ist da draußen allein im Busch, ohne Schutz, vielleicht sogar ohne ihr Gewehr. Sie hat weder Wasser noch Essensvorräte, und den Kompass habe ich. Kannst du dir vorstellen, was das heißt?« Johann schwieg einen Augenblick, um in das panische Chaos seiner Gedanken Ordnung zu bringen.

»Aber, sie hat doch … ich bin … Nicholas Willington ist …«
Stefan brach ab. Der Ausdruck auf dem Gesicht seines Vaters
brachte ihn zum Schweigen.

»Wage nie wieder, dieses Wort in den Mund zu nehmen. Du
weißt nichts vom Leben deiner Mutter, du hast nicht die geringste Ahnung, was sie durchgemacht hat. In deinen wildesten Fanta-
sien könntest du dir das nicht vorstellen. Bete zu Gott, dass ich sie
finde, bevor sie Cetshwayos Kriegern in die Hand fällt.« Er stand
auf und starrte grimmig auf Stefan hinunter.

»Papa, Benita Willington ist meine Halbschwester, und ich
liebe sie und wollte sie um ihre Hand bitten«, sagte Stefan mit
weinerlicher Stimme.

Unfähig, ihm Trost zu spenden, stürmte Johann ohne ein
weiteres Wort aus dem Zelt und stieß davor mit Benita zusammen.

»Was geht hier vor?«, fragte sie, ihre Stimme auf einmal nicht
mehr sanft und rauchig, sondern sehr klar und scharf.

Überrascht musterte er die so zurückhaltend wirkende, leise
junge Frau. »Nichts weiter. Eine kleine Meinungsverschiedenheit.«

Ausdruckslos sah sie ihn an, dann flog ihr Blick wieder zu Stefan, der immer noch mit geschlossenen Augen dalag. Auf seinen
bleichen Wangen glühten rote Flecken, sein Atem ging schnell.
»Eine kleine Meinungsverschiedenheit?« Ihre Stimme klirrte. »Ihr
Sohn, Mr Steinach, lag im Sterben, als wir ihn fanden. Seit Tagen
haben wir, seine Mutter und ich, um sein Überleben gekämpft.
Zum ersten Mal gab es heute einen Hoffnungsschimmer, dann
hat er sich mit seiner Mutter gestritten, und jetzt kommen Sie,
und geben ihm den Rest. Ich werde das nicht zulassen, hören Sie?
Mir ist es völlig gleichgültig, warum Sie sich streiten.« Sie holte
tief Luft. Die Röte kroch ihr den Hals hoch und flutete ihr ins
Gesicht. »Ich möchte Sie bitten, Ihren Sohn in Ruhe zu lassen. Er
braucht jedes Quäntchen Kraft, um zu genesen. Es gibt nichts,
das so wichtig ist, dass es Stefans Leben wert wäre.«

Johann hatte es die Sprache verschlagen. Derartige Töne hätte er zuallerletzt von Benita Willington erwartet, diese sanfte Person überraschte ihn völlig.

Benita sah Johann in die Augen. Sie reichte ihm kaum bis zum Kinn, obwohl sie für eine Frau recht groß war. »Mr Steinach, ich muss erfahren, worum es bei Ihrem Streit gegangen ist. Ich will mich nicht einmischen, ich muss nur wissen, was ich Stefan sagen kann. Es geht ihm schlechter, und ich habe furchtbare Angst um ihn.«

Sie wirkte plötzlich sehr verletzlich und tat Johann unendlich Leid. Was konnte er ihr nur sagen? Der Mann, der da liegt, ist Ihr Bruder, Sie dürfen ihn nicht lieben, wie eine Frau das tut. Das konnte er ihr doch nicht sagen! Aber ihm war klar, dass dieser Augenblick kommen würde, so oder so, und dann würde ihrer Seele eine Wunde zugefügt, deren Narbe sie für den Rest ihres Lebens tragen würde.

Benita beobachtete ihn mit gespannter Aufmerksamkeit. »Was ist los, Mr Steinach? Sagen Sie es mir, warum Sie so besorgt aussehen.«

»Benita …«

Die junge Frau wandte sich erschrocken um, sah, dass der Kranke wach war. »Stefan! Wir haben dich gestört. Bitte, verzeih.« Sie lief zu ihm und sank neben seinem Bett auf die Knie. Besorgt fühlte sie seine Stirn, fand sie etwas kühler und drückte einen erleichterten Kuss auf seine Hand. Aus einem Glaskrug, den ein Perlendeckchen gegen Insekten schützte, goss sie ihm Wasser in einen Becher und hielt ihm diesen an die Lippen. Stefan trank, schloss kurz die Augen, dann öffnete er sie wieder und versuchte, sich aufzusetzen. Benita wollte ihn wieder ins Kissen drücken, doch er schüttelte den Kopf.

»Ich muss dir etwas sagen«, sagte er, seine Stimme heiser vom Fieber und der Anstrengung. »Sieh dir meinen Fuß an.« Es kostete ihn alle seine Kraft, seinen Fuß unter dem Laken herauszustrecken. »Siehst du die Narbe über dem kleinen Zeh? Auch ich hatte einmal einen sechsten Zehn, doch den hat … Er ist kurz nach meiner Geburt abgetrennt worden.«

Verständnislos schaute ihn Benita an. »Was ist damit?«

»Dein Bruder hat einen sechsten Zeh …« Er kämpfte um die nächsten Worte. Endlich bekam er sie heraus. »Hast du auch sechs Zehen an jedem Fuß?«

»Nein, hab ich nicht. Warum?«, rief sie erstaunt.

Stefan starrte sie mit offenem Mund an. »Hast du nicht? Hast du je einen gehabt?«, stammelte er. Sein bleiches Gesicht rötete sich langsam.

Johann, der noch immer am Eingang stand, hielt die Luft an.

Benitas mahagoniglänzendes Haar flog um ihr Gesicht, als sie heftig den Kopf schüttelte. »Nein, ich habe nur fünf. Aber nun sag, was hat das zu bedeuten?«

Stefans Herz fing plötzlich an zu hämmern, dass ihm die Luft wegblieb. »Wer ist dein Vater?«

»Mein Vater? Reginald Willington natürlich, wer denn sonst?« Die Worte funkelten wie Kristalltropfen in der Luft.

Stefan gab einen erstickten Laut von sich, war schlagartig weiß und dann wieder rot geworden, und auf wundersame Weise fingen seine vom Fieber getrübten Augen auf einmal an zu leuchten. »Sag das noch einmal, in einem ganzen Satz bitte. Langsam. Ich möchte sicher sein, dass ich mich nicht verhört habe«, presste er hervor.

Sie schenkte ihm jenen nachsichtigen Blick, mit dem eine Mutter ihren kleinen Sohn anschaut, der für sie in Nachbars Garten Blumen geklaut hatte. »Gut, wenn du das so möchtest. Also, ich bin Benita Willington, meine Mutter heißt Sylvia Willington und mein Vater Reginald Willington. Geboren bin ich in Kapstadt.« Sie sah ihn erwartungsvoll an.

Stefan brach in Tränen aus. Benita warf sich in seine Arme, streichelte ihn, bettelte, dass er ihr sagen möge, was so fürchter-

593

lich sei, aber für Minuten konnte sie keinen zusammenhängenden Satz aus ihm herausbekommen.

»Sag's ihr«, stieß Stefan endlich hervor und sah seinen Vater an.

Johann befestigte die Plane so, dass Licht ins Innere des Zelts fiel. Dann rieb er seine schweißnassen Hände an seinen Hosen ab, als würde ihm das Sprechen dadurch leichter fallen. »Nun, Fräulein Willington, es ist so …«, begann er und wusste nicht weiter. Er räusperte sich. Benita wartete geduldig. Stefan hatte sich beruhigt und wischte sich energisch übers Gesicht. Johann machte einen erneuten Anlauf. »Es hat den Anschein, Fräulein Willington, dass Ihr Bruder Nicholas – wie soll ich sagen …«

Die Spannung war Benita deutlich anzusehen. Ihre Augen waren grau wie die stürmische See. »Geradeheraus, Mr Steinach, einfach so, wie es ist, ohne Kringel, ohne Umschweife, und schnell, wenn ich bitten darf«, sagte sie mit spröder Stimme.

Johann atmete tief durch. »Es könnte sein, dass ein anderer der Vater Ihres Bruders war als Reginald Willington. Und dieser Mann ist auch der Vater meines … von Stefan. Stefan glaubt, dass dieser Mann auch Ihr Vater ist, und dann wären Sie und Stefan Halbgeschwister. Eine Verbindung zwischen Ihnen könnte nur eine freundschaftliche sein.«

Benitas herrliche Augen füllten sich mit Tränen, aber das Lächeln, das ihr Gesicht überstrahlte, sagte alles. »Du meinst Graf Bernitt? Mit ihm war meine Mutter in erster Ehe verheiratet, und Nicholas ist sein Sohn, das stimmt. Reginald Willington hat Nicholas adoptiert, weil dieser Herr Graf unsere Mutter aufs Schändlichste behandelt hatte und sie seinen Namen aus ihrer Erinnerung löschen wollte. Meine Eltern waren höchst anständige elf Monate verheiratet, ehe ich auf die Welt kam.« Sie zupfte an ihrem Haar. »Von meinem Vater habe ich mein dickes Haar und die Augenfarbe.« Jetzt waren ihre Augen wieder meergrün.

Johann schluckte, setzte an, etwas zu sagen, lächelte nur etwas belämmert, wandte sich dann aber diskret ab und ließ das junge Paar allein.

Stefan streckte Benita seine Arme entgegen, sie schmiegte sich hinein und bettete ihren Kopf auf seine Brust. »Warum hasst dich der Zulukönig derart, dass er dich töten lassen wollte?«, fragte sie nach einer glückerfüllten Weile, in der sie seinem Herzschlag gelauscht hatte und einen Blick in ihre Zukunft getan hatte. Sie spürte, wie sein Griff fester wurde.

»Weil er erfahren hat, dass ich ihn töten wollte.«

Erstaunt hob sie den Kopf. »Du? Du kannst doch keinen Menschen töten. Das glaube ich einfach nicht.«

Stefan sah ihr in die meergrünen Augen. »Ich glaube, fast jeder kann das, wenn ihm etwas angetan wird, das er nicht verkraften kann.«

»Lulamani, nicht wahr?«

Er nickte und schaute an ihr vorbei, meinte plötzlich, eine graziöse Gestalt zu sehen, schimmernd wie ein Trugbild, die gewichtslos über dem goldgelben Gras schwebte, die außer einem wagenradgroßen Sonnenhut mit Schleife nichts als Perlenschnüre auf ihrer samtigen braunen Haut trug, und er meinte, eine vom Wind verwehte Melodie zu hören, zart wie die Sphärenklänge von Elfen, Töne im Walzertakt, funkelnd wie Diamanttropfen. Ihm standen plötzlich die Tränen in den Augen.

Benita bemerkte es und beugte sich voller Sorge über ihn. »Was ist, Stefan, tut dir dein Bein weh? Soll ich Laudanum holen?«

Er nahm ihre Hand und hielt sie ganz fest, als bräuchte er einen Anker. »Nein, nicht mein Bein. Mein Herz tut mir weh.«

Und dann fand er die Worte, ihr von Lulamani zu erzählen, diesem funkelnden Geschöpf, wie sie gelebt hatte und wie sie sterben musste. Benita hörte zu, unterbrach ihn nicht, hielt seine Hand und ließ ihn nicht aus den Augen.

»Sie ist auf Inqaba begraben«, sagte er und sah den Hügel vor sich und den alten Kaffirbaum, in dessen Schatten sie ruhte. Dann schaute er die Frau in seinem Arm an.

Benita schwieg lange. »Ich hätte sie gern gekannt«, sagte sie dann, und er glaubte ihr das aufs Wort.

»Was ist mit meinem Pferd«, fragte er viel später. »Mein Hengst Inyoni … Ich muss ihn irgendwo angebunden haben, aber ich habe es vergessen…«

»Zwei unserer Kundschafter haben einen schönen Rappen und ein Packpferd eine halbe Stunde entfernt von dem … Tümpel entdeckt. Ich habe die Taschen durchsucht und Taschentücher mit deinen Initialen gefunden. Wir nahmen daher an, dass es dein Hengst ist.« Sie stand auf und ging hinüber zu einem Klapptisch, wo auch sein Rasierzeug lag. Ihr Blick fiel auf die Hose, die er an dem Tag, als Kikiza ihn erwischte, getragen hatte. Das eine Hosenbein hatte sie bis zur Taille aufschneiden müssen, um es ihm auszuziehen. »In deiner Hosentasche steckte eine Zeichnung. Sie ist mit Blut verschmiert, und da ich nicht wusste, ob sie wichtig ist, habe ich sie aufgehoben.« Sie kehrte mit dem Taschentuch und einem mit getrocknetem Blut verkrusteten Papier zurück. Mit spitzen Fingern reichte sie ihm beides.

Er stützte sich auf einen Arm und nickte. »Es ist mein Taschentuch. Gott sei Dank habt ihr Inyoni gefunden. Ist er in Ordnung?«

»Er hat sich bei einem Fluchtversuch eine Wunde am Rücken geholt. Er wird für einige Zeit keinen Sattel tragen können, aber sonst geht es ihm gut.«

Stefan seufzte vor Erleichterung. »Nun zeig mal die Zeichnung.« Er glättete die Seite, runzelte die Stirn, als er die Linien betrachtete, dann lachte er, hustete, weil das noch schmerzte. »Das ist eine Schatzkarte«, sagte er. »Dahinter steckt eine lange, aufregende Geschichte. Möchtest du sie hören?«

Als Johann aus dem Zelt trat, umfing ihn tiefe Dunkelheit. Die Umrisse der Bäume standen schwarz vor dem tiefen Blau der afrikanischen Nacht. Er legte den Kopf in den Nacken und schaute hinauf in den unendlichen Sternenhimmel. Über ihm glitzerte das Kreuz des Südens. Er rieb sich mit dem Handballen die brennenden Augen. Man sah kaum die Hand vor Augen. Es war zu dunkel, um Catherine nachzureiten. Er musste bis Tagesanbruch warten.

»Bitte halte deine schützende Hand über sie«, betete er inbrünstig. »Ich werde alles ertragen, was du mir aufbürdest, aber bitte, Gott, lass sie bei mir.« Er konnte sich nicht daran erinnern, wann er Gott das letzte Mal um Hilfe angerufen hatte.

Leise Stimmen drangen aus dem Zelt, in dem sich Maria und der junge Mellinghoff aufhielten, und ihm fiel ein, dass er noch etwas zu erledigen hatte. Mit energischen Schritten ging er hinüber. »Kann ich eintreten?«, fragte er und tat es gleich darauf. Leon Mellinghoff sprang sofort auf und stellte sich neben Maria, die auf einem Hocker saß.

Johann warf ihm einen stirnrunzelnden Blick zu. »Ich will alles wissen, von Anfang an«, blaffte er.

»Herr Steinach, lassen Sie mich …« Leon legte eine schützende Hand auf Marias Schulter.

Johann bemerkte es wohl, aber zeigte nicht, dass ihm das sehr gefiel. Dafür war es zu früh. »Ich will es von meiner Tochter hören. Nun, was hast du mir zu sagen?«

»Ich muss mit Bartholomew anfangen«, begann Maria, ließ sich Zeit bei der Wahl ihrer Worte. »Durch ihn bekam ich den Wunsch, Medizin zu studieren, und so fing alles an.«

Sie sprach flüssig, ließ nichts Wesentliches aus, beschrieb ihre Zeit im Haus der Mellinghoffs so drollig, dass Johann sich trotz der schlimmen Ereignisse des Tages kaum ein Lächeln verkneifen konnte, und als sie die Episode mit den Herren Professoren in der Universität von Rostock anschaulich darstellte, musste er tatsächlich lachen.

Seine Miene verfinsterte sich allerdings, als sie ihren Rauswurf durch Ludovig Mellinghoff schilderte. »Er schlug mich ... Ich konnte nicht eine Sekunde länger unter seinem Dach bleiben ... ist schon gut, Leon«, sie legte ihre Hand auf seine, »es hat nicht sehr wehgetan, es ist nur, dass mich noch nie jemand vorher geschlagen hatte ... dein Vater hat dann eine Passage auf dem nächsten Schiff gebucht ...«

»Jetzt muss ich die Geschichte übernehmen«, unterbrach sie Leon, dem noch der Zorn auf seinen Vater im Gesicht abzulesen war. »Als Ihre Tochter, Herr Steinach, bei ihrer Ankunft aus der Kutsche stieg, wusste ich schon, dass ich mit ihr und keiner anderen den Rest meines Lebens verbringen wollte. Und dann erzählte sie mir von Afrika.« Ein träumerisches Lächeln huschte über sein Gesicht. »Abgesehen davon, dass sie das wunderbarste Wesen ist, das je auf dieser Erde wandelte, hat sie ein begnadetes Talent, Geschichten zu erzählen. Sie hat mich mitgenommen in ihr Afrika, nach Inqaba ...«

Johann sah ihn überrascht an, war erstaunt, wie perfekt dem jungen Deutschen der Klick gelang, und machte eine Handbewegung, die ihn aufforderte fortzufahren.

»Es gibt nicht viel mehr zu berichten. Als mein Vater Maria vor die Tür setzte, wusste ich, dass ich entweder meinem Leben ein Ende bereiten musste, weil ich nicht ohne sie leben kann, oder sie nach Afrika begleiten ... Sie hat nicht geahnt, dass ich mitkommen würde, Herr Steinach. Ich musste sie täuschen, damit mein Vater nichts merkte. An Bord dann ...«

»Jetzt lass mich«, sagte Maria und hob die Hand. »Ich habe vorher nicht gewusst, was wirkliche Liebe ist, Papa, und ich kann jetzt erst verstehen, was Mama und dich verbindet. Bevor ...«, hier errötete sie tief, »bevor etwas zwischen uns passierte, hat Leon mich um meine Hand gebeten. Es war ein Missionar an Bord, der uns seinen Segen gegeben hat, und der Kapitän, der dieses Recht hat, wie du weißt, hat uns getraut.« Sie hob ihre herrlichen Augen zu ihm, und Johann sah, dass sie in Tränen schwammen.

Er räusperte sich. »Und was hat das mit dem Großvater auf sich?«

Jetzt glühte das Antlitz seiner Tochter, als würde sie von innen durch Kerzenlicht erleuchtet. »Ich bekomme ein Kind«, schluchzte sie. »Stell dir das nur vor. Ich bekomme ein Kind.« Sie legte ihre Hand auf die von Leon, die auf ihrer Schulter lag, und er hielt sie fest.

Johann sah sie an. »Ist es nicht noch ein bisschen früh, um sicher zu sein … es sei denn, ihr habt schon früher …«

Maria wurde tiefrot. »Nein … haben wir nicht, aber es gibt untrügliche Anzeichen … weißt du, und Mangaliso … die Zulus … sie haben einen Blick dafür …«

Da breitete ihr Vater wortlos seine Arme aus, und Maria flog ihm entgegen. Über ihren Kopf sah Johann Leon Mellinghoff an.

»Du kennst den Spruch in einer solchen Situation, mein Junge, nicht wahr? Wenn du meiner Maria jemals wehtun solltest, auf irgendeine Weise, dann sieh zu, dass du dich schnellstens auf die andere Seite der Weltkugel verdrückst, denn wenn ich dich erwische, geht es dir an den Kragen. Schwörst du, sie zu lieben und zu ehren, in Krankheit und Gesundheit, in guten und schlechten Zeiten, bis dass der Tod euch scheidet?« Noch immer hielt er seine Tochter fest im Arm.

»Das schwöre ich, bei meiner Seele und unserem ungeborenen Kind.«

Johann nickte stumm, streichelte Maria und musste an seine ersten Tage mit Catherine denken. Ihm schossen die Tränen in die Augen.

»Du wirst sie finden, Papa, bestimmt«, wisperte seine Tochter, die wie ihre Mutter seine Gedanken zu lesen schien. Ihre Stimme war brüchig.

Sie redeten noch eine Weile, erzählten sich gegenseitig das, was passiert war, als sie so weit voneinander entfernt waren.

»Lasst uns schlafen gehen«, sagte Johann endlich. »Ich werde mit Ziko und Mangaliso morgen eine Stunde vor Sonnenaufgang aufbrechen.«

»Wir kommen mit.«

»Auf keinen Fall. Ihr bleibt hier, du in deinem Zustand sowieso, und«, er warf einen Blick auf Leon, »mit Verlaub gesagt, ich glaube, dass mir dein Bräutigam nur hinderlich sein wird.«

Leon Mellinghoff zuckte resigniert die Schultern. Etwas anderes hatte er nicht erwartet, er schwor sich aber insgeheim, in Rekordzeit nicht nur reiten zu lernen, sondern alles, was man brauchte, um sich im Busch zurechtzufinden. »Vielleicht kann ich doch ein wenig helfen.« Eilig kramte er in seinem Arztkoffer herum, bis er eine kleine, braune Flasche zutage förderte und Johann reichte. »Salizylsäure. Schmeckt fürchterlich und verursacht manchmal Magenbeschweren, aber es ist ein wunderbares Mittel gegen Fieber. Zusammen mit Chinarinde … auch davon habe ich etwas vorrätig … Sie wissen schon, falls die Malaria sie erwischt haben sollte. Ich habe gehört, dass es bei Ihrer Frau ein besonderes Risiko ist.«

»Danke.« Johann steckte die Medizin sorgfältig weg. »Mal sehen, ob Ziko mir etwas zu essen gemacht hat.« Im Hinausgehen sah er ein Buch auf einer Packkiste liegen. Eigentlich hätte er es nicht weiter beachtet, bis er den Titel las. Er war auf Französisch.

»*Der Graf von Monte Christo*. Wem gehört das Buch?«

»Der Dumas? Der gehört mir«, sagte Leon Mellinghoff. »Spannend, kann ich nur sagen. Sehr zu empfehlen. Möchten Sie es leihen?«

Johann schüttelte lächelnd den Kopf. »Ich nicht, aber ich weiß, dass Sie meiner Frau die größte Freude damit machen würden. Seit Monaten versucht sie, eine Ausgabe in die Hände zu bekommen. Die erste ist im Meer versunken, die zweite hat der kleine Bhubezi zerfetzt …«

Leon reichte ihm das Buch. »Nehmen Sie es mit. Es ist mir ein besonderes Vergnügen. Bitte sagen Sie das Ihrer Frau.«

Wenn ich sie je lebend wiedersehe, dachte Johann. »Danke«, sagte er laut. »Das werde ich.«

Nicholas Willington erschien im Zelteingang. »Ich habe gehört, dass Sie morgen vor Sonnenaufgang aufbrechen wollen. Ich werde Ihnen alle Männer zur Verfügung stellen, die Sie brauchen, Mr Steinach.«

»Das ist sehr liebenswürdig«, quetschte Johann durch die Zähne. Es fiel ihm einfach schwer, höflich zu diesem Mann zu sein, obwohl der nichts verbrochen hatte, als den falschen Vater zu haben. Energisch riss er sich zusammen. »Danke, aber es ist besser, wenn ich mit meinen beiden Zulus allein suche, und wie ich gehört habe, hat sich Mangalisos Sohn schon auf ihre Fährte gesetzt. Ziko, Mangaliso – und sein Sohn auch – sind sicherlich mit die besten Spurenleser in Zululand. Wenn jemand meine Frau finden kann, dann sind es diese drei. Und sie verehren Nkosikazi Katheni«, setzte er leise hinzu.

Nicholas Willington bemerkte die Feindseligkeit Johann Steinachs wohl, konnte sie sich aber nicht erklären, auch verriet die Miene des anderen nicht, was dahintersteckte. Er beschloss abzuwarten, der Mann vor ihm stand unter großem Druck, vielleicht hatte seine Haltung nichts mit ihm zu tun, sondern war nur Ausdruck seiner tiefen Verzweiflung. So lächelte er nur verbindlich. »Gut, aber es bedarf nur eines Worts von Ihnen, und alle meine Männer stehen Ihnen zu Verfügung. Auch wir verehren Katheni«, sagte er und sah Johann fest in die Augen, um seine Bemerkung zu unterstreichen. »Unser Koch hat inzwischen ein Mahl vorbereitet. Ich würde mich freuen, wenn Sie alle meiner Schwester und mir dabei Gesellschaft leisten würden.«

Für einen winzigen Moment zögerte Johann, die Einladung

anzunehmen, dann schalt er sich selbst einen undankbaren Lump. Schließlich hatten die Willingtons nicht nur Stefan aufgenommen und versorgt, sondern auch Catherine und Maria, und sie hatten Stefans wegen ihre Abreise aus Zululand verzögert, obwohl ihnen Cetshwayo im Nacken saß. »Danke«, sagte er und dehnte seine Lippen zu einem Lächeln. »Ich komme gern.« Zu seiner eigenen Überraschung merkte er, dass er das ehrlich meinte.

Auf dem Weg hinüber zum Tisch, der unter einer Zeltplane gedeckt war, bemerkte er zwei Fackeln und ein Kreuz auf dem frischen Hügel am Rand des Rastplatzes. Ihm fiel ein, dass ihm keiner gesagt hatte, wer dort begraben lag. Er ging hinüber. Auf dem breiten Holzkreuz waren zwei Namen eingeritzt und mit Kohle geschwärzt. Sein Gastgeber folgte ihm hunpelnd.

»Andrew und Lilly Sinclair«, las er halblaut. »Um Gottes willen …«

Nicholas Willington verlagerte sein Gewicht auf seinen gesunden Fuß. »Begleiten Sie mich zum Tisch, Mr Steinach, und ich werde Ihnen die ganze Geschichte erzählen, und auch, was ich glaube, was dahinter steckt.«

Als Johann den letzten Bissen des gerösteten Warzenschweinferkels heruntergeschluckt hatte, wischte er sich den Mund mit der Damastserviette ab. »Kompliment, Madame«, sagte er zu Benita Willington. »Es ist sehr lange her, dass ich so gut gegessen habe.«

Benita Willington neigte graziös ihren Kopf. »Ich werde das Kompliment an unseren Koch weitergeben«, erwiderte sie.

»Mr Willington, es gibt eine Sache, wo ich wirklich Ihre Hilfe gebrauchen könnte. Ich habe gesehen, dass Inyoni, das Pferd meines Sohns, leicht verletzt ist, deswegen möchte ich zusätzlich das Pferd meiner Tochter für meine Frau mitnehmen. Es kann immer passieren, dass ein Pferd in ein Erdloch tritt oder von einer Schlange gebissen wird. Ich wäre Ihnen also sehr dankbar, wenn meine Tochter und Herr Mellinghoff mit Ihnen zusammen nach Natal zurückkehren könnten.«

»Mit Vergnügen nehmen wir Ihre Tochter mit«, antwortete Nicholas und hob erneut sein Glas. »Und wenn es Ihnen passt, Frau Mellinghoff, würden wir Sie und Ihren Mann gern als Gäste in unserem Haus auf der Berea begrüßen. Wir haben es für einige Zeit gemietet. Meine Schwester wird eine Krankenschwester einstellen, damit wir Ihren Bruder bestens versorgen können. Wäre Ihnen das auch recht, Herr Steinach?«

Maria zuckte zusammen und lief tiefrot an. Es war das erste Mal, dass sie jemand mit diesem Namen angeredet hatte, und zum ersten Mal wurde ihr wirklich bewusst, dass sie tatsächlich verheiratet war. Sie streifte ihren Mann mit einem raschen Blick, und er nickte. »Danke, das ist wirklich sehr großzügig von Ihnen. Obwohl wir natürlich auch im Lobster Pott bleiben könnten …«

»Damit ist es entschieden«, sagte Benita. »Möchten Sie noch Wein, Herr Steinach?«

Johann hatte bei Marias Reaktion geschmunzelt. Auch ihn hatte diese Anrede überrascht. Nun, er würde sich daran gewöhnen müssen, denn offenbar war die ganze Sache wasserdicht und rechtsgültig. Er hatte einen Schwiegersohn und wurde Großvater. So war es nun mal. Der Lauf des Lebens. »Weiß Mama eigentlich, dass du ein Kind bekommst?«, fragte er, aber so leise, dass nur Maria es verstand.

Wieder wurde sie rot und schüttelte heftig den Kopf. »Ich hatte noch keine Gelegenheit, es ihr zu sagen«, flüsterte sie.

Nach dem Essen entschuldigte er sich. Er wollte sich vergewissern, dass Ziko und Mangaliso reichlich zu essen und einen bequemen Platz zum Schlafen hatten. Nach wenigen Schritten zögerte er, starrte kurz auf seine Stiefelspitzen, ging zurück und beugte sich hinunter zu Maria. »Wenn du in Durban angekommen bist, bestelle bei Pettifers doch bitte zwei Dutzend Messerbänkchen. Aus Silber. Er soll es auf meine monatliche Rechnung setzen.«

»Messerbänkchen?« Ihr Ton machte deutlich, dass sie glaubte, sich verhört zu haben.

»Messerbänkchen«, nickte er und machte sich, Hände in die Hosentaschen gebohrt, durch die Zähne vor sich hinpfeifend, auf den Weg hinüber, wo die Schwarzen um ein großes Feuer lagerten. Seine Zulus saßen dicht beieinander, etwas abseits von den anderen. »Wir brechen auf, wenn sich die Hörner der Rinder vom Himmel abheben«, teilte er ihnen mit.

Die Zulus nickten, während sie sich Fleischbrocken und steifen Maisbrei in den Mund schaufelten. Neben ihnen standen große Biergefäße, die bis zum Rand gefüllt waren.

»Wir sehen uns morgen früh«, sagte Johann.

28

In halsbrecherischem Tempo trieb Catherine Cleopatra blindlings durch den Busch. Dornenzweige griffen nach ihr, sie spürte, wie ihre Haut auf der Stirn aufriss, schmeckte den Eisengeschmack ihres eigenen Bluts, fand es richtig, dass sie blutete, fand es richtig, dass ihr Schmerz zugefügt wurde, suhlte sich geradezu darin, denn er war nichts gegen den Schmerz, den sie Stefan verursacht hatte. Erst als ein Dorn ihr das Oberlid aufschlitzte, regte sich ihr Selbsterhaltungstrieb, und sie hielt eine Hand schützend über die Augen.

Nach zwei Stunden war die Stute am Ende, und Catherine hatte nicht die mindeste Ahnung, wo sie sich befand. Sie glitt aus dem Sattel und führte ihr Pferd steifbeinig zu einem schmalen Wasserlauf, der durch das Buschwerk schimmerte, hakte ihr Gewehr vom Sattel, stellte mit einem Griff in die Satteltasche fest, dass sie außer der Kugel, die noch im Lauf steckte, keinerlei Munition bei sich hatte. Beklommen hielt sie Ausschau nach Krokodilen, während Cleopatra trank, fragte sich dabei, was sie tun würde, wenn sie diese eine Kugel verschossen hatte.

Der Ruf des Ziegenmelkers kündigte die Nacht an, mahnte sie, sich schleunigst einen Schlafplatz zu suchen. Bleiern müde trocknete sie ihr Gesicht an ihrem Blusenärmel und griff nach ihrem Gewehr. Plötzlich wurde sie sich bewusst, dass sie es mit dem Kolben zwischen ihre Füße gestellt hatte. Unbewusst hakte sie ihre große Zehe hinter den Abzug. Einen Schuss hatte sie, einen einzigen. Ohne Mühe könnte sie so den Abzug ziehen, und am anderen Ende würde die Kugel den Lauf verlassen und ihr Gehirn zerfetzen.

Dann ist es vorbei, und ich muss diesen Schmerz nicht länger ertragen. Was wäre ein Leben ohne ihre Familie? Leer, schwarz, kalt. Wie ein dürres Blatt im Winterwind werde ich sein, ohne Halt, ohne Licht, ohne Wärme. Als würde sie aus der Ferne zuschauen, sah sie ihren Mann, ihren Sohn und ihre Töchter an ihrem offenen Grab stehen. Sie hörte sich rufen, aber niemand schien sie zu hören. Keiner weinte, alle kehrten ihrem Grab den Rücken zu und entfernten sich, ließen sie allein in der ewigen Kälte und Dunkelheit zurück. Ihr Leben würde weitergehen, Schicht für Schicht würden sich neue Erfahrungen darüberlegen, bis nur noch eine Narbe blieb und sie selbst nur eine blasse Erinnerung war.

Wie von einem fernen Stern schaute sie zurück auf dieses lichtdurchflutete Land, das ihr Leben gewesen war. Die Verbindung war abgerissen. Ihr Seelenheil würde sie dafür geben, die Zeit zurückdrehen zu können. Warum ist es so, dass wir Menschen immer erst begreifen, welchen Schatz wir in den Händen halten, wenn er für immer verloren ist?, dachte sie. Ihr Zeh krümmte sich.

»Feigling«, fauchte Grandpère.

Sie zuckte zusammen, schnappte nach Luft, ließ ihr Gewehr fallen, als sei es rot glühend, brauchte einige Augenblicke, um zu realisieren, dass es diese Stimme nur in ihrem Kopf gab. Grandpères Stimme. Probleme muss man anpacken, hatte er ihr immer wieder eingebläut, und man muss tun, was aufrecht ist, auch wenn es schmerzt. Wat mut, dat mut, hatte er unweigerlich hinzugefügt. Besser, so meinte er, konnte man Pflichtbewusstsein nicht ausdrücken.

»Aber sieh doch, was ich Stefan angetan habe! Wie kann ich ihm je wieder unter die Augen treten?«, wimmerte sie, merkte nicht, dass sie laut gesprochen hatte. »Und es ist vierundzwanzig Jahre zu spät, um es Johann zu sagen.«

Grandpère antwortete nicht.

Nein, dachte sie, ich kann nicht, und presste beide Hände an die Schläfen, war sich sicher, dass sie den Druck nicht aushalten würde.

»Solange du bei mir bist, hält meine Liebe alles aus.«

Johann! Er hatte es gesagt, als er erfahren hatte, dass das Kind, das sie erwartete, vielleicht nicht seins war. Sein Gesicht erschien vor ihrem inneren Auge, er schaute sie aus seinen wunderbaren braunen Augen an, und plötzlich meinte sie, seine Hand auf ihrer zu spüren, Wärme breitete sich in ihr aus, gleichzeitig durchströmte sie eine enorme Kraft. Ihr Herz hämmerte. Wie hatte sie daran zweifeln können! Sie lehnte ihren Kopf an die Wärme des schweißnassen Pferdehalses und weinte hemmungslos, bis alles aus ihr herausgespült war.

Notgedrungen würde sie die Nacht im Busch verbringen, aber noch vor Tagesanbruch würde sie sich auf den Weg zurück machen, alles daransetzen, Johann abzufangen, bevor er das Lager der Willingtons erreichte und mit Stefan sprechen konnte. Er sollte die ganze Geschichte von ihr erfahren. Dann musste sie Stefan erklären, wie es dazu gekommen war. Offen, ohne etwas zu verschweigen. Vergebung erwartete sie nicht. Dazu waren der Schmerz und die Verletzung, die sie ihrem Sohn zugefügt hatte, zu gewaltig. Das würde sie aushalten müssen.

Energisch befestigte sie ihr Gewehr wieder am Sattel. Nie wieder würde sie sich auch nur einen Gedanken an diesen so verführerisch leichten, endgültigen Ausweg erlauben. Cleopatra wandte ihren schönen Kopf und wieherte leise, und Catherine nahm die Zügel auf.

Cleopatra riss ihren Kopf hoch und stieß einen Warnlaut aus, ihre Ohren spielten aufgeregt. Catherine fuhr zusammen und horchte. Irgendetwas musste die Stute gestört haben. Ein Tier? Rasch flog ihr Blick über den schmalen Fluss, die steilen, lehmigen Ufer, aber alles war still, keine verräterische Kielwasserlinie störte die glatte Wasseroberfläche.

So lauschte sie angestrengt, aber es dauerte noch lange Minuten, bis sie es auch hörte. Rhythmisches Trampeln, Knacken von Zweigen, laute Atemgeräusche, ein tiefes Brummen, das die steinharte, sonnengebackene Erde tönern vibrieren ließ. Das Brummen schien überall zu sein, unter ihr, über ihr, neben ihr, vor ihr und in ihr. Sie bekam Angst, und ihr wurde schwindelig. Hastig zog sie Cleopatra am Halfter unter die tief herunterhängenden Zweige eines Feigenbaums und hielt ihr die Nüstern zu.

Durch eine Lücke im hohen Ried konnte Catherine sie sehen. Sie liefen vorbei, einer hinter dem anderen. Sie begann zu zählen, aber bei fünfzig gab sie auf. Auch so war sie sich bewusst, was dort an ihr vorbeizog: Cetshwayos Krieger, mindestens eine Hundertschaft von ihnen. Alle trugen die volle Ausrüstung, keine Federkronen, die sie hätten verraten können, nur Schild, Assegai und Kampfstock. Sie liefen im Rhythmus eines monotonen Sprechgesangs, der diesen nervenzerfetzenden Brummton ergab. Die dunkle Haut der Zulus glänzte unter einer Fettschicht. Der leichte Wind trug einen strengen, deutlich ranzigen Geruch zu ihr herüber.

Löwenfett, dachte Catherine. Sie haben sich mit Löwenfett eingerieben, um ihren Mut zu stählen, und Red Ivory hatte erzählt, dass der König seine besten Sangomas zusammengerufen hat, um seine Soldaten mit einer besonderen Medizin unverwundbar für die Kugeln der Weißen zu machen.

Die Hackschwerter und Assegais schossen Blitze im bläulichen Abendlicht, und ihr Blut stockte, als ihr Reds weitere Worte einfielen. Sie benutzen Menschenfett, um die Klingen scharf und hart zu machen, hatte er gesagt, und ein einziger Schwerthieb genügt, um einen Mann mühelos in zwei Hälften zu hacken. Wie ein heißes Messer durch Butter. Das hatte er gesagt und dabei gelacht.

Sie hielt den Atem an, fürchtete, dass die Krieger sie hören könnten. Das Bild, was mit ihr passieren würde, wenn man sie entdeckte, ließ ihr das Blut in den Adern gefrieren. Am eigenen Leib hatte sie die enthemmende Wirkung von Dagga, dem wilden Marihuana, und Daturasaft erfahren. Obwohl sie jeder als die Herrin von Inqaba kannte, ihr Ruf als Heilerin über ganz Zululand verbreitet war, zweifelte sie daran, dass die Männer sie in ihrem Wahn erkennen würde, war obendrein davon überzeugt, dass sie, auch wenn sie merkten, wen sie vor sich hatten, sich nicht darum kümmern würden. Ihr Leben wäre keinen Pfifferling wert.

Jäh breitete sich ein weißes Licht in ihrem Kopf aus, wieder wurde ihr schwindelig, und auf einmal schien ihr, dass sie jene gläserne Klarheit erlangt hatte, die manche Menschen nach langer Krankheit kurz vor ihrem Tod erfahren.

Obwohl sie nicht krank war, spürte Catherine, dass auch ihr für einen Augenblick diese hellseherische Klarheit vergönnt war. Bis weit hinter den Horizont konnte sie schauen, über alle Grenzen hinweg, vorwärts in der Zeit. Afrika versank vor ihren Augen in einem roten Meer von Blut. Als wäre sie ein Vogel und könnte von oben auf die Erde hinuntersehen, sah sie den weißen Mann wie eine gewaltige Welle über das Land branden, hörte Waffen klirren, sah Leid und Gewalt und Tod, und Blut, Blut, Blut, so viel Blut. Ihr verschwammen die Sinne, ihre Gedanken liefen Amok. Mit dem letzten Rest Bewusstsein versuchte sie, sich an die Wirklichkeit zu klammern, voller Angst, dass sie von der Blutwelle weggeschwemmt werden würde. Nur mit größter Anstrengung konnte sie sich dazu zwingen, absolut bewegungslos zu warten, bis die Krieger Cetshwayos verschwunden waren.

Noch für lange Zeit lauschte sie auf alle Geräusche, mühte sich, jedes Knacken, jedes Rascheln, jeden Vogelruf genau zu identifizieren, ehe sie wagte, sich gründlich umzusehen, um ihre Lage einschätzen zu können. Endlich trat sie aus dem Baumschatten hervor, band Cleopatra die Vorderbeine zusammen, damit sie weiden konnte, und kraxelte eine Anhöhe hinauf, um übers Land zu schauen.

Dichtes Dornengestrüpp, unterbrochen von weiten Flächen gelben Graslands und knochenweißen Gesteinsgruppen, hier und da ausladende Schirmakazien, unter denen Büffel und Antilopen ruhten, am Rand, wo das Gras saftig und grün wurde, Palmenhaine, die am Lauf eines Bachs wuchsen. Durch die Baumkronen blitzten die letzten Sonnenstrahlen. Konzentriert ließ sie ihren Blick über die Landschaft streichen, suchte den Horizont ab nach Erkennungszeichen, die ihr verraten könnten, wo sie sich befand.

Dem Sonnenstand nach zu urteilen, war sie nach Nordwesten geritten, aber dessen war sie sich nicht ganz sicher, ihre Uhr hatte sie bei ihrer Flucht in Stefans Zelt liegen lassen, konnte also nicht nachprüfen, wie lange sie unterwegs gewesen war. Die kleine Ringsonnenuhr, die ihr Johann einmal geschenkt hatte, mit der sie überall auf der Welt die Zeit bestimmen konnte, lag in ihrem Nachttisch im Lobster Pott, gleichzeitig erinnerte sie sich daran, dass Johann den Kompass mit nach Inqaba genommen hatte.

»Hölle und Verdammnis«, knirschte sie, fühlte sich aber durch den Fluch keineswegs erleichtert.

Es war sehr feucht geworden, und Mückenschwärme sirrten in der Abendluft, umwogten sie in zarten Wolken. Sie zerquetschte gleich zwei Moskitos auf ihrer Hand, verwünschte ihre Dummheit, nicht einmal Citronellaöl zur Abwehr bei sich zu haben. Gleichzeitig bezweifelte sie, dass selbst Citronellaöl bei derartigen Massen von Mücken noch wirksam war. Wieder wurde sie gestochen, dieses Mal am Hals. Sie schlug danach, aber die Insekten wirbelten zu Hunderten um sie herum, verfingen sich in ihrem Haar, krochen ihr sogar in den Kragen.

»Hölle und Verdammnis«, schrie sie noch einmal. Mit einer heftigen Bewegung riss sie einen stark verästelten, dicht beblätterten Zweig von einem Busch und benutzte ihn als Wedel. Es brachte zumindest die Mücken derart durcheinander, dass sie momentan von ihr abließen, dafür hatte sie sich allerdings einen Dorn in die Hand gebohrt.

Sorgfältig suchte sie im schwindenden Licht das Land ab, versuchte wieder und wieder, in jener Felsnase oder dieser Palmengruppe dort einen Anhaltspunkt zu finden. Vergebens. Sie war irgendwo im Busch von Zululand, die sinkende Sonne war nur noch ein rosiger Widerschein, und die blauen Schatten der Nacht verfingen sich schon wie Spinnweben zwischen den Bäumen. In kürzester Zeit würde es dunkel sein. Sie peilte den Punkt an, wo die Sonne eben untergegangen war, versuchte sich zu erinnern, was ihr Johann über den Gebrauch eines Sextanten erzählt hatte. Es hatte irgendetwas mit dem Stand der Sonne und ihrem Winkel zum Horizont zu tun. Frustriert schüttelte sie den Kopf, verwünschte sich selbst, dass sie nicht genauer aufgepasst hatte. Sie bekam es einfach nicht zusammen.

Zwei bis zweieinhalb Stunden musste sie schätzungsweise unterwegs gewesen sein. Der Wasserlauf zu ihren Füßen hatte vermutlich nicht einmal einen Namen, schien ein Nebenarm eines Hauptstroms zu sein. Vielleicht vom Nseleni, denn der Schwarze Umfolozi lag weiter nördlich, unmöglich hätte sie ihn heute schon erreichen können. Die meisten Flüsse flossen zum Meer, und das lag im Osten.

Beunruhigt schaute sie sich im verlöschenden Licht um. Die Nacht brach herein, sie war allein im afrikanischen Busch und hatte noch keinen Platz zum Schlafen. Sie musste einen finden, der sicher war, und das schnell. Zwar hatte sie ihr Gewehr dabei, aber nur eine Kugel, den Hut hatte sie vergessen, ebenso wie die Wasserflasche, geschweige denn, dass sie an Essen gedacht hätte. Das war im Augenblick aber nicht das Schlimmste. Das Wasser des Flüsschens war einigermaßen klar, sie konnte hier ihren Durst stillen, besaß aber kein Gefäß, um einen Vorrat mitzunehmen.

Sie hätte sich ohrfeigen können. Immerhin kannte sie sich im Busch aus wie kaum eine andere Europäerin. In den Jahren, als sie nur mit Mangaliso als Begleitung mit einem Planwagen quer durch Zululand von Umuzi zu Umuzi gefahren war, um Tauschgeschäfte mit den Zulus zu machen, hatte sie alles von dem kleinen Schwarzen gelernt, was sie zum Überleben brauchte. Weder würde sie verhungern noch verdursten, und einen Sonnenhut konnte sie sich leicht in kürzester Zeit flechten. Das war zumindest ein Trost. Sie würde überleben. Morgen früh würde sie sich an der Sonne orientieren und zurück ins Lager reiten, um dort zu warten, bis Johann kam. Sie war sehr aufgeregt, wäre am liebsten jetzt weitergeritten, die Nacht hindurch. Aber natürlich war das nicht möglich. Dazu brauchte man die Augen und Ohren und den Instinkt der Nachtjäger, der Leoparden und Hyänen.

Der letzte helle Streifen, der zwischen den Bäumen leuchtete, erlosch, und die Dunkelheit fiel wie ein nasses, blaues Tuch herunter. Der Chor der Nachttiere setzte mit ohrenbetäubendem Lärm ein, Frösche quakten, eine Hyäne lachte, und ganz nah ertönte das fette Grunzen eines Flusspferds. Im fahlen Sternenlicht tastete sie sich zum nächsten Baum, verwünschte sich selbst, dass sie nicht einmal die Möglichkeit hatte, ein Feuer zu entzünden, um sich und ihr Pferd vor Raubtieren zu schützen.

Sie band Cleopatra fest, betete, dass sie am nächsten Morgen noch unversehrt sein würde, und hangelte sich an den niedrig herunterhängenden Ästen hinauf in die Krone, hoffte inständig, dass sie dabei nicht auf eine Schlange treten würde oder sich womöglich den Vorratsbaum eines Leoparden ausgesucht hatte.

Catherine schnupperte, ob sie Aasgeruch wahrnehmen konnte, aber es roch nur nass und modrig. Auf einem dicken, wenig geneigten Ast ließ sie sich nieder. Nach kurzem Überlegen zog sie ihr Unterhemd aus, schlüpfte aber wieder in ihre Bluse und krempelte die Ärmel herunter, um sich vor Mückenstichen zu schützen. Das Hemd drehte sie zu einem Strick, schlang ihn um den Baum und dann um ihre Taille und schürzte einen festen Knoten, verdrängte dabei den aufkeimenden Gedanken, dass sie, sollte tatsächlich ein Leopard auf ihren Baum klettern, den Knoten nicht so schnell würde lösen können, um rechtzeitig zu fliegen.

Dann verkeilte sie ihre Füße in zwei Astgabeln so, dass sie ihr einigermaßen sicheren Halt gaben, und schloss die Augen.

Johann, der sich neben Stefans Lager auf dem Boden in seine Schlafmatte gerollt hatte, wälzte sich unruhig herum. Stefan stöhnte ab und zu im Schlaf, und als Johann mitten in der Nacht aufstand und seine Stirn fühlte, war sie fieberheiß. Es beruhigte ihn nicht, dass Leon nach seiner Untersuchung ein Ansteigen des Fiebers für normal gehalten hatte. Er nahm ein bereitliegendes Handtuch, wrang es in der Schüssel mit Wasser aus, die neben Stefans Bett stand, und machte ihm kühlende Umschläge. Tatsächlich erschien es ihm, dass das Fieber daraufhin sank. Übermüdet legte er sich wieder hin, und sofort überfiel ihn wieder die Sorge um Catherine. Erst kurz vor Morgengrauen schlief er auf dem Stuhl neben seinem Bett ein.

Stimmengewirr, ängstliches Wiehern der Pferde und laute Rufe rissen ihn aus einem schweren Traum. Verwirrt fuhr er hoch, hörte den Krach und befürchtete augenblicklich, dass sich eine Raubkatze zwischen die Pferde geschlichen hatte. Er packte sein Gewehr, riss mit einem Ruck die Plane vor dem Zelteingang zurück und stürmte hinaus. Der flackernde Schein des Lagerfeuers tanzte über die Zelte, obwohl sich Büsche und Baumkronen schon klar gegen den hellen Himmel abzeichneten.

Nicholas Willington erschien im Eingang seines Zelts und hinter ihm Benita.

Auch Maria und Leon waren geweckt worden und liefen aus ihrem Zelt. »Löwe?«, fragte Maria und strich sich die wirren Locken aus dem Gesicht.

Johann hob die Schultern. »Mag sein, könnte aber auch ein Leopard sein oder Zulus, die begierig auf unsere Pferde sind. Lassen Sie uns nachsehen, Mr Willington.« Er prüfte, ob sein Gewehr geladen war.

Die Antwort bekamen sie auf der Stelle. Ein Zuluimpi, angeführt von einem Krieger in vollem Federschmuck, marschierte im Laufschritt ins Lager. Doch sie hielten nicht die übliche geordnete Formation ein, sondern schwärmten aus, verteilten sich blitzschnell über das ganze Lager und durchkämmten die Zelte. Porzellan klirrte, Holz splitterte, ein Schuss knallte, Flüche wurden laut.

Benita schrie auf. »Nicholas, sie zerstören unser Lager, halte sie auf! Hört auf, lasst das!« Sie stürzte los und wäre geradewegs ins Zelt gerannt, aus dem der Lärm drang, wenn Johann sie nicht in letzter Sekunde aufgehalten hatte.

»Ganz ruhig«, mahnte er. »Wir dürfen sie nicht provozieren. Sie werden ein paar Sachen zerbrechen, ein paar mitgehen lassen und dann verschwinden.« Hoffentlich, dachte er.

Nicholas Willingtons Schwarze, die sich beim ersten Krach neugierig aus ihren Schlafmatten gewickelt hatten, erfassten sofort, was da vor sich ging, und rannten kopflos vor Angst in den Busch.

Ziko und Mangaliso standen plötzlich in dem Rund vor den Zelten. Ziko hielt seinen Assegai in der Faust, in der anderen sein Schild, und seine Augen sprühten vor Zorn. Mangaliso war mit seinem Panga bewaffnet.

»Ruhig«, befahl Johann. »Runter mit den Waffen.«

Die beiden Zulus tänzelten vor Aufregung. Mangaliso stieß eine Kette von derart saftigen Zuluflüchen hervor, dass Johann dankbar war, dass Benita Willington der Sprache nicht mächtig war. »Bleibt hier stehen und rührt euch nicht«, sagte er und ging auf den Anführer zu. Er hatte in ihm den schon immer großspurig auftretenden Sohn eines unbedeutenden Häuptlings erkannt, den er gelegentlich im Königsdorf angetroffen hatte. In sicherer Entfernung blieb er stehen. »Was geht hier vor, Inkosana Simiso? Weißt du nicht, wer ich bin?«

»Umlungu!« Simiso spuckte ihm das Wort vor die Füße. »Wurm, der sich unter meinen Füßen krümmt. Merke dir wohl, dass alle Umlungus von nun an von den Zulus getötet werden. Wir werden sie mit dem Assegai erstechen und ihnen erst das Herz und dann ihre Eingeweide herausschneiden.« Er holte weit aus und schlug seinen Assegai gegen sein Schild. Ein dumpfer Ton rollte über den Platz. Mit einem verächtlichen Blick wandte er sich ab und stolzierte mit wehenden Federbüschen davon, seine Krieger folgten ihm, schlugen mit immer schneller werdendem Takt die Assegais auf die fellbezogenen Schilder. Der drohende Rhythmus ließ Benita Willington zittern wie Espenlaub, selbst Johanns Puls jagte hoch, obwohl er diese Einschüchterungsspielchen der Zulus zur Genüge kannte.

Doch es waren mehr die Worte des Zulus, die ihn erschreckten. Sie hatten ihm klargemacht, in welcher Gefahr sie sich alle befanden! Es gab einige Häuptlinge, die von König Cetshwayo verlangten, alle Weißen umzubringen, sogar seinen großen Induna John Dunn. Offensichtlich gewannen diese Häuptlinge allmählich die Oberhand.

Bobo, der in Stefans Zelt am Pfahl festgebunden war, tobte wie ein Wahnsinniger. Johann sah beunruhigt, dass Simiso zögerte, atmete aber unwillkürlich durch, als der Zulu gleich darauf das bedrohliche Trommeln wieder aufnahm. Ein Mann wie Simiso war unter diesen Umständen vollkommen unberechenbar, und die Situation konnte in Sekundenschnelle zu ihren Ungunsten umschlagen. Er musste etwas unternehmen.

Ziko machte einen Schritt vor, die Kuhschwänze an seinem Schurz bebten.

»Cha, Ziko!« Johanns Stimme war leise, aber Ziko hielt in der Bewegung inne. Sein Körper war gespannt wie ein Jagdbogen.

Nicholas Willington war bleich geworden. Sein Zulu war nicht annähernd so gut wie der Johann Steinachs, aber die Haltung des Sprechers, seine Mimik und sein Ton machten überdeutlich, was seine Worte bedeuteten. Er legte seiner Schwester den Arm um die Schulter. »Verhalte dich ruhig«, flüsterte er. »Lass Mr Steinach das regeln.«

»Aber Stefan …«

»Sie werden ihm nichts tun«, sagte Johann leise. »Bleiben Sie ruhig.« Seine Zuversicht war nur gespielt. Was würde geschehen, wenn die Zulus erkennen würden, wer da verletzt auf dem Bett lag? Würden sie wissen, welches Schicksal der König Stefan zugedacht hatte, würden sie die Arbeit des Hyänenmanns vollenden? Sollte das passieren, waren ihr aller Leben keinen Pfifferling mehr wert, das war ihm klar. Es würde ein Gemetzel geben. Fieberhaft überlegte er, was er tun konnte, um die Lage zu entschärfen.

»Willington, haben Sie ein paar Gewehre übrig? Wo kann ich die finden?«, fragte er mit gedämpfter Stimme.

»In der Abseite meines Zelts. Was haben Sie vor?«

»Unser Leben erkaufen«, antwortete Johann lakonisch.

»Aber ist es nicht verboten, den Zulus Waffen zu geben?«, flüsterte Benita. »Es stehen schwere Strafen darauf.«

»Im Augenblick gelten andere Gesetze«, knurrte Johann mit grimmigem Lächeln. »Gewehre stehen bei den Zulus sehr hoch im Kurs. Ich denke, sie sind den Kriegern das Leben ein paar niederer Umlungus wert. Bleiben Sie ruhig, egal was passiert, und lassen Sie mich das erledigen. Sie auch, Willington. Keine Heldentaten, wenn ich bitten darf.« Damit ging er auf Simiso zu. Der Zulu blickte ihm feindselig entgegen.

»Sawubona«, grüßte Johann. »Wir wollen das Land schnell verlassen, wie der König der Zulus, der mich seit vielen Jahren seinen Freund nennt, befohlen hat. Dieser wird nicht glücklich sein, wenn er hört, dass einer seiner Häuptlinge uns daran gehindert hat. Aber für den Häuptling, der seinem Freund und dessen Freunden dabei hilft, wird er nur Lob finden, und ich kann diesen Häuptling fürstlich für seine Hilfe bezahlen.«

Simiso starrte ihn für einige Augenblicke verständnislos an, dann schien ihm zu dämmern, was ihm der Weiße zu sagen versuchte. Verschlagen sah er ihn an. »Wie viel ist Jontani, der der Freund des Königs ist, diese Hilfe wert? Zwei Rinder? Drei vielleicht?«

Heureka, dachte Johann. Der Fisch hat angebissen. Es ist ein dummer, gieriger Fisch, Gott sei es gedankt! »Nicht läppische Rinder, die jeder Häuptling besitzt. Ich habe etwas Kostbareres.« Mit einer Handbewegung forderte er den Häuptling auf, ihm zu folgen, und führte ihn in das Zelt von Nicholas Willington. In der Abseite standen übereinander gestapelt mehrere Gewehrkisten. Johann öffnete die erste und nahm ein Gewehr in die Hand. Der Lauf schimmerte blauschwarz, das polierte Holz des Kolbens glänzte. Es war eine schöne Waffe. Er drehte sich zu Simiso um und hielt ihm die Flinte hin. Die Augen des Zulus leuchteten auf, er grunzte überrascht.

Gewehr für Gewehr hob Johann heraus und gab es weiter, beobachtete den Schwarzen aufs Genaueste, bis er das winzige Lächeln wahrnahm, das Simisos Mundwinkel krümmte und das ihm verriet, dass der Lohn hoch genug war. Er schlug den Deckel der Kiste wieder zu.

»Kugeln«, forderte Simiso barsch.

Johann, der nur für einen flüchtigen Augenblick die Hoffnung genährt hatte, dass Simiso ohne Munition abziehen würde, nickte ergeben. Aus den Augenwinkeln nahm er wahr, dass Benita Willington in Stefans Zelt schlüpfte, ohne Zweifel, um ihn zu beschützen. Trotz seiner prekären Lage wurde ihm warm ums Herz. Er kannte dieses Verhalten von seiner Catherine, die sich furchtlos jeder Übermacht stellte, wenn es um ihre Kinder oder ihren Mann ging. Das Löwenmuttersyndrom nannte er es, und diese Benita war offensichtlich beileibe nicht das Luxusgeschöpf, für das er sie anfänglich gehalten hatte. Samtweiches Äußeres und feuergehärteter Stahl innen. Eine ausgezeichnete Kombination.

Die Zulus feuerten mehrere Probeschüsse in die Luft ab, lehrten die Weißen das Fürchten, denn sie machten sich nicht die Mühe zu zielen. Simiso, der auf einen Affen anlegte, traf um mehrere Yards daneben, der Affe rannte lachend weg, und Simiso sprang mit wütendem Wortschwall und Drohgebärden auf Johann zu, der sich gezwungen sah, dem Zulu beizubringen, dass man den Lauf zumindest in die ungefähre Richtung des Ziels deuten musste, um Erfolg zu haben.

Nach mehreren Fehlschüssen gab Johann hinter seinem Rücken Ziko ein verstecktes Zeichen. Der trat einige Schritte in den Schatten zurück, legte auf den Affen an, den Simiso jetzt im Visier hatte, und schoss um Sekundenbruchteile später als dieser. Der Affe fiel tot vom Baum, und Simiso brüllte vor Genugtuung. Wie ein eitler Pfau stolzierte er durch die Runde.

Inzwischen war es Bobo mit seiner geballten Kraft gelungen, den Strick durchzureißen, auch Benita konnte ihn nicht mehr halten. In hohen, überschnappenden Tönen bellend fegte er wie ein schwarzer Blitz auf Simiso zu. Der schwang herum, zielte, und dieses Mal traf er tatsächlich. Bobo überschlug sich und blieb liegen. Simiso trat dem großen Hund triumphierend in die Seite.

Maria schrie auf und machte einen Satz vorwärts. Der Schwarze fuhr herum und starrte sie an. Maria wimmerte hinter vorgehaltener Hand.

»Bleib stehen«, fauchte Johann und packte sie am Arm. »Ruhig.«

So unvermittelt, wie sie gekommen waren, so unvermittelt röhrte Simiso ein paar scharfe Befehle, seine Zulus ergriffen ihre Waffen, und kurz darauf war der Spuk vorbei.

Für mehrere Minuten standen alle auf dem Platz regungslos und lauschten mit angehaltenem Atem auf die Geräusche des sich entfernenden Impis. Dann holte Nicholas Willington tief Luft.

»Gott verdamm mich, das war haarscharf! Entschuldigung, Benita, Frau Mellinghoff. Gut, dass Sie bei uns waren, Mr Steinach, ich bezweifle, ob es mir gelungen wäre, mich dieser Kerle so elegant zu entledigen. Meine Hochachtung.«

Johann brummte eine Antwort und wischte sich verstohlen die schweißnassen Hände an der Hose trocken, dann ging er hinüber zu Maria, die schluchzend neben der blutenden Dogge kniete, hockte sich nieder und zog sie an sich.

»Bobo ist tot, Papa«, weinte sie. »Ich kann sein Herz nicht mehr fühlen. Diese Barbaren!«

Johann streichelte ihr stumm übers Haar.

Maria bestand darauf, ihren Hund so tief zu begraben, dass kein Aasfresser ihn ausgraben konnte. Noch immer schniefend, pflückte sie die zarten Blüten blauer Trichterwinden und flocht einen Kranz, den sie auf das Grab legte. »Ich hab Bobo als winzigen Welpen bekommen«, sagte sie und schmiegte sich in Leons Arm. Der dachte, dass er diesen Simiso allein schon dafür umbringen sollte, weil er seiner Maria Kummer bereitet hatte.

Johann aber wurde unruhig. Die Sonne war mittlerweile über die Baumkronen gestiegen. Wertvolle Zeit war vergangen, weder er noch Mangaliso oder Ziko hatten einen Bissen zu sich genommen, ebenso wenig wie die Pferde.

Benita Willington schien seine Gedanken zu lesen. »Packen Sie nur Ihre Sachen, Mr Steinach, ich lasse Ihnen und Ihren Leuten Frühstück und Proviant herrichten.«

Gesättigt, aber mit großer Verspätung, verließen er und die zwei Zulus das Lager. Mit einer mörderischen Wut auf diesen Idioten Simiso im Bauch folgte er seinen beiden Spurenlesern, so schnell es der durchfurchte Pfad erlaubte.

Nach wenigen Stunden war ihm klar, dass es dumm von ihm gewesen war, das Angebot Nicholas Willingtons für einen Suchtrupp auszuschlagen.

Durch die ergiebigen Regen nach einjähriger Trockenheit war der Busch innerhalb von Tagen förmlich explodiert, war grün und dicht und undurchsichtig geworden, Gras, Büsche und Bäume wucherten, und die Wege waren unter üppigem Grün verschwunden. Catherine in dieser Gegend rechtzeitig zu finden, war genauso wahrscheinlich, wie Diamanten aus dem Schlamm des Tugela zu buddeln.

Er brauchte gar nicht lange darüber nachzudenken, was er tun musste. Es gab nur einen Ausweg. Er musste den Mann aufsuchen, mit dem ihn seit Jahren ein respektvolles, ja fast freundschaftliches Verhältnis verband, der aber gleichzeitig der Mann war, der den Tod seiner Schwiegertochter Lulamani befohlen und dessen Hyänenmann seinen Sohn den Krokodilen vorgeworfen hatte.

Er musste Cetshwayo um Hilfe bitten.

Grimmig lenkte er Umbani nach Nordwesten. Der König jagte dort, hatte er gehört. Und er bereitete sich auf Krieg vor. In diesen Hexenkessel war Catherine geritten.

Cetshwayos Lager war eine Festung. Seine Wachen entdeckten Johann schon, als er noch eine Meile entfernt war, andererseits gaben sich die Zulus keinerlei Mühe, ihre Anwesenheit zu verheimlichen. Der Lärm aus dem Lager war meilenweit zu hören. Die Wachleute bedeuteten ihm abzusteigen, er musste die Pferde Ziko und Mangaliso übergeben und seine Waffen niederlegen, ehe er allein zum König gebracht werden sollte. Während er Gewehr und Jagdmesser ablegte, Letzteres in seinen Packtaschen verstaute, das Gewehr Ziko anvertraute, ihm zuraunte, er sollte aufpassen, dass sich niemand an seinem Eigentum zu schaffen machte, drängte sich ein schmaler, erschöpft wirkender Junge im Alter eines Udibi durchs Menschengewühl. Johann erkannte ihn erst auf den zweiten Blick.

»Sixpence«, rief er. »Gibt es Neuigkeiten von Katheni?«

»Ich habe ihre Spur verloren«, flüsterte dieser mit hängendem Kopf.

Johann tätschelte ihm den Kopf und nannte ihn einen tapferen, klugen jungen Mann. »Es ist nicht deine Schuld, der beste Spurenleser hätte sie in der Nacht nicht finden können. Wenn ich zurück bin, wirst du mir alles berichten, was du weißt«, sagte er.

Sixpence, den Catherine Solozi nennen durfte, ging zu seinem Vater, der die Pferde Jontanis hielt.

Die Wachen, die erschienen waren, um ihn zum König zu eskortieren, waren überdurchschnittlich groß, muskulös, bis an die Zähne bewaffnet und hatten den Blick von Männern, die schon getötet hatten. Johann wurde außerordentlich unbehaglich zumute, musste er doch an Piet Retief denken, der vor fünfzig Jahren unter ähnlichen Umständen von König Cetshwayos Onkel, König Dingane, mit allen seinen Begleitern aufs Blutigste gemeuchelt wurde.

Sie führten ihn mitten durchs Lager. Tausende von Menschen liefen herum. Da waren Häuter, die ihre Beute abzogen, Krieger, die Speerwerfen übten oder ihre Geschicklichkeit mit dem Kampfstock erprobten, Frauen, die Maisbrei über offenen Feuern kochten, andere, die Hirse zerstampften. Das riesige Lager summte wie ein Bienenkorb vor Geschäftigkeit.

Ihre Speere mit Getöse auf ihre Schilder schlagend, ein Jagdlied singend, marschierte eine große Gruppe junger Jäger aus dem Busch auf den Paradeplatz in der Mitte des gigantischen Lagers. Unter ihren harten Tritten spritzte der vom Regen durchweichte Boden hoch. Auf ihren Schultern trugen sie ihre Jagdbeute. Warzenschweine, ein paar Ratten, Impala und Springbock, einen zierliche Duiker und zwei Riedböcke. Frauen, so war Johann bekannt, würden die Letzteren nicht essen, aus Angst, Kinder mit blauen Augen zu gebären. Schwärme von blau schillernden Fliegen umschwirrten die Männer, es roch nach frischem Blut und geröstetem Fleisch.

Aufmerksam sah er sich weiter um. Mit hüpfenden Perlenröckchen tanzte eins der Frauenregimenter Cetshwayos, durchweg kräftige, junge Frauen, Männer in vollem Kriegsschmuck stolzierten durch die Menge, gefolgt von Rudeln kläffender, schakalähnlicher Hunde, und ein weiteres Frauenregiment übte lauthals ein Lied.

»Woza Nkosi lapha«, verstand er und erkannte die Hymne für den König, die beim Fest der ersten Früchte zu seiner Huldigung gesungen wurde. Er entspannte sich etwas. Ganz offenbar wurden hier die Vorbereitungen zu dem Fest getroffen, das jedes Jahr um diese Zeit in der Residenz des Königs, Ondini, gefeiert wurde. Als er genauer hinschaute, bemerkte er auch untrügliche Anzeichen dafür, dass sich das Lager im Aufbruch befand. Das Fest stand offenbar kurz bevor, denn er hörte den Klang der Rohrflöten, die von ihren Spielern gestimmt wurden. Aus Rohr geschnitzt mit nur wenigen Löchern, erlaubten sie nur eine einfache Melodie. Die Musiker würden bald von Umuzi zu Umuzi laufen, und die Stimmen ihrer Flöten würden den Bewohnern die Erlaubnis verkünden, die ersten frischen Gemüse und Früchte von ihren Feldern zu essen, ohne die Todesstrafe fürchten zu müssen.

Beim Fest der ersten Früchte mussten alle Männer des Königreichs anwesend sein, auch Halbwüchsige. Erschien einer nicht, war das sein Todesurteil. Selten wurden auch Weiße dazu eingeladen. Johann hatte der Zeremonie bereits einige Male beigewohnt, einmal sogar in Begleitung von Catherine.

Vier Tage dauerte dieses Fest, und an jedem Tag wurden bestimmte Zeremonien zelebriert. Am ersten Tag wurde ein großer, schwarzer Bulle auf den Paradeplatz geführt, auf dem alle wichtigen Ereignisse stattfanden, und die kräftigsten und mutigsten Krieger mussten das Tier niederringen, ihm den Hals umdrehen und es in Stücke reißen. Mit ihren bloßen Händen.

Ein anderes Regiment wurde damit geehrt, dass es ein großes Feuer vorbereiten durfte, während die Sangomas die Fleischstücke mit Zaubermedizin einrieben und diese später, fast schwarz gebraten, an die Krieger verteilten. Auch der zweite Tag war angefüllt mit seltsamen Handlungen, Gesängen, und wieder wurde ein schwarzer Bulle, noch größer als am Tag zuvor, auf die gleiche Weise getötet.

Erst dann wurde das Fest eröffnet, verkündet durch das Spiel der Rohrflöten. Danach tanzten die Regimenter, die Männer in vollem Kriegsornat, die Frauen angetan mit den schönsten Perlgehängen. Die Brüste der Frauen hüpften im Takt mit ihren

Röckchen, die prächtigen Federkronen der Männer wippten im Rhythmus. Am Kopfband aus Leoparden- oder Otterfell trugen die Regimenter der unverheirateten Männer die glänzenden Federn des Schwarzen Finken, die der verheirateten den Federbusch der Blauen Kraniche als Krone. Von der Seite des Kopfs ragten wallende Straußenfedern über den Rücken, und die Ohren der Männer wurden von großen Klappen geschützt, die entweder aus Leopardenfell oder dem Fell der Blauen Makaken geschnitten waren.

Johann und Catherine war es erlaubt gewesen, zusammenzusitzen, und sie hat seine Hand ergriffen, als ein gewaltiger Chor von tausenden von Stimmen in den Himmel stieg und die Regimenter, ihre Kampfstöcke dröhnend gegen die großen Kriegsschilder schlagend, im Gleichschritt am König vorbeimarschierten. Stundenlang währte dieses Schauspiel, schon glaubte Johann, sein Kopf müsste von dem Trommeln platzen, als der König plötzlich seinen heiligen Speer hoch über seinen Kopf hob. Wie abgehackt verstummte jeder Laut. Sekundenlang herrschte ein unwirkliches Schweigen.

Dann rollte aus tausenden von Kehlen wie ein allmächtiger Donner ein Wort in die Welt hinaus und hallte von den Hügeln zurück: »Bayete!« Der Salut des Königs. Johann und Catherine hatten die Haare zu Berge gestanden.

Es war ein barbarische Spektakel von brutaler Schönheit, und jedes Mal, wenn Johann dazu eingeladen war, war er froh gewesen, Ondini wieder mit heiler Haut verlassen zu können.

Die Menge wich vor ihm und seinen Begleitern zurück, ein zischendes Flüstern begleitete sie, das sich fortsetzte wie eine Welle, die übers Meer rollt, hunderte von dunklen Augen folgten ihm. Ihm war bewusst, dass er heute mit leeren Händen vor den König trat, wo er sonst eine Wagenladung mit Kaffee, Zucker, Bananen, Glasperlen und Decken mit sich brachte.

Seine Wächter machten vor einer großen Bienenkorbhütte Halt, stellten sich rechts und links vom Eingang auf. Johann zog sein Hemd zurecht, bürstete sich den Staub von den Hosen, nahm seinen Hut ab, fragte laut nach Erlaubnis, eintreten zu dürfen, und wartete auf die Antwort, ehe er die Rindslederhaut vor dem Eingang hob und ins Innere der Hütte trat.

Ein breiter Lichtstrahl fiel durch die Fensteröffnung, erleuchtete die massige Gestalt des Königs, der auf seinem geschnitzten Stuhl thronte. Der Rest des weiten Runds lag im Schatten. Cetshwayo saß, ohne eine Bewegung zu zeigen, wie ein ebenholzfarbener Monolith, in dem nur die überaus ausdrucksvollen Augen lebendig erschienen.

»Ndabezitha!«, sagte Johann und verbeugte sich. »Eure Majestät!«

Angespannt wartete er darauf, wie ihn Cetshwayo begrüßen würde, betete, dass er weder niesen noch husten musste. Es war nicht ratsam, das im Angesicht des Zuluherrschers zu tun.

Cetshwayo schwieg. Manche Leute schweigen, und um sie wird es warm und gemütlich, bei manchen schwirrt das Schweigen durch den Raum wie ein aufgeregter Vogel. König Cetshwayos Schweigen dröhnte wie Hammerschläge. Johann ertrug es. Er benutzte die Gelegenheit für den Versuch, in Cetshwayos Gesicht zu lesen, wie der ihm gesonnen war.

Der König war ein außerordentlich gut aussehender Mann von beeindruckender Größe. Standen sie Schulter an Schulter, übertraf der Zulu ihn noch, und Johann überragte schon seine meisten Zeitgenossen. Die großen, klugen Augen blickten meist nachdenklich, seine Nase war gerade und die Lippen voll. Aus der Muschel eines Ohrs fehlte ein winziges Stück. Die Buren hatten es als Identifikationsmerkmal herausgeschnitten, als Cetshwayo noch ein Kind war. Offenbar hatten sie Schwierigkeiten, ein schwarzes Gesicht vom anderen zu unterscheiden. Der König schien sich bester Gesundheit zu erfreuen, seine Haut glänzte wie poliert. Er trug keinen Kopfschmuck außer dem Isicoco, den Ring des verheirateten Mannes, um seinen Hals lag eine Kette mit acht schimmernden, daumenlangen Reißzähnen von Löwen. Die breite Brust umspannte eine Schärpe aus dem blauschwarzen, gelockten Fell eines frisch geborenen Lamms. Endlich hob sich die Brust des Königs. Er begann zu sprechen.

»Wie geht es deinen Rindern, Jontani?«

Johann spürte ein sinkendes Gefühl in der Magengegend. Für gewöhnlich wäre das die korrekte Eröffnung eines Gesprächs, sich nach den Rindern, der Familie und der eigenen Gesundheit zu erkundigen, die Maisernte zu besprechen, das Wetter auch, und erst dann, oft nach mehr als zwei Stunden, war es höflich, das eigentliche Anliegen vorzubringen.

Aber heute, so befürchtete er, kam der König sofort zur Sache. Dass er seine Rinder aus Zululand nach Natal getrieben hatte, war geschehen, ohne dass er Cetshwayo davon unterrichtet hatte, und er hegte keinerlei Zweifel daran, dass die Spione des Königs ihn den ganzen Weg begleitet hatten. Das Oberhaupt der Zulus wusste über jeden seiner Schritte Bescheid. Er hätte warten müssen, bis seine Sangomas die Schnüffelzeremonie abgeschlossen hätten, warten, bis der letzte der Hexerei überführte Untertan des Königs sein Schicksal erlitten hatte. So lange hätte er warten müssen und dann um Erlaubnis fragen. Er hatte es nicht getan. Das war nicht zu ändern. Ein Fehler, wie er jetzt einsah. Womöglich ein entscheidender Fehler. Im Augenblick war er so überreizt, dass er sogar den Gedanken nicht verwarf, dass es ein tödlicher Fehler sein könnte. Er verfluchte seinen Leichtsinn. Der Schweiß, der ihm in den Kragen rann, juckte, aber er wagte nicht, sich zu kratzen.

»Sie vermehren sich, Nkosi«, antwortete er vorsichtig.

Der König knurrte und fixierte ihn mit einem irritierend zupackenden Blick. »Steht dein Mais gut?«

Nein, Euer Majestät, vermutlich nicht, weil ich zu beschäftigt war, mein Hab und Gut in Sicherheit zu bringen, um mich um den Mais zu kümmern. Sicherlich haben sich die Affen und Elefanten bedient. Das wäre die wahrheitsgetreue Antwort. »Ich nehme es an, Ndabezitha. Der Regen war reichlich.«

Der König starrte ihn an, dass er meinte, glühende Nadeln bohrten sich in seine Haut. »Du wirst deine Rinder zurück nach Inqaba treiben.«

Es war keine Frage, und Johann brach in Schweiß aus, wünschte sich weit weg, nach Durban oder auf den Mond. Verzweifelt suchte er nach einer Antwort, doch jede, die er im Kopf formulierte, war eine Lüge. Plötzlich war ihm alles egal. Er blickte dem König fest in die Augen. »Ich habe deine Soldaten gesehen, Ndabezitha, und ich habe die Soldaten der Briten gesehen. Es wird Krieg geben, Nkosi. Deswegen habe ich meine Herde in Sicherheit gebracht.«

Ein flüchtiges Lächeln umspielte die vollen Lippen des Königs, als hätte er erreicht, was er wollte. Wieder spießte er Johann mit seinen Blicken auf, ließ ihn schwitzen. Dann sprach er plötzlich. »Jontani, ich werde dir meine besten Spurenleser und fünfzig Männer geben, um Katheni zu finden, wenn du meine Bedingungen erfüllst.«

Johann fiel fast um vor Schreck. Cetshwayo hatte genau gewusst, worum er ihn bitten wollte. Konnte der Mann Gedanken lesen? Catherine war erst eine Nacht verschwunden. Woher wusste der König das? Und was wollte der schlaue Fuchs von ihm? Rinder? Geschenke? Rinder und Geschenke? Er wartete, fasste sich in Geduld, obwohl ihm die Zeit unter den Nägeln brannte. Zeit hatte für die Zulus keine Bedeutung. Zeit war nur ein Gleichnis. Man sagte, man würde in zwanzig Herzschlägen zurückkehren, was so viel hieß wie auf der Stelle, oder man würde so lange benötigen, wie man braucht, um die königliche Residenz zu umrunden. Es dauerte so lange, wie es dauert, und so lange musste man warten, also wartete er.

Der König ließ ihn volle zehn Minuten schmoren, in denen

nur ihre Atemzüge und die entfernten Gesänge der Frauen zu hören waren, und Johann der Herzschlag in den Ohren dröhnte. Erst dann war Cetshwayo bereit.

»Zusätzlich werde ich über dein Land, das du Inqaba nennst, eine Schutzdecke legen. Keiner wird es betreten, keiner wird es zerstören. Es wird auf dich und Katheni warten, wenn wir unsere Speere gewaschen haben.« Wieder verfiel der König in dickflüssiges Schweigen.

Johanns Herz raste. In der Ferne krachte Donner, draußen setzte unvermittelt starker Regen ein. Er versuchte, es nicht symbolisch zu sehen. Das gleichmäßige Rauschen des Regens ertränkte alle anderen Geräusche und füllte das Schweigen zwischen ihnen.

Der König senkte sein Kinn auf die Brust. »Du wirst mir berichten, was man in den Steinhäusern der Umlungus redet.«

Jetzt war es heraus. Johann tat einen tiefen Atemzug. Er sollte seine eigenen Leute ausspionieren und er wusste, dass er das nicht konnte. Unvermittelt hatte er das Gefühl, als wäre er zwischen zwei Mühlsteine geraten, die ihn langsam, aber sicher in die Quetsche zogen, und er war ihnen hilflos ausgeliefert. Nun versank er in Schweigen. Im Nachhinein fiel ihm auf, dass der König ihm kein Bier hatte anbieten lassen, und er musste daran denken, was ihm ein Buschläufer vor vielen Jahren gesagt hatte.

»Bieten dir die Zulus einen Ukhamba mit Bier an, den großen Krug, bist du ein willkommener Freund. Ist es nur der Ancishana, der kleine Krug, trink ihn aus und geh, du bist unerwünscht. Bietet man dir allerdings nichts an, lauf, so schnell du kannst, denn eigentlich bist du schon tot, und wozu sollte man gutes Bier an einen Toten verschwenden.«

Was sollte er tun? Spionieren? Niemals, dachte er, um nichts in der Welt will ich zwischen die Fronten geraten. Seine Gedanken entwischten ihm, er fragte sich, wo Catherine sich jetzt aufhielt, stellte sich vor, was sie jetzt machte. Die Vision, die in seinem Kopf flackerte, veranlasste ihn, diese Vorstellung entschlossen

627

wieder auszulöschen. Jetzt nicht, dachte er, ich darf jetzt nicht daran denken, wie es um sie steht. Wenn ich hier nicht die richtigen Worte finde, ist es um uns beide geschehen. Er konzentrierte sich. Es kam jetzt nur darauf an, dass er seine Worte so wählte, dass sich König Cetshwayo seinen Argumenten öffnete.

»Ich kann nicht deine Augen sein, und auch nicht deine Ohren. Ich würde mein Volk verraten und ich bin kein Verräter.« Er machte eine Pause, wusste, dass er nicht unterbrochen werden würde. Der König würde ihm Zeit geben, bis er seine Gedanken ausgesprochen hatte. Sorgfältig legte er sich die Worte zurecht, dann fuhr er fort: »Aber ich werde mein Wissen, das ich von dir, Nkosi, von allem, was ich je über das große Volk der Zulus erfahren habe, in mir begraben. Für immer. Außerdem wird keiner meiner Leute reden oder handeln. Ich werde mich zurückziehen und warten.«

Nun wurde das Schweigen tiefer als die tiefste Stelle im Ozean. Auf eine kaum merkliche Handbewegung des Königs hin trat eine junge Frau mit einem großen, aus Palmfasern geflochtenen Wedel vor und wedelte die Fliegen fort, die nicht nur den König plagten. Unter schweren Lidern musterte er den Weißen. Er kannte ihn, seit er ein junger Mann war, und er schätzte ihn weil Jontani einem Mann ins Gesicht sah, wenn er mit ihm sprach, und sein Herz furchtlos und ohne Arg war, und weil er sein Land und die Menschen, die darauf lebten, mit Respekt behandelte. Von ihm erwartete er keinen Verrat.

»Meine Krieger sind hungrig«, stellte er endlich fest.

Johann warf ihm einen schnellen Blick zu, wie das Hervorschnellen einer Chamäleonzunge. Sein Herz tat einen Srpung. Der König hatte ihm den Ausweg gezeigt. »Ich wollte den dritten Teil meiner Rinder wieder nach Inqaba treiben. Das Gras dort ist besonders fett«, antwortete er prompt.

»Wie steht dein Mais?«, wiederholte der König seine Frage von vorhin.

»Er muss schnell geerntet werden«, sagte Johann, sah das kurze Zucken der königlichen Augenlider, und wäre vor Erleichterung fast zusammengebrochen. Ohne dass er ein Zeichen des Königs bemerkt hatte, näherte sich ihm eine junge Frau auf Knien und brachte ihm einen Ukhamba mit schäumendem Bier dar. Er packte den tönernen Krug mit beiden Händen, trank die hellgoldene Flüssigkeit und war überzeugt, dass ihm in seinem Leben noch nie ein Bier besser gemundet hatte.

Doch eines musste er klären. Er blickte dem König in die Augen. »Nkosi, man hat mir von Tulani berichtet.«

»Ah, Tulani«, sagte Cetshwayo und bekam einen brütenden Gesichtsausdruck. Seine Worte kamen langsam und schwer. »Er drängt mich, Sihayo kaXongo und seine Söhne an den Gouverneur von Natal auszuliefern, damit sie nach dem Gesetz der Weißen bestraft werden, obwohl sie Zulus sind und meinem Gesetz unterstehen. Das habe ich abgelehnt.« Er kehrte seinen Blick nach innen und schwieg. Johann wartete geduldig, bis er seinen Gedankenfaden wieder aufnahm.

»Nun berichten mir meine Augen und Ohren, dass Tulani KaMpande sich unter den Mantel der weißen Königin begeben will. Dafür bietet er seine Männer als Soldaten an. Er will seine Hände auf mein Land legen. Baue ich auf Tulanis Loyalität, baue ich auf Treibsand, und wenn ich seinem Drängen nachgebe und Sihayo kaXongo den Briten übergebe, bin ich wie ein Löwe, der vor dem jungen Herausforderer zurückweicht. Man würde ihn zerfleischen.« Er machte eine lange Pause, in der er Johann nicht aus den Augen ließ.

»Nun biete ich dir meinen Schutzmantel für das Land, das du Inqaba nennst«, wiederholte er.

Danke, Gott, dachte Johann. Danke.

»Yabonga gakhulu, Ndabezitha«, sagte er und erwies dem Zulukönig seine Reverenz. Er erhob sich, um rückwärts und gebückt die Hütte zu verlassen. Aber es war noch nicht zu Ende.

»Ein Geschenk von mir gehört dem Beschenkten. Ich kann meine Hand nicht darauf legen.« Die Worte des Königs kamen wie ein Peitschenschlag.

Johann blieb stocksteif stehen. Bilder wirbelten durch seinen Kopf. Lulamani, Stefan, Kikiza. Eine atemlose Ewigkeit verging. Dann sprach Cetshwayo noch einmal. Seine Stimme war rau, als hätte er Schmerzen.

»Der, den man Unwabu nennt, der meine Augen und meine Ohren war, hat den Bärtigen getroffen.« Damit gab der König ihm das Zeichen, dass er sich entfernen durfte.

Johann brauchte lange, um wirklich zu erfassen, was die kryptischen Worte des Königs bedeuteten. Cetshwayo sprach von einem seiner mächtigsten Indunas, dessen Beiname Unwabu, Chamäleon, hieß, aber auch eine heimtückische, ränkesüchtige Person bezeichnete, und er sprach von dem Geschenk, das ganz dem Beschenkten gehörte. Lulamani, Stefans Frau.

Im ersten Moment wagte er nicht zu glauben, was er gehört hatte. Sein Blick flog zum König und fand in den klugen Augen, womit er am allerwenigsten gerechnet hatte. Mitgefühl. Cetshwayo hatte mit dem Tod Lulamanis und dem Angriff des Hyänenmannes auf Stefan nichts zu tun. Unwabu hatte hinter seinem Rücken Kikiza auf die beiden Liebenden gehetzt und jetzt den Verrat mit seinem Leben bezahlt.

»Yabonga gakhulu«, flüsterte er, als seine Stimme ihm wieder gehorchte, und stolperte hinaus.

Über fünfzig junge Männer begleiteten ihn, als er am Nachmittag das Jagdlager des Königs verließ. Es schüttete immer noch, doch Johann erschien es so strahlend hell, als stünde die Sonne hoch am Himmel. Die Spurenleser schwärmten aus. Eine Zeit lang hörte Johann noch die Vogelrufe, mit denen sie sich verständigten, dann war er mit Mangaliso und Ziko im Busch allein. Soloci, den er noch Sixpence nannte, war vorausgelaufen. Die schwarzen

Späher waren schnell, konnten ohne weiteres dreißig Meilen am Tag laufen, einige sogar deutlich mehr. Ein riesiges Gebiet wurde so durchkämmt, nach Norden, nach Westen und nach Süden. Dass Catherine sich im Osten an der Küste aufhalten würde, hielt er für unwahrscheinlich, obwohl er für seine Vermutung keinerlei Anhaltspunkte besaß. Es war nur ein Gefühl.

Entschlossen packte er Umbanis Zügel, schnalzte ihm leise ins Ohr, heftete seine Augen fest auf den umliegenden Busch, um keinen geknickten Zweig, keinen zertretenen Halm zu übersehen, und folgte seinen beiden schwarzen Freunden.

29

Bei Tagesanbruch wurde Catherine von durchdringendem Geschrei geweckt und schreckte mit einem Ruck hoch. Auf dem Ast über ihr entdeckte sie die Silhouetten zweier Hadidahvögel, die kreischend mit den Flügeln schlugen und sie vorwurfsvoll aus schwarzen Knopfaugen anstarrten.

»Schu! Haut ab! Weg mit euch!«, schrie Catherine wütend und klatschte laut in die Hände.

Die beiden Vögel keckerten aufgebracht, hüpften ans Ende des Asts, breiteten ihre Schwingen aus und strichen davon. Ihr Schreien verlor sich im Wind. Catherine massierte sich den Hals. Ihr Kopf war ihr beim Einnicken immer wieder auf die Brust gefallen, dabei hatte sie sich wohl einen Muskel gezerrt. Ihr Magen knurrte laut und vernehmlich. Ein stechender Geruch wehte ihr zu, sagte ihr, dass sie nicht mehr allein auf dem Baum war. Unruhig schaute sie sich um, bekam ein mulmiges Gefühl im Magen, weil die Welt unten unerfreulich klein und weit entfernt wirkte. Sie entdeckte einen riesigen Pavian, der auf dem Ast unter ihr saß. Das fahle Licht glitzerte auf den Regentropfen, die seinen dicken, silbergrauen Pelz überzogen. Er zog seine Lippen zurück, gluckste und klapperte leicht mit seinem beeindruckenden Gebiss.

Sie stieß einen Seufzer der Erleichterung aus. In der Paviansprache hieß das, dass er lediglich verwirrt fragte, wer dieses merkwürdige Wesen auf seinem Schlafbaum war. »Ich verschwinde schon, keine Angst«, flüsterte sie und versuchte, ihre völlig gefühllosen Beine zu bewegen. Ein wulstiges Astloch hatte ihr das Blut abgeschnürt. Mit zusammengebissenen Zähnen ertrug sie den Schmerz, als das Blut wieder zurückschoss. Dann machte sie sich fluchtartig an den Abstieg, ließ dabei den Pavian allerdings nicht aus den Augen. Seine Artgenossen waren mit Sicherheit in der Nähe, und sie verspürte keinerlei Lust, sich mit ihnen anzulegen.

Dankbar stellte sie fest, dass Cleopatra weder Besuch von Leoparden noch Hyänenrudeln erhalten und die Nacht unversehrt überstanden hatte. Außerdem regnete es im Augenblick nicht mehr. Ein durchaus erfreulicher Beginn des Tages. Sie sprang vom untersten Ast und landete sicher. Mit einer Hand kraulte sie ihre Stute hinter den Ohren, mit der anderen kratzte sie sich am Kopf. Ihr juckte die Kopfhaut, und sie sehnte sich noch mehr nach einem Bad als nach Essen.

»Wir müssen etwas zu essen finden, meine Liebe, und ich muss mich waschen, ich stinke schon wie der Pavian dort«, murmelte sie ihrer Stute ins Ohr, band sie los und führte sie über den sandigen Weg hinunter zum Fluss. Ihr Gewehr über dem Kopf haltend, immer wachsam Ausschau haltend, ob sie hungrige Gesellschaft bekommen würde, nahm sie ein köstliches Bad. Alles blieb ruhig. Die Sonne stieg rasch zwischen den Bäumen hoch, schon prickelten die ersten heißen Strahlen auf ihrer Haut.

Fische huschten in Schwärmen über den hellen Flusssand, verschwanden im Schatten des Rieds am Ufersaum. Catherine schaute genauer hin. Einige waren so groß und fett, dass sie eine gute Mahlzeit sein würden. Sie band Cleopatra wieder fest, untersuchte den Uferrand gründlich nach Krokodilen ab, dann rutschte sie hinunter zum Wasserrand.

Zwei Fische von essbarer Größe standen im Riedschatten, sachte wedelten ihre Flossen im sanften Strom. Sehr langsam tauchte sie ihre rechte Hand ins Wasser, machte die Wedelbewegungen der Fische geschickt nach, näherte sich unendlich vorsichtig von unten dem weißen, schimmernden Bauch des größten und kitzelte ihn zart. Das Tier spreizte seine Flossen wie in Ekstase, rührte sich aber nicht von der Stelle. Catherine zählte langsam bis drei, dann packte sie zu und schleuderte den zappelnden Fischkörper an Land. Mit einem Satz war sie hinter ihm her, fing das herumspringende Tier ein, packte es mit beiden Händen und schlug mit aller Kraft seinen Kopf auf einen Stein. Der Fisch schüttelte sich und lag dann still.

Nun hatte sie ihre Mahlzeit, nur eine kleine allerdings, der Fisch war nicht sehr groß, und sie würde ihn ungekocht verzehren müssen, denn es gab nichts, womit sie hätte Feuer machen können. Die Methode, ein Stöckchen so lange zwischen den Handflächen zu zwirbeln, bis ein paar trockene Blätter anfingen zu glimmen und dann zu versuchen, der Glut genügend Leben einzuhauchen, dass sie zu einem Feuer wuchs, war ihr zu langwierig. So viel Zeit hatte sie einfach nicht. Sie machte sich nichts vor. Der Rückweg würde hart werden, da sie noch immer nicht sicher war, in welcher Richtung das Camp der Willingtons lag. An die Möglichkeit, dass diese inzwischen ihr Zeltlager abgebrochen haben und zur Grenze gezogen sein könnten, dachte sie lieber nicht.

Mit einem scharfkantigen Stein schnitt sie den Fisch auf, zog die Eingeweide heraus und warf sie wieder in den Fluss, verwünschte sich gleich darauf, weil ihr einfiel, dass das Blut Krokodile anlocken könnte. Dann riss sie das Fischfleisch mit den Zähnen ab und kaute es. Es schmeckte gut, ein wenig süßlich und sehr saftig. Sie lutschte jede Gräte sorgfältig ab, denn ihr Magen knurrte noch immer, und es war nicht abzusehen, woher und wann sie ihre nächste Mahlzeit bekommen würde.

Vor ihr schoss ein blau schillernder Blitz ins Wasser und tauchte im Silberregen wieder auf. Der winzige Eisvogel, einen zappelnden Fisch im Schnabel, landete auf einem abgestorbenen Baumstamm am Ufer. Libellen flirrten, Staubwirbel tanzten über den sandigen Weg, Eidechsen huschten, ein Raubvogel schrie, dann Stille. Diese tiefe schläfrige Stille des afrikanischen Buschs. Sie entspannte sich. Es war so still, dass sie meinte, die Ameisen zwischen den Grashalmen rascheln zu hören, so still, dass es ihr in den Ohren dröhnte. Cleopatra neben ihr weidete das frische grüne

Gras am Rand des Bachs, und Catherine erinnerte sich wieder an ihren eigenen, noch knurrenden Magen. Sie schaute sich nach Essbarem um, konnte aber weiter nichts entdecken.

»Trrrr«, machte es über ihr, und sie merkte auf. Noch einmal erklag der eigenartige Ruf, den ein Bauchredner auszustoßen schien, und sie erkannte den Ruf des Honigvogels. Erfreut spuckte sie die letzte Gräte aus, stand auf und suchte das Blätterdach über ihr ab. Seinen gutturalen Ruf ausstoßend, strich der kleine, grün schimmernde Vogel aus dem Baum und tanzte auffordernd vor ihr her, entfernte sich dabei aber stetig. Mangaliso hatte ihr beigebracht, die Sprache des Honigvogels zu verstehen, und sie folgte ihm eilig, während ihr schon bei dem Gedanken an die süße Beute das Wasser im Mund zusammenlief.

Der Honigvogel flatterte ihr voraus, vergewisserte sich aber immer wieder, dass sie ihm folgte, und führte sie endlich zu einem alten, vom Blitz gespaltenen Tamboti, der von erbost summenden Bienen umschwärmt wurde. Aufgeregt rufend stieß der zierliche Vogel im Sturzflug auf das Nest hinunter, dann flog er zufrieden gurrend zum nächsten Baum.

Catherine betrachtete die wütenden Bienen aus gebührendem Abstand, zog dann kurzerhand ihr Unterhemd wie eine Kapuze über den Kopf, sodass sie durch die Spitzenborte herausschauen konnte, brach einen kräftigen Ast ab und stocherte, so geschützt, in dem Baum herum, bis sie eine riesige Honigwabe zutage förderte. Die Wabe in der Hand rannte sie, verfolgt von den angreifenden Bienen, davon, wartete dann aber auf den Honigvogel, um ihm seinen Teil abzugeben. Einen Bienenstich kostete sie der Raub, aber das war es wert gewesen. Sie saugte den Honig heraus, ließ aber den größten Teil für ihre nächste Hungerattacke übrig. Sie hatte vor durchzureiten. Der Honigvogel tanzte dankbar rufend davon, und sie holte Cleopatra, um ihren Heimweg anzutreten. Vorher führte sie die Stute noch einmal zum Bach.

Sie war jetzt ganz ruhig, fast heiter. Heute Abend, da war sie sich sicher, würde sie das Lager der Willingtons erreichen. Sicher war inzwischen auch Maria eingetroffen. Sie würde mit ihren Kindern sprechen mit den Willingtons und mit dem jungen Mellinghoff natürlich auch, ihnen alles rückhaltlos erklären und dann am nächsten Morgen weiter zum Lobster Pott reiten. Es war zwar möglich, dass Johann ausgerechnet in den vergangenen Tagen dort angekommen war, ihren Brief gefunden und sich in der Zwischenzeit schon auf dem Weg gemacht hatte, aber nicht wahrscheinlich.

»Auf geht's«, murmelte sie, schwang sich auf Cleopatras Rücken und blinzelte in die Sonne, schlug in Gedanken einen etwa fünfundvierzig Grad weiten Winkel. Das war ihr Ziel. Südosten. Die Sonne war vor etwa einer Stunde aufgegangen, sie zog ihre Stute herum, bis ihr Schatten schräg rechts von ihr stand. Sie merkte sich die Richtung und berührte Cleopatras Flanke mit den Hacken. Schnaubend trabte ihr Pferd an. Ein kräftiger Windstoß rauschte durch die Baumkronen, ließ die langen Wedel der Palmen knattern und scheuchte eine Gruppe rotschnäbliger Trompetenvögel hoch. Sie drehten eine laute Runde und fielen, aus vollem Halse trompetend, in die Krone eines alten Stinkwoods ein.

Nach kurzer Zeit merkte sie plötzlich, dass ihr Schatten verschwunden war. Beunruhigt schaute sie hoch. Ein dichter, milchiger Schleier war vor das klare Blau des Himmels gezogen und verdeckte die Sonnenscheibe. Der Horizont leuchtete in bösartiger Schwärze. Ein Gewitter war im Anzug. Afrika machte ihr mal wieder einen Strich durch ihre Planung. Wütend zerrte sie an den Zügeln. Wieder fegte ein Windstoß durch die Bäume, Staubteufel tanzten auf dem Weg, ihr Haar flog ihr um den Kopf. Cleopatra trippelte nervös.

»Ruhig«, murmelte sie und klopfte den glänzenden Pferdehals.

Tiefes Rumpeln rollte durch die Hügel, die schwarze Regenwand marschierte heran und löschte die Welt um sie herum aus.

Donner krachte, Blitze erhellten die Wolken, der Regen erfüllte die Luft mit mächtigem Brausen, und eins der gewaltigen Sommergewitter, für die diese Gegend berüchtigt war, ging über dem Land nieder, und die sonnenheiße Erde knisterte, und die ausgetrockneten Bäume krachten wie im Feuer.

»Hölle und Verdammnis«, schrie sie. Ein Regensturm, der die ohnehin vollen Flüssen zum Überlaufen bringen würde, der aus Wegen Sturzbäche machte, war das Letzte, was sie jetzt gebrauchen konnte. Wie sollte sie ohne die Sonne als Orientierung jetzt ihren Weg finden?

Keine zwei Stunden weiter südöstlich betrachtete Johann besorgt den dunklen Horizont.

»Umbani«, bemerkte Mangaliso, der neben seinem Hengst hertrabte.

Dieser spitzte die Ohren, als er seinen Namen vernahm, doch Johann wusste, dass Mangaliso die zuckenden Blitze meinte, die auch er vor dem schwarzen Wolkenband gesehen hatte.

»Ukuduma kwezulu«, fügte Mangaliso hinzu.

Johann nickte. »Es wird ein Unwetter geben, einen Gewittersturm, da stimme ich dir zu. Viel Regen, und wenn wir Pech haben sogar einen Isivunguvungu. Verdammt!« Bitte, lass es kein Tornado sein, betete er schweigend.

»Yebo.« Mangaliso war kein Mann von vielen Worten.

Johann trieb sein Pferd an, und der kleine Schwarze fiel in einen schnellen Trott. Ziko, dessen Umuzi in der Nähe lag und der vorausgerannt war, um seine männlichen Verwandten zu alarmieren, würde es in einem Ungewitter nicht zu den Höfen seines Clans schaffen. Außerdem würde ein Wolkenbruch jede Spur, die Catherine vielleicht hinterlassen hatte, auslöschen. Selbst die gewieftesten Spurenleser waren dann hilflos. Er zog seinen Kompass hervor, um sicherzugehen, dass er die Richtung beibehielt, wobei ihm einfiel, dass er ihre Uhr in Stefans Zelt gesehen hatte,

637

sodass er davon ausgehen musste, dass sie sich nur am Himmels-
gestirn orientieren konnte, und das war hinter den dicken Wolken verschwunden.

»Verdammt«, knurrte er noch einmal.

In der Ferne driftete eine Staubwolke über dem Busch. Vermutlich Büffel, überlegte er und hoffte, dass Catherine sich nicht
in der Nähe befand. Der afrikanische Büffel, meist schlecht gelaunt, jähzornig und angriffslustig, war seiner Ansicht nach das
gefährlichste Tier Afrikas.

»Indlovu«, sagte Mangaliso.

Johann sah ihn erstaunt an. »Elefanten? Ich denke, es sind
Büffel.«

Mangaliso schüttelte überlegen den Kopf. »Nur Elefanten
machen diesen Staub. Büffelstaub ist anders.«

Seine arrogante Haltung reizte Johann zum Widerspruch.
»Und woher willst du das wissen?«

Mangaliso zeigte seine Zahnstummel. »Weil ich ein Elefant
bin«, aus einem Arm wurde ein Rüssel, »und manchmal ein Büffel«, zwei Finger wurden zu Hörnern, mit stolz geschwellter Brust
stolzierte der kleine Mann daher, »und jetzt ein Löwe ...« Er warf
seinen Kopf zurück und röhrte. »Ich bin Mangaliso, und wie du
weißt, mein Umlungu, bezeichnet das ein Wunder in deiner Sprache.« Er krümmte sich vor Lachen, schlug ein Rad vor Begeisterung über seine Darbietung.

Johann konnte nicht anders, auch er musste lachen, musste
gleich darauf daran denken, wie sehr dieses kleine Kabinettstück
Catherine gefallen hätte. Er verstummte, weil ihm das Herz schwer
wurde.

Catherine stand die zweite Nacht im Busch bevor, und dieses Mal
wurde es noch ungemütlicher. Sie fand keinen sicheren Schlafbaum, nur einen Felsvorsprung, dessen Dach so niedrig war, dass
Cleopatra nicht darunterpasste, nicht einmal, hätte sie sich hin-

gelegt. Das arme Pferd musste draußen bleiben und bot im zuckenden Licht der Blitze ein jämmerliches Bild. Das Hinterteil gegen Wind und strömenden Regen gedreht, Mähne und Fell tropfnass, Kopf tief gesenkt, dass ihr das Wasser als Sturzbach von der Nase lief, stand das Tier reglos da und wartete gottergeben auf den Morgen. Bevor Catherine unter den Felsen kroch, stocherte sie mit einem Stock gründlich auch in die entfernteste Ecke, um sicherzugehen, dass sie sich die Höhle nicht mit Schlangen oder Ratten teilte, dann rollte sie sich zusammen und versuchte zu schlafen.

Irgendwann kurz vor Tagesanbruch hörte sie Stimmen, verstand einige Worte und erstarrte vor Schreck. Die Männer hatten Zulu gesprochen und sie kamen näher. Schnell kroch sie zu Cleopatra und hielt ihr die Nüstern zu, wagte selbst kaum zu atmen. Zweige knackten in ihrer unmittelbaren Nähe, und der ranzige Gestank eingefetteter Körper wehte herüber. Es musste ein weiteres Regiment des Königs sein. Cleopatra schlug erschrocken mit dem Kopf, ihr rutschte die Hand von den Nüstern, und die Stute stieß ein ängstliches Wiehern aus. Ihr brach der Schweiß aus. Mit höchster Anspannung lauschte sie, ob sie sich verraten hatte. Erst als sich die Stimmen endlich hinter der nächsten Anhöhe verloren, wagte sie, ihre Hand von Cleopatras Nüstern zu nehmen, wagte sie, selbst einen tiefen Atemzug zu tun. So erschöpft, als hätte sie den ganzen Tag Mehlsäcke gewuchtet, lehnte sie sich an den Pferdehals.

Sie hatte sich durchaus nicht verhört, und auch ihre Nase hatte sie nicht getrogen. Dan de Villiers war mit dreißig seiner Zulus auf dem Weg zur Grenze dicht an ihrer Höhle vorbeigezogen. König Cetshwayos Nachricht, dass er schnellstens das Land zu verlassen hatte, hatte ihn im Umuzi seines besten Treibers erreicht, der eine hübsche, willige Tochter besaß, mit der er die Nacht zu verbringen gedachte. Er hatte umgehend darauf verzichtet, der enttäuschten Tochter zum Abschied einen Gürtel geschenkt und sich mit seinen Leuten auf der Stelle auf den Weg gemacht, bestrebt, dieser Aufforderung möglichst zügig Folge zu leisten. Er wusste nichts von dem Drama, das sich um seine besten Freunde abspielte, noch weniger ahnte er, dass er Catherine im Regennebel nur knapp verfehlte.

Catherine indessen, ebenso ahnungslos, wie nah die Rettung gewesen war, restlos erleichtert, nicht entdeckt worden zu sein, band sich Cleopatras Zügel um den Arm, um die Stute in der Nacht nicht zu verlieren. Besuch von tierischen Eindringlingen befürchtete sie nicht. In dem Wolkenbruch hatten sich das Wild tief in den schützenden Busch zurückgezogen. Aber ihr laut knurrender Magen bereitete ihr großes Unbehagen. Seit ihrer Fischmahlzeit hatte sie nichts mehr gegessen. Die Honigwabe, die sie während einer kurzen Rast neben sich gelegt hatte, war ihr von einem jungen Affen gestohlen worden. Entzückt keckernd war er damit auf den nächsten Baum gesprungen. Mit boshaft funkelnden Augen hatte er sie ausgelacht, während er sich den Honig von der Hand schleckte. Sie hatte ihm eine Reihe der farbigsten Flüche hinterhergeschrien, die jeden betrunkenen Matrosen mit Stolz erfüllt hätten. Auf ihren langen Schiffsreisen, die sie mit ihrem Vater unternommen hatte, war sie eine begeisterte und aufmerksame Schülerin dieser Matrosen gewesen.

Gereizt stellte sie fest, dass sie keinen trockenen Faden mehr am Leib trug, aber wenigstens fiel mehr Wasser vom Himmel, als sie je trinken konnte. Ein weiterer Vorteil des Unwetters war, dass sämtliche Moskitos aus der Luft zu Boden gedrückt wurden. Verbissen kratzte sie die Bissstellen, die einige Blutegel auf ihrem Bein hinterlassen hatten. Am späten Nachmittag war sie mit dem Fuß in ein Sumpfloch gerutscht, und als sie es herauszog, hingen fünf dieser schleimigen Biester daran und schwollen rasch durch ihre Blutmahlzeit an. Ein saftiges Schimpfwort murmelnd, hatte sie die fetten Egel aus der Haut gedreht. Es blieben fünf infernalisch juckende, rote Kreise auf dem Bein. Afrika!

Sie spähte unter dem Felsdach hervor. Noch war es dunkel. Todmüde lehnte sie sich an die scharfkantige Steinwand, nickte ein, schreckte aber sogleich wieder hoch, brauchte einige Zeit, um zu begreifen, dass sie das Knurren ihres eigenen Magens geweckt hatte, nicht das einer hungrigen Raubkatze. Als Erstes musste sie etwas zu essen finden. Ihre Augen fielen ihr wieder zu, sie fiel erneut in bleiernen Schlaf.

Vor ihrem Unterschlupf sammelte sich das Wasser in jeder Vertiefung, füllte Senken aus und die Furchen, die die Wege durchzogen. Wassermassen strömten über den steinigen Pfad, unterspülten den Wegrand, türmten Sand und Geröll und abgerissenes Gestrüpp auf. Das Feuer, das hier vor wenigen Wochen gewütet hatte, hatte einen großen Teil der Buschwerks vernichtet, und so traf das Wasser kaum auf Hindernisse. Tiefer und tiefer fraß es sich ins Erdreich, verleibte sich Bäume und Büsche ein, die durch den Brand und die monatelange Trockenheit geschädigt waren, und schwoll dabei zu einer mannshohen Flutwelle an und verwischte jede Spur, die Catherine hinterlassen hatte.

Johanns Spurenleser gingen in ihren eigenen Fußspuren zurück, um von Neuem die Umgebung nach Hinweisen abzusuchen, ob Katheni hier vorbeigekommen war, und die sie übersehen haben könnten. Sie fanden nichts.

Catherine schlief noch und ahnte nicht, wie nahe ihr Johann bereits gekommen war. Er holte stetig zu ihr auf und schlug erst spät, als sie längst unter dem Felsen Zuflucht genommen hatte, keine zehn Meilen von ihr entfernt sein Nachtlager auf. Auch er fand einen überhängenden Felsen, entfachte ein Feuer in seinem Schutz und wickelte sich neben Mangaliso in seine Schlafmatte. Der kleine Schwarze rollte sich zu einer Kugel zusammen und war sofort eingeschlafen. Johann beneidete ihn darum. Er war hundemüde, aber der Gedanke, dass Catherine irgendwo in dieser nassen Hölle allein war, hielt ihn bis zum Morgengrauen wach.

Der nächste Tag zog grau und nass auf, es blitzte nur noch ab und zu, und der Donner rollte erst Minuten später über den Himmel. Catherine kroch unter ihrem Felsen hervor, stand in der silbergrauen Regenwelt und stellte fest, dass sie nicht den geringsten Schimmer hatte, wo sie sich befand, noch in welche Richtung sie reiten sollte. Sie rieb sich die brennenden Augen. Es goss wie aus Kübeln, und ihre Erfahrung sagte ihr, dass das Unwetter in einen starken Dauerregen übergegangen war.

Den Gedanken, einfach den Regen unter dem Felsvorsprung auszusitzen, schob sie von sich. Fast alle Wege liefen von Norden nach Süden und kreuzten irgendwann einen Flusslauf. Hinter ihr lag der Nseleni, davon war sie überzeugt, so war der nächste große Strom war der Schwarze Umfolozi, der sich viel weiter westlich mit dem Weißen Umfolozi vereinigte. Der Umfolozi hatte ein breites, flaches Bett, und sie war mit der Umgebung vertraut. Selbst mit den landschaftlichen Veränderungen, die das Unwetter hervorgerufen hatte, würde sie die Gegend sicher erkennen.

Ihr Magen meldete sich mit lang anhaltendem Protest. Hastig durchsuchte sie noch einmal gründlich ihre Satteltaschen nach irgendetwas Essbaren, aber es war vergebens. Sie hielt ihre hohlen Hände in den Regen, fing genügend auf, um wenigstens ihren Durst zu stillen. Dann wiederholte sie die Prozedur und ließ ihre Stute saufen, stieg darauf in den Sattel, schnalzte leise mit der Zunge, und Cleopatra setzte sich schaukelnd in Bewegung. Durch die schlechte Sicht und den aufgeweichten Untergrund kämpften sie sich nur quälend langsam vorwärts. Ungeduldig zwang Catherine ihr Pferd in eine schnellere Gangart. Cleopatra scheute und strauchelte, fing sich aber wieder und setzte vorsichtig einen Huf vor den anderen. Ihre Reiterin ließ ergeben die Zügel hängen, die Stute würde instinktiv den sichersten Weg durch den Busch finden.

Ihr Vertrauen wurde nach einigen Stunden belohnt, als sich der Busch auf einmal auftat und ein breiter Weg vor ihr lag. Er war zwar auch von munter strudelnden Bächen durchzogen, aber hier kamen sie wesentlich schneller vorwärts. Erleichtert drückte sie Cleopatra die Absätze ihrer schlammverschmierten Stiefel in die Seiten, die Stute wehrte sich zwar gegen den Druck, versuchte den Kopf frei zu bekommen, aber Catherine hielt eisern dagegen. Irgendwann, Hölle und Verdammnis, musste sich das Wetter doch aufklaren und ihr ermöglichen, ihren Standort zu bestimmen!

Ihre zerfetzte Bluse klebte ihr am Körper. Dornen hatten sie festgehalten und die Bluse mit einem Ruck aufgerissen. Nun fehlten bis auf die obersten zwei alle Knöpfe. Catherine hängte die Zügel über ihren Arm, damit sie die Bluse in der Taille verknoten konnte. In diesem Augenblick trat Cleopatra mit dem linken Vorderbein auf einen abgerissenen Busch und rutschte in das darunter verborgene Warzenschweinloch. Catherine hörte ein Geräusch, als würde ein dicker Zweig brechen. Sie kam nicht dazu, sich darüber zu wundern. Die Stute schrie und fiel zur Seite, ihre Reiterin flog aus dem Sattel und schlug mit dem Gesicht zuerst in eine Schlammpfütze.

Auch Catherine hatte geschrien, rappelte sich, so schnell es ging, auf, versuchte dabei, sich mit den Händen den Schlamm aus den Augen zu kratzen. Aber ihre Hände waren ebenso verschmiert wie ihr Gesicht, und sie musste blind herumtasten, bis sie das nasse Fell ihres Pferds fühlte, stellte schnell fest, dass sie das Hinterteil erwischt hatte, ließ ihre Hand über den Sattel in eine der Taschen gleiten, zog ihr Schnupftuch hervor und rieb ihr Gesicht trocken, bis sie durch ihre verklebten Wimpern wieder sehen konnte.

Cleopatra stand mit hängendem Kopf leise wimmernd vor ihr, ihr linkes Bein hielt sie angewinkelt, der Huf pendelte unterhalb des Kniegelenks lose herunter.

»Nein!«, schrie Catherine. »Mein Gott, nein, nicht das!« Starr vor Schock starrte sie auf ihr Pferd. Cleopatra zitterte am ganzen Leib. Mit zarten Fingern befühlte sie das Pferdebein, betete, dass sich die Stute es nur verrenkt hatte, aber fast gleichzeitig spürte sie die scharfen Kanten des gebrochenen Knochens, und jetzt sah sie auch, dass die Spitze durch die Haut gestoßen war. Cleopatra hatte ihr Bein gleich an mehreren Stellen gebrochen, und Catherine wusste, dass ihre Stute keinen Schritt mehr gehen konnte, und sie wusste auch, dass es nur eine Lösung gab.

Etwas in ihr zerriss. Laut aufschluchzend legte sie ihre Arme um den Pferdehals. Der Heulkrampf, der sie packte, beutelte sie derart, dass sie sich danach kaum noch auf den Beinen halten konnte. Cleopatra rieb sich die Nase an ihrem Arm, schnaubte leise, wandte sich ihr zu und fixierte sie mit ihren schönen, tiefbraunen Augen. Catherine konnte diesen Blick nicht ertragen. Weinend zog sie ihre Bluse aus, faltete sie zu einem länglichen Tuch und legte sie ihr als Binde über die Augen. An den Hals der Stute gelehnt, liebkoste sie sie minutenlang, hörte ihren Herzschlag, fühlte den warmen Hauch ihres Atems auf der Haut, spürte das Leben, das ihr durch die Adern pulsierte. Endlich putzte sie sich die Nase am Blusenzipfel, schnallte die Satteltaschen ab, legte sie neben die Stute ins Gras, und endlich hakte sie ihr Gewehr vom Sattel.

Sie trat ein, zwei Schritte zurück und zielte. Doch ihre Hände waren so unsicher, dass der Lauf schwankte und einen gezielten Schuss unmöglich machte. Eine einzige Kugel hatte sie. Sie musste genau treffen. Behutsam näherte sie sich Cleopatra auf wenige Zoll, kraulte ihr noch einmal die Ohren und hob das Gewehr. Mit aller Kraft unterdrückte sie das Schluchzen, das ihr in brennenden Wellen in die Kehle stieg, damit ihre Hände ruhig waren, schickte ein Gebet zum Himmel und drückte ab.

Cleopatra fiel um wie gefällt. Ihre Beine zuckten ein paarmal, wobei der gebrochene Vorderlauf lose hin und her schlug, dann lag sie still, und Catherine hörte nur noch ihr eigenes Weinen. Sie weinte hemmungslos, bis raue Schreie ihre Trauer zerrissen. Ein großer Geier landete keine zwanzig Fuß entfernt von dem Pferdekadaver. Schnabelklappernd hüpfte er näher, dabei gierige, kleine

Laute ausstoßend. Sie machte eine wütende Bewegung, um ihn wegzujagen, hielt dann aber inne. Es würde ihr nicht gelingen. In wenigen Minuten würde die Kunde von dem Festmahl jeden Geier, jede Hyäne, jeden Schakal in der weiteren Umgebung anlocken, und vermutlich einige Löwen ebenfalls. Es war höchste Zeit für sie, das Weite zu suchen. In aufwallender Verzweiflung hob sie einen Stein auf, zielte und warf. Es war nur ein kleiner Trost, als sie den großen Vogel traf. Der schüttelte nur seine Federn, breitete seine Schwingen aus, schwebte auf die tote Cleopatra nieder und öffnete mit einem kraftvollen Schnabelhieb den weichen Bauch.

Sie zuckte zurück, wünschte, dass sie genügend Kraft gehabt hätte, ihrem Pferd ein Grab zu graben und eine große Steinpyramide darüber zu häufen, um die Aasfresser abzuhalten. Aber es war hirnrissig, auch nur daran zu denken. Weder hatte sie die Kraft noch die Zeit. Nachdenklich wog sie ihr Gewehr in der Hand. Es war ein sehr gutes Gewehr und es war teuer gewesen, aber ohne Munition war es nichts weiter als ein hinderliches Stück Holz. Sie holte aus, um es in den Busch zu schleudern, ließ den Arm dann aber wieder sinken. Sie würde das später entscheiden. Mit schleppenden Schritten ging sie zu Cleopatra.

Mit einem Gewehrhieb trieb sie den blutbesudelten Geier ein paar Schritte zurück, kniete im strömenden Regen neben ihrem toten Pferd im Gras und durchsuchte die Satteltaschen. Nur kurz erwog sie, diese mitzunehmen, aber da sie ohnehin leer waren, machte es keinen Sinn. Sie wären überflüssiges Gewicht. Mit zarten Bewegungen löste sie die Binde von Cleopatras Augen. Sie brauchte ihre Bluse noch. Sie drückte die schönen, trüb gewordenen Augen zu, streichelte ihr noch einmal den noch warmen Hals und lief, so schnell sie konnte, über den durchweichten, mit Geröll übersäten Weg davon. Hinter sich hörte sie das aufgeregte Lachen der Hyänen, das irrwitzige Geschrei der Schakale und einmal, ganz in der Nähe, das wütende Fauchen einer Löwin. Sie rannte blindlings, achtete nicht auf die Richtung, war nur versessen, zwischen sich und der blutigen Fressorgie möglichst viel Abstand zu bringen. Mehr als einmal hörte sie Knacken und Krachen wie von einem großen Tier, das durch den Busch brach, aber sie blieb nicht stehen, um herauszufinden, was es war.

Als sie irgendwann einmal Halt machen musste, weil ihre brennenden Lungen nicht mehr genügend Sauerstoff bekamen, hatte sie jegliches Gefühl für Zeit und Richtung verloren. Vornübergebeugt, die Hände auf die Knie gestützt, hielt sie keuchend Ausschau nach etwaigen Verfolgern, aber außer einer Gruppe jämmerlich nasser Webervögel, die sich auf einem Ast dicht aneinander drängten, war kein Tier zu sehen. Es war ihr klar, dass ihr nur noch wenig Zeit bis zur Dunkelheit blieb, und die würde heute früher kommen, weil der Regenhimmel alles Licht schluckte. Sie musste bald einen Unterschlupf finden, der ihr Schutz vor dem Regen bot, dichtes Gebüsch, einen ausgehöhlten Baum oder, was am besten wäre, eine Höhle. Die fand man entweder in der Nähe der Felsformationen, die überall aus der Erde wuchsen, oder am Ufer der Flüsse. Doch war sie weder imstande, im feuchten Nebel irgendwelche Felsen zu entdeckten, noch wusste sie, wo das Flussufer sich befand.

Ihr nutzloses Gewehr umklammernd, ging sie weiter, langsamer dieses Mal, vorsichtiger. Hoffnung keimte in ihr auf, als sie, durch die dichte Vegetation gedämpft, Frösche quaken hörte. Es war also entweder ein Fluss in der Nähe oder ein Sumpf, und beide waren beliebte Aufenthaltsorte für Krokodile, aber fand sie ihn, wäre es ihr auch möglich, ihre Richtung zu bestimmen. Argwöhnisch prüfte sie jeden Schritt, den sie tat, um nicht in ihrer Panik, Löwen, Hyänen und anderem Getier davonzulaufen, vor Unachtsamkeit auf eine der großen Echsen zu treten.

Die Ochsenfrösche quakten lustvoll, aber sie saßen im Gestrüpp weit oberhalb des Ufers, in das der Fluss riesige Löcher gewaschen hatte. Instinktiv ahnten sie, dass der Strom kurz davor war, aus seinem angestammten Bett zu steigen und auf Wanderschaft zu gehen, und hatten sich in Sicherheit gebracht. So täuschten sie Catherines Richtungssinn. Nur noch eine kleine Barriere aus Treibgut und ein läppischer Baum, der sich schon ergeben zur Seite neigte, boten dem wanderlustigen Fluss Widerstand. Das Wasser staute sich, baute sich immer höher auf, bis der Druck überhand nahm. Ein paar Steine fielen, Erde bröckelte, und dann war es geschafft. Lautlos brach der Fluss durch, warf sich mit großer Energie gegen alles, was sich ihm in den Weg stellte.

Ein Geräusch, als würde der Busch vom Feuer gefressen, veranlasste Catherine, einen Satz auf die abschüssige Wegkante zu machen. Sie hielt sich an einem dicken Baumast fest und drehte sich alarmiert um. Hinter ihr hatte sich eine Flutwelle aufgebaut, die auf dem abschüssigen Weg stetig an Geschwindigkeit zunahm. Das Brausen wurde lauter, Bäume schrien und barsten, als sich die Schlammlawine wie ein gieriges Monster heranwälzte. Ein junges Warzenschwein schwamm kreischend vorbei, zwei Ratten wurden aus ihren Löchern geschwemmt und ertranken, die Grüne Baumschlange, die aus der Krone eines umgestürzten Baums herunterfiel, rettete sich auf die treibenden Kadaver.

Catherine hörte den Todesschrei des kleinen Schweins, zuckte zusammen, zog sich dann blitzschnell an den ausladenden Ästen eines alten Natalfeigenbaums hoch, dessen Wurzeln so tief im felsigen Grund verankert waren, wie seine Krone hoch war. Der Baum ächzte und stöhnte, schüttelte sich, als das Wasser um seine Wurzeln strudelte, aber er hielt dem Druck stand. Die Welle rauschte dicht unter ihr vorbei. Die Baumschlange wurde ins Blättergewirr geschleudert, fand Halt, schlang ihren geschmeidigen, leuchtend grünen Körper um einen Ast und züngelte. Keuchend starrte sie hinunter, sah die Schlange, beachtete sie aber nicht weiter. Das Reptil hatte genug damit zu tun, selbst zu überleben.

Langsam fiel der Wasserspiegel, der Strom wurde zu einem plätschernden Bach, der wiederum zusehends versickerte, und dann standen nur noch hier und da tiefe Pfützen in den Rinnen und Furchen, die die Schlammwelle hinterlassen hatte. Catherine rutschte vom Baum herunter. Als sie auf dem Boden landete, knickten ihr die Knie ein. Erstaunt stellte sie fest, dass ihr vor Hunger schwindelig war. Sie dachte daran, dass sie ein großes Stück frisches Pferdefleisch hätte vertilgen können, ehe Hyänen und Löwen es fraßen, und erschrak vor sich selbst. Um ihr eigenes Leben zu retten, hätte sie es nicht fertig gebracht, aus Cleopatra ein Stück herauszusäbeln und zu essen. Wie ein Kannibale wäre sie sich vorgekommen. Sie schüttelte sich. Dann schaute sie sich entschlossen um, was die Natur ihr zu bieten hatte. Sie musste etwas essen, sonst hatte sie keine Chance, auch nur die nächste Meile zu schaffen, geschweige denn den langen Rückweg. Ein Tier quiekte leise, und sie erschrak, aber es war das Quieken eines kleinen Tiers gewesen. Sie schaute genauer hin und entdeckte eine mit Schlamm verschmierte Ratte, die zwischen dem Wurzelwerk eines alten Baums strampelte.

Geräuschlos lehnte sie sich vor, erwischte das Vieh am Schwanz und zog es heraus. Mit einem Stein schlug sie dem panisch um sich beißenden Nagetier den Schädel ein, strich den Schlamm von dem glatten Fell, befühlte das Tier und lächelte dann zufrieden. Es war eine schöne, fette Ratte. Sie würde eine üppige Mahlzeit ergeben und lange vorhalten.

Aber erst musste sie ihren brennenden Durst stillen. Es regnete nicht mehr, aber überall standen große Lachen. Mit der hohlen Hand schöpfte sie Wasser aus einer tiefen Pfütze, achtete nicht auf die darin wimmelnden Mückenlarven, sondern schlürfte es gierig hinunter. Als sie getrunken hatte und ihre Lebensgeister wieder erwachten, schlitzte sie der Ratte mit einem scharfkantigen Stein den Bauch auf, riss Leber und Herz heraus, sank auf einen Baumstumpf und stillte ihren ersten Hunger. Das Fleisch war zart und erinnerte sehr entfernt an Hühnchen.

Mit dem Stein schabte sie das Fleisch mit der weißen Fettschicht von der Haut, aß es, nagte sorgfältig die Knochen blank, kaute wenig und schluckte schnell, und zum Schluss leckte sie jeden einzelnen ihrer Finger ab. Nicht dass es so gut geschmeckt hätte, denn eigentlich war der Geschmack ziemlich ekelhaft, schwer zu beschreiben, dumpf und modrig vielleicht, wie etwas, das im Sumpf gelebt hatte. Aber es war nahrhaft, und das zählte. Schon spürte sie, dass sie sich besser und kräftiger fühlte und der Schwindel ganz vergangen war.

Angestrengt versuchte sie, in der tief hängenden Wolkendecke den hellen Schimmer zu entdecken, der ihr verraten würde, wo die Sonne im Augenblick stand, aber da war nur einheitliches Grau. Die ersten Mücken schwirrten herum, und zu ihrer Besorgnis stellte sie außerdem fest, dass der Weg verschwunden war und sich stattdessen ein breiter Schlammfluss durch den Busch wälzte. Orientierungslos irrte sie für längere Zeit auf der Suche nach einem Weg herum, lauschte auf die Geräusche, die ihr die Nähe des Flusses verraten würden, Froschquaken, das Platschen tauchender Vögel, denn der zunehmend weicher werdende Untergrund überzeugte sie davon, dass Wasser in der Nähe sein musste. Mückenschwärme stiegen aus dem Dickicht und fielen über jedes nackte Stückchen Haut her, das sie unvorsichtigerweise unbedeckt gelassen hatte. Sie krempelte ihre Blusenärmel herunter und wickelte sich das Unterhemd um den Hals, sodass nur noch ihre Hände und ihr Gesicht frei waren.

Nachdem jedoch eine Mücke sie unter der Augenbraue gestochen hatte, rieb sie Hände und Gesicht dick mit Schlamm ein, der alsbald zu einer harten, sehr unangenehm spannenden Kruste trocknete. Ihre Stimmung sank, und als sie gewahr wurde, dass das Licht rapide abnahm, war sie auf dem Nullpunkt angelangt. Eine von unzähligen Hufen zertrampelte Schneise lief durch das Gestrüpp, ganz offensichtlich ein Wildpfad, und sie beschloss, diesem zu folgen. Wildpfade führen irgendwann immer ans Wasser.

Anfänglich nahm sie das leise, aber stetige Rauschen im Hintergrund gar nicht wahr, aber allmählich drängte es sich in ihr

Bewusstsein. Dann ließen kurze, helle Laute, fast wie das hohe Bellen junger Hunde, sie erst stutzen und schließlich wie angewurzelt stehen bleiben. Es waren die Rufe junger, schlüpfender oder eben geschlüpfter Krokodile, die ihre Mutter herbeizulocken versuchten. Ganz in der Nähe musste ein Nest sein, und Krokodile bauten ihre Nester direkt am Fluss, manchmal sogar auf schwimmenden Inseln. Schritt für Schritt bewegte sie sich vorwärts, mehrmals glitschte sie auf dem weichen, unebenen Grund aus, rappelte sich blitzschnell wieder hoch, immer gewahr, plötzlich einem rabiaten Krokodilweibchen gegenüberzustehen. Nach einer scharfen Biegung fiel der Pfad stark ab, und kurz darauf stand sie am Rand eines reißenden, stark angeschwollenen Gewässers. Lehm färbte das Wasser gelb, der wieder einsetzende Regen hämmerte kleine Krater hinein, und starke Strudel zeigten ihr, wo sich unter der Oberfläche Felsen befanden. Das Gelände am anderen Ufer war offener, es wuchs kaum Busch und es stieg deutlich an.

Aufgeregt reckte sie den Hals. Von der Anhöhe auf der anderen Seite müsste es möglich sein, sich orientieren zu können. Doch angesichts des mit urweltlicher Gewalt dahinbrausenden Stroms und die Rufe der Krokodiljungen im Ohr packte sie Verzweiflung. Nur ein Vogel konnte den Fluss sicher kreuzen. Vorsichtig sich an überhängenden Ästen festhaltend, tastete sie sich am Wasserlauf entlang. Unmittelbar hinter einer flach geschliffenen Felsenformation, die quer zur Strömung verlief und hier das Wasser staute, entdeckte sie einen großen Baumstamm. Sein Wurzelwerk, vom Wasser abgespült, lag auf ihrer Seite, die Krone auf dem gegenüberliegenden Ufer.

Zweifelnd betrachtete sie den Stamm. Dick genug, um sie zu tragen, war er allemal, aber er hing kaum einen Fuß über dem Wasser, sodass die starke Strömung ihn immer wieder schwanken ließ. Schon hatte sie entschieden, dass es zu gefährlich war, über den Baum auf die andere Seite zu kreuzen, wollte eben die Böschung wieder hinaufsteigen, als starker Moschusgeruch aus dem Dickicht stieg. Sie gefror. Ein Krokodil musste in ihrer unmittelbaren Nähe aufgetaucht sein. Ganz langsam wandte sie den Kopf.

Es starrte sie aus dem Ried in zwanzig Schritt Entfernung an. Catherines Gedanken rasten. Konnte das Reptil sie nur wahrnehmen, wenn sie sich bewegte, wie ein Nashorn, oder konnte es sie riechen? Die zwanzig Schritt würde das Reptil schneller zurücklegen, als sie fliehen konnte, das wusste sie aus Erfahrung. Krokodile waren schnell wie der Blitz auf ihren vier Beinen.

Die Panzerechse öffnete ihr zähnestarrendes Maul und fauchte. Der Reaktion entnahm Catherine, dass sie das Vieh gesehen und als Beute erkannt hatte. Sie schleuderte ihr Gewehr von sich, machte einen Satz ins seichte Wasser auf den umgestürzten Baumstamm zu, packte einen der dicken Wurzelstümpfe und zog sich hinauf. So schnell es ihr möglich war, robbte sie bäuchlings den Stamm entlang. Die Borke des Baums war glatt und nass, und sie rutschte mehrfach ab, landete jedes Mal mit den Füßen im reißenden Fluss, der sofort mit wütendem Gurgeln danach trachtete, sie mit sich zu ziehen, aber sie konnte sich halten und schaffte es tatsächlich hinüber. Atemlos vor Anstrengung setzte sie ihre Füße auf den durchweichten Lehmboden.

Ein schneller Blick übers Wasser zeigte ihr, dass das Krokodil offenbar erwog, ihr zu folgen. Als wäre es ihr schon dicht auf den Fersen, rannte sie den flachen Abhang hinauf. Keuchend blieb sie oben endlich stehen und schaute zurück. Das Reptil war verschwunden, der Uferbereich unter ihr leer. Sie war vorerst in Sicherheit. Aufatmend teilte sie die Wedel der niedrigen Palmen, um einen freien Blick übers Land zu haben, aber ohne dass sie es wahrgenommen hatte, hatte die Dämmerung sich mittlerweile zur Dunkelheit verdichtet, und alles, was sie erkennen konnte, waren Schemen im Regen, der weder Anfang noch Ende zu haben schien. Regen, so weit sie sehen konnte.

Es wäre auch zu gefährlich gewesen, den Rückweg über den Baumstamm anzutreten. Das würde sie, nachdem sie sich orientiert hatte, erst bei Tagesanbruch wagen können. Jetzt galt es, schnellstens einen Schlafplatz zu finden. Noch war sie damit beschäftigt, die Enttäuschung zu verdauen, dass sie eine weitere Nacht auf einem Baum verbringen musste, und zu überlegen, wohin sie sich nun wenden sollte, da hörte sie unter sich Ächzen und Splittern von Holz. Sie fuhr herum. Das Geräusch kam vom Fluss. In wachsender Panik stieg sie den Abhang wieder herunter. Als sie im sterbenden Licht sah, was passiert war, schrie sie vor Wut laut auf.

Der strudelnde Fluss hatte den Baumstamm mitgerissen, ihr war der Rückweg abgeschnitten. Auch bei strahlendem Sonnenlicht gab es keine Möglichkeit, den Fluss zu überqueren. Der tosende Strom lag zwischen ihr und dem Lager der Willingtons, zwischen ihr und Johann, zwischen ihr und dem Leben.

Hölle und Verdammnis, dachte sie, die dritte Nacht in dieser verwünschten Wildnis, und ich habe immer noch keine Vorstellung, wo ich bin. Sie befürchtete sogar, da sie kurz vor Nachteinbruch eine Baumgruppe passierte, die ihr verteufelt bekannt vorkam, dass sie sich seit einiger Zeit im Kreis bewegte. Sie kämpfte sich weiter durch Gestrüpp und hohes Gras, konnte mittlerweile kaum noch etwas erkennen. Einen Pfad gab es nicht, immer wieder stolperte sie über überwachsene Steine oder Holzstämme, trat in Löcher, brach sich fast den Knöchel, bis sie im grauen Regenvorhang einen Baum entdeckte, aber nur, weil seine Silhouette schwärzer war als der Himmel. Der würde sie wenigstens etwas vor dem Sturzregen schützen.

Entmutigt und erschöpft kletterte sie in die dichte Krone, rutschte mehrmals auf dem nassen Stamm aus, fand endlich eine Astgabel, die einen einigermaßen sicheren Sitz erlaubte. Ächzend vor Anstrengung schlang sie das zum Strick gedrehte Unterhemd um den Baum und ihre Taille, rutschte hin und her, bis es einigermaßen bequem war.

Der Regen rauschte, der Fluss gurgelte und schwatzte, Baumfrösche flöteten. Afrika stimmte sein Wiegenlied an, und eine

Armee von hungrigen Wanderameisen, bewaffnet mit messerscharfen Beißzangen, machte sich auf, den Stamm hinaufzuschwärmen. Catherine, nicht ahnend, was ihr blühte, schloss die Augen und döste ein.

Ohne es zu wissen, hatte sie sich die ganze Zeit parallel zum Schwarzen Umfolozi bewegt, ehe sie ihn überquert hatte, doch sie war flussaufwärts gegangen, weg vom Meer. Johann dagegen stand am Ufer desselben Flusses, etwa einen halben Tag entfernt flussabwärts, und lauschte angespannt den Worten von Ziko. Dabei drehte er den Halfter in der Hand, den der Zulu ihm eben ausgehändigt hatte. Er hatte das Lederstück sofort erkannt. Es war eindeutig der Halfter von Catherines Stute Cleopatra.

»Wo habt ihr das Skelett gefunden?«

Ziko beschrieb den Ort, so gut er konnte.

»Habt ihr … die Nkosikazi …?«

»Cha«, sagte Ziko entschieden. »Wir haben ihre Fußspur gefunden, und die führte weg von dem toten Pferd. Katheni ist gerannt, sie ist am Leben, aber der große Regen hat den Rest ihrer Fährte zerstört. Vier meiner Brüder, die die Spur eines Schmetterlings in der Luft riechen können, sind ihr auf den Fersen, doch wir denken, dass Katheni sich vor den Spähern des Königs versteckt, weil sie nicht weiß, dass sie deine Augen und Ohren sind.«

Johann nickte. Wohin würde Catherine sich wenden? Inqaba? Das erschien ihm möglich. Aber wie sollte sie in dieser nebligen Suppenküche ihre Richtung bestimmen ohne Kompass, ohne Uhr, ohne Sonne? Er schlug seinen Jackenkragen hoch, was allerdings nichts half. Der Regen lief ihm immer noch den Hals hinunter. Tief in Gedanken hakte er seine Wasserflasche los, nahm einen langen Schluck und reichte sie schweigend an Ziko weiter. Der Schwarze Umfolozi, sonst ein seichter Fluss in einem breiten, von Sandinseln und abgeschliffenen Felsen durchzogenen Bett, rauschte reißend dahin. Er war längst über die Ufer getreten,

hatte Nebenarme gebildet, Baumgruppen mitgerissen, Felsen frei-
gespült und so die Landschaft verändert.

Grimmig starrte er über das Wasser in den Nebel. Flussaufwärts oder flussabwärts? In welche Richtung würde sie sich wenden? Entweder sie bewegte sich auf ihn zu oder von ihm weg. So
sie überhaupt den Fluss gefunden hatte! Wenn nicht, könnte es
sein, dass sie ständig aneinander vorbeiliefen. Oder sie marschierte im Kreis.

Der starke Regen hatte die gelbe Oberfläche in gehämmertes
Metall verwandelt, jeder Tropfen sprang in einer kleinen Fontäne
hoch. Kein Krokodil war zu sehen, nur ein paar jämmerlich aussehende Wildebeest standen, die Köpfe gesenkt, die Hinterteile in
den Regen gedreht, auf einer flachen Anhöhe. Johann versuchte,
sich in seine Frau hineinzuversetzen, zu erahnen, wohin sie sich
wenden würde. Vor ihm brach ein Warzenschwein aus dem
Dickicht, das er mit einem glücklichen Schuss erlegte. Der Knall
rollte übers Land. Während Mangaliso das Tier mit breitem
Lächeln auf einen langen Stock zog, dessen eines Ende er, das
andere Ziko sich auf die Schulter legten, lauschte er angespannt
dem Nachhall des Schusses. Hatte Catherine den Schuss gehört,
sollte er noch weitere abfeuern? Schweren Herzens entschied er
sich dagegen. Seine Munition war begrenzt. Er konnte sich genügend Situationen vorstellen, wo er sie bitter nötig haben würde.

Leider war Johann zu weit entfernt, der Knall des Schusses zu
schwach, als dass Catherine ihn vernahm. Sie war auf ihrem
Baum bereits eingenickt. Es wäre auch fraglich gewesen, ob sie
ihn als Signal ihres Mannes erkannt hätte, vielmehr hätte sie vermutlich angenommen, dass Cetshwayos Männer Schießübungen
abhielten, und hätte sich versteckt, anstatt dem Geräusch entge-
genzulaufen.

»Zeig mir die Stelle«, sagte er zu Ziko.

30

In der Zeit, wenn die Nacht am schwärzesten ist, Geister tanzen und Hexen ihre schwarze Magie ausüben, erreichten die Wanderameisen Catherine. Raschelnd schwärmten sie über ihre Beine, die Arme, unter ihre Bluse, in beide Hosenbeine, krochen ihr in den Kragen und in die Haare. Als sie die zarte Haut ihrer Nasenlöcher und das Innere ihrer Ohren erreichten, bissen sie mit ihren messerscharfen kleinen Zangen zu. Einige stürzten sich auf die blutenden Verletzungen, die sie beim Hinaufklettern davongetragen hatte, und senkten ihre Beißwerkzeuge ins rohe Fleisch.

Catherine wachte um sich schlagend auf, konnte sich in letzter Sekunde mit einem Klammergriff davor bewahren, vom Baum zu fallen. Die Bisse brannten wie Feuer. Laut schimpfend, zerrte sie sich die Bluse vom Leib, versuchte, sich die Insekten von der Haut zu wischen, aber die Ameisen marschierten unbeirrt weiter, und hatten sie sich erst festgebissen, konnte sie ihnen den Leib abreißen, der Kopf würde weiter beißen. Es blieb ihr nichts anderes übrig, als ihren Sitzplatz zu räumen, um ihnen aus dem Weg zu sein. Mit steifen Fingern löste sie den Knoten des Unterhemdstricks, tastete sich zu einer anderen Astgabel vor, rutschte herum, bis sie sicher saß, und machte sich daran, die beißwütigen Insekten aus ihrer Haut zu drehen. Es dauerte eine Ewigkeit, und sie erwischte beileibe nicht alle, aber endlich schüttelte sie ihre Bluse aus, zog sie wieder an, obwohl sie nass war, und schlief tatsächlich wieder ein.

Wieder weckte sie das Knurren ihres Magens. Es dauerte eine Weile bis ihr wieder einfiel, wo sie war. Es regnete immer noch, wenn auch nicht annähernd so stark wie am Abend zuvor, und irgendwo hinter den tief hängenden Regenwolken musste die Sonne bereits aufgegangen sein, denn es war recht hell.

Grimmig untersuchte sie die unzähligen, bösartig roten, höllisch brennenden Ameisenbisse und auch die übrigen Wunden, die von Dornenkratzern herrührten, wünschte, dass ihr noch etwas von dem Honig geblieben wäre, um ihn auf die schlimmsten zu schmieren. Besonders ein Riss auf ihrem linken Arm, wo ein nadelspitzer Dorn hängen geblieben war und die Haut aufgeschlitzt hatte, ging tief und machte ihr Sorgen. In dem feuchtheißen Klima dieses Landstrichs waren schon einige Leute an einem solch läppischen Kratzer, der zu eitern begann und den ganzen Körper vergiftete, gestorben. Hätte sie doch nur Nadel und Faden! Es wäre nicht das erste Mal, dass sie eine Wunde genäht hätte, abgesehen von der Pavianpfote. Sie überlegte. Dan de Villiers hatte ihr einmal einen Tipp gegeben, der irgendetwas mit Ameisen zu tun hatte und über den sie damals tüchtig gelacht hatte, weil er ihr so abwegig vorgekommen war. Grübelnd lauschte sie dem Rascheln des Ameisenstroms, der auf der anderen Seite des Stamms wieder hinunterlief und sich am Boden über einen kläglich piepsenden Jungvogel hermachte. Das Piepsen erstarb kurz darauf, nur noch dieses unheimliche Rascheln und Knistern war zu hören.

Dann fiel es ihr wieder ein. Fast musste sie lachen. Welch eine süße Rache! Sie langte hinunter, fing eine Ameise ein, packte sie behutsam am Hinterleib, drückte den Kopf mit den Beißzangen über den Riss auf ihrem Arm. Das Insekt biss zu und heftete die Wundränder gleichsam zusammen. Mit einer deftigen Drehung drehte sie den Hinterleib ab, der Kopf blieb dran und ließ nicht los, der Riss war somit teilweise geschlossen. Noch vier Ameisen mussten dran glauben, dann war die Wunde so gut wie vernäht. Vielleicht sollte sie noch Schlamm darauf schmieren. Nach ihrer Erfahrung verhinderte diese Maßnahme häufig eine Entzündung.

Sie schaute hinunter. Schlamm gab's weiß Gott genug. Ihre mit verkrustetem Blut verschmierte Bluse klebte auf der Haut, der lederne Hosenrock war glitschig und kalt. Es war Zeit, von ihrem Hochsitz hinunterzusteigen. Auf einem Ast unter ihr schlängelte sich eine hübsche, grüne, sehr giftige Baumschlange entlang, und sie war so hungrig, dass sie überlegte, ob das Fleisch der Schlange ebenfalls giftig war oder ob sie nur irgendwo im Leib ein Giftsäckchen hatte, das mit ihren langen, gebogenen Zähnen in Verbindung stand. Schon hielt sie Ausschau nach einem Knüppel, traute sich zu, das Reptil zu erschlagen, ohne gebissen zu werden. Was aber wäre, wenn so ein Giftsack platzen würde? Die Vorstellung, hier allein in der Wildnis, weit weg von Johann, am Gift dieser Schlange zu verrecken, nur weil sie ihren Hunger nicht bezähmen konnte, hielt sie dann von diesem Vorhaben ab.

Einem Impuls gehorchend, zog sie sich vorsichtig in ihrem Schlafbaum höher, wagte sich bis hinauf auf die dünneren, biegsamen Zweige, um einen Überblick über ihre Umgebung zu bekommen. Sie schob die tropfenden Zweige beiseite und reckte den Hals.

Da geschah das Wunder.

Urplötzlich hörte der Regen auf, die Sonne drückte die Wolken weg, die Landschaft leuchtete auf. Zurück blieb nur glänzende Nässe. Hier und da tropfte es von den Blättern, und das Holz knisterte, während es in der Sonnenwärme trocknete. Schwalben schossen pfeilschnell über den tiefblauen Himmel, verloren sich in dem gleißenden Licht, der Gesang der Baumfrösche steigerte sich zum Crescendo, und aus dem Busch vereinigten sich unzählige Vogelstimmen zu einen jubilierenden Chor. Die Natur feierte das Ende des Unwetters.

Ihr schossen vor Erleichterung die Tränen in die Augen. Sie befand sich am Rand eines spärlich mit Baumgruppen bestandenen, weiten Tals. Unter ihr stand eine uralte Akazie am Ufer eines Wasserlochs, dessen Krone von einem riesigen Gemeinschaftsnest der gelben Webervögeln überzogen war. Catherine sah nicht die Schönheit der hübschen, goldgelben Vögel, alles, was sie sah, war

Nahrung. Eier, Jungvögel, wenn sie Glück hatte einen erwachsenen Vogel oder vielleicht sogar zwei. Sie lachte laut.

Schnell ließ sie einen letzten Blick übers Tal gleiten, blieb an einem dottergelben Schleier hängen, der sich auf der anderen Talseite über glänzendes Grün eine flache Anhöhe hinaufzog. Eben wollte sie sich abwenden, als eine Erinnerung sich in ihr regte. Einen Augenblick starrte sie hinüber, war sich nicht sicher, was sie sah. Das Dottergelb tanzte und flimmerte, löste sich auf, verschwand und war wieder da. Es war so weit weg, die Farben flirrten, schon glaubte sie, dass ihr durch den Tränenschleier ein Trugbild vorgegaukelt wurde. Sie wischte sich die Augen aus und schaute genauer hin.

Plötzlich stolperte ihr Herz. Zitternd vor Erregung fixierte sie den gelben Schleier, ließ ihre Augen ganz langsam entlang einer imaginären Linie laufen, und als sie die kleine, aber markante Anhöhe mit dem abgestorbenen Tamboti erblickte, der seine toten Zweige in den tiefblauen Himmel reckte, aus dieser Entfernung jedoch nicht einmal zollgroß schien, und die dünne, rostrote Linie, die den Hügel herunterlief und an seinem Fuß in einer waagerechten Schneise endete, war sie sich sicher. Johann hatte das Land dort im vergangenen Winter gerodet. Dort auf der anderen Seite des Tals, unter günstigen Umständen nicht mehr als ein strammer Marsch von etwa sieben oder acht Stunden entfernt, lag die Grenze von Inqaba, und der gelbe Schleier waren die Blüten der Kiaatbäume, die Johann vor mehr als dreißig Jahren rechts und links der langen Auffahrt zum Haus gepflanzt hatte. Sie war statt nach Südosten nach Nordwesten gelaufen.

Sie starrte hinüber, klammerte sich mit den Augen an diesem Punkt fest. Wie ein heller Stern im Weltalldunkel erschien ihr Inqaba. Ihn musste es erreichen. Dort war sie in Sicherheit. Weiter vermochte sie jetzt nicht zu denken. Mit dem Fuß tastete sie nach dem nächsten Ast unter ihr und hielt mitten in der Bewegung inne. Sie war nicht mehr allein.

Sie hatten sich so leise bewegt, dass sie nichts gehört hatte. Es waren vielleicht zwanzig Mann, alles Zulus, alle mit Kriegswaffen bewaffnet, zusätzlich trug der, den sie als Anführer ausmachte, ein Gewehr. Da stand sie, der linke Fuß schwebte in der Luft, der rechte balancierte prekär auf einem zu dünnen Ast, fast ihr ganzes Gewicht hing an ihren Armen, und sie verwünschte die Tatsache, dass sie, ohne es zu bemerken, auf den Hauptverbindungsweg von der Küste nach Ondini, der Residenz des Königs, geraten war, auf dem sich offenbar im Augenblick mehr Menschen tummelten als auf Hamburgs Jungfernstieg am Sonnabendvormittag.

Die Zulus unter ihr schienen eine Pause machen zu wollen, denn sie legten ihre Waffen nieder, kraxelten die Böschung hinunter zum Fluss und schöpften Wasser in ihre Kalebassen und tranken. Dabei unterhielten sie sich leise. Catherine strengte sich an, etwas zu verstehen.

»Jontani nennt es Inqaba«, sagte der Anführer, der sein Gewehr nicht niedergelegt hatte.

Catherine fiel fast vom Baum. Der Mann sprach von ihrem Haus, ihrem Ort der Zuflucht. Sie hörte auf zu atmen, voller Angst, dass das Geräusch sie verraten könnte.

»Ich werde es ›Esasa‹ nennen. Triumph.« Der Zulu war ein untersetzter Mann mit schmalem Brustkasten und starken Beinmuskeln. Abwesend kratzte er sich unter dem polierten Kopfring, fand eine Laus, legte sie auf seinen Gewehrkolben und knackte sie mit dem Daumennagel. »Ich werde in dem Haus aus Stein dieses Umlungu Jontani leben. Ich werde ein bedeutender Mann sein.« Wieder knackte es.

Catherine biss sich auf die Lippen. Der Mann musste Tulani sein, von dem Red Ivory behauptete, dass er König Cetshwayo Inqaba für ein Regiment und ein paar Gewehre abgekauft hatte. War er auf dem Weg zur Farm? Angespannt spähte sie hinunter, betete, dass es keinem der Zulus einfallen würde, seinen Kopf zu heben und hinaufzuschauen.

Tulani strich über die prächtigen, weißen Kuhschwänze, die ihm vom Gürtel hingen. »Von dem Umlungu Sinzi, der hässlich ist wie Impisi, die Hyäne, und in einem stinkenden Körper lebt, habe ich Gewehre gegen Elfenbein getauscht«, rief er theatralisch. »Ich habe diese Waffen und die feinsten meiner Krieger dem König der Zulus für dieses Land versprochen, das Jontani gestohlen hat. Er hat meinen Vater, König Mpande, der auch der Vater unseres Königs ist, verhext. Es ist nicht recht, dass ich dafür zahlen soll. Aber der König zögert, und ich glaube, er ist schwach geworden, denn er isst, was ihm die Umlungus bringen, und er trinkt das schwarze Gebräu, das sie Ikhofi nennen. Also habe ich mich unter den Mantel der weißen Königin begeben. Sie ist klug. Sie wird mir Rinder schenken und dieses Land. Ich werde der mächtigste Häuptling im Land sein, und es soll niemand vergessen, dass auch ich ein Sohn des Königs Mpande bin.«

Wieder ließ eine Laus knackend ihr Leben. »Jetzt jagen wir alle anderen Umlungus in das Wasser, das keine Grenzen hat, und ich werde mir wiederholen, was meins ist.« Er dehnte seine Lippen in einem lückenhaften Grinsen.

»Yebo«, murmelten seine Männer.

Catherines Armmuskeln zitterten vor Anstrengung, in ihren Ohren rauschte es. Die Zulus sprachen jetzt so leise, dass sie nur hin und wieder ein Wort aufschnappte. »Zwei Tage«, hörte sie, »Esasa …« Was meinte dieser Tulani? Wollte er in zwei Tagen auf Inqaba aufkreuzen und ihr Haus in Besitz nehmen? Ihr Haus?

Mit offenem Mund, sodass kein Atemgeräusch zu vernehmen war, füllte sie ihre Lungen mit Sauerstoff. Ihre Finger waren gefühllos, sie rutschte ein Stück, und der Zweig, an dem sie hing, bog sich unter ihrem Gewicht. Sie spürte, wie sich ein Krampf in ihrer rechten Wade zusammenballte. Behutsam wackelte sie mit den Zehen. Es tat weh, und der Krampf wurde schlimmer, schon bogen sich ihre Zehen hoch, ihre Muskeln waren steinharte Klumpen von heißem Schmerz. Die grüne Baumschlange schlängelte sich geräuschlos über ihre Hand bis zur Spitze des Asts, streckte sich waagerecht aus, bis sie den Busch gegenüber berührte, fand Halt und glitt rasch davon ins Grün. Nur flüchtig nahm sie das Reptil wahr. Im Augenblick traten alle Probleme in den Hintergrund angesichts der Tatsache, dass sie fürchtete, in wenigen Minuten wie eine reife Frucht vom Baum zu fallen, geradewegs vor die Füße eines blutrünstigen Zuluimpis.

Zu ihrer unendlichen Erleichterung machten die Zulus unter ihr Anstalten, weiterzuziehen. Sie schickte ein Stoßgebet zum Himmel, während die Männer ihre Waffen aufnahmen und ebenso geräuschlos wie die Schlange im Busch verschwanden. Sie schielte hinunter, verlagerte dabei unbewusst ihr Gewicht. Der Zweig über ihr knackte. Ihr Blick flog hoch, und sie sah, dass er sich immer stärker bog. Hilflos musste sie zusehen, wie er Faser für Faser riss, und dann fiel sie.

Der Aufprall war hart, sie knickte mit ihrem rechten Fuß um, ihr Kopf ruckte nach vorn, und sie biss sich auf die Zunge. Blut lief ihr in den Mund, sie spuckte es aus. Mit angehaltenem Atem lauschte sie, ob ihr Fall Tulani und seine Leute wieder zurückgerufen hatte. Erst als sie mehrere Minuten gelauscht hatte, außer den normalen Buschgeräuschen nichts hören konnte, machte sie sich mühsam daran, aufzustehen, ohne den schmerzenden Fuß zu belasten.

Auch ihre Lippe blutete wieder. Leise vor sich hin schimpfend, wischte sie das Blut im Ärmel ab. Sie hatte die Baumschlange und die Webervogelküken vergessen, ihren Hunger und die Unbequemlichkeit klatschnasser Kleidung. Mit beiden Händen schöpfte sie Wasser aus einer frischen Pfütze, die noch nicht von Mückenlarven verseucht war, trank so viel sie vermochte, und machte sich schnurstracks auf den Weg durchs Tal, ihrem Haus entgegen, das in der dunstigen Ferne hinter dem goldenen Blütenschleier lag.

Als leuchtendes Mal stand Inqaba vor ihrem inneren Auge, Symbol für Zuflucht, Schutz und Sicherheit, und Tulani war auf dem Weg, es für sich in Besitz zu nehmen. Sie musste Inqaba vor ihm erreichen, musste Maboya und alle seine Leute zusammenrufen, um das zu verhindern. Den Gedanken, dass Tulani und seine Bande vor ihr dort sein könnten, ließ sie nicht zu, klammerte sich an die Hoffnung, dass der Zulu mit seinem Überfall warten würde, bis er sicher sein konnte, nicht auf Widerstand zu stoßen.

Während die Sonne das Land aufheizte, Feuchtigkeitsschwaden aus dem Busch stiegen, und sich jedes Tier ins schützende Blättergewirr zurückzog, marschierte sie, ohne zu rasten, ohne zu essen, ohne zu trinken. Als hätte der bloße Anblick von Inqaba sie genährt und ihr Kraft und Energie geschenkt, lief sie durchs Gras. Außer einer Impalaherde, die im Baumschatten ruhte, und zwei Giraffen, deren Köpfe oben aus der Krone einer Akazie heraustaken, und die ihr Blätter mümmelnd nachschauten, sah sie nur noch ein paar blau schillernde Pillendreher. Aber sie schaute auch nicht rechts oder links, sie hatte ihren Blick fest auf den gelben Fleck in der Ferne gerichtet.

Als die Sonnenhitze unerträglich wurde, riss sie von einer wilden Banane das größte Blatt herunter und benutzte es als Sonnenschirm. Die heiße Erde brannte unter ihren Schuhsohlen. Längst hatte sie den Punkt totaler Erschöpfung überschritten, und ihre Beine bewegten sich nur noch mechanisch. Aber sie würde nicht eher ruhen, bis sie ihren Fuß auf den Hof ihres Hauses setzen konnte.

Mit einem Knüppel drückte sie die starren, dicken Zweige der Hluhluwe-Ranken beiseite, unter deren entzückendem, weißem Blütenschleier die bösartigsten Stacheln der Pflanzenwelt lauerten. Dick, gut drei Zoll lang und scharf wie Stilettos durchbohrten sie auch das feste Leder ihres Hosenrocks ohne Mühe. Bald tropfte ihr das Blut in die Schuhe, doch Catherine kümmerte sich nicht darum, kämpfte sich weiter. Bald erkannte sie Baumformationen und entdeckte einen Isivivane, einen Wunschsteinhaufen der Zulus, auf den auch sie schon oft einen Stein gelegt hatte. Als sie ihn erreichte, hielt sie kurz inne, suchte einen schönen Stein und setzte ihn obenauf auf den Haufen, dachte dabei an Sicelo und seine Mutter Mandisa und an César.

»Helft mir«, flüsterte sie, glaubte plötzlich, einen schwachen Anisduft wahrzunehmen. Aber das konnte nicht sein, ihre Einbildung musste ihr einen Streich spielen. Anis gab es hier schließlich nicht.

Dann trabte sie durchs Gras, immer schneller, nicht rechts und nicht links schauend, als wäre der Teufel leibhaftig hinter ihr her. Erst als sie am Rand einer Nashornsuhle abrutschte, in das kraterähnliche Loch rollte und sich mühselig daraus befreien musste, verlangsamte sie ihr Tempo. Das Innere des Lochs war noch matschig vom Regen gewesen, und nun war sie von einer Schicht klebrigen Schlamms bedeckt, der in Windeseile zu einer Kruste trocknen und ihre zerschundene Haut weiter aufreiben würde.

Erschöpft nahm sie ihre Umgebung in Augenschein. Zu ihrer Rechten stand eine Büffelherde im Schatten einer Baumgruppe. Wie auf Kommando wandten die Tiere ihre Köpfe, und rund dreißig Augenpaare starrten sie ebenso unverwandt wie feindselig an. Sie mied den direkten Augenkontakt, hastete weiter.

Um sich abzulenken, schlenderte sie in Gedanken durch den Wiener Prater auf gekiesten Wegen, unter blühenden Bäumen, aus denen höchsten einmal ein Vogelklecks fallen konnte, entlang sauber geschnittener Rabatten, in denen allenfalls ein paar Ameisen lebten, keine bissigen natürlich, vielleicht auch mal eine Maus oder Frösche, aber sicherlich keine Giftschlangen. Welch eine Wonne müsste es sein, elegant gekleidet, angeregt plaudernd unter dem sanften Wiener Himmel dahinzuspazieren …

Eine Weile trottete sie weiter, hielt ihren Blick meist vor sich auf den Boden geheftet, vermied dichtes Gras und den Bereich der Baumkronen, stieg erst über einen Baumstamm oder einen

Stein, nachdem sie sich vergewissert hatte, dass kein Tier in seinem Schatten lauerte. Sie erreichte eine Verwerfung des Grunds, der etwas wie eine lang gezogene Falte bildete. Nach kurzem Zögern machte sie sich die Mühe hinaufzuklettern, um zu sehen, wie weit sie gekommen war.

Und dann sah sie die blühende Kiaatallee über dem Busch leuchten, ganz nah, und nun fing sie an zu rennen. Die Sohlen ihrer Antilopenlederschuhe waren längst durchgelaufen, und immer wieder bohrten sich spitze Steine in die dicke Hornhaut ihrer Fußsohlen. An dem großen Stein, der die lange, von Ochsenwagen festgefahrene Auffahrt zum Haus markierte, musste sie sich ausruhen, aber sie tat es nur so lange, bis die Sterne, die vor ihren Augen tanzten, sich verzogen hatten. Dann hastete sie die letzte halbe Meile hinauf zu ihrem Haus.

Ihre Lungen schmerzten, ihr Atem pfiff, ihre Beine schienen gefühllos, die letzten Schritte waren mörderisch, aber sie verlangsamte ihren Trott nicht, im Gegenteil als sie Inqabas Rieddach über den Baumkronen schimmern sah, beschleunigte sie ihr Tempo noch. Sie bog um die letzte Kurve und blieb wie angewurzelt, mit hängenden Armen, zitternden Knien und einem Schrei im Herzen stehen.

Die Sonne hatte gerade den Zenit überschritten, als Ziko den Arm hob. Dann verschwand er im Busch. Johann saß ab, nahm Umbani am Zügel und folgte ihm. Minuten später stand er vor dem eingefallenen, von Ameisen blank genagten Kadaver eines großen Tiers, erkannte den Sattel Catherines, der zehn Schritt weiter lag. Tiefe Zahnmarkierungen zeigten ihm, dass die Raubtiere versucht hatten, auch das ungenießbare Stück Leder zu verschlingen. Er hob den Sattel auf. Die Taschen waren abgerissen, und nach einigem Suchen entdeckte er zumindest eine im Gras. Er durchsuchte sie. Sie war leer und gab ihm keinen Hinweis auf das, was hier vorgefallen war.

Ein Ausruf Mangalisos zog seine Aufmerksamkeit auf ein paar Knochen. Er warf Ziko die Zügel seines Hengsts hin, war mit wenigen Schritten bei Mangaliso, kniete sich nieder und betrachtete, was dieser gefunden hatte. Es war der linke, vordere Huf der Stute, der noch am ersten Gelenk hing, und der lange Röhrenknochen war schräg durchgebrochen. Er ließ seine Fingerspitzen über die glatten Bruchkanten laufen.

»Ibhubezi?«, fragte er, obwohl ein Löwe den Knochen eigentlich nicht gar so glatt hätte durchbeißen können.

»Hayi khona, Ingozi«, antwortete Mangaliso und bestätigte damit Johanns Vermutung.

Es war ein Unfall gewesen, Cleopatra hatte sich das Bein gebrochen, und entweder hatte Catherine ihr Pferd erschossen, oder es war von Raubtieren getötet worden. Er stand auf und suchte den Schädel des Tiers. Es dauerte eine Weile, ehe er ihn fand, und es war nicht leicht, den Beweis seiner Theorie zu entdecken, weil ein Löwe offenbar mit Genuss darauf herumgekaut hatte, aber endlich hielt er die Stirnplatte in Händen und sah das Schussloch darin. Catherine hatte ihr Pferd erschossen. Das hieß für ihn, dass sie es wohl geschafft hatte, sich davonzumachen, ehe die Aasfresser aufgetaucht waren.

Johann atmete tief durch. Unter ihm rauschte der Schwarze Umfolozi, der hier in engen Schlingen durchs Land mäanderte. Sein Lauf war gewundener, anders als sonst, offenbar hatte sich der Fluss, angeschwollen durch den tagelangen Sturzregen, an vielen Stellen ein neues Bett gegraben. Über eine Stunde hatte er mit den beiden Spurenlesern die Umgebung abgesucht, aber der Regen, die unzähligen Tierspuren hatten alles zerstört, was ihm einen Hinweis liefern konnte.

Catherine musste sich also noch auf dieser Seite befinden. Es gab nirgendwo eine Furt oder auch nur eine schmalere Stelle, wo sie ihn hätte überqueren können. Er würde als Erstes noch für ein paar Meilen am Ufer entlangreiten, flussabwärts, denn sie musste die Flussrichtung bemerkt haben. Es war sinnlos, flussaufwärts zu gehen.

Falls irgendetwas überhaupt Sinn machte, fuhr es ihm durch den Kopf. Wäre sie, zutiefst verletzt und verzweifelt, einfach drauflosgelaufen, könnte er ihr mit Logik kaum folgen. Aber er beschloss trotzdem, auf ihr logisches Denkvermögen und ihre praktische Natur zu vertrauen und auf ihre Liebe zu ihm. Irgendwann würde sie sich gefangen haben und beschlossen zurückzukehren. Und dann war sie flussabwärts gegangen, das war sicher, denn das war der Weg zur Grenze von Natal. Er bestieg Umbani, nahm die Zügel auf und wendete, dass die Nase des Hengsts nach Südosten zeigte.

»Sie will nach Inqaba«, sagte Mangaliso neben ihm.

Johann fuhr herum, Umbani schnaubte erschrocken. »Woher weißt du das? Hast du Spuren gefunden?«

»Ich weiß es.«

Johann musterte ihn einige Augenblicke wortlos. Mangaliso und Catherine hatten ein Verhältnis, das sich nicht mit Worten und Taten ausdrückte, sich nicht auf Verstandesebene bewegte, sondern eines, das ihre Seelen verband, sodass sie sich häufig ohne Worte verstanden und der eine wusste, was der andere dachte. Wenn Mangaliso meinte, dass sie nach Hause wollte, nach Inqaba, dann war die Wahrscheinlichkeit, dass er Recht hatte, zumindest gegeben. Tief in seinem Inneren befürchtete er, dass es ein Strohhalm war, an den er sich klammerte, aber er hatte selbst keine Alternative zu bieten.

Langsam nickte er seine Zustimmung, holte seinen Kompass heraus und richtete ihn aus. Mit viel Glück und nur unter der Voraussetzung, dass sie in allernächster Zeit eine Möglichkeit fanden, auf die andere Seite des Flusses zu gelangen, konnten sie es heute noch schaffen, Inqaba zu erreichen.

»Gut«, sagte er und zeigte nach Nordwesten über das dahinrauschende Wasser des Schwarzen Umfolozi. »Hamba shesha – wir müssen über den Fluss.«

31

Ein Brand hatte auf Inqaba gewütet. Der gesamte linke Flügel, dort wo ihr Schlafzimmer, die Zimmer der Kinder und der Anbau des Toilettenhäuschens gestanden hatten, bestand nur noch aus verkohlten Balken, niedergebrochenen und verrußten Mauern. Das Dach über dem Wohnzimmer und der Küche war wundersamerweise so gut wie unbeschädigt.

Es schien eine Ewigkeit, ehe sie voller Angst ihre Beine wieder bewegen konnte und, unsicher einen Fuß vor den anderen setzend, auf die Reste ihres Hauses zuging. War Tulani bereits hier? Sie blieb stehen und lauschte angestrengt.

Nichts.

Sie fror plötzlich, obwohl es ein heißer Tag war. Kam es von der Stille? Dieser grässlichen Totenstille, die über Inqaba lag? Mehr als zehn Zulufamilien lebten auf dem Gebiet Inqabas, über hundertfünfzig Menschen. Aber kein menschlicher oder tierischer Laut war zu vernehmen. Selbst die Vögel schwiegen. Nur ihre eigenen Schritte auf dem gepflasterten Hof waren zu hören. Sie erreichte die Eingangstür, die Johann mit Brettern verrammelt hatte. Sie rüttelte daran. Die Bretter saßen fest. Hier war keiner eingedrungen.

Sie ging ums Haus, um zu sehen, ob es eine Möglichkeit gab, über die Veranda und durch die geborstenen Fenster ins Haus zu klettern, und ob sie Spuren von anderen finden würde, die vor ihr diesen Weg genommen hatten. Das Gras ging ihr bis zur Taille, und sie musste Acht geben, wohin sie ihre Füße setzte, immer darauf gefasst, eine Schlange zu stören.

Auch das Kochhaus war unversehrt, das Glas im Fenster war

heil. Sie musste einen großen, schweren Ast aus dem Weg räumen, ehe sie die Tür aufschieben und hineinspähen konnte.

Im Kochhaus war lange Zeit niemand gewesen. Der Schrank, den ihr Johann gezimmert hatte, war verschlossen, ihre Töpfe hingen aufgereiht an Haken an der Wand. Sie zog die Tür hinter sich zu und ließ sich auf der Steinbank nieder, die an der Kochhauswand stand. Ihre Nerven hörten auf zu vibrieren. Sie ließ erschöpft den Kopf sinken und starrte sinnend in das hitzeflirrende Gras.

Es raschelte, und plötzlich traten vier Paar Füße in ihr Gesichtsfeld, dunkelhäutige, verhornte, breitgetretene Füße, und die blitzenden Spitzen von vier Assegais richteten sich auf ihre Brust. Mehr verwirrt als erschrocken schaute sie auf.

Sie waren groß und muskulös, mit den langen, ausgeprägten Beinmuskeln von Läufern. Ihre fellbezogenen Kriegsschilder waren fast mannshoch, die Assegais messerscharf. Buschige, geringelte Ginsterkatzenschwänze bedeckten ihr Gesäß; von einem Halsband hingen sorgfältig gekämmte, silberweiße Kuhschwänze über Oberkörper und Rücken. Die Kopfbänder aus Otterfell, die vier Büschel hochstehender Kuhschwanzquasten hielten, sagten ihr, dass sie dem berühmten Isangqu-Regiment angehörten. Zu überrascht, um etwas sagen zu können, starrte sie die Krieger an.

»Sawubona«, stammelte sie und stand lansam auf. Es fiel ihr einfach nichts Besseres ein. »Mein Name ist Katheni von Inqaba, und ich kenne euren König.« Üblicherweise würden sie jetzt Höflichkeiten austauschen, dann entweder jeder seines Weges gehen oder die Bekanntschaft vertiefen, in dem sie ein Mahl teilten. »Nisaphila na? Geht es euch noch gut?«

»Yebo, sisaphila. Ja, es geht uns noch gut«, würde die höfliche Antwort lauten.

Aber sie kam nicht. Vier dunkle Augenpaare waren bohrend auf sie gerichtet. Die ebenholzfarbenen Gesichter waren ausdruckslos, die Männer standen wie eine Mauer und versperrten ihr den

Weg. Ein mulmiges Gefühl breitete sich in ihrer Magengegend aus. Es war außerordentlich unhöflich, auf diese höfliche Begrüßung nicht zu antworten, schon fast eine Kriegserklärung. Jeder Zulu kannte Katheni von Inqaba, und immer hatte sie sich auf ihren Ruf verlassen können. Bisher war eine weiße Frau in Zululand völlig sicher gewesen, vor Menschen zumindest. Was geschah hier?

Mit tiefem Erschrecken wurde sie gewahr, dass sich zwischen ihr und den Menschen, die sie seit den Tagen ihrer Ankunft in diesem Land zu schätzen und respektieren gelernt hatte, von denen sie einige als ihre Freunde ansehen konnte, unbemerkt eine Kluft aufgetan hatte. Wann war das geschehen? Wie konnte es passieren, dass ihr das erst jetzt auffiel?

Wenn es die Männer nicht im Geringsten interessierte, wem sie gegenüberstanden, hieße das, dass Johann beim König in Ungnade gefallen war und alle Zulus das bereits erfahren hatten. Er wäre dann so etwas wie Freiwild geworden und mit ihm seine Familie. War etwas auf seinem Auftrieb nach Stanger geschehen? Eigentlich hätte Johann schon Tage, bevor sie zu Stefan aufbrachen, den Lobster Pott erreichen müssen. Was hatte ihn aufgehalten?

Oder – und dieser Gedanke lag ihr plötzlich wie glühende Kohle im Magen – war das Verhalten der Krieger ein Anzeichen dafür, was allen Weißen jetzt in Zululand blühte? Sie wurde an Johanns Burschen erinnert, der ihnen vor Wochen vor dem Hotel in Durban so feindselig gegenübergetreten war und sie bedroht hatte, ehe er verschwand.

»Ingebe«, knurrte da einer der Männer. »Gewehr.« Nichts weiter. Feindselig starrte er auf sie hinab. Er überragte sie um mehr als Haupteslänge, war wohl so groß wie Johann.

»Ich habe kein Gewehr«, sagte sie und hob beide Hände. Sie bemerkte, dass die vier offenbar Dagga geraucht oder gekaut hatten, wie es Zulukrieger vor einer Schlacht tun.

»Ingebe«, sagte der Große wieder.

»Cha! Kein Gewehr.« Sie griff in die Taschen ihrer Reithosen und zog sie nach außen. »Sieh, meine Taschen sind leer. Ich habe auch keine Munition.« Auch im Haus gab es weder Waffen noch Munition. Johann würde nie seine Gewehre zurücklassen, schon aus dem Grund, weil sie einfach zu kostbar waren.

Der Große fixierte sie mit einem finsteren Blick und tat einen Schritt auf sie zu. Eine Wolke seiner strengen Ausdünstung hüllte sie ein. Sie musste husten, wich aber nicht zurück.

Der Große nahm Schild und Assegai in eine Hand, streckte die andere aus und packte sie am Blusenärmel. Sie machte einen Satz und fuhr zurück wie von einer Natter gebissen.

»Hände weg«, befahl sie auf Zulu. »Ich habe kein Gewehr, ich habe es weggeworfen, weil es zerbrochen war, und im Haus gibt es keine Waffen.« Vermutlich hatten sie es ohnehin längst durchsucht.

Die Männer taten einen Schritt vor und standen jetzt fast auf Tuchfühlung. Der Geruch nach Holzrauch, ranzigem Fett, Schweiß und frischen Tierfellen war überwältigend. Catherine würgte und begann zu schwitzen. Verstohlen hielt sie Ausschau nach einem anderen menschlichen Wesen, das ihr zu Hilfe eilen könnte, wandte den Kopf nach links, ihr Blick flog über den Abhang unterhalb des Hauses zu den Hütten des nahen Dorfs. Aber da war keine Menschenseele, Inqaba lag still im gleißenden Sonnenschein, das Gras schimmerte, Zikaden sirrten, und eine Wolke schwarzweißer Schmetterlinge wurde über den Gemüsegarten geweht, sonst regte sich nichts.

Da erklang ein raues, trockenes Husten, gleichzeitig stieg ihr der scharfe Geruch einer Raubkatze in die Nase. Noch hatte sie nicht verstanden, was das zu bedeuten hatte, da hatten sich die Zulus schon mit einer einzigen, geschmeidigen Bewegung von ihr abgewandt und Angriffshaltung eingenommen, standen mit gebeugten Knien im Schutz ihrer Schilder die Assegais hoch erhoben in der Faust, sahen dabei nicht mehr sie an, sondern starrten auf etwas, das irgendwo neben ihr stand.

Atemlose Sekunden verstrichen, bis Catherine begriff, was es sein musste, das die Schwarzen derart alarmierte. Kein Zulukrieger würde sich vor einem Serval oder einer Hyäne fürchten, Geparden gab es hier oben nicht, Leoparden jagten bei Nacht. Nur Löwen jagten auch am Tag. Sie war wie versteinert vor Schreck. Mit den Zulus konnte sie reden, ein hungriger Löwe aber würde handeln, und zwar blitzschnell.

Während sie versuchte, einen klaren Gedanken zu fassen, geschah etwas Seltsames. Noch immer die Augen starr auf etwas im hohen Gras geheftet, machten die Zulus ein paar Schritte rückwärts, wirbelten dann auf den Fersen herum und flohen. Innerhalb von Sekunden hatte sie das Grasmeer verschluckt.

Catherine stand immer noch da und rührte sich nicht, lauschte nur, versuchte durch das Rauschen des Bluts in ihren Ohren zu hören, was außerhalb ihres Blickfelds vor sich ging. Es dauerte ein paar Minuten, in denen nichts geschah, kein Laut darauf hinwies, was sich da im Gras versteckte, ehe sie es wagte, langsam ihren Kopf zu wenden und einen Blick in die Richtung des Hustens zu tun.

Das gelbe Gras flirrte, schon glaubte sie, die schwarzen Ohrenspitzen eines Löwen erkannt zu haben, als sie gleich darauf feststellte, dass sie von zwei gaukelnden Schmetterlingen getäuscht worden war. Außerdem war der stechende Katzengestank verschwunden. Vier Impalas, die in einiger Entfernung äsend vorbeizogen, zeigten keine Unruhe. Was immer da gewesen war, jetzt war es weg. Sie richtete sich auf, bürstete ihre Hosen ab, warf noch einen prüfenden Blick in die Runde. Schon wollte sie sich auf den Weg zur Veranda machen, da stellten sich ihr alle Härchen auf den Armen hoch: Keine zehn Schritt vor ihr tauchten die Umrisse eines massigen, lohfarbenen Körpers im Gras auf.

Ihre Zähne schlugen aufeinander. Sie presste die Kiefer zusammen, um das Geräusch zu unterdrücken, wusste, dass es keinen

Sinn hatte zu fliehen. Doch während sie unverwandt auf diese Stelle starrte, lösten sich die Körperformen wieder auf, und sie begann, an ihrer Wahrnehmung zu zweifeln. Hatte sie sich nur von einem Schatten täuschen lassen?

Zoll für Zoll wanderte ihr Blick über ihre Umgebung. Nach der Stille zuvor herrschte um sie herum wieder geschäftig summendes Leben, Pillendreher, Schmetterlinge, zankende Webervögel, im Gemüsegarten spielte vier Mungos Haschen. Alles war friedlich, und endlich schob sie es einfach auf ihren körperlichen Zustand, dass sie Dinge zu sehen meinte, die es nicht gab.

Aber war es wahrscheinlich, dass vier hartgesottene, bis an die Zähne bewaffnete Zulukrieger unter Halluzinationen litten und sich davon ins Bockshorn jagen ließen?

Noch etwas unsicher auf den Beinen, sich ständig vergewissernd, dass sich außer ein paar Pillendrehern und lärmenden Webervögeln kein Tier in ihrer Nähe aufhielt, bewegte sie sich auf die Veranda zu, war erleichtert zu sehen, dass die zumindest noch stand. Rasch stieg sie die wenigen Stufen hinauf, sah, dass sie über die zusammengebrochenen Mauern ihres Schlafzimmers ins Innere gelangen konnte. Mit schlotternden Knien kletterte sie über die Steinbrocken. Ein schwarzer Schatten stürzte vom Dachbalken und schoss lautlos an ihr vorbei ins Freie. Eine Flughund. Catherine schaute hoch. Unter den Dachbalken baumelte, eingefaltet in ihre eigenen Hautflügel, noch ein halbes Dutzend der kleinen Vampire, der Boden war gesprenkelt mit ihrem Kot. Sie ging weiter.

Stechender Rauchgeruch füllte ihre Nase, kratzte sie in der Kehle und ließ ihre Augen tränen. Ihr Blick flog durch den zerstörten Raum. Von ihrem Ehebett war nichts zurückgeblieben außer einem Haufen verkohlter Holzbretter. In der Ecke unter dem Fenster lag, säuberlich aufgerollt, eine wunderschön gemusterte Felsenpython, deren Leib mindestens den Umfang ihrer eigenen Oberschenkel hatte. Ruhig fixierte die riesige Schlange sie mit ihren klaren, braunen Augen. Catherine wandte sich ab, sie fürchtete sich nicht vor den großen Würgeschlangen. Sie waren meist von sanftmütiger, träger Natur. Sie schaute noch einmal hin. Die Schlange hatte sich nicht gerührt. Von der schien ihr keine Gefahr zu drohen.

Was war nur passiert? War es ein Blitzeinschlag gewesen oder gar Brandstiftung? Und wenn ja, wer hatte ihr Haus angezündet? Langsam bahnte sie sich den Weg durch den Schutt und die Asche. Soweit sie erkennen konnte, schien nichts zu fehlen. Sie wuchtete den heruntergestürzten Dachbalken weg, der ihr den Zugang zum Wohnzimmer versperrte.

Zugluft strich mit sanften Fingern über ihre Wange. Auf dem Boden des Wohnzimmers stand eine riesige Wasserlache, und von oben tropfte es noch herunter. Sie schaute hoch. Die Sonne schien durch ein klaffendes Loch in der Decke, vom Rand des vom Regen voll gesogenen Rieds tropfte es. Nun war sie sich sicher. Das Feuer war von oben gekommen, ein Blitz musste es entzündet haben. Sie merkte, wie sich eine gewisse Erleichterung einstellte. Es war nichts weiter als eine ganz normale Katastrophe. Nüchtern begann sie mit der Bestandsaufnahme, schätzte schweigend, wie lange es dauern würde, das Haus wieder aufzubauen, und wie hoch die Kosten sein mochten.

Mit einem Dutzend Arbeiter, glaubte sie, würde es zwei, höchsten drei Wochen intensive Arbeit bedeuten. Die Steine könnten sie selbst aus dem Flussschlamm brennen oder sogar mit dem Ochsenwagen aus Natal holen, und das Ried fürs Dach wuchs im Land. Die gröbste Arbeit würde sein, den Dreck aus dem Haus zu schaffen und die verkohlten Balken durch neue zu ersetzen. Einige Balken lagerten noch im Schuppen, für den Rest müssten frische geschnitten werden. Es war machbar, Gott sei Dank. Sie atmete auf.

Das Geräusch der Tropfen löste in ihr die lebhafte Erinnerung an den Tag aus, nachdem der Tornado Inqaba verwüstet hatte.

Mit ein paar Schritten war sie bei dem Geheimversteck, das Johann unter dem Holzfußboden angelegt hatte, schob den Esstisch aus schwerem Stinkwood zur Seite, drückte auf eine Bodenplanke, die die Klappe zur Geheimkammer entriegelte, und zog sie hoch. Sie starrte hinunter. Das Loch erschien ihr winzig, es war kaum zu glauben, dass sie sich damals mit ihrem Baby Viktoria und der jungen Jabisa dort hineinverkrochen und den tödlichen Tornado überlebt hatte. Als sie sich endlich wieder hervorgewagt hatte, schien der Himmel durch das riesiges Loch im Rieddach und sie sah sich, auf dem Bauch liegend, auf Augenhöhe einer gereizten Kobra gegenüber. Später wäre sie um ein Haar ins Bodenlose gestürzt, als sie erst im allerletzten Augenblick gemerkt hatte, dass die Veranda den Abhang heruntergespült worden war.

Hätte ich allerdings gewusst, wie dieser Tag enden würde, hätte ich mich über die Veranda zu Tode gestürzt oder mir die Kobra an die Brust gelegt, um den Gifttod zu sterben wie Ägyptens Königin Cleopatra, dachte sie. Dann hätte Konstantin von Bernitt nur noch eine Tote vorgefunden, ich hätte mich ihm nicht im Rausch der wilden Datura hingegeben, und die verhängnisvolle Kette der Ereignisse, die jetzt, mehr als zwei Jahrzehnte später, meine Familie so sicher zerstören werden, wie eine Bombe es täte, wäre nie in Gang gesetzt worden.

Jammer nicht, schau in die Zukunft, die Vergangenheit kannst du nicht ändern. Grandpère!

Sie straffte ihren Rücken. Natürlich hatte er Recht, doch ihre Situation jetzt schloss eine Zukunft aus, zumindest eine gemeinsame Zukunft mit Johann, mit der Familie. Ohne sie verlor ihr Leben seinen Sinn. Es war, als wäre sie schon gestorben. Auch Grandpère könnte ihr nicht mehr helfen, und sie war froh, dass sie ihm nicht mehr unter die Augen treten musste.

Einem Impuls gehorchend, hockte sie sich vor die Kammer und zog ein in Wachstuch eingeschlagenes Paket ans Licht. Behutsam schlug sie das Tuch zurück. Das Paket enthielt ihr früheres Leben, ihre Tagebücher, die sie in den ersten Jahren in Afrika geschrieben hatte, das Hochzeitskleid ihrer Mutter, das auch sie zu ihrer Hochzeit mit Johann getragen hatte. Mit dem Daumen blätterte sie durch die Bücher, stellte zufrieden fest, dass sie alle vorhanden und unversehrt waren. Ins Kleid gewickelt, fand sie dann noch einen Brief, den sie eigentlich schon seit langem vernichten wollte.

Wie heute erinnerte sie sich an ihre Gemütsverfassung, in der sie ihn geschrieben hatte. Ein Stachel des Kaffirbaums hatte sich tief in ihren Handballen gebohrt, und die Wunde hatte angefangen zu schwären. Johann versuchte mit seinem Jagdmesser, den Stachel zu entfernen, aber der drang nur noch tiefer in ihre Hand ein. Geschwächt von einem schlimmen Malariaanfall, hatte sie schon am nächsten Tag hohes Fieber bekommen, die Wunde eiterte und faulte und vergiftete ihr Blut. Mit letzter Kraft hatte sie diesen Brief geschrieben, hatte jede Hoffnung aufgegeben, das überleben zu können.

Hochfiebrig dämmerte sie dem Tod entgegen. Der rote Strich auf ihrem Arm hatte ihre Achselhöhle erreicht. Es gab keine Rettung mehr. Ein strahlender Dezembertag zog auf, und sie wusste, dass sie an diesem Tag die Welt verlassen musste. Sie rief Johann. Er legte ihr den kleinen Stefan in den Arm und kniete sich nieder und betete leise, die zweieinhalbjährige Viktoria kletterte zu ihr aufs Bett. Plötzlich wurde Catherine gewahr, dass Mandisa an ihrem Bett stand. Keiner hatte sie kommen hören, sie stand einfach nur da und schaute aus ihren schönen, klugen Augen auf sie herunter. Mandisa, die schwarze Mutter der kleinen Viktoria, die ohne die Zulu ihre Geburt nie überlebt hätte.

In der Vergangenheit versunken, erlebte Catherine das, was dann folgte, noch einmal.

»Mandisa, salagahle, udadewethu …« Catherine streckte der Zulu eine zitternde Hand entgegen.

»Ich komme nicht, um dir eine gute Reise zu wünschen, Katheni, denn du wirst uns nicht verlassen.« Mandisas Stimme strich dunkel und samtig über ihre Haut. »Ich habe Sicelo gefragt, und er hat geantwortet. Noch haben die Ahnen kein Verlangen nach dir. Du wirst dich wieder erheben und gesund sein.« Sie wandte sich an Johann. »Lass mich mit Katheni allein, Jontani. Ich werde dich rufen.«

Johanns Augen waren rot und trüb. »Sicelo ist seit einem halben Jahr tot«, flüsterte er. »Er kann ihr nicht mehr helfen.«

Die kleine Viktoria, ein entzückendes Kind mit dunklen Locken und blitzenden, dunkelbraunen Augen, schaute ihre schwarze Verwandte ruhig an, und Catherine war im Nachhinein, als hätte die Kleine Mandisas Gedanken gelesen. »Papa«, sagte sie mit einem herzzerreißend süßen Lächeln. »Papa, komm.« Sie rutschte vom Bett, ergriff die Hand ihres Vaters und zog.

Johann hatte ihr später berichtet, dass die Kraft, mit der seine winzige Tochter ihn aus dem Zimmer gezerrt hatte, unmöglich ihre gewesen sein konnte. »Es war, als zöge mich ein starker Mann hinaus, ich hatte dem nichts entgegenzusetzen.« Gerade konnte er noch den kleinen Stefan hochheben, und schon schloss sich die Tür hinter ihm.

Mandisa sprach unverständliche Worte, monotone, lang gezogene, dunkle, weiche Laute, die Catherine über die Haut liefen wie tausende von Ameisen. Ihr üppiger Körper wiegte sich langsam, ihr Gesang wurde atemloser, drängender, bis der Raum von einem pulsierenden Rhythmus erfüllt war. Catherine spürte, wie eine schwere Müdigkeit auf sie niederdrückte. Sie wollte etwas sagen, aber ihre Zunge gehorchte ihr nicht.

Ich sterbe, dachte sie verzweifelt, ich sterbe, ohne dass ich mich von Johann und den Kindern verabschieden kann. Dann fiel sie in eine weiche, warme Schwärze.

Es roch nach Rauch, als sie wieder aufwachte, nach Rauch und Kräutern. Mandisa war verschwunden, Johann saß an ihrem Bett,

Viktoria hockte neben ihr auf den Kissen und erzählte von ihrer kleinen Welt, und ihr Kopf war kühl, das Fieber gesunken. Sie war ins Leben zurückgekehrt.

Sie legte den Brief zwischen die Seiten eines der Tagebücher. Diesen Brief beschloss sie aufzubewahren, sodass sie bis an ihr Lebensende nicht vergessen würde, was sie Mandisa und ihrem Volk schuldete. Liebevoll rollte sie das Kleid auf und wickelte es zusammen mit den Tagebüchern wieder in das Wachstuch ein. Als sie sich bückte, um das Paket zurück in die Geheimkammer zu legen, fing ein mattes Blinken ihren Blick ein. Kniend tastete sie mit der Hand, bis sie den Gegenstand erfühlte, und holte ihn heraus. Es war eine Goldmünze. Eine portugiesische Goldmünze aus dem sechzehnten Jahrhundert. Sie schob sie auf ihrer Handfläche hin und her.

»Sie segelten von Goa und hatten Millionen in Gold und Edelsteinen geladen«, wisperte sie und drehte die Münze wehmütig in den Fingern, strich über das reliefartige Wappen, das von einer mehrzackigen Krone gekrönt wurde. Die Worte ›Ethiopie, Arabie, Persie‹ waren noch gut zu lesen. Die Inschrift auf der Rückseite war verschmutzt, doch sie wusste, was dort eingraviert war: ›Hoc Signo Vinces. Emanuel. R. Portugalie‹.

Die Goldmünze war die letzte aus dem Hort, den sie und Johann vor sechsundzwanzig Jahren in einer Höhle an einem namenlosen Fluss gefunden hatten. Die Münzen gehörten einst der Donna Elena de Vila Flor, die sich auf der Suche nach ihrem Vater vor mehr als dreihundert Jahren in dieser Höhle versteckt haben musste. Angetan mit dem goldenen Seidenkleid der Donna Elena hatte sich Umafutha, die alte Sangoma, die ihre Seele verloren hatte und auf der Suche danach durch die Hügel geirrt war, zum Sterben in die feuchte Dunkelheit der Kaverne verkrochen.

Catherine hielt ihre Hand, als Umafutha starb, und im selben Augenblick hatte sie gespürt, wie ihr eine immense Kraft durch die Adern strömte. Eine Kraft, die, wie ihr Johann später zögernd berichtete, sich wie ein pulsierender, leuchtender Schleier um sie legte. Deutlich hatte er ihn wahrgenommen, sagte er. Es hatte ihm einen gehörigen Schrecken eingejagt wie alles, was seine festgefügte Weltanschauung sprengte. Das sagte er ihr nicht.

Das Seidenkleid Donna Elenas zerfiel ihnen bei der ersten Berührung unter den Händen, und der Tornado, der Inqaba verwüstet hatte, verwehte ihren Schatz in alle Winde. Nur eine Hand voll der Goldstücke hatten sie aus dem Durcheinander von Schlamm und Gestrüpp gerettet, der damals den Wohnzimmerboden bedeckt hatte. Johann hatte sie später zu Geld gemacht. Dieses hier hatte er wohl übersehen. Impulsiv steckte sie das Geldstück in ihre Hosentasche. Irgendwann würde sie die Münze Stefan als Grundstock zu seiner Schatzsuche schenken. Sie lächelte. Hartnäckig, wie er war, würde er nicht ruhen, bis er halb Zululand umgegraben hatte. Sachte ließ sie die Bodenplanke zurückgleiten, achtete darauf, dass sie genau in der Fuge saß. Nichts verriet nun, was unter dem Boden lag.

Unerklärlicherweise fühlte sie sich jetzt besser, obwohl sich ihr Magen gerade wieder mit einem vorwurfsvollen Knurren meldete. Vielleicht war in der Vorratskammer etwas von ihrem Eingemachten übrig geblieben, sonst würde sie im Gemüsegarten nachsehen, welche Früchte reif waren. Auf Inqaba würde sie nie verhungern. Ein Blick zu den Fenstern und zur Verandatür bestätigte ihr, dass Johann auch diese mit Brettern vernagelt hatte. Ohne Werkzeug würde sie die nicht öffnen können. Außerdem brannte ihr die Sonne im Nacken, es war bereits unerträglich heiß und stickig im Raum. Sie brauchte dringend frische Luft.

Sie drückte den Eisengriff der Küchentür herunter. Die Tür sperrte. Irgendetwas lag auf anderen Seite und blockierte sie. Sie lehnte sich mit ihrem ganzen Gewicht dagegen, aber die Tür rührte sich nicht. Sie würde übers Schlafzimmer wieder durchs Fenster hinausklettern müssen. Seufzend wandte sie sich um, stieg

über verbranntes, durchnässtes Ried, verkohlte Balken und die große Wasserlache, betrat das Schlafzimmer, und in dieser Sekunde
roch sie es und machte einen Satz rückwärts.

Der Löwe war riesig, füllte den ganzen Türrahmen aus, und
seine bernsteinfarbenen Augen hielten ihre mit einem Blick fest,
der sie vor Entsetzen fast ohnmächtig werden ließ. Ihr erster
Gedanke war wegzurennen, so schnell sie konnte, worauf sie im
selben Augenblick der nächste Gedanke überfiel, nämlich, dass es
keinen Ausweg für sie gab. Der Löwe versperrte ihr den Weg, in
dem Raum hinter ihr war jeder Ausgang von Johann sorgfältig
mit Brettern vernagelt worden. Sie saß in der Falle.

Das ist also das Ende, dachte sie, ich werde als Futter für einen
Löwen enden. Unsinnigerweise verspürte sie den Drang zu kichern. Ihr linker Arm zuckte, ohne dass sie es verhindern konnte.
Der Löwe ließ ihren Blick nicht los, zog aber die Lefzen hoch, ließ
seine beeindruckenden Reißzähne aufblitzen und atmete hörbar
aus. Es klang wie das Zischen einer großen Schlange, und sie fürchtete, vor Angst zu Boden zu sinken. Was sollte sie tun? Einfach
dastehen und sich fressen lassen? Wieder kitzelte sie das Kichern
im Hals.

Er war ein prachtvolles Exemplar, das sah sie selbst in ihrer
Angst. Eine dichte, schwarze Mähne bedeckte Kopf und Schul-
tern, setzte sich sogar unter dem Bauch fort, das goldgelbe Fell saß
straff und glänzte. Er war gut genährt und bewegte sich mit träger
Eleganz. Im Fell von Ohren, Bauch und Rücken hingen pralle,
graue Zecken, die ihn aber nicht weiter zu stören schienen.
Außerdem trug er am ganzen Körper die Narben vieler Kämpfe,
die schlimmste aber verlief quer unter seinem Kinn von Ohr zu
Ohr, als hätte jemand versucht, ihm die Kehle aufzuschlitzen.
Dort waren seine Fellhaare weiß nachgewachsen.

Ein Rudelführer, der Pascha vieler Löwinnen, dachte Catherine, aber was macht er hier? Warum ist er nicht bei seinen
Damen? Meist lag der Pascha irgendwo faul im Schatten herum

und wartete, bis sein Harem eine schöne, fette Antilope gerissen hatte, um dann heranzustolzieren und als Erster zu fressen.

Der Löwe machte einen Laut tief in seiner Kehle. Es klang nicht einmal wie ein Knurren, eher wie ein Schnurren.

Das Miezekätzchen schnurrt, wie niedlich, fuhr es ihr durch den Kopf. Ich werde verrückt, dachte sie gleich darauf. Auch gut, dann würde sich das, was unweigerlich folgen musste, vielleicht besser ertragen lassen.

Der Löwe streckte sich, Pranken steif nach vorn geschoben, Schultern hochgezogen, Hinterteil in die Luft gestreckt, machte einen Buckel, warf den mächtigen Kopf in den Nacken, riss sein Maul auf und röhrte.

In Panik warf sie die Arme hoch und schrie. Sein heißer, stinkender Atem fuhr ihr ins Gesicht, und das Gebrüll lief in Schockwellen durch ihren Körper. Als würde die Erde unter ihr beben, wurde sie durchgeschüttelt, dass ihr die Zähne klapperten. Sie hielt die Augen geschlossen, wollte nicht sehen, was jetzt kam, spürte schon die Reißzähne in ihrem Fleisch und schrie und schrie.

Der Löwe hustete, und sie riss die Augen auf. Das große Raubtier stand immer noch im Türrahmen, beäugte sie aufmerksam, ließ sich dann langsam mit eleganten Bewegungen nieder, legte seine gewaltigen Pranken ordentlich gekreuzt übereinander, entließ sie aber keine Sekunde aus dem Bann seines bernsteinfarbenen Blicks. Da lag er nun, ein Prachtexemplar seiner Art, versperrte ihr sicher den Weg, so sicher, wie eine Mauer es tun würde, und es sah nicht so aus, als würde er in nächster Zeit die Möglichkeit erwägen, sich zu trollen. Was um alles in der Welt sollte sie tun? Ihn anschreien? Einen Stuhl nach ihm werfen? Ihr Herz hämmerte, sie röchelte, weil ihr die Luft knapp wurde, und sie drohte völlig aus den Fugen zu geraten. Schlotternd kniff sie die Augen zu, um diesem Bernsteinblick zu entgehen.

Werde zu einem Stein, Katheni, wisperte Mangalisos Stimme in ihrem Kopf. Werde zu einem Stein. Sei kühl, ruhig, still.

Kühl, ruhig, still, wiederholte sie gehorsam in Gedanken, kühl ... ruhig ... still. Sie atmete tief durch. Einmal und noch einmal, bis ihr Herzschlag sich beruhigte. Kühl, ruhig, still. Gebetsmühlenartig wiederholte sie Mangalisos Worte im Kopf, und bald spürte sie, wie sich Ruhe in ihr ausbreitete, eine solide, sichere Ruhe und ihre Gedanken kühl dahinflossen. Flüchtig dachte sie an jenen Augenblick, als Umafutha starb, rief sich das Gefühl unbegrenzter Kraft ins Gedächtnis, das sie damals gespürt hatte. Langsam hob sie die Lider.

Der Löwe hatte sich nicht gerührt. Sie vermied es, ihm in die Augen zu schauen, sondern ließ ihren Blick durchs Zimmer laufen. Eine Flucht durch die Fenster oder die Tür zur Küche war ausgeschlossen. Sie rollte die Augen zur Decke. Ihr einziger Fluchtweg wäre, sich vom Esstisch aus auf die Querbalken unter dem Dach hochzuziehen. In Gedanken stellte sie sich das vor. Sie müsste mehrere Schritte rückwärts machen, dem Tier den Rücken zudrehen, während sie auf den Tisch kletterte und sich zu den Dachbalken streckte. Auf jeden Fall würde sie für lange Augenblicke hilflos wie eine reife Frucht an ihren ausgestreckten Armen hängen, ehe es ihr gelingen würde, sich hinaufzuziehen. Der bernsteingelbe Blick fing ihren ein, und Umafuthas Kraft verflüchtigte sich wie Rauch im Sturm. Sie bezweifelte, dass sie überhaupt den Mut aufbringen würde, auch nur mit der Wimper zu zucken.

Wenn sie doch nur diesen starrenden Augen entkommen könnte! Sie hatten etwas Hypnotisches, etwas, das ihr die Knie weich werden ließ, was ihr alle Kraft raubte.

»Beweg dich! Zeig keine Furcht!«

Wer hatte da gesprochen? Mangaliso? Oder waren es ihre eigenen Gedanken, die sie hörte? Sie schielte wieder hinauf zu den Dachbalken. Es war unmöglich. Um die Balken zu erreichen, müsste sie einen Stuhl auf den Tisch stellen, durfte um alles in der Welt nicht hinuntersehen, damit ihr von der Höhe nicht schwindelig wurde. Bis dahin hat der mich schon runtergeschluckt, dachte sie, aber kampflos lasse ich mich nicht auffressen.

Löwen erstickten ihre Beute mit einem Biss in die Kehle, das hatte sie selbst gesehen. Für eine flüchtige Sekunde sah sie die blanke Todesangst in den Augen eines ausgewachsenen Büffels vor sich, hörte seinen grauenvollen Todesschrei. Sie hatte die Szene aus dem Sattel beobachtet, wusste, dass es der Lauf der Natur war, konnte sich dennoch nur mit Mühe beherrschen, den Löwen nicht zu erschießen. Sie hatte den Finger schon um den Abzug ihres Gewehrs gekrümmt, als Johann sie aufhielt. »Fressen oder gefressen werden. Das Gesetz der Wildnis. Du kannst es nicht ändern«, hatte er geflüstert.

Sie würgte den Kloß in ihrer Kehle herunter. Fressen oder gefressen werden. Um das Raubtier nicht zu reizen, senkte sie ihren Blick und probierte eine winzige Bewegung ihres rechten Fußes, es war nicht mehr, als dass sie ihr Gewicht voll darauf verlagerte.

Der Löwe stellte die Ohren hoch.

Nun stand sie auf dem rechten Fuß und zog ihren linken Zoll um Zoll nach hinten, setzte ihn ab und verlagerte ihr Gewicht auf diesen Fuß. Einen winzigen Schritt hatte sie getan. Nun musste sie nur noch die ungefähr zehn restlichen bis zum Tisch lebend überstehen, einen Stuhl nehmen, auf den Tisch stellen, ungefährdet dort hinaufklettern, einen der nicht zerstörten Querbalken zu fassen bekommen, und dann die Kraft finden, sich hinaufzuziehen.

Kinderspiel, kicherte es wahnsinnig in ihrem Kopf. Jetzt hob sie ganz allmählich den rechten Fuß. Der Blick des Löwen glitt für einen Sekundenbruchteil ab, um die Bewegung zu erfassen, und ihr Herz stolperte. Dann bohrten sich die bernsteingelben Augen wieder in ihre.

Sie hörte ein Geräusch, als würde Seide auf Seide reiben. Die Python erschien in der Türöffnung und rollte sich unmittelbar neben der Großkatze zusammen. Nur den Kopf auf ihrem s-förmig gebogenen, muskulösen Hals streckte sie hoch und beobachtete die Menschenfrau aus unergründlichen Augen.

Konsterniert betrachtete sie das Reptil. Was hatte es vor? Fraßen Löwen nicht auch Pythons? Vermutlich ja, gab sie sich selbst zur Antwort, wenn sie denn eine erwischen. Das Reptil maß sicherlich achtzehn Fuß. Auch für einen Löwen eine üppige Mahlzeit. Vielleicht lutschte er sie wie eine lange Nudel herunter? Das Bild stand ihr vor Augen, und wieder musste sie ein hysterisches Kichern herunterschlucken.

Ich träume, dachte Catherine zum zweiten Mal heute, ich habe einen grauenhaften, völlig verrückten Albtraum. Gleich wache ich in meinem Bett auf, Inqaba ist nicht abgebrannt, wird ganz sicher nicht von wahnsinnigen Löwen und lebensmüden Pythons bevölkert, Johann liegt neben mir, Stefan hat weder eine Begegnung mit einem Krokodil gehabt, noch habe ich mich mit ihm gestritten, und niemand wird erfahren, dass Johann nicht sein leiblicher Vater ist. Niemand. Je.

Der Löwe stemmte sich auf die Beine und gähnte. Catherine vergaß die unmittelbare Zukunft. Das Tier hatte offenbar Hunger.

32

M angaliso stand auf dem Hügel und deutete stumm über das im Abendlicht flirrende Grasmeer zu dem verwischten gelben Strich am Horizont.

»Inqaba«, sagte er mit einem Klick wie ein Gewehrschuss.

»Inqaba«, wiederholte Johann, und es klang wie ein Gebet. Er schnalzte und trieb Umbani an. Eilig trabte er am Flussufer entlang auf der Suche nach einer Furt, fand einen Baumstamm, der aber schräg im Wasser lag und nirgendwohin außer in die tiefsten Strudel führte, sah an den Spuren, dass er ursprünglich quer zum Flusslauf gelegen und beide Ufer verbunden hatte, aber das nützte ihm jetzt nichts. Außer einem Adler, der über ihm seine ruhigen Kreise zog, traf er auf kein Tier, was ihm sehr recht war. Ihr Abendessen, fünf Tauben für ihn und ein paar fette Ratten für die Zulus, hingen auf einem Stock über Zikos Schultern, und jede andere Begegnung bedeutete nur Zeitverlust.

»Hoffentlich hast du Recht«, flüsterte er inbrünstig. »Hoffentlich.«

Ein tiefer Ton, ein heiseres Röhren, schwebte über das Grasmeer, schien sich in der Erde und in seinem Körper fortzusetzen. Er merkte auf. Löwengebrüll, aber aus großer Entfernung. Prüfend suchte er die Landschaft ab, wusste jedoch, dass er ihn nicht entdecken würde.

Mangaliso neben ihm war in der Bewegung erstarrt, stand da wie aus Stein gehauen, einen Fuß vorgesetzt, den Hals vorgestreckt. Er erinnerte Johann an einen Vorstehhund, der die Beute markierte.

»Zu weit«, sagte er und meinte den Löwen.

Der kleine Schwarze antwortete nicht, nur ein Lächeln huschte über sein honiggoldenes Gesicht, und er zwitscherte ein paar leise Worte, die Johann nicht verstand. Er kümmerte sich nicht weiter darum.

Die Sonne versank schnell hinter den Bäumen, das rosa Licht verlosch, die Schatten wurden blau. Johann schob seinen Hut in den Nacken. Es hatte keinen Zweck. In der Dunkelheit einer mondlosen Nacht, nur im schwachen Licht der Sterne, einen angeschwollenen Fluss wie den Umfolozi ohne Boot zu überqueren, war bodenloser Leichtsinn. »Wir müssen die Nacht über hier kampieren«, sagte er, was Mangaliso mit einem stummen Nicken beantwortete.

Ziko hockte sich wortlos hin und begann, die Tauben zu rupfen.

Die Sonnenstrahlen waren die Wand hochgewandert, über die Dachsparren, hatten das Ried gestreift und waren verschwunden. Das Zimmer lag im Dämmerlicht. Der Tag neigte sich dem Abend zu. Catherine hob ihr Gesicht zu dem zerfransten Himmelsausschnitt über ihr. Sein strahlendes Blau hatte sich mit Lila und Orange gemischt. In kürzester Zeit würde sie nichts mehr sehen können, sie war noch drei Schritte von dem Tisch entfernt, und der Löwe hatte sie noch keine Sekunde aus den Augen gelassen. Einmal hatte er gegähnt, war aufgestanden, hatte ihr Todesangst eingejagt, als er einen Schritt ins Zimmer tat, schien dann aber unschlüssig, was er tun sollte, und hatte sich wieder hingelegt.

Der funkelnde Sternenhimmelsausschnitt im Dach verbreitete ein gespenstisches, schwaches Licht, sodass sie Gegenstände nur als schwärzere Schatten wahrnahm und die Raubkatze als verwischten hellen Fleck. Die Python sah sie gar nicht, obwohl sie sicher war, dass die sich in ihrer Nähe befand. Sie meinte, ihren dumpfen Geruch wahrzunehmen.

Schon seit Stunden stand sie der Raubkatze gegenüber, und mehr als eineinhalb Stunden hatte sie nicht mehr riskiert, sich zu bewegen, allenfalls gewagt, ihren Blick hierhin und dorthin zu rollen. Ihr Rücken schmerzte höllisch, das Blut sackte ihr immer wieder in die Beine, und schwarze Flecken tanzten vor ihren Augen, dass sie befürchtete, jeden Moment das Bewusstsein verlieren zu können und dem Raubtier direkt vor die Fänge zu fallen. Immer wieder zuckte sie mit den Wadenmuskeln, spannte die Bauchdecke und Oberschenkel an, bis sich die schwarzen Flecken auflösten. In den wenigen Augenblicken, in denen sie ihre Angst einigermaßen in Schach halten konnte, wunderte sie sich, dass der Löwe bisher nicht das geringste Zeichen von Angriffslust gezeigt hatte.

Die Geschichten, die ihr Stefan über seine Löwen, wie er sie nannte, erzählt hatte, fielen ihr ein. Du musst mit ihnen reden, hatte er gesagt. Damals hatte sie laut gelacht und geglaubt, dass er sie veräppeln wollte, aber er hatte todernst darauf bestanden, dass er mitten im Busch mit wilden Löwen redete.

Mit ihnen reden? Was erzählte man einem Löwen?

»Ist ja gut«, murmelte sie. »Ich tu dir ja nichts, steh einfach auf und geh weg, braves Kätzchen …« Sie kam sich zu lächerlich vor, und außerdem hatten ihre leisen Worte den einzigen Effekt, dass das mächtige Tier seinen Kopf hob und tief in der Kehle einen grollenden Laut hervorbrachte. Sie verstummte.

»Zeig keine Angst, dann sehen sie dich nicht als Beute.« Noch einer von Stefans Ratschlägen.

Wie würde das aussehen? Lange würde sie das nicht mehr durchhalten, das wusste sie. Es musste etwas geschehen. Versuchsweise machte sie noch einen schnellen Schritt auf den Tisch zu.

Der Löwe schnaubte und gähnte, und sie verfiel augenblicklich in eine Art Schreckstarre und wagte, nur flach zu atmen. Ob er aufgestanden war oder noch lag, konnte sie nicht sicher erkennen. Nur seine Katzenaugen, die das schwache Licht im Raum reflektierten, tanzten als zwei schwach glühende Punkte vor ihr.

Ein leises Schaben ließ sie angestrengt in die linke Ecke des Zimmers starren. Bewegte sich die Python auf sie zu? Aber egal, wie sehr sie sich bemühte, alles, was sie erkennen konnte, waren schwarze Schatten. Sie starrte, bis sie rote Sterne sah. Ein Schauer lief ihr über die Haut, und Angstschweiß durchnässte ihre Bluse, lief ihr unter dem Lederhosenrock die Beine herunter.

Unwillkürlich fiel ihr ein, dass Antilopen, die in den Fängen einer großen Raubkatze hingen, ganz am Ende, kurz bevor der letzte Atem aus ihnen herausgepresst wurde, aufgaben. Etwas in ihr bäumte sich auf. Sie musste es versuchen. Lieber ein Ende mit Schrecken als ein Schrecken ohne Ende, das hatte Grandpère schon immer gesagt.

»Afrika hat dich an der Gurgel gepackt.« Lillys fröhliche Stimme vor vielen, vielen Jahren! Mein Gott, haben wir an diesem Tag gelacht, dachte sie. Jetzt lag sie für immer in Afrikas Erde und würde bald selbst zu rotem Staub zerfallen. Tränen stachen ihr in den Augen. Hastig blinzelte sie die Nässe weg. Ihre Gedanken glitten ab.

Lilly. Lilly-Andrew-Lulamani-Cetshwayo-Kikiza-Stefan. Nicholas Willington. Konstantin. Johann.

Ihr wurde schlecht.

Mit aller Selbstbeherrschung, derer sie fähig war, zwang sie sich, tief einzuatmen. Darüber wollte sie jetzt nicht nachdenken, dafür war jetzt keine Zeit. Später, dachte sie, konnte aber den Gedanken nicht verhindern, ob es ein Später für sie geben würde. Sie versuchte, sich zu konzentrieren. Wo stand der Stuhl? Ganz langsam streckte sie ihren Arm nach hinten, tastete durch die Luft, bis sie die Kante des Stuhls zu fassen bekam. Mit aller Kraft umklammerte sie ihn. Ein blasser Lichtschimmer fiel durch das Loch im Dach, und sie erkannte schwach die Umrisse des Löwen in der Türöffnung.

Ich packe den Stuhl mit beiden Händen, betete sie sich vor, dann rauf damit auf den Tisch, ich hinterher und auf den Stuhl klettern, aber bloß nicht hinunterschauen, auf gar keinen Fall das! Dann so weit wie möglich nach oben strecken, und, so Gott will, einen Balken erwischen und mich hinaufziehen.

In Gedanken ging sie die geplanten Bewegungen mehrfach durch. Stuhl packen, auf den Tisch heben, hinaufklettern, nach oben strecken, Balken ertasten, hinaufziehen. Es klang schnell und so einfach.

Catherine warf sich herum, packte den Stuhl, knallte ihn auf den Tisch, schwang ihr rechtes Bein hinauf, stemmte sich hoch und kletterte auf den Tisch, den Stuhl, schaute nicht hinunter, der Stuhl schwankte unter ihr, sie riss ihre Arme hoch, streckte sich nach dem Balken.

Und griff ins Leere.

In Panik wedelte sie mit den Armen, aber fand keinen Balken. Ihr fehlten nur zwei oder drei Zoll. Es reichte nicht. Sie riskierte einen winzigen Sprung, verfehlte den Balken aber, und der Stuhl wackelte erneut. Sie schrie, hörte plötzlich menschliche Stimmen, nahm an, dass sich eine Gruppe Zulus aufs Haus zubewegte. Hoffnung schoss in ihr hoch. Doch die Krallen der großen Katze klickten auf dem Holzbohlen, und dann roch sie seinen üblen Atem.

Ihr Herzschlag setzte aus. Wer immer sich dem Haus näherte, würde zu spät kommen. Es war vorbei. Sie schloss die Augen. Absurderweise galt ihr letzter Gedanke ihrer Lesung, die sie nun nie mehr halten konnte, und der Einweihungsfeier, die es nicht mehr geben würde.

Mit den ersten Sonnenstrahlen wateten sie durch das brusthohe, reißende Wasser des Umfolozi und wandten sich nach Nordwesten. Kurz darauf kamen sie zu der alten Akazie, die erfüllt war vom Gezwitscher der Webervögel, dem hohen Piepsen ihrer

Küken. Mangaliso kletterte gewandt den Stamm hinauf, stocherte mit einem Stock kräftig in Nestern herum, bis er sich sicher war, dass sich dort keine Schlange versteckte, langte hinein und sammelte mehrere Dutzend Eier, die er Ziko und Johann hinunterreichte.

Als die Sonne am höchsten stand, rasteten sie im Buschschatten. Johann schürte ein Feuer, stellte seine Pfanne darauf und schlug die Vogeleier hinein, bis der Pfannenboden bedeckt war, und als sie gar waren, aß er sie mit etwas Salz. Sie stellten eine willkommene Abwechslung dar.

Ziko und Mangaliso rührten Eier nie an, genauso wenig, wie sie Vögel verspeisten. Sie gruben einen Termitenhügel um, klaubten mehrere Hand voll fetter, weißer Termiten heraus und rösteten sie in Hippopotamusfett in der Pfanne, aßen sie dann mit einem Gemisch aus trockenen Maisbreibrocken und einer Hand voll Süßkartoffeln. Zum Schluss teilte sich Johann die letzten warmen, reichlich ungenießbaren Schlucke aus seiner Wasserflasche mit den beiden Männern. Er füllte sie im Wasserloch wieder auf. Auf Inqaba würde das Wasserreservoir bis zum Überlaufen mit klarem Wasser gefüllt sein. Aber es war heiß, der Durst würde schnell kommen.

Er steckte die Flasche in die Halterung, die er am Sattel angebracht hatte, drückte sich den Hut tief in die Stirn und schwang sich aufs Pferd. Der Boden war sehr uneben, und Cleopatras Schicksal im Hinterkopf hielt er seine Augen meist vor sich auf den Weg geheftet, nur gelegentlich streifte sein Blick über die weite Landschaft, blieb unweigerlich auf dem gelben Blütenschleier im fernen Dunst hängen, und dann erhöhte sich sein Herzschlag.

Ein Schatten huschte über das goldene Gras. Er sah hoch. Über ihm erschien ein schwarzer Punkt im blauen Firmament, noch einer und dann noch einer, und bald waren es mindestens zehn. Geier, angelockt durch ein totes Tier. Er verfolgte ihren

Flug mit den Augen, sah, dass sie am Hang von Inqaba entlang-
strichen, drehten und sich allmählich tiefer schraubten.

Mangaliso hatte den Kopf vorgestreckt, sog die Luft durch
seine Nase wie ein witterndes Tier, schmatzte, schmeckte sie, bis
er den Geruch erkannte. Er legte beide Hände wie Trichter hinter
die Ohren und lauschte. Seine Vogelaugen glitzerten. »Impisi«,
knurrte er.

»Hyänen? Ich höre keine.« Johann runzelte die Stirn.

»Impisi«, beharrte Mangaliso und hob beide Hände, spreizte
alle Finger ab, machte dann eine wedelnde Handbewegung.

»Zehn Hyänen, mindestens«, las Johann. Was war dort passiert? Waren so viele Hyänen erschienen, musste es ein großer
Kadaver sein. Ein Wildebeest vielleicht oder ein Büffel.

Mangaliso richtete seine Ohren jetzt nach Westen, lauschte mit
geschlossenen Augen. »Ibhubezi«, sagte er, hob eine Hand, zählte
vier Finger ab und zeigte gleichzeitig in die Richtung.

»Vier Löwen? Aber noch weit entfernt«, murmelte Johann.
Lange hatte er keine Löwen mehr auf Inqaba gesehen. »Nun, das
wird ein Schauspiel geben.« Weit in der Ferne, an der Grenze seiner Hörfähigkeit, vernahm er das hohe Jagdgegeifer der Hyänen
und kurz darauf das irre Jaulen von Schakalen. Angestrengt
spähte er über das Grasmeer. Was war da passiert? Welches Wild
hatten die Raubtiere auf seinem Land gerissen? Wenn er nicht
gewusst hätte, dass seine Rinder in Sicherheit waren, würde er
sich jetzt die größten Sorgen machen. Aber es gab keine Kühe
mehr auf Inqaba, allenfalls die seiner Leute, und die würden
Wachen aufstellen. Besonders in diesen Zeiten.

Eine unerklärliche Unruhe fraß sich in seinen Magen. Er musste sich vergewissern, was da geschehen war. »Woza!«, schrie er,
Umbani machte einen Satz vorwärts, und Ziko und Mangaliso
setzten sich in Trab, Letzterer lief voraus, Ziko folgte als Nachhut.

Nach den Geiern kamen die Hyänen meist als Erste, und sie
waren offenbar in einem großen Rudel gekommen. Immer deut-

licher wurde der Lärm. Jaulend stritten sich die Tiere um die fettesten Brocken, bissen sich gegenseitig weg, heulten, lachten ihr dämonisches Lachen, während er meinte, Knochen krachen zu hören. Was war da auf Inqaba getötet worden? Umbani scheute, schlug mit dem Kopf, zeigte vor Angst das Weiße seiner Augen, auch Marias Pferd, das hinter ihm am Zügel lief, bockte. Johann zwang seinen Hengst vorwärts.

Die Hyänen kämpften Schulter an Schulter, zerrten in blutiger Raserei an etwas, was er nicht erkennen konnte. Plötzlich packte ihn die Wut. Er riss sein Gewehr hoch und feuerte in die Luft, lud in größter Hast sofort wieder nach. Die Hyänen schreckten hoch, zögerten, Blut troff ihnen von den Lefzen. Er schoss noch einmal und gleich darauf mit seinem zweiten Gewehr eine weitere Salve. Die Bestien trabten heulend davon, und kurz darauf herrschte Ruhe. Mangaliso machte eine Handbewegung, die ihm bedeutete, dass auch die Löwen von den Schüssen verjagt worden waren.

Johann erwachte wie aus einem Albtraum und atmete tief durch. Er stieg ab, beruhigte seine Pferde, reichte Ziko die Zügel und schaute nach. Er fand die Überreste eines Rinderkalbs. Wie es sich hierher verlaufen konnte, wusste er nicht, aber es geschah immer wieder, dass sich ein Tier aus der Herde verirrte, und meist war es der Natur zum Opfer gefallen, ehe der Hirte es fand. Ein ganz gewöhnlicher Vorfall. Erleichtert schwang er sich wieder in den Sattel.

»Hamba«, sagte er leise, schnalzte, um seinen Hengst zu beruhigen, lenkte ihn in weitem Bogen um den blutigen Ort. Mangaliso ging mit gesenktem Kopf in immer kleiner werdenden Kreisen um die Überreste des toten Rindes. Dann blieb er stehen.

»Jontani.«

Johann sah hinüber. Mangaliso hielt etwas in der Hand, einen Knochen, an dem noch blutige Fleischreste hingen. Jäh wurde sein Mund papiertrocken. Was Mangaliso ihm dort entgegenstreckte, waren unzweifelhaft die Überreste eines menschlichen

Beins. Nicht das eines großen Mannes, wohl eher das eines Halbwüchsigen, eines Rinderhirten vielleicht. Rinderhirten waren meist
noch Kinder. Es kam vor, dass sie von Schlangen gebissen wurden
und allein im Feld starben, und Hyänen waren Aasfresser. Natürlich wäre auch ein Angriff eines Raubtiers möglich, aber das war
unwahrscheinlich. Er zügelte Umbani, besah sich die Überreste
näher. Der Fuß hing noch an den Sehnen, war aber fast skelet-
tiert. Mangaliso drehte ihn. Johann sah, dass von der Sohle ein
großes Stück Haut unversehrt war. Gelbliche Haut, nicht schwarz.
Ihm wurde übel.

Ziko sagte etwas, aber durch das Rauschen in seinen Ohren
verstand er es nicht. Ziko sagte es noch einmal, aber er erfasste nur
das letzte Wort.

»... Katheni ...«

Wenn man stirbt, so heißt es, sieht man sein ganzes Leben
in Sekundenschnelle noch einmal an sich vorbeiziehen. Aber
Johann sah nur Catherine, sah sie lachen, sah sie tanzen, mit den
Kindern spielen, sah sie vor sich im Bett liegen, nackt und schön
wie eine Göttin. Dann starb er. Nicht tatsächlich, natürlich, von
Bildern allein stirbt man nicht, aber für ihn war sein Leben beendet.

»Nein!«, schrie er. Das Wort zerriss sein Hirngespinst, und er
starrte wieder auf den blutigen Knochen.

»... nicht Katheni«, sagte Mangaliso. »Zu groß, zu breit.
Schwarz.« Er legte das Bein in den Sand, malte die Umrisse eines
schmalen, zierlichen Fußes daneben. »Katheni«, sagte er.

Johann kam wieder zu sich, starrte auf das Bein, verglich in
Gedanken die Größe. Keine Frage, der Fuß war breit und ausge-
treten wie der der meisten Schwarzen, die ihr Lebtag barfuß liefen. Mangaliso streckte ihm die Unterseite seines Fußes unter die
Nase. Die Sohle war gelblich ins Rosa gehend. Natürlich. Seine
Panik hatte ihm einen Streich gespielt. Die Hand- und Fußflächen
eines Menschen mit dunkler Haut waren hell, und er erinnerte

sich, dass Catherine immer behauptete, da die Sonne diese Bereiche nie beschien, hatte die Natur es nicht als nötig befunden, eine dunkle Schutzfarbe zu bilden.

Johann riss Umbani herum, prügelte mit der Hand rücksichtslos auf ihn ein, schrie so laut, dass selbst die Geier sich hastig in die Luft erhoben und davonstrichen, und hetzte auf Inqaba los, bog in die lange Auffahrt und jagte in gestrecktem Galopp unter den gelb blühenden Kiaatbäumen aufs Haus zu.

»Nicht Katheni«, skandierte er, »nicht Katheni, nicht Katheni.« Mangaliso und auch Ziko, die zu fliegen schienen, blieben neben ihm. Plötzlich erreichte ihn ein zwitschernder Ausruf und er zügelte sein Pferd.

Das abgerissene Blatt einer wilden Banane, schon verwelkt und trocken an den Rändern, lag im Eingang zum Hof. Mangaliso hob es auf, drehte es in der Hand, murmelte etwas und reichte es ihm hinauf. Johann untersuchte es hastig. Baumstrelizien wuchsen nicht in der Nähe des Hauses. Jemand musste das Blatt hierher gebracht haben. Catherine? Manchmal benutzte sie die großen, steifen Blätter als Sonnenschirm. Sein Pulsschlag beschleunigte sich. Erwies sich Mangalisos Instinkt wieder einmal als richtig? Er schaute genauer hinüber zum Haus. Die Haustür war noch verrammelt, keiner hatte die Bretter entfernt.

War sie doch nicht hier? Er hackte Umbani die Fersen in die Seite, preschte zum Haus, riss an den Zügeln und sprang ab.

»Jontani!«

Mangaliso zeigte hinauf zum Dach. »Ukuduma kweZulu«, rief er. »Gewitter.«

Ein Blitz hatte das Haus getroffen, es hatte gebrannt, war sie davon überrascht worden und lag im Haus? Mein Gott, lag sie etwa im Haus? Er ließ die Zügel fallen, sprang ab und lief an der vernagelten Küchentür und dem Kochhaus vorbei auf die Veranda. Das hohe Gras ums Kochhaus war heruntergetrampelt. Er stolperte über einen Assegai, der im Gras verborgen lag, bückte sich, hob ihn auf. Wem hatte der gehört und wie lange lag er schon hier? Er schob seinen Hut in den Nacken.

Die Türen, die von der Veranda ins Innere des Hauses führten, waren verrammelt, aber die Schlafzimmermauern waren zusammengefallen, das Fensterglas geborsten. Langsam suchte er sich seinen Weg durch die Trümmer. Zoll für Zoll suchte er das Zimmer nach Spuren ab, aber es gab zu viele davon und sie waren zu widersprüchlich. Menschen waren hier gewesen, es musste eine Art Kampf stattgefunden haben, denn er fand Blutspritzer. Als er seinen Finger in eine rote Lache tauchte, stellte er fest, dass das Blut noch nicht durchgetrocknet war, nur eine zähe Haut hatte. Wie lange dauerte es, bis Blut zur Kruste getrocknet war? Ein paar Stunden mindestens. Der Kampf war also noch nicht so lange her. War das Blut an seinem Finger von Catherine?

Dann stand er vor der Türöffnung zum Wohnzimmer. Tageslicht fiel durch das Loch im Dach. Das Zimmer gähnte ihm leer entgegen. Keine Spur von seiner Frau war zu sehen. Auch hier waren Trümmer verstreut, lagen Büschel von verkohltem Ried, und auch hier gab es Blutspritzer. Ein Stuhl war umgekippt. Automatisch richtete er ihn auf und rückte ebenso automatisch auch den Tisch an seinen richtigen Platz. Mitten im Zimmer stehend, drehte er sich langsam um die eigene Achse. Die Türen des Stinkwoodschranks hingen in den Angeln, jemand hatte ihn gewaltsam aufgerissen, er war bis auf Geschirrteile leer. Auch wenn er noch so lange umherblickte, er fand keinen Hinweis darauf, dass Catherine hier gewesen war.

Sah man von dem Blut ab.

Die Tür zur Küche war verschlossen. Er drückte die Klinke herunter. Das Türblatt bewegte sich den Bruchteil eines Zolls in der Füllung. Weiter konnte er sie nicht aufdrücken. Er stürmte aus dem Haus und über die Veranda zum rückwärtigen Eingang der Küche. Die dicken Holzbretter vor der Tür waren unversehrt. Seit er das Haus verlassen hatte, hatte sie niemand geöffnet, ebenso wenig die Tür, die von der Küche auf die Veranda führte. Auch das Dach der Küche war intakt. Er presste die Nase ans Fenster, aber es war so verschmiert, dass er nichts erkennen konnte. Mit dem Ellbogen schlug er das Glas ein und steckte den Kopf durchs Fenster.

Auch dieser Raum war leer. Auf dem blank gescheuerten Tisch an der gegenüberliegenden Wand waren zwei Schüsseln gestapelt, Catherines Lieblingsstück, eine Kristallschüssel, die sie von Elizabeth Simmons als Geschenk bekommen hatte, stand völlig verstaubt, aber unversehrt daneben. Unter dem Fenster befand sich der Spülstein mit Abtropffläche, den er selbst aus Ziegeln gebaut und dann gefliest hatte. Ein undefinierbares Objekt lag darauf in einer klebrigen Pfütze, war mit einem dichten, lebendig aussehenden Schimmelpelz überzogen. Von Catherine keine Spur. Frustriert trat er gegen die Hauswand, drehte sich um. Sein Blick fiel auf das Kochhaus.

Als er die quietschende Tür öffnete, schlug ihm schale, abgestandene, leicht modrige Luft entgegen. Hier war lange nicht mehr gekocht worden. Er schob die Tür wieder zu, verriegelte sie und lehnte sich mit der Stirn dagegen. Sein Herz krampfte sich zusammen. Herrgott, schrie es in ihm, es darf ihr nichts zugestoßen sein! Vielleicht hatte sich Mangaliso geirrt? War sie überhaupt hier gewesen?

Ein durch das Feuer und den anschließenden Sturzregen gelockerter Steinbrocken löste sich von der Hausmauer und polterte auf die Veranda. Der Holzboden dröhnte. Johann wandte den Kopf und sah hinüber.

Es donnerte, und das endlich erreichte sie und weckte sie auf. Sie öffnete die Augen. Sehen konnte sie nichts. Um sie herum war es pechschwarz. Es roch faulig, und die Luft war dick wie eine Wattedecke. Ihre Schultern lehnten gegen Stein, ihre Beine waren ausgestreckt, und in ihrem Kopf arbeitete ein Teufel mit Hammer und Meißel. Bei jedem Schlag fuhren glühende Schmerzblitze ihr Rückgrat hinunter und lösten Wellen von Übelkeit aus. Sie hatte keine Ahnung, warum ihr Kopf schmerzte, wo sie sich befand und wie sie hierher gekommen war. Nicht die geringste. Mit vorsichtigen Bewegungen prüfte sie, ob sie Arme und Beine bewegen konnte und ob sie irgendwo verletzt war. Am Kopf fühlte sie eine faustgroße Beule, die die pulsierenden Kopfschmerzen erklärte. War sie gefallen oder hatte sie jemand geschlagen? Sie zermarterte sich das Gehirn. Das letzte Bild, das sie vor sich sah, war ihr Haus. Inqaba. Auch an den Weg dorthin erinnerte sie sich in Bruchstücken, aber danach war ihre Erinnerung wie abgeschnitten.

Mit den Armen stützte sie sich hoch und schlug gleich darauf mit dem Kopf gegen eine harte Decke. Hastig tastete sie ihr Gefängnis ab und merkte schnell, dass es nicht viel größer war als ein Sarg. War es ein Sarg? War sie lebendig begraben worden? Ihr wurde schwindelig vor Angst, und der Schmerz im Kopf steigerte sich ins Unerträgliche. Ihr Herz hämmerte, verschlang den Sauerstoff, den ihr Gehirn brauchte. Sie griff sich an den Hals. Wann würde sie den Luftvorrat in diesem Kasten aufgebraucht haben? Ihr schossen die Tränen in die Augen.

Sie pumpte ihre Lungen voll und schrie ihre Angst heraus. »Hilfe! Ich bin hier! Hilfe!« Mit angehaltenem Atem lauschte sie.

Es war absolut still, kein Laut drang in ihr Gefängnis, nicht einmal das Echo ihrer eigenen Stimme hörte sie. Wo, um Himmels willen, war sie? Irgendwo im Busch? Vor ihrem inneren Auge erstreckte sich der afrikanische Busch, von Norden nach Süden, von Horizont zu Horizont. Dann wäre sie verloren. Kein Mensch würde sie je in der endlosen Wildnis finden, und wenn sie ihr Leben lang suchen würden.

»Hölle und Verdammnis«, keuchte sie und schlug um sich. Sie traf etwas Weiches, Knisterndes. Aufgeregt betastete sie den Gegenstand, fand schnell heraus, dass es eine Art Paket war, offenbar in Wachstuch eingeschlagen. Sie bekam einen Zipfel des steifen

Tuchs zu fassen und zog. Es raschelte, Stoff quoll heraus, staubigsüßer Duft stieg ihr in die Nase, ein Gemisch aus Rosen und Jasmin. Ihr eigenes Parfüm, das sie zu ihrer Hochzeit getragen hatte. Sie hielt ihr Hochzeitskleid in den Händen.

Sie befand sich in der Geheimkammer unter dem Boden ihres eigenen Wohnzimmers. Sie legte ihre Hände gegen die Bodenplanke über ihr und drückte.

Die Planke rührte sich nicht.

Mühsam drehte sie sich auf die Knie und presste ihren Rücken dagegen.

Wieder keine Bewegung.

Etwas blockierte die Planke. Der Tisch? Oder ein Mensch? Ein Mensch?

»He!«, schrie sie. »Hierher, helft mir!«

Mit geschlossenen Augen analysierte sie alles, was sie hörte. Ihren eigenen Herzschlag, der ihr in den Ohren rauschte, ein zartes Rascheln, das wohl von ihrer Atembewegung gegen das Hochzeitskleid rührte. Sonst nichts, gar nichts. Nur Stille, die ihr in den Ohren sang.

Plötzlich war ihre Angst wie weggeblasen, und an ihre Stelle trat weiß glühende Wut. Es konnte doch nicht sein, dass sie hier unten verrecken sollte, in ihrem eigenen Haus. Nur eine zolldicke Holzplanke trennte sie von frischer Luft und Freiheit, trennte sie vom Leben.

Sie bäumte sich auf, ein Schrei brach aus ihr heraus, sie schrie und schlug um sich, stieß sich an den Wänden ihres Gefängnisses blutig und schrie und schrie.

Mangaliso stand reglos, den Kopf vorgestreckt, und witterte wie ein Tier.

Johann, der eben Stefans Haus erfolglos durchsucht hatte, beobachtete ihn mit wachsender Aufregung. »Hörst du etwas? Ist da jemand?«

Mangaliso antwortete nicht, schien ihn nicht einmal gehört zu haben. Mit schräg gelegtem Kopf und geschlossenen Augen stand er da, es war, als hätte er sich ins Innere seines Körpers zurückgezogen.

»Sie ist nicht hier«, murmelte Johann und war plötzlich entsetzlich müde. Wie eine bleierne Decke drückte ihn die Hoffnungslosigkeit nieder. Mit den Handballen rieb er sich die Augen, öffnete ein paar Knöpfe seines durchgeschwitzten Hemds und streckte sich. Er schwor sich, nicht zu schlafen, ehe er Catherine gefunden hatte.

»Sie lebt, sie lebt, sie lebt«, murmelte er wie ein Mantra. »Sie lebt, verdammt! Mangaliso, woza, wir durchsuchen noch einmal das Haus, dieses Mal kommst du mit. Jeden Zoll überprüfen wir!« Mit langen Schritten stürmte er hinüber zum Geräteschuppen neben den Pferdeunterständen, holte ein Brecheisen, hastete zurück zum Haus und hebelte mit wütender Kraft die Bretter herunter, mit denen er die Fenster vom Wohnzimmer gesichert hatte, um Licht auch in die hintersten Winkel des Raums zu lassen. Er warf die Bretter hinter sich, ging zu der zusammengebrochenen Schlafzimmermauer und stieg hinüber.

Mangaliso war ihm lautlos gefolgt. Der kleine gelbbraune Mann war schweigsam, nur seine schwarzen Augen glitzerten, als wäre er auf Jagd.

Johann stand in dem zerstörten Schlafzimmer neben den verkohlten Betten. »Mangaliso, alter Freund, sieh dich genau um, setze deine ganze Kunst ein, nur lass sie uns finden. Sieh, da ist Blut, dort scheinen Spuren einer großen Schlange zu sein, hier, diese Abdrücke könnten von einem Löwen stammen, obwohl das nicht wahrscheinlich ist, und sie werden durch andere überdeckt, menschliche ...« Hilflos zuckte er mit den Schultern, während Mangaliso mit leerem Blick ins Zimmer schaute, offenbar völlig desinteressiert.

Johann aber kannte ihn gut genug, um zu wissen, dass sein

Begleiter hochkonzentriert die Atmosphäre des Raums in sich hineinsog, sie erschnüffelte, durch die Poren in sein Inneres aufnahm. Mangaliso sah den Raum in einer vierten Dimension, die jenseits dessen lag, was für andere Menschen sichtbar war. Er schien Farben zu riechen und Gerüche zu sehen, hatte ihm erklärt, dass die Schatten derer, die sich vor Stunden darin aufgehalten hatten, für ihn erkennbar waren. Damals hatte er das als Fantasterei abgetan, aber jetzt hoffte er mit jeder Faser seines Seins, dass Mangaliso tatsächlich diese Gabe besaß. Frustriert beobachtete er seinen schwarzen Freund. Seine eigenen Sinne waren im Vergleich zu denen Mangalisos stumpf. Es waren die Sinne eines normalen Europäers, der, obwohl er Jahre im Busch zugebracht hatte, es nie zu dieser Meisterschaft bringen würde. Auf diesem Weg konnte er Mangaliso nicht folgen, er musste sich nur auf seine Augen und seine nüchterne Kombinationsgabe verlassen. Und auf die Hoffnung.

Leise, um Mangaliso nicht zu stören, untersuchte er jeden Zoll der verbrannten Betten, voller Angst vor dem, was er finden würde. Bei jedem verkohlten Stück Holz zitterte er, dass es ein Knochen sein könnte, aber jedesmal war es nur Holz. Sein Herz jagte, als wäre er Meilen gerannt. Rußverschmiert richtete er sich endlich auf. Im Bett war sie nicht verbrannt.

Vorsichtig stieg er über die Trümmer bis zur Wohnzimmertür, vermied, in die Pfützen zu treten, in denen sich Ruß mit Regen zu einer schwarzen, klebrigen Soße vermischt hatte. Langsam ließ er seinen Blick über den Raum wandern. Es hatte sich nichts verändert. Die Türen des Stinkwoodschranks standen noch immer offen, das Bücherregal war mit dickem Staub bedeckt, nur seine eigenen Fingerspuren waren zu sehen. Durch das freigelegte Fenster im Wohnzimmer fielen Sonnenstrahlen in den Raum. Tisch und Stühle standen da, wo er sie hingestellt hatte. Im Dach raschelte ein Gecko. Er schaute hoch, entdeckte mehrere der kleinen Reptilien, die an der Wand klebend mit neugierigen, schwarzen Knopfaugen zu ihm heruntersahen. Er wandte sich ab, stellte sich an die Verandatür und schaute hinaus, sah nichts, weil ihm die Tränen aus den Augen liefen.

Aufgeregte Rufe, Schreie, Geräusche von einem Handgemenge, ließ ihn aufhorchen. Energisch wischte er sich mit dem Handballen über die Augen und lauschte. Ziko, dessen Aufgabe es war, die Umgebung abzusuchen, schien jemanden gefunden zu haben. Er wünschte, Sihayo wäre jetzt hier, wäre hier gewesen, als Catherine gekommen war, aber er hatte ihn in Stanger bei den Rindern gelassen. Wo Maboya sich aufhielt, wusste er nicht. Vielleicht war er bei seiner Rinderherde oder auf den Feldern, vielleicht war er auch einfach im Umuzi seiner Familie.

Der Tumult wurde lauter, eine Frauenstimme kreischte. Johann rannte hinüber zum Weg, der ins Dorf der Farmarbeiter führte. Er bückte sich, hob einen weggeworfenen Panga auf und hackte damit durch die Luft.

Zwei Männer schleppten zwischen sich einen dritten heran, der schlaff in ihrem Griff hing. Einer der Träger war Ziko, aber erst nach genauerem Hinsehen erkannte er in dem zweiten den ältesten Sohn Mangalisos. Ihr Gefangener war ein untersetzter Schwarzer mit schmalem Brustkasten. Sein Kopf war nach vorn gefallen, die Füße schleiften auf der Erde. Um seine Hüften war ein Lederband geschlungen, an dem noch ein einzelner zerfledderter Ginsterkatzenschwanz baumelte, der polierte Kopfring war ihm tief in die Stirn gerutscht. Er machte einen abwesenden, teilnahmslosen Eindruck, sein Blick ging ins Leere, seine Lippen bewegten sich, aber zu verstehen war nichts. Auf beiden Armen trug er lange, tiefe Kratzwunden, ebenso auf dem Rücken.

»Sixpence, sawubona, usaphila na?«, grüßte ihn Johann. »Es ist gut, dich zu sehen.« Er musterte den gefangenen Schwarzen. »Wer ist es, erkennt ihr ihn?«

Ziko schüttelte den Kopf.

Der Mann, die Augen blutunterlaufen und trübe, reagierte nur mit einem kurzen Zucken. »Bhubezimkhulu … Bhubezimkhulu …«, nuschelte er, dabei lief ihm der Sabber aus dem Mund.

»Was redet er da von einem großen Löwen? Was ist dem Mann geschehen?« Seine Stimme stockte plötzlich. Mit wenigen Schritten war er bei dem Verwundeten und untersuchte ihn, fand neben den tiefen Kratzern auch unverkennbare Zahnspuren. Beide waren nicht von Menschen verursacht worden, sondern konnten nur von einem großen Raubtier stammen. Das blutige Gemetzel im Tal stand ihm plastisch vor Augen. Catherine!

»Ein Löwe«, flüsterte er. »Es müssen Löwen auf Inqaba gewesen sein.« Unbewusst rieb er seinen Zeigefinger, an dem noch das Blut aus der Lache im Schlafzimmer klebte. Es war verkrustet und bröckelte herunter. Ihm wurde schlecht, und er musste sich an einen Baumstamm lehnen. »Ziko, bring aus ihm heraus, was hier vorgefallen ist.«

»Ich denke, ein Löwe wollte ihn fressen«, bestätigte Solozi und wies stumm auf die Kratzer am Arm des Mannes, die bereits stark angeschwollen waren. »Das hat ihn so erschreckt, dass er sein Leben vorher vergessen hat. Vielleicht weiß er nicht einmal mehr, wer er ist.« Er schob sein Gesicht ganz nah an das des Mannes und blickte ihm forschend in die Augen, als könne er dadurch ins Innere des Kopfs sehen. Dann nickte er. »Scheint leer zu sein.«

»Wir haben niemanden sonst gesehen, nur diesen Kerl, dessen Geist verwirrt ist und der sabbert wie ein neugeborenes Kind. Aber die Dorfbewohner haben mir berichtet, sie hätten elf Pangas gefunden, die diese Angsthasen offensichtlich auf ihrer Flucht verloren haben, eine Anzahl Assegais und ein paar schöne, brauchbare Kriegsschilde.« Er grinste böse. »Sie haben Gebrüll gehört, sagen die Leute im Dorf, schwören, dass es ein Löwe war. Dann haben sie die Männer wegrennen sehen. Als sie sich hergewagt haben, war kein Löwe zu sehen, nur Blut haben sie gefunden und die weggeworfenen Waffen.« Er ließ den Mann los, der sich prompt in den Sand setzte.

»Bringt ihn in den Geräteschuppen«, sagte Johann, »gebt ihm etwas zu trinken und sucht weiter nach Katheni.« Er ging zurück zum Haus, lehnte sich in die Fensteröffnung vom Wohnzimmer und starrte hinein, bis ihm die Tränen kamen. Ungewohnte Hilflosigkeit lähmte ihn. Alles, was er erfahren hatte, waren Gerüchte und vage Vermutungen. Seiner Catherine war er noch keinen Schritt näher gekommen.

Sein Blick wanderte zu dem Loch im Dach. Was war hier geschehen? Der Brand war offenbar von einem Blitzschlag verursacht worden, die Frage war nur, ob Catherine vorher oder nachher das Haus betreten hatte. Ob sie überhaupt im Haus gewesen war. Doch dessen war er sich auf unerklärlicher Weise sicher, in seinen Knochen fühlte er es, als hinge ihre Aura noch in den Räumen. Er hatte gelesen, dass die Aura eines lebenden Menschen noch wahrzunehmen ist, auch wenn er körperlich nicht mehr anwesend war. Eines lebenden Menschen! Er ballte die Fäuste. Grimmig beschloss er, notfalls das Haus Stein für Stein, Bohle für Bohle abzutragen, bis er herausgefunden hatte, was sich hier abgespielt hatte. »Und wenn ich ganz Inqaba umgraben muss«, murmelte er.

Unterschwellig wurde er gewahr, dass Mangaliso neben ihm auftauchte. Er stand reglos wie aus Stein gehauen, hob den Kopf und sog die Luft ein, dann heftete er seine Augen auf den Boden, als wollte er mit seinem Blick die dicken Bohlen durchbohren.

»Sie ist unter dem Boden, aber nicht bei den Schatten«, wisperte er, seine Stimme zarter als ein Windhauch.

Johann erstarrte. Was hatte Mangaliso gesagt? Unter dem Boden, aber nicht bei den Schatten? Erst verstand er nicht richtig, dann traf es ihn wie ein Blitz. Unter dem Boden, aber nicht bei den Schatten! Nicht bei ihren Ahnen. Nicht in einem Grab! Er fuhr herum und fixierte den Tisch, der ordentlich ausgerichtet an seinem Platz stand.

Dort hatte er ihn hingeschoben, vorhin, als er zum ersten Mal dieses Zimmer durchsucht hatte. Vorher war der Tisch beiseite gerückt gewesen, und ein Stuhl war umgefallen. Beide hatte er eigenhändig zurechtgerückt. Laut fluchend verwünschte er seinen vermaledeiten Ordnungssinn, der ihn völlig automatisch hatte handeln lassen. Er hatte den Vorgang überhaupt nicht registriert. Mit einem gewaltigen Ruck schob er den Tisch beiseite und kniete sich hin. Mit brennenden Augen starrte er auf die Holzplanke, die seine Geheimkammer verschloss, wagte lange Sekunden nicht, die Planke anzuheben, so sehr fürchtete er sich davor, das Versteck leer vorzufinden, fürchtete sich vor dem, was er vorfinden würde. Er wollte Gewissheit haben, aber gleichzeitig graute ihm vor der Endgültigkeit.

Er drückte auf die Planke, die die Bodenklappe entriegelte. Nichts. Sie schien zu klemmen. Mit fliegenden Händen löste er sein Jagdmesser vom Gürtel, schob die Klinge in den Spalt und hebelte das Brett allmählich hoch. Knarrend löste es sich aus seiner Verankerung.

Erst erkannte er nichts, es war zu dunkel. Dann passierten zwei Dinge gleichzeitig. Ein gellender Schrei brach aus dem schwarzen Loch, und eine blutige Hand streckte sich ihm entgegen. Sekunden später hielt er sie in den Armen, konnte nicht reden, konnte nicht atmen, konnte nicht denken. Konnte sich nicht vorstellen, sie je wieder loszulassen.

»Was ist geschehen?«, krächzte er, als er seine Stimme wiederfand. »Wieso bist du in die Geheimkammer gekrochen? Warum hast du dich nicht bemerkbar gemacht?«

Sie antwortete nicht gleich, versuchte mit aller Kraft, diesen schwarzen Nebel zu durchdringen, der ihr den Zugang zu ihrem Gedächtnis verwehrte. »Ich weiß es nicht. Mir war ja anfänglich nicht einmal bewusst, wo ich war. Mir ist nur noch gegenwärtig, dass ich auf einem Baum geschlafen habe, irgendwo im Busch. Danach ist mein Gedächtnis ein schwarzes Loch. Verstehst du, ich kann mich überhaupt nicht erinnern! Es ist, als wäre diese Zeit aus meinem Leben herausgeschnitten, und ich weiß nicht, ob es Stunden, Minuten oder gar Tage sind.«

»Tage nicht«, murmelte er. »Höchstens eine Nacht.« Grimmig schaute er sich um. »Im Haus hat ein Kampf stattgefunden. Überall liegen weggeworfene Waffen herum, Pangas, Assegais, aber auch ein Gewehr. Dort, sieh.« Er hob einen Assegai auf, der am Schaft blutverschmiert war. »Überall ist Blut … ich dachte … ich hatte so furchtbare Angst … du wärst …«

Sie stellte sich rasch auf die Zehenspitzen und küsste ihn auf den Mund. »Aber ich bin hier, mir ist nichts passiert.« Sie löste sich aus seiner Umarmung, und plötzlich fiel ihr Stefan ein, die Willingtons und Konstantin von Bernitt, und die Helligkeit des Tages erlosch. Schnell senkte sie den Kopf, um ihm nicht in die Augen sehen zu müssen. Sie wünschte, dass auch diese Zeit für immer aus ihrem Gedächtnis gelöscht worden wäre. Für diese wenigen Minuten in Johanns Arm war ihr Leben in Ordnung gewesen. Doch jetzt war der Moment gekommen, den sie mehr fürchtete als eine hungrige Löwenherde. Ohne dass es ihr bewusst wurde, klammerte sie sich an seine Hand. Immer noch den Kopf gesenkt haltend, holte sie tief Luft.

»Ich muss dir etwas sagen, Johann …«

»Nein, das brauchst du nicht«, fiel er ihr ins Wort. Er ahnte, was jetzt kommen würde.

»Doch, bitte …« Sie sah ihn gequält an.

Er zog sie fest in den Kreis seiner Arme. »Nein, sag nichts, es ist nicht nötig. Ich habe mit unserem Sohn gesprochen. Eigentlich habe ich es schon gewusst, seit Stefan klein war.« Er erzählte ihr von seiner Begegnung mit dem Jungen in Durban, der sich als Nicholas Willington herausstellte. »Damals habe ich entschieden, dass Stefan unser Sohn ist. Mich interessierte nicht, wer sein Erzeuger war. Er ist unser Sohn, und nichts wird je etwas daran ändern können.«

Ihr liefen die Tränen übers Gesicht, und es dauerte lange, ehe sie wieder ihre Stimme und Worte fand. »Da ist noch etwas, was viel schlimmer ist. Es gab eine entsetzliche Szene zwischen Stefan und mir ...«

»Stefan hat sie mir geschildert, und glaube mir, jedes Wort, das er zu dir gesagt hat, tut ihm heute Leid.« Stefans Worte trieben ihm im Nachhinein noch die Zornesröte ins Gesicht. »Mach dir keine Gedanken darüber. Er wird sich bei dir entschuldigen.« Dafür würde er sorgen.

Ihre Hand flatterte durch die Luft wie ein verletzter Vogel. »Aber wie könnte er das? Weißt du denn nichts davon? Stefan und Benita ... hast du nichts bemerkt? Er wird fortgehen, Johann, unser Sohn wird uns für immer verlassen, weil er Benita nicht wiedersehen kann, weil sie seine Halbschwester ist ... Versteh doch, ich habe nicht nur sein, sondern auch ihr Leben zerstört.«

Ihr Schluchzen zerriss ihm schier das Herz, und er hoffte, dass Konstantin von Bernitt für ewig in der Hölle schmorte für das, was er Catherine angetan hatte. Er legte seine Hand unter ihr Kinn, zwang sie, ihm in die Augen zu sehen. »Das hast du nicht. Ihrer Liebe steht nichts im Weg. Benitas Vater ist Reginald Willington, sie hat keinen Tropfen Bernitt-Blut in den Adern. Das hat sie ihm in meiner Gegenwart selbst gesagt. Als ich Stefan verließ, war er so glücklich, dass ich befürchtete, er würde aufstehen und anfangen, Walzer zu tanzen, und ich muss sagen, ich kann ihn verstehen. Sie scheint eine wunderbare Frau zu sein.«

Catherine Züge erschlafften, wirkten vollkommen leer. »O ...« Mehr bekam sie nicht heraus. Sie verbarg ihr Gesicht an seiner Brust und weinte sich diese Zentnerlast, die sie fast erdrückt hätte, von der Seele. Als sie sich ausgeweint hatte, putzte sie sich die Nase und lächelte ihn an.

Johann schaute hinunter auf sie, sah dieses Lächeln, das strahlender war als jeder Sonnenaufgang auf dieser herrlichen Erde, und dankte schweigend seinem Gott.

Sich nicht für eine Sekunde voneinander lösend, wanderten sie auf Inqaba herum, suchten weiter nach Spuren, die ihnen verraten würden, was geschehen war. Unter dem Frangipani blieb Catherine versonnen lächelnd stehen, blickte einen Augenblick ins Leere, schüttelte dann den Kopf. »Komisch, ich habe das Gefühl, dass Sicelo hier war …«

»Sicelo? Das kann ja nicht sein …« Er lächelte. Im Augenblick war es ihm unmöglich, nicht zu lächeln. Es war ihm kaum möglich, sich zu beherrschen, nicht laut zu singen, zu tanzen und Catherine ständig zu küssen.

Auch sie lächelte. »Eben! Das weiß ich doch.« Stirnrunzelnd überlegte sie. »Aber irgendjemand war hier, da bin ich mir sicher, jemand, der mir wohl gesonnen war … Da war eine Schlange«, fügte sie plötzlich hinzu und sah höchst erstaunt aus. Woher diese Worte kamen, konnte sie sich nicht erklären.

»Eine Schlange?«

Nun wurde sie unsicher. »Ich glaube es zumindest, ich habe so ein Gefühl …« Sie kniff die Augen zusammen, versuchte das Bild zu erkennen, das flüchtig wie eine Sternschnuppe durch ihren Kopf schoss. Madisa?

»Ich habe die Spuren einer Schlange gefunden«, sagte er. »Einer sehr großen Schlange, vermutlich von einer Python. Kannst du dich an die erinnern?«

»Eine Python? Ich weiß nicht …« Sie nagte an ihren Lippen. »Vielleicht.«

Plötzlich schwankte sie, und Johann musste sie stützen.

»Bist du verletzt?«

»Ich habe Hunger!«

Johann sah seine Frau vollkommen verständnislos für mindestens eine Minute an, und dann kitzelte ein Lachen in seiner Kehle, drängte sich heraus, und er lachte, dass er fast erstickte, lachte so laut, dass ein Schwarm Glanzstare erschrocken hochflog und protestierend kreischend in die Guavenbäume einfiel, und er lachte so lange, dass er schließlich hustend zusammenbrach und Catherine verwirrt einen Schritt zurücktat.

»Ist alles in Ordnung, Johann? Fehlt dir etwas?«

»O nein, es ist alles bestens … mir geht's prächtig …«, keuchte er. Es dauerte eine Weile, bis er sich beruhigt hatte. »Ich werde gleich losziehen und dir den größten Braten schießen, der mir vor die Flinte kommt«, gluckste er, »und wenn nicht jemand meinen Weinkeller geplündert hat, gibt es dazu einen wunderbaren portugiesischen Roten. Sie hat Hunger!« Er wischte sich die Tränen aus den Augen. »O mein Gott, sie hat Hunger!«

»Zicklein mit Bratgemüse, ein wenig Thymian und Rosmarin, ordentlich Knoblauch und das Ganze mit Rotwein übergossen«, murmelte Catherine mit glänzenden Augen, als Johann das Zicklein brachte, dem er mit einem schnellen Schnitt seines Jagdmessers die Kehle durchtrennt hatte. Es hatte zu einer ganzen Ziegenfamilie gehört, die ihm bei seinem Auftrieb entwischt war und seitdem wild auf der Farm lebte.

»Während du es häutest, sehe ich nach, was ich an Gemüse in meinem verwilderten Garten auftreiben kann. Einen Eimer Wasser brauche ich ebenfalls«, rief sie, griff den geflochtenen Korb, der im Kochhaus an der Wand hing, schüttelte die Spinnen heraus und machte sich auf den Weg in den Gemüsegarten. Die Luft war weich, der Busch sirrte, Schmetterlinge gaukelten über den Weg, und in den duftenden, rosaweißen Blütenbüscheln der Dombeya summte ein winziger Sonnenvogel. In der Nähe sang jemand, dunkle, kehlige Laute drangen an ihr Ohr, eine sanfte Melodie, weich und warm wie ein Streicheln. Ihr Blick schweifte über den Garten, fast erwartete sie, Jabisa dort vorzufinden, eine kleine Jabisa, die unter den Guavenbäumen hockte, vor sich hinsang, ihre Fußsohlen polierte, mit Steinen Muster legte und völlig vergessen hatte, was ihr von ihrer Herrin aufgetragen worden war.

Das Singen brach ab. »Die Würmer haben unseren Salat gefressen«, sagte stattdessen eine sahnige Frauenstimme. Catherine glaubte, sich verhört zu haben, stürzte vorwärts, und da stand sie. Ihr Haar war hochgezwirbelt und mit eisenhaltiger Erde rot gefärbt, ihre Brüste schwangen frei, um ihre Mitte schlang sich ein reich verzierter Perlengürtel, und der Rindslederrock war von feinster Machart.

»Jabisa!«, schrie Catherine. »Wo kommst du her?«

Die üppige Schwarze bog prüfend die Blätter eines welken Salatkopfs auseinander und warf ihn dann zur Seite. »Du hast mich gerufen, ich habe dich gehört, ich bin gekommen. Was sonst?« Das stimmte zwar nicht, denn Solozi hatte sie auf der Suche nach Katheni aufgestöbert und sie mit nach Inqaba geschleppt, aber sie gedachte nicht, Kathenis Glaube an ihre übersinnlichen Kräfte zu zerstören. Gelegentlich hatte es sich als recht nützlich erwiesen, erklärte Dinge, die sie nicht zu erklären wünschte. Missbilligend musterte sie die zerrissene Bluse Catherines, den verschmierten Lederhosenrock. »Hast du keine ordentliche Kleidung? Du bist eine verheiratete Frau, Katheni, die Nkosi von Inqaba.«

Catherine hatte plötzlich Tränen in den Augen. Wie warmer Sirup floss die Erleichterung durch ihre Adern. Warum Jabisa gerade jetzt hier aufgetaucht war, würde die Zulu ihr irgendwann erzählen. Oder auch nicht. Fragen würde sie nicht. Umlungus fragen zu viel, hatte Jabisa einmal bemerkt, als Timothy Robertson sie nach ihren Gewohnheiten im Umuzi ausfragte. Daraufhin war sie verfallen in konsequentes Schweigen, hatte den armen Timothy nur mit einem derart giftigen Blick angestarrt, dass dieser sich verwirrt zurückgezogen hatte. »Wir brauchen Gemüse«, sagte sie und machte sich an die Arbeit.

Johann fand noch drei Flaschen Wein in dem tiefen, mit Felssteinen ausgekleideten Schacht, den er in den Hang unterhalb des Wasserreservoirs getrieben hatte. Aus dem Kamin des Kochhauses kräuselte sich Rauch, und aus der geöffneten Tür strömte der höchst appetitliche Duft nach Schmorbraten mit Rosmarin.

Aber bevor sie aßen, wollte er Catherine dem Gefangenen gegenüberstellen. Vielleicht würde das ihr Gedächtnis zurückbringen. Er ging zu ihr ins Kochhaus. »Du musst dir jemanden ansehen und mir sagen, ob du ihn kennst und ob du weißt, was mit ihm passiert ist.« Erst jetzt entdeckte er Jabisa, zog die Brauen hoch. »Sawubona, Jabisa«, sagte er, mehr nicht. Heute überraschte ihn nichts mehr.

Er führte Catherine hinüber zum Geräteschuppen. Der Mann lag zusammengekrümmt auf dem Boden und wimmerte. Sie beugte sich über ihn, fuhr aber zurück, als sie seine Wunden sah. »Was ist denn mit dem geschehen? Sieht ja fast so aus, als hätte ihn eine große Katze angegriffen ...« Ihre Stimme verrann plötzlich wie Wasser im Sand, und ihre Augen weiteten sich. »Ein Löwe ...?«, flüsterte sie. »Es ist Tulani, ich erkenne ihn. Ich habe ihn gesehen, ihn und seine Männer. Aber nicht hier, nicht auf der Farm, es war ...« Sie ließ ihren Blick über die Bäume laufen, fand aber nichts, was eine Saite in ihr anschlug. »Es war woanders. An einem Fluss, da war ein Baum ...« Sie stockte. Wie Blitze in dunkler Nacht schossen ihr Erinnerungsfetzen durch den Kopf, aber sie ergaben kein ganzes Bild.

»Er wollte nach Inqaba ... Angeblich wird Inqaba nach dem Krieg seins sein ... Er wird es umbenennen in Esasa. Triumph. Daran entsinne ich mich ganz genau, und danach bin ich weggerannt, vermutlich hierher.« Sie rieb einen Ellbogen, der eine Schürfwunde und einen beeindruckenden Bluterguss trug. »Ich muss hingefallen sein.« Frustriert biss sie sich auf die Lippe, die prompt wieder aufplatzte. »Dann weiß ich nichts mehr, auch nicht, warum ich mir so sicher bin, dass diese Wunden von einem Löwen verursacht wurden.«

»Weil sie eben genau so aussehen wie Wunden, die von Löwen verursacht werden«, kommentierte Johann trocken. »Wir haben sein Gebrüll gehört.«

»Ibhubezimkhulu … Ibhubezimkhulu …«, geiferte Tulani.

Plötzlich stand Catherine ganz still und musterte den am Boden liegenden Zulu scharf, wurde sich der Gegenwart Mangalisos bewusst, der im Hintergrund stand und sie unverwandt aus funkelnden, schwarzen Augen anstarrte. Ihre Blicke verhakten sich, dann schaute sie wieder den Gefangenen an, der immer noch unverständliches Zeug babbelte. »Der Löwe. Sicelo«, flüsterte sie. Ihr lief ein Schauer den Rücken herunter.

»Was sagst du? Ich habe es nicht verstanden. Du siehst aus, als wärst du einem Geist begegnet.« Johann war verwirrt. Wenn Catherines Gedanken vom Pfad der Logik abwichen und sich auf geheimnisvolle, verschlungene Wege begaben, die nichts mehr mit der realen Welt zu tun hatten, konnte er ihr nicht mehr folgen, so sehr er sich auch bemühte. Es irritierte ihn, und manchmal jagte es ihm einen leichten Angstschauer den Rücken hinunter. Spöksch war sie, hatte sie ihm erzählt, so bezeichnete man Personen im Norden Deutschlands, die eine andere Dimension für möglich hielten, Körper, die nicht dinglich waren. Für ihn war etwas entweder quadratisch, rechteckig oder rund, man konnte es sehen, riechen oder erfühlen. Sonst existierte es eben nicht. Um sich zu versichern, dass die Frau neben ihm aus Fleisch und Blut war, legte er ihr seine Hand in den Nacken.

Mangaliso hatte Catherine von den Lippen gelesen. »Yebo«, kicherte er. »Bhubezi.« Dann tanzte er davon, kicherte und zwitscherte wie ein aufgeregter Vogel. »Mama Nyoka. Mandisa.«

Die windverwehten Worte erreichten Catherine. Sie ließ ihren Blick über die Hügel wandern. Die Python.

»Nun, wirst du mir verraten, welchen Geist du gesehen hast?«, drängte Johann.

Als Antwort ließ sie ihre Hände in dieser sehr gallischen Geste durch die Luft flattern und lächelte versonnen. Ihr Wissen konnte sie nur mit Mangaliso teilen, sie würde es in ihrem Inneren verschließen und wie ein Kleinod bewahren. Es war nicht etwas, was sie Johann erklären konnte, aber es war etwas, was sie bis ans Ende ihres Lebens einhüllen würde wie eine schützende Decke.

Sie sah hoch zu ihm. »Ich habe nur an zwei Freunde gedacht, die ich lange nicht mehr gesehen habe«, antwortete sie endlich.

»Ach so«, nickte dieser. »Na dann.«

Das Zicklein war schmackhaft und zart, das Gemüse knackig, und der Wein schwer und vollmundig. Er stieg ihr sofort in den Kopf. Die Welt versank hinter den Hügeln, und die Zeit blieb stehen. Es gab nur noch sie und Johann auf Inqaba. Sie tranken den letzten Tropfen des Weins, und der rosige Hauch in ihrem Gesicht verriet, dass ihre Lebensgeister wieder geweckt waren.

Er stellte sein Glas hin. »Ich habe eine Überraschung für dich.« Er stand auf und machte sich an den Packtaschen zu schaffen, die auf der Bank vor dem Kochhaus standen. »Unser frisch gebackener Schwiegersohn lässt dich sehr herzlich grüßen und dir das hier geben.« Mit Schwung präsentierte er ihr das Buch von Alexandre Dumas.

Mit bebenden Fingern strich sie über die Seiten, aber die Zeilen verschwammen ihr vor den Augen, stattdessen sah sie Maria, Leon, ihre ganze Familie. Ein Gefühl wie warmer Honig überflutete sie, eine exquisite Süße, und Stimmen wie klingende Tropfen hingen in der Luft. Als hätte sie ein gleißender Sonnenstrahl im Dunkel der Nacht getroffen, funkelte es und schimmerte, und ihr Herz sang. Sie hatte gefunden, was sie gesucht hatte.

Sie legte das Buch auf den Tisch. Die Bluse war ihr von der Schulter gerutscht, ihre Haut leuchtete im sanften Licht des späten Nachmittags. Sie hob ihre Augen zu ihm. »Johann«, wisperte sie und streckte ihre Hand aus.

Ihm wurden plötzlich die Beine schwer. »Warte«, sagte er nach einem knisternden Augenblick. »Rühr dich nicht vom Fleck.« Mit langen Schritten stürmte er von der Veranda, riss mehrere Arme voll Gras ab und häufte es zu ihren Füßen auf, bis der Haufen die Länge und Dicke einer Matratze hatte. Dann zog er sein Hemd aus und breitete es darüber.

Sie standen sich gegenüber. Johann lächelte, begann, eine Walzermelodie zu summen, und Catherine wiegte sich im Takt. Undeutlich sah sie flimmernde Lichter, roch süße Rosen, drehte sich im Tanz im glitzernden Ballsaal in Wien, in einem anderen Leben, zu einer anderen Zeit. Die Vision löste sich auf wie ein flüchtiger Duft, und sie war hier, unter dem funkelnden Sternenhimmel in den Hügeln Zululands. Das Parfüm der Amatungulu war süßer als das der Rosen, das Nachtlied Afrikas verführerischer als jedes Musikstück, und das Licht des Monds, der als feurige Scheibe hinter den Bäumen in den nachtblauen Himmel stieg, leuchtete in kostbarstem Glanz.

Johann vollführte eine vollendete, höfische Verbeugung. »Darf ich bitten, Madame?«

Catherine versank in einem tiefen Hofknicks und hob mit strahlendem Lächeln die Arme. Seine Rechte lag warm um ihre Taille, in rascher Schrittfolge wirbelten sie über die Veranda, und sie wunderte sich zum wiederholten Mal, dass ein so großer Mann so elegant Walzer tanzen konnte. Über ihnen hing ein Gecko kopfüber von den verkohlten Dachsparren und lachte sein zartes Lachen. Er war hübsch, mit glänzenden Knopfaugen und durchsichtig rosafarbener Haut.

Sie wiegten sich und drehten sich, flogen wie auf Flügeln durch die Nacht, und der Mond strahlte und malte flirrende Muster auf die Holzbohlen.

»Lass uns auf dem Mondstrahl weitertanzen«, flüsterte sie, »einfach immer weiter, bis die Zeit zu Ende ist.«

»Ich verspreche dir, wir werden ewig tanzen«, sagte er und blieb stehen und küsste sie, streifte ihr die Bluse von den Schultern, entdeckte, dass sie kein Unterhemd trug, scheiterte an der Schnalle ihres Hosenbunds, bis sie zärtlich seine Hände führte und die Hose um ihre Knöchel fiel. Das trockene Gras unter ihnen raschelte und knisterte und roch süß nach Sonne und Leben.

Mangaliso und Ziko, die nachgesehen hatten, ob ihre Rinder gesund und vollzählig waren, schauten hinüber. Mangaliso kicherte, sagte etwas, was nur Ziko verstehen konnte. Der lachte laut. Dann liefen sie den mondhellen Weg hinunter zu ihren Hütten, wo ihre Frauen warteten.

Catherine und Johann schliefen, bis die Sonne die Sterne verschluckte und die ansässigen Hadidahs sie mit lautem Geschrei weckten.

Der Befehl des Königs jedoch galt. Auch sie mussten Zululand verlassen. Der Moment des Abschieds kam, und Catherine wurde von der Heftigkeit des Schmerzes überrascht, der sie überfiel. Ein letztes Mal ging sie durchs Haus. Im Schlafzimmer blieb sie stehen, berührte die verkohlten Vorhänge. Sie zerfielen unter ihren Händen. »Gelb wäre hübsch, so sonnig. Meinst du nicht auch?«

Sein Blick streichelte sie. »Gelb wäre ganz und gar wunderbar«, sagte er.

Schweigend ritten sie im Schritt die lange Kiaatallee hinunter. Vom Tal her warf Catherine einen letzten Blick zurück. Der starke Regen der vergangenen Tage hatte mehrere kleinere Erdrutsche verursacht, die lange, rostrote Schneisen ins Grün gerissen hatten.

Als weinte der Hügel rote Tränen, dachte sie, blinzelte, als sie die Silhouette eines großen, breitschultrigen Mannes auf dem höchsten Punkt Inqabas zu sehen meinte, die eines Zulus, die ihr seltsam vertraut vorkam. Irritiert schüttelte sie den Kopf und wischte sich über die Augen. Als sie wieder hinschaute, stand da nur Ziko und sah ihnen nach.

Auch Johann schaute zurück, lange. Dann wandte er sich schroff ab. »Gebe Gott, dass der Krieg dieses Land verschont«, murmelte er.

»Amen«, flüsterte sie.

Hand in Hand ritten sie nebeneinander, Mangaliso und Solozi liefen leichtfüßig vor ihnen her. Das Wetter war ruhig, die Luft warm und klar.

»Hier riecht es gut«, sagte Johann nach einiger Zeit in die Stille. »Ganz eigenartig, ein heller, würziger Duft.«

Ein strahlend glückliches Lächeln erhellte ihr Gesicht.

»Anis«, sagte sie. »Es ist Anis.«

Ihr Weg wurde von vielen heimlichen Augen begleitet, der Wind trug ein Wispern durch Zululand, einer erzählte es dem anderen: Jontani und Katheni von Inqaba waren unterwegs, und der König hat seine Schutzdecke über sie gebreitet. Unbehelligt kreuzten sie krokodilverseuchte Flüsse, schliefen in samtigen Nächten gebettet auf Gras, und kein Lebewesen wagte es, sich ihnen zu nähern.

Wenige Tage später überquerten sie den Tugela nach Natal. Sie wurden in ihrem Haus von ihrer Familie erwartet. Auch von Stefan und Benita. An diesem Tag begriffen Johann und Catherine, dass alles, was ihnen in ihrem langen Leben zugestoßen war, einen Sinn ergab.

In den ersten Minuten nach Sonnenaufgang des 12. Januar 1879 hob Lord Chelmsford den Arm, zeigte nach Norden auf die Hügel Zululands, die hinter einem Regenvorhang lagen, und über siebzehntausend britische Soldaten überschritten den Tugela. Ihr Ziel war Ondini.

Der Kriegsgesang der Zulus rollte wie Donner über die Hügel, sie stampften den Boden, und die Erde dröhnte. Dann griffen die Krieger, die sich durch die starke Medizin ihrer Sangomas unverwundbar wähnten, in vollkommener Furchtlosigkeit an und liefen, bewaffnet mit Assegais und Kampfstöcken, geradewegs in den Kugelhagel der Briten. Diejenigen, die Gewehre besaßen, hatten zu wenig Pulver und kein Blei, um Kugeln zu gießen, und die meisten waren im Umgang mit Schusswaffen nicht geübt.

Es sollte einer der blutigsten Kriege werden, um Land, selbstverständlich, und auch um Bodenschätze, aber tatsächlich ging es um Andersartigkeit, um persönlichen Hass, und allem zugrunde lag natürlich nackte Gier.

Ihr König wurde von seinen eigenen Stammesgenossen verraten und am 28. August 1879 gefangen genommen und nach England gebracht. Die weißen Kolonisten jubelten. Für das stolze Volk, das Himmel heißt, aber begann der lange, grausame Weg in die Unterdrückung. Eine weiße Flutwelle brach über die grünen Hügel herein und überzog Zululand mit Tod, Verwüstung und Elend.

Jakots Prophezeiung war eingetreten. Die Schwalben waren gekommen, um die Herrschaft über das Land zu übernehmen. Sie waren gekommen, ihre Häuser aus Schlamm zu bauen und Junge großzuziehen.

Für Löwen und Leoparden, Hyänen, Schakale und Geier, Ameisen, Aaskäfer und Schmeißfliegen gab es nie vorher und nie wieder nachher ein fetteres Jahr, als das von 1879, und noch zwei Brutperioden später produzierten sie ungewöhnlich viele Nachkommen.

Auf Inqaba eroberte der Busch mit großer Energie verlorenes Terrain zurück. Mit blutenden Herzen mussten die Steinachs zusehen, wie Zululand fiel.

Eine Gruppe hochrangiger, britischer Offiziere quartierte sich für Monate im Lobster Pott ein. Catherine hatte alle Hände voll zu tun und sie verdiente gutes Geld. Doch sie vermied Gespräche mit diesen Männern, die nur über ihre Heldentaten im Feld und das eroberte Terrain prahlen konnten. Sie sah hinter ihren Worten das Blut, die Toten, das Leid, und das ging über ihre Kräfte.

Einmal allerdings fing sie das Wort Inqaba auf.

»Komische Sache das«, sagte der Offizier. »Diese Farm liegt östlich von Ondini, ein wunderbares Stück Land, kann ich Ihnen versichern, gehört einem Deutschen, soweit ich weiß, aber die Besitzer haben ihr Haus verlassen, und wir wollten es als Quartier und Standort benutzen. Bot sich ja an, sonst hätten wir irgendwo im Busch unser Lager aufgeschlagen, aber hier gab es ein Haus, wenn auch ein Teil wohl von einem Brand zerstört worden war, frisches Wasser und außerdem liegt es strategisch bestens. Man kann die Gegend für Meilen im Umkreis kontrollieren. Aber etwas treibt sich dort herum.« Er nahm einen Schluck Bier und wischte sich den Mund. »Es ist verrückt, aber meine Leute behaupten steif und fest, dass ein riesiger Löwe mit schwarzer Mähne im Haus lebt. Gesehen habe ich ihn nicht, hielt das alles für abergläubischen Unsinn, aber dann habe ich ihn gehört … oder das, was da haust … Es war grauenvoll … Nach zwei Nächten musste ich den Befehl zum Abzug geben. Unsere Kaffern hatten längst das Weite gesucht, und meine Truppe weigerte sich, auch nur eine Sekunde länger dort zu verbringen.« Er schnaubte trocken. »Grenzte fast an Meuterei.«

Catherine hörte es, und ihr Herz sang. Sie erzählte es Johann.

Der steckte die Hände in die Hosentaschen, wippte auf den Fußballen und lächelte ein Lächeln tiefster Zufriedenheit. »König Cetshwayo hat versprochen, eine Schutzdecke auf Inqaba zu legen. Er hat sein Versprechen gehalten.«

Immer wieder erreichten sie Gerüchte über den Löwen auf Inqaba. Sihayo und Shikashika erzählten davon, auch Maboya wollte ihn gesehen haben. Die britischen Soldaten machten einen Bogen um die Farm, und auch Tulani, der wieder zu sich gekommen war, blieb nicht lange. Dann hockten Maboya, Sihayo und Shikashika abends ums Feuer und redeten und lachten viel, und Sihayo opferte seinem toten Bruder Sicelo mal wieder ein Huhn.

Ein Jahr, nachdem sie Inqaba verlassen hatten, kehrten Catherine und Johann Steinach in ihr Haus zurück.

Einen Löwen trafen sie nicht an.

Der verhängnisvolle Angriff der vier kleinen Falken auf den Adler über Ondini ist so geschehen, aber es gibt keine glaubhafte Überlieferung, die zweifelsfrei beweist, ob die hauchzarten Flügelschläge dieses Schmetterlings der Gattung Papilio die Feuersbrunst verursachten und damit die Kettenreaktion auslösten, die am Ende zu dem entscheidenden Krieg und zur Unterjochung des stolzen Volks, das sich Himmel nennt, führte.

Der kleine Schmetterling starb in dem Feuer, so viel ist bekannt, und dort, wo sein Sternschnuppenkörper verglühte, begann der Brand.

So war es.

Epilog

Es hatte schon tagelang geschüttet. Unvorstellbare Wassermengen fielen vom Himmel, der Umiyane-Fluss schwoll und schwoll, wurde zu einem reißenden Strom und stieg endlich aus seinem Bett und wanderte ziellos in der Gegend umher. Er schluckte Bäume, Büsche, Felsen, kurz, alles, was ihm in die Quere kam, wurde groß und stark, und am vierten Tag seiner Wanderschaft fand er, versteckt unter Gras und Geröll, ein breite Flussrinne, die sich meilenweit durch die hügelige Landschaft zog und die er selbst vor vierundzwanzig Jahren während des großen Tornados verlassen hatte. Er schäumte hoch, stürzte sich hinein und wühlte den Boden mehrere Fuß tief auf, spülte dabei Felsen frei und schob große Mengen Sand zur Seite.

Der Regen versiegte, die Sonne glitzerte auf dem Wasser. Weit unter der Oberfläche fing ein Stein die Strahlen ein und warf sie, vielfach gebrochen, in sprühenden Regenbogenfarben zurück. Ein großer Fisch wurde von dem Gefunkel angezogen, schnappte zu, fand den Bissen unappetitlich, spuckte ihn aus, der Stein rollte in eine Senke, der Fisch stob davon, löste dabei eine Sandkaskade aus, und der Stein wurde verschüttet. Das Glitzern erlosch.

Was in Vergessenheit geraten war, was nur noch die Alten wussten, die es in ihrer Jugend von ihren Vorfahren gehört hatten, war der Name des Flusses, den er in grauen Vorzeiten trug: Die Nguni-Familien, die vor dreihundert Jahren an seinen idyllischen Ufern lebten, hatten ihm diesen gegeben: *Das Wasser der Goldenen Frau.*

ENDE

Danksagung

Ich möchte Michael Meller, meinem Agenten und Freund, und Tilo Eckardt, meinem Lektor, für sachliche Kritik, ehrliches Lob und absolute Professionalität danken.

Mein Dank gebührt auch:

His Excellency
Prince Mangosuthu G. Buthelezi
Inkatha Freedom Party
The Traditional Prime Minister of Zululand

Professor Wolfgang U. Eckart
Inst. f. Geschichte d. Medizin, Universität Heidelberg

Professor John Laband
Wilfrid Laurier Univ. Waterloo, Kanada

Literaturhinweise

John Laband, *Robe of Sand*
The Rise and Fall of the Zulu Kingdom in the Nineteenth Century
Paulina Dlamini, *Servant of two Kings*
Credo Mutwa, *Indaba my Children*
Credo Mutwa, *Isilwane*
A. T. Bryant, *The Zulu People*
Charles Ballard, *John Dunn, the White Chief of Zululand*
T. V. Bulpin, *Natal and the Zulu Country*
Killie Campbell, Afrikana Library, Durban
C. T. Binns, *The Last Zuluking*
Graham Mackeurtan, *The Cradle Days of Natal*
Diaries and letters of *Joseph & Marianne Churchill*
A Merchant Family in Early Natal 1850–1880
Sofie Norgaard, *A Norwegian Family in South Afrika*
George Russel, *History of old Durban*
Dr. R. E. Gordon, *Dear Louisa* (History of a Pioneer Family in
Natal 1850–1888) E. McLeod's Letters to her Sister in England
Robert Russel, *Natal* The Land & Its Story
Louis du Buisson, *The White Man Cometh*
Stephen Taylor, *Shaka's Children*
Barry Leitch, Sue Derwent, *Zulu*
The Campbell Collections